HEYNE
BÜCHER

Von Joseph Wambaugh sind
als Heyne-Taschenbücher erschienen:

Ein guter Polizist · Band 01/6122
Der müde Bulle · Band 01/6221
Die Chorknaben · Band 01/6321
Tod im Zwiebelfeld · Band 01/6416
Nachtstreife · Band 01/6470
Der Hollywood-Mord · Band 01/6566
Der Delta-Stern · Band 01/6968

JOSEPH WAMBAUGH

DIE SAN-DIEGO-MISSION

Roman

WILHELM HEYNE VERLAG
MÜNCHEN

HEYNE ALLGEMEINE REIHE
Nr. 01/7656

Titel der amerikanischen Originalausgabe
LINES AND SHADOWS
Deutsche Übersetzung von Friedrich Werremeier

2. Auflage

Genehmigte, ungekürzte Taschenbuchausgabe

Published by arrangement with Perigord Press (Morrow/Bantam), New York

Printed in Germany 1988
Umschlagfoto: Bildagentur Mauritius/Clark, Mittenwald
Umschlaggestaltung: Atelier Ingrid Schütz, München
Gesamtherstellung: Ebner Ulm

ISBN 3-453-02516-4

Für alle,
die es erlebt haben,
auf beiden Seiten der Grenze

Dies ist eine wahre Geschichte

PROLOG

Die Hochzeitssuite

Im Jahr 1982 unterzogen sich drei Polizeibeamte aus San Diego einer psychologischen Behandlung, um ein paar seelische Probleme in den Griff zu kriegen, die entweder das Police Department in eine peinliche Lage bringen oder ihnen selber gefährlich werden konnten.

Die drei Beamten, von denen hier die Rede ist, waren davon überzeugt, daß ihre Schwierigkeiten, die sich längst zu massiven Störungen ihres Lebens ausgewachsen hatten, unmittelbar mit ihrer polizeilichen Tätigkeit zusammenhingen. Mindestens zwei von ihnen hatten Phasen durchgemacht, in denen sie ständig weinten, was bei immer unter Streß stehenden Polizisten naheliegend ist. Mindestens zwei hatten gelegentlich den Gedanken an Selbstmord gehegt, was bei ständig unter Streß stehenden Polizisten extrem naheliegend ist. Im übrigen war das einzige, was die drei Beamten gemeinsam hatten, die Tatsache, daß sie alle bei einem vom San Diego Police Department veranstalteten kleinen Experiment mitgemacht hatten. Dieses Experiment dauerte achtzehn Monate, bis zum April 1978. Es war ein seltsames Experiment, dessen Ergebnisse nach wie vor auf beiden Seiten der Grenze zwischen Mexiko und den USA diskutiert werden.

Zehn Beamte des San Diego Police Departments waren beauftragt worden, Fußstreife zu gehen. Es dürfte eine der merkwürdigsten und auch eine der denkwürdigsten Fußstreifen gewesen sein, die amerikanische Polizisten je gegangen sind.

Abgesehen davon, daß hier die Geschichte dieser Fußstreife erzählt wird, geht es auch um die Geschichte zweier Großstädte. In jedem der beiden Stadtbereiche wohnen etwa eine Million Menschen. Einer ist gebietsmäßig klein, und die Leute hocken sehr dicht aufeinander. Einer ist groß und weit auseinandergezogen.

In einer der Städte leiden die Einwohner noch an Krankheiten, die in der anderen längst als exotisch gelten: Cholera, Kinderlähmung, Typhus, Tuberkulose, Rachitis. In der anderen Stadt, die von der erstgenannten faktisch lediglich durch eine imaginäre Grenze getrennt wird, gibt es einige der reichsten Besitztümer im reichsten Teil des reichsten Staates im reichsten Lande der Welt.

Etwa zwei Autostunden von dieser unsichtbaren Grenze entfernt in Richtung Norden finden sich unglaubliche schwimmende Reichtümer: Yachten und Luxusboote, sicher kaum weniger als eine halbe Million. Und sicher kaum weniger als hundertfünfzig Konstrukteure solcher Yachten und Luxusboote geben sich verzweifelte Mühe, die unersättliche Nachfrage zu stillen.

Obgleich es grundsätzlich schwer ist, die Herkunft ungewöhnlicher Ideen zu ermitteln, dürfte es dennoch sicher sein, daß diese eine vor langen Jahren in einem Hotel in der Nähe der mexikanischen Grenze geboren worden ist. Im obersten Stockwerk dieses Hotels in San Ysidro liegt die »Hochzeitssuite«. Der einzige Bewohner war ein Beamter der United States Border Patrol, ein Grenzschützer also. Mit zwei großen Schritten konnte er den kleinen Raum mühelos durchqueren. Immerhin war er ein sehr großer Mann, der eine sehr kleine Behausung sein eigen nannte, deren Bezeichnung eigentlich nur ironisch gemeint sein konnte.

Dick Snider erinnert sich noch sehr lebhaft an seine Tage in diesem Hotel. Der Boden außerhalb seines Zimmers war abschüssig, so daß er stets einen Schlittschuhlauf veranstalten mußte, um in das grünlich verschleimte Bad am anderen Ende des Flurs zu gelangen. Den Flur raufzurutschen und sich hochzuhangeln war eine andere Sache und ein ziemliches Problem, vor allem, wenn er sich wieder mit Tequila und Agavenschnaps und mexikanischem Bier im Playland Club hatte vollaufen lassen, einer Art Varietétheater mit Bar, das von einer ehemaligen Seiltänzerin betrieben wurde.

Der seinerzeit Fünfundzwanzigjährige hatte in dieser seiner ersten Zeit bei der Border Patrol gerade eben das Nötigste zum Leben, weil er sich und seine getrennt von ihm lebende Familie von 75 Dollar wöchentlich ernähren mußte, und sicherlich deshalb ist ihm das alles eigentlich bloß noch als eine Lebensphase in Erinnerung, in der er dreimal täglich Käsesandwiches aß und der ehemaligen Seiltänzerin interessiert zuhörte, wenn die sich ihrerseits an die guten alten Tage auf dem Drahtseil erinnerte.

San Ysidro ist keine eigenständige Stadt; es ist im Grunde nur eine Enklave innerhalb von San Diego, in der Spanisch gesprochen wird. Man kann, heißt es, von jedem Haus in San Ysidro aus mit einer leeren Tequilaflasche den Grenzkontrollpunkt der Vereinigten Staaten treffen. Das ist zwar eine Übertreibung, aber sinngemäß richtig. Damals, als der Border-Patrol-Beamte Dick Snider noch die Flure des kleinen Hotels hinuntersegelte, bestand die Ansiedlung nahezu ausschließlich aus Müllgruben, Eisenbahnbrücken, stucküberladenen oder unverputzten Häusern mit Bierkaschemmen sowie aus Straßen, die so ölverschmiert und blasig waren wie zu fettige Tortillas.

Burl Richard Snider war im südlichen Arkansas geboren worden, im winzigen Städtchen Silva, das praktisch nur aus einer Straßenkreuzung bestand, über die die Zeit und die Kartographen hinweggegangen sind. Seine Familie bestand aus Farmern, und er wuchs vor allem im südöstlichen Missouri auf, im »Zipfel«, wo der Staat Missouri nach Arkansas hineinragt. Die alljährlichen Überschwemmungen des Mississippi zwangen seine Familie, immer wieder nach Kalifornien zu fahren und im San Joaquin Valley auf Arbeitssuche zu gehen wie in *Früchte des Zorns*. Einmal waren sie zwei Jahre lang unterwegs, und in dieser Zeit konnte der Junge häufig mit mexikanischen Kindern spielen, deren Familien ebenfalls Reisen von weither gemacht hatten – mörderische, mühselige Reisen. Der Farmersohn aus dem »Zipfel« fand, daß sie ihm sehr ähnlich waren, diese mexikanischen Kinder. Er schnappte Brokken ihrer Sprache auf, und er lernte Spanisch in der Schule, wobei er die Erfahrung machte, daß er durch das Spanisch auch in anderen Fächern viel besser mitkam.

»Zum erstenmal kam mir sogar Englisch wie ein Kinderspiel vor«, erinnerte er sich. »Meine Spanischkenntnisse waren ungeheuer wichtig für mich, als ich mit der Ausbildung bei der Border Patrol anfing. Andere Kollegen scheiterten gerade daran.«

Allerdings hatte der junge Dick Snider schon einiges hinter sich, als er in die Border Patrol eintrat. Er heiratete mit siebzehn und heuerte auf den kalifornischen Ölfeldern an, wo er für einen Jungen – immerhin einen sehr großen Jungen – ziemlich viel verdiente. Er und seine nicht minder junge Frau setzten zwei Babys in die Welt, und alles lief wie geschmiert. Dann bekam sein ältestes Kind, Ricky, eine böse Infektion am Kehlkopf.

Ein Menschenalter später wirkte er immer noch, sagen wir: reichlich verstört, wenn er diese Geschichte zu erzählen versuchte.

Ricky war gerade drei Jahre alt geworden. Ricky hatte eines Nachts erhebliche Atembeschwerden. Am nächsten Morgen war es schlimmer. Dick Snider brachte seinen Sohn Hals über Kopf ins Krankenhaus. Ricky begann zu röcheln. Ricky drohte zu *erstikken.* Dick Snider mußte erleben, wie das Gesicht seines Sohnes vor seinen Augen schwarzblau anlief. Der Sohn jammerte, sein Vater solle ihm helfen. Die Ärzte öffneten den Hals des Jungen mit einem Luftröhrenschnitt. Die Herzlungenmaschine ging kaputt. Der Junge starb sechs Stunden später, am Nachmittag um zwei. Es hatte keine Hilfe mehr gegeben.

»Das war alles sehr verwirrend«, erinnerte er sich. »Ich war damals ein paar Minuten nicht klar im Kopf. Dann war ich wieder da. Nicht klar im Kopf und dann wieder da. Ich kann mich an die Einzelheiten nicht mehr erinnern. Ich kann mich nur daran erinnern, daß er mich am Ende klar erkannt hatte. Die Ärzte wollten mir weismachen, daß er mich nicht erkannt haben konnte. Ich bin aber ganz sicher, daß er mich erkannt hat. Sein Haar war weizenblond, und er hatte braune Augen. Immer wollte er das tun, was ich gerade machte. Einmal hat er mich fast zu Tode erschreckt, als er in einen Pferch voller Pferde rannte. Er wollte sie zusammentreiben, sagte er. Er sagte, wenn sein Daddy so was könne... na ja... er war ein *tolles* Kind.«

Dick Snider und seine Frau hatten zwar noch ein Töchterchen, aber nach dem Tod des Jungen war alles anders als früher. Sie blieben noch ein paar trübselige Jahre zusammen und ließen sich dann scheiden.

Er war schließlich total allein, in einem miesen, kleinen Zimmer in diesem Hotel in San Ysidro, lehnte seine lange Gestalt aus dem Fenster in die kühlen Nächte von San Diego und beobachtete das Licht über Tijuana.

Männer spanischer Abstammung waren in Dicks Sniders Kurs während der Ausbildung bei der Border Patrol gar nicht vertreten. In den Baracken von El Paso war er der Nachwuchsmann mit den besten Spanischkenntnissen. Dick Snider, der seit eh und je auf der Seite des Gesetzes stehen wollte, wurde rasch Ermittlungsbeamter.

»Ich hab' oft beobachten können, wie die Cops von San Diego in den Straßen von San Ysidro Jagd auf die illegalen Grenzgänger machten«, erinnerte er sich. »Ich saß in meiner miesen Hucke und guckte ihnen von da aus zu. Ich mußte viel über das Ausländerproblem nachdenken.«

Alles in allem war es für ihn nicht leicht, seine getrennt von ihm lebende Frau und seine Tochter zu ernähren. Daher die Käsesandwiches und ein bißchen Milch, wenn er Glück hatte. Und Saufen, weil das häufig viel wichtiger war als Essen – dann nämlich, wenn man wie er dazu neigte, über eine kaputte Familie und über einen Sohn nachzudenken, der im Sterben lag und um Hilfe schrie. Man kann sich leicht vorstellen, was er sich da zusammenphantasierte, nachts in einem lausigen Hotel, immer bloß eine Armlänge weg von seinem Dienstrevolver, ständig mit der Erinnerung an ein totes Kind beschäftigt. *Ich hab' ihm nicht helfen können.*

Auf solche Weise geraten einsame und traurige Menschen ins Grübeln. Sie kommen auf komische Ideen. Sie trinken und starren aus dem Fenster auf elende Promenadenmischungen, die ihre wunden und blutigen Ärsche über das kaputte Pflaster schleppen, Hunde, die nur deshalb über die imaginäre Grenze kommen, weil es da mehr zu stöbern gibt. Und diese Leute starren auf die nach illegalen Ausländern jagenden Cops, die ein verrücktes Spiel spielen, das dem heutigen Pac-Man ähnlicher ist als allem anderen. Wenigstens dann, wenn man sich das vom günstigen Blickpunkt eines sarggroßen Raumes aus anschaut, der sich Hochzeitssuite nennt.

Die Idee, die ihm vor einem Menschenalter kam, war die: *Es gibt hier gar keine echte Grenze zwischen diesen beiden Staaten. Es gibt sie allenfalls zwischen den beiden Wirtschaftssystemen.*

Auf dieser Seite der Grenze war nachts gar nicht viel von Not und Elend zu sehen. Und vielleicht wurde seinerzeit gerade deshalb die Idee für jenes spätere Experiment der Polizei von San Diego geboren. Bei der Beobachtung einer frühen Version von Pac-Man, in der amerikanische Gesetzeshüter mexikanische Ausländer auffraßen, um sie dann weiter südlich wieder auszuspukken. Und in der sie sie in der nächsten Nacht abermals auffraßen, nur, um sie dann weiter im Süden ein weiteres Mal auszuspucken. Und in der nächsten Nacht schon wieder dasselbe.

Im Grunde läßt es sich dann sehr leicht begreifen, weshalb sich ein junger Beamter der Border Patrol mit diesen *Pollos* – den »Hühnchen«, wie man diese Leute, die durch ihre Lebensumstände immer wieder nach Norden getrieben wurden, bezeichnenderweise nannte – mehr und mehr identifizierte. Und sich mehr und mehr zu fragen begann, wie viele von *ihnen* einen sterbenden Sohn schreien gehört hatten. *Hilf mir.*

Damals, jedenfalls, fing der Mann von der Border Patrol in seiner Hochzeitssuite an, sich ernsthaft mit dem Elend der illegalen Grenzgänger auseinanderzusetzen. Bloß, um nicht dauernd über sein eigenes Elend nachdenken zu müssen.

1. KAPITEL

Die fixe Idee

Seit Burl Richard Snider aus dem Hotel in San Ysidro ausgezogen war, hatte er sich ein halbes Leben lang rumgetrieben. Er war von der Border Patrol weggegangen und hatte als Nationalpark-Ranger auf der anderen Seite der Vereinigten Staaten gearbeitet, in Washington. Er hatte wieder geheiratet, war nach Westen zurückgegangen und besaß mittlerweile noch zwei weitere Kinder. Und er war in das San Diego Police Department eingetreten.

Im Herbst 1976 lag Lieutenant Dick Snider – mit inzwischen sechzehn Dienstjahren ein Veteran des Police Departments, alt genug also, um zu wissen, was so läuft – häufig flach auf dem Bauch in einem Canyon und beobachtete ein nächtliches Ritual. Die Grenzgänger rotteten sich entlang dieser imaginären Linie zwischen zwei Städten, zwei Staaten, zwei Wirtschaftssystemen zusammen, und sobald die Sonne unterging, stiefelten sie los. In den alten Tagen bei der Border Patrol versuchten es in einer günstigen Nacht ein paar Dutzend. Heutzutage kamen sie in diesem Bereich von nur wenigen Quadratmeilen, praktisch einem Niemandsland zwischen den großen Städten Tijuana, Mexiko, und San Diego, USA, in ganzen Heerscharen. Manchmal zehntausend *pro Woche*. Und in den Canyons dieser Gegend lauerten Halsabschneider und Gangster aus Tijuana, die sich auf ihre Weise der Pollos annahmen, wenn sie nachts die Grenze überquerten. Eine der Erdspalten in diesem Niemandsland wird aus triftigen Gründen Deadman's Canyon genannt. Es ist eine von Gefahr umwitterte, blutgetränkte, mit Mesquitesträuchern und Kakteen bewachsene Schlucht schon innerhalb der Grenzen von San Diego, einer der reichsten Städte im reichsten Staate des reichsten Landes...

Die Grenzgänger hatten den gesamte Nettowert ihres Lebens

zusammengekratzt und verkauft, und sie schleppten alles, was sie besaßen und sich zusammenpumpen konnten, in ihren Strümpfen und ihrer Unterwäsche und oft in Beuteln und Bündeln mit sich herum. Gleichzeitig formierten sich in der Nähe der imaginären Linie ganze Banden von Gangstern, die an dieser Goldgrube in den Canyons, die jede Nacht geöffnet war, regelmäßig ihre helle Freude hatten. Die Grenzgänger wurden aus dem Hinterhalt überfallen, beraubt, ausgeplündert und ermordet, häufig genug schon in Rufweite der Beamten an der Grenzkontrollstelle der Vereinigten Staaten.

Die Gangster waren nicht dumm. Sie lebten in Tijuana, »arbeiteten« jedoch auf der amerikanischen Seite, wo es für sie sicherer war. Die Gesetzeshüter von Tijuana können sehr unangenehm sein, wie die Gangster wußten.

Und die Gangster kannten selten Erbarmen. Bei einem dieser Überfälle wurde ein junger Pollo-Vater mit seinem Baby im Arm niedergeschossen. Während er sterbend zwar noch auf mexikanischem Boden, aber kaum mehr als drei Meter von der Grenze zum gelobten Land entfernt lag, klauten die Gangster den überlebenden Mitgliedern seiner Gruppe buchstäblich alles, was in irgendeiner Form von Wert war. Ein verwaistes, blutbespritztes und vor Schmerzen schreiendes Kind mit dicken, runden Babyknien, in dessen Auge und Hirn Schrotkörner steckten, wurde nach Tijuana zurückgeschleppt.

Derartige Dinge bedrückten den Lieutenant Dick Snider nach wie vor ebenso, wie sie ihn schon vor zwanzig Jahren bedrückt hatten. Nachts lag er in diesen Canyons mutterseelenallein im Gebüsch, hielt das Fernglas in den riesigen, lederartigen Pranken und starrte aus den schiefergrauen Augen, die ihm durch den Rauch der ihm ständig im Mundwinkel hängenden Zigarette ständig tränten, in die Gegend. In seinem eigenen Leben hatte sich in den mittlerweile vergangenen Jahren vieles gebessert. Aber bei den Ausländern? Die Wirtschaftslage in Mexiko war katastrophal. Im übrigen Lateinamerika war sie hoffnungslos.

Im Jahre 1976 wurden bereits eine Menge ebenso schöner wie unnützer Reden über die Lage der illegalen Einwanderer gehalten. Das amerikanische Außenministerium sah sich zu dem Eingeständnis gezwungen, dieses Dilemma in seiner Gesamtheit sei unlösbar, und versprach der Öffentlichkeit, man werde alles daransetzen, die Angelegenheit wenigstens ein bißchen besser zu »deichseln«. Die fünfhundert Beamten der Border Patrol im

Chula-Vista-Grenzbereich griffen derzeit pro Monat weit mehr als zwanzigtausend illegal eingewanderte Ausländer auf, die nahezu sämtlich im Bereich der paar Quadratmeilen der Canyonlandschaft diesseits der Stadtgrenzen von San Diego herübergekommen waren, in der Nähe des betriebsamsten Grenzübergangs der Welt also. Die Männer der Border Patrol hatten Hubschrauber, Pferde, Geländewagen mit Vierradantrieb, Infrarotnachtgläser, magnetische Ortungsgeräte sowie seismographische Ortungsgeräte zur Verfügung.

Nicht selten passierte es, daß sich ein Beamter der Border Patrol in einem Spargelfeld auf der westlichen Seite der Interstate 5 herumtrieb, mit der Taschenlampe einen Pollo anstrahlte und ihm befahl, stehenzubleiben und sich zu ergeben. Und sich dann unvermittelt von fünfzig weiteren Grenzgängern umringt sah, die der Ansicht gewesen waren, sein Befehl habe *ihnen* gegolten.

Die siebzigtausendköpfige Einwohnerschaft der nahe gelegenen Stadt Oceanside zum Beispiel vermehrte sich während der Erntezeit um fünfzigtausend unterwürfige Arbeiter ohne Papiere. Im Gesetz stand, daß ein Farmer sich nicht etwa bereits schuldig machte, wenn er Illegale beschäftigte, sondern erst dadurch, daß er sie *beherbergte.* Deshalb schliefen sie im Gestrüpp, unter Bäumen oder in Pappkartons. Die Nächte von San Diego können sehr kalt sein.

Es kam hinzu, daß Arbeitsvermittler und Farmer regelmäßig mehr als lautstark öffentlich ihre Interessen vertraten. Die Farmer behaupteten, eine einzelne Erdbeere würde exakt das kosten, was man jetzt für die einzelne Avocado bezahlen müsse, wenn man auf die Bezahlung und Unterbringung amerikanischer Arbeiter angewiesen wäre (vorausgesetzt, daß die sich überhaupt zu körperlicher Arbeit herablassen würden). Die einzelne Avocado würde so viel kosten, wie man jetzt für einen Mercedes berappen müsse. Und so weiter.

Schließlich traten dann auch noch die Wortführer der eingebürgerten Lateinamerikaner auf den Plan und argumentierten, die US-Regierung mache zwischen einem Latino mit amerikanischer Staatsbürgerschaft und einem illegal eingereisten Mexikaner kaum noch einen Unterschied (welcher Behauptung die meisten im Lande geborenen Mexikaner bestimmt heftig widersprochen hätten), und das Grenzgebiet sei heute »das Vietnam des Südwestens«.

Der Leiter des amerikanischen Einwanderungs- und Einbürgerungsamtes mußte etwa 1976 öffentlich zugeben, die Ausländersituation sei wahrhaftig hoffnungslos und längst der Kontrolle der dafür zuständigen uniformierten Streitmacht, der Border Patrol, entglitten.

Im Sommer 1976 war Dick Snider fünfundvierzig Jahre alt, eigentlich zu alt, um wie ein junger Pfadfinder herumzuschleichen, wie die Leute meinten. Ganz schön bekloppt, meinten die Leute, sich den vierradangetriebenen Ford Bronco des Departments zu schnappen und in diesen gottverdammten Canyons herumzudonnern, eine Meile und ein Jahrhundert von der Substation, der nächst gelegenen Außenstelle der Southern Division des San Diego Police Departments entfernt. Trotzdem tat er es immer öfter, meist mutterseelenallein, und wenn er sich dann im Fuchsschwanzgras, in den Kakteen oder im Unterholz versteckt hatte, grübelte er darüber nach, ob die Pollos da draußen in der Dunkelheit ihrem Unheil wirklich zwangsläufig in den Rachen rennen mußten.

Manchmal, an späten Nachmittagen, beobachtete er, wie sich auf den flachen Felsen und Plateaus die illegalen Grenzgänger in ganzen Heerscharen versammelten und auf den Sonnenuntergang warteten, und dann beobachtete er Gruppen von mexikanischen Schulkindern, die von ihren Lehrern über die unsichtbare Grenze geführt wurden und in den Canyons biologische und zoologische Exkursionen unternahmen. Ölreiche Jojobapflanzen wuchsen wild. Der wilde Anis blühte, und Zwergeichen, ebenso verkümmert wie widerstandsfähig, kämpften einen unbarmherzigen Kampf ums Überleben. Und allüberall die drohenden Chollakakteen. Dick Snider beobachtete durchs Fernglas, wie die Leute Fußball und Baseball spielten und sich an den fahrbaren Imbißständen Limonade kauften, den »Kakerlakenwagen«, die aus Tijuana gekommen waren, um ein paar schnelle Dollars zu verdienen, bevor die Pollos aufbrachen und den Canyon durchquerten.

Er beobachtete Kinder, die mit Gläsern und Milchtüten die Löcher von Taranteln und Skorpionen unter Wasser setzten und die armen Viecher anschließend lebendig fingen, um mit ihnen bei den Amerikanern in den Bars hausieren zu gehen oder sie an mexikanische Unternehmer zu verkaufen, die sie ihrerseits in Plastik einschmolzen und als Briefbeschwerer an die Touristen verhökerten. *Alles* ließ sich in dieser Grenzstadt an die Amerikaner verhökern.

Im Grunde war es kein weiter Weg von dem billigen Hotel, in

dem er einst als junger Border-Patrol-Mann die Hochzeitssuite bewohnt hatte, bis hierher. Und im Grunde quälte ihn nach wie vor dasselbe Problem: das Ausländer- beziehungsweise Grenzgängerdilemma.

Es war ihm längst klargeworden, daß sich in all den Jahren praktisch nichts geändert hatte. Andererseits war es ja wohl auch, so fremd ein solcher Begriff einem Polizisten auch sein mochte, das Schicksal, das ihn an diesen Platz an der imaginären Linie festgenagelt zu haben schien. *Eins* allerdings war hier in den vergangenen Jahren neu in Erscheinung getreten: die Gangsterbanden. Und es war für ihn unerträglich, daß hin und wieder Pollos effektiv in Rufweite *seiner* Substation angegriffen wurden. Selbst der Deadman's Canyon war allenfalls eine Meile (und ein Jahrhundert) von seiner Dienststelle entfernt.

Anderen Leuten schien das alles längst nicht so unter die Haut zu gehen. Unter dem Strich ging es um *illegale* Ausländer, genau gesagt also um Kriminelle. Aber einige der Kriminellen waren ganze drei Jahre alt, und einige waren noch jünger. Und die Gangster waren alles andere als sentimental, nicht mal Müttern und Babys gegenüber. Am Ende wurden all die Ungereimtheiten bei ihm zu einer fixen Idee. Da war die reiche, schöne, von Touristen überlaufene Stadt San Diego, USA. *Seine* Stadt. Sein Zorn stimulierte die Großhirnrinde dort, wo möglicherweise die Ideen sitzen. Und eine, zumindest, kam ihm schließlich.

Die beste Methode, Bürokraten von irgend etwas zu überzeugen, sind im allgemeinen Statistiken. Polizeiverwaltungsbeamte können mehr Zahlen aus dem Ärmel schütteln als die Manager von Sportclubs. Und genau wie die Manager von Sportclubs, die Meinungsforscher, die Politiker oder die Generäle im Pentagon können sie ihre Statistiken immer haargenau so auslegen, wie es ihnen gerade in den Kram paßt. Die Ergebnisse einiger Statistiken allerdings kann selbst der einfallsreichste polizeiliche Bürohengst nur mit Mühe wegdiskutieren. Eine davon ist die Mordstatistik. Entweder findet man auf seiner Streife einen toten Knaben, oder man findet keinen. Und Morde gab's ja nun eher zu viele als zu wenige entlang der imaginären Grenze, die nach der unumstößlichen Überzeugung Dick Sniders einzig und allein dazu da war, zwei Wirtschaftssysteme voneinander zu trennen. Wahrscheinlich wußte niemand genau, wie viele Morde sich auf diesem Stück amerikanischen Bodens tatsächlich ereigneten, weil es beispielsweise zahlreiche bestätigte Berichte darüber gab, daß verzweifelte

Pollos ihre umgebrachten Männer, Frauen, Brüder, Schwestern, Kinder über die mexikanische Grenze zurückgeschleppt hatten, bloß, um sie dort zu begraben.

Allen Cops, die jemals mit illegal eingereisten Ausländern zu tun gehabt hatten, war überdies die Tatsache bekannt, daß Pollos, die in der Nacht überfallen worden waren, das Verbrechen ganz gewiß nicht automatisch den US-Behörden melden würden, weil sie normalerweise vor den Autoritäten beider Länder Angst hatten, von der drohenden Deportation erst gar nicht zu reden. Insofern bekamen die Polizeistatistiker von San Diego auch nur dann Wind von den Verbrechen, wenn die Border Patrol oder die eigenen Beamten buchstäblich über irgendwelche Opfer stolperten, die von den Gangsterbanden wie die Weihnachtsgänse ausgenommen oder kurzerhand erdrosselt worden waren und an der Stelle, an der es sie erwischt hatte, häufig genug blutige Spuren im Staub hinterlassen hatten. Manche Leute, die einen Überfall überlebt hatten, waren zudem derart brutal zugerichtet worden, daß ein Krankenhausaufenthalt weitaus dringlicher war als eine Deportation. Im Grunde war es jedem überlassen, hinsichtlich der *wahren* Zahl der Opfer eigene Vermutungen anzustellen.

Dick Snider, jedenfalls, war es schließlich doch mehr als leid, dauernd mitternächtens in diesen Canyons herumzukriechen und sich die Schüsse und Schreie in der Dunkelheit bloß anzuhören. Er erinnerte sich an seine alten Tage bei der Border Patrol, als sie einen einzelnen Grenzgänger hin und wieder zehn Meilen weit verfolgt hatten, weil das Verhindern einer illegalen Einwanderung seinerzeit noch als ein Höhepunkt ihrer Arbeit galt. Er sagte sich, daß es bei der Border Patrol heutzutage eigentlich sogar schon eine ganze Reihe überarbeiteter, frustierter, täglich im Dreck wühlender Männer geben mußte, die es insgeheim gar nicht so schlecht fanden, daß die Gangster aus Tijuana die Grenzgänger draußen im Niemandsland auf ihre Art dezimierten. Allen Ernstes sagte er sich auch, daß im Grunde sogar Leute, die normalerweise eher mitfühlend waren, den Gangsterbanden Sympathien entgegenbringen mußten, weil die Verbrecher vermutlich doch eine ziemliche Anzahl derer abschreckten, die sich sonst den nächtlichen Einwandererbataillonen angeschlossen hätten.

Allein in diesem Jahr, schätzte die amerikanische Border Patrol, würde sie mehr als 250 000 illegale Grenzgänger festnehmen. Nach den mehr oder weniger frisierten Statistiken, die sie regelmäßig an die Presse gab, wurde im Durchschnitt jeder dritte

Grenzgänger aufgegriffen. Das allerdings galt bei den Cops als »Halleluja«, also als Jubeldurchschnitt. Des weiteren war die strafrechtliche Verfolgung von Ausländern wegen illegaler Einwanderung buchstäblich ein Alptraum. Es war vorgekommen, daß auf drei oder vier Festnahmen bloß eine Verurteilung wegen eines minderen Vergehens folgte, was dann unter Umständen fünf Tage Haft bedeuten *konnte.* Eine illegale Wiedereinwanderung nach einer einmal verfügten Deportation galt dann formaljuristisch zwar als Verbrechen, war aber ungewöhnlich schwer nachzuweisen. Der betreffende Ermittlungsbeamte der Border Patrol mußte sich beglaubigte Erklärungen über das Vorliegen oder Nichtvorliegen einschlägiger Berichte aus Washington besorgen. Ausländern wurden indessen selten die Fingerabdrücke genommen, und mal ganz abgesehen davon, daß die Leute normalerweise sowieso ohne Papiere kamen, änderten sie bei neuerlichen Versuchen oft genug auch noch ihre Namen, so daß es nahezu unmöglich war, ihnen ihre Identität nachzuweisen. Wenn die Border Patrol insofern zehn Prozent aller Pollos schnappte, würde sie bemerkenswert gut dastehen, glaubten die Cops.

Die Männer der Border Patrol sprechen nachdenklich von *la ley de fuga,* vom Gesetz der Flucht. Wenn man flüchtete, wurde man erschossen. Das Gesetz Mexikos. Das Gesetz *vieler* »zivilisierter« Länder. Umgekehrt aber verdienten Menschenschmuggler, wie man wußte, jährlich bis zu einer Million Dollar. Ihr Gewerbe war äußerst lukrativ, und außerdem würden, wie jeder wußte, die Hälfte aller Restaurantbesitzer zwischen San Diego und Oregon wie im Schnellimbiß auf Papptellern servieren müssen, wenn es gelänge, die Ausländer irgendwann auf irgendeine wunderbare Weise zu vertreiben. Und die stinkreichen Kalifornier würden unversehens ihre Autos persönlich waschen und ihren Rasen eigenhändig schneiden und ihre Häuser selbst putzen und sich höchstpersönlich um die Erziehung ihrer Kinder kümmern müssen. Und wer, zum Teufel, würde die Ernte einbringen? Und wie würde es den zahlreichen kleinen Gewerbebetrieben gehen? Und was würde der Textilindustrie blühen? Und so weiter.

In Anbetracht eines derart unglaublich komplizierten Problems, das den Einwohnern von San Diego gleich nördlich dieser imaginären Linie sowieso nie aus dem Kopf ging, wäre es nicht nur in den Augen von Dick Snider wenig sinnvoll gewesen, mit seiner Weltverbesserungsidee hinsichtlich der vielen Tragödien, die den Gangsterbanden zugeschrieben werden mußten, einfach mir nichts, dir nichts an die Polizeiverwaltung heranzutreten. Der richtige Weg war der, nackte, nicht anzweifelbare *Zahlen* zu präsentieren und der Polizeiverwaltung schlicht und ergreifend klarzumachen, wie man die großen Zahlen kleiner machen konnte.

Das war nicht leicht, denn in einer Bürokratie geraten die Dinge allgemein nur sehr langsam in Bewegung. Zunächst zeigten sich die hohen Tiere von den Zahlen gar nicht sonderlich beeindruckt. Aber die bekannt gewordenen Verbrechen an Ausländern, deren Zahl Dick Snider schon immer auf höchstens ein Zehntel der tatsächlichen Vorfälle geschätzt hatte, kratzten das allerorten demonstrierte Image der »schönsten Stadt Amerikas« doch erheblich an. Eine Stadt, deren Verkehrsverein mit dem mildesten Klima der Welt eine ziemlich aufdringliche Werbung trieb – eine Stadt, immerhin, mit einem riesigen Tourismus. Eine Stadt, in die man sich zurückzog, um seinen Ruhestand zu genießen, eine Stadt zudem mit einer großen Militärbasis. Ganz anders als die größere Stadt »oben an der Straße« – gemeint war Los Angeles – stellte sich San Diego als lieblich und smogfrei dar. Und als *sicher*.

Die täglichen Berichte des Police Departments von San Diego sprachen jedoch eine andere Sprache:

> Samstag, 23 Uhr. Spring Canyon, Raubüberfall auf Ausländer. Zwei männliche Personen mit Schußwaffen. Drei Opfer.
> Samstag, 21 Uhr. Deadman's Canyon, drei verdächtige Personen, zwei Opfer. Gebrauch von Messern und Macheten.
> Mittwoch, 20 Uhr. Raubüberfall auf Ausländer, E–2 Canyon. Gebrauch von Schlagstöcken und Steinen. Zehn Opfer. Fünf Verdachtspersonen.

Außerdem wurden die Ausländer nicht nur von den Gangsterbanden ausgeplündert, sondern es gab auch noch andere Leute, denen die Pollos – die Hühnchen, sozusagen – so verführerisch erschienen, daß sie der Verlockung nicht widerstehen zu können glaubten:

> Mittwoch, 19.30 Uhr, Raubüberfall auf illegale Ausländer, Monument Road. Drei Opfer. Aus dem Hinterhalt überfallen *von bewaffnetem Polizeibeamten aus Tijuana.*
> Mittwoch, 22.45 Uhr. Raubversuch an Ausländern. Drei Opfer. Monument Road. Border Patrol verhinderte die Aus-

führung des Raubüberfalls. Hilfspolizist (unbewaffnet) aus Tijuana in Haft. Ein zweiter uniformierter Polizeibeamter (bewaffnet) nach Mexiko entkommen.
Freitag, 7 Uhr. Raubüberfall auf Ausländer. Verdächtig sind zwei Polizeibeamte aus Tijuana. Opfer wurden ins Gesicht geschlagen, mit Schußwaffen bedroht, es wurde ihnen mit Stöcken in die Augen gestochen.
Donnerstag, 22.30 Uhr, Raubüberfall auf Ausländer. Drei Opfer wurden durch zwei männliche Verdächtige, die die Uniform der Polizei von Tijuana trugen, mit einem großen Messer bedroht und ausgeraubt.

Dann wurden die Raubüberfälle grausamer, die Eintragungen ins Wachbuch entspechend schlimmer:

Mittwoch, 9.50 Uhr. Leiche gefunden, ⅓ Meile östlich von Hollister, 70 Meter nördlich der Grenzlinie. Männliche Person, Mexikaner, etwa 30, durchschnittene Kehle.
Freitag, 14.30 Uhr. Border Patrol fand eine Leiche auf einem flachen Felsen in der Nähe des Spring Canyons. Weitgehend in Verwesung übergegangene männliche Person.
Dienstag, zweite Schicht. Border Patrol teilt mit, das Police Department von Tijuana habe sie soeben von einem Mord in Kenntnis gesetzt, der sich auf einem behelfsmäßigen Fußballfeld im Spring Canyon ereignet habe, 1 Uhr.

Wenn die Pollos das Glück hatten, den in den Canyons lauernden Gefahren zu entkommen, wurden sie von den mexikanisch-amerikanischen Jugendbanden von San Ysidro erwartet. Wer von denen konnte der Verlockung widerstehen? Die Pollos waren ja so zahm. So *bequem:*

Mittwoch, 23 Uhr, Raubüberfall auf Ausländer, San Ysidro View Park. Opfer wurde von hinten niedergeschlagen. Erhebliche Gesichtsverletzungen. Ins Krankenhaus eingeliefert.
Freitag, Raubüberfall auf Ausländer, 1 Uhr, 8 männliche Verdächtige, 17–20 Jahre. Bewaffnet mit Messern und Schlagstökken. Zwei Opfer und deren Kinder ausgeraubt.

Wenn die Pollos schließlich das Glück hatten (und ausreichend bei Kräften gewesen waren), den Gangsterbanden in den Canyons oder den Doppelverdienern unter den Polizisten von Tijuana oder den mexikanisch-amerikanischen Jugendbanden oder den Hubschraubern und vierradangetriebenen Autos der *La meigra,* der Einwanderungs- beziehungsweise Einwanderungsverhinderungsbehörde, zu entkommen, mußten sie oft genug die Erfahrung machen, daß ihr Grenzübertritt mit noch weiteren Risiken verbunden war:

> Samstag, dritte Schicht, Interstate 5, unter Fußgängerbrücke. Ausländer angefahren, während er über die Interstate rannte. Montag, dritte Schicht. Otay Mesa Road, Fahrzeug erfaßte und überfuhr flüchtenden Ausländer. Gebrochenes Becken. Samstag, dritte Schicht. Ein anderer Ausländer wurde auf dem Highway 805 von einem Auto erfaßt, als er über die Fahrbahn rannte. Wurde ins Bay General gebracht. Der Verletzte hat nur geringe Überlebenschancen.

Und wenn die männlichen Ausländer es geschafft hatten, die Gangster in den Canyons und die doppelverdienenden mexikanischen Cops und die mexikanisch-amerikanischen Jugendbanden und die rasenden Autos zu überleben, lauerten zumindest auf die weiblichen Personen zwischen zehn und siebzig zusätzliche Gefahren:

> Sonntag, 23 Uhr, Hubschrauber der Border Patrol vereitelte Gruppennotzucht. Fünf verdächtige Personen. Spring Canyon.

Und so weiter. Es gab eine Reihe von Beamten in der Polizeiverwaltung San Diegos, denen solche hinter den Statistiken stehenden Eintragungen gewaltige Kopfschmerzen machten, denn das allerletzte, was sie gebrauchen konnten, während sie die mit der Grenze zusammenhängenden Probleme zu lösen versuchten, war der Druck durch die Presse. Genau den jedoch kriegten sie. Mit schöner Regelmäßigkeit erschienen in den Zeitungen von San Diego Artikel wie dieser:

> JUNGER AUSLÄNDER DURCH VERBRECHER GELÄHMT
> SECHZEHNJÄHRIGER ERLITT STICH INS RÜCKENMARK
> SIEBTER RAUBÜBERFALL AUF AUSLÄNDER IN DIESER WOCHE

Im Verlauf des Sommers quetschten Reporter ein Mitglied einer mexikanisch-amerikanischen Jugendbande aus San Ysidro über seinen persönlichen finsteren Anteil an den Raubüberfällen auf Ausländer aus. Im Verlauf seiner bisher erst kurzen Karriere hatte er zahllose Opfer niedergeschlagen und ausgeraubt und fünfzehn Ausländerfrauen vergewaltigt, eine für jedes Lebensjahr.

Im Hochsommer 1976 raffte sich der Bürgermeister von Tijuana mit Ach und Krach zu einer Stellungnahme über seine Polizeibeamten auf, die auf amerikanischem Boden Grenzgänger aus dem Hinterhalt zu überfallen pflegten. Ein Sprecher von Bürgermeister Fernando Marquez Arce erklärte amerikanischen Reportern: »Wir sind sicher, daß es sich dabei um Gangster handelt, die sich als Beamte der Polizei von Tijuana ausgeben, und nicht um Mitglieder unseres Departments. Es gibt Geschäfte in Tijuana, wo man Uniformen, die denen der Polizei sehr ähnlich sind, kaufen kann, und wir sind sicher, daß es Leute gibt, die sie tatsächlich kaufen und darin als Polizeibeamte auftreten.«

Gegen Ende des Sommers schließlich wandte sich der mexikanische Präsident Luis Echeverria Alvarez wegen des Schicksals der Pollos, die an der US-Grenze ausgeraubt, niedergeschlagen, vergewaltigt und ermordet wurden, an die amerikanische Regierung.

Er sagte: »Auch diese Leute haben einen Anspruch auf die Achtung, die menschlichen Wesen innerhalb jeder zivilisierten Gesellschaft gebührt«, und er fügte hinzu, daß es hinsichtlich der Haltung der mexikanischen Regierung, die Sicherheit dieser Menschen betreffend, in der Vergangenheit »keinerlei Kompromißbereitschaft gegeben hat und insofern auch künftig nicht geben wird«.

Während daraufhin eine Anzahl amerikanischer Bürger meinten, niemand werde sich einen Scheißdreck um das kümmern, was ein Oberbohnenfresser in Mexiko City unter »keinerlei Kompromißbereitschaft« verstehe, gab es in Washington durchaus auch Leute, die in diesen Tagen allem, was in Mexiko City geredet wurde, gebannt zuhörten. Schließlich hatten die Bohnenfresser etwas, was die Gringos im derzeitigen Stadium ihrer Geschichte *dringend* brauchten: Öl. Keiner wußte bisher, wieviel, aber es war nun mal da. *Öl!*

Deshalb wurden in der Presse von San Diego und tatsächlich auch in den Zeitungen des Landes immer häufiger Berichte über das Gangsterunwesen an der Grenze veröffentlicht, und in faktisch jedem Lokalbericht und jedem Fernsehinterview (manchmal drei in einer Woche) gab es ein Statement eines Lieutenants der Southern Division des Police Departments, eines gewissen Burl Richard Snider.

»Lediglich über zehn Prozent aller Verbrechen wird berichtet«, pflegte er zu sagen. »Hier, gucken Sie sich dieses Bild eines vierzehnjährigen Mädchens an, nachdem man es fertiggemacht hat. Hier, schauen Sie sich an, was die Gangster einem Mann angetan haben, der in ihren Augen nicht genug Geld hatte. Hier ist...«

Wahr und wahrhaftig, im Präsidium liebten sie ihn langsam ungeheuer wegen solcher Schauergeschichten. Cops wollen mit der Presse in der Regel ebensowenig zu tun haben wie mit Politikern, Richtern, Anwälten, Psychiatern und der Roten Armee. Dick Snider führte eine Einmannkampagne. Er wurde sogar von einem *Wirtschafts*-Magazin über das millionenfache Ausländerproblem in Amerika zitiert.

»Man müßte eine zweitausend Meilen lange Chinesische Mauer bauen, wenn man die illegale Einwanderung unterbinden wollte«, sagte er. »Um die Wahrheit zu sagen, Kumpel, ich weiß nicht mal, ob *das* helfen würde.« Und er ließ sich zwar nicht etwa zu schamlosen Übertreibungen hinreißen, erklärte jedoch in einem Fall perverserweise, daß es sich wohl auch bei Josef und Maria auf der Flucht vor Herodes um illegale Grenzgänger gehandelt habe.

Wann immer er nach einer Lösung für das gravierende Dilemma gefragt wurde, zwinkerte Dick Snider dem Interviewer mit seinen schiefergrauen Augen zu, rollte die unvermeidliche Zigarette aus einem Mundwinkel in den anderen, wippte in seinen Cowboystiefeln hin und her und sagte: »Kumpel, ich weiß, daß ich auch keine Lösung *habe*. Ich kann's bloß nicht vertragen, wenn in meinem Revier die Leute massakriert werden. In meiner Stadt. In meinem Land.«

In *seinem* Land! Das gab den Ausschlag. Von den großen Tieren des Departments oben im Präsidium prallten die Schauergeschichten zunächst zwar wie Billardkugeln ab. Was ist das eigentlich für ein Arsch? *Seine* verdammte Stadt! *Sein* verdammtes Land! Der Kerl muß sich doch selber sagen, daß er im Zusammenhang mit diesen gottverdammten Gelegenheitsarbeitern und Dreckfressern keine Sprüche über unser gottverdammtes *Land* klopfen kann!

Nichtsdestoweniger jedoch trieb seine öffentliche Kampagne allmählich dem Höhepunkt zu. Er erschien öfter auf dem Bildschirm als Bürgermeister Pete Wilson. Und ein paar der höchsten Tiere – Leute, die normalerweise *keinem* Beamten aus dem mittleren Dienst über den Weg trauten, der wie eine Klapperschlange durch die Berge kroch – verwandelten sich Knall auf Fall in Experten für Grenzkriminalität, weil hartnäckige Reporter die Fragen, die Dick Snider aufgeworfen hatte, beantwortet haben wollten.

Selbst Polizeichef William Kolender, der eigentlich durchaus als progressiver Oberbeamter gelten konnte, rief Dick Snider an und beschwerte sich zähneknirschend darüber, daß er in einem jener Stegreifinterviews des Lieutenants verdammt schlecht weggekommen sei.

Es war nun gar nicht so, daß Dick Snider den Chief nicht leiden konnte; tatsächlich war eher das Gegenteil der Fall. Er war sogar der Überzeugung, daß seine geheimen Pläne gerade deshalb eine reelle Chance hätten, weil Kolender der neue Chief war. Deshalb wählte er seine Worte fortan etwas sorgfältiger, setzte seinen öffentlichen »Blitzkrieg« jedoch unvermindert heftig fort und stellte sich nur allzu bereitwillig jedem Journalisten, der sich für die finsteren Einzelheiten der Überfälle auf Grenzgänger durch dieses Gangsterpack interessierte.

Und so sah sich das Spitzenmanagement des Police Departments von San Diego immer häufiger zu Besuchen in der Außenstation seiner Southern Division veranlaßt, um dort durch die verdammten Berge und Canyons zu strolchen, auf Coyotenscheiße auszurutschen und bei alledem zu versuchen, sich wirklich unverzüglich in Experten für die Kriminalität an Grenzgängern zu verwandeln, bloß wegen eines Großmauls von Lieutenant namens Snider.

Einer der in bezug auf die Polizei eher kritischen Reporter schnappte zufällig auf, wie sich ein Deputy Chief ziemlich rüde über Dick Snider ausließ, und der Reporter kommentierte die Szene mit der Bemerkung, dies zeige ja bloß wieder mal, daß die Behörde keinem Weißen über den Weg traue, der gut Spanisch spreche. Und der Deputy Chief zappelte wie eine Puppe am Armaturenbrett und erklärte, *das* sei ja nun wirklich so lustig wie eine Prostatauntersuchung.

Immerhin hatte Dick Snider nicht umsonst den größten Teil seines Lebens auf der administrativen Seite des Gesetzes verbracht. Er verstand die Situation der Bürokratie gut genug, um anstelle seiner radikalen Bemerkungen über die Grenzgangster, die der Polizei auf der Nase herumtanzten, fortan nur noch Erklärungen darüber abzugeben, daß man mittlerweile doch wohl einiges für diese armen Teufel von Grenzgängern tun müsse. Das alles passierte nämlich gerade zu einer Zeit, in der die Kalifornier allen Ernstes von Steuerstreik redeten. Also tat er am Ende das, was ein anderer gescheiter Mensch an seiner Stelle auch getan hätte: er zauberte ein Schlagwort, eine Art Beruhigungspille hervor.

»Wir brauchen *Bundesunterstützung*«, erklärte er den Reportern. »Um eine... eine Art Task Force gründen zu können, eine Sonderkommission, ein Expertenteam.«

Dick Snider stellte sich eine Truppe vor, die aus Polizisten der Stadt San Diego und aus Beamten der Border Patrol und des amerikanischen Zolls bestand. Aber bei allen Diskussionen über seine Idee ließ er sein Schlagwort einfließen: Bundesunterstützung.

Tatsache war zwar, daß es unmöglich war, für eine derartige Maßnahme zur Verwirklichung polizeilicher Aufgaben Bundesunterstützung zu kriegen. Aber er jonglierte weiter mit Zahlen und erwähnte in mehreren Interviews den eher bescheidenen Geldbetrag, der für die Aufstellung einer Truppe erforderlich wäre, die es mit den Gangstern aufnehmen könne. Und die Journalisten gingen damit zum amerikanischen Zoll und zur Border Patrol und diskutierten hartnäckig über den Wert solcher Vorschläge, die ein Lieutenant der Polizei von San Diego gemacht hatte, ein Mann »mit dem Finger am Puls der Grenze«, wie sie es ausdrückten.

In Polizeikreisen galt das, was Dick Snider tat, als das Waschen schmutziger Wäsche. Und Cops waschen ihre Klamotten nun mal nicht öffentlich, nicht, solange sie noch an ihrer polizeilichen Karriere interessiert sind. Nicht, solange sie ihre Pension noch nicht sicher haben. Und er hatte seine noch längst nicht sicher. Aber der große Lieutenant hatte zeitlebens eine gewisse Naivität besessen. Andere Polizisten redeten nur über die Probleme. Er hingegen verkörperte den Glauben, daß einem im Grunde gar nichts Schlimmes passieren kann, wenn man eine gerechte Sache vertritt. Worauf seine eher zynischen Kollegen nur die Augen verdrehten.

Die Bundesunterstützung kam zwar tatsächlich niemals. Dennoch, am Ende der Medienkampagne wurden Dick Sniders Hoffnungen und Träume von Chief Kolender erfüllt. Er verhandelte mit den Bundesbehörden über eine Task Force, die in der Lage war, das Kriminalitätsproblem an der Grenze in den Griff zu bekommen. Und das hieß für Dick Snider, daß er es letzten Endes doch noch mit den Gangstern aufnehmen konnte. Er hatte eine Idee gehabt, deren Zeit doch noch gekommen war – mit fast einer Generation Verspätung.

2. KAPITEL

Die Insider

Alle Kommentare über das, was sich da im Niemandsland an der internationalen Grenze ereignet hat, beginnen und enden meist mit einem Urteil, einer Diskussion, einem Streit über einen gewissen Jesus Manuel Lopez, einem Police Sergeant, den Dick Snider sich ausgesucht hatte, um seine gerade flügge gewordene Task Force zur Bekämpfung der Grenzkriminalität auf Vordermann zu bringen.

Es wäre falsch, wenn man versuchen wollte, sich über Manny Lopez ein zu schnelles Urteil zu bilden.

»Je gründlicher wir ihn kennenlernten, ein desto größeres Fragezeichen war er« – so drückte es später einer seiner Leute aus.

Und keine Bemerkung könnte zutreffender sein. Manny Lopez war das personifizierte Fragezeichen. Schon mit fünfundzwanzig hatte sich sein Haaransatz ziemlich hoch auf seinen kleinen Kopf zurückgezogen. Er hatte leichte Schlitzaugen, eine eher nahöstliche als mexikanische Nase, pockennarbige Wangen und ein wegen seiner lückenhaften Zähne recht unangenehmes Grinsen. Er sah einem Teppichhändler im Bazar von Izmir erstaunlich ähnlich, und es gab wahrscheinlich auf der ganzen Welt keinen echten Teppichhändler, der mit seiner großen Klappe konkurrieren konnte. Aber was man eben niemals vergaß, wenn von Manny Lopez die Rede war, war das Fragezeichen. Wenn er in irgendeiner Weise erregt war, hob sich seine rechte Augenbraue, was an sich schon erstaunlich kämpferisch aussah, und kroch *immer, immer, immer* höher die Stirn hinauf, bis sie, fast schon auf dem Schädel, ein perfektes Fragezeichen bildete.

Manche der Männer waren in diesen ersten Monaten amüsiert, konsterniert, ja erschrocken, wenn sie sahen, wie die rechte Augenbraue langsam hoch kroch und immer höher stieg, bis sie am Ende das perfekte Fragezeichen bildete. Und das war in der Tat das unverwechselbare Kennzeichen von Manny Lopez. Ein Fragezeichen. Manny, der mit riesengroßen Augen in die Gegend glotzte und dessen Augenbraue gekräuselt und geschnörkelt war und wie angeklebt wirkte.

»Mit Manny Lopez hatte ich in der ersten Zeit meine Probleme«, sagte Dick Snider. »Er stand andauernd unter Dampf und war überehrgeizig. Er wollte wohl eine Art von Geheimpolizist sein. Die Dinge, um die es mir ging, schienen ihn kaum zu beeindrucken. Aber er war trotzdem meine erste Wahl, vom Anfang bis zum Ende. Und das sicherlich nicht nur, weil er der einzige mexikanische Sergeant war, der besessen und verrückt genug war, die Karre flottmachen zu können. Er war der klassische *Spieß.*«

Die Mitglieder der Task Force nannten Dick Snider »Lieutenant«, wenn sie ihn direkt ansprachen. Wenn sie jedoch untereinander oder mit anderen über ihn redeten, hieß er immer nur »Burl the Pearl«, »Burl die Perle«.

»Dick Snider *ist* eine Perle«, pflegte Manny Lopez zu sagen. »Ich habe schon für ihn gearbeitet, als er Sergeant und ich ein blutiger Anfänger war. Der Kerl wollte nie was anderes als Außendienst machen. Aber bei einem Polizisten kann so was ein *fataler* Fehler sein.«

Im Verlauf seiner bisherigen Laufbahn war Manny Lopez zum Vorsitzenden der San Diego Latino Police Organization gewählt worden, aus der Sicht des Police Departments kein bedeutender Karriereschritt. Innerhalb einer Truppe von 1365 Männern und Frauen, am äußersten Rand eines völlig von Latinos überfluteten Gebiets, das sich von Baja California bis Tierra del Fuego erstreckte, waren nicht einmal fünf Prozent aller Beamten des Police Departments Amerikaner mexikanischer Herkunft. Es gab ganze vier Sergeants. Es gab weder einen Lieutenant noch einen Captain, und es gab zwar einen einzigen Inspector, aber keinen Deputy Chief. Es war schier unglaublich, aber es gab nur einen aus Mexiko stammenden Beamten bei der Mordkommission, und im Einbruchs- und Raubdezernat wiederum fand sich gar keiner.

Die Großstadt San Diego ist häufig genug beschuldigt worden, sich in einem Umfeld sozialen Fortschritts eine Dorfmentalität bewahrt zu haben, so sauber verpackt, wie es bloß in einer so entlegenen Ecke Amerikas möglich ist. Und ein Police Department spiegelt immer den Geist seiner Kommune wider. Die mexikanisch-amerikanischen Cops verstanden sich selbst so gut wie nie als »Latinos« oder »Hispanier«. Sie nannten die Mehrzahl ihrer Kollegen »Weiße«, und sie nannten sich selbst »Mexikaner«. Und selbst das wurde ihnen von den Leuten streitig gemacht, die südlich der imaginären Linie wohnten und glaubten, daß sie eben doch ganz anders waren als die weiter nördlich wohnenden »Kokosnüsse«, die äußerlich braun waren, aber innerlich weiß.

Sprachwissenschaftler behaupten, daß es in der Gegend kaum Leute gibt, die wirklich zweisprachig sind – das heißt, Ausländer, die einen dort Geborenen zu täuschen vermögen, indem sie ihm ohne Akzent in seiner Muttersprache antworten können. Manny Lopez war jemand, der das konnte. Und er war ein Sprücheklopfer in beiden Sprachen. Er war auch Vorsitzender der San Diego Police Officers Association, der erste aus Mexiko stammende Amerikaner, der diesen Posten gekriegt hatte. Und diese Organisation der Polizeibeamten repräsentierte effektiv *sämtliche* Cops: weiße, braune und mexikanische. Außerdem gehörte Manny Lopez zum Beratungsausschuß des Chiefs. Von daher verstand er viel von politischen Mechanismen. Er hatte Karriereambitionen und war daher keineswegs spontan von Dick Sniders fixer Idee begeistert, man müsse etwas dagegen tun, daß auf amerikanischem Boden ständig Ausländer überfallen würden. Als Dick Snider ihm jedoch ein paar Bilder von einem Grenzgänger zeigte, den man ausgeraubt und dessen Gesicht man mit einem nagelbesetzten Schlagstock zerfetzt hatte, schaute sich Manny Lopez die Fotos an und sagte: »Okay, Sie haben gewonnen. Sie können auf mich zählen.«

Dick Snider war begeistert darüber. Er hatte endlich den Mann gefunden, der das Rückgrat der Task Force bilden konnte. Und er selber zumindest war überzeugt, daß er den Mann seiner Wahl exakt mit dem überzeugt hatte, was ihn selbst motivierte: mit dem Elend der Grenzgänger.

Manny Lopez dagegen war gerade davon überhaupt nicht überzeugt. Im privaten Kreis sagte er: »Dick Snider hätte mir das Bild eines Ausländers mit abgeschnittenem Kopf zeigen können. Ich hätte nur gesagt, das ist schlimm. Aber das Leben ist nun mal schlimm.«

Die Wahrheit ist die, daß er sowohl die Warterei auf einen Job als Ermittlungsbeamter als auch seinen Posten in der Northern Division mit ihren aufgeblasenen, quengeligen Millionären auf den Tod nicht mehr leiden konnte. Er konnte es ebenso nicht mehr leiden, andauernd hinter den Bikinis der Surf-Mädchen herzugukken, die die Straßen von La Jolla seiner Ansicht nach nur verunzierten. Er war mittlerweile nahezu dreißig und wollte *Action* haben, bevor er sich zur Ruhe setzte und richtig Karriere machte.

»Ich war bescheuert. *Richtig* bescheuert«, gab er zu. »Bloß *deshalb* habe ich mich von Burl the Pearl für seine Task Force einkaufen lassen.«

Seine Entscheidung, immerhin, änderte sein Leben von Grund auf.

Dick Snider und Manny Lopez hatten gemeinsam beschlossen, daß diese Task Force zur Bekämpfung der Grenzkriminalität so weit wie möglich aus Cops mexikanischer Herkunft zusammengestellt werden sollte. Wie sich zeigte, war es eine gute Entscheidung und der Grund dafür, daß das Experiment gleich zu Anfang ins richtige Fahrwasser kam. Zu Beginn allerdings wurde bloß deshalb nach Beamten gesucht, die aus Mexiko stammten, weil Dick Snider einer von ganz wenigen Leuten im mittleren Dienst war, die nicht nur Spanisch sprachen, sondern auch erkannten, wie wichtig das in einer Region war, die von Latinos geradezu unerbittlich überlaufen wurde.

Er unterstellte dabei, die Cops mit mexikanischer Herkunft würden die spanische Sprache zumindest gut genug beherrschen, um nach seinen Vorstellungen arbeiten zu können. Er und Manny Lopez würden in den Canyons sicherlich ebenso häufig auf der Lauer liegen, wie er es in den ganzen letzten Monaten allein getan hatte. Sie würden die Gangster bei ihren Überfällen belauschen und beobachten und schließlich festnehmen, am besten auf frischer Tat. Sie würden diesen Verbrechern, die aus dem Hinterhalt losschlugen, ihrerseits Hinterhalte legen. Das war der *Plan*.

Der private »Blitzkrieg« Dick Sniders war bei den Bundesbehörden zur Verbrechensbekämpfung letztlich doch auf fruchtbaren Boden gefallen. Zwei Zollbeamte und zwei Leute der Border Patrol wurden von der Regierung an Dick Snider ausgeliehen, um die Truppe zu verstärken. Die Stadt San Diego gab ihm neunzig Tage Zeit, um in den gangstergeplagten Bergen und Canyons Resultate zu erzielen. Das allerdings war eine verdammt kurze Zeit, um eine Schar von Stadtpolizisten zu einem... ja, zu was denn zu machen? Zu einem Canyon-Kriech-Kommando?

Sie fragten sich allesamt schon nach kurzer Zeit, ob sie dazu verurteilt waren, Stiefkinder des Schicksals zu sein. Das unausgegorene Experiment wurde ernsthaft in Frage gestellt, bevor es begonnen hatte. Ihr Etat wurde zusammengestrichen, bevor sie überhaupt Geld ausgeben konnten. Ihre Ausbildungszeit wurde auf fünf Tage begrenzt, damit sie übers Wochenende ausruhen konnten, bevor sie bei Nacht und Nebel raus in die Canyons mußten, um dort in drei Teufels Namen das zu erledigen, was offenbar erledigt werden mußte. Im Grunde hatten sie selber nur eine recht vage Vorstellung von dem, was sie erwartete. Die Aufgabe, die man ihnen als eine Art Hinterhaltkommando dargestellt hatte, mit dem diesen marodierenden Gangstern endlich die Flügel gestutzt werden sollten, war offenbar ein reines Versteckspiel und hatte wirklich kaum noch Ähnlichkeit mit der Taktik und den Methoden, die im Rahmen polizeilicher Tätigkeiten in den Stadtgebieten normalerweise angewendet zu werden pflegten.

Massiv angemeckert wurden sie überdies von nahezu sämtlichen Cops, die von ihrem Trainingscamp in den Anlagen des US-Marinecorps in Camp Matthews, ungefähr zehn Meilen nördlich von San Diego, Wind gekriegt hatten. Sie waren für die Herumkriecherei in den Canyons mit den schwarzen Marinewachmützen, Sonnenbrillen, Tarnanzügen und Kampfstiefeln ausgerüstet worden. Ein paar von ihnen wollten sich wie Nahkampfspezialisten die Gesichter schwärzen, wie sie's in hundert und aberhundert Kriegsfilmen gesehen hatten, und rissen dauernd Witze auf Kosten derjenigen Kollegen, die sowieso eine dunklere Haut hatten, wie sie es ebenfalls in hundert und aberhundert Kriegsfilmen gesehen hatten.

Selbst Dick Snider, dessen Traum sich endlich zu erfüllen schien, wußte nicht genau, wie er seine neue Task Force trainieren und führen sollte, nachdem er nun seine Chance bekommen hatte.

»Ich erinnere mich an die erste Einsatzbesprechung«, sagte er. »Ich sagte ihnen, daß man kaum voraussagen könne, was sie draußen in den Canyons erwartete. Ich sagte ihnen vor allem, wie viele Verletzungsmöglichkeiten es da draußen gab. Gerade das, meinte ich, sollten sie von Anfang an kapieren und sich entsprechend verhalten. Wenn überhaupt einer verletzt werden sollte, wär's ja sicher besser, wenn man die Verbrecher dafür verantwortlich machen könnte.«

Und sie schauten ihn an und nickten voll banger Erwartung, und als er sah, wie sie die Augen verdrehten und so manchen unfreiwilligen Seufzer von sich gaben, dachte er: Die haben diese Sprüche *bestimmt* schon mal gehört. Eben in hundert und aberhundert Kriegsfilmen.

Manny Lopez hatte von Anfang an seine Zweifel. Er sah sie sich äußerst skeptisch an, diese Typen mit ihren Kampfanzügen und Sonnenbrillen. Das waren schließlich keine Nahkämpfer vom Marinecorps. Das waren städtische *Cops.* Und ihre von Haus aus neugierigen Copkollegen kriegten geradezu Schreikrämpfe, wenn sie doch mal erfuhren, was da in Camp Matthews los war, oder wenn den Leuten auf dem Nachhauseweg der Fehler unterlief, in ihren John-Wayne-Klamotten in ihrer alten Dienststelle aufzukreuzen. Trotzdem, es war eine eifrige Bande junger Polizisten, und so grinsten sie dann bloß zurück, zuckten die Achseln und trainierten weiter.

Eddie Cervantes war Marinecorps-Reservist, und weil er ein guter Läufer war, pflegte er die Straßencops, die weniger gut in Form waren, von Anfang an dadurch zu malträtieren, daß er leichtfüßig über alle Berge hüpfte und dabei wie alle Ledernacken seit dem Boxeraufstand geradezu tierisch brüllte, während die Straßencops, die weniger gut in Form waren, ihre Ärsche nur recht mühsam die steilen Canyonwände rauf und runter schleppten und kaum nachkamen.

Es gab zwei Polizisten in der Gruppe, die in Vietnam gewesen waren, beide ehemals Ausbilder beim Marinecorps: Ernie Salgado und Fred Gil. Seit Manny Lopez zugegeben hatte, daß er nicht sehr viel von Schußwaffen und Munition verstand, bot sich Ernie Salgado freiwillig an, beim Waffentraining zu helfen. Es sah nicht nur danach aus, daß sie mit ihren normalen Dienstrevolvern draußen im Gangsterland vermutlich nicht allzuviel anfangen konnten, sondern es erwies sich auch als ungewöhnlich schwierig, im Hinblick auf das Herumschleichen auf unsicheren Pfaden zur Nachtzeit unter den gebräuchlichen Polizeiwaffen die richtigen auszuwählen. Die Gewehre des Mobilen Einsatzkommandos jedenfalls schienen für Freund und Feind gleichermaßen gefährlich zu sein.

Die Task Force entschied sich für eine großkalibrige High Standard Schrotflinte, Modell 10, aus der sich Signalgeschosse abfeuern ließen und die mit einem Pistolengriff und einem kurzen Lauf ausgestattet war, damit sie sich einfacher handhaben ließ. Im Grunde war es eine kurze Schrotflinte, die man in einer Hand halten und auch auf kurze Entfernungen abfeuern konnte. Beim

Police Department wurden im allgemeinen ziemlich schwere Rundgeschosse verwendet. Obgleich die meisten Polizisten ihre Kanonen als Statussymbol andauernd mit sich herumschleppten, waren sie hinsichtlich der Technik von Schußwaffen nicht sehr versiert. Ernie Salgado dagegen war es, und er fragte sich von Anfang an, wie wirkungsvoll die kurzen Läufe wohl sein würden, wenn schon die normalerweise vom Police Department verwendete Munition eine recht geringe Durchschlagskraft hatte. Er fragte sich, mit anderen Worten, ob es überhaupt sinnvoll wäre, in Anbetracht der kurzen Läufe und ihrer insofern zwangsläufig geringeren Durchschlagskraft die normale Munition zu verwenden. Ob sie also da draußen nicht besser Waffen benutzen sollten, die doppelt, wenn nicht dreifach so lange Läufe hatten. Und ob die kurzen Schrotflinten die Knülche nicht erst richtig munter machen würden – will sagen, ob nicht ein von einer kurzläufigen Schrotwaffe getroffener Gegner ohne weiteres noch imstande sein würde, sich die Ladung wie Dreck aus dem Bauchnabel zu kratzen und sie umgehend zurückzuschmeißen.

Hinsichtlich solcher Erörterungen über die Effizienz abgesägter Schrotflinten und stumpfnasiger Revolver sollten zwei Tatsachen festgehalten werden: 1. Niemand hätte sich im Traum einfallen lassen, wie kurz sie tatsächlich schon vor der ersten Konfrontation standen. 2. Niemand glaubte *ernsthaft,* daß es gleich beim ersten Einsatz zu einer regelrechten Schießerei kommen würde.

Tatsächlich kommen die meisten Polizeibeamten in ihrem Berufsleben weitgehend ohne das Abfeuern einer Schußwaffe aus, jedenfalls außerhalb des Schießstands. Zwar gibt es bei jedem Police Department den einen oder anderen Beamten, der dauernd in Schießereien verwickelt wird, aber gerade der gehörte dann eigentlich nicht zu den Beamten, die für diese Task Force gebraucht wurden.

Jedenfalls gab es in den fünf Tagen in Camp Matthews eine Menge Schleiferei und Schießerei. Dennoch überstanden sie das Training mit viel Humor. Bis auf eine Nachtübung, bei der sie das Anschleichen an Gangster simulierten, die sich ihrerseits an Grenzgänger anschlichen. Die Männer hatten so lange ihren Spaß an der Sache, bis einer von ihnen fast auf eine Klapperschlange getreten wäre. Eine *lebende* Klapperschlange. Kaum einer von diesen Stadttypen hatte jemals eine Klapperschlange gesehen, lebend oder tot.

Dick Snider hatte sehr viele gesehen, schon in den Tagen, in denen seine Familie ihre *Früchte-des-Zorns*-Reisen unternahm, und vor allem bei seiner Jahre zurückliegenden Arbeit als Beamter der Border Patrol. Und auch in den letzten paar Monaten, in denen er nachts in den Canyons seine Einmann-Kriech-Kampagnen absolvierte, hatte er diese Reptilien häufig gesehen und gehört.

Klapperschlangen? Ja – *echte* Klapperschlangen. Darauf mußte man also tatsächlich achten. Gangster waren eine Sache für sich. Genaugenommen rechneten sie ja gar nicht ernsthaft damit, daß es mit solchen struppigen Mördertypen allzuviel Ärger geben würde, weil die sich, wie sie meinten, im Ernstfall bestimmt schon mit Hasch rausgeschossen hatten. Ihr Job würde sich doch darauf beschränken, die Leute in den Arsch zu treten und ihre Personalien festzustellen, wie man in diesem Geschäft sagt. Aber *echte* Klapperschlangen? Und vielleicht auch noch Taranteln? Kann deren Biß Menschen töten? Was ist außerdem mit diesen verdammten Skorpionen, von denen andauernd die Rede ist? Wenn einer seiner Stadtcops die Frage angeschnitten hatte, ob Ratten die Pest übertragen, hatte Dick Snider diesen jungen Stadttypen immer auch den einen oder anderen beruhigenden Satz über all die *übrigen*, viel gefährlicheren Kreaturen gesagt, die hier draußen bereits viel länger rumkrochen als die Gangster.

Der zur Task Force abkommandierte Beamte der Border Patrol zeigte den Cops ein paar Tricks, die im Augenblick zwar noch nicht sehr wichtig zu sein schienen, sich jedoch von dem Moment an, in dem das Task-Force-Experiment in seine heiße Phase trat, als überaus wertvoll erwiesen. Wie man beispielsweise richtig den Schwanz einzieht: Diese illegalen Grenzgänger hockten sich normalerweise sofort hin, wenn irgendwo verdächtige oder gar bedrohlich wirkende Personen auftauchten. Deshalb mußten die Cops lernen, sich richtig auf den Hintern zu setzen. Und die übliche Fügsamkeit der Pollos mußte geübt und zum Schluß *beherrscht* werden, die Gestik der Unterwerfung und das angstvolle Reden, ausgesprochen demütig, Timbre und Ton der Stimme entsprechend leise. Dem Ton eines Schleifers bei der Army genau entgegengesetzt.

Selbst die Hände wurden südlich der imaginären Linie völlig anders bewegt. Ein echter Mexikaner pflegte die Finger nach unten zu halten, wenn er mit einem Erwachsenen sprach. »Hau ab« klang viel weniger aggressiv, wenn die Finger zur Erde zeigten. Einen Hund oder ein Kind hingegen rief man mit nach oben gereckten Fingern. Die Truppe kapierte allmählich, daß zwischen einem Mexikaner und einem Amerikaner mexikanischer Herkunft Welten liegen.

Für den Fall außerdem, daß sie sich gezwungen sehen sollten, auch mal im Untergrund zu arbeiten, brachte man ihnen ein paar Redewendungen aus dem Sprachgebrauch echter Mexikaner bei. Amerikanischer Slang war bei den Gesetzeshütern und den Einwohnern von Tijuana zwar fast genauso gebräuchlich wie auf der amerikanischen Seite der Grenze. Aber *campesinos,* Bauern, die gerade aus dem Landesinnern gekommen waren, würden weiß Gott nicht um *mejas* bitten, formvollendet um Feuer, wenn sie sich eine Zigarette anstecken wollten. Und wenn einer herginge und das Wort *frajo* für Zigarette benutzen würde, käme sofort Verdacht auf. Woher kennt denn ein Pollo aus Durango den mexikanisch-amerikanischen Vorstadtslang? Kennt er die Schmuggler- und Grenzführersprache, weil er schon öfter rübergegangen ist, oder ist er eine Art Polizeiinformant oder Spitzel?

Und wenn jemals einer vor der Situtation stände, einen Ausländer aus dem Landesinnern spielen zu müssen, welche Zigarettenmarken sollte er bei sich haben? Welche Sorten Streichhölzer wurden für gewöhnlich in einem *pueblo* in Chihuahua verkauft?

Und wie verhielt es sich mit der Sprache der Grenzführer und Schmuggler? Obgleich zum Beispiel *trucha!* (das heißt »Paß auf!«) aus dem *calo,* dem Slang von Los Angeles, ihnen allen ziemlich unbekannt war, mußten sie wissen, daß einer, der eine solche Redensart gebrauchen würde, mit größter Wahrscheinlichkeit zu den ebenso schrägen wie gerissenen Vorstadtgaunern gehörte.

Die jeweils gebräuchliche Sprache der Grenzgegend, ein Gemisch aus Spanisch, Englisch und zweisprachigem Slang, sprang normalerweise rasch auf ganz Südkalifornien über, kam in Mode und wieder aus der Mode, lief zurück nach Süden, mogelte sich zurück nach drüben und gelangte dabei ähnlich mühelos hin und her wie die schäbigen Promenadenmischungen beider Seiten. Die Männer hörten sich das alles an und fanden es an und für sich durchaus interessant, meinten jedoch, was, zum Teufel, es mit einer Truppe von Straßencops zu tun habe, die in diese Berge geschickt wurde, um ein paar Leute in den Arsch zu treten und ihre Personalien festzustellen?

Ein alter Polizist der Southern Substation fand einen originellen Vergleich, sobald er was über die neuen Aufgaben der Cops läuten gehört hatte: »Black Jack Pershing war der letzte Arsch, weil er so blöde war, mexikanische Gangster durch die Berge zu jagen. Der Effekt war der, daß später jeder Filmstar von Beery bis Brynner den Pancho Villa gespielt hat. Und was ist für Pershing dabei rausgekommen? Ein Denkmal in 'nem Pennerpark in Los Angeles, wo ihm Millionen von Tauben auf den Hut kacken!«

Zwar wollte keiner der Sache so recht auf den Grund gehen, aber sie stimmte insofern, als General Pershing und die amerikanische Kavallerie nie auch nur die geringste Chance gehabt hatten, Pancho Villa zu fangen.

»Wir wissen echt nicht genau, was wir eigentlich tun sollen«, sagte Renee Camacho, als sein Vater ihm seinen vorerst letzten Haarschnitt verpaßte. Renee hatte eine fast kindlich helle Stimme, obgleich er mit achtundzwanzig schon einer der älteren Herren der Truppe war.

Herbert Camacho war Friseur, und sein Geschäft befand sich unweit der Dreizehnten und der Market Street, ganze achtzehn Blocks von der Central Police Station entfernt. Renee und andere Cops kamen öfter mal auf einen Sprung vorbei und tranken ein Bier mit dem Friseur.

Herbert Camacho meinte, diese Task Force sei im Grunde eine prima Sache. »Das sind deine Leute«, sagte er zu seinem Sohn und meinte damit die Grenzgänger. »Irgend jemand muß ihnen mal helfen.«

Die Wahl von Renee war für Dick Snider beinahe selbstverständlich gewesen. Renee war nicht nur ein ungewöhnlich eifriger Cop, sondern hatte, wie Dick Snider selbst, auch einen ausgesprochen weichen Kern, was dem Lieutenant der Task Force gut in den Kram paßte. Eine Eigenschaft jedenfalls, die bei Polizisten ziemlich selten ist und meist rasch verschwindet, wenn die jungen Burschen erst mal eine Weile Streifendienst gemacht haben.

Es gab aber noch einen weiteren Grund. Dick Snider kannte Renees Vater seit ungefähr sechzehn Jahren, denn Snider hatte als junger Beamter selbst mal im Bereich der Dreizehnten und Market Street Streifendienst gemacht.

Der ältere Mann hatte den großen Lieutenant immer sehr gemocht, und er erzählte Renee, Dick Snider habe die mexikanische Kultur immer sehr *simpatico* gefunden. Der Friseur wußte es zu schätzen, wenn Snider ihn nach mexikanischer Art umarmte und ihm ohne Scheu sogar einen Kuß gab. Aber er hatte auch seine Bedenken.

»Glaubst du nicht, daß es dort draußen sehr... gefährlich ist?« fragte er Renee, sein einziges Kind.

Und eines Abends, als der Friseur seinem Nebenjob nachging und in einem Alkoholausschank als Kellner arbeitete, schneite Dick Snider rein, um auf dem Nachhauseweg ein Bier mit ihm zu trinken. Dick Snider war reichlich überrascht, als Herbert Camacho unvermittelt zu ihm sagte: »Paß da draußen bloß auf meinen Jungen auf!«

»Na sicher paß ich auf ihn auf«, versprach Dick Snider dem Friseur. »Ich paß auf sie alle auf!«

»Verdammt, keiner von den Jungs trägt ne kugelsichere Weste!« Tony Puente wiederholte es tausendmal in diesen Tagen, in denen sich die Task Force formierte.

»Ich werde dir eine kugelsichere Weste kaufen!« sagte seine Frau Dene hartnäckig.

»Ich werd sie nicht tragen.«

»Bist du denn blöd?«

»Ich werd sie nicht tragen!«

»Willst du sterben?«

»Die anderen Jungs lachen.«

»Die *anderen* Jungs... *lachen?«*

Wenngleich sie »weiß« war, wußte sie, welche Rolle bei den Männern mexikanischer Herkunft der *machismo* spielte. Es mochte ja sein, daß sie in den Augen derer, die südlich der Grenze wohnen, gar keine *richtigen* Mexikaner waren, aber die *machismo*-Regeln waren beiderseits der imaginären Linie nach wie vor sehr lebendig.

Sie blieb hartnäckig. Er blieb stur. Sie kaufte die Weste. Er wollte sie nicht tragen. Sie rief daraufhin bei seiner Mutter an – »eine typische mexikanische Drachenmutter«, wie er sie nannte –, und dann ging das Geschreie und Gekreische erst *richtig* los.

»Du wirst gefälligst diese kugelsichere Weste tragen!« befahl seine Mutter.

»Ich werd die verdammte Weste *nicht* tragen!«

»Dann hoff ich bloß, daß du erschossen wirst!«

»Also eher laß ich mich erschießen, bevor ich das Ding anzieh'!«

Und so weiter. Zum Schluß sagte seine Mutter, es wolle ihr einfach nicht in den Kopf. Trotzdem wolle er sich eher erschießen lassen als das Ding tragen, sagte er. Das alles ereignete sich gleich in den allerersten Tagen des Experiments. Er hatte wenig Ahnung, wie es ist, wenn man erschossen wird.

Als alles ohne Erfolg blieb, weinte seine Frau. »Du darfst nicht sterben und mich mit den drei Kindern allein lassen! Du *mußt* sie tragen!«

Und das zeigte Wirkung bei ihm. Schweren Herzens lenkte er ein. Er war seit jeher der Ansicht, daß er ihr die Jugend gestohlen hatte. Dene war erst fünfzehn, als sie heirateten. Er war achtzehn und beim Marinecorps.

Es kam ihm sowieso immer so vor, als habe er andauernd auf Frauen hören und sich von ihnen herumkommandieren lassen müssen. Er war das älteste Kind und hatte noch fünf Schwestern. Keiner hatte je gemerkt, was für ein heller Junge er war. Er war ein eher schüchterner und leise sprechender Typ. Er ging von der High School ab, bevor er siebzehn war, und benötigte für seinen Eintritt ins Marinecorps das schriftliche Einverständnis seiner Mutter. Er konnte es nicht abwarten, von zu Hause wegzukommen, fort von seinem Alkoholikervater, der ihn dauernd in peinliche Situationen versetzte. Dieses Gefühl empfand er in seiner Situation als das schlimmste, weil es sich auch noch mit Schuldgefühlen und Gewissensbissen vermischte. Der alte Herr pflegte ihn dauernd in Verlegenheit zu bringen, wenn er sich die Baseballspiele der Nachwuchsrunde ansah, wo sein Sohn für eine vom San Diego Police Department geförderte Mannschaft spielte. Das Team wurde von Police Detectives gemanagt, und der junge Tony Puente stellte sich auf dem Spielfeld immer wieder vor, daß sie den betrunkenen Mann, der auf der Tribüne saß und ihm zujohlte, mittlerweile wahrscheinlich wieder mal eingesperrt hatten. Immerhin war der Alte bereits von zahllosen Polizisten wegen Trunkenheit eingebuchtet worden. Tony Puente ließ sich jedenfalls sein ganzes Leben lang sehr schnell in Verlegenheit bringen, und er hatte immer sehr rasch Gewissensbisse.

Das Marinecorps war trotz allem keine Zuflucht. Er wußte in der Tat nicht, was er machen sollte, als 1962 die Kuba-Krise ausbrach. Die Marines sollten nach Guantanamo verlegt werden! Er konnte es kaum erwarten. Aber er und seine Teenagerfreundin hatten bereits den Hochzeitstermin festgesetzt. Er marschierte zu seinem Kommandeur, um von dem zu hören, was er tun sollte.

»Soll ich denn nun abhauen nach Guantanamo, oder soll ich *vernünftig* sein?« fragte der junge Marinesoldat seinen Vorgesetzten.

Die Antwort steckte selbstverständlich schon in der Frage. Er war vernünftig wie gewöhnlich. Er heiratete und absolvierte die drei Dienstjahre, zu denen er sich verpflichtet hatte, in Santa Ana, Kalifornien, ganz in der Nähe seines Hauses. Er und Dene hatten drei Kinder und würden ein viertes haben, bevor dieses Experiment an der Grenze vorbei war. Er glaubte in der Tat, er habe ihr die Jugend gestohlen, und deshalb schloß er es nicht mehr *ganz* aus, eine kugelsichere Weste zu tragen, als sie ihm mit dem Argument kam, er dürfe sich einfach nicht erschießen und sie mit der Erziehung der Kinder allein lassen. Später sollte er seine Ansicht über *machismo* und kugelsichere Westen gewaltig ändern.

In mancher Hinsicht sah Tony Puente mehr wie ein Mexikaner aus als die anderen. Sein Gesicht war recht glatt, und hinter den goldgeränderten Brillengläsern verbargen sich die kleinen Augen eines Indianers. Seit er sich die Haare länger wachsen ließ und das erste Sprießen eines Flaums dazu benutzte, sich einen Zapata-Schnurrbart stehenzulassen, sah er aus wie die klassische Wiedergeburt mexikanischer Revolutionäre. Spanisch allerdings sprach er wirklich nur äußerst schlecht, als er sich von Dick Snider und Manny Lopez für diese Task Force anheuern ließ.

Er hatte andere Vorzüge, zum Beispiel Erfahrung. Mit dreiunddreißig war er fast der älteste aller Angeworbenen, und er hatte sieben Jahre Polizeidienst hinter sich. Er war nie nach Guantanamo Bay gekommen. Er war nie irgendwohin gekommen. Nun aber mußte er zumindest nicht mehr dauernd in Uniform rumlaufen, ganz egal, ob Dene die Sache gefiel oder nicht. Im übrigen hatte er letzten Endes doch nicht die ernsthafte Absicht, zu den überängstlichen Typen zu gehören, die kugelsichere Westen trugen.

Es gab damals schon noch was, was ihm an ihr mißfiel, wenn nicht mißfallen mußte. Und das war im Grunde viel schwerwiegender als tausend kugelsichere Westen. Dene geriet mehr und mehr in die Fänge einer fundamentalistischen Kirche. Ihr Leben – aber vor allem auch sein Leben – würde nie mehr so sein wie bisher.

»Sie war eine junge Frau mit Kindern«, sagte er irgendwann nachdenklich, als er die Ursachen der religiösen Krise zu beschreiben versuchte, die sein Leben binnen kurzem völlig vergiftete. »Ich war nachts da draußen und schob Dienst, und sie war gezwungen, die Kinder allein zu erziehen. Zunächst glaubte ich ja noch, daß die neue Religion bloß eine... Phase war. Eine *vorübergehende* Erfahrung. Ihr *fehlte* offenbar was in den einsamen Nächten. Es schien ja zuerst ganz okay zu sein, daß sie jede Nacht zwei Stunden in der Bibel las. Viel besser als zuviel Fernsehen, während ich draußen Dienst machte, stellte ich mir vor.«

In dieser Phase seines Lebens ging Tony Puentes Glauben an Gott fast restlos kaputt. Sonderlich tief war er nie gewesen, seit sein Vater gestorben war, was durch den Alkoholmißbrauch ziemlich rasch gegangen war. Die Puentes riefen in der nächsten Pfarrei an, weil ein Priester kommen sollte. Ein weißer Priester erklärte ihnen, er würde die Sache gern machen – für fünfundsiebzig Dollar.

Tonys Mutter rief daraufhin bei einem mexikanischen Geistlichen an, der sofort kam, ohne von Geld zu reden. Nichtsdestoweniger war Tonys Glaube ernsthaft erschüttert worden, und im Grunde wurde er nie mehr so, wie er mal gewesen war. Wenn er versuchte, die grundlegenden, anscheinend unwiderruflichen Veränderungen seiner Ehe und seines Lebens zu erklären, meinte er beispielsweise: »Ich hatte mich mit Denes neuer Religion ja fast schon abgefunden, aber mit der kugelsicheren Weste hatte ich nach wie vor nichts im Sinn. Damals hätte ich diese verdammte Weste höchstens *im Bett* angezogen, damit sie glauben konnte, da käme einer zu ihr von den himmlischen Heerscharen. Aber wie hätte ich denn wissen können, was da noch alles passiert?«

Der älteste Cop von allen war Fred Gil. Er war Ausbilder beim Marinecorps gewesen, hatte in Vietnam gedient und sollte beim paramilitärischen Training aushelfen. Fred Gil, sechsunddreißig, war noch ruhiger und sprach fast noch leiser als Tony Puente. Fred Gil war bekannt für sein schüchternes Lächeln und seinen mehr als tief sitzenden Sinn für Humor. Und er war wahrscheinlich der einzige Ex-Ausbilder in der Geschichte des US-Marinecorps, der so altmodische Worte wie »verflixt« und »Scheibenkleister« in den Mund nahm. Er war einer der am allerschlechtesten Spanisch sprechenden Cops mexikanischer Abstammung und im Umgang mit höheren Tieren derart schüchtern, daß er jeden Augenkontakt vermied und sich ununterbrochen die Hand vor den Mund hielt, sobald er es mit jemandem zu tun hatte, der mehr war als Sergeant.

Fred Gils Passivität erschien einem zunächst um so erstaunlicher, als er in seiner aktiven Zeit Judo-Champion des gesamten Marinecorps in der offenen Schwergewichtsklasse gewesen war. Und bei nur zweihundert Pfund war das wirklich eine Leistung, vor allem, wenn man bedenkt, daß er mit wahren Monster-Marines kämpfen mußte. Fred Gil war freundlich, liebenswert und physisch total fit. Viele Cops konnten es kaum fassen, daß er sich in seinem Alter diesem Verein angeschlossen hatte, bei dem er zwischen Kakteen und Eidechsenscheiße herumstiefeln und sich nachts einen abfrieren mußte. Aber genau das war typisch für Fred Gil. Die Brutalität der Gangsterbanden in den Canyons ließ ihm keine Ruhe. Die Fotos der bedauernswerten Opfer unter den Grenzgängern, die Dick Snider ihm gezeigt hatte, waren bei dem alten Fred Gil auf fruchtbaren Boden gefallen. Vielleicht waren gerade er und Dick Snider wirklich erwachsen genug, um sich mit den Menschen, die keine Illusionen mehr hatten, solidarisch zu fühlen, eben weil sie wußten, daß sich Wunschträume selten erfüllen. Vielleicht näherte er sich auch seiner Midlife Crisis. Seine Frau Jan steckte mit neununddreißig jedenfalls mitten drin. Sie hatten so gut wie ununterbrochen Krach. Ihre Ehe war miserabel.

Es sei ausschließlich *seine* Idee gewesen, dieser Task Force beizutreten, sagte er. Er habe in seiner aktiven Zeit noch mal was Vernünftiges tun wollen, bevor er zu alt gewesen sei, sich zu engagieren.

»Nach Vietnam hatte ich von fast allem die Schnauze voll«, sagte er. »Ich war einfach froh, daß ich noch lebte. Der normale Polizeidienst schien mir nach dem Krieg buchstäblich der Himmel auf Erden zu sein. Einfach nur leben, ohne Tag für Tag Angst haben zu müssen, daß schon wieder einer versucht, einen umzubringen.«

So fand sich Fred Gil dann bei der Task Force wieder, aber er wollte nie einem Menschen ein *Vorbild* sein.

Der größte von allen, Ernie Salgado, war der eigentliche Waffenexperte. Ebenso wie Fred Gil gehörte er zu denjenigen ehemaligen Marines, die in Vietnam gekämpft hatten, als die Tet-Offensive begann; er war damals bei den 7. Marines in Da Nang gewesen. Er hatte eine Infanterieabteilung geführt und seinen persönlichen Anteil am Krieg in den dreizehn Monaten da drüben weiß Gott mitgekriegt. Schon vor seinem ersten Einsatz in den nächtlichen Canyons hatte er jetzt eine gewisse Angst davor, dort draußen allzu häufig und intensiv an Vietnam denken zu müssen.

Ernie Salgado kam aus Marfa in Texas, einem Ort mit 2600 Einwohnern. Es war größtenteils eine von Mexikanern bewohnte Stadt, in der es zwar einige Weiße, aber keine Schwarzen gab. In Marfa hatte er nahezu ausschließlich antimexikanische Ressentiments kennengelernt und sich entschlossen, in San Diego zu bleiben, nachdem er dort bei den Marines stationiert gewesen war. Aber selbst nach fünf Jahren Polizeidienst war ihm das Leben in der Großstadt noch immer nicht ganz geheuer. Er war der einzige von ihnen, der den Sauftouren nach Feierabend kaum etwas abgewinnen konnte. Er nippte höchstens dann mal an einem Gläschen, wenn es ihm zu sehr auf die Nerven ging, daß sie ihn ununterbrochen mit Marfa, Texas, aufzogen. Wo man, wie die Kollegen spotteten, abends normalerweise nichts unternehmen konnte, als dabei zuzuschauen, wie der Beton hart wurde. Er hatte mal den Fehler begangen, ihnen eines Abends, nachdem seine Zunge durch eineinhalb Glas Bier locker geworden war, ein paar Takte mehr über seine Heimatstadt zu erzählen. Von dem Abend an mußte er einen Marfa-Witz nach dem anderen über sich ergehen lassen.

Ernie Salgado hatte ein längliches Gesicht mit einem vorspringenden Kinn und deutlich vorstehenden Vorderzähnen. Witze über seine Zähne und Kieferknochen ödeten ihn nach einiger Zeit noch mehr an als die Gags über Marfa, Texas.

Joe Castillo hatte einen durchtrainierten, athletischen Körper, und er gehörte zu jenen jungen Cops, denen die Polizeigroupies automatisch schöne Augen machten. Und so was wußte er *immer* zu schätzen. Er war fünfundzwanzig und steckte nach eigener Einschätzung noch mitten in der Phase der »schwarzen Handschuhe«. So nennt man die Zeit, in der das nagelneue Abzeichen auf der Brust für die jungen Polizisten noch ein ganz enormes Gewicht zu haben scheint, wenn sie den Straßenverkehr regeln. Die Zeit, in der manche Cops es für dringend notwendig halten, sich schwarze Velourslederhandschuhe nicht nur zu kaufen, sondern sie auch zu tragen, und in der sie dazu am liebsten auch noch eine Reitpeitsche tragen würden, wenn das Department es erlaubte.

Joe Castillo war ein schlechter Schreiber, was das Abfassen von Berichten betraf, und er hatte deshalb ziemliche Manschetten vor Manny Lopez, der in dem Ruf stand, er gehöre zu den Sergeants, die in puncto Berichtschreiben besonders pingelig seien. Noch sah es immerhin so aus, als könne die Task Force eine Art Sprungbrett für eine *richtig* gute Karriere als Kriminalbeamter sein.

Er war wohl wirklich kein Bücherwurm, aber für alles, was mit physischer Kraft zu tun hatte, war er wie geschaffen, wie er glaubte. Ebenso wie Fred Gil sprach er ein miserables Spanisch, aber am Anfang glaubte er: Wieviel Spanisch, zum Teufel, muß man können, um von Bäumen oder von sonst was runterzuhüpfen und einer Horde Junkies aus Tijuana auf den Kopf zu springen und in den Hintern zu treten? Joe Castillo war wahrhaftig ein *außerordentlicher* Macho.

Als sich in den darauffolgenden Monaten zeigte, daß es in puncto Kameradschaft doch nicht immer so ganz ohne Ecken und Kanten abging, ließ Joe Castillo seiner Enttäuschung und seiner Wut häufig freien Lauf. Immer wieder drohte er einem Kollegen: »Paßt dir das vielleicht nicht? Laß uns mal nach draußen gehen!«

Zu seinem Ärger erntete Joe Castillo dann oft genug höhnisches Gelächter von allen Seiten, weil er nämlich total übersehen hatte, daß sie längst draußen *waren.*

Carlos Chacon erlebt urplötzlich den schieren Horror. Seine Schwester wird von drei Männern angegriffen. Sie werfen sie auf die Erde. Einer der Angreifer will sie erstechen. Carlos geht auf die Leute los. Einer von ihnen zückt ein langes Messer. Carlos rennt und rennt auf sie zu, kommt aber nicht mehr rechtzeitig. Das Messer bohrt sich in den Leib seiner Schwester, die zu schreien anfängt. Es ist ein Schmerzensschrei, ein Schrei um Hilfe und ein Schreien aus der Angst heraus, ermordet zu werden.

Er schreit ebenfalls, so laut, daß er sie nicht mehr hören kann. Er stürzt sich in das Gewühl der Körper. Er zieht das Messer aus dem zuckenden Leib seiner Schwester. Eingeweidefetzen hängen an dem Messer, und Blut spritzt auf die Gesichter. Schrecklich viel Blut.

Jetzt ist *er* der Angreifer, und die drei Männer kämpfen um *ihr* Leben. Er ist erbarmungslos, ohne jedes Mitleid. *Sie* schreien. Er hat das schwere Messer in der Hand. Das Messer fühlt sich an wie... Gerechtigkeit. Er schlitzt dem Mann, der auf seine Schwester eingestochen hat, die Kehle auf. Der Mann kann nicht mal mehr schreien. Er starrt Carlos bloß noch an und ergibt sich in sein Schicksal. Carlos ist groß und wiegt einiges über zweihundert Pfund. Er ist dreiundzwanzig. Der zweite Angreifer ist kein Gegner für ihn. Er stößt dem Mann das Messer in den Hals. Bis ans Heft. Der Mann *versucht* nicht mal mehr zu schreien. Der dritte Angreifer haut ab. Die Wut von Carlos ist wahnsinnig, schlimmer als alles, was er je erlebt hat.

Er wacht auf. Sein Traum ist einer der vielen Träume, die immer wiederkommen. Er träumt eine Menge von Gewalt.

»Meine Mutter war eine *echte* Wetback«, erzählt Carlos Chacon oft und gern. Eine echte Illegale aus Mexiko.

Sie hatte vier Kinder in der Republik Mexiko, als sie noch ein junges Mädchen war. Sie kam nach Texas über den Rio Grande – von daher wirklich eine *echte* Wetback. Aber als sie über die Grenze kam, hatte sie bloß drei Kinder bei sich. Ihr Mann hatte eins der Kinder weggegeben, ein Mädchen. Die Mutter von Carlos bekam in der Folgezeit noch vier Töchter und zwei Söhne. Sie zog neun Kinder groß und dachte immer nur an das eine, das in Mexiko geblieben war.

Sie wohnte in Brownsville, Texas, ganz in der Nähe ihres Heimatlandes, und arbeitete als Wäscherin und Büglerin für amerikanische GIs. Sie lernte einen Mann namens Chacon kennen und heiratete ihn. Einer ihrer Söhne war Carlos, der von Anfang an Polizist werden wollte.

»Ein Polizist hat mich zur Welt gebracht«, sagte er. »Als mein Vater im Gefängnis war. Ich hab meinen Vater kein einziges Mal gesehen.«

Carlos Chacon war einer der drei Mitglieder der Task Force, die gut Spanisch sprachen, weil er mit Spanisch als Hauptsprache fürs Leben, für die Phantasie und für die Träume aufgewachsen war. Seine Mutter war mit ihren Kindern in die Gegend von San Diego gezogen.

»Ich habe immer gern diesen alten Witz gehört« – er grinst dabei und zeigt wolfsartige weiße Zähne –, »wo das Kind sagt: ›Das ist meine *Mama,* die du da verprügelst‹, und wo der Mann sagt: ›Das ist meine *Frau,* Kind.‹«

Seine Mutter lebte mit einem Mann namens Geronimo zusammen, der sowohl sie als auch Carlos regelmäßig verprügelte. Aber der Junge hatte vom Vater, den er nie gesehen hatte, einiges an Kraft geerbt. Carlos wurde sehr groß, und schließlich fand Geronimo seinen Meister. Er war derjenige, der von Carlos verprügelt wurde.

Als Carlos an jenem Abend mit dem guten Gefühl schlafen ging, einen Mann besiegt zu haben, vor dem er immer Angst gehabt hatte, träumte er von Gewalt. Mitten in der Nacht wachte er auf und wußte nicht, ob er immer noch träumte. Geronimos Gesicht grinste ihn an. Schräg von der Seite. Plötzlich winkte Geronimo dem Jungen, er solle mal herkommen. Geronimo hatte eine Machete in der Hand. Carlos sprang schreiend aus dem Bett und schnappte sich die Eisenstange, die er seit einiger Zeit zu seinem Schutz neben dem Bett liegen hatte. Geronimo war ein Schläger, aber auch ein Feigling. Er ging fluchend stiften, mitsamt der Machete.

Gott sei Dank verschwand Geronimo irgendwann aus ihrem Leben, und die Kinder kamen ein bißchen zur Ruhe, zumindest so lange, bis er eines Tages wieder auf der Bildfläche erschien. Er wollte wieder damit anfangen, womit er aufgehört hatte, nämlich mit dem Verprügeln der Mutter. Aber mittlerweile war Carlos in der zehnten Klasse.

»Dieses eine Mal hab ich ihn *schauerlich* vertrimmt«, erinnerte sich Carlos. »Ich war da schon so groß, daß ich auf ihn runtergukken konnte. Es ist in dem Zimmer passiert, wo meine Mutter sonst immer schrie.«

Sie wohnten in Otai, in der Nähe von Chula Vista. Die Gegend litt ziemlich unter dem Terror von Gangsterbanden. Die Leute mißtrauten der Polizei, aber Carlos dachte da ganz anders. »Die Polizei kam und ergriff meine Partei. Ich hab ihn *schauerlich* vertrimmt.«

Die Augen von Carlos Chacon konnte man nicht so schnell vergessen. Er hatte starke, ausdrucksvolle Brauen, eine niedrige Stirn und welliges schwarzes Haar mit Mittelscheitel. Er redete mit den Händen, eine mexikanische Angewohnheit. Aber die Augen, wahrhaftig, die schimmerten so feucht, als würden sie ständig zerfließen. Solche Augen hatte allenfalls Valentino in seiner Rolle als Sohn des Scheichs gehabt, Augen, deren Ausdruck ebenso bestürzt wie rasend sein konnte, je nachdem, wie weit er dabei seine wolfsartigen, sehr weißen Zähne entblößte.

»Meine Mutter ist die beste Büglerin der Welt«, prahlte er gern, als er Polizeianwärter in Chula Vista wurde.

Sie hielt die Uniform ihres Sohnes genausogut in Schuß, wie sie in Brownsville, Texas, vor vielen Jahren die Uniformen der amerikanischen GIs in Schuß gehalten hatte. Er hatte die schärfsten Bügelfalten sämtlicher Cops in San Diego, den regulären wie den Anwärtern. Außerdem hatte er einen Colt Python, eine 375er Magnum.

Er war seinerzeit zwanzig, und wie alle anderen Polizeianwärter wollte er beim Pistolenschießen der Beste sein. Reine Ziel- und Anschlagsübungen waren nicht annähernd so wichtig wie das Abfeuern von hundert Schuß auf dem Schießstand, sagte man ihm. Aber wer kann sich hundert Schuß mit scharfer Munition leisten? Bei den Ziel- und Anschlagsübungen konzentrierte man sich einfach auf einen Fleck an der Wand, der so klein war, daß man sich ihn als Zentrum der Schießscheibe in fünfundzwanzig Meter Entfernung vorstellen konnte. Auf die Weise trainiert man Auge, Gehirn und Hand und lernt ein langsames und ruhiges anstelle eines ungewollten ruckartigen Durchziehens, und das ist wichtig, weil's beim richtigen Schießen immer darauf ankommt, den Rückstoß beim Abfeuern der Handfeuerwaffe auszugleichen.

Carlos hatte in jener Zeit einen sehr guten Freund. Dieser Freund hieß Michael Clarence Jackson. Die beiden waren zusammen auf die High School gegangen, und selten machte einer was ohne den anderen. Michael war schwarz, aber Carlos Chacon und er hatten eine Menge Gemeinsamkeiten. Zum Beispiel hatte keiner der beiden seinen Vater gekannt. Carlos hatte seinen Vater zwar mal aufsuchen wollen, aber vor diesem Treffen starb der alte Mann und schlug Carlos am Ende sogar noch damit ein Schnippchen.

Sie träumten: Michael, zum Beispiel, würde Jura studieren und Richter werden, Carlos Polizeichef.

Auch Michael war von dem 375er Colt Python sehr begeistert, und Carlos ließ ihn Ziel- und Anschlagsübungen machen, sooft er wollte. Das Schießen mit der 375er Magnum war kinderleicht. Im allgemeinen nahm Carlos alle Geschosse aus der Trommel und tat sie in eine Schachtel, bevor sie ihre Ziel- und Anschlagsübungen machten.

Es gibt kontroverse Darstellungen darüber, wie's dann passierte. Junge Leute, die schnelles Ziehen spielen? Carlos erklärte, er habe Ziel- und Anschlagsübungen gemacht. Wenn das stimmte, achtete er offensichtlich nicht auf die Zielscheibe, sondern nur auf die schöne Python. Er feuerte, wie er glaubte, ein imaginäres Geschoß ab. Aus dem Lauf der Python jedoch kam ein *echtes.*

An die nächsten Sekunden erinnert sich Carlos Chacon sehr deutlich. Michael sank auf die Knie, man sah in seinen offenen, zerschmetterten Brustkasten. Zunächst gab er überhaupt kein Geräusch von sich.

»Tut mir leid!« schrie Carlos Chacon seinem Freund zu. »Es tut mir leid!«

Michael antwortete ihm nicht mehr. Schließlich fing er an zu stöhnen. Erst auf sein Stöhnen hin rannte Carlos zum nächsten Telefon.

»Er ist tot«, erfuhr Carlos Chacon im Krankenhaus von einem Deputy Sheriff. Und das war's dann. Ein Schießunfall mit Todesfolge.

Carlos begleitete den Coroner in das Haus des toten Jungen, der davon geträumt hatte, Richter zu werden. Carlos bestand darauf, Michaels Mutter die Nachricht selbst zu überbringen. Er sagte ununterbrochen: »Es tut mir leid!«, bis die schwarze Frau ihn in die Arme riß, und dann hielten sie sich aneinander fest und weinten laut.

Carlos Chacon hatte einen anderen Traum. Es war ein unkomplizierter Traum, fast frei von Symbolen. In dem Traum sitzt Carlos am Rand eines sehr finsteren Waldes. Michael kommt aus dem Wald und begrüßt seinen Freund. Er sagt: »Wie geht's denn so? Mir geht's *prima!«* Sie reden über alle möglichen belanglosen Dinge, und Michael geht dann in seinen Wald zurück. Der Traum ist nicht schlimm, kommt aber immer wieder. Es ist fast immer genau dasselbe.

Trotz dieses tödlichen Schießunfalls, dem Michael Clarence Jackson zum Opfer gefallen war, wurde Carlos Chacon zwei Jahre später vom San Diego Police Department eingestellt. Er war noch in der Probezeit, als er von Dick Snider und Manny Lopez gefragt wurde, ob er Lust habe, bei ihrer Grenztruppe mitzumachen. Er sagte begeistert ja.

Zur Erinnerung an seinen toten Freund wollte Carlos Chacon seinen ersten Sohn Michael nennen. Seine Schwäche für Schußwaffen indessen hatte er nach wie vor. Vor allem hatte Carlos Chacon *zahllose* Träume von Gewalt.

3. KAPITEL

Die Outsider

Robbie Hurt war fünfundzwanzig und mit weniger als einem Jahr Dienstzeit beim Department noch Polizist auf Probe. Zunächst hatte er nicht genau gewußt, ob er sich freuen sollte, als er zur Southern Division versetzt wurde. Man war recht einsam da draußen, weil man durch die Städte National City und Chula Vista vom eigentlichen Stadtgebiet San Diegos ziemlich abgeschnitten war. Auf der anderen Seite arbeiteten hier nur acht bis zwölf Männer pro Schicht. Das bedeutete, daß er mehr war als nur eine Nummer, ganz im Gegensatz zu einigen seiner Kameraden von der Polizeiakademie, die zum Central Headquarter abkommandiert worden waren und sich darüber bitter beklagten. Außerdem gab's in der Stadt sicherlich keine Lieutenants wie Dick Snider.

»Wenn man als Cop seine Pflicht tat, konnte man hervorragend mit ihm klarkommen«, meinte Robbie Hurt. »In der Stadt hätte man mit seinen Vorgesetzten nie so reden können wie mit ihm. Und dann sagte er mir, ich solle mal einen kleinen Spaziergang mit ihm machen.«

Eines Abends, noch vor der Gründung der Task Force, zogen Robbie Hurt und Dick Snider die Dienstklamotten aus, steckten nur die Dienstrevolver locker in den Gürtel und bummelten zum Deadman's Canyon.

Dick Snider war erstaunlich offen zu ihm, wie sich Robbie Hurt erinnert. Er sagte seine Meinung; er war frustiert. Der Anfänger-cop stand neben seinem großen Lieutenant, sah, wie er lange auf die abendlichen Lichter Tijuanas blickte, und hörte zum erstenmal von seiner fixen Idee, die Canyons ein für allemal von Gangstern zu säubern.

»Für diese Grenzgänger tut doch kein Mensch was«, erklärte ihm sein Lieutenant. »Stell dir doch bloß mal vor, *warum* diese friedlichen Menschen durch die Canyons kommen. Sie wollen ja nur ihre Familien ernähren. Stell dir vor, was sie sowieso für eine Angst haben müssen, bevor sie dann da unten fertiggemacht werden.«

Der Anfängercop fühlte sich sehr geschmeichelt, daß jemand derart mit ihm redete, derart seine Träume offenbarte und ihn derart offen nach seiner Meinung fragte.

Robbie Hurt stammte aus Oklahoma, wo er bei seiner Großmutter aufgewachsen war, und ein Jahr lang war er auf der University of California in Berkeley gewesen. In San Diego, wo er inzwischen seit vier Jahren lebte, hatte er auf der Marinefliegerbasis North Island und für die amerikanische Bundespost gearbeitet. Als er sich nach seiner Heirat eines Tages über seine ebenso geringen wie unsicheren Karrierechancen klargeworden war, hatte er sich kurzentschlossen beim San Diego Police Department beworben.

Obgleich Robbie festgestellt hatte, daß ihm die Arbeit bei der Polizei Spaß machte, und obgleich er, weil er in Berkeley Englisch studiert hatte, sehr gute Berichte schreiben konnte, hatte er sich im Verlauf seiner kurzen Polizeikarriere naturgemäß noch nicht sonderlich hervortun können, als sein Lieutenant offensichtlich irgendwas Besonderes an ihm zu entdecken schien. Tatsächlich war Dick Snider ziemlich beeindruckt gewesen, als er auf einem ihrer abendlichen Streifzüge durch die Canyongegend mit seinen scharfen Augen ein Projektil entdeckt hatte. Es trug später wesentlich dazu bei, den Mord an einem Grenzgänger aufzuklären. Immerhin dauerte es noch eine gewisse Zeit, bis der Lieutenant ihm sagte, was er eigentlich von ihm wollte.

»Ich mache mir die ganze Zeit Gedanken, wie man eine Gruppe von Leuten zusammenkriegt, um diese Berge kontinuierlich zu überwachen und die Sache mal *richtig* in den Griff zu kriegen«, vertraute ihm Dick Snider an, als sie an einem etwas dunstigen Sommerabend, durch den die Lichter nur ziemlich trübe schimmerten, auf dem Gipfel eines Hügels standen und über den Deadman's Canyon schauten. Die Lichter kamen aus einer Gegend, die einen großen revolutionären Namen trug: Colonia Libertad – die Heimat von Menschenschmugglern, Süchtigen, Gangstern und zahllosen Armen, die längst alle Hoffnung verloren hatten.

»Ich war unheimlich begeistert, einen Lieutenant zu haben, der mir so vertraute«, sagte Robbie Hurt. »Ich war baff, als er mich fragte, ob ich nicht Lust hätte, bei seiner Task Force mitzumachen. Praktisch schon ein Job bei der Kripo während der Probezeit!«

»Für uns beide war dieser Job der Anfang vom Ende«, erinnerte sich Yolanda Hurt. »Es dauerte seine Zeit, bis uns klarwurde, wie ihn das fertigmachte. Gar nicht mal in der Weise, wie ich's eigentlich erwartet hatte. Aber auf andere Art. Er war von dem Experiment mehr fasziniert als jeder andere, Manny Lopez eingeschlossen.«

Yolie Hurt war ein Jahr jünger als ihr Mann, und sie waren seit fünfeinhalb Jahren verheiratet, als Dick Sniders Experiment gestartet wurde. »Wir hatten uns kennengelernt, als ich achtzehn war«, erzählte sie, »und wir heirateten ein Jahr danach. Wir wurden gemeinsam erwachsen... das heißt, wurden wir eigentlich *beide* erwachsen?«

Eine große, schlanke junge Frau, die immer attraktiver zu werden schien, je häufiger man sie sah. Die Frauen der anderen Cops stellten schnell fest, daß sie ebenso umgänglich wie ehrlich und wahrscheinlich zehn Jahre erwachsener war als ihr Mann.

Das Experiment war zunächst für alle Ehefrauen recht aufregend. Schließlich waren sie ja keine Tanzstundenhäschen mit Zahnpastalächeln mehr. Sie waren die Frauen junger Cops, und ihre Männer, ausgenommen Robbie Hurt, waren mexikanischer Abstammung, stammten teilweise aus zerrütteten Familien und kamen meist aus sehr ärmlichen Verhältnissen. Yolie Hurt war in ihrem ganzen bisherigen Leben noch nie weiter als bis Los Angeles von zu Hause weggekommen.

Sie hatte Robbie kennengelernt, als er bei der Marine war. Fast auf den ersten Blick hatte ihn ihre mexikanische Mutter ins Herz geschlossen. Für sie war er längst *mein Sohn, mi hijo,* als sie heirateten. Yolie hatte Robbie anfangs gar nicht sonderlich gemocht, aber er sagte ihr ununterbrochen, er sei verrückt nach ihr, und zog ihre Mutter, ihre Schwestern und ihre Brüder schnell auf seine Seite. Und er schenkte ihr Blumen und hielt ihr die Autotür auf. Er war ein fröhlicher und charmanter Junge, der gar nicht so aussah, als ob er auch eine launische Kehrseite hätte.

Robbie war das Produkt einer kaputten Familie, und sie bedauerte ihn, weil er nie die elterliche Liebe gekannt hatte, die für sie selbstverständlich gewesen war. Yolie, immer ein äußerst fleißiges Mädchen, war nur zu glücklich darüber, daß sie ihm nach der Heirat das Leben leichter machen konnte. Sie brachte einiges an Geld mit nach Hause. Ihre Wohnung war immer blitzsauber, wie im übrigen die der meisten Frauen der Task Force. Blitzblanke Wohnungen, appetitliche Babys und ein Job im öffentlichen Dienst waren für die jungen Leute aus der unteren Gesellschaftsschicht die Symbole für ihren stetigen Aufstieg in die Mittelschicht. Zudem verwaltete Yolie das Familieneinkommen, machte die Wäsche und kochte die Mahlzeiten. Ihre Ehe blieb kinderlos, und Robbie wurde für sie eine Art Ersatzkind.

»Ich hab Robbie *entsetzlich* verwöhnt«, sagt sie. »Wenn ich zurückschaue, kann ich gar nicht mehr verstehen, wie ich ihm das *antun* konnte.«

Yolie war auf die gleiche High School gegangen wie Robbies Lehrgangskamerad auf der Polizeiakademie und jetziger Kollege Carlos Chacon. Als das Experiment begann, führte sie mit Robbie unzählige Gespräche. Sie erfuhr, wie grausam die Gangster die Grenzgänger behandelten, und begriff, daß diese neue Truppe irgendwas dagegen tun sollte, was bisher noch nie versucht worden war. Einen Aspekt bei dieser ganzen Sache jedoch kapierte ausschließlich Yolie: Robbie Hurt fühlte sich nahezu von Anfang als Outsider.

»Ihre Witze erzählen sie sich auf spanisch«, sagte Robbie. »Ich weiß nie, ob es Witze über mich sind. Das müssen sie mir dann erst erklären.«

»Das ist doch nicht wichtig«, sagte sie.

»Unwichtig ist es auch nicht«, erwiderte er.

Hinzu kam, daß im Verlauf der Zeit ein paar von denen, die anfangs nur sehr schlecht Spanisch gesprochen hatte, gewaltig aufholten. Sie mußten lernen, wie die *cholos* aus Tijuana redeten. Es war wichtig, daß sie das lernten.

»Ich glaub, daß die... na ja, auf spanisch besser miteinander klarkommen«, sagte Yolie Hurt zu ihrem Mann. »Es ist für sie eine... eine Art *Verbundenheit.«*

Die Ehefrauen von Tony Puente, Renee Camacho, Fred Gil und Manny Lopez waren Weiße. Carlos Chacons Frau war philippinischer Herkunft. Lediglich die Frauen von Eddie Cervantes, Ernie Salgado und Joe Castillo hatten mexikanisches Blut in den Adern. Yolie Hurt hatte Eltern verschiedener Hautfarbe: ihre Mutter war Mexikanerin, ihr Vater Schwarzer, und vom Äußeren her war sie eine Mischung aus beiden. Andererseits wußte sie, was man unter einem Konflikt der Kulturen versteht und was es bedeutet, nicht eindeutig zu den Weißen, Schwarzen oder Mexikanern zu gehören.

Robbie war ziemlich stolz darauf, daß er ein guter Schreiber war. »Ich kann wenigstens die besten Berichte schreiben«, sagte er zu ihr. »Sie kommen zu *mir,* wenn sie bei ihren Berichten Hilfe brauchen.«

»Mexikanische Cops haben in ihrem Leben wahrscheinlich nur wenig lernen können«, sagte Yolie. »Du solltest da nachsichtig sein. Für die muß das ja ziemlich aufregend sein.« Robbie Hurts junge Frau ahnte nicht, wie aufregend es erst noch werden sollte.

Neben Dick Snider war Robbie der einzige unter den ersten Beamten der Task Force, der bei den anderen als O.T.M. lief, »Other Than Mexican«, eine Bezeichnung, die die Border Patrol für Grenzgänger gebrauchte, die »anders als mexikanisch« waren. Er als einziger sprach gar kein Spanisch, denn Dick Snider beherrschte die Sprache ja fließend. Es gab im übrigen im ganzen nur vierzig schwarze Cops beim Department. Es gab acht schwarze Sergeants und einen Lieutenant, und im Grunde waren die Schwarzen kaum besser repräsentiert als die aus Mexiko stammenden Amerikaner.

»Kann ein Anfänger zu *dem* Job nein sagen?« fragte er seine Frau. »Vor allem ein schwarzer Anfänger?«

Er als schwarzer Anfänger sagte ganz sicher nicht nein. Er *schnappte* förmlich zu, als er das Angebot kriegte.

Man nannte ihn King Kelly. »Jungs, die Motorrad fahren, kriegen immer solche Namen wie *King«,* sagte er. »Und Motorradfahrer haben immer n besonderen Ruf, und die Leute glauben, sie wären immer die Größten. Sogar Cops, die Motorrad fahren. Bei mir hatten sie's mit dem Schwanz. Die Leute haben wahrscheinlich angenommen, außer meiner Mutter hätt ich alle Bräute umgelegt, die je auf meinem Motorrad gesessen haben. Als ob ich da n Tricksitz gehabt hätte! Dabei bin ich n verheirateter Mann und hab drei Kinder. Bloß, weil ich Motorradfahrer bin, haben sie mir das dauernd nachgesagt und diesen Namen gegeben: *King* Kelly.«

In einem bestimmten Restaurant nicht weit von der Southern Substation gab es ein paar bestimmte Kellnerinnen. Auch *ihnen* hatten die Cops ganz spezielle Namen gegeben: Fat Mindy. Thin Mindy. Lana Banana. Zwei oder mehr Kellnerinnen hatten regelmäßig Lust, nach Feierabend noch einen draufzumachen und in einen nahegelegenen Park mitzukommen, der zum Gedenken an die ersten Gleitflüge von anno dazumal, bei denen sich einige Teufelskerle zehn oder zwanzig Meter hoch in die Lüfte erhoben hatten, *The Wing* hieß. Die Cops und Kellnerinnen tranken Bier in diesem *Wing*-Park, bemitleideten sich gegenseitig, was ihre Arbeit anbelangte, stellten fest, daß die Mehrzahl aller Leute sowieso blöd ist, und erhoben sich dann sehr rasch ohne alle Gleithilfsmittel zehn- oder zwanzigtausend Meter hoch in die Lüfte.

Eines Abends unternahm King Kelly eine Spritztour auf seiner röhrenden 550er Honda, mit einem Blutalkoholspiegel von ungefähr 1,8 Promille, wie er selbst glaubt, und seine Beifahrerin, Lana Banana, war womöglich noch betrunkener. Jeder fand diese Honda und den grellorangefarbenen Schutzanzug, den Kelly dazu trug, prima. Es war eine Freude, wenn man sah, wie die Honda über die Piste beim Stützpunkt Otai Mountain brauste. Ausgerechnet mit diesen 1,8 Promille probierte King Kelly aus, welche Spitzengeschwindigkeit sie hatte: hervorragende 180 Kilometer pro Stunde. Das war allerdings wirklich nur ohne Schutzbrille und Schutzhelm zu schaffen – und wenn man 1,8 Promille hatte.

»Wenn du mit hundertachtzig auf die Schnauze fällst«, erklärte er, »gibt's nur noch Funken, und um Koma und kaputtes Rückenmark und Querschnittslähmung und Dauerschäden im Hirn brauchste dich nicht mehr zu kümmern.«

Das Gefühl dabei war irrsinnig. Der Abendwind war mehr als kalt, und Lana Banana steckte die eiskalten Hände in seinen orangefarbenen Schutzanzug, als ein Kaninchen aus dem Gebüsch rannte und im Lichtbündel der Scheinwerfer wie erstarrt stehenblieb.

Ken Kellys letzter Gedanke war: Wir donnern gegen ein Kaninchen mit hundertachtzig. Meine Frau flippt aus, denn wenn ich noch so unschuldig bin, werden sie uns wahrscheinlich finden, wie sie noch die Hände in meiner Hose hat und sich an meinen Eiern wärmt. Das Hinterrad rutscht mir gleich weg, und wir sind hin. Tschüs.

Immerhin, er riß den Lenker gerade noch rum, wobei die Maschine bei dieser Irrsinnsgeschwindigkeit allerdings brandgefährlich ins Schleudern kam.

»Gib mehr Gas! Gib noch mehr Gas!« kreischte Lana Banana, die hinterher dieses Schleudern als ein Gefühl beschrieb, als laufe gerade der wirklich *allergrößte* Vibrator der Welt auf höchsten Touren.

Und dank der Alkoholmenge in seinem Körper waren seine Reaktionen derart *langsam,* daß er das brandgefährliche Schleudern, bei dem sich ein nüchterner Mann zu Tode gefahren hätte, in den Griff kriegte. Lana Banana sagte, es sei eine irrsinnig geile Tour gewesen, mit einem japanischen 550ccm-Kunstschwanz, genau das wär's gewesen. Und von da an war Ken Kelly ihr Prinz! Nein, eben ein *King!*

Er war ein stämmiger blonder Typ mit glatten, dichten Haaren, die flach nach hinten gekämmt waren, aber ihm andauernd über die Ohren fielen. Nach etlichen Drinks zuviel pflegte er sein Haar mit den Handflächen zurückzustreichen und dicht an den Kopf zu pressen und mit seinen wasserblauen Augen in die Gegend zu blinzeln. Seine Art und Weise, Jack Nicholson nachzumachen. Nur sah der Schauspieler Jack Nicholson *nie* so verrückt aus wie Ken Kelly, nicht in seinen exzentrischsten Rollen, wenn Ken Kelly seinen Wahnsinnsschrei losließ: »Sex! Drogen! Rock'n'Roll!«

Er galt allgemein als recht talentierter Cop. Er war intelligent und mutig und sprach ein farbiges, allgemein verständliches und grammatikalisch einwandfreies Englisch. Ken Kelly wollte unbedingt der neuen Task Force beitreten. Er war achtundzwanzig, hatte mit seinen sechs Dienstjahren als Cop eine Menge Polizeierfahrung und kannte die Canyons außerdem besser als alle anderen. Von Kindheit an bis zu dem Zeitpunkt, an dem er vom San Diego Police Department eingestellt worden war, hatte er im Spring Canyon und im Norden von Airport Mesa Tauben gejagt, manchmal sogar im Deadman's Canyon oder in der Smuggler's Gulch. Er wußte genau, daß er sich in diesen Bergen zu allen Tages- und Nachtzeiten zurechtfinden konnte.

Diese Task Force bot ihm eine neue Chance, glaubte er. Als er noch bei der Air Force war, hatte er dutzendfach vergebens versucht, nach Vietnam zu kommen. Er glaubte immer, irgendwas *Bedeutendes* tun zu müssen, aber das Schicksal hatte ihn immer abgewiesen.

»Wenn Sie doch mal meinen sollten, daß n weißer Junge ne Chance verdient hätte«, plädierte Ken Kelly in eigener Sache bei Manny Lopez, »also, ich kenn da einen, der verrückt genug ist, freiwillig in die Canyons zu gehen.« Dann spielte er einen indischen Diener und flehte: »Ich will Euer Wasserträger sein, Sahib. Nehmt mich mit!«

Ken Kelly zählte zwar nicht zu den Cops aus San Diego, die ursprünglich für das Experiment ins Auge gefaßt worden waren, aber er gab und gab nicht auf. Man sah ihn selbst nachts auf allen Fluren der Polizeistation rumspringen und auf Manny einreden: »Nehmt mich mit, Bwana. Ich will Euer Gewehrträger sein. Wenn Ihr's nicht tut, flipp ich aus, ich schwör's. Sex! Drogen! Rock'n'Roll!«

Er gab nie auf. Er sagte sich: Wer weiß, was da draußen in den Canyons noch alles passiert? Irgendwer kann immer mal von einem Skorpion gestochen werden, und schon brauchen sie einen Ersatzmann.

Manny Lopez konnte kaum noch auf den Lokus gehen, ohne daß ihm aus der Nachbarkabine eine Stimme zuflüsterte: »Wenn Ihr mich nicht mitnehmt, flipp ich völlig aus. Ich setz ne Haube auf und zieh Strumpfhalter an und spiel ne Krankenschwester. Nehmt mich *mit!*«

Manny Lopez mußte lachen und versprach Ken Kelly, daß, sofern es jemals eine freie Stelle geben würde...

4. KAPITEL

Exodus

In der ersten Oktoberwoche ging es endlich los. Beim letzten Appell am Nachmittag rissen sie pausenlos Witze, quasselten wie Maschinengewehre und waren ziemlich aufgeregt. Die normalen Streifenpolizisten verzapften ihrerseits jede Menge Blödsinn, als der Task Force die Gewehre, Schußwaffen, Leuchtkugeln, Erste-Hilfe-Kästen, Sonnenbrillen, Taschenlampen, Ferngläser, Munitionsbestände, Funksprechgeräte und Handfesseln ausgehändigt wurden.

Als die Sonne unterging, sagte der Ex-Mariner Eddie Cervantes: »Es ist Zeit, aufzusitzen!«, worauf man ihm nachwies, das sei nicht auf seinem Mist gewachsen, sondern auf dem von John Wayne in *Todeskommando*.

Anschließend sagte Dick Snider, der immerhin genauso groß wie John Wayne, jedoch noch faltiger im sonnenverbrannten Gesicht war: »Dann wollen wir mal loszischen und ein paar Gauner einsperren.«

Es paßte irgendwie überhaupt nicht zu diesem Mann, der einen Tarnanzug, eine schwarze Wollmütze und Kampfstiefel trug und bis an die Zähne bewaffnet war. Eher hätte eine derartige Sprücheklopferei zu den *Cops* gepaßt, die anscheinend auf dem besten Wege waren, sich für mobiler zu halten als das Mobile Einsatzkommando.

Auf dem Papier jedenfalls war die Operation recht militärisch geplant. Renee Camacho, einer der ersten, die Dick Snider sich ausgesucht hatte, bildete zusammen mit einem Border-Patrol-Streifenbeamten ein Hilfsteam. Sie waren für die Ausrüstung zuständig, und weiß der Himmel, was sie in den Wagen mit Vierradantrieb alles reingepackt hatten.

»Alles außer dem, was ein normaler Cop braucht!« meinte ein

Streifencop, als er mal in den Bronco sah. Und er nannte sie höhnisch »Kammerjäger«.

Eddie Cervantes und ein Beamter des amerikanischen Zolls bildeten das andere Hilfsteam. Ein Observierungsteam bestand aus dem großen jungen Cop Felix Zavata und einem Mann von der Border Patrol. Das Hauptobservierungsteam setzte sich aus den beiden Vorgesetzten Dick Snider und Manny Lopez zusammen. Sie hatten das kostbarste Stück der gesamten Ausrüstung bei sich: ein ultramodernes Nachtsichtglas für die Observation bei Dunkelheit.

Die beiden ehemaligen Marinecorps-Ausbilder, Ernie Salgado und Fred Gil, bildeten das Festnahmeteam. Unterstützt wurden sie durch die Anfängercops Robbie Hurt und Carlos Chacon. Als Rettungsteam, das dafür zuständig war, eventuelle Überfallopfer unter den Grenzgängern einzusammeln, fungierten ein weiterer Anfänger, Joe Castillo, der schon jetzt Angst hatte, er würde unter Umständen nicht genug »Action« erleben, sowie der zweite Zollbeamte, den man wegen seiner hervorragenden spanischen Sprachkenntnisse gegebenenfalls für die Vernehmung der Opfer brauchen würde.

Während sie auf der kurzen Fahrt zu den Canyons ungeduldig auf den Sonnenuntergang warteten, ging die Quasselei und Blödelei unvermindert weiter. Nachdem sie an Ort und Stelle waren, nahmen sie die Gegend sorgsam in Augenschein, um für die einzelnen Teams diejenigen Standorte zu finden, von denen aus sie nach Einbruch der Dunkelheit am besten ungesehen beobachten konnten. Einige Cops der Southern Division hatten diese steinigen Lehmpfade, die im Winter ein einziger Matsch und im Sommer hart wie Beton waren, hin und wieder zwar schon mal befahren und sich dabei fast die Knochen gebrochen, aber auch sie hatten das Gelände noch nie *belebt* gesehen und gehört und geschmeckt.

Geographisch gesehen war ihr Aufgabengebiet nicht mal besonders groß. Gerade ein paar Quadratmeilen mit niedrigen Hügeln und Canyons, in denen es im Altweibersommer nur trockenes Gestrüpp und Kakteen gab. Außerdem abgestorbene Mesquitesträucher, die sich in dorniges Unterholz verwandelt hatten. Die ausgedörrte Vegetation war verkrüppelt, aber widerstandsfähig und ausdauernd wie die Skorpione und Taranteln. Im dürren Gebüsch klapperte der Wind. Jedes Klappern konnte gefährlich sein, denn es gab hier tatsächlich Schlangen.

Erste Eindrücke: zwei am Himmel kreisende Falken inmitten von Rauchwolken, die von der mexikanischen Stadt nach Norden drifteten. Dann ein Rudel von Coyoten, braune und graue, die in der Dämmerung durch die Gegend schlichen und die Menschen gleichgültig beäugten. Und überall in diesem Zwielicht waren Schatten. Bedrohliche Schatten, zerfließende Schatten, silbrighelle und wolkige Schatten in den Canyons. Mit einemmal gleißendes Licht, als die Sonne den Bergkamm erreichte. Dann wanderten plötzlich Schatten über den Sonnenball am Horizont. Schattenhafte Silhouetten. Menschen.

Es war eine unglaublich unwirkliche Szene, mit der sie alle erst mal fertig werden mußten. Die bis dahin farbigen Wolken an den Hängen diesseits der imaginären Linie nahmen rasch einen Rauchton an, der von den Lagerfeuern zahlloser Menschen stammte. Rauch im dämmrigen Zwielicht. Da war das »obere Fußballfeld«, ein Hochplateau, das so hieß, weil die Grenzgänger auf ihm während ihrer Wartezeit tatsächlich Fußball spielten. Dann das untere Fußballfeld, ein kleineres Plateau. Außerdem Deadman's Canyon, Spring Canyon sowie Washerwoman's Flat, wo eine uralte Mexikanerin lebte und in dem schmutzigen Rinnsal, das durch die amerikanischen Canyons floß, eine Art Wäscherei betrieb.

Das unglaubliche Bild im einzelnen: ein einziges Gedränge, ein riesiger Haufen, eine Masse von Menschen! Sie waren überall: drängten sich um die Lagerfeuer, hatten sich hingehockt, spielten, kauften Maiskuchen, verkauften Limonade, zogen sich um, schwatzten, tauschten Geld bei den Führern, sangen, weinten, machten sich fertig zum *Aufbruch.* Die nächtliche Grenzgängerarmee machte sich abmarschbereit. Das alles auf den wenigen hundert Metern in den diesseitigen Canyons. Alles schon im Norden der unsichtbaren Linie, auf US-Territorium, im Niemandsland, das ihnen von der Regierung der Vereinigten Staaten stillschweigend überlassen worden war, als sie beschlossen hatte, die Border Patrol von diesen paar elenden Quadratmeilen fernzuhalten und weiter nördlich, auf zugänglicherem Gebiet, in Stellung zu bringen.

Auch noch durch das Fernglas sah es in jeder Hinsicht wie ein riesiges, weit auseinandergezogenes Picknick aus. Ein Baseballspiel war im Gange. Erstaunlich viele Frauen und Kinder waren dabei, sicher nicht, um den Männern auf Wiedersehen zu sagen. Auch *sie* wollten rüber. Vielleicht hatten sie es schon in der Woche zuvor versucht und waren geschnappt worden? Oder wieder ausgewiesen worden? Oder überfallen worden? Oder vergewaltigt worden? Vielleicht hatten sie es ja schon *unzählige* Male versucht.

Es waren auch schwangere Frauen dabei, die nur rüber wollten, um ihr Baby von irgendeiner Hebamme in einer diesseitigen Grenzsiedlung zur Welt bringen zu lassen. Ein als US-Bürger geborenes Kind, das automatisch die damit zusammenhängenden Rechte und Privilegien besaß. Auch wenn man mit dem Kind vorerst nach Mexiko zurückkehrte, war seine Zukunft durch die Geburtseintragung garantiert, falls die Zeiten noch schlechter werden sollten.

»Ich konnte es einfach nicht glauben, als ich das zum erstenmal sah«, sagte Renee Camacho. »Und ich habe mein Leben lang in San Diego gewohnt. Es war so wie... haben Sie diesen alten Film *Exodus* gesehen?«

Jedenfalls zog die Task Force durch die Canyons und bezog Position an Punkten, von denen aus ihre Männer sich gegenseitig unterstützen, Verbrechen beobachten, Gangster festnehmen und Opfern helfen konnten. Und einer schaute den anderen fassungslos an, als plötzlich einige weitere hundert Grenzgänger in der Dämmerung auftauchten. Menschen jeden Alters tauchten auf, als seien sie direkt dem Erdboden entstiegen. Menschen, die bisher unsichtbar gewesen waren – die sich ausgeruht, geschlafen, gegessen und gebetet hatten. Sie tauchten auf aus Mesquitesträuchern und Felsen und skelettierten Eichen. Sie tauchten einfach auf!

Und dann war es dunkel. Von jetzt auf gleich.

Die Berge gerieten in Bewegung. Die Massen wogten gen Norden auf ihrer Reise in das gelobte Land. Es war dunkel geworden. Dunkler, als sie es sich je hätten vorstellen können. Dick Snider hatte ihnen zwar noch und noch erzählt, wie dunkel es in den Canyons war, aber Herr des Himmels! Das war ja *finster*. Konnte eine normale Nacht wirklich derart finster sein? Am Himmel stand sogar ein sichelförmiger Mond, und dennoch, es war stockfinster. Und überall waren Menschen, wohin man auch sah.

Die *Star-Trek*-Lampen, die zu den abgesägten Schrotgewehren gehörten, hatten so und so keinen Sinn und wurden schnell abmontiert. Die Funksprechgeräte funktionierten in den Canyons nur unzulänglich. Durch das Nachtsichtglas sah man lediglich die Umrisse der Menschen. Sie sahen immerhin eine Szene, von der sich zumindest vermuten ließ, daß ein Grenzführer mit einer

Gruppe von etwa fünfzehn Menschen verhandelte. Einige davon schienen Kinder zu sein. Man sah die Umrisse von drei Gestalten, bei denen es sich möglicherweise um Gangster handelte, neben einem Felspfeiler lauern. Dann verschwanden die Umrisse. Dann verschwanden selbst die *Felsen*.

Es war keineswegs still, schien aber ungewöhnlich still zu sein. In den Canyons bellten die allgegenwärtigen Hunde, fast verrückt vor Freude über die Abfälle, die die Grenzgänger bei ihrem Abmarsch liegengelassen hatten. Überall in den weiter südlich gelegenen Hügeln, unten in Colonia Libertad, der Heimat vieler Gangster und Schmuggler, Drogenhändler und Säufer, leuchteten die Kerosinlampen. Was tagsüber schmutzig wirkte, war am Abend schön. Die Kerosinlampen flackerten. Der Dreck verklärte sich.

Die Musik setzte ein, zumeist aus Radios, aber sie konnten auch ein paar menschliche Stimmen singen hören, überall aus Richtung Süden, von der imaginären Linie her, aus den Hügeln von Colonia Libertad. Dann hörten sie diese *Klicks*. Zunächst kriegten sie eine Gänsehaut. Die Sicherungsflügel von Schußwaffen, die zurückgezogen wurden? Gangster, die Schußwaffen hatten? Nein, Kastagnetten! Genau wie Kastagnetten hört sich das an. Aber was, zum Teufel, soll das? Tanzen da irgendwelche Leute *Flamenco* in den Canyons?

Es waren Steine. Es war das Klicken von Steinen. Oder die Geräusche kamen daher, daß die Leute hin und wieder mit den Fingern schnalzten. Zu sprechen trauten sie sich nicht, diese Massen, die da durch die Canyons auf sie zukamen. Sie gaben einander Signale, indem sie Steine gegen andere Steine klicken ließen. Alle, wie sie da waren: die Grenzgänger, die Führer, die *Gangster*.

Ausgemergelte Hunde, die sie ein Stück begleiteten, hörten plötzlich auf, zu bellen, zu knurren oder zu winseln. Selbst die Kinder schrien nicht mehr. Alle Geschöpfe in den Canyons schienen das Ritual zu respektieren, das sich in jeder Nacht des Jahres wiederholte, wenn nicht gerade eine Sintflut die Gegend überschwemmte oder ein Orkan ausbrach. Das Schweigen dieser Massen war so unheimlich, daß es die Cops verunsicherte. Klick klick klick und kein anderes Geräusch von den Leuten da unten.

Die Stadtcops konnten keine sieben Meter weit sehen. Und es wurde noch finsterer. Dann sahen sie bloß noch fünf Meter weit. Und es wurde noch finsterer.

Tony Puente, der als der einzige von ihnen schlechte Augen hatte, nahm seine Brille ab, putzte sie sorgfältig und setzte sie wieder auf, weil er kaum noch drei Meter weit sehen konnte. Einen Augenblick später konnte er kaum noch zwei Meter weit sehen. Und ähnlich ging's allen.

Die Zeitungen von San Diego erschienen tagelang mit heroischen Schlagzeilen:

POLIZEI-GROSSANGRIFF WILL GANGSTER AN DER GRENZE AUSRADIEREN. TREIBJAGD AUF GRENZGANGSTER. SCHARFE ATTACKEN GEGEN GRENZVERBRECHER.

Ein trauriges Faktum jedoch wurde ihnen spätestens in der dritten Nacht hier draußen schmerzlich bewußt: Die Nahkämpfer konnten in dieser Finsternis nicht mal ihre eigenen Leute sehen, geschweige denn die Gangster.

Einer der Task-Force-Männer behauptete, er habe eine Klapperschlange gehört. Ein anderer kam mit der Hand in ein Kakteengebüsch und brauchte Erste Hilfe. Wieder ein anderer war gezwungen, drei Grenzgänger festzunehmen, die in der Finsternis buchstäblich über ihn gestolpert waren. Äußerst widerwillig mußte er sie der Border Patrol übergeben, um sie aus dem Weg zu schaffen.

Als Dick Snider beweisen wollte, daß er noch ganz gut mithalten konnte, indem er hinter einer Gruppe fliehender Schatten herrannte, endete das Ganze damit, daß er auf der Schnauze lag und mit einem Mund voller Mesquitefrüchte immer wieder sagte: »Ich bin okay!«

Nach kaum einer Woche redete niemand mehr von Nahkämpfern. Es gab nur noch das höhnische Gejohle ihrer ehemaligen Kollegen, dessen Echo man vom Central Headquarter bis zur mexikanischen Grenze hörte. Alle lachten sich eins und fragten, ob sie ihre sexy Nahkampfausrüstung und die Tarnanzüge denn wenigstens zum Campen gebrauchen könnten.

Soviel in bezug auf Plan A. Der Eventualplan – nachdem Dick Snider sich nach dem Debakel des Kommandounternehmens wider Erwarten doch nicht in sein Schwert gestürzt hatte – sah vor, einige Mitglieder der Task Force als Grenzgänger zu verkleiden und als Lockvögel für Gangster auftreten zu lassen. Das hatte in der Tat viel eher mit anständiger Polizeiarbeit zu tun, und einige Cops waren mit diesen Methoden auch recht vertraut. Sittencops, Drogencops, Detectives, sie alle müssen ja gelegentlich schwere

Jungen spielen, und wo, bitte, liegt der Unterschied, ob man's in der Elften und der Market Street tut oder in einem von Ungeziefer wimmelnden Loch namens Deadman's Canyon?

Zuerst allerdings testeten sie ihre Verkleidungskünste auf den Straßen von San Diego. Am 11. Oktober schlenderten fünf Cops der neuen Task Force, so gut wie's ging als Grenzgänger zurechtgemacht, so scheu wie möglich über die Straßen von San Ysidro.

Ungefähr um elf Uhr vormittags gingen die fünf den Kostner Drive hinunter. Sie sahen drei junge Männer neben einem parkenden Auto stehen. Die jungen Männer waren Amerikaner mexikanischer Abstammung. Genau wie sie. Die drei jungen Männer, die sich wohl schon einen Joint oder zwei reingezogen hatten, ließen sich durch die Schauspielerei und die zerlumpte Kleidung voll und ganz täuschen.

Tony Puente nahm seine Brille ab, weil er sich sagte, daß sich nur sehr wenige Ausländer überhaupt eine Brille leisten konnten, geschweige denn eine Goldrandbrille. Ein junger Mann fragte im Straßenjargon, ob sie ein Stück nach Norden mitgenommen werden wollten, aber die Cops ignorierten die drei und gingen weiter, eben wie Pollos. Dann waren die drei jungen Männer wieder auf gleicher Höhe, und einer von ihnen sagte auf spanisch: »Nun kommt mal mit. Wir schützen euch vor der *migra*« – wie die Pollos und vor allem die Leute, die hüben und drüben Geschäfte mit Grenzgängern machten, die amerikanische Border Patrol nannten.

Aber die Cops senkten nur den Blick und gingen ein bißchen schneller. Dann erklärte einer der jungen Männer: »Sie werden euch *cabrones* verhaften!« – was *Schweinehunde* bedeutete, wie die Cops wußten.

Diese blöden Pollos hatten aber anscheinend mehr Angst vor ihnen als vor der *migra*. Immerhin, der Mann versuchte es nochmals und sagte: *»Vengan carnales!«*

Trotzdem, es half ihm auch nichts, daß er sie als *Verwandte* anredete. Die Pollos gingen noch schneller. Am Ende rannte einer ihrer scheinbaren Wohltäter, der an den Armen und Händen wohl an die hundert typische Gefängnistätowierungen hatte, hinter ihnen her. Eine komische Sache passierte. Als die Cops haste, was kannste den Darwin Way hinunterrannten, fingen sie an, sich tatsächlich als Pollos zu fühlen. Sie rannten alle fünf vor drei miesen Typen davon, die sie zwar verfluchten und bedrohten, aber bis dahin noch kein Geld von ihnen verlangt hatten – der springende Punkt für den Tatbestand der räuberischen Erpressung.

Einer der Straßengangster wollte der ganzen Sache offenbar ein Ende machen und hob, während er sie in eine Sackgasse abdrängte, Steine auf. Dann aber starrten die Ganoven auf ein paar blitzblanke Dienstmarken und sahen spätestens dann ein, wie gründlich sie sich vertan hatten, als die polloähnlichen Cops sie in die Richtung zurückjagten, aus der sie gekommen waren.

Tony Puente kam es seltsam vor, daß er sich, wenn auch nur ganz kurz, als Grenzgänger gefühlt hatte. Als einer, der sich von allen Seiten bedroht fühlt. Der sich sogar von miesen Typen, die schnell ein paar schäbige Dollar verdienen wollen, anmachen lassen muß.

Diese Festnahme galt nur als »Verdachtsfall«. Die Ganoven hatten noch kein Geld gefordert. Sie kriegten keine Anklage wegen Raubes angehängt und wurden am nächsten Tag freigelassen. Das Ganze war im Grunde unbedeutend, bewies allerdings, wie gut sie im Ernstfall als Grenzgänger durchgehen konnten. Bemerkenswert war immerhin auch das seltsame Gefühl, das sie gehabt hatten, als sie sich mit ihrer Rolle identifizierten. Sie baten Dick Snider, ihnen umgehend Mitgliederausweise der Schauspielergewerkschaft zu besorgen.

Am nächsten Abend zogen sie wieder los. Zwei Männer, vermutlich Schmuggler, boten den Pollos für hundert Dollar eine Mitfahrt nach Los Angeles an und wurden wegen Verletzung des kalifornischen Strafrechts in puncto Gewerbefreiheit festgenommen: wegen des Angebots, ohne Lizenz einen entgeltlichen Personentransport angeboten zu haben. Wieder nichts Großes, aber Grenzgängerverkleidung und schauspielerische Fähigkeiten hatten abermals funktioniert.

Innerhalb der nächsten Tage zogen sie in Gruppen von drei und mehr Leuten los und wurden von zahlreichen Straßengaunern zwischen dreizehn und neunundzwanzig angemacht. Man bedrohte sie mit Messern, Totschlägern, Steinen und Schraubenziehern, und man forderte sie auch auf, Geld rauszurücken. Einige dieser mexikanisch-amerikanischen Straßentypen hatten abzuhauen versucht, und ein paar hatten's geschafft. Normalerweise wäre es leicht gewesen, sie festzunehmen. Der Lockvogeljob war jedoch eine Sache für sich.

Es gab jetzt schon jede Menge Witze, beispielsweise, wer denn wohl der nächste Robert De Niro sein würde. Dann jedoch waren sie so weit, auf Tournee in die Canyons zu gehen, wo die *echten* Gangster auftraten, die Banditos von der anderen Seite der

Grenze, deren Opfer oft genug in den Mesquitesträuchern verrotteten.

Jetzt schon gab es bei ihnen eine Art Klassenstruktur. Im derzeitigen Stadium des Experiments gab es drei Erstbesetzungen. Die eine bestand natürlich aus Manny Lopez, Tony Puente und Eddie Cervantes. Tony Puente gehörte zu den Männern mit der größten Polizeierfahrung. Eddie Cervantes, der kleinste, war der draufgängerischste und sprachgewandteste. Er stammte aus Texas und sprach »Tex-Mex-Englisch« mit kaum merklichem Akzent. Er war mit Spanisch aufgewachsen und beherrschte es fließend.

Das vierte Mitglied ihres »Ensembles«, wie sie sich inzwischen schon nannten, wechselte. Manny Lopez wollte den anderen zumindest die Chance geben, sich als »Zweitbesetzung« mit dem Ensemble einspielen zu können. An diesem Abend war Carlos Chacon dran, und schon sehr rasch sollten seine ungewöhnlich ausdrucksvollen Augen dreimal so groß werden wie die Mündung des Schrotgewehrs, das er unter der Jacke trug. Und bei Manny Lopez kroch das von seiner rechten Augenbraue gebildete komische Fragezeichen über die kahl werdende Stirn hoch bis fast auf den Schädel. Das lag daran, daß ein Gangster aus Tijuana seine Antrittsvorstellung gab.

Nach Einbruch der Dämmerung war das Ensemble zu seiner neuen Art von Fußstreife auf der Hochebene aufgebrochen, immer parallel zum Grenzverlauf zwischen dem Flughafen von Tijuana und dem Deadman's Canyon. Sie befanden sich gut hundert Meter von der Grenzlinie entfernt und gingen nach Westen. Sie waren angespannt, nervös und wachsam, aber nicht direkt ängstlich. Es war die erste Nacht, in der sie sich als Pollos in den Canyons versuchten, sie hatten aber bereits genügend Selbstvertrauen, um mit den Gruppen von nach Norden marschierenden echten Pollos zu reden. Manny Lopez und Eddie Cervantes vor allem konnten dabei jeden zum Narren halten. Meistens redete Manny. Tony Puente sprach so schlecht Spanisch, daß Manny ihm befohlen hatte, die Klappe zu halten. Carlos Chacon trug das abgesägte Schrotgewehr derzeit unter der ältesten und dreckigsten Jacke, die er besaß.

Das eigentlich Bemerkenswerte an diesem ihrem ersten Abend passierte dicht am Flughafen Tijuana. Die vier Cops trotteten wie eine Herde mutloser Grenzgänger dahin, als sie direkt vor Einbruch der Nacht auf einer unbefestigten Straße südlich der Grenze ein blauweißes Auto der Stadtpolizei von Tijuana beobachteten. Cops waren nicht drin. Die Cops waren hinter ihnen und sprachen über den Grenzzaun hinweg mit drei Mädchen, die bereits die USA erreicht hatten. Drei Polizisten aus Tijuana kletterten dann über den Stacheldrahtzaun und betraten amerikanischen Boden. Einer der Cops blieb mit seinem Uniformstiefel im Draht hängen und fluchte.

Ein Polizist aus Tijuana befahl: »*Vengan!*«, aber Manny Lopez und seine drei Leute gingen weiter.

Daraufhin zogen die drei Cops aus Tijuana wortlos die Waffen, luden durch und sagten: »*Vengan, cabrones!*«

Und diesmal gaben die frischgebackenen Pollos Antwort. Sie sagten: »Heilige Scheiße!«

»Hey! Hey! Hey!«

»Oh, Scheiße!«

Und während sich die Tijuana-Cops noch wunderten, daß diese verrückten Pollos Englisch quasselten, zeigte ihnen Manny Lopez seine Dienstmarke *und* die Kanone. Dann zogen seine drei Untergebenen die Kanonen.

Am ersten Abend in den Canyons, in ihren ersten *Stunden* in den Canyons, richteten also sieben Cops ihre Waffen nicht auf Gangster, sondern aufeinander.

»Im Grunde war's ein klassisches mexikanisches Patt«, sagte Eddie Cervantes später.

Im Moment allerdings sah das noch anders aus. Keinem stand momentan der Sinn danach, Witze zu machen. Sie starrten allesamt in großkalibrige Schußwaffenläufe und wurden immer nervöser.

»*Policias!*« warnte Manny Lopez. »*Somos policias* – wir sind Polizisten!«

»Ooooooh! *Policias!* Na schön, wir dachten, ihr seid *banditos*. Wie Pollos habt ihr euch ja nicht benommen! Wir wollten euch wieder auf unsere Seite rüberholen«, behaupteten die mexikanischen Cops.

Aber Manny Lopez kaufte ihnen nichts davon ab. Es hatte zu viele Berichte über Grenzgänger gegeben, die von Polizeibeamten aus Tijuana ausgeraubt worden waren.

»Weshalb kontrolliert ihr die Gangster nicht bei *euch* drüben? Von da kommen sie«, sagte er auf spanisch. »Kommt, zeigt mal eure Ausweise.«

Sie gehorchten zögernd, weil sie sich auf US-Boden befanden. Eddie Cervantes nahm das kleine Funkgerät aus der »Pollotasche«, einem Plastikbeutel, und gab den Namen der Tijuana-Cops durch.

Mit vielen Entschuldigungen versuchten die Cops aus Tijuana Manny Lopez dann davon zu überzeugen, daß sie wirklich ebenfalls hinter Gangstern her waren.

»Räuber und Gendarm«, sagte Manny Lopez angeekelt auf englisch. »Diese Arschlöcher sind Cops *und* Gangster! Hau ab, du Heini«, sagte er letztlich zu dem ranghöchsten Polizisten aus Tijuana, der *das* sehr gut verstand.

»Was soll aus *dem* Scheißjob noch werden?« fragte Tony Puente, als sie weitergingen. Er dachte darüber nach, daß Manny trotz der entsicherten Waffe der anderen seinerseits gezogen hatte. Er überlegte, ob er die Brille besser nicht auch dann tragen sollte, wenn sie beschlagen war. Dann wurde es so finster, daß ihm die Brille so und so nicht mehr helfen konnte.

Sobald die Sonne unterging, formierten sich die ungeordneten Massen zum nächtlichen Ritual der Grenzüberquerung. Einer der Grenzgänger war ein fünfundzwanzigjähriger *campesino,* der Lino Ariza hieß. Lino Ariza hatte natürlich schon eine Riesenangst, als sie losmarschieren mußten, und er wurde noch viel ängstlicher, als der *Coyote,* der Führer auf der mexikanischen Seite, ihm und seiner Gruppe kurz vor der Grenzlinie befahl, so lange allein zu bleiben, bis ihr eigentlicher Grenzführer sie holen würde. Lino kam aus Durango, ebenso wie einer seiner Gefährten, Luis Rodriguez. Ein dritter Mann, der sie mit dem *Coyoten* bekannt gemacht hatte, stammte aus Jalisco. Außerdem bestand diese Grenzgängergruppe aus drei Frauen, die Lino nicht kannte.

Lino hatte eine derartige Angst davor, hier – gerade fünfundsiebzig Meter vor der Grenze, aber bereits in der Nähe der Lichter und Geräusche von Colonia Libertad – zu warten, daß er sich mehrfach erleichtern und den Weg verlassen mußte, um mal eben hinter den Büschen zu verschwinden. Nach dieser Reise, die er gezwungenermaßen schon im voraus bezahlen mußte, würde Lino bloß noch vierundzwanzig amerikanische Dollar und als Wertvollstes eine Armbanduhr für fünfzehn Dollar und einen ledernen Cowboygürtel mit einer großen Metallschnalle besitzen. Dazu bloß noch die paar Klamotten, die er auf dem Rücken trug. Damit war Lino Ariza an diesem Abend jedoch noch bei weitem der reichste in der Gruppe. Und irgendwie schienen die Leute an der Grenze, all die *Coyoten,* Grenzführer und Gangster, das zu riechen. Jedenfalls malte Lino es sich so aus.

Um zehn Uhr abends standen sie am Rand des Deadman's Canyons, mit dem Rücken zu den flackernden Lichtern von Colonia Libertad. Sie duckten sich, als ein blauweißer Wagen der Polizei von Tijuana langsam über die unsichtbare, nicht durch einen Zaun gesicherte Grenze fuhr und seine Scheinwerfer über ein paar Kinder huschen ließ, die mit einem alten Lastwagenreifen spielten.

Dann sah die Schar der verängstigten Grenzgänger, wie sich aus der Dunkelheit langsam drei Schatten näherten. Es war so finster, daß die Schatten nur noch wenige Meter entfernt waren, als sie Gestalt annahmen. Lino befürchtete von Anfang an das Schlimmste, weil die drei Gestalten etwas besser angezogen waren als Pollos. Sie trugen hautenge Jeans und warme Pendletonhemden. Alle drei hatten langes Haar, das ihnen bis über den Kragen hing, und zwei hatten sich wie Filmgangster mit Halstüchern vermummt. Außerdem gingen sie nicht wie Pollos. Sie gingen direkt auf sie zu, so daß Lino und die anderen seiner Gruppe instinktiv noch mehr in sich zusammenkrochen, um Unterwürfigkeit zu demonstrieren.

Lino war sich nicht sicher, wer die Messer zuerst gesehen hatte, aber eine der Frauen sprang kreischend auf und rannte in Richtung Grenze davon. Dadurch wurden sicherlich mehrere Vergewaltigungen verhindert, denn auch die anderen Frauen, inzwischen ebenfalls in Panik geraten, sprangen auf, liefen weg und ließen die hingekauert sitzengebliebenen Männer mit den Gangstern allein.

Die Gangster waren natürlich sauer, daß die Frauen getürmt waren, aber aus der Richtung, aus der sie gekommen waren, würden wohl noch viele kommen. Der Anführer, ein Mensch mit einem schütteren Spitzbart, trat plötzlich hinter Linos Freund Luis, der sich, wie gelähmt vor Entsetzen, überhaupt nicht wehrte, und hielt ihm sein Messer direkt an die Kehle. Lino sah ein dünnes Blutrinnsal, und als Luis zu schreien begann, knallte ihm ein anderer Gangster einen großen Felsstein ins Gesicht. Luis stürzte zu Boden und winselte um Gnade.

Die Gangster sagten in der ganzen Zeit, in der sie die Opfer durchsuchten, nichts als *»danos tu feria«*. Nur den Slangausdruck, Geld rauszurücken. Und das auch nur einmal. Sie waren zielstrebig. Sie gebrauchten nicht nur keine Worte, sondern taten auch keinen Handschlag zuviel. Sie nahmen Lino die vierundzwanzig Dollar und die kostbare Uhr und den Ledergürtel ab. Luis Rodriguez, glücklich, überhaupt noch am Leben zu sein, händigte ihnen nahezu erleichtert den einzigen Wertgegenstand aus, den er noch besaß, ebenfalls einen Cowboygürtel mit einer großen Metallschnalle. Für den hatte er fünf amerikanische Dollar bezahlt, gleich nachdem er in Tijuana angekommen war.

Alle Cops trugen zwar ihre ältesten und dreckigsten Klamotten und ihre kaputtesten Tennisschuhe, fühlten sich aber trotzdem irgendwie unvollständig kostümiert. Manny Lopez überlegte gerade, ob er nicht die Heilsarmee oder einen der vielen Wohltätigkeitsvereine dazu bewegen könne, seine Leute wie richtige Grenzgänger auszustaffieren. Als sie jetzt den Rand des Deadman's Canyon erreichten, standen sie unvermittelt vor drei Gestalten, die sich nach Polloart niedergekauert hatten.

Manny Lopez, der zuerst nur das demütige Niederhocken registrierte, sagte im Vorbeigehen höflich *»buenas noches«*. Die hokkenden Männer hingegen antworteten ganz und gar nicht höflich. Die drei trugen abgetragene Jeans und hatten schulterlanges Haar, und zwei von ihnen hatten sich mit Halstüchern vermummt.

Einer der hockenden Männer stand auf. Er hatte einen dünnen Spitzbart, der im Wind flatterte. Er sagte ihnen auf spanisch, sie sollten sich vor der *migra* in acht nehmen. Und als in einiger Distanz ein paar Scheinwerfer sichtbar wurden, befahl er ihnen, sich ebenfalls hinzuducken, obgleich die gar nicht von der Border Patrol stammen konnten.

Dann aber war einer der Gangster das Versteckspiel offenbar leid, und er baute sich, wohl in dem Glauben, diese Pollos würden sich ohne Mühe rupfen lassen, vor Eddie Cervantes auf und legte eine Antrittsvorstellung hin, wie sie der Cop noch nie erlebt hatte.

Eddie Cervantes hatte schwermütige und leicht schräge Augen. Wegen seiner Kleinheit war er die Zielscheibe unzähliger Witze, und sein kurzer Haarschnitt, der noch aus seiner Zeit beim Marinecorps stammte, paßte eigentlich eher zu einem Jungen. Er war in den Augen der Gangster offenbar am leichtesten einzuschüchtern. Der Gangster lächelte nur und hielt ihm eine Messerklinge vor die Nase, die im Mondlicht schimmerte. Ohne Vorwarnung packte er Eddie Cervantes an der Kehle und zischte ihm aus kürzester Distanz zu: »*Horale, cabron.*« Du bist dran, alter Strolch...

Das kam überraschend. An der Kehle gepackt zu werden. Auf eine Klinge zu starren. Nicht einmal ein *Wenn Sie gestatten.* Kein *Wie-wär's-denn-mit-einer-Zigarette?* Überhaupt nichts an Vorspiel.

Die Cops mußten ihre Lektionen über die Methoden von Gangstern erst noch lernen. Die Methode dieses Trios war es, sich die Menschen durch die Anwendung direkter Gewalt sofort gefügig zu machen, statt nur mit Gewalt zu drohen. Der spitzbärtige Gangster schwang den Gürtel mit der schweren Schnalle, den er soeben Lino Ariza abgenommen hatte, gegen das Gesicht von Manny Lopez.

Dann aber hätten die Gangster kaum überraschter sein können. Ein fürchterliches Geschrei und Gekreische erhob sich, als Manny Lopez blitzschnell seinen großkalibrigen Revolver zog und seinem Gangster, wie es in dem späteren Bericht über diese Festnahme hieß, »eine leichte Verletzung an der Stirn zufügte, weil er nach der Waffe griff«. Was in normalem Englisch hieß, daß ihm Manny Lopez den Revolver direkt zwischen die verdammten Augen geknallt hatte.

Eddie Cervantes gebrauchte seine Waffe gar nicht. Es passierte fast von selbst. Das Schimmern des Stahls, die Hand an seiner Kehle. Manny schrie irgendwas, als er dem Gangster die Kanone zwischen die Hörner knallte. Eddie Cervantes hatte die Waffe zwar in der Hand, griff aber instinktiv zuerst nach dem Messer. Gleichzeitig trat er dem Gangster so in die Eier, daß sie ihm fast an dem Halstuch, das er vor dem Gesicht hatte, wieder rauskamen.

In dem Bericht über die Festnahme war im übrigen zu lesen: »Seitens der die Festnahme durchführenden Beamten wurde ausschließlich die für die Festnahme erforderliche Gewalt angewendet.«

Aber diese drei Gangster kriegten ihre Prügel doppelt und dreifach. Sie waren die ersten echten Gangster, die die Cops einbuchteten. Und sie hatten Eddie Cervantes immerhin zu Tode erschreckt. Und Leute, die erschreckt werden, tun leicht mal zuviel des Guten.

Tatsächlich war Eddie Cervantes immer noch ziemlich außer sich, nachdem er den Gangster mit der Schulter gerammt, ihn zu Boden geschleudert und sich dann auf ihn gestürzt und zusammengeschlagen hatte. Er stieß dem Gangster seinen kurzläufigen Revolver zwischen die Zähne und sagte: »Ich würde dich am liebsten *umbringen!«*

Dabei wurde ihm klar: Er hätte es sogar tun können! Hier in diesen stockfinsteren Canyons, während seine Kameraden den beiden anderen Gangstern Handschellen anlegten, sie wegbrachten und dabei immer noch gnadenlos auf sie einprügelten, hätte er den Gangster auf der Stelle umbringen können. Seine Hände zitterten. Er hatte seine Kanone noch nie außerhalb des Schießstands abgefeuert.

»Ich würde dich am liebsten *sofort* umbringen!« wiederholte er und bearbeitete die Zähne des Gangsters ununterbrochen mit der Mündung seines Schießeisens.

»Bring mich nicht um, *mano!«* flehte der Gangster. »Bring mich nicht um!«

»Ich könnt's aber, du Arsch!« sagte Eddie Cervantes. »Ich *könnte* es!« Aber er tat's nicht.

»Anfangs hatten wir noch regelrecht Angst, unsere Kanonen zu gebrauchen!« sagte er später. »Damals waren wir noch *normale* Polizisten.«

Etwa zur selben Zeit, in der Eddie Cervantes dem Gangster mit der Mündung seines Schießeisens die Zähne polierte, entdeckten die anderen Teams keine hundert Meter entfernt in der Finsternis einige völlig verstörte und konfuse Pollos. Einer von ihnen hatte eine Messerwunde an der Kehle und eine schwere Quetschung an der Stirn, die von einem Felsbrocken stammte, mit dem er geschlagen worden war. Lino Ariza und die übrige Gruppe wurden zur Substation gebracht, wo sie die Gangster, die sie beraubt hatten, identifizierten.

Lino Ariza sagte den Cops, er würde ein Bein und einen Arm hergeben, wenn er genug Geld verdienen könnte, um sich in Durango über Wasser zu halten. Er wollte einfach nicht glauben, daß ein Mensch in einem so gewalttätigen Land wie Amerika jemals glücklich werden konnte.

Als Tony Puente in dieser Nacht im Anschluß an die Bierparty, die zur Feier des Sieges über die Gangster veranstaltet worden war, nach Hause kam, hoffte er, daß seine Frau Dene noch wach sein würde. Immer, wenn er einen ganz dringenden Wunsch hatte, flüchtete er sich in die *Hoffnung,* daß er in Erfüllung gehen würde.

Um irgend etwas gebetet hatte er nie mehr, seit er nicht mehr Katholik war. Außerdem betete seine Frau genug für beide, seit sie sich fast nur noch mit dem Verteilen von Traktätchen, Bibellesen und einer selbsterniedrigenden fundamentalistischen Lehre beschäftigte.

»Vielleicht hätt ich's anfangs noch stoppen können«, sagte er seinen Kollegen in den folgenden Monaten immer wieder. Immer, wenn er sternhagelvoll war.

Manchmal fragte er sich, ob er überhaupt ein mexikanisches Mädchen hätte heiraten sollen. Ob's auch dann so gekommen wäre? Sie war noch keine Dreißig, nach vierzehn Ehejahren. Sie war sehr schlank und sah zumindest in seinen Augen immer noch so aus wie das Kind, das er geheiratet hatte. Tatsächlich war Tony Puente von Anfang an verrückt nach ihr gewesen und blieb es selbst dann noch, als ihr totales Aufgehen in der Religion nicht bloß ihr Leben beherrschte, sondern auch seins. Als ihr Glaube zum einzigen und bedeutsamsten Inhalt auch *seines* Lebens wurde.

Sie war nicht mehr wach. Es war so und so egal. Er war betrunken. Aber sie sah so *jung* aus. Er ging gar nicht erst ins Bett. Er wurde irgendwann bewußtlos. Am nächsten Morgen konnte er sich nicht mal mehr erinnern, ob und wie er nach Hause gefahren war. Er mußte länger nach seiner Brille suchen.

In der letzten Oktoberwoche 1976 erschienen über die eigentlich eher routinemäßigen Festnahmen, die die neue Task Force zur Bekämpfung der Grenzkriminalität verbuchen konnte, nicht weniger als sieben Zeitungsberichte. Die Frauen und die Cops selbst durchstöberten die Warenhäuser bereits nach geeigneten Erinnerungsalben.

Es war allgemein bekannt, daß Manny Lopez mit Bill Robinson befreundet war, dem Leiter der Presseabteilung des Police Departments von San Diego. Manny rief Robinson jetzt an, und so erhielten die Zeitungen auch eine gute Story über ihre erste *echte* Gangsterfestnahme.

Eddie Cervantes, dessen etwas schräge Augen an diesem Morgen durch übermäßiges Saufen und einen Alptraum reichlich umflort waren, konnte es kaum abwarten, die Zeitung in die Finger zu kriegen. Er überlegte schon, ob er nicht ein in *Leder* gebundenes Erinnerungsalbum kaufen sollte. Er schlug die Zeitung auf. Da stand eine irrsinnige Story über die Attacke von

Manny Lopez auf einen Gangster, der ihn mit der Gürtelschnalle angegriffen hatte. Und wie Manny Lopez und seine Leute die Verbrecher, die, wie sich herausstellte, heroinsüchtig waren, entwaffnet und überwältigt hatten. Von dem Messer, das Eddie Cervantes an der Kehle gesessen hatte, war gar nicht die Rede. Weder von Eddies Kehle noch von seinen übrigen Körperteilen war die Rede.

Da umflorten sich seine traurigen Augen noch mehr, und er kam zu der Überzeugung, daß ein Erinnerungsalbum mit Plastikeinband völlig ausreichen würde.

Im übrigen fragte er sich sogar, ob Manny Lopez ihm seinen Ruhm nicht *gestohlen* hatte.

5. KAPITEL

Sabes qué?

Im November ereignete sich ein schwerer Zwischenfall, der die Spielregeln, nach denen in den folgenden Monaten in den Canyons gekämpft wurde, recht verhängnisvoll beeinflussen sollte. Schon zum zweitenmal in ihrer bislang kurzen Geschichte wurde die Truppe in ein gefährliches mexikanisches Patt verwickelt.

Manny Lopez war in dieser denkwürdigen Nacht nicht mit dem Ensemble unterwegs. Er führte ein Spezialteam, das aus je einem Beamten vom Zoll und der Border Patrol sowie zwei seiner Cops aus San Diego bestand. Von einem früher am Abend festgenommenen Grenzgänger, der sie für echte Pollos gehalten hatte, waren sie vor zwei Polizisten aus Tijuana gewarnt worden, die in der Nähe der Eisenbahn auf mexikanischem Gebiet angeblich Grenzgänger ausraubten.

Derartige Berichte über schurkische Cops aus Tijuana häuften sich in letzter Zeit. Juristisch gesehen traten diese Polizisten nicht als Räuber, sondern als Erpresser auf. Es war anscheinend nicht so, daß ein mexikanischer Cop jemandem nach Gangsterart einfach eine 45er Automatic ins Gesicht stieß, um ihm dann die Taschen zu leeren. Sie vermuteten eher, daß die mexikanischen Cops einem Pollo mit Hilfe ihrer Autorität zu verstehen gaben, er könne sich sehr rasch in seinem eigenen Staate wiederfinden, wenn er ihnen ihren miserabel bezahlten Job nicht ein bißchen aufbesserte. Abgesehen davon gab's ja auch unter den amerikanischen Cops das eine oder andere faule Ei. Prinzipiell jedenfalls mochte die mexikanische Polizei der Ansicht sein, einen Schutzzoll kassieren zu dürfen, wenn sie ihre Augen vor einem Tatbestand schloß, der von ihrer Regierung nicht gerade als allerschwerstes Verbrechen verfolgt wurde: der Auswanderung ihrer sowieso dreistesten und lästigsten Bürger.

Jener Grenzgänger hatte ihnen im übrigen geraten, sich vor allem vor einem auf mexikanischer Seite operierenden Kombiwagen in acht zu nehmen. Sie befanden sich gegen elf Uhr abends etwa zweihundert Meter von der Eisenbahn entfernt und gingen in östlicher Richtung. Als sie sich der Bahnlinie bis auf ungefähr hundert Meter genähert hatten, sahen sie ein Fahrzeug, möglicherweise einen Kombi- oder Lieferwagen, der mit ausgeschalteten Scheinwerfern im Schrittempo neben den Bahngleisen herkroch.

Sie hörten, wie dicht südlich des Grenzzauns eine Wagentür zugeschlagen wurde. Sie gingen weiter und sahen zwei schattenhafte Gestalten, die nach Westen rannten, als ob sie ihnen den Weg abschneiden wollten. Sie blieben dann wie angewurzelt stehen und sahen, wie die beiden Gestalten kurz oberhalb der eisernen Landeplattform der Border Patrol durch ein Loch im Zaun kletterten. Die vorderste Gestalt trug die schwarze Uniform eines Hilfspolizisten aus Tijuana.

Er stürmte auf sie zu und brüllte sie an, sie sollten herkommen: *»Vengan aca!«*

Er brachte einen langläufigen 38er Revolver zum Vorschein, den er auf das Gesicht von Manny Lopez richtete. Und so guckte der Sergeant zum zweitenmal in die Mündung einer Kanone, und zum zweitenmal traf er eine Entscheidung, die ein anderer vermutlich kaum getroffen hätte: er sagte zunächst nicht, wer sie waren. Ebenso wie bei der Begegnung mit den Cops aus Tijuana in der Nähe des Flughafens sah er direkt in die Mündung der Waffe und nahm es in Kauf, zufällig oder absichtlich erschossen zu werden.

Er ließ die Waffe keine Sekunde aus den Augen und riß erst seinen eigenen Revolver und die Dienstmarke heraus, bevor er sagte: *»Policias!«*

Das *zweite* mexikanische Patt. Mannys Leute folgten seinem Beispiel. Der Mexikaner mit der schwarzen Uniform zog den Abzug nicht durch, weder zufällig noch absichtlich. Er starrte bloß auf die auf ihn gerichteten Handfeuerwaffen und Gewehre. Er hörte, wie irgend jemand sagte, er werde auf der Stelle umgelegt, wenn er seine Kanone nicht sofort fallen lasse. Im Mondschein trat er zwei Schritte zurück. Seine Kanone war immer noch auf Manny Lopez gerichtet. Dann aber ließ er sie sinken.

Der zweite Mann kratzte die Kurve und rannte zum Zaun. Anschließend gab es in der Finsternis ein ziemliches Durcheinander, als die Cops in Fächerform und von Deckung zu Deckung ausschwärmten, weil sie eine Heckenschützenattacke befürchteten, am Ende aber das Zuschlagen einer Autotür hörten und gerade noch rechtzeitig ankamen, um einen Jeep mit weißen Ziffern an der Seite zu sehen. Der geflohene zweite Mann jagte den Jeep den Hügel hoch, mit ausgeschalteten Scheinwerfern, wie ein Stuntman beim Film. Im Rückwärtsgang. In Sekundenschnelle war er verschwunden.

Manny Lopez riß dem Hilfspolizisten die Waffe aus der Hand und warf ihn zu Boden. Manny Lopez war ziemlich sauer, als er dem protestierenden Mexikaner Handfesseln anlegte, und so beschimpfte er ihn auf hunderterlei Arten als diebisches, verbrecherisches Schwein von Cop.

Der Mann war dreiundzwanzig und *kein* Cop. In Tijuana kann man sich beim städtischen Fiskus gesonderte Patrouillen durch Hilfsbeamte und dadurch zusätzliche Sicherheit kaufen. Dabei handelt es sich zwar nicht um private Rent-a-Cop-Unternehmen, wie man sie nördlich der Grenze findet. Aber in den Augen der Stadtpolizei sind diese Hilfsbeamten dennoch dasselbe wie auf amerikanischer Seite die privat angestellten Sicherheitsbeamten für die Polizei von San Diego – uniformierte Bürger, aber sonst gar nichts.

Der mexikanische Hilfsbeamte hatte 60 amerikanische Dollar und etwas 630 Pesos bei sich. Vielleicht hatte er in den Canyons Grenzgänger ausgeraubt. Er behauptete, er habe Manny Lopez und seine Leute nicht für Grenzgänger, sondern für Räuber an Grenzgängern gehalten, weil sie an der Grenze entlangmarschiert seien und damit doch ein ziemlich seltsames Verhalten an den Tag gelegt hätten. Er behauptete im übrigen, er habe zwar sicher nicht den Zaun überqueren sollen, sei aber gewiß kein Gangster.

Der Hilfsbeamte wurde wegen des Verdachts auf räuberische Verbrechen festgenommen, aber alle Beschuldigungen wurden vom District Attorney fallengelassen, weil man ihm nichts nachweisen konnte. Der Mexikaner war lediglich bewaffnet über die Grenze gekommen. Er hatte nur gesagt: »Kommt mal her!« Nicht mehr und nicht weniger.

»Wenn ich stehengeblieben wär, hätte er mich todsicher umgelegt«, protestierte Manny Lopez bei den Detectives, die die Untersuchung durchführten.

»Vielleicht *ist* er ja ein Räuber, aber das werden wir nie erfahren«, war die Antwort.

»*Ich* weiß«, erwiderte Manny Lopez, »daß der Mexikaner ein Gauner ist.«

Und je länger er darüber nachdachte, desto sicherer war er sich. In den Augen von Manny Lopez waren allerdings fast alle mexikanischen Gesetzeshüter Ganoven, die Hilfsbeamten wie die regulären. Sie waren Diebe und noch Schlimmeres. Manny Lopez fühlte sich immer öfter *im Stich gelassen,* und seltsamerweise heiterte ihn das mehr und mehr auf.

Eines Abends schrieb ein Lieutenant ein seltsames Akronym auf die Tafel. Ein aus den Anfangsbuchstaben aufeinanderfolgender Worte gebildetes Kurzwort: B.A.R.F.

Nach dem Sinn befragt sagte der Lieutenant: »Border Alien Robbery Force.« Gewissermaßen also: Kommando gegen Grenzgängerräuber.

Border Alien... BARF? Wollte der Mann sie verarschen? Wie sieht das denn bloß geschrieben aus? BARF? Scheiße! Sie nannten sich, viel romantischer, Task Force. Hau bloß ab mit diesem BARF-Scheiß.

Aber dann machten die Jungs, kurz nachdem Eddie Cervantes seinen ersten richtigen mexikanischen Gangster getroffen und ihm mit der Kanone die Zähne poliert hatte, eines Abends einen kleinen Ausflug ins nahe gelegene Nachtjackenviertel von San Ysidro, um sich auf den Marsch zur Smuggler's Gulch und zum Deadman's Canyon vorzubereiten. Wenn sie dort auch wohl kaum richtige Gangster antreffen würden, so hofften sie doch wenigstens auf ein paar leichte Festnahmen von Betrügern und Beutelschneidern, weil sie wie alle Staatsdiener durchaus mal das Bedürfnis hatten, vor die Tür zu gehen und ihre Existenzberechtigung nachzuweisen.

Es gab dort unzählige Betrüger, die der Unmenge der durchreisenden Pollos geeignete Fahrgelegenheiten anboten. Mancher davon war ein echter Dieb, Räuber und Frauenschänder, und die Grenzgänger hatten nie die Chance, dahin zu kommen, wohin sie wollten.

Bei diesem speziellen Ganoveneinsatz ging das Ensemble, zu dem als vierter Mann Joe Castillo gehörte, von der Eisenbahnbrücke aus nach San Ysidro, und dort standen die Beamten unvermittelt vor zwei Männern, die wie Grenzgängerführer aus Tijuana aussahen.

Einer der beiden hielt die vier Pollos an und fragte nach einer Zigarette. Manny Lopez holte ein unangebrochenes Päckchen mexikanischer Fiesta-Zigaretten hervor. Ein anderer bat um ein Streichholz. Manny Lopez holte ein neues mexikanisches Streichholzheftchen hervor.

»Von wo kommt ihr?« fragte einer der Männer, steckte sich die angebotene mexikanische Zigarette in die Tasche und zündete sich einen amerikanischen Glimmstengel aus seiner eigenen Packung an.

Von da an machte Manny Lopez mit sichtlichem Vergnügen von seinem schauspielerischen Talent Gebrauch, und statt die üblichen Herkunftsorte Tecate und Mexicali zu nennen, sagte er: »El Salvador. Wir haben die ganze Strecke von El Salvador nach Norden gemacht, durch Mexiko. In unserem Staat sieht es sehr schlecht aus.«

Dann sagte der Führer zu Joe Castillo, der etwa ebensogut Spanisch sprach wie Rosalynn Carter: »Habt ihr *pisto* dabei? Wir könnten euch nach Los Angeles bringen, für fünfzig Dollar pro Nase.«

Joe Castillo sagte darauf zwar nichts, machte jedoch eine Geste, als wolle er trinken, lachte nervös und schüttelte den Kopf, weil man unter *pisto* im Slang dieser Gegend einen Drink oder einen Trinker versteht.

Der Grenzführer meinte: »Ich will nichts trinken. Ich habe nach *Geld* gefragt. In El Salvador heißt *pisto* Geld. Ich glaube, ihr seid gar nicht aus El Salvador.«

Dann sagte der andere Führer zu Joe Castillo: »Nun sag mal was, Bruder. Laß mal hören, wie du redest.«

Aber Manny Lopez, der eine Laune wie Idi Amin hatte, fragte die Grenzführer: *»Sabes qué? Sabes qué?«* Was meint ihr da? Was ist da los?

Dann sagte er auf englisch: »Was meint ihr? Macht sie fertig!«

Und Sekunden später lagen die Ganoven platt auf dem Bauch und trugen Handschellen. Nachdem sie die beiden eingebuchtet hatten und es Zeit war, raus in die Canyons zu gehen, erzählten sie die Story, wie Joe Castillo »aus der Fassung gebracht worden war«, der ganzen Truppe.

Weil er noch ein Anfängercop war, nannte Joe Castillo seinen Sergeant noch nicht beim Vornamen. Er fragte: »Aber wieso kann ich denn wissen, Sarge, daß *pisto* in El Salvador was anderes heißt?«

»Verdammt!« sagte Manny Lopez, wobei sich seine Augenbraue zu einem halben Fragezeichen verzog. »Ich hab dir hundertmal gesagt, du sollst die Klappe halten und überhaupt nichts sagen. Laß *mich* reden.«

»Aber ich *hab* nicht geredet, Sarge!«

»Das ist wie in diesen alten Kriegsfilmen«, wurde dazu geäußert. »Da fragen sie die Gefangenen im Verhör, mit wem Betty Grable verheiratet ist und was Mickey Mouse für ne Freundin hat und all so was.«

»Wer ist Betty Grable?« fragte man ihn, und daraufhin fiel Mannys neunundzwanzigjährige reptilartige Braue wieder nach unten, und er fühlte sich *alt.*

»Wir brauchen ein Codewort, wenn wir meinen, es wär Zeit, sie einzumachen«, entschied Manny. »Wie wär's mit *sabes qué?* Wenn ich mich zu diesen Arschlöchern umdreh und seh, daß die Sache für ne richtige Schlägerei reif ist, und dann einfach sag *sabes qué?«*

»Was heißt das genau?« fragte Robbie Hurt.

»Was meint ihr, heißt das. Wißt ihr was? Also, nächstens heißt es *sabes qué?«,* sagte Manny Lopez zu seinen Leuten. »Wenn ich sag *sabes qué?,* macht euch fertig, weil's dann jeden Moment losgeht.«

»Dann brauchen wir aber noch ein Codewort, wenn wir ziehen sollen oder so«, meinte man.

Robbie Hurt fühlte sich außen vor, weil sie sich in ihrem winzigen Squadroom öfter auf spanisch als auf englisch unterhielten, was ihn immer mehr als Außenseiter abstempelte. Er sagte: »Wie wär's mit *Barf?«*

»Barf?«

»Ja, na sicher, Manny sagt *sabes qué?,* wenn's gleich losgeht, und *Barf!,* wenn wir ihnen an die Figur gehen oder ziehen sollen.«

»Barf?«

»Barf!«

Es war *äußerst* unromantisch, aber dabei blieb's. Barf! Sie entschlossen sich jedenfalls, es auszuprobieren. Und so hartnäckig sie sich für die Dauer ihrer Existenz auch *Task Force* nannten, so klar war es für ihre gesamte Umwelt, daß sie *Barf* waren. Also packten die Barfer ihre Sachen zusammen und brachen auf in die Canyons, und um ein Haar hätte nur wenig später einer von ihnen damit rechnen müssen, Weihnachten 1976 im Knast zu verbringen. Wegen zumindest fahrlässiger Tötung.

Um neun Uhr abends marschierte das Ensemble dicht an der imaginären Linie entlang, auf deren nördlicher Seite. Sie näherten sich einem Canyon, den die Border Patrol E-2 nannte. Der E-2-Canyon lag ungefähr eine halbe Meile östlich der Grenzkontrollstelle. Ziemlich viele Gangsterbanden arbeiteten im E-2-Canyon und in den anderen Canyons, und die meisten ihrer Mitglieder wohnten in der Nähe ihrer Arbeitsstelle, in Colonia Libertad. An diesem denkwürdigen Abend trotteten Manny Lopez, Tony Puente, Eddie Cervantes und Carlos Chacon in der Finsternis gerade über einen besonders schlechten Weg, als ihnen zwei Männer entgegenkamen und sie sich schon in dem Glauben wiegen konnten, daß sie die zweite Festnahme des Abends erleben würden.

Die beiden Männer blieben stehen, als sich Manny und seine Barfer zum Zeichen ihrer Unterwürfigkeit niederhockten. Sie wurden nach einer Zigarette und nach Feuer gefragt, und der Schauspieler Manny kramte die rollengerechten Zigaretten und Streichhölzer raus, die er von seinem rollenbewußten Department bekommen hatte. Und anschließend wurde ihnen angeboten, sie nach »Los« zu bringen, wie Los Angeles im Straßenjargon genannt wurde. Der Preis sollte hundert Dollar pro Person betragen.

Als die Situation dann derart eindeutig war, daß die Gaunerei juristisch beweisbar zu sein schien, wollte Manny Lopez gerade *sabes qué?* sagen. Da allerdings sagte einer der Männer, es gebe da noch ein paar andere Pollos, die mit demselben Lastwagen fahren sollten, und die müsse er noch benachrichtigen.

Tony Puente glaubte in der Finsternis zu erkennen, daß die andere schattenhafte Gestalt irgendwas in der Hand hielt. Eddie Cervantes bot dem Mann eine Zigarette an. Der Mann näherte sich, steckte dabei was in die Tasche und griff mit derselben Hand nach der Zigarette.

Das plötzliche Aufflackern eines Streichholzes. Ein hündisches Grinsen. Das Gesicht eines Schakals. Sie wurden allmählich nervös.

Tony Puente hätte zu gern seine Brille aufgesetzt, vor allem, als der erste Führer mit drei weiteren Pollos zurückkam, die sich ihrer Grenzgängertruppe anschließen sollten. Allerdings gingen diese Leute gar nicht wie Pollos. Und sie fingen an, äußerst freundlich mit den Barfern zu schwatzen. Und sie mogelten sich, während ein kalter Wind aufkam, auf dem weiteren Weg unauffällig hinter die Cops, wobei sie dauernd davon redeten, die gemeinsame Fahrt nach Los Angeles würde sehr unkompliziert sein.

Und ungeachtet des eisigen Windes begann die Mannschaft zu schwitzen. Mit oder ohne Brille, Tony Puente gewann den Eindruck, daß *sämtliche* Leute irgendwas in der Hand hatten. Und obgleich noch niemand Geld verlangt, eine Waffe hervorgeholt oder sie mit Gewalt bedroht und damit die juristische Voraussetzung für versuchten Raub erfüllt hatte, überlegte sich Manny Lopez, der sich ebenso wie die anderen äußerst ungemütlich fühlte, daß nach einer derartigen zangenförmigen Einkreisung der Zeitpunkt zur Festnahme der Gauner doch wohl gekommen sei.

Als die fünf Männer, die sie umringten, auf dem vom Mondlicht überfluteten Weg anfingen, mit sehr leiser Stimme miteinander zu reden, sagte Manny Lopez: *»Sabes qué?«* – keinen Augenblick zu früh, was seine Truppe betraf. Zwei seiner Leute sahen, daß einer der »Pollos«, die sich ihnen angeschlossen hatten, eine Skimaske trug. Und dabei waren sie noch zwei Stunden und zwei Monate vom ersten Pulverschnee und vom nächsten Sessellift entfernt.

»Barf!« schrie Manny.

Vier kurzläufige Revolver sowie ein Gewehr richteten sich auf die Gangster, als Manny brüllte: *»Policias!«*

Jeder Cop kümmerte sich um den Räuber, der ihm am nächsten stand. Der Mann, der von Eddie eine Zigarette gekriegt hatte, rannte davon. Eddie Cervantes, der kleinste und schnellste Barfer, rannte hinter ihm her. Sie waren nur ein paar Meter von der Grenze entfernt. Der Räuber war zweiundzwanzig und ganz schön schnell. Eddie Cervantes erwischte ihn direkt an der Grenzlinie, und der junge Mann wollte in seine Tasche greifen, in der ein Messer mit Knochengriff steckte. Eddie Cervantes kreischte: »Barf! Barf! Barf!«, knallte seinen Revolver auf den Schädel des Räubers und hörte die lauteste Explosion seines Lebens.

Der Räuber schrie dem kleinen Barfer, der völlig geschockt war, direkt ins Gesicht. Seine Augen schienen zu brechen, und er sagte: »Ayeeee! Du hast mich *gekillt!«* Und er fiel auf die Erde und war still.

Als die zweite Ensemblebesetzung sich stolpernd, fluchend und immer wieder der Länge nach hinschlagend einen Weg durch die Mesquitesträucher, Felsen und Kakteen gebahnt hatte und die Stelle erreichte, wo der Schuß gefallen war, sah Renee Camacho, wie Eddie Cervantes vor dem leblosen Gangster stand und ihn fassungslos anstarrte. Eddie Cervantes sagte ununterbrochen: »Oh, Scheiße! Oh, verdammt! Ich *wollt* ihn doch überhaupt nicht umlegen! Was mach ich jetzt bloß? Was mach ich jetzt bloß?«

In den traurigen, leicht schrägen Augen von Eddie Cervantes stand die helle Panik. Klar, daß dem jungen Cop eine Menge Dinge durch den Kopf gingen. Juristische Einzelheiten zum Beispiel. Die Räuber hatten effektiv noch kein Geld verlangt. Sie hatten auch keinen offenkundigen Angriff unternommen. War es also nur Betrug, ein Vergehen? Dann hätte er nicht mal *legal* das Recht gehabt, ihn umzulegen – vom moralischen Recht gar nicht zu reden!

»Was mach ich jetzt nur?« schrie der kleinste Barfer. »Muß ich wegen Totschlags ins Gefängnis?«

Die scheinbare Leiche hieß José Gutierrez. Die scheinbare Leiche stöhnte. Die scheinbare Leiche machte Anstalten, sich aufzurichten.

»Er ist gar nicht tot! Du bist gar nicht tot!« schrie Eddie Cervantes den Gangster an.

Aber der Strolch glaubte steif und fest, daß er umgebracht worden war. Er war seiner Sache sicherer als Eddie Cervantes. So sicher wie das Amen in der Kirche hatte er gewaltige Kopfschmerzen und eine Beule, die mindestens so groß war wie ein Tequilaglas.

Nachdem er kapiert hatte, daß er nur niedergeschlagen worden war und genaugenommen noch lebte, sagte er zu Eddie Cervantes: »Ich ergeb mich. Ich *ergeb* mich!«

Sie nahmen die Gangster wegen Betrugs fest, weil ihnen die nötigen Raubvoraussetzungen fehlten. Sie schrieben einen Bericht, in dem sie das unfreiwillige Abfeuern des vom Department ausgegebenen kurzläufigen Smith & Wesson-Revolvers großzügig übergingen. Sie gaben sich nicht die allergeringste Mühe, eine leichte Beschädigung des Revolvers im Detail zu erklären. Einiges sprach dafür, daß Eddie Cervantes den Sicherungsflügel mit dem Abzug verwechselt hatte, als er die Kanone als Schlagwerkzeug benutzte, und daß die Waffe dadurch losgegangen war.

Niemand war von dem Geschoß getroffen worden, und nachdem der Gangster sowieso froh war, daß er noch lebte, verzichtete er endgültig auf eine Beschwerde, als sie nur wegen eines so geringfügigen Vergehens wie Betrug angeklagt wurden. Einen Tag oder zwei im Kittchen, hieß das, und dann ab nach Mexiko und das nächstemal besser aufpassen, wenn es wieder mal darum ging, Pollos auszunehmen.

Die Cops machen sich nach der Arbeit wie üblich ein paar

schöne Stunden, und diesmal wurde Eddie Cervantes schwer angemacht. Sie rissen jede Menge Witze über Marinereservisten und Zwerge: »Was haben Eddie Cervantes und König Hussein gemeinsam?« »Vielleicht sind sie beide militärische Berühmtheiten?« »Nee, Zwerge mit Wasserkopf.«

Dann drehte Eddie, unterstützt von Manny Lopez, den Spieß um und machte den größten Barfer an, den mit dem vorspringenden Kinn und dem schlechten Gebiß und ließ Witze über Marfa, Texas, vom Stapel: »Hey, Ernie, ich hab gehört, in Marfa ist sofort ne Riesenparty im Gange, wenn der Coke-Automat funktioniert.« »Hey, Ernie, warst du mit deinen Zähnen nicht mal Meister im Flaschenöffnen?« »Hey, Ernie, wie schmeckt eigentlich Gürteltier mit Chili?« Und so weiter.

Außerdem rissen sie eine Menge Witze über den Kerl in der roten Skimaske, der ihnen entkommen war und den die, die sie erwischt hatten, »El Loco« nannten. Sie hatten die Maske im Gebüsch in der Nähe des internationalen Flughafens gefunden. Sie freuten sich diebisch, daß »El Loco« sich eine neue Maske kaufen mußte, wenn er in der kommenden Saison zum Skilaufen nach Aspen fahren sollte.

Das Gelächter fror vorübergehend ein, als sich ein Barfer ein paar nüchterne Gedanken über den neuen Job machte. Über die verdammten einsamen, gottverlassenen Canyons, wo aus der Finsternis ein Schatten auftauchen und vor einem stehen konnte, ehe man sich's versah. Der Schatten eines lächelnden Mannes, der beruhigend auf einen einredete. Und sich hinter einer Skimaske versteckte.

Anschließend tranken sie dann nur sehr zögernd weiter.

6. KAPITEL

Milagro

Gegen Ende des Jahres blieb es in den Canyons ruhig. Als Begründung dafür hatte Manny Lopez in einem seiner Tätigkeitsberichte geschrieben: »Den Gangstern war es draußen offenbar *zu kalt.«* Aber ihrem Experiment blieb nicht mehr sehr viel Zeit. Der Polizeichef hatte Dick Snider nur neunzig Tage Frist gegeben, um die Gangsterbanden auszuschalten. Snider indessen beklagte sich, es sei ja wohl kaum ihnen anzulasten, wenn die Aktivität nachlasse und sie dadurch nicht in der Lage seien, genügend Gangster festzunehmen, denn letztlich sei ja wohl ihre Existenz der eigentliche Grund für den Rückgang der bekanntgewordenen Raubüberfälle.

Sie arbeiteten wieder in San Ysidro, um zumindest die Statistiken aufzubessern. Ernie Salgado, der größte Barfer, und sein Streifenkollege Manny Lopez kriegten Ärger mit einem bereits älteren Amerikaner mexikanischer Abstammung, der ihnen Geld für den einen oder anderen Drink abnehmen wollte und mit einer Taschenlampe auf Ernie einschlug. So was machte wenigstens Spaß, vor allem, weil der Mann dann wegen *tätlicher Beleidigung* eines Polizeibeamten eingesperrt wurde. Und Joe Castillo wurde von einem schweren Stein, den irgendwer geworfen hatte, am Fuß getroffen. Und ein siebzehnjähriger Straßenlümmel aus San Ysidro versuchte, der Mannschaft gewaltsam einige Dollar abzuknöpfen, und nachdem er kapiert hatte, daß es sich bei seinen Pollos um Polizisten handelte, attackierte er Eddie Cervantes mit der Faust und trat ihm ins Gesicht, ehe ihm als Retourkutsche dasselbe widerfuhr. Eddie Cervantes schien sowohl für die richtigen Gangster in den Canyons als auch für die jungen Bengel in San Ysidro eine Art von natürlichem Opfer zu sein. Er hatte bis dahin die meisten, wenn auch nur kleinere Verletzungen erlitten.

Am Monatsende schrieb Manny Lopez stocksauer in sein Tagebuch: »Der aufregendste Teil dieses Abends war der Moment, in dem ich mir die Hose kaputtgerissen habe, als ich über einen Zaun sprang.«

Gerade dieses Ereignis, immerhin, veranlaßte Manny, seine zerlumpte Truppe neu auszustatten. Nach fast zwei Monaten in den Canyons sahen sie tatsächlich reichlich zerlumpt und abgerissen, ja regelrecht *wild* aus. Die Pollos trugen im allgemeinen zwei, wenn nicht drei Hosen übereinander. Die Frauen hatten häufig zwei Kleider und darunter lange Hosen an, weil sie nie wußten, ob sie auf ihrer Reise nach Norden jemals die Kleidung wechseln konnten. Wenn sie ihre Ziele dann erreicht hatten, konnten sie eine Garnitur schmutziger Kleider ausziehen und hatten bei der Arbeitssuche immer noch ziemlich saubere Sachen an.

Die Barfer kauften nun nicht gerade im ersten Herrenmodengeschäft ein. Sie gingen in den Veteran's Trift Shop, einen bekannten Altkleiderladen. Es machte ihnen Spaß, um Mäntel, Hemden und Hosen zu feilschen, um Schuhe mit Keilsohlen, die von nahezu allen Grenzgängern getragen wurden, weil sie erstens besonders billig waren und zweitens wegen der Kakteen und Felsen in den Bergen sowieso bald nur noch aus zerfetzten Kunstlederstreifen bestanden.

Manny Lopez begründete die Ausgabe von Polizeigeldern, indem er sagte: »In Anbetracht unseres zerlumpten Aussehens hege ich die Vermutung, daß die Gangster nichts mit uns zu tun haben wollen. Von solchen Pennern können sie beim besten Willen keine Beute erwarten.«

Die Rechnung für alle Kleidungsstücke zusammen belief sich auf 26 Dollar und ein paar Gequetschte. Die neuen alten Kleider hoben die Moral der Truppe. Wenig später wurden dann zwar die Border-Patrol- und Zollbeamten abgezogen. Aber sogar noch nach dem Weggang der Bundesbeamten hegte Dick Snider die verzweifelte Hoffnung, seine Leute würden vor Ablauf der neunzig Tage irgend etwas Spektakuläres vollbringen, um den Polizeichef und den Bürgermeister davon zu überzeugen, daß auf jeden Fall die städtischen Cops am Ball bleiben müßten, um die BARF-Squad am Leben zu erhalten. Diese neunzig Tage reichten einfach nicht aus.

Was nach seiner Überzeugung das Experiment retten konnte, war die Berichterstattung in den Medien. Sie rissen derzeit wirklich keine Bäume aus, weil es, wie gesagt, in den Bergen ruhig geworden war. Alles jedoch, was sie zustande brachten, wurde von den Zeitungen aufgegriffen. Auch wenn sie bloß ein paar Betrüger oder minderjährige San-Ysidro-Schläger aufs Kreuz legten, die sie angemacht und versucht hatten, ihnen 35 Cent abzuknöpfen – die Zeitungen brachten es. In jenem einen Monat, in dem sie keine einzige richtige Gangsterfestnahme zustande brachten, wurden in den Zeitungen fünfzehn Storys über ihre Tätigkeit veröffentlicht. Die Medien wollten offenbar auf irgendwas ganz Bestimmtes hinaus. Was das war, wußten die Barfer noch nicht. Und Dick Snider war's egal. Das Experiment verdankte den Medien und der Politik sein Leben, und es konnte nicht sterben, so lange es ihm irgendwie noch gelingen würde, Medien und Politik zu beeinflussen. Er ermunterte seinen Sergeant, den Wünschen einiger Clubs nachzukommen, die über diese Gruppe von Cops, die sich BARF nannte, den einen oder anderen Vortrag hören wollten. Dazu indessen brauchte Manny Lopez keine Ermunterung.

Polizeichef William Kolender war das genaue Gegenteil früherer Chefs. Er hatte sich von der Pike auf hochgedient und war ein großer Mann, dem das wellige braune Haar bis über die Ohren fiel. Er besaß eine gute Rednerstimme und sah aus wie das Modell eines leitenden Angestellten bei Hart Schaffner & Marx. Er war der erste Polizeichef in der Geschichte von San Diego, der progressive Ideen entwickelte. Er war so flexibel, daß ihn sowohl seine Leute als auch die Stadtverwaltung und die Medien schätzten, was für einen Polizeiverwaltungsbeamten weiß Gott eine Leistung ist. Es war kein Geheimnis, daß er nach seiner polizeilichen Tätigkeit eine politische Karriere anstrebte.

In Bill Kolenders Büro hingen zwei Fahnen, die irische und die israelische, und die Geschichte dazu wurde jedem, der zum erstenmal bei ihm erschien, sofort erzählt. Der Chief teilte jedem Reporter, jedem Meinungsforscher und jedem Stadtrat unverzüglich mit, daß er im Herzen ein irischer Cop, wenngleich in Wirklichkeit Jude war, der erste im übrigen, der in dieser Stadt ein solches Amt bekleidete. Und dann wollte er wissen, was der Betreffende dazu meinte.

Bis vor kurzem war beim Police Department nahezu immer er derjenige gewesen, den man zu Vorträgen eingeladen hatte. Er war gut. Aber jetzt war jemand besser als er. Chief Kolender und die anderen hohen Tiere des Departments mußten wahrhaftig aufpassen, weil Manny Lopez ernstlich im Begriff war, ihnen die Schau zu stehlen. Manny Lopez war der geborene Geschichtenerzähler und immer sofort in seinem Element, zum Beispiel bei einem Essen des Kiwani-Clubs, wo er, sobald sein umflorter Blick dem einer Frau begegnete, seine Braue hochschob und kräuselte und mit dem Finger wie mit einer Waffe in den Saal zielte, was herrlich verrückt aussah. Sehr dramatisch und mit flatternden Händen schilderte er, wie sie mit einer Bande von Halsabschneidern im Deadman's Canyon oder einer Mördergang in der Smuggler's Gulch fertig geworden waren. Und wenn sie noch einen Chivas Regal hätten – doch, ja, er würde ganz gern noch einen nehmen.

Manny wußte, wie man sich verkaufen mußte: einen Chivas in einer, eine Santa Fe Corona Grande in der anderen Hand, dabei aufgetakelt wie John Travolta in *Saturday Night Fever*. Dieser Polizeisergeant, noch keine dreißig Jahre alt, war im lokalen Bereich eine Sensation. Und wenn er dann wieder in der Station war und allmählich nüchtern wurde, ergötzte er seine ramponierte, kaputte, von Flöhen zerbissene, von Kakteen zerstochene Mannschaft bestimmt fünfzehn Minuten lang mit Geschichten über den Scotch, den er sich bei dem Imbiß regelrecht in seine goldene Kehle *geschüttet* hatte. Und wie sehr er bei der Gelegenheit vor allem die Damenwelt begeistert hatte. Und die Barfer wurden ein bißchen neidisch, aber sie bewunderten ihn. Ein paar jüngere wie Joe Castillo und Carlos Chacon begannen ihn effektiv zu verehren.

Der Polizeichef und andere Oberbeamte des Departments mußten letztlich zugeben, daß dieser aus Mexiko stammende amerikanische Sergeant entgegen ihren Befürchtungen das Image des Departments nicht im geringsten ankratzte. Eher im Gegenteil: bei dem Experiment konnte vielleicht sogar noch was halbwegs Anständiges rauskommen.

Kurz vor Weihnachten 1976 lief ihnen dann eine Grenzversion des gerissenen kindlichen Ganoven, des »Artful Dodger« aus *Oliver Twist,* über den Weg. Als das Ensemble – Manny Lopez, Tony Puente, Eddie Cervantes – abends mal nicht in den Canyons, sondern auf den Straßen von San Ysidro unterwegs war, bremste neben ihnen ein acht Jahre alter gelber Ford. Er hielt an, und nachdem seine Insassen sich die Pollos angesehen hatten, fuhr er weiter, wendete, parkte in einer Seitenstraße und wartete.

Die Mexikanerin, die den Wagen fuhr, guckte sich vor allem Manny Lopez an, der sich wegen der Kälte eine Wollmütze über den bereits recht kahlen Schädel gestülpt hatte, seine Grenzgängerkampfjacke und zwei abgetragene Hosen übereinander trug und über dessen strammen Knöcheln sich Schuhe mit profillosen Keilsohlen aus Plastik spannten.

Sie erkundigte sich auf spanisch: »Wissen Sie, wo die Enero Street ist?«

»Oh, tut mir leid«, erwiderte Manny Lopez. »Wir sind nicht von hier.«

Sie lächelte und sagte: »Woher kommt ihr denn?«

Er zeigte nach Süden und sagte: »Wir sind gerade erst hier im Norden angekommen.«

»Wißt ihr schon, wie ihr weiterkommt?« fragte sie.

»Nein, keine Ahnung«, antwortete Manny Lopez.

»Meine Mutter kann euch nach Los Angeles bringen«, bot die Begleiterin der Fahrerin an.

»Steigt ein«, sagte die Frau am Steuer rasch. »Hier gibt's ne Menge *migra* und Polizei.«

Die drei fröstelnden Cops stiegen in den Ford, und während sie eine Weile durch die Wohnstraßen von San Ysidro fuhr, erzählte sie, daß sie im Moment auf zwei Frauen und einen Mann aus El Salvador warte, die sie zuvor von Tijuana an die Grenze am Flughafen von Tijuana gebracht habe, von wo aus sie von einem Führer durch die Canyons geschleust werden sollten. Die Frau besaß einen falschen Paß, mit dem sie halbwegs legal die Grenze überquert hatte.

Sie schafften es indessen nicht, die Salvadorianer zu finden. Statt dessen fuhren sie zu einem Haus in San Ysidro, wo die Fahrerin einige Vorbereitungen treffen mußte, um sie nach Los Angeles bringen zu können. Sie ging in das reichlich bescheidene Haus und ließ ihre Tochter Olivia mit den drei neuen Fahrgästen im Wagen zurück. Olivia war reichlich redselig und lebhaft. Als Manny Lopez wissen wollte, ob sie denn keine Angst habe, mit drei fremden Männern allein zu sein, lächelte sie auf eine recht nette Art. Anscheinend hatte sie keine Angst.

Sie erzählte ihnen ihre Lebensgeschichte. Sie schmuggelten seit gut fünf Jahren Grenzgänger nach drüben. Sie war bereits öfter mit ihrer Mutter in die Gegend von Tijuana gefahren, um dort Grenzgänger aufzugabeln. Olivia schmuggelte Menschen in der dritten Generation, und ihr Vater und ihre Großmutter waren immer noch dabei. Ihr Vater hielt sich momentan in Texas auf, nachdem er nach einer Verurteilung wegen Schmuggelns bedingt entlassen worden war. Ihre Großmutter, die man mit zwei Dutzend Grenzgängern erwischt hatte, war ebenfalls auf Bewährung frei. Und leider war auch ihre Mutter, die sich momentan in diesem Haus aufhielt und bei anderen Schmugglern Geld eintauschte, vorbelastet, weil sie bei jener Aktion das Auto gefahren hatte.

»Mama muß sehr vorsichtig sein«, informierte sie die Cops. »Der schwierigste Teil der Reise nach Los Angeles ist die Kontrolle bei San Clemente.«

Manny Lopez, Tony Puente und Eddie Cervantes nickten artig zu dieser Enthüllung und noch artiger bei der nächsten Story, die sie erzählte: »Die *migra* und die Polizei in San Diego liegen hier dauernd auf der Lauer, und sie verprügeln die Gefangenen sogar!«

Im übrigen teilte sie den Cops mit, daß der Eigentümer des Hauses, vor dem sie warteten, durch Schmuggeln reich geworden sei und ein Restaurant gekauft habe, dann allerdings von seinem Glück im Stich gelassen worden sei. Ein mieser Gastronom, ein guter Schmuggler.

Sobald die Mutter des Mädchens zurückkam, machten sie den Handel perfekt. Normalerweise nahm sie 200 bis 250 Dollar pro Kopf. Aus einer Feiertagslaune heraus bot sie ihnen die Fahrt nach Los Angeles für 150 Dollar pro Person an und war gleich darauf sehr erstaunt, als ihr Manny Lopez die Dienstmarke eines Sergeants der San-Diego-Polizei zeigte. Olivia trat in die Fußstapfen zweier Generationen, als zugleich auch sie festgenommen wurde.

Grundsätzlich war die Festnahme solcher Menschenschmuggler zwar gut für die Statistik, aber kaum einen eigenen Bericht wert. Hier allerdings wurde eine Ausnahme gemacht, wegen Olivia und ihrer Geschichte. Zwei Tage vor Weihnachten waren die Cops ein bißchen sentimental. Und möglicherweise hatte es ihnen auch ihr Äußeres angetan. Nachdem bereits alles gelaufen war, hatte sie immer noch ihr hübsches Lächeln und Augen wie ein Eselhase. Der hübsche »Artful Dodger« war außerdem kaum größer als ein solcher Hase. Die kleine Schmugglerin war ganze zehn Jahre alt.

Einen Mann der BARF Squad wenigstens stimmte gerade diese Festnahme leicht depressiv, und er sah das so: »Ich war ziemlich fertig. Ich sah mir in dem Jahr im Fernsehen *Oliver* an, und ganz plötzlich *heulte* ich. Ich wußte erst gar nicht, was mit mir los war, bis mir die kleine Schmugglerin einfiel, die Manny und seine Jungs angeschleppt hatten. Ich schaltete von *Oliver* auf irgendein anderes Programm um, so fertig war ich. Ich fragte mich andauernd, was das für ein Job war. Muß da nicht was faul sein an dieser Grenze? Was ist da eigentlich los mit diesem Grenzgängergeschäft? Hat das Ganze überhaupt irgendeinen *Sinn?* Ist das bloß irgendeine verrückte Komödie? Aber warum konnte ich dann nicht darüber lachen?«

Im Monat Dezember erschienen in den Zeitungen lediglich sechs völlig unsensationelle Geschichten über BARF. Sie standen nur noch zwei Wochen vor dem Ablauf ihres Moratoriums. Sie sahen der sofortigen Auflösung ihrer Truppe ins Auge, und immerhin einer von ihnen hatte schon gemeint, er hätte nichts dagegen, wieder *normale* Polizeiarbeit zu machen. Die Beamten der Border Patrol und des Zolls waren sowieso schon weg. Dick Snider brauchte irgendeine wirklich *sensationelle* Gangsterfestnahme. Oder ein Public-Relations-Wunder. Irgendwas, um das öffentliche Interesse wieder anzufachen. Er war nach wie vor felsenfest von seinem Experiment überzeugt. Er wußte, daß er in der Lage sein würde, den Gangstern das Handwerk zu legen und unzähligen Leuten viel Elend oder gar den Tod zu ersparen, wenn er nur genug Zeit hätte.

Und er bekam, was er sich wünschte: Ein verdammtes *Wunder,* das sich ausschlachten ließ, ausgerechnet zu Weihnachten. Ein Mensch allerdings würde sein Leben lang an ein richtiges Wunder glauben.

Es war zwanzig Minuten vor zwölf, in der Nacht vom 27. Dezember. Manny Lopez sowie seine Ensemblekollegen Tony Puente und Eddie Cervantes froren jämmerlich, schlugen sich die Arme um den Körper und stießen weißen Dampf aus, als sie auf amerikanischem Territorium parallel zum Tijuana Highway entlangmarschierten, der in dieser Gegend durch den kümmerlichsten, löcherigsten Zaun, den man sich vorstellen kann, von den USA getrennt wird. Das Wort Zaun war hier effektiv eine Beleidigung. Sie waren sich, verdammt noch mal, total einig darüber, daß sich ein Land, das imstande war, Menschen auf den Mond zu transportieren, *gar* keinen Zaun eher leisten konnte als *diesen* Zaun.

Es war kalt; es war trostlos; es war *langweilig*. Im Grunde gab's dagegen nur eine einzige vernünftige Maßnahme. Pack dir rechtzeitig einen guten Vorrat an Bier und Scotch ein. Pack echt *alles* ein, was du findest. Dick Snider war bei der ganzen Polizei wirklich der einzige Lieutenant, den sie allesamt immer geschätzt hatten, aber mal ehrlich, davon abgesehen, was hatten sie hier draußen eigentlich verloren, und was würden sie jemals vorzeigen und dabei sagen können: »Guckt mal, was wir vollbracht haben!« Eigentlich konnten sie genausogut Parksünder aufschreiben.

Für die Barfer war die Weihnachtszeit immerhin lange nicht so schlimm wie für Rosa Lugo, die zitternd an der Monument Road stand, ihre dreizehnjährige Tochter Esther an der Hand hielt und dabei voller Sehnsucht auf das Land schaute, in dem angeblich Milch und Honig flossen. Rosa Lugo gab sich die größte Mühe, nicht mit den Zähnen zu klappern, denn ganz abgesehen von der Kälte war sie erstarrt vor Angst. Sie hatte sich die Nacht ausgesucht, um ihrer Tochter Esther eine Chance fürs Leben zu geben. Sie wollten *rüber,* und sie glaubten, daß das nächste Weihnachtsfest dann vielleicht schon ganz anders aussehen würde.

Eins war in jedem Fall sicher, man mußte ein äußerst gutes Nervenkostüm haben, wenn man kaum mehr als ein Hemd und einen unvorstellbar fadenscheinigen Poncho am Leib hatte und in der Finsternis hier am Highway stand, hilflos den plötzlichen und heftigen Windstößen ausgesetzt, die Rosas hüftlanges Haar wie einen Pfeil nach vorn wehten – einen Pfeil immerhin, der nach Norden zeigte und damit noch als gutes Omen gelten konnte.

Eine natürliche Möglichkeit, über die Grenze zu gehen, bot ein großer Abwasserkanal fünfhundert Meter östlich der Kreuzung der Monument und der Dairy Mart Road auf amerikanischer Seite. Man wußte, daß viele Pollos in diesem Tunnel die Grenze unterquerten, obgleich man es sich kaum vorstellen konnte, weil ganz in der Nähe der kaputte Drahtzaun stand. Der Tunnel jedenfalls war nicht nur ein Ort, in dem immer Menschen herumhockten, herumkrochen und warteten, sondern in dem sie auch vor lauter Angst und Nervosität oder weil sie krank waren ununterbrochen pinkelten und schissen.

Und in dem die Gangster lauerten.

Derzeit warteten zwanzig Menschen in diesem Abwassertunnel auf einen Führer, der nie kam. Es war nicht einmal eine sehr kalte Nacht; es war eine klare Nacht, nicht dunstig, sondern rabenschwarz. Der vom Meer kommende Wind blies den Dunst über Tijuana und die Wolken über San Diego weg, und die Grenzgänger hoben sich gegen den klaren Nachthimmel sehr deutlich ab, was der Border Patrol das Leben ein bißchen erleichterte. In solchen Mondnächten waren in den Canyons, auf den Hügeln und hier bei dem Spargelfeld westlich der Interstate 5 die Schatten wirklich schwarz wie Anthrazitkohle. Innen in dem Abwassertunnel dagegen war es so dunkel, daß man die Gegenwart anderer Menschen viel eher *riechen* als erkennen konnte. Und das war wahrscheinlich das Schlimmste an der Sache. Innen in dieser Röhre zu stecken, in einer Dunkelheit, die viel schwärzer war als die Nacht, und die Nähe vieler anderer Lebewesen zu spüren, die man zwar *riechen,* aber nicht sehen und nicht hören konnte.

Rosa Lugo hätte am liebsten in dem Moment kehrtgemacht und wäre aus dem Tunnel gerannt, in dem sie die ersten menschlichen Wesen roch. Aber sie war tatsächlich sehr tapfer, und so hielt sie ihre Tochter mit schweißnassen Händen immer fester und kroch weiter auf die dunkle Leere und das heiße Atmen der Menschen zu.

Es zeigte sich, daß sich, wie gesagt, zwanzig Pollos versammelt hatten, deren Führer nicht gekommen war. Einige dieser Leute im Tunnel waren später seltsamerweise kaum in der Lage, ihr Verhalten nach der Ankunft von Rosa Lugo und ihrer Tochter Esther zu erklären. Dieses sowohl erschreckende als auch tragische Phänomen begegnete ihnen hier zum erstenmal, und zumindest ein paar Männer der BARF Squad versuchten bis zum Schluß, es zu begreifen. Unschuldige beziehungsweise Geiseln oder Opfer sagen zu einem gewissenlosen Soziopathen, der sie urplötzlich attackiert und bedroht: »Du würdest gar nicht auf die Idee kommen, mir etwas anzutun, wenn du wüßtest, wie unterwürfig und demütig und gehorsam ich sein kann!« Allerdings wissen Opfer wahrscheinlich auch nicht mehr über Soziopathie als der Durchschnitt der Gesamtbevölkerung. Das bedeutet, das Opfer kann im Grunde gar nicht glauben, daß es echte Soziopathen gibt, obgleich man sie ja überall findet, in der auffälligen und asozialen Form ebenso wie in der unauffälligen und sozialisierten. Soziopathen sind sehr häufig recht attraktiv, intelligent und geistig gesund und haben lediglich überhaupt kein Gefühl für Schuld und statt dessen ein Superego – egal, wie man's nennt.

Mit anderen Worten, wenn der Durchschnittsbürger nur etwas mehr über die Allgegenwärtigkeit von Soziopathen auf der einen und die Seelenlage von Unschuldigen, Geiseln oder Opfern auf der anderen Seite wüßte, würde er sicher nie derart hirnlose

Gedankenspielchen wie jenes Was-ich-in-Auschwitz-anders-gemacht-hätte betreiben.

Und der Gedanke ließ sich fortsetzen.

Ganz bestimmt waren unter den Grenzgängern in dieser Röhre nicht gerade die schwächsten, duldsamsten und unterwürfigsten Einwohner von Mexiko. Die nämlich fanden sich mit ihrer Situation ab. Im Gegenteil, nur die mutigsten kamen, deren Courage über jeden Zweifel erhaben war. Tatsache ist, daß die Kinder und Enkel illegaler mexikanischer Einwanderer seit eh und je mit mehr Orden ausgezeichnet wurden als jede andere Volksgruppe, die für die Vereinigten Staaten kämpfte. Insofern reagierten die Grenzgänger in diesem Tunnel auf die plötzliche nackte Gewalt ganz instinktiv, als sie sich gewissermaßen unterwarfen, unbewußt in der Absicht, den Aggressor aus der Demutshaltung heraus zu überwinden. Wie Millionen Unschuldiger, Geiseln und Opfer vor ihnen.

Rosa Lugo und Esther steckten bereits tief im Tunnel, als mit einemmal fünf Eindringlinge reinplatzten und mit Flüchen und Fußtritten über das Pollovolk herfielen. Sie hörten, wie Glas zerschepperte. Sie hörten Schläge und Schmerzensschreie. Dazu Drohungen, die Pollos unverzüglich zu erschießen, aufzuschlitzen und zum Krüppel zu schlagen, wenn sie nicht sofort gehorchten.

Und zwanzig Pollos, ein einziger ausgenommen, der in panischem Entsetzen flüchtete, gehorchten tatsächlich, wenngleich die Schläge und Schreie auch danach nicht aufhörten. Sozusagen als Zugabe, oder nur so zum Spaß. Rosa Lugo drückte ihre Tochter gegen die urinbeschmierte Tunnelwand, wagte nicht zu atmen und flehte zu Gott, daß die Gewalttätigkeiten aufhören und die Gangster sich nicht weiter in die Finsternis vorwagen sollten. Egal, wer sie waren.

Fünf von diesen Pollos machten später vor der Polizei ihre Aussagen. Diese fünf Männer waren achtzehn bis dreißig Jahre alt. Sie waren ganz durchschnittliche Grenzgänger, die bisher versucht hatten, mit angenehmen Phantasien über einen künftigen Job für sage und schreibe 15 Dollar pro Tag die nächtliche Kälte zu vergessen, die aber jetzt, nachdem die Eindringlinge in den Tunnel geplatzt waren, kaum ihre Eingeweide unter Kontrolle halten konnten. Die Eindringlinge hatten diese drahtigen *campesinos* total gelähmt, obgleich sie schuften und ackern und sich schinden konnten wie Arbeitsameisen und jeder von ihnen kräftiger war als ein durchschnittlicher Amerikaner vergleichbarer Größe. Sie hatten vom ersten Moment an vermutet, daß es sich bei den Eindringlingen um Gangster handelte, und sie hofften jetzt bloß, daß sie nicht wie diese Gangster aus den Canyons waren, die einem, wie sie gehört hatten, die Knie zerschossen, die Kehle aufschlitzten oder die Kniesehnen zerschnitten, nur um die übrige Gruppe einzuschüchtern. Gangster, von denen nachts am Lagerfeuer andauernd erzählt wurde, sie hätten Juan, Ernesteo, Julia oder wen auch immer gnadenlos umgebracht. Diese Eindringlinge allerdings waren nicht mal *Männer*.

Es waren Knaben. Halbwüchsige Straßengangster aus Tijuana. Die vielen kräftigen Männer im Tunnel wären in der Lage gewesen, sie an einer Hand verhungern zu lassen, aber sie hatten gegenüber diesen Pollos einen enormen Vorteil, und sie wußten es. Sie waren bösartig, aggressiv und gewalttätig, ohne den geringsten Anflug von Mitleid oder Bedauern. Sie waren das genaue Gegenteil dieser älteren und stärkeren Männer; denen erschienen sie als überwältigend mächtig. Und sie parierten ohne jeden Mucks.

Ihr Anführer sagte: »Wir haben Kanonen und Messer. Möchte jemand unsere Messer *spüren?«*

Die Grenzgänger stöhnten auf und flüsterten, und einer von ihnen flehte um sein Leben, weil er, wie er sagte, acht Kinder habe. Einer der kleinen Verbrecher fand das förmlich zum Schießen, nahm einen Schluck aus einer Flasche mit russischem Wodka (auch *den* gibt's in Tijuana) und prostete acht künftigen Waisenkindern zu. Sie inszenierten eine Terrorshow in der Art richtiger Profis, diese fünf jungen Strolche, und bei alledem konnte man wahrscheinlich sogar davon ausgehen, daß sie gar keine Schußwaffen und vielleicht nicht mal ein Messer bei sich hatten, weil solche Gangsterknaben im allgemeinen schon sehr früh wissen, wie eine Gruppe von dreißig Pollos drei nur mit *Steinen* bewaffneten Angreifern sofort gehorcht, wenn diese Angreifer den dicken Maxe markieren und so tun, als ob sie schon richtige *huevos* hätten. Diese Strolche jedenfalls waren drauf und dran, zu demonstrieren, wie groß ihre Eier tatsächlich waren, weil sie mit einemmal eine völlig neue Witterung aufnahmen. Irgend etwas gab's hier im Tunnel, das sie witterten wie Blut: Frauen!

Reynaldo, der älteste Grenzgänger, hatte mit seinen dreißig Jahren noch nie erlebt, daß ihm jemand in einem finsteren Tunnel heißen Schnapsatem ins Gesicht blies und wissen wollte, was er davon halte, wenn man ihm mit dem Messer Bauch und Hals aufschlitzen würde. Später war er fürchterlich beschämt und geradezu *verstört,* als er zugab, wie erleichtert er gewesen war, als die Gangsterknabenbande die Frauen entdeckte und von ihm abließ.

Rosa Lugo entschloß sich, doch noch wegzulaufen, aber dazu war es zu spät. Rosa Lugo fühlte Hände auf ihrer Brust. Zwei Paar Hände. Sie schrie, und irgendwer legte ihr eine Hand auf den Mund und begann, ihr Obszönitäten zuzuflüstern. Ihre Beine zitterten. Dann schienen ihre Beine den Dienst endgültig zu versagen. Sie kriegte kaum Luft.

Urplötzlich merkte Rosa Lugo, daß Esther weg war! Sie hörte ihre Tochter *schreien.* Das Kind wurde durch den Tunnel gezerrt, von ihr weg. Sie schleppten Esther weg. Der Boß dieser Gangsterknabenbande war außer sich vor Freude. Während er Rosa Lugo den Mund zuhielt und ihre Brüste betatschte und streichelte, entdeckte er zwanzig amerikanische Dollar sowie zwei religiöse Medaillen, die vielleicht aus Silber waren, so daß er sie den Nutten in den Colonia-Coahuila-Bordells verkaufen konnte, weil die nach religiösen Medaillen immer völlig verrückt waren.

Er ließ ihren Mund los, als er das Geld gefunden hatte. Er hatte ja noch so viel Zeit. Rosa Lugo verlegte sich aufs Bitten. Sie flehte die Gangster im Tunnel an. Sie konnte Umrisse erkennen. Furchterregende Schatten. Ihre Tochter weinte ohne jede Hoffnung und schrie nach der Mutter. Rosa Lugo bat nicht um Gnade für sich selbst. Sie bot an, sich vergewaltigen und ermorden zu lassen, *alles,* was sie wollten, wenn sie bloß ihre Tochter zufrieden lassen würden. Sie fanden das ausgesprochen komisch. War das möglich? Diese alte Frau vergewaltigen, wenn's da diese nette kleine *pollita* gab? Vielleicht später, *vieja.* Vielleicht *hinterher,* Alte.

Der Mädchenschänder zerrte das wimmernde Kind zum Tunneleingang. Er nagelte es mit dem Gewicht seines Körpers an der Mauer fest. Während er sie im Stehen festhielt, nestelte er an ihrer und an seiner Hose. Die Worte des Mädchenschänders wurden später in dieser Nacht von der Polizei aufgezeichnet. Zeugen hörten, wie er sagte: »Wie hübsch du bist. Der Schwanz wird dir noch Spaß machen, wenn er erst drin ist. Wie *hübsch* du bist.«

Dann fing Rosa Lugo echt an zu schreien. Man hätte ihr Geschrei eigentlich noch in den Bordells südlich von hier hören müssen. Sie schrie ihre verängstigten Gefährten an, die sich ringsherum hingekauert hatten.

Sie schrie: »Helft ihr doch! Die dürfen das nicht mit meiner Tochter machen! Bitte!«

Aber der Vergewaltiger hatte Esther die Hose schon bis zu den Knien heruntergezogen, und als er von hinten in sie eindringen wollte, konnte das Mädchen in seiner Angst bloß noch hysterisch flüstern: »Mama! Mama! Mama!« Dabei sagte der Vergewaltiger, wie Zeugen hörten: »Der Fick wird dir noch gefallen, du Hübsche...«

Dann tat Rosa Lugo etwas Außergewöhnliches, etwas Unglaubliches, wie sie später selbst sagte. Sie hörte auf, die Gangster um Gnade und die anderen Grenzgänger um Hilfe zu bitten. Sie redete Gott direkt an und verlangte von ihm nicht weniger als *un milagro.* Vielleicht hatte sie ja, nachdem gerade erst zwei Tage seit der Geburt von Jesus Christus vergangen waren, schon zu viel gebetet, damit sie Kraft genug für diese Flucht hatte. Jedenfalls war das jetzt kein Beten mehr. Sie *forderte.* Man hörte sie sagen: »Gott, du *mußt* meine Tochter retten! Du *wirst* meine Tochter retten!«

Und sieh da! Genau zur selben Zeit hatten sich in der Dunkelheit, nur wenige Meter entfernt, keine drei Meter nördlich des löchrigen Drahtzauns, wie die Heinzelmännchen drei bekümmerte, abgerissene, wild aussehende Zuschauer mit Wollmützen hingekauert, die sie sich tief über die eiskalten Ohren gezogen hatten. Aus den Mützen lugte kaum mehr als der eine oder andere Zapata-Schnurrbart und die pseudoarmenische, triefende und rot gefrorene Nase von Manny Lopez hervor. Er und das Ensemble versuchten zu erkennen, was, zum Teufel in der verdammten Röhre auf der anderen Seite der Grenzlinie eigentlich vor sich ging.

Als sie die Worte des Mädchenschänders hörten, mochte Tony Puente das alles kaum glauben. Er und Eddie Cervantes guckten zu Manny Lopez herüber, aber der hatte die schwarze Wollmütze so tief über den kahlen Schädel gezogen, daß das einzige, was man sah, eben sein schlaff herabhängender Schnurrbart und die tropfende Nase waren. Er erinnerte einen sehr an Yosemite Sam in den alten Bugs-Bunny-Filmen.

Sie konnten es nicht sehen, aber sie ahnten, daß er seine Augenbraue wahrscheinlich gerade so in die Höhe gezogen hatte, daß die Augäpfel fast auf seinen Wangenknochen lagen. Er war augenscheinlich stocksauer. Dort drüben war mexikanisches Terrain, und es war ihnen eingeschärft worden, niemals rüberzugehen, *aber...*

»Sabes qué?« murmelte Manny Lopez. *»Sabes qué?«* Vielleicht

sprach er ja nur zu den jungen Gangstern, vor allem zu jenem, der gerade im Begriff war, in Esther Lugo einzudringen. Er sagte auch nicht: »Barf!« Er sagte: »Hört mal auf mit der Sauerei!«

Und dann gab es ein fürchterliches Geschrei und Gekreisch, als ein *Hurrikan* in den Tunnel fuhr. Die Pollos und die Gangsterknaben flohen in alle Richtungen. Menschen wurden niedergeworfen, getreten, bewußtlos geschlagen, ausgeknockt und mit Pistolengriffen traktiert – die richtigen Leute, die falschen Leute. Das Chaos herrschte im Tunnel, und Rosa Lugo rannte zu ihrer Tochter Esther und half dem verängstigten Mädchen, sich anzuziehen. Rosa Lugo konnte nicht mal mehr schreien. Im Moment jedenfalls nicht.

Tony Puente war von seinem Kostümberater Manny Lopez hervorragend eingekleidet und außerdem bestens motiviert worden. Er trug irgend etwas in der Art dieser Diskoschuhe aus Tijuana. Genau wie ein blöder Scheißpollo vom Land mit brandneuen Großstadtlatschen. Und er war derart stinkwütend, daß er wie ein Verrückter einem dieser Gangsterknaben aus der Röhre heraus nachjagte. Er hörte, wie Eddie den Kopf eines anderen mit dem Gewehr bearbeitete, als er in der Finsternis hinter ihm vorbeikam und ausrutschte. Er hielt einen kurzläufigen 38er in der Hand und bewegte sich in diesen Plastikdingern wie auf Schlittschuhen, und der wegrennende Gangsterknabe schrie dauernd: »Laß mich in Ruhe! Laß mich in Ruhe!«

Tony Puente aber rannte ihm blindlings nach und schrie ihn an: »Ich leg dich *um,* du Schwein!«

Die drei Cops waren allesamt Familienväter, und Tony Puente hatte so früh geheiratet, daß er sogar schon ein Kind etwa in Esther Lugos Alter hatte. »Ich leg dich *um!«* schrie er aus Leibeskräften, während er in den Diskoschuhen die Straße hinunterraste.

Eine *Straße?*

Er sah sich plötzlich um. Er rannte tatsächlich eine *Straße* hinunter. Er lief haste, was kannste, eine Straße mit vier Fahrspuren entlang. Er joggte über eine Straße von Tijuana im Staate Mexiko, direkt neben einer Barackensiedlung, in der es von Kumpeln des Jungen, den er fangen wollte, sicherlich nur so *wimmelte.*

Tony Puente kam an einem Elektrizitätswerk vorbei. Abzugsröhren und Schornsteine ragten auf und bliesen Dreck in einen nebenan liegenden verlassenen Stadtpark. Warum hatte er seine verdammte Brille nicht auf? Die Füße wollten ihm den Dienst versagen, und er konnte kaum noch einen Schritt laufen, hinkte jedoch so schnell wie möglich zu der großen Abwasserröhre zurück. Der Jungverbrecher, der in der Bordellgegend von Colonia Coahuila verschwunden war, könnte ihn mit Leichtigkeit niederschießen, wenn er den Highway überquerte. Er blinzelte kurzsichtig zu den finsteren Baracken herüber. *Warum* hatte er die verdammte Brille nicht auf?

Als Tony Puente endlich sicher zurück war, hatte sich der Tumult gelegt. Fünf Grenzgänger machten vor ihrer Zweitbesetzung, die mit Hilfe der kleinen Funksprechgeräte zu Hilfe gerufen worden und mittlerweile eingetroffen war, ihre Zeugenaussagen. Nur einer der Junggangster war gefaßt worden, aber es war derjenige, der Esther Lugo zu vergewaltigen versucht hatte. Er sah inzwischen aus wie ein ganzer entgleister Zug, und darüber freute sich Tony Puente von Herzen. Er hoffte nur, daß die, die nach Mexiko verduftet waren, ebenfalls zusammengeflickt werden mußten und vielleicht auch ein paar Blutkonserven brauchten.

Mannys Hände sahen aus wie Hackfleisch, und im übrigen gab es da eine *sehr* interessante Unterhaltung, eine Unterhaltung, die Tony Puente und die anderen Cops gewiß bis an ihr Lebensende nicht vergessen würden.

Manny Lopez gab die üblichen zwanzig Kommandos pro Sekunde, indem er dem einen befahl, sich um die Transportfrage zu kümmern, dem anderen, das Arschloch, bei dem er sich die Fingerknöchel aufgeschlagen hatte, in Schach zu halten, und dem dritten, für die Berichte die Namen aller Pollos zu notieren. Und wo, zum Henker, ist Tony? Hier ist er ja. Wo warst du? Wo steckt Robbie Hurt mit den Fahrzeugen? Warum hört mir niemand zu? Pennen die denn alle in der Zentrale? Und das unvermeidliche: »Hör zu, du Arschloch!«

Auf die Weise kriegte Manny Lopez kaum was davon mit, was während seiner endlosen Litanei von Beschimpfungen und Befehlen die anderen Barfer zu sehen und zu hören bekamen. Die gesamte Truppe, das Ensemble und die Zweitbesetzung, alle miteinander blutend, frierend und mit grünen und blauen Flecken übersät, war fasziniert, denn wie häufig erlebt man ein *Wunder?* Oder wenigstens, wie oft trifft man jemanden, der gerade ein Wunder erlebt?

Das Kind Esther Lugo wimmerte immer noch, mittlerweile allerdings nicht mehr ganz so laut. Aber Rosa Lugo war diejenige, auf die sie alle wie gebannt starrten. Sie hatte sich an Manny Lopez gehängt. Sie war auf die Knie gesunken, mitten in diesem Graben voller Glassplitter und Felsbrocken. Sie lag auf den Knien, und Manny merkte gar nicht mal, daß sie an ihm festhing.

Manny Lopez tat das, was er immer tat: Irgendeinen seiner Leute verwünschte er gerade wegen totaler Inkompetenz, und im selben Atemzug drohte er dem verhinderten Mädchenschänder an, er werde ihm so große Löcher in den Schädel schlagen, daß ihm Spinnen reinkriechen könnten. Manny Lopez schenkte der Tatsache, daß Rosa Lugo sich an ihm festgehängt hatte, wirklich keine allzu große Aufmerksamkeit.

Die Frau hielt seine Hand fest. Sie hatte seine verletzte, geschwollene Hand in ihre beiden Hände gebettet. Wahrscheinlich hörte sie gar nicht, wie er fluchte und brüllte und Theater machte und vor Wut schäumte. Sie kniete nieder, schaute auf zu Manny Lopez und dankte IHM, weil er ihr Manny Lopez zu Hilfe geschickt hatte.

Sie sagte zu dem Sergeant: »Gott hat euch geschickt. Ich habe gewagt, Hilfe von IHM zu verlangen, und ER in SEINER Güte hat euch zu uns geschickt!«

Manny Lopez jedoch schenkte dem Wunder, das Rosa Lugo widerfahren war, erst dann Aufmerksamkeit, als sie am Ende seine kaputte, geschwollene Flosse vor den Augen der völlig hingerissenen Barfer-Truppe an ihr Gesicht preßte, als sei's eine Reliquie.

Unter Tränen küßte sie die Hand von Manny Lopez.

»He, lassen Sie das bleiben, Lady!« sagte Manny Lopez. »Was *soll* der Scheiß?«

Sie hörte gar nicht zu. Sie hörte sicherlich gerade das Lied eines Engels. Rosa Lugo hatte ihr Wunder erlebt.

Die Barfer hatten das Gefühl, hier draußen in diesen Bergen echt *entrückt* gewesen zu sein. Ein paar von ihnen fingen sofort an zu diskutieren, ob's *wirklich* ein Wunder gewesen war. Und was, bitte, man unter einem Wunder eigentlich verstand? Aber versuch mal einer, Rosa Lugo beizubringen, sie habe kein Wunder erlebt. Es sollte tatsächlich nur mal einer *versuchen.*

Sobald sie Feierabend hatten, brachen sie einer ganzen Anzahl von Flaschen mit *äußerst* harten Getränken den Hals. Alles in allem, es widerfährt einem schließlich nicht jede Nacht, daß man Spezialunterstützung von Gottvater persönlich kriegt. Außerdem fragten sie sich immer aufs neue, wie es möglich war, daß sich zwanzig Männer von einigen wenigen Halbstarken terrorisieren ließen und es zugelassen hätten, daß ein hilfloses Mädchen vergewaltigt würde. Waren das denn nur Feiglinge, diese demütigen Grenzgänger? Und was heißt denn überhaupt Mut? Und was heißt Überleben? Und was, verdammt noch mal, ist ein Wunder nun wirklich?

Dieser Job machte sie noch verrückt. Sie redeten über Dinge, über die normalerweise nie ein Cop redet. Das war längst keine normale Polizeiarbeit mehr. Ein paar von ihnen waren in der Tat *heilfroh,* daß der Zeitpunkt näher rückte, an dem diese 90-Tage-Frist ablief.

Später in dieser Nacht, als er endlich Zeit hatte, die Sache mit Dick Snider zu besprechen, bekam die Rettung aus dem Tunnel auch für Manny Lopez noch eine zusätzliche Dimension. Die dramatische Errettung eines kleinen Mädchens genau zwei Tage nach Weihnachten? Ein verdammtes, verrücktes Weihnachtswunder, auf Ehre und Gewissen?

Selbst die mexikanische Staatspolizei, die mit einem Gerichtsbeschluß erschienen war und die Opfer und Zeugen einkassiert hatte, zeigte sich äußerst verständnisvoll und hatte kein Jota daran auszusetzen, daß die Cops aus San Diego auf mexikanischem Boden tätig geworden waren. In so religiös geprägten Ländern wie Mexiko hat man mit Vergewaltigern sehr, sehr wenig im Sinn. Genaugenommen wahrhaftig gar nichts.

Immerhin sah es klar und eindeutig so aus, als hätte Dick Snider jetzt sein Public-Relations-Wunder, mit dem er beweisen konnte, wie überaus wertvoll die Arbeit seiner Mannschaft tatsächlich war. Und daß dieses Moratorium einfach verlängert werden *müsse,* um ihnen für die Zerschlagung der Gangsterbanden etwas mehr Zeit zu geben.

Die Barfer erzählten diese Geschichte immer und immer wieder, und dabei erwähnten sie unweigerlich den unvergeßlichen Anblick der »alten Frau«, die zu Füßen von Manny Lopez niederkniete und ihm die Hand küßte. Es ging immer nur um diese »alte Frau«.

Und wenn sie gefragt wurden, wie alt diese Frau denn nach ihrer Meinung gewesen sei, antworteten sie gewöhnlich: »Also, mit einer derart jungen Tochter kann sie im Grunde höchstens fünfzig gewesen sein. Aber sie sah aus wie sechzig. Das Leben da unten ist hart.«

Im amtlichen Polizeibericht steht das wahre Alter von Rosa Lugo. Sie war einunddreißig, also kaum älter als der »Engel«, dessen Hand sie geküßt hatte. Das Leben da unten ist wirklich *sehr* hart.

7. KAPITEL

Das verlorene Paradies

Selbst das Wunder schien der Task Force dann allerdings nicht mehr helfen zu können. Die Rettung aus dem Tunnel brachte ihr zwar eine Menge Publicity ein, aber nahezu ausschließlich auf der südlichen Seite der Grenze. Es sah so aus, als ob die hohen Tiere beim Department die Sache eher so weit wie möglich herunterspielen wollten. Natürlich hatten sie gute Arbeit geleistet, aber dazu hatten sie mexikanisches Territorium betreten müssen. Es war bestimmt besser, nicht allzuviel Aufhebens davon zu machen.

Die Männer von der Border Patrol und die Beamten des amerikanischen Zolls hatten die Squad schon verlassen und waren an ihre eigentlichen Arbeitsplätze zurückgekehrt. Am letzten Nachmittag ihres 90-Tage-Experiments, lange vor Sonnenuntergang, fiel den Barfern eine Gruppe von Männern auf, die etwa zweihundert Meter westlich des Deadman's Canyons standen. Sie standen neben einem Lieferwagen auf der mexikanischen Seite der Grenze. Die Cops hörten einen Schuß, und nachdem sie sich zu Boden geworfen hatten, beobachteten sie die Gruppe durchs Fernglas. Irgendwer feuerte in aller Gemütsruhe in ihre Richtung. Schießübungen auf die Pollos im Canyon? Gerade in dem Moment überflog eine Beobachtungsmaschine der Border Patrol das Gebiet. Sie hörten weitere Gewehrschüsse. Sie hatten keine Ahnung, ob die Männer auf das Flugzeug schossen oder sich nur noch etwas mehr damit vergnügten, auf die Grenzgänger zu schießen. Vermutlich handelte es sich um Gangster, die glaubten, daß ihnen dieses Canyongebiet *gehörte.* Wenn sie wollten, konnten sie in diesem Niemandsland auf jeden schießen.

Die Barfer waren ganz schön sauer, als sie an diesem Abend Schluß machten. Sie hatten in diesen neunzig Tagen unter dem Strich wahrhaftig nicht allzuviel zustande gebracht. Die verdammten Gangster beherrschten immer noch ein ziemliches Stück von San Diego.

Trotzdem veranstalteten sie eine Riesenparty, um das Ende ihrer Show zu feiern. Sie hatten vergebens versucht, sich sowohl gegenseitig als auch die hohen Tiere beim Department davon zu überzeugen, daß sie in den Canyons eigentlich doch äußerst erfolgreich gewesen waren. Auf der Party waren sie allesamt guter Dinge und ziemlich voll, und die Frauen verstanden sich ausgerechnet jetzt, wo es Abschied zu nehmen galt, ausgezeichnet miteinander. Auch die Leute von der amerikanischen Border Patrol und vom Zoll meinten, daß sie gute Arbeit geleistet hätten, was ihnen bei ihrer Arbeit für die Bundesbehörden bestimmt sehr zustatten kommen würde. Manny Lopez entpuppte sich als toller Conferencier und rannte ununterbrochen mit einer Santa Fe Corona Grande zwischen den Zähnen und einem Wasserglas mit Chivas Regal in *jeder* Hand herum, weil ihm einer gesagt hatte, er würde dann zumindest nicht dauernd den Finger wie eine Kanone in die Gegend strecken und sagen: »Hör zu, du Arschloch!«

Er holte Eddie Cervantes an den Vorstandstisch und schenkte ihm ein Paar Babyschuhe mit Plastiksohlen. Er überreichte Renee Camacho und seinem Kumpel Joe Castillo zwei Champagnergläser für traute Stunden zu zweit. Feierlich überreichte er Robbie Hurt eine vergammelte Chevrolet-Radkappe, ein billiges Paar Latschen und ein Springmesser, womit er ihn zum Ehrenmexikaner ernannte. Manny hatte für jedermann was in seiner Trickkiste.

Daß Dick Snider kein Spielverderber war, demonstrierte er dadurch, daß er sich als arabischer Scheich verkleidet hatte und um sich herum eine gemietete Bauchtänzerin mit dem Arsch wackeln ließ. In Wirklichkeit allerdings war Dick Snider sehr unglücklich. Man hatte seinem Experiment überhaupt keine echte Chance gegeben, wie er das sah. Sie hätten diese Gangsterbanden durchaus kleinkriegen können, mit etwas mehr Zeit. Er rechnete damit, daß die Gangster jetzt, wo das Wetter milder wurde, ihre Aktivität erst recht auf die Spitze treiben würden. Und das machten sie dann tatsächlich.

Gleich nachdem die Barfer in ihren üblichen normalen Polizeidienst zurückgekehrt waren, passierten ihnen eine Reihe ziemlich verrückter Dinge. Es sah ganz danach aus, als würde der Wahnsinn, den sie in den Canyons erlebt hatten, an ihnen hängenbleiben.

Ernie Salgado von der Zweitbesetzung mußte eine derart gewalttätige Szene durchstehen, wie er sie in seiner ganzen Polizeilaufbahn nie zuvor erlebt hatte und auch nie mehr erleben würde. Er erinnerte sich, daß er mal in einem Fernsehbericht gesehen hatte, wie dem höchstdekorierten Polizeibeamten San Diegos eine Auszeichnung als Lebensretter überreicht worden war. Der Beamte hatte einen Bankräuber erschießen müssen. Die damit verbundene Ironie blieb dem Polizisten keineswegs verborgen, denn er erklärte dem Interviewer: »Hier kriege ich also einen Preis als Lebensretter. Ich mußte bloß einen Menschen töten, um ihn zu kriegen.«

Ernie Salgado hatte, wie fast alle Polizisten, niemals eine Waffe auf ein menschliches Wesen abgefeuert, abgesehen von Vietnam. Wenn's denn mal sein mußte, hätte es, wie er meinte, eigentlich draußen in den Canyons passieren sollen. Außer dem einen unglücklichen Schuß, den Eddie Cervantes abgegeben hatte, als er seinen Revolver als Schlagwaffe benutzte, hatte in den Canyons indessen noch keiner von ihnen einem Menschen ein Haar gekrümmt.

Er war zur Northern Division versetzt und zum Mobilen Einsatzkommando abkommandiert worden. Es war ein typischer Sonntagmorgen in San Diego, was bedeutete, daß man es mit schönem Wetter und einer friedlichen City zu tun hatte. Er sollte einen Detective und einen weiteren uniformierten Cop zu einem Haus begleiten, in dem sich, wie man vermutete, ein Ausreißer aus einer Jugendhaftanstalt versteckt hielt. Er war zu dieser Aktion eingeteilt worden, weil dieser Teenager möglicherweise eine Schrotflinte besaß. Cops werden von ihrer ersten Ausbildungsstunde an dazu ermahnt, nicht auf Jugendliche zu schießen, es sei denn bei Gefahr im Verzuge, aber dafür gab's hier beim besten Willen keine Anzeichen. Und dennoch, obgleich jedermann wußte, daß das Türmen aus einer Jugendhaftanstalt ein »Verbrechen« war, das mit dem einwöchigen Entzug von Kaugummi bestraft wurde, wußte man bei quirligen Jugendlichen nie, woran man war.

Die erste Patrone in Ernie Salgados Waffe enthielt ein 54er Gewehrprojektil. Dann kamen großkalibrige Schrotgeschosse, entsprechend der beim Mobilen Einsatzkommando vorherrschenden Theorie, daß bei einer Konfrontation mit einem Verdächtigen, der sich verbarrikadiert hatte, eine Kugel deshalb von Nutzen sein konnte, weil die Beamten sich normalerweise zunächst auf

Distanz befanden. Wenn es sich dann um eine Situation handelte, in der sich ein Verdächtiger in kürzerer Schußentfernung aufhielt, drei Meter oder weniger, war der grobe Schrot sehr viel wertvoller.

Ernie Salgado sollte das Haus von der Außenseite her überwachen, als sie sich bemerkbar machten – deshalb das Gewehrgeschoß. Zwei von den Leuten im Haus kamen heraus und begegneten den Cops, die bei der Gelegenheit hörten, daß der Junge tatsächlich eine Schrotflinte besaß. Der Detective verlangte an diesem Sonntagmorgen, daß Ernie mit dem Schrotgewehr dicht bei ihm blieb.

Sie betraten das Haus durch die Hintertür und kamen in die Küche. Der letzte Bewohner, der aus dem Haus kam, sagte ihnen noch, der Junge halte sich im Schlafzimmer auf. »Da, die Tür rechts«, sagte er.

Sie krochen auf dieses Schlafzimmer zu. Es war unvorstellbar heiß in dem Haus. Es war wirklich schrecklich heiß. Dann sahen sie, daß eine andere Schlafzimmertür nur angelehnt war. Dabei handelte es sich um ein anderes Schlafzimmer. Ernie gefiel es gar nicht, daß die Tür zu diesem anderen Schlafzimmer nur angelehnt war. Ebensowenig dem Detective, und so ging er hin, um sie weit aufzustoßen, bloß um sich ein bißchen sicherer zu fühlen, und dann... WHAM! knallte ihm die Tür ins Gesicht.

Nach Ernie Salgados Ansicht passierten mehrere Dinge sehr schnell nacheinander. Der Detective sprang neben die Tür und schrie dem Jungen zu, er solle rauskommen. Ernie wartete mit seinem schußbereiten Schrotgewehr vor der Tür. Der Detective stieß die Tür auf, und Ernie stand diesem Knaben Auge in Auge gegenüber.

Es war der Alptraum aller Cops. Der Knabe stand auf seinem Bett. Er sah auf den in der Tür stehenden Ernie herunter. Der Junge besaß ein doppelläufiges 410er Schrotgewehr und zielte auf das Gesicht des Cops.

Ernie Salgado hörte nur eine einzige Detonation. Eine *lange* Detonation. Die längste Detonation, die er, abgesehen von Vietnam, je gehört hatte.

Aber es war nicht nur *eine* lange Detonation. Es waren drei rasch aufeinander folgende Detonationen. Der Junge hatte beide Läufe abgefeuert. Eine Ladung zerfetzte den Türrahmen direkt über dem Kopf des großen Cops. Die andere riß ein Stück aus der Wand und der Zimmerdecke. Ernie feuerte bloß einmal. Die 54er

Kugel, mehr als siebenundzwanzig Gramm schwer, traf den Jungen voll in die Brust und riß ihm regelrecht ein Loch in den Körper.

Eine Explosion konnte man sehen. Das schwere Geschoß, das auf diese Distanz einen Elefanten getötet hätte, zerriß eine Schlagader. Der Junge explodierte in Blut.

Er starb innerhalb von Sekunden. Als Ernie später gefragt wurde, was er dabei empfunden habe, sagte er, es sei ihm egal gewesen. Er sagte, daß er sich gleich danach ein Versprechen gegeben und es auch gehalten habe. Er sagte, er habe nie mehr darüber nachdenken wollen und es auch nie getan.

Diese gewaltsame Episode, die Ernie Salgado während der Rückkehr in den normalen, anständigen Polizeidienst erlebt hatte, war womöglich nicht annähernd so absonderlich wie eine Begegnung, die sein Mannschaftskollege Tony Puente hatte, dessen Frau inzwischen überglücklich war, daß das 90-Tage-Experiment in den Bergen ein Ende gefunden hatte. Vielleicht würden sie jetzt wieder ein normales Leben führen können. Vielleicht würde er auch nicht mehr immer erst nachts nach Hause kommen und wie ein Grenzgänger stinken – die meiste Zeit auch wie ein Säufer.

Das war dadurch gekommen, daß sie es nach Feierabend allesamt dringend nötig hatten. Immerhin waren sie bei einem einmaligen Polizeiexperiment dabeigewesen, und ein Mann *brauchte* ein Gläschen oder auch zwei, wenn er draußen in der rabenschwarzen Nacht stundenlang zwischen lauter seltsamen Gestalten in der Finsternis herumgestolpert war. Was verstand eine Frau von den Canyons? Schließlich verstand nicht mal er diese verdammten Canyons.

Teilweise war er froh, daß es vorbei war. Keiner von ihnen hatte je zugegeben, wie schaurig es da draußen in diesem Niemandsland war. Einige von ihnen machten zwar Andeutungen über unangenehme Träume. Aber sie waren *harte* Cops. Auf dem besten Weg, so sehr Macho zu sein, daß sie nicht mal über so was redeten. Er fragte sich, ob auch andere echt erleichtert waren, daß es zu Ende war, ganz unabhängig davon, daß sie immer noch jammern, sie hätten ja gar keine Chance gehabt, diese Gangster fertigzumachen.

Über dieses trostlose, langweilige Streifengehen nach seiner Rückkehr war er alles andere als glücklich, aber er konnte immer noch hoffen, daß sich für einen Mexikaner irgendwann die Chance für einen Job bei der Kripo ergeben würde. Als Tony Puente vor acht Jahren bei der Polizei von San Diego angeheuert hatte, gab es dort gerade vier Prozent mit spanischen Familiennamen. Und das in einer der zehn größten Städte Amerikas, direkt an der Grenze zu Mexiko, dem Eingangstor *aller* Lateinamerikaner.

Selbst unter dem neuen Chief war von zwanzig Beamten beim Morddezernat nur ein einziger Mexikaner, und ebenfalls je nur einen gab's beim Betrug und beim Rauschgift. Die mexikanischen Cops hofften, daß Chief Kolender einige Veränderungen im Department einleiten würde. Er hatte sich von der Pike auf hochgedient. Er war klug und gewiß kein Provinzler. Aber Amerikas schönste Stadt und die Polizeistreitmacht, die sie beschützte, waren in bezug auf Veränderungen nicht gerade sehr schnell. Man lebte in einer ebenso reichen wie isolierten und provinziellen Ecke Amerikas.

Wenn man auf einen Kripojob scharf war, sollte man sich deshalb besser von vornherein einen aussuchen, der im Moment von einem Mexikaner besetzt war. Und dann darauf warten, daß dieser Mexikaner befördert wurde, in Pension ging oder verstarb. Traditionsgemäß hatten Mexikaner bloß eine einzige reale Versetzungschance, nämlich die, andere Mexikaner zu ersetzen. Er hoffte jedoch, daß das Experiment irgend etwas zu ihren Gunsten bewiesen hatte: daß auch ein Verein von Mexikanern ohne weiteres raus in die Berge gehen und was *Vernünftiges* zustande bringen konnte.

Immerhin hatte Tony in den Bergen noch eine andere seltsame Erfahrung gemacht: es war äußerst merkwürdig, sich wie ein Grenzgänger anzuziehen, zu sprechen und zu *riechen.* Oder sogar zu versuchen, zum allererstenmal in seinem Leben wie ein anderer Mensch zu *denken.* Er kapierte auf diese Weise, daß er eben doch kein echter Mexikaner war, nicht mal annähernd. Dabei glaubte die weiße Mehrheit immer, man sei einer. Für einige von ihnen war es in diesen Bergen verdammt schwer gewesen. In ihren Köpfen spielten sich immer häufiger kulturelle Konflikte ab.

Und auf dem Höhepunkt der Ereignisse mußte er dann zu Hause auch noch mit einer *religiösen* Krise fertig werden, die ihn mehr und mehr verrückt machte.

Als er noch zum Nachwuchs des Marinecorps gehört und seine kindliche Frau geheiratet hatte, wollte sein neuer Schwiegervater nicht mal mit ihm reden. Die frühe Eheschließung war ja schon schlimm genug, aber dann auch noch einer von *denen* als Schwiegersohn? Der junge Tony Puente hatte das Herz des Mannes letztlich dadurch gewinnen können, daß er eingesehen hatte, wie schwer es für den Hinterwäldler aus West Virgina sein mußte, mit der Aussicht auf »Halbblutenkel« leben zu müssen. Tony hatte ihn auf seine Seite ziehen könne, als er sich von einem bestimmten Zeitpunkt an nicht mehr bemühte, »Weißer« zu sein, sondern sich mexikanischer gab. Obgleich es mit seinen Spanischkenntnissen wirklich nicht sehr weit her war, redete er in jenen Tagen in Gegenwart seines Schwiegervaters so viel wie möglich Spanisch, und der alte Herr war über diese klangvolle Sprache und Tonys sanfte, dunkle, ruhige Redeweise regelmäßig entzückt.

Nachdem er dann eine Zeit als Cop gearbeitet hatte, war es augenscheinlich, daß er für Dene ein guter Ehemann und seinen Kindern ein guter Vater war. Alles lief prima für Tony Puente, bis sie derart tief in diese alles verzehrende, Traktätchen verteilende, sich auf die Bibel berufende fundamentalistische Religion eintauchte. Zunächst fand er es nur in Grenzen beunruhigend, denn was soll's, zum Teufel, dachte er, sie war wirklich noch eine sehr junge Frau und Mutter. Er machte seinen Dienst bei der Polizei und war nachts die meiste Zeit unterwegs, und was hatte *sie?*

Dann allerdings fing er an, die Lehren dieser Religion mal zu lesen. Nur die Missionarsstellung im Bett? Frauen sollten sich vor ihren Ehemännern nicht ausziehen? Keinerlei unnötiges Aufreizen? Ist doch SCHEISSE!

Abgesehen davon jedoch war es schon zu spät. Sie war viele Meter tiefer eingetaucht als Johannes der Täufer. Und in den Ferien gleich anschließend sagte sie, sie wolle keinen Weihnachtsbaum im Haus haben, weil das die Grundsätze ihres neuen Glaubens verletze.

Darauf verließ er sofort das Haus und besorgte einen Weihnachtsbaum, der mindestens so groß war wie eine kalifornische Sequoia. Er mußte die halben Äste absägen, um dieses verdammte Ding überhaupt durch die Tür zu kriegen. Na gut, er zeigte ihr, was Weihnachten heißt. Er verschönte sogar den *Lokus* mit Mistelzweigen und Stechpalmen und farbigen Lichtern, verdammt noch mal.

Aber Weihnachten war eine einzige Katastrophe, trotz ihres Weihnachtsbaums, der immer noch aus jedem zweiten Fenster des Hauses ragte, und obgleich es bei ihnen mehr Lichter gab als auf dem Flughafen von San Diego. Sie argumentierte; sie weinte; er fühlte sich plötzlich schuldig. Weihnachten machte ihn fix und fertig.

Sie müsse sich kasteien und immer demütig sein, um Gott zu gefallen, sagte sie zu ihm.

»Aber ich habe mein halbes Leben lang versucht, ein *besserer* Mensch zu werden!« sagte er zu ihr. »Ich wollte, daß du *mehr* vom Leben hast als meine Mutter, die mit diesem Säufer von Mexikaner verheiratet war!«

»Seit kurzer Zeit glaube ich, daß *ich* mit einem Säufer von Mexikaner verheiratet bin«, erklärte sie ihm.

»Aber BARF ist doch vorbei. Ich werde ja nächstens weniger trinken«, versprach er.

Jede Nacht las sie zwei Stunden in der Bibel, und er konnte nichts dagegen tun. Und wahr und wahrhaftig, auch wenn er sich dagegen auflehnte, mischte sich in seinen Haß gegen ihre Kirche bereits ein massiver Zweifel. Sicher, er verabscheute die neue Religion zutiefst. Was aber konnte er dagegensetzen, wenn da jemand meinte, er *müsse* an was glauben? Er erinnerte sich noch an den weißen Priester: »Ihr Mann ist tot, Mrs. Puente? Ich komme sofort... für fünfundsiebzig Dollar.«

Er war sich nie klar darüber gewesen, ob er an irgendwelche übernatürlichen Dinge glaubte, und was konnte er dann einem Mädchen geben, das offenkundig mehr als das haben wollte, was er hatte?

Gut und schön, vielleicht würde das eine oder andere wirklich besser werden, nachdem BARF jetzt vorbei war. Nachdem er wieder seine Uniform trug und normalen Polizeidienst tat. War es denn nicht vielleicht einzurichten, daß er bloß in der Tagesschicht arbeitete? Wenn er es schaffte, sich auch noch das Saufen abzugewöhnen, *müßte* es eigentlich besser werden. Vielleicht würde sie ihre bibelsüchtigen neuen Freunde nicht mehr ganz so dringend brauchen. Vielleicht konnte er sie ihr dann auch ganz abgewöhnen.

Jedenfalls machte er wieder seinen normalen, blöden, langweiligen, *anständigen* Polizeidienst. Und dann nahm er, effektiv an seinem allerersten Tag im normalen, blöden, langweiligen, anständigen Polizeidienst, einen Funkspruch entgegen. Er hielt das alles hinterher kaum für möglich. Er war sich nicht mal sicher, daß es passierte, *während* es passierte. Es war im Grunde wie nach diesen Saufnächten, wenn er noch halb betrunken aufwachte. Was war passiert? Was genau war passiert? Was war nicht passiert?

Er empfing diesen Funkspruch am hellichten Tag. Es ging um eine familiäre Auseinandersetzung. Ein neunundfünfzigjähriger

Mann hatte Meinungsverschiedenheiten mit seinem sechzehnjährigen Sohn. Bestimmt keine große Sache. Das Ganze fand in einer Gegend der weißen Mittelschicht statt. Es war echt der erste Funkspruch, nachdem er den Wahnsinn in den Canyons hinter sich hatte.

»Ich kann mit dem Alten nicht mehr vernünftig reden«, sagte der Junge, als er Tony Puente die Tür aufmachte. »Er wird jeden Tag seniler!«

Er gehörte zu diesen typischen und sehr durchschnittlichen Sechzehnjährigen – überall Pickel und Flaum, geflickte Jeans, das übliche T-Shirt. Wirklich stinksauer auf den alten Herrn, mit dem er zusammenwohnte.

Typisch Gernegroß, den alten Herrn als Senilen zu bezeichnen, dachte Tony Puente und fragte sich, wann seine Kids *ihn* senil nennen würden.

Tony Puente sah sich den Mann an, der in seinem Bademantel im Wohnzimmer stand und sich im Fernsehen *Alle meine Kinder* oder so was anschaute. Er war neunundfünfzig und im Grunde zu jung, um senil zu sein.

Er *war* senil.

Er meinte: »Hallo, Sie!«, brachte ein nettes Kanönchen zum Vorschein und richtete es auf Tony Puentes schimmerndes Dienstabzeichen, das für diesen ersten Tag in Uniform sorgsam blankgeputzt worden war.

»Ich habe doch überhaupt keine Ahnung von Kanonen«, meinte Tony Puente später. »Ich habe am Anfang gedacht, das Ding sei gar nicht echt!«

Es war echt. Es war eine richtig nette Derringer, eine *Magnum*-Derringer. Tony Puente blinzelte durch seine Brille. Er marschierte automatisch auf das hübsche Kanönchen zu, das der Mann in der Hand hielt. Er hatte irgendwie den Eindruck, daß es immer echter wurde.

Tony Puente ging in der ganzen Zeit, in der er sich in dem Raum aufhielt, ein seltsamer Gedanke durch den Kopf. Er konnte in dieser ganzen Zeit, die scheinbar eine Stunde, in Wirklichkeit jedoch nur ein paar Minuten lang war, tatsächlich an nichts anderes denken. Er hatte während jener neunzig Tage in den Bergen nie seine kugelsichere Weste angehabt. Der Gedanke war der: Meine Frau ist stocksauer auf mich. Sie wird sagen, daß ich gestorben bin, weil ich diese verdammte kugelsichere Weste nicht angehabt habe!

»Ich halt *Alle meine Kinder* für eine schicke Fernsehshow«, sagte Tony Puente. »Sie auch?«

»Ich seh mir doch gar nicht *Alle meine Kinder* an, Sie blödes Arschloch«, erwiderte der Mann und beschrieb mit der Derringer kleine Kreise.

»Ich für mein Teil seh sehr gern *Wie die Welt sich dreht«,* sagte Tony Puente, der Blut und Wasser schwitzte. Und gerade jetzt beschlug auch noch seine Brille.

»Ich muß mir Ihren Scheiß ja wohl kaum anhören«, sagte der Mann.

»Nein, Sir!« sagte Tony Puente. »Ich schieß deshalb besser mal in den Wind und laß Ihnen den Spaß an...«

»Keine Bewegung!« sagte der Mann. »Ich glaube, ich sollte Sie mal kurz *umlegen.«*

Und der Cop zuckte zusammen, als er das hörte. Er bemühte sich verzweifelt, jede Erklärung, jeden Satz, jede Redensart, jedes Wort zu vermeiden, alles, was sich auf *schießen, umlegen* oder dergleichen bezog...

»Papa, leg ihn nicht um!« schrie der Junge plötzlich, und Tony Puente zuckte erneut zusammen und hätte am liebsten zurückgebrüllt: SAG NICHT UMLEGEN, DU ARSCH!

Statt dessen sagte er: »Komm, ist doch alles klar, dein Vater und ich reden ja bloß miteinander. Ehrlich, wir haben ne Menge gemeinsam, und...«

»Ich hasse Nigger!« sagte der Mann.

»Zu denen gehöre *ich* ja nun nicht!« meinte Tony Puente begeistert. »Ich bin Mexi...«

»Papa, er *ist* kein Nigger! Siehst du das nicht?« Der Junge schrie förmlich. »Das is' n Cop, Papa! Und Mexikaner! Sie sind doch Mexikaner, Officer, oder?«

»Oh, Mann, läßt du mich das mal machen, mein Junge?« sagte Tony Puente, während der Junge auf und ab hüpfte und die Hände abwechselnd zwischen seine Knie und unter die Arme preßte. Aber dann schrie der Knabe weiter: »Du darfst doch keinen Cop umlegen! Er hat doch ne Uniform an! Er ist Cop, Papa! Leg ihn nicht um!«

Und Tony Puentes Hemd war klatschnaß, und er hatte endlich begriffen, daß die Situation schrecklich real war. Der *Junge* war hier die Flachpfeife! Total hinüber. Viel bekloppter als sein alter Herr. Er war hier mit *zwei* Psychos im Haus, nicht bloß mit einem!

Der Junge fing an, sich wie ein Kreisel zu drehen. Der Vater fing an, irgendeinen Unfug über Nigger zu quatschen. Tony Puente dachte dauernd daran, daß er in den Bergen und Canyons drei Monate überlebt und dabei nichts als eine mittlerweile längst verheilte Schramme am Arsch davongetragen hatte, als er, mit der Dienstmarke in der Hüfttasche, auf einen Felsen gefallen war.

Er mußte sich was einfallen lassen! Er überlegte, ob er die Hand ganz langsam an sein kleines Funksprechgerät wandern lassen und es in Betrieb setzen sollte. Er überlegte, ob er nach der Waffe greifen und gleichzeitig nach links springen sollte, weil die Kanonen von Rechtshändern, vom Schützen aus gesehen, beim Abfeuern normalerweise nach links streuen. Er schaffte es einfach nicht, den Kloß in der Kehle runterzuschlucken.

»Nicht *schießen!* Nicht *umlegen!«* Der Knabe kreischte immer noch, und Tony Puente fing an, schneller zu atmen, und konnte bloß noch an eines denken: den verdammten Knaben mitzunehmen, wenn er schon sterben mußte!

Dann war der Mann dieses ganze Geschrei und Gekreisch und Rumgespringe offenbar leid, und er schlenderte zu seinem Stuhl und machte es sich gemütlich.

Und Tony Puente sprang ihm auf den Kopf. Und dieser Knabe sprang daraufhin wahrhaftig ihn an und schrie: »Du wirst meinem Papa nichts tun, du verdammter Hund!«

»Ich hatte *wirklich* keine Ahnung von Kanonen«, sagte Tony Puente später. »Vor allem hatte ich keine Ahnung von so ner Derringer. Mit einer Hand hielt ich die Kanone, und mit der anderen versuchte ich, mein Funkgerät in Gang zu kriegen. Und dabei machten dauernd diese zwei Wahnsinnigen an mir rum, ich hatte bloß noch Angst, daß ich mich mit dieser verrückten Kanone selber umleg, und irgendwie kriegte ich dann doch noch den Notruf an die Zentrale raus. Und der Kerl in der Zentrale sagte: ›Isses dringend?‹«

Am Abend erschien ein Inspector auf der Dienststelle, um sich über Tony Puentes Zusammentreffen mit Vater und Sohn ein Bild zu machen, nachdem beide in Haft waren und zweifellos als das behandelt wurden, was sie waren – als Bekloppte. Der Inspector stellte ihm nicht viele Fragen. Er erklärte, er sei froh, daß keiner verletzt worden sei. Der Sergeant aber dachte offenbar, na, was ist das schon. Ebenso der Lieutenant. Niemand schien sich groß darum zu kümmern oder zumindest dafür zu interessieren, daß Tony Puente größte Mühe hatte, nicht mit den Zähnen zu klappern.

Ihm war klar, daß er nicht mal seiner Frau erzählen konnte, was passiert war. Sie wäre wegen der verdammten kugelsicheren Weste stocksauer gewesen. Tony Puente sagte sich, daß er ebensogut wieder draußen in den Canyons sein könnte. Die Sachen, die hier in der City passierten, waren auch nicht realer und realistischer. Er kam in dieser ersten Nacht nach dem Streifendienst sehr spät nach Hause. Er tat das Nächstliegende. Er ging in eine Copkneipe und war am Ende total hinüber.

8. KAPITEL

Das wiedergewonnene Paradies

Mitte Januar stand es dann auch in der Zeitung, daß BARF aufgelöst worden war. Dick Snider war untröstlich. Manny Lopez war total frustriert. Einige von ihnen hatten gemischte Gefühle. Felix Zavata erklärte, er wolle auch dann nicht mehr zurück, wenn das Department seine Meinung noch ändern sollte. Er war weg vom Fenster.

Sie waren von Flöhen und Milben und Moskitos gestochen, von Kakteen zerstochen und außerdem geschlagen und getreten worden, und vor allem hatte man sie ständig bedroht – Skorpione, Klapperschlangen, Taranteln, *Menschen.* Einige der Zeitungsberichte hatten immer massivere Zweifel daran geäußert, ob BARF überhaupt als so ernstzunehmendes polizeiliches Experiment zu betrachten sei, daß sich der Aufwand gelohnt habe. In Leserbriefen wurde Klage geführt über die Verschwendung von Steuergeldern zum Schutze der Grenzgänger. Es gab Zeitungsberichte wie ZWEIFELHAFTE TAKTIKEN. Oder: GRENZPOLIZEI WAR NUR EIN VERSUCH.

Dann allerdings erschienen plötzlich, sehr plötzlich, ganz andere Zeitungsberichte: MESSERSTECHEREI MIT BANDE, JUGENDLICHER AN DER GRENZE BERAUBT. Und: MANN IN GRENZNÄHE AUSGEPLÜNDERT. Und: GRENZGÄNGER NIEDERGESTOCHEN UND BERAUBT.

Dick Snider versuchte verzweifelt, seine Vorgesetzten davon zu überzeugen, daß die Aktivität der Gangster vielleicht nur deshalb nachgelassen hatte, *weil* sie so effektiv gewesen waren. Manny Lopez sagte, in Colonia Libertad habe sich ihre Tätigkeit sehr schnell herumgesprochen, und die Strolche seien allein schon durch ihre Existenz ganz schön ins Schwimmen geraten. Dick Snider konnte auf das deutliche Zurückgehen der bekanntgewordenen Raubüberfälle verweisen, und war das nicht ein Maßstab für ihre Effizienz? Sie hatten sicher keine großen und dramatischen Gangsterfestnahmen aufzuweisen, aber war das eigentlich ihre Hauptaufgabe? War es nicht eher ihre Aufgabe, für den Rückgang der Straftaten an Grenzgängern zu sorgen? Wenn diejenigen Gangsterfestnahmen, die ihnen letztlich gelungen waren, die Gangster zur Zurückhaltung gezwungen hatten, waren sie ihr Geld wert gewesen. Wäre es vielleicht besser gewesen, wenn sie in den Bergen bei schweren Feuergefechten ein Dutzend Gangster erschossen hätten? Sie hatten einer ganzen Reihe von Menschen das Leben gerettet. Fragt die Mutter und das Kind aus dem Tunnel.

»Menschen gerettet?« meinte Manny Lopez kopfschüttelnd in privatem Kreis. »Grenzgängern *geholfen?* Die Polizeiverwaltung hat Dick Snider hinter seinem Rücken ja nur ausgelacht.« Manny Lopez nuckelte an seiner Santa Fe Corona Grande, als er das sagte, und die Augenbraue wurde wieder mal zu einem Fragezeichen. »Als ich seinerzeit noch Leiter der Polizeibeamtenvereinigung von San Diego war, mußte ich jeden Tag mit den großen Tieren und den Politikern im Clinch liegen, wenn ich was durchsetzen wollte, das die Cops sich wünschten. Ich weiß am ehesten, wie man mit den Arschlöchern dieser Welt umgeht. Da darf man nicht davon reden, daß man Grenzgängern *geholfen* hat. Da muß man auf die Steuerzahler einwirken. Auf die Wähler. Man bewirkt gar nichts, wenn man nur diesen Grenzgängern *hilft.* Ich habe das immer über die Medien gemacht. Dafür gesorgt, daß wir bei den Medien ne dicke Nummer hatten. Ich habe dem Department gesagt, wenn wir mit BARF wieder anfangen würden, könnte ich für eines garantieren, nämlich daß wir genau die gute Presse kriegen würden, die wir brauchen, um vom Stadtrat alles zu kriegen, was wir bei unseren nächsten Etatforderungen verlangen würden. Das ist die Masche, wie man in *dieser* Welt seine Tore macht. Ich hab mit diesen Arschlöchern einfach Fraktur geredet.«

Dann rutschte Mannys Augenbraue wieder dorthin, wohin sie gehörte, und er sagte: »Dick Snider? Der sieht doch aus, als könnte er nie einen vernünftigen Anzug tragen. Die haben doch immer gedacht, daß er nur ein großer alter Hinterwäldler wär, der in diesen Bergen rumrennt. Die haben nie kapiert, was für eine Beziehung er zu diesen hilflosen Grenzgängern hatte. Die haben nie kapiert, daß Dick Snider im Ernst geglaubt hat, jeder Mensch in der Stadt wär im Grunde ein genauso netter Typ wie er selber.

›Was will der Kerl eigentlich, Manny?‹ haben sie mich gefragt. ›Glaubt dieser Dorftyp eigentlich, was er redet?‹ Sie haben ihn nicht respektiert, und sie haben ihn nicht gemocht. Wir hatten alle unsere Gründe, daß wir uns ne Neuauflage von BARF wünschten. Ich hatte meine, und die meisten davon hatten mit Ehrgeiz zu tun... und vielleicht auch mit noch was *anderem*. Tatsache ist, mir hatte das da draußen in diesen Canyons allmählich Spaß gemacht. Da gab's... da gab's komische Motive fürs Weitermachen. In unseren Köpfen. Wir hatten alle unsere Motive, aber nur die Motive von Dick Snider waren... *sauber*. Man mußte diesen Kerl einfach gern haben. Er blieb *sauber* bis zum Schluß.«

Die Bemühungen von Dick Snider und Manny Lopez, BARF zu reaktivieren, wurden von den Gangstern selbst nicht unwesentlich unterstützt. Wirklich urplötzlich stand's immer öfter in den Zeitungen: GRENZGANGSTER MORDEN UND RAUBEN. Ob die Gangster über das Ende von BARF im Bilde waren oder nicht – wobei es eher unwahrscheinlich war, daß sie es wußten –, es wurde immer schlimmer mit den Überfällen, und immer *brutaler*.

Das Rathaus wurde von Reportern, die stur die Frage stellten, ob Amerikas schönste Stadt den Strolchen nunmehr definitiv die Grenzcanyons überlassen wolle, regelrecht belagert. Die Sache konnte recht unangenehm werden, vor allem für Bürgermeister Pete Wilson, der in einigen Jahren mit Erfolg als US-Senator zu kandidieren und Washington, D. C., zu erobern beabsichtigte.

Binnen weniger als drei Wochen gaben alle klein bei. BARF wurde reaktiviert. Allerdings war zwar Manny Lopez wieder dabei, Dick Snider indessen wurde vergattert, sich als Schichtführer in Uniform gewissermaßen bedeckt zu halten, im *Innendienst*. Die gesamte Befehlsgewalt bei BARF sollte Manny Lopez überlassen bleiben, wurde ihm gesagt.

Dick Snider jammerte nicht groß. Er erklärte, er sei schon zufrieden, mit Rat und Tat helfen zu können, wann und wo man ihn brauchen würde. Er wäre sicher sehr gern wieder dabei gewesen, da draußen in den Canyons, aber die Tatsache, daß BARF wieder da war, erschien ihm als großer Sieg für sämtliche armen Hunde von Grenzgängern.

Er wußte immerhin, daß es nie wieder so sein würde wie zuvor. Manny und alle übrigen hielten ihn zwar ständig auf dem laufenden, aber trotzdem fühlte er sich mehr und mehr wie ein Outsider.

Ken Kelly hatte eine Menge häuslicher Probleme. Wie er es formulierte: »Ich war ja dauernd mit dieser schnellen Truppe von Cops auf Achse, die in unserem Schnellimbißimperium vor allem die Kellnerinnen verputzten.«

Er verließ abends um elf Uhr das Haus und kam erst im Morgengrauen wieder. Ein paar von dieser »schnellen Truppe« waren Barfer. Und sie waren *sehr* schnell, und die Kellnerinnen hörten die maßlos übertriebenen Geschichten von Gangsterfestnahmen im Deadman's Canyon unheimlich gern. Ken Kelly mußte mit ansehen, wie sich um diese Canyonprofis in ihren zerlumpten Grenzgängerklamotten und mit ihren struppigen Haaren und ihren Schnurr- und Backenbärten eine regelrechte Aura bildete. Gott, er mußte dazugehören.

»Sei nett zu Lopez«, sagten sie zu ihm. »Wenn sich eine Lücke auftut, werden wir uns für dich einsetzen.«

»Aber *nimmt* er denn blonde weiße Typen?«

»Wir werden uns für dich einsetzen«, versprachen sie nochmals. »Könnte sein.«

Ken Kelly nahm seinen Job als Cop ernst, und er konnte in vielen Dingen mitreden und war weitgehend so schlagfertig wie Manny Lopez selbst. Er fuhrt fort, dem Sergeant auf den Wecker zu gehen, schrieb jedoch auch ein offizielles und überzeugendes Gesuch, in dem er mit einer Unzahl von Gründen darlegte, daß er einfach ein Barfer sein *müsse.* Manny war von jedem beeindruckt, der mit der Feder so gut wie mit dem Schwert umzugehen wußte.

»Und dann ließ das Schicksal eine Falltür aufklappen, und ich fiel in ein Faß voll feuchter Scheiße und wär fast ersoffen!« jammerte Ken Kelly in der Erinnerung.

Er machte Nachtschicht und fuhr mal eben runter zur amerikanischen Zollnebenstelle. Hier zahlen die Touristen für die Waren, die sie aus Mexiko mitgebracht haben, ihren Zoll, und hier wird ihnen das Auto auseinandergenommen, wenn sie in dem Verdacht stehen, Schmuggelware zu besitzen. Es ist die Stelle, wo ausgebildete Hunde nach Rauschgift schnüffeln, abseits vom Hauptverkehrsstrom.

Ken Kelly hatte im Grunde nur noch eine Stunde Dienst. Er wurde von einem Reservebeamten begleitet, und wie alle regulären Beamten hatte er die Neigung, sich vor dem Hilfscop als Fremdenführer aufzuspielen. Er fuhr mit dem Streifenwagen in südlicher Richtung über die Interstate 5 zur alten Zollstelle, als ihnen ein ziemlicher Tumult in der Nähe der Buswendestelle auffiel, wo die Ausflugsbusse aus Tijuana und die normalen Stadtbusse im allgemeinen ihre Fahrgäste loswerden. Sie konnten erkennen, daß ein paar US-Zollinspektoren in der Dunkelheit mit einer zusammengelaufenen Menschenmenge ihre liebe Last hatten.

Es stellte sich heraus, daß jemand auf der gesperrten Spur der Interstate 5 über die Grenze gefahren war. Offensichtlich hatte er geplant, sich an der Zollstelle vorbeizumogeln, und war auf der mexikanischen Spur, die lediglich für den Verkehr in südlicher Richtung bestimmt war, in Richtung Norden gefahren. Die mexikanischen Behörden hatten ihn zwar nicht aufgehalten, aber bevor er mit dem Auto auf die richtige Spur der Interstate 5 einscheren konnte, war er von den Amerikanern gestoppt worden.

Betrunken war er nicht. Er hatte auch keine Schmuggelware dabei. Er hatte einzig und allein keine Lust gehabt, die Wartezeit beim Zoll in Kauf zu nehmen. Und er krakeelte sich die Lunge aus dem Hals, wie jeder in Hörweite mitkriegte. Er war, nach den Worten von Ken Kelly, »ein echtes Oberarschloch Nummer eins«.

So verfuhr Ken Kelly genauso, wie Cops gewöhnlich bei jedem Oberarschloch Nummer eins verfahren, das eine Verkehrsübertretung begangen hat, die sie nicht selbst gesehen haben. Er suchte eine Übertretung, die er sehen *konnte.* Er ermittelte, daß das linke Rücklicht des Wagens kaputt war, und fing an, dem Mann einen Strafzettel auszuschreiben, wegen Nichtbestehens der Prüfung in gutem Benehmen, wie's bei den Cops so heißt.

Aber auf das Benehmen dieses Fahrers hatte das keinen Einfluß. Er tobte weiter. Er hatte eine Riesenklappe. Ken Kelly kriegte allmählich die Kopfschmerzen, die er sonst immer beim Fernsehen kriegte. Er fragte sich, ob's bei der BARF Squad je eine Chance gäbe. Er fragte sich, ob er je von solchen Arschlöchern Nummer eins wegkäme. Lieber hätte er mit Gangstern in den Canyons zu tun gehabt. *Viel* lieber hätte er mit Gangstern in den Cayons zu tun gehabt.

Der Mann sagte, daß er diese Vorladung wegen der Verkehrsübertretung nicht unterschreiben werde. Ken Kelly informierte ihn, daß die Unterschrift unter die Anzeige praktisch nur eine Zusage sei, der Vorladung Folge zu leisten, und keineswegs eine Anerkenntnis seiner Schuld. Der Mann meinte, daß er dennoch nicht unterschreiben werde. Dem Mann wurde klargemacht, daß man ihn eher festnehmen als von der Zusage befreien werde, der Vorladung Folge zu leisten. Der Mann unterschrieb. Er wollte dann die Unterschrift ungültig machen. Er schien dann einsichtiger zu werden. Er wollte am Ende nicht mal eine Kopie der Vorladung haben. Er schien plötzlich doch noch anderen Sinnes zu werden.

Unvermittelt änderte sich sein Benehmen auf geradezu wunderbare Weise. Es passierte derart schnell, daß Ken Kelly es nicht glauben wollte. Und es besser auch nicht geglaubt hätte. Der Mann nahm die Anzeige entgegen und fing an, sich zu entschuldigen. Er entschuldigte sich wahrhaftig überschwenglich. Er lächelte und erklärte Ken Kelly, er sei offenbar für einen Moment etwas weggetreten gewesen, und er – Ken Kelly – sei der fähigste Gesetzeshüter, der ihm je begegnet sei. Damit nicht genug, er streckte auch noch die Hand aus und sagte Ken Kelly, er sei einer der *nettesten* Cops, die er je getroffen habe.

Nun gibt es ja sicherlich im Leben eines jeden Polizisten Augenblicke wie diesen, in denen der Adrenalinspiegel einfach mal in Ordnung ist. In denen die Spannung mit einemmal nachläßt und man andererseits nicht weiß, ob man erleichtert oder enttäuscht sein soll. In denen alles, was einem im Leben bis dahin schiefgelaufen ist, auf unerklärliche Weise plötzlich zurechtgerückt wird. Augenblicke, kurz gesagt, in denen der eine oder andere Mitbürger einsieht, daß und was für Scheiße er gebaut hat.

Der Mann umklammerte Ken Kellys Hand und sagte: »Ich meine das ganz ehrlich. Sie sind der *netteste* Polizist, der mir jemals begegnet ist.«

Und Ken Kelly wollte seinen Copzynismus gerade in die Ecke stellen, wollte praktisch auf dem Absatz kehrtmachen und sagte dabei zu seiner eigenen Verwunderung, wirklich wie ein *ziviles* Arschloch: »Okay, ist ja schon gut. Manchmal passieren mir auch Sachen, die mir leid tun. Ist ja gut, ich möchte ja auch gerne...«

Aber der Mann hielt ihn immer noch fest und verstellte ihm den Weg, indem er sich ganz dicht an ihn herandrängte. Und er blies Ken Kelly seinen Atem direkt ins Gesicht und sagte dabei Dinge, die alle Polizisten schon mal gehört haben. Es war nicht mal das Allerschlimmste, das ihm jemals von einem Bürger gesagt worden war. Der Mann beugte sich sehr dicht zu ihm herab und sagte irgendwas wie: »Sie sind so nett, daß Sie eigentlich mal bald aufhören könnten, Kleintiere zu ficken, Sie dreckiger Penner...«

Urplötzlich nahm Ken Kelly sein verrücktes Jack-Nicholson-Gehabe an, ohne daß es ihm bewußt wurde. Er sah nur noch, wie dieser Mensch nach rückwärts taumelte und flach auf dem Rücken landete. Auf seiner rechten Kopfseite klaffte eine tiefe, blutende Wunde.

Weshalb guckten ihn denn alle an, als fräße er gerade Hühnerköpfe? Weshalb *brüllte* dieser Kerl hier eigentlich so entsetzlich rum? Ken Kelly fragte seinen verstörten Partner: »Wieso schreit der eigentlich so entsetzlich rum? Ich hab ihn doch gar nicht getroffen!« Dann sagte er dem hingefallenen Bürger: »Ich habe Sie doch gar nicht getroffen!«

In Wirklichkeit hatte er den Mann aber doch getroffen. Die Taschenlampe war total verbogen. Später saß er im Büro seines Schichtführers, strich sich das weiche blonde Haar sanft über die Ohren zurück und erklärte seinem Sergeant: »Offenbar habe ich ihn mit meiner Taschenlampe getroffen. Ich *muß* ihn ja getroffen haben. Aber ich kann es beschwören, ich weiß es nicht mehr! Hätte ich so was mit Absicht gemacht, wenn tausend Zeugen dabei sind, die alle aussehen wie Advokaten mit Hämorrhoiden? Hätt ich *das* gemacht?«

Der Sergeant sagte trocken: »Warum gehen Sie nicht mal mit nem Hammer ins nächstbeste Bürgerrechtsbüro und legen *da* den Schwanz auf den Tisch?«

Ken Kelly war dazu ausersehen, eine Berühmtheit des Police Departments zu werden. Er war der erste Cop in San Diego, gegen den als Ergebnis der Anzeige eines Bürgers strafrechtlich vorgegangen wurde. Weil es sich dabei sowohl um eine Strafanzeige als auch um eine Zivilklage handelte, wurde ihm vom Police Department auch noch vorgeworfen, exzessive Gewalt angewendet zu haben.

Bei der Mutter von Ken Kelly wurde in diesem Jahr Krebs im letzten Stadium diagnostiziert. Er mußte sich einen Rechtsanwalt nehmen, und die Strafsache schleppte sich in dieser sowieso schrecklichen Zeit des Wartens monatelang hin. Er plädierte auf einfachen tätlichen Angriff und mußte sich wie jeder gewöhnliche Kriminelle einem Bewährungsgespräch unterziehen. Er war der erste uniformierte Polizist in San Diego, dem so was passierte.

Er sah sich im übrigen gezwungen, zum Unterstützungsverein der Polizei zu gehen und den Leuten klarzumachen, daß und wofür er sich dringend eine Menge Geld leihen mußte: »Nee, für n neues Auto sicher nicht, du Arschloch! Nur, damit ich keine Streifen tragen muß!«

Manny Lopez konnte verstehen, daß es im Leben jedes Mannes kritische Situationen gibt. Er selbst hatte die eine oder andere

Situation, in der er nicht mehr ein noch aus wußte, auch schon erlebt. Er hatte überdies schon vor längerem beschlossen, daß Robbie Hurt, weil er schwarz war, nicht bei den eigentlichen BARF-Aktionen, sondern nur beim Reserveteam eingesetzt werden konnte und dort einen ständigen Partner brauchte. Es würde sicher nicht schaden, wenn der Partner ein weißer Kumpel wäre, der in den Canyons zusätzlich auch noch den Lockvogel spielen könnte. Es würde sich dabei zwangsläufig um einen weiteren *Outsider* handeln.

Ken Kelly hörte also, daß Manny Lopez ihn vielleicht vorschlagen würde, sobald sich bei BARF eine Lücke auftäte, und er wußte ja, daß die anderen, die ihn kannten, den Vorschlag unterstützen würden. Wenn das effektiv stimmen sollte, könnte ihn der nächste Kerl, dem er seine Lampe ins Gesicht knallte, sicherlich kaum so schnell vor den Kadi bringen. Canyongangster erstatten selten Strafanzeige. Natürlich war's ja zwar denkbar, daß der nächste Kerl ihn gleich *umlegte,* aber in der Hinsicht sagte sich Ken Kelly, daß derjenige ihm damit in Anbetracht der Ereignisse, die sein Leben in diesen Tagen verdüsterten, bloß was Gutes antun würde.

In der zweiten Nacht, in der sie wieder in den Canyons waren, an einem im großen und ganzen ereignisarmen Sonntagabend, kam ihnen jäh der Verdacht, daß die Gangster ihnen den einen oder anderen Trick abgeguckt hatten. Manny Lopez war an dem Abend mit seiner Zweitbesetzung unterwegs. Renee Camacho und Carlos Chacon waren seine Partner. Ungeachtet aller Befehle von oben hatte Dick Snider nicht auf der Station bleiben wollen, sondern sich entschlossen, gemeinsam mit Robbie Hurt das Reserveteam zu bilden.

Unmittelbar vor Einbruch der Dunkelheit fiel Dick Snider in der Nähe des E-2-Canyons, ungefähr eine halbe Meile von der Grenzstation entfernt, ein Mann auf. Er lungerte in der Nähe eines großen Lochs im Grenzzaun herum, und er sah aus wie ein sehr armes Würstchen. Ziemlich schnell gesellten sich vier andere Männer zu ihm, und als es ganz dunkel war, nahm Dick Snider über Funk mit Manny Lopez Kontakt auf und sagte ihm, er solle mal einen kleinen Marsch in Richtung Grenzzaun unternehmen.

Manny und seine Zweitbesetzung marschierten den Grenzzaun entlang, und als sie sich dem Loch näherten, tauchte im Dunkel vor ihnen ein ziemlich großer Typ auf. Er trug eine blaue Jacke und Jeans. Es handelte sich um einen Teenager, wie sich herausstellte, der aber älter aussah. Es handelte sich außerdem um einen ausgeflippten, tätowierten, rotznasigen Heroinsüchtigen aus Colonia Libertad, der dringend was zu essen und noch dringender einen Schuß brauchte. Als die Barfer nur noch zwanzig Meter von ihm entfernt waren und sehen konnten, daß er keine Waffe in der Hand hatte, kauerten sie sich hin und spielten ihre Rollen.

»Wo wollt ihr hin?« fragte er.

»San Diego«, sagte Manny Lopez.

»Ich kann euch hinbringen«, sagte er. »Wieviel Geld habt ihr dabei?«

»Zweihundert Dollar«, sagte Manny, »aber die brauche ich, um nach Los Angeles zu kommen.«

»Wieviel hast du?« fragte er Carlos Chacon.

»Fünfundsiebzig Dollar«, antwortete Carlos in gutem Spanisch.

Als Renee gefragt wurde, wieviel er dabei habe, steigerte sich sein Knabentenor zwar zu einem Grenzgängersingsang, und er sagte: »Fünfzig Dollar«, aber der Akzent klang für Mannys Ohren reichlich abenteuerlich. Immerhin, der Knabe hatte ihn ja zum Reden gezwungen.

Der junge Mann war anscheinend zufrieden. »Ich bin gleich wieder da«, sagte er.

Die Barfer blieben in der Hocke sitzen, maximal drei Meter von der internationalen Grenze entfernt, genau vor dem mannsgroßen Loch im Zaun. Als der Knabe zurückkehrte, war er nicht allein. Drei Männer und ein weiterer Teenager waren bei ihm. Die Gruppe blieb ein paar Meter von ihnen entfernt im Dunklen stehen, und der zweite junge Mann sagte einige Worte zu seinen Kumpanen, die die Barfer sofort alarmierten. »Was wird El Loco sagen?« sagte er.

Es war das zweite Mal, daß sie diesen Namen »Loco« hörten, den Namen des Gangsters, der sie auszurauben versucht hatte und entkommen war, dabei aber eine rote Skimaske zurücklassen mußte. Dann hatte der erste junge Süchtige einen Einfall, den bis dahin in den Canyons noch nie jemand gehabt hatte. Er befahl Manny Lopez: »Steh auf. Ich muß dich nach Waffen durchsuchen.«

Selbstverständlich tat Manny daraufhin alles, um der Aufforderung nicht Folge leisten zu müssen. Waffen? Arme Pollos wie wir? Was sollen wir mit Waffen anfangen? Arme *campesinos* wie wir? Und so weiter.

Mannys Schauspielkunst war schlicht überzeugend. Die fünf gingen ein paar Schritte zurück, auf das ominöse Loch im Zaun zu, und redeten da mit einer schattenhaften Gestalt, die auf der anderen Seite stand – mit einem Mann, der die ganze Zeit das mexikanische Territorium nicht verließ. Einem Mann, dem schon einmal der schlimme Schock widerfahren war, »Pollos« zu begegnen, die sich hinterher in Polizisten aus San Diego verwandelt hatten.

Als sie zurückkehrten, verlor der junge Junkie die Geduld. Er trug jetzt einen schwarzen Handschuh, und sie konnten erkennen, daß er ein blankes Messer in der behandschuhten Faust hielt. Er wolle *jetzt* Geld haben, erklärte er, praktisch als Vorkasse.

Und das war's dann auch schon. Manny Lopez sagte: *»Sabes qué?«*, damit sie wußten, daß es gleich losging. Und einen Augenblick später sagte er etwas, das keiner der Gangster verstand: »Barf!«

Und alle drei Cops sprangen zur selben Zeit auf und brachten die stahlblauen Läufe ihrer Waffen zum Vorschein, und die drei älteren Gangster glitten geschmeidig wie Seehunde durch das Loch im Zaun. Die beiden jungen Junkies reagierten nicht schnell genug.

Diese total ausgeflippten Typen hatten nichts mehr zu verlieren und waren geradezu tollkühn. Renee Camacho schrie gellend auf, als er einen Tritt abkriegte. Carlos Chacon packte einen der Knaben, während der andere auf das Loch im Zaun zurannte und brüllte: *»Socios! Socios!«*

Es war ein Wort, das sie in den kommenden Monaten noch oft hören würden. Die Gangster riefen ihren Genossen zu, Verstärkung zu schicken: *»Socios!«*

Es ging gnadenlos weiter mit Getrampel und Prügeln und Umsichbeißen und Stechen, und eine Menge anderer Barfer kam ihnen durch den Canyon schleunigst zu Hilfe. Die jungen Junkies wurden ganz schön zusammengeschlagen. Geradezu denkwürdig allerdings wurde der Vorfall dadurch, daß sich im selben Augenblick, in dem der Knabe *»Socios!«* schrie, jene schattenhafte Gestalt dem Grenzzaun näherte. Und eindeutig immer noch von mexikanischem Boden aus feuerte der Mann gezielt eine Kanone auf sie ab. Er verfehlte sie und verschwand in der mexikanischen Nacht.

Dann fing das Geschrei erst *richtig* an.

»Barf! Barf! Barf!«

»Verdammt! Du Scheißkerl! *Barf!*«

Am Ende hatten sie die beiden jungen Süchtigen doch noch überwältigt, und beide Seiten beklagten Beulen, blaue Flecke, Quetschungen und Fleischwunden. Die Süchtigen waren kaum noch wiederzuerkennen, als sie später vor Gericht erschienen. Renee Camacho wachte am Morgen darauf auf und fühlte sich kaputt, als hätte er Football gespielt.

Während der Sauferei in dieser Nacht gab es nur ein einziges Gesprächsthema. »Loco?« Wer kann das sein, dieser Bastard mit der Skimaske? Selbst wenn er weiß, wer wir sind, riskiert er es zu schießen.

Renee Camacho steuerte in dieser Nacht eine bemerkenswerte Beobachtung bei. Er sagte: »Bisher haben sie da draußen Stöcke und Steine und vielleicht noch Messer gebraucht. Jetzt gebrauchen sie Kanonen? Liegt das etwa an uns, daß die Gangster meinen, daß sie Kanonen gebrauchen müssen, wenn sie's mit uns aufnehmen wollen?«

Würde das ihr Vermächtnis sein? Die BARF Squad würde praktisch bewirkt haben, daß sich die Gangster *bewaffneten?* Alle waren der Ansicht, das sei ja nun wahrhaftig etwas albern und komisch. Beziehungsweise sogar sehr.

9. KAPITEL

Mordida

Ein geradezu unglaublicher Strom von Selbstbewußtsein fließt durch die Vereinigten Staaten von Amerika. Dadurch und im übrigen durch den ziemlich unbegründeten Glauben an ihre unbegrenzten Möglichkeiten werden die Amerikaner überall im Ausland wie mit einem Brandeisen und derart unverwechselbar gekennzeichnet, daß sie ihren Vettern in den Ländern, aus denen ihre Vorfahren gekommen sind, viel weniger verwandt vorkommen als die meisten anderen ausländischen Besucher. Man muß bloß mal, sagen wir: Irland besuchen und in einer Dubliner Kneipe einem aus Irland stammenden Amerikaner zugucken, wie er tränenüberströmt den Rebellenschnulzen über die Erschießung von Engländern lauscht. Oder einer Gruppe amerikanischer Juden in Tel Aviv zuschauen, die glänzenden Auges mit leibhaftigen Israelis, denen sie klarerweise ihre Drinks bezahlen, die Hora zelebrierten. Oder Amerikaner mexikanischer Herkunft in den Cantinas von Tijuana bestaunen, in denen mit »originaler« mexikanischer Küche Reklame gemacht wird, wobei die dann normalerweise aus knorpeligen *carnitas* und einer nicht besonders gelungenen und für die Gringos viel zu scharfen *salsa* besteht.

Irgendwann mal schlossen sich die Barfer der letzten *turista*-Gruppe an. Und wie die Touristen, die sie ja nun darstellen sollten, wurden sie immer lauter und redseliger und produzierten sich als Gelegenheitssäufer, die ihrer erschöpften Reisegesellschaft rücksichtslos Evergreens wie »La Paloma« in die Ohren schmetterten. Einen sehr lauten und feuchten Abend lang versuchten sie den Eindruck zu erwecken, sie seien mindestens ebenso waschechte Mexikaner wie der *mariachi*-Musiker in ihrem Lokal, der allerdings sofort gesehen hatte, daß ihn mit diesen amerikanisierten Kürbisköpfen etwa so viel Gemeinsamkeiten verbanden wie mit dem chinesischen Restaurantbesitzer, der ihm sein Gehalt zahlte und zumindest noch in Mexiko geboren und aufgewachsen war.

Die Einwohner von Irland, Israel, Mexiko und anderen Ländern, die von Amerikanern auf der Suche nach ihren Ursprüngen überlaufen werden, haben für diese Leute eine ganz bestimmte Bezeichnung. Das betreffende Wort hat im Hebräischen, Gälischen, Italienischen, Griechischen, in der Suahelisprache und im Spanischen haargenau dieselbe Bedeutung. Die Bezeichnung heißt: *Yankee-Dipshits*.

Und so kann eine verkleidete Horde von Amerikanern mexikanischer Herkunft zwar die armen Hunde in den Canyons für ein paar Minuten zum Narren halten, echte Mexikaner jedoch spüren instinktiv, daß alle *Dipshit*-Tölpel, ganz egal, woher die Eltern oder Großeltern irgendwann gekommen sind, unauslöschlich gebrandmarkt sind – eben durch den unglaublichen Strom an Lebenskraft, der durch das seltsame Land im Norden fließt, und ihren unbegründeten Glauben an ihre unbegrenzten Möglichkeiten. Echte Mexikaner spüren instinktiv, daß Amerikaner mexikanischer Abstammung *weniger* mit ihnen gemein haben, als die Dipshits sich je träumen ließen.

Schon wenige Tage nach dem Wiedererscheinen der neu aufgestellten BARF-Truppe in den Canyons war ihnen allen klar, daß nie mehr einer von ihnen diese Grenze überqueren würde, um da drüben abends mal auf die Pauke zu hauen. Die Barfer kapierten mehr und mehr, daß Mexiko den Mexikanern gehört, den *echten* Mexikanern. Wenngleich zwar eine Reihe von Barfern Mexiko immer nach amerikanischen Maßstäben beurteilen würden, waren andere aus der Truppe ganz anderer Ansicht und überdies von dem, was da passieren konnte, verwirrt und betroffen. Eines, wie gesagt, war jedenfalls sicher, keiner von ihnen würde ein weiteres Mal über die Grenze gehen, um billigen Tequila und Bier zu trinken und nächtelang »La Paloma« zu schmettern. Dazu, verdammt und zugenäht, hatten sie viel zuviel Angst, drüben zu Tode zu kommen.

Ein Punkt, in dem sich die Mexikaner besonders wesentlich von den Amerikanern unterscheiden, ist ihre Einstellung zu Gesetz und Recht. Man kann nicht sagen, daß ihr Rechtssystem nichts taugt. Bewaffneter Raubüberfall, zum Beispiel, wird in Mexiko als sehr schweres Verbrechen angesehen, obgleich die Regierung mit dem Problem, daß die meisten Leute Schußwaffen besitzen, kaum fertig wird. Im Dezember, dem traditionell schlimmsten Verbrechensmonat in amerikanischen Städten, wurde in Tijuana in einem bestimmten Jahr lediglich ein einziger bewaffneter Raubüberfall registriert. In San Diego oder Los Angeles oder San Francisco sind Raubüberfälle so häufig wie außerehelicher Geschlechtsverkehr, und ein Tourist, der sich besaufen und mit Geld protzen und die Puppen tanzen lassen will, würde sicher sehr gut beraten sein, wenn er das in den Straßen von Tijuana täte statt in manchen Straßen von San Diego oder Los Angeles oder San Francisco, wo er kaum mehr Überlebenschancen hätte als die Frauenrechtlerin Gloria Steinem in Teheran.

Die mexikanische Polizei hat mit ihren amerikanischen Kollegen eine Menge Eigenschaften gemeinsam. Schwarzen Humor zum Beispiel. Es gibt in Tijuana das Denkmal eines patriotischen Priesters, und es war ein Cop, der als allererster den Gedanken hatte, die Hand des Denkmals scheine für Mexiko nicht gerade bessere Zeiten zu verkünden. Der Padre, meinte er, sage offensichtlich: »Paßt auf, ihr Pollos! Da hinten kommt die *migra!*«

Ähnliches wird der Skulptur des tapferen Aztekenhäuptlings Cuauhtemoc in den Mund gelegt, der seine Streitkeule hoch in den Himmel reckt. Cuauhtemoc, behaupten die Cops, schreit anscheinend gerade: »*Raus* aus diesem Land mit deinem ausgefransten Arsch! *Da* geht's zur Grenze!«

Weiterhin gibt's da noch die Polizistengeschichte über den Drogenhund. Wenngleich es sich dabei vielleicht um eine nicht ganz gesicherte Geschichte handelt, so illustriert sie manche Dinge eben doch auf das trefflichste, so vor allem die unterschwellige Verbitterung darüber, nicht allein neben einer reichen Nation, sondern dem reichsten Gebiet des reichsten Staates der reichsten Nation überhaupt leben zu müssen...

Offenbar war dem Bürgermeister von Rosarito jedesmal, wenn er über die Grenze mußte, um ein paar Sachen in San Diego zu erledigen, ein schlimmer Tort angetan worden. Er pflegte den US-Zollbeamten an der Kontrollstelle ordnungsgemäß seinen Paß vorzuzeigen und sehr höflich und mit sehr guten Manieren und ebensoviel Geduld darauf hinzuweisen, daß er der Bürgermeister von Rosarito sei und recht häufig über die Grenze fahre. Trotzdem mußten Seine Ehren seinen Arsch dann mit schöner Regelmäßigkeit zur zweiten Inspektionsstelle verfügen, wo ein deutscher Schäferhund überall in seinem Wagen gründlich nach Schmuggelware schnüffelte.

Natürlich sind Amerikaner mexikanischer Herkunft den übrigen Amerikanern in vielem ähnlich – reichlich unhöflich und weder sehr wohlerzogen noch sehr geduldig. Der Bürgermeister von Rosarito hingegen war ein echter Mexikaner, und jedesmal, wenn er wieder rüberfuhr, ließ er die Demütigungen schweigend über sich ergehen. Eines Tages jedoch, als er wieder in Rosarito war und seinen städtischen Amtsgeschäften nachging, kam einer seiner Cops mit einem fuchsteufelswilden Amerikaner in sein Büro, der lauthals schrie und zeterte und mit allem möglichen drohte. Der falsch geparkte Wagen des Amerikaners war abgeschleppt worden. Er war außer sich, weil der Wagen amerikanische Behördenkennzeichen trug. Dem Anschein nach handelte es sich bei diesem fuchsteufelswilden Amerikaner um einen US-Zollbeamten.

Der Bürgermeister nickte zuvorkommend und wartete, bis der Zollbeamte sich heiser gebrüllt hatte, und dann machte dieser Amerikaner einen riesengroßen Fehler, indem er erklärte: »Ich verlange, ebenso behandelt zu werden, *wie man Sie behandelt,* auf unserer Seite der Grenze.«

Und unmittelbar darauf konnte er ein Grinsen sehen, das so breit war wie ganz Baja California. Man hatte kein vergleichbares Grinsen eines mexikanischen Politikers gesehen, seit in diesem Lande Öl gefunden worden war. Seine Ehren führten eine private Unterhaltung mit seinem Cop, der von dem Gringo, sei er nun von der amerikanischen *migra* oder nicht, sowieso schon die Schnauze voll hatte.

Getreu nach den Anordnungen des Bürgermeisters begab sich der mexikanische Cop vor die Tür und trieb den schorfigsten, räudigsten, verwurmtesten Streuner von Hund auf, den er finden konnte. Als der Zollbeamte und der Bürgermeister dann in dem eingezäunten Hof aufkreuzten, war der Cop mit diesem zitternden, sich duckenden Köter, der dem *migra*-Mann gleich darauf durch Seine Ehren persönlich vorgestellt wurde, bereits zur Stelle.

»Diiies iiist unser Marihuanahund«, erklärte der Bürgermeister dem Zollbeamten. »Es tut miiir leid, aber er muß iin Iihrem Wagen nach Drogen schnüffeln.«

Und während daraufhin der amerikanische Beamte wie der rote Schweif einer startenden Rakete losfauchte, zerrte der mexikanische Cop den heulenden Hund auf den Fahrersitz des US-Regierungswagens. Und das schreckliche Tier pißte sofort den Sitz voll.

Dem Zollbeamten lief natürlich auch unverzüglich die Galle über, als der Cop die bedauernswerte Kreatur auf den Rücksitz beförderte. Und der Hund fuhr fort, einen reißenden Strom unter sich zu lassen.

Der Zollbeamte konnte am Ende nicht mal mehr ein Krächzen hervorbringen, als der Bürgermeister sich ihm freudestrahlend zuwandte und sagte: »Aber ich biiitte Sie, *señor,* Siie sollten eigentlich sehr glückliich sein, *señor!* Wenn er Kontrabande oder Mariiihuana geschnüffelt hätte, würde er *geschiissen* haben!«

Eine andere Eigenschaft, die sich sowohl bei mexikanischen Cops als auch bei den sogenannten normalen Menschen da unten jenseits der imaginären Linie feststellen läßt, ist die Tatsache, daß sie gar nicht erst *versuchen,* ihren Rechtsbrechern Verständnis entgegenzubringen. Und obgleich die mexikanischen Vorstellungen, wie Verbrechen entstehen, sich möglicherweise erheblich von denen ihrer Kollegen nördlich der Grenze unterscheiden, geraten sie deshalb noch längst nicht in einen seelischen Zwiespalt.

Es gibt da eine Redensart unter den mexikanischen Cops: *El pajaro mas pendejo sabe volar.* Selbst der blödeste Vogel kann fliegen.

Auf jeden Fall haben mexikanische Cops gewiß nicht die Absicht zu verhungern, sobald sie sich erst mal das Polizeiabzeichen angesteckt haben. Es wird zum Beispiel keineswegs als schweres Verbrechen angesehen, sich von einem Schmuggler oder Pollo oder Grenzführer ein »Geschenk« geben zu lassen, nicht, wenn man kaum ausreichend bezahlt wird, um die Familie durchzufüttern. Und nicht angesichts der Tatsache, daß *la mordida* – Schmiergelder, Prozente, *the bite,* wie es auf der amerikanischen Seite heißt, ein Stück vom Kuchen – schon zum täglichen Leben gehörte, als die *conquistadores* ihre systematische Ausrottung der Azteken gerade erst in Angriff nahmen. *La mordida* wird sogar *erwartet.*

Wenn mexikanische Cops zum Beispiel ein Auto sicherstellen, das in den Vereinigten Staaten als gestohlen gemeldet worden ist, können sie sich an fünf Fingern ausrechnen, daß der amerikanische Eigentümer unberechtigterweise schon seine Versicherungssumme kassiert hat, und so fragen sie sich dann, wieso es unanständig sein kann, so was auf die Amtsgeschäfte zu übertragen? Ihr Polizeiapparat ist kaum imstande, genug Fahrzeuge zu unterhalten, und es wird deshalb von den eigenen Beamten sogar verlangt, dienstlich ihren eigenen Sprit zu verfahren, wenn sie ihre mehr als bescheidenen Benzinzuteilungen überschritten haben.

Im Grund geben sich mexikanische Cops durchaus Mühe, ihre

Gringo-Copkollegen zu verstehen, weil sie davon ausgehen müssen, daß sie nicht im entferntesten darauf hoffen können, umgekehrt von *denen* verstanden zu werden.

Die schweren Verbrechen werden in Tijuana von den *judiciales* bearbeitet, den Angehörigen der dem Gericht unterstellten staatlichen Polizei. Bei den uniformierten Cops in den braunen Uniformen, mit denen es in der Regel *turistas* zu tun haben, handelt es sich um Angehörige der städtischen Polizei, die für den Straßenverkehr und die Aufrechterhaltung der öffentlichen Ordnung zuständig ist.

Wenn ein amerikanischer Tourist einem *judicial* begegnet, dürfte er ihn nicht erkennen. Er könnte beispielsweise zu einer Gruppe junger Männer gehören, die in einem der paar guten Restaurants von Tijuana sitzt. Er könnte eins dieser *guayaberas* tragen, eins jener Buschhemden, die unter Präsident Echeverria in Mode gekommen sind. Diese normalerweise weißen oder braunen Hemden sind seitlich geschlitzt und besitzen Außentaschen sowie manchmal Schulterstücke. Oder er könnte einer der gutaussehenden jungen Stadttypen sein, die in einem der ziemlich züchtigen Fleischbeschauläden an der Avenida Revolucion an der Bar sitzen, wo die Touristen regelmäßig zu meckern anfangen, weil sie in Davenport, Iowa, schon schärfere Darbietungen gesehen haben.

Und manche Sekretärin aus Kansas City hat schon Herzflattern gekriegt, bloß wegen jenes jungen Burschen da an der Bar oder jenes anderen, der sich offenbar gar nicht für die Show interessiert und zudem nicht mal seine Drinks bezahlt. Einer sieht mit seinem gekonnten Haarschnitt aus wie ein junger Tyrone Power. Der nächste hat ein purpurnes Art-Deco-Hemd an, und beide tragen Jeans von Sergio Valente. Einem baumelt ein Goldkettchen und eine religiöse Medaille aus weichem mexikanischem Gold am Hals, und das Haar des anderen weist changierende Farbtöne auf. Und sie protzen beide mit Cowboystiefeln aus imitiertem Eidechsenleder sowie Gürteln mit Silberschnallen, so groß wie ein Fußball.

Es könnte einer Sekretärin aus Kansas City aber auch auffallen, daß sich unter dem Hemd des Jungen, der wie Omar Sharif aussieht, eine Ausbuchtung abzeichnet, und großer Gott! Das sieht ja aus wie eine Kanone!

Es ist in der Tat eine 38er oder 45er oder eine 9-Millimeter-Pistole. Todsicher eine Automatic, weil die einem Macho besser zu Gesicht steht als ein Revolver, und Cops in Mexiko sind nun mal Machos. Was man zum eigenen Vorteil nie anzweifeln sollte.

Außerdem sind sie stolz auf ihre geringe Kriminalitätsrate in

Tijuana. Grundsätzlich trauen sie der städtischen Polizei nicht über den Weg und schieben ihr buchstäblich alles in die Schuhe, vom Verkehrschaos bis zur Leichenfledderei bei Mordfällen. Die *judiciales* bearbeiten jedenfalls alle Verbrechen von Belang mit Ausnahme von Rauschgiftdelikten, für die wiederum die ebenfalls der Justiz unterstellte Bundespolizei zuständig ist.

All diese Cops haben es weiß Gott nicht leicht, vor allem, weil sie wissen, daß es absolut unmöglich ist, ohne *la mordida* ein auch nur halbwegs anständiges Leben zu führen. *The bite* ist sozusagen ihr »Bonus« dafür, daß sie anständige Polizeiarbeit leisten.

Jenseits der imaginären Linie sind sich wahrhaftig sämtliche Einwohner klar darüber, daß ein bestimmtes Benehmen rasch dazu führen kann, Verbrechen zu provozieren, wohingegen viele Amerikaner anscheinend immer noch meinen, sie könnten im Hinblick auf das blühende mexikanische Touristengeschäft das betrunkene, lärmende, beleidigende Verhalten, das die Mexikaner seit langem von ihnen gewohnt sind, von Fall zu Fall noch in den Schatten stellen. Hin und wieder kann ein Softwareverkäufer aus dem Silicon Valley, voll mit Scotch bis zur Halskrause, einen *kolossalen* Fehler machen. Er kann sich dazu hinreißen lassen, einer Hausfrau an die Titten, den Arsch oder gar an die Möse zu grapschen, wenn die Dame ihren Ehemann abholen will, der gerade einen Vierzehnstundentag als Geschäftsinhaber hinter sich hat. Und wenn der Gatte zu Hilfe eilt, kann's leicht passieren, daß dieser kleine Schmutzfink von Softwareverkäufer seine Knöchelchen hinterher einzeln einsammeln muß und mit seinem Hertz-Leihwagen schleunigst in Richtung Grenze abhaut, wobei er unter Umständen beinahe noch einen Motorradcop über den Haufen fährt.

Dann wird der Softwareverkäufer total *verblüfft* sein, wenn vor seinen Augen plötzlich seine Windschutzscheibe zerplatzt, und er wird mit beiden Füßen gleichzeitig auf die Bremse treten, weil auf ihn geschossen wird! Und hinterher kann er sich leicht im Hauptquartier der *judiciales* wiederfinden, und dort starrt er fassungslos zwei blendend aussehende junge Stadttypen an, von denen einer wie Omar Sharif aussieht und der andere das genaue Ebenbild von Tyrone Power ist. Und die machen ihm sehr schnell klar, daß es in Tijuana ein schweres Verbrechen ist, Frauen sexuell zu beleidigen, und er erklärt ihnen, so was habe er nie getan, und er habe sogar nicht mal irgendwas in der Richtung gesagt. Er verlangt, man möge beim amerikanischen Konsulat anrufen.

Der Stadttyp, der wie Tyrone Power aussieht, zuckt daraufhin nur die Achseln und fängt an, sein purpurfarbenes Art-Deco-Hemd aufzuknöpfen. Wenn der Softwareverkäufer fragt, warum er das tut, sagt er, auf die Weise kriege das Hemd keine Coke-Flecken.

»Coke?« sagt der Amerikaner, der das Wort in seiner Sprache leicht auf Kokain beziehen kann. »Sie können mir da doch keinen windigen Drogenverdacht unterjubeln! Ich *verlange* von Ihnen, daß Sie anrufen.«

Aber der andere, der Omar Sharif so ähnlich sieht, lächelt nur nett und packt das Coke aus – Coca-Cola, eine ganze Sechserpakkung.

Nun wollen sie mich ausgerechnet mit Soft Drinks veranlassen, ein Geständnis abzulegen, glaubt der Amerikaner. Und damit könnte er gar nicht richtiger liegen.

Bei gewöhnlichen widerspenstigen Gefangenen gibt's hin und wieder *le dan agua.* Einen Schluck Wasser. Aus einem Schlauch. Unmengen und *Unmengen* Wasser. Nach einigen Befragungen unter Wasser sieht der diensttuende Cop wie Mark Spitz aus. Und der Gefangene sieht einem Wasserbett verzweifelt ähnlich, wie er da zitternd und bebend auf dem Fußboden liegt, angefüllt mit annähernd zwanzig Litern H_2O aus Tijuana, mittlerweile garantiert bereit, alles auszuspucken.

Was aber das Coca-Cola betrifft, na ja, als damals in Tijuana die Meuterei im La-Mesa-Gefängnis stattfand, waren unter anderem zahllose Gringo-Reporter erschienen, und sie wunderten sich allesamt über den seltsamen Aufzug der mexikanischen Soldaten, die mit Ginger Ale in das Gefängnis einmarschieren mußten.

Ginger Ale? Diese verdammten Mexikaner sind offenbar verrückt nach Ginger Ale, meinten sie. Von dem Zeug gab es da an die dreißig Kästen. Die Gefangenen wußten es besser und ergaben sich *umgehend.*

Jedenfalls will der Softwareverkäufer gerade ein paar blöde Bemerkungen machen, beispielsweise »Wie wär's mit etwas Jamaica Rum in mein Coke?«, als der Tyrone-Power-Typ ihm Handschellen anlegt und die gefesselten Hände auf den Rücken bindet. Während er noch losbrüllt und auf seine Rechte als amerikanischer Staatsbürger pocht, werden seine Arme an der Lehne eines Drehstuhls befestigt, und dann wird der nach hinten gekippt. Weit nach hinten. Und dann kriegt er sein Coke. Direkt in die *Nase.*

Sein Kopf wird von Omar Sharif gehalten, und Tyrone Power schüttelt das Coke, bis es fast explodiert, und dann schießt ihm der Cop einen Strahl direkt in den Rüssel. Dabei kann er kaum noch nach Luft schnappen, weil ihm Omar Sharif ein Handtuch tief in den Rachen steckt.

Schmeckt Ihnen unsere Limonade nicht? Würden Sie ein Bubble-Up bevorzugen? Wie wär's denn mit einer Bubble-Up-Margarita, vielleicht mit Tequila, vielleicht mit Salz?

Er wird mit mehreren Sorten Limonade verwöhnt, die ihm jedoch alle gleich schlecht schmecken.

Das Gefühl dabei ist immer wieder von Gefangenen beschrieben worden. Der eine oder andere hat gesagt, es sei ähnlich wie ein Vulkanausbruch im Gehirn. In jedem Fall fängt man sofort an, alles zu gestehen, obgleich sie einen natürlich gar nicht hören können. Und so rasch wollen sie ja auch gar nicht aufhören, weil einige Burschen ihnen während der Geständnisse schon mal Lügen aufgetischt haben, und so geben sie ihm dann noch ein paar Flaschen mehr.

Jedenfalls gesteht er sehr bald alles, aber hören kann ihn unter anderem auch deshalb keiner, weil er dieses Handtuch im Mund hat. Sie machen bei alledem weiter ihre Arbeit und reden über alles mögliche, und er will nach ihnen treten und brüllt und möchte um sich schlagen und gesteht, und keiner *hört* ihn! Und der Vulkan Kilauea ist schon vierunddreißigmal ausgebrochen, direkt hinter seinen Augen, die sich mehr und mehr mit flüssiger Lava füllen. Und er schreit, und er will noch lauter brüllen, und zum Schluß versucht er, schweigend zu gestehen. *Irgendwas.*

Sobald sie ihn endlich in Ruhe gelassen und trockengelegt haben und er sein Schluchzen endlich lange genug unterbrechen kann, um sich klar auszudrücken, kommt ein anderer von diesen *judiciales* herein. Er ist nicht so jung und sieht lange nicht so gut aus wie der Knabe, der die Limonade serviert hat. Eher sieht er aus wie einer, der sich an einen heranmachen und einem ein lahmes Pferd verkaufen will, oder wie eine Kiste, in der mal ein Fernseher war und die jetzt mit Ziegelsteinen gefüllt ist, oder wie ein Porsche mit einem VW-Motor. Kurz gesagt, er sieht aus wie Wayne Newton.

Er hat einen Stift und einen Block bei sich. Er fragt diesen Sofwareverkäufer, ob er ein Geständnis ablegen will. Und der fängt an. Immer noch schreiend fängt er damit an, daß er in einem Kramladen in Sioux Falls mal ein Jojo gestohlen hat. Dann gibt er zu, daß er, als er noch klein war, bestimmt tausendmal sein Püppchen verprügelt und es bei der Beichte dem Priester verschwiegen hat. Dann erzählt er, wann und wie und wo er seine Frau betrogen hat.

Wayne Newton nimmt alles zur Kenntnis. Er steckt sich eine Zigarette an, lehnt sich zurück und guckt an die Zimmerdecke. Und sobald er sich alle Verbrechen, alle Sünden, alle noch so miesen Vergehen angehört hat, an die sich unser Geschäftsmann zeit seines Lebens erinnern kann, stellt er ihm endlich einige eher oberflächliche Fragen über die versuchte Vergewaltigung einer mexikanischen Bürgerin. Und der Geschäftsmann hält inne und sieht flehend Tyrone Power an, denn er *ist* doch gar kein Vergewaltiger!

Tyrone Power lächelt nur und formt seine Hand so, als habe er eine Flasche in der Hand und halte den Daumen auf die Öffnung. Und er schüttelt die imaginäre Flasche ein paarmal. Ansonsten macht er gar nichts. Es handelt sich da um eine Pantomime, die sie hin und wieder besonders hartgesottenen mexikanischen Kriminellen vorspielen, wenn die nicht kooperieren wollen. Das kleine Lächeln. Das nachgeahmte Schütteln der zur Höhlung geformten Hand, dabei den Daumen auf einer imaginären Flasche.

Und der inzwischen auf den Knien liegende Softwareverkäufer sagt: »Ja, ja, ja, ich hab's getan!« Und er bekennt sich schuldig, er habe das Lindbergh-Baby gekidnappt. Und er sei der Würger von Boston. Und dann erinnert er sich an das eine Mal, wo sich auf dieser Computertagung in Atlanta seine Hand am Hintern einer Rothaarigen zu schaffen machte, und er *versucht* zumindest, ihnen zu erzählen, wie das war, aber seine Fummelei im Gedränge da oben im amerikanischen Süden *interessiert* sie überhaupt nicht.

Tatsächlich wirkt Wayne Newton inzwischen gelangweilt, und er schaut auf seine Uhr und gibt dem Geschäftsmann den Block, auf dem er alles auf spanisch notiert hat, und der Mann unterschreibt es, bloß um nicht noch weiter gefragt zu werden. Und er bittet, einen Scheck ausstellen zu dürfen. Und ob er ihnen nicht einen Pfandbrief überschreiben könne? Ob sie seinen Hertz-Wagen annehmen würden? Verdammt, doch wirklich bloß als Geschenk!

Am Ende kommt er mit einer mäßigen Geldstrafe davon, aber in der Zeit, in der sie »den Papierkram fertigmachen« (was in etwa eine Woche dauert, weil sich diese Leute zeitlich in der Tat nie unter Druck setzen lassen), lernt er einige ganz neue Tricks kennen. Während er eine etwa drei mal drei Meter große Zelle mit vierzehn anderen Knaben teilt, von denen der aromatischste wie die Beulenpest stinkt, lernt er, wie ein Papagei im Stehen zu schlafen.

Und für den Rest seines Lebens, unter Umständen vielleicht auch bloß für zehn oder zwanzig Jahre, passiert ihm gelegentlich etwas Komisches. Sobald er eine Coca-Cola-Werbung hört, fängt er an zu gestehen. Er ist mittlerweile wieder zu Hause, in einem Drugstore in Silicon Valley, und das Mädchen in der Kosmetikabteilung hat das Radio an, und da hört er: »Das ist eine reelle Sache, Coke ist...«

Und dann weint und schreit er und wirft sich zu Boden. Auf die Knie! Legt vor dem Drogisten ein Geständnis ab! Vor einem Kassierer! Vor einem albernen Notar, der entsetzt aus der Tür rennt, als der Mann versucht, ein Geständnis vor seinem Pekinesen abzulegen!

Wenn dann am Ende die Cops kommen, kniet er vor der Sanitätsabteilung und kotzt in eine Thermosflasche, die dort für 5,98 Dollar angeboten wird.

Und falls ein *echter* amerikanischer Notzüchter – einer von denen, die dauernd die Straßen und Freeways von Südkalifornien verunsichern und Massenmorde begehen – jemals die imaginäre Linie überschreiten, eine dunkeläugige Schönheit belästigen oder ein Kind sexuell attackieren sollte, gäbe es für ihn eigentlich bloß noch eine sinnvolle Handlungsweise. Er müßte schnellstens sehen, daß er den klapprigsten, dreckigsten und verqualmtesten Bus findet, der die Straßen von Tijuana unsicher macht, und an dessen Auspuff etliche ganz, ganz intensive Atemzüge nehmen, sobald die Karre an einer roten Ampel anhalten muß. Die Menge an Kohlenmonoxyd, die diese Busse ausspucken, würde ihn sicherlich töten, bevor die Ampel auf Grün springt, und ein derartiger Tod wäre bestimmt noch die humanste Lösung für ihn gewesen, bevor man ihn nach einer sexuellen Attacke auf ein Kind erwischt hätte.

Das ist sicherlich ein wesentlicher Punkt, in dem sich das Strafverfolgungswesen südlich der imaginären Linie vom amerikanischen unterscheidet, wenngleich mexikanische Cops ihren Kollegen aus San Diego seit jeher mit großer Gastfreundschaft entgegenzukommen pflegten. Jetzt allerdings sollten die Cops da unten ziemlich schnell lernen, ihre Kollegen nördlich der Linie zu *hassen,* zumindest die, die sich als Pollos verkleideten und nachts in den Canyons herumstiefelten.

Kurz vor der Abenddämmerung des 1. Februar brachen die Barfer wie gewöhnlich in die Canyons auf. Dick Snider, der offiziell zwar nicht mehr der Boß von BARF, aber immerhin noch Lieutenant vom Dienst bei der Southern Divison war, hatte sich zum Mitkommen entschlossen und bildete mit Robbie Hurt das Hilfsteam. Das einzige reguläre Ensemblemitglied, das Dienst hatte, war BARF-Leiter Manny Lopez, und er entschloß sich, Joe Castillo mitzunehmen. Carlos Chacon war mit Renee Camacho losgezogen.

Fred Gil war mit einem neuen Mann der Zweitbesetzung unterwegs, der den Cop ersetzen sollte, der während der BARF-Pause gekündigt hatte. Der Mann hieß Joe Vasquez. Er war ein sechsundzwanzigjähriger stämmiger Bursche mit einem großen, struppigen Kopf und kleinen Händen. Kein sehr großer Mann, der allerdings mit seinem Gesicht, das jedes Fahndungsplakat geziert hätte, wie ein großer Mann *wirkte.* In der Tat, als sie im Zusammenhang mit einer Serie von Raubüberfällen in der City von San Diego aushilfsweise mal zur Beschattung eines Verdächtigen eingesetzt worden waren, hatte man ihnen ein Phantombild des Täters gezeigt, der vorzugsweise Schnellimbißläden heimsuchte. Der Verdächtige war als »groß und häßlich« beschrieben worden – und sein Phantombild sah wirklich genauso aus wie Joe Vasquez, der dann ab sofort »Big Ugly« genannt wurde. Oder, wenn die Mit-Barfer mal netter gestimmt waren, »Quasimodo«.

Joe Vasquez nahm es mit Humor. Er war vom Naturell her ein Einzelgänger, keiner, der mit den Jungs dauernd rumhockte und ratschte. Keiner, der sich nach Feierabend nach einem allmählich schon manischen Ritual den Hals vollaufen ließ. Er sagte einmal, er habe nur einen einzigen engen Freund, nämlich seine Frau. Die anderen meinten, das sei ja wohl ganz schön gesponnen. Ganz bestimmt nicht typisch männlich. Eine Frau als besten Freund? Aber er war zuverlässig und tapfer. Man mußte Big Ugly einfach gern haben.

Der Wind trieb die Wolken in Fetzen vor sich her. Die Canyons bildeten ein kariertes Muster aus dämmrigem Licht, Silber und Schatten. Hergeweht vom Wind: laute, melancholische Musik aus den Radios. Das Zersplittern von Glas. Das Zischen beim Aufreißen von Bierdosen. Der Geruch von gekochten Bohnen. Der Gestank von städtischem Smog. Auf dem oberen Feld spielten Menschen Fußball oder schauten zu, sicherlich an die hundert

Menschen. Colonia Libertad war von Autos verstopft. Es würde für die Border Patrol wieder mal eine schlimme Nacht werden, meinten sie.

Joe Vasquez und Fred kletterten auf den Airport Mesa, um sich in Richtung Deadman's Canyon vorzuarbeiten. Dick Snider und Robbie Hurt plazierten sich und ihren Ford Bronco an einer Stelle, von der aus sie den größten Teil des Spring Canyons, das obere Fußballfeld, den Eingang zum Deadman's Canyon und den Höhenzug, der von Colonia Libertad nach Norden führte, überblicken konnten. Manny Lopez und Joe Castillo hatten Washerwoman's Flat hinter sich gelassen und gingen nach Osten in Richtung Deadman's Canyon.

Überall auf den Abhängen oberhalb des Spring Canyons und auf der schmutzigen Straße, die parallel zur internationalen Grenze verläuft, waren Kinder. Canyonkinder, so wild wie Falken. Plötzlich stießen Dick Snider und Robbie Hurt, die sich in den Büschen und Mesquitesträuchern versteckt hielten, auf sieben Kinder und vier Hunde, die friedlich hinter ihnen saßen, und sie kapierten, daß die Kinder beobachteten, wie sie die Grenzgänger beobachteten. Nach einiger Zeit wurde es den Kindern und Hunden offensichtlich zu langweilig, und sie liefen kreischend und bellend in Richtung Spring Canyon, wobei sie nur mal kurz anhielten, um ein Pollopärchen zu warnen und ihm zu sagen, daß sie von der *migra* mit Ferngläsern beobachtet worden waren.

Die Pollos, denen die freundliche Warnung galt, waren Manny Lopez und Joe Castillo, der sich an diesem ziemlich warmen Winternachmittag seinen Pollobeutel um die Schulter gehängt hatte. In dem Beutel steckten ein kleines Funksprechgerät, Signallampen, eine Erste-Hilfe-Ausstattung und Taschenlampen, und all diese Dinge sollten an diesem Abend noch gebraucht werden.

Dick Snider und Robbie Hurt, die weiterhin die Bewegungen der Grenzgänger in den Canyons beobachteten, entdeckten dabei drei Männer, die den Weg vom Airport Mesa herabgingen. Zwei der Männer traten zur Seite auf einen Pfad, von dem aus sie den Spring Canyon in der Richtung, in der Manny Lopez und Joe Castillo gingen, überblicken konnten. Einer dieser Männer war so gut gekleidet, daß er eigentlich weder ein Pollo noch ein Gangster sein konnte. Er trug eine cremefarbene Lederjacke, eine mokkafarbene Hose mit weiten, dezent ausgestellten Beinen und Cowboyboots mit Nähten, die zur Jacke paßten.

Wolken wurden wie Schaumkronen in den Eingang des Canyons getrieben, als Manny Lopez und Joe Castillo ihn betraten. Verkrüppelte Bäume wiesen ihnen mit verdorrten Fingern ihren Weg auf dem Grund des Canyons. Joe erinnerte sich später an diese Bäume.

Manny und Joe marschierten ungefähr zweihundertfünfzig Meter durch ein fast ausgetrocknetes Bachbett, und sie näherten sich allmählich einer Biegung, wo sich das schmutzige Rinnsal seitwärts schlängelte und das Gestrüpp dichter wurde. Wolkenschatten, so schien es, hingen überall. Dann löste sich aus den zwielichtigen Schatten ein sehr abgerissener Grenzgänger, trat hinter der Mauer aus Mesquitegestrüpp hervor, blieb stehen und starrte sie schweigend an. Dann erschien ein zweiter Mann, und dieser zweite war dreiundzwanzig Jahre alt, ebenso wie Joe Castillo, und er trug eine cremefarbene Lederjacke, eine mokkafarbene Hose mit ausgestellten Beinen und Boots. Joe war von der Kleidung des jungen Mannes begeistert. Es hatte noch nie einen Pollo *oder* einen Gangster gegeben, der so gut angezogen war. Er ließ die linke Hand locker herabhängen. Als er sie hob und ausstreckte, erkannten sie, daß sich dieser gute Geschmack auch auf Feuerwaffen erstreckte. Er hielt eine sehr schöne 45er Automatic mit silberbeschlagenen Griffschalen in der Hand. Er zielte damit auf die rechte Augenbraue von Manny Lopez, die sich sofort erschrocken in die Höhe schob und ein scharfes Fragezeichen bildete.

Die beiden Barfer setzten sich instinktiv gleich auf den Arsch und gaben sich alle Mühe, ihre richtigen Rollen einzunehmen, was im Augenblick nicht leicht war. Joe Castillo redete im allgemeinen mit beiden Händen, und die graziösen Finger flatterten dabei wie die Flügel von Vögeln umher. Für gewöhnlich war er Weltmeister, was die Körpersprache betraf. Er pflegte die Schultern zu senken, den Kopf zu neigen, den ganzen Körper durchhängen zu lassen, die Hüften zu verbiegen und bei alledem die Hände immer wieder wie die Flügel von Vögeln hin und her flattern zu lassen. Aber nicht jetzt. Es war das allererste Mal in seinem noch jungen Leben, daß er direkt in die Mündung einer Waffe schauen mußte. Joe Castillo war zu Stein erstarrt.

Der Mann mit der Kanone sagte: *»Migra!«*, womit er sich als Beamter der Einwanderungsbehörde ausgab – wobei er allerdings nicht sagte, aus welchem Land.

Die Strahlen der halben Sonne, die gerade hinter den Bergen

untergehen wollte, brachen sich auf dem stahlblauen Lauf seiner Waffe, und Joe Castillo dachte, wie er sich erinnerte: Das ist ja wirklich eine *hübsche* Waffe.

Eine Sache bekam von dem Augenblick an in ihrer Erinnerung eine erhebliche Bedeutung, ein Spiel gewissermaßen, das sich in ihren Köpfen abspielte. Das Spiel nannte sich: »Was habe ich gedacht, *als?«*

»Ich habe eine Schwäche für Waffen«, erklärte Joe Castillo später. »Deshalb habe ich gedacht: Das ist wirklich eine *hübsche* Waffe, als das Licht auf dem Lauf tanzte. Und diese silbernen Griffschalen.«

Der Mann hielt die Waffe in der linken Hand. Er zielte in der Tat direkt auf Mannys Gesicht. Es war bereits das dritte Mal, daß einer, der sich als mexikanischer Gesetzeshüter ausgab, Manny seine Waffe fast ins Gesicht rammte. Diesmal aber zog Manny seinerseits nicht die Waffe, und ebensowenig zeigte er seine Dienstmarke vor, und er führte auch kein mexikanisches Patt herbei. Jedenfalls nicht im Augenblick. Diesmal dachte Manny zunächst an sich selbst, und ein erschreckender Gedanke schoß ihm durch den Kopf. Manny dachte: Diesmal mußt du *sterben.*

Manny Lopez war nicht in Vietnam gewesen. Manny hatte noch nie auf einen Menschen, sondern immer nur auf die Zielscheibe auf dem Übungsstand der Polizei geschossen. Manny hatte nicht mal viel Ahnung von Schußwaffen, abgesehen von seinem Dienstrevolver, und er war auch kein besonders guter Schütze. Er hing immer nur diesem schrecklichen Gedanken nach: Diesmal mußt du *sterben.* Es ist sehr schade. Es ist zu schade, daß du jetzt sterben mußt.

Die 45er war schußbereit. Aus irgendeinem Grund schwenkte der elegante Fremde die Waffe dann etwas nach links und zielte auf das Gesicht von Joe Castillo, der ein paar Zentimeter rechts neben seinem Sergeant kauerte.

Das alles passierte so gemächlich, daß Manny es kaum glauben konnte. Das ist *tatsächlich* wie im Film, dachte er. Die Ereignisse laufen *tatsächlich* wie in Zeitlupe ab. Dann jedoch hörte Manny auf, daran zu denken, daß er diesmal sterben mußte, und er hörte sogar auf, an irgend etwas zu denken – außer an den 38er Smith & Wesson in seinem Schulterholster. Während die 45er auf das Gesicht des regungslosen Joe Castillo zielte, der sich seinerseits fragte, ob er seine schlanken Finger nicht langsam in Richtung seiner Kanone wandern lassen sollte, riß Manny den 38er aus dem Holster und zog zugleich schon den Abzug durch.

PLOOM PLOOM PLOOM PLOOM PLOOM! hörte es sich in den Ohren von Joe Castillo an. Dann, meinte er, schien plötzlich alles wieder viel schneller abzulaufen, als der elegante Fremde anfing sich zu drehen, herumzuwirbeln, zu zucken. Er wurde hin und her geschleudert wie ein Wolf auf dem Schießstand. Dann hörte Joe ein BOP!, gerade, als er sah, wie der gutangezogene Typ zu Boden stürzte.

Der Schuß war aus Joes eigener Kanone gekommen, und sofort wurde ihm klar, daß er auf den abgerissenen Partner des eleganten Mannes feuerte, der quer durch das Creekbett flog und sich den Schädel aufschlug. Joe feuerte ein zweites Mal, und der abgerissene Partner fiel hin.

Dick Snider und Robbie Hurt, die das Reserveteam bildeten und sofort total aus dem Häuschen waren, kriegten von alledem nichts mit, abgesehen von Joe Castillos Gebrüll aus dem tragbaren Funksprechgerät: »Er ist angeschossen! Wir brauchen sofort Hilfe!«, worauf die Barfer in alle Richtungen rasten und dabei meist in die falschen.

Joe Castillo war, nach seinen eigenen Worten, total *weggetreten.* Einen Augenblick lang wußte er nicht, ob er schon tot war oder noch lebendig. Er rannte zu dem abgerissenen Ausländer, den er niedergeschossen hatte, und er erinnert sich, wie er das schreiende Lumpenbündel förmlich ansprang und schauerlich zusammenschlug. Der nicht sehr schwer verletzte Ausländer wollte sich wehren, aber Joe Castillo war nach allem, was vorgefallen war, schrecklich in Rage. Er wollte den Burschen *totprügeln.* Er hörte erst auf, als ihm das Adrenalin fast aus den Fingernägeln kam. Er hatte nie etwas Ähnliches empfunden. Er hatte kaum noch die Kraft, den Burschen zurück zu Manny zu schleifen.

Manny Lopez hockte am Boden und hielt den eleganten Typen vorn am Hemd fest. Manny war genauso weggetreten, und er erinnerte sich, daß er den Typ aus nächster Nähe anbrüllte. »Du Arschloch! Du Arschloch!« Manny erinnert sich, daß das *einzige Wort,* das der Mann sagte, *migra* war. »Bist du wirklich von der Einwanderungsbehörde?« fragte Manny.

»Ja«, antwortete der Mann. Aber er wurde dabei immer grauer und grauer.

»Du verdammtes Arschloch!« sagte Manny. »Weshalb hast du das *gemacht?«*

»Ich habe gedacht, ihr seid Schmuggler«, keuchte der Mann,

und irgendwie schaffte er es dann, sich auf seinen Ellenbogen zu stützen.

»Scheiße!« sagte Manny Lopez. »Du bist ein Gauner. Du hast eine Dienstmarke und bist ein Gauner!«

»Wie schlimm ist es?« fragte der Mann und schnappte mühsam nach Luft.

Manny sah sich den blutenden, scheinbar von Kugeln durchsiebten Körper an. Der Kerl hatte drei Schußverletzungen am Körper, einen Einschuß an der Brustwarze rechts, zwei Wunden in der Leistengegend. Auch am Arm war er erwischt worden. Sogar sein Arsch war verletzt, weil ihn da eine Kugel getroffen hatte, als er wie ein Wolf auf dem Schießstand hin- und hergeschleudert worden war. Es sah *böse* aus.

Und Manny Lopez, den noch nie einer der Gefühlsduselei beschuldigt hatte, zuckte die Achseln und sagte: »Du mußt sterben.«

»Oh, neeeeiin!» jammerte der Mann. Aber er zog sich selbst das blutige Hemd hoch und untersuchte seine Wunden. Wahr und wahrhaftig, er saß aufrecht. Wahr und wahrhaftig, er versuchte, auf die *Beine* zu kommen!

Unabhängig davon kam Joe Castillo, keuchend wie ein Marathonläufer und mit kleinen, runden, finster blickenden Augen wie der Chefayatollah, wütend zum Creekbett zurück und zerrte den mit Handschellen gefesselten, blutenden Partner des gutgekleideter Typs hinter sich her. Er sah den Typ von hinten, wie er da so saß und mit Manny Lopez redete. Und Joe Castillo, dem von den Schüssen immer noch die Ohren dröhnten, dessen Gesicht durch die Schlägerei völlig zerkratzt war und dem der Pulvergeruch von der Nase bis ins Gehirn kroch, glaubte plötzlich, Manny hätte den Mann nicht richtig erwischt. Dieses Schwein hält uns eine geladene und entsicherte 45er ins Gesicht, und wir sind schon so gut wie *tot,* und Manny erwischt ihn nicht richtig!

So sah Manny verblüfft, wie der mit Handschellen gefesselte Ausländer durch die Luft flog und nacheinander auf die Füße und auf den Bauch fiel, während Joe Castillo, vor Zorn wie weggetreten, drei schnelle Schritte nach vorn machte und dem gutgekleideten Typ voll in die Rippen trat, wobei er ihn, wie sich herausstellte, mehr verletzte als die Kugel in der Brustwarzengegend, die vom Brustbein abgeprallt und in der Brusthöhle steckengeblieben war und nur sehr geringen Schaden angerichtet hatte.

»Du Idiot!« schrie Manny. »Das Arschloch *stirbt* gerade.«

»Oh«, sagte Joe und guckte sich den mexikanischen Einwanderungsbeamten an, der sich am Boden krümmte und der durch den Fußtritt größere Schmerzen hatte als durch die Kugeln.

Als die anderen Barfer, die quer durch den Canyon in Richtung Knallerei gerannt waren, keuchend auf der Bildfläche erschienen, sahen sie, wie Joe Castillo einem Mann Notverbände anlegte und sich mehrfach entschuldigte, daß er ihn getreten hatte, während er im Sterben lag.

Allerdings *lag* der Mann gar nicht im Sterben. Er stieß Joe zur Seite und kam mit eigener Kraft auf die Beine. Dann verjagte er alle, die ihm helfen wollten, und sagte: »Das schaff ich selber.«

Und er ging mit ihnen aus den Canyons hinaus zur nächsten unbefestigten Straße, als am Horizont gerade die Ambulanz angerast kam.

Und er setzte seinen Dialog mit Manny Lopez die ganze Zeit hindurch, in der er dauernd Blut verlor, fort und sagte beispielsweise: »Ja, ich weiß, es war die falsche Art, Schmuggler reinzulegen.« Und: »Ja, es war blöd, amerikanischen Boden zu betreten.« Und: »Es war falsch von mir, die Kanone zu ziehen, nachdem ich bloß *dachte,* daß ihr Schmuggler seid.« Und: »Ich hab's echt vermasselt, und mir ist es klar, weshalb ihr geschossen habt.«

Es war ihm in der Tat *völlig* klar. Sein Körper war voller Löcher, und während er ohne jede Hilfe durch die Canyons marschierte und dabei eine Tropfspur hinter sich her zog, dachte er sich trotzdem noch eine Story aus.

Die Barfer waren ziemlich von der Rolle. Mittlerweile war auch Carlos Chacon da und versuchte über Funk, den Hubschrauber der Border Patrol zu erreichen. Joe Vasquez stolperte mit einem Kopfhörer herum, zog das Kabel hinter sich her und sagte sich, der neue Job sei ja doch wohl ganz interessant. Die Dunkelheit war hereingebrochen, und sie hatten ziemliche Mühe, mit ihren beiden Gefangenen, von denen einer gerade noch halb tot gewesen war, nicht vom Weg abzukommen. Alle brüllten herum, fluchten, rutschten aus und fielen hin, und zum Schluß sagte der verletzte Mexikaner: »Laßt mich in Ruhe! Ich schaff das wirklich *selber!«*

Trotz seiner vielen Schußwunden hatte er anscheinend bloß eine Sorge: daß diese Arschlöcher von Kürbisköpfen ihn zufällig über eine Klippe fallen lassen und umbringen könnten. Und er kletterte tatsächlich besser als sie alle über die Abhänge und schaffte den ganzen Weg.

Natürlich war auf allen Frequenzen im Polizeifunk der Teufel los. Der Hubschrauber der Border Patrol donnerte über ihre Köpfe. Die mexikanischen *judiciales* und die Stadtpolizei hatten auf ihren Frequenzen mitgekriegt, was los war, und ihre Leute strömten aus Richtung Colonia Libertad in die Canyons. Aus den beleuchteten Hütten südlich der Grenze kamen die Neugierigen, und Manny Lopez brüllte: »Seht zu, daß wir rasch hier rauskommen!«

Ausgerechnet jetzt kamen ein paar Kinder aus Colonia Libertad auf die Idee, ein bißchen Blödsinn zu machen, und sie steckten mehrere Autoreifen in Brand und rollten sie in ihre Richtung runter in die Canyons, wodurch es der Mordkommission des Police Departments von San Diego ziemlich schwer gemacht wurde, in die Canyons zu kommen und die Schießerei, in die eigene Beamte verwickelt gewesen waren, pflichtgemäß zu untersuchen. Als die Männer schließlich eintrafen, mußten sie höllisch aufpassen, daß sie von den mexikanischen Kinderlümmeln nicht in Brand gesteckt wurden, weil die das Bombardement mit brennenden Reifen und Felsbrocken immer noch fortsetzten.

Das Herabrollen der Reifen hörte erst nach ungefähr dreißig Minuten auf, und Carlos Chacon, der den Schauplatz dieser Schießerei bewachen mußte, stellte einen weiteren gutgekleideten Ausländer, der den Berg herab in den Canyon kam. Es war ein Beamter der mexikanischen Einwanderungsbehörde und redete dauernd in das Walkie-Talkie, das er trug. Er war ziemlich verärgert und kündigte Carlos Chacon an, daß noch mehr Kollegen in die Canyons unterwegs waren, um überhaupt erst mal zu klären, was passiert war.

Der verwundete Einwanderungsbeamte, Luis Tamez, wurde ins Gefängnis von San Diego eingeliefert, ebenso wie sein Gefährte, der den Cops gegenüber erklärte, er sei ein Informant des verwundeten *migra*-Mannes. Sie hielten beide an ihrer Darstellung fest, sie seien auf einer Jagd nach Menschenschmugglern gewesen und hätten die Barfer dabei versehentlich für solche Leute gehalten.

Es war ziemlich schwierig, den Bericht über diesen Fall zu schreiben, weil Tamez nie was anderes als »*migra*« gesagt hatte. Es stimmte zwar, daß ihnen ein festgenommener Grenzgänger zwei Wochen vorher berichtet hatte, er sei in den Canyons von einem bewaffneten Mann in der Uniform der mexikanischen Einwanderungsbehörde ausgeraubt worden. Trotzdem, Luis Tamez hatte nur »Einwanderung« gesagt, bevor Manny Lopez ihn durchlöcherte.

Der stellvertretende District Attorney richtete an den Polizeichef von San Diego einen Brief, der Manny Lopez wahnsinnig machte. Darin hieß es:

Wir sind davon in Kenntnis gesetzt worden, daß Sie sowie Angehörige Ihres Departments mit Beamten der mexikanischen Einwanderungsbehörde zusammengetroffen sind, wobei diese den Irrtum eingeräumt haben, der dazu führte, daß ihre Beamten (und in diesem Zusammenhang speziell Mr. Tamez) auf dem Territorium der Vereinigten Staaten operierten. Sie haben uns Ihre Ansicht mitgeteilt, daß das Interesse an der grundsätzlich wichtigen Zusammenarbeit zwischen den Strafverfolgungsbehörden der Republik Mexiko und Ihrem Department durch eine strafrechtliche Verfolgung von Mr. Tamez erheblich gestört werden könnte. Wir müßten auf dieses Interesse in der Tat ebenso wie auf die Aufrechterhaltung der harmonischen Beziehungen zwischen den Vereinigten Staaten und der Republik Mexiko Rücksicht nehmen.

Im Hinblick auf diese Erwägungen und angesichts der Art des möglichen Gesetzesverstoßes, für den Mr. Tamez anscheinend mit einer legitimen Erklärung aufwarten könnte, sind wir der Überzeugung, daß die Interessen der Justiz es gestatten, keine Strafverfolgung einzuleiten und insofern auch keine Anklage zu erheben.

Selbst in ausländischen Zeitschriften fand diese Story ein ziemliches Echo. Der deutsche *Stern* schickte seine Reporter, um über diese Gesetzeshüter zu berichten, die andere Gesetzeshüter an der Grenze niederschossen. Pete Wilson, der Bürgermeister von San Diego, bat Präsident Jimmy Carter um Bundesunterstützung im Kampf gegen die Grenzkriminalität, die in diesem Fall sogar zu einer gefährlich gespannten internationalen Situation geführt hatte.

Da gab es inzwischen keinen Zweifel mehr; über die Barfer gab's eine Menge zu schreiben. Sie waren heiß. Sie wurden immer mehr zu Lieblingen der Medien. Waren sie unter Umständen sogar... *nützlich?*

Als Manny Lopez hörte, daß der District Attorney sich weigerte, Anklage zu erheben, trat er unverzüglich aus der BARF Squad aus. Er tat es in einem Brief an Dick Snider. Manny erhielt einen dringenden Anruf vom Polizeichef.

Chief Kolender sagte: »Was halten Sie denn davon, daß wir uns entschlossen haben, keine Anklage gegen den Knaben zu erheben?«

»Chief, ich denke, daß das *Scheiße* ist«, antwortete Manny. »Dadurch sieht das doch aus, als ob *ich* Scheiße gebaut hätte! Ich hab gehört, sein Vater ist ein hoher Regierungsbeamter in Mexiko City. Na, und wenn schon? Er ist ein Gangster, der einen Dienstausweis hat. Die *schlimmste* Sorte Gangster, die es gibt.«

»Sie können aus dieser Truppe nicht austreten!« sagte Chief Kolender.

»Doch, ich kann, Chief. Ich trete aus«, sagte Manny.

»Was schlagen Sie vor, was ich tun soll?« fragte der Polizeichef.

»Weiß ich doch nicht«, antwortete Manny Lopez. »Sie sind der Chief.«

»Ich *weiß,* daß ich der verfluchte Chief bin. Was schlagen Sie vor, was ich tun soll?«

»Meine Jungs haben das Gefühl, daß ihnen keiner den Rücken stärkt«, sagte Manny Lopez. »Wie wär's, wenn Sie mal herkämen... in *meinen* Laden, und wenn Sie meinen Jungs mal was erklären und sich auch... *entschuldigen,* wenn Sie meinen, daß wir das verdient haben?«

»Wie wär's Sonntag?« fragte der Polizeichef rasch.

Und er tat es. *Auch* Chief Kolender verstand das eine oder andere von Machismo und Flügelschlagen. Er entschuldigte sich fast doppelt und dreifach. Ungeachtet dessen, meinte er, daß in dem Brief des District Attorneys Gegenteiliges behauptet worden sei, habe das Police Department zwar einen sehr harten Standpunkt vertreten, aber es sei letzten Endes nicht möglich gewesen, den District Attorney von der dringenden Notwendigkeit einer Anklageerhebung zu überzeugen. Er erklärte, es tue ihm weh, daß sie sich im Stich gelassen fühlten, weil er immer der Ansicht gewesen sei, sie seien die potenteste Bande von Cops, die er in seiner ganzen Polizeikarriere je kennengelernt habe. Er sagte, daß er den Job, den sie da draußen in diesen Bergen machten, verdammt zu würdigen wisse. Er sagte, er selber hätte nie den Nerv, nachts in diese gottverlassenen Canyons zu gehen und sich mit bewaffneten Desperados herumzuschlagen

Sie hatten noch nie einen hohen Polizeibeamten erlebt, der so zu ihnen geredet hatte, geschweige denn der Chief of Police persönlich. Manny strahlte und gab Bier aus, und alle schauten ihn voller Bewunderung an. Er konnte nicht nur ziehen, selbst dann, wenn er in die Mündung einer entsicherten 45er Automatic guckte. Er konnte sogar den großen Boß überreden, in seinen Laden zu kommen. Und sich *fast* zu entschuldigen. Er war echt eine Art von Satansbraten, dieser Manny Lopez! Er mußte wirklich einen Supersack haben, flüsterten sie sich zu. Mannys Sack war so groß wie eine Honigmelone. Manny Lopez hatte Superklöten.

Da war immerhin ein Punkt, der den Chef wahnsinnig geärgert hatte. Er erklärte, der Boß der mexikanischen Einwanderungsbehörde habe über einen der Barfer eine hundsgemeine Lüge verbreitet. Offenbar ging dort unten im Süden ein Gerücht um, ein Barfer sei gelaufen gekommen und habe den verwundeten Beamten, der zusammengeschossen auf der Erde lag, auch noch zusammengetreten. Chief Kolender versicherte der Truppe, er habe den Mexikanern klar und deutlich gesagt, was er von derart niederträchtigen Behauptungen halte.

Es war die erste echte Schießerei der BARF Squad. Manny Lopez sagte: »Wir haben da ja schon einige Kämpfe erlebt. Wir sind von mexikanischen Cops mit Kanonen und von Gangstern mit Messern bedroht worden. Wir sind sogar von Loco beschossen worden, über den Grenzzaun. Aber ich habe nie so was wie diese unmittelbar tödliche Bedrohung erlebt. Ich *wußte* ja, daß diese Sau schießen würde. Fragt mich nicht, warum, aber ich wußte es. Und ich hab nicht versucht, wegzulaufen. Ich hab nicht geschrien. Wer weiß, vielleicht war ich nur den Bruchteil einer Sekunde davon entfernt, zu schreien oder wegzulaufen oder den Kerl um Gnade zu bitten, aber ich hab's nicht *getan*. Ich *wußte,* daß ich's schaffen konnte. Mit allem, was mir je passiert ist, bin ich bisher fertig geworden – ob das Regen war, Scheiße, Blut oder die Sintflut. Aber ich habe mich noch nie so gut gefühlt wie jetzt. Ich habe mich noch nie so selbstsicher gefühlt. Oder *irgend so was.*«

Manny erklärte Dick Snider, er möge seinen Kündigungsbrief zerreißen. Er wolle es bei BARF aushalten bis zum Schluß. Anschließend mußte er ganz schnell weg, denn eine lokale Fernsehtochtergesellschaft wollte ein Interview mit ihm machen.

10. KAPITEL

Die letzten Revolverhelden

Witzbolde pflegen zu sagen, in Amerikas schönster Stadt werde im Grunde nur über zwei Dinge geredet: das stets zuverlässige gemäßigte Klima und die San Diego Chargers. Und es werde nur noch über das Wetter geredet, wenn die Footballsaison zu Ende sei.

San Diego ist in der Tat ein malerischer Ort, nahezu perfekt für die Armeen der Jogger, die hier ihr Hauptquartier haben. Aber in einigen Punkten scheint die Kurortmentalität jeglicher Vernunft zu spotten und alles zu durchdringen, einschließlich der Polizei. Es ist dann beinahe so, als wäre die Stadt tausend Meilen von Baja Peninsula entfernt, der mexikanischen Halbinsel, dem Eingangstor aller lateinamerikanischen Länder mit ihren Millionen von Habenichtsen. Als Tony Puente, zum Beispiel, beim Police Department angeheuert hatte und zur Außenstation an der Grenze versetzt wurde, war Manny Lopez da draußen der einzige andere Amerikaner mit mexikanischer Herkunft. Wenn man Dick Snider dazunimmt, waren das also ganze drei, die Spanisch sprachen, und Tonys Spanisch war außerdem nur minimal.

Aber das war eigentlich noch gar nichts, verglichen damit, wie es in den schlechten alten Zeiten war. Manuel Smith, einer jener Cops, die beim Police Department als »mexikanischer Verbindungsbeamte« arbeiteten, erinnert sich, wie es tatsächlich war. Er war an dem Abend, als der mexikanische Einwanderungsbeamte Luis Tamez von Manny Lopez niedergeschossen wurde und überlebte, seit exakt einundzwanzig Jahren Cop. Die Familiennamen von Manuel Smith und seinem Partner Ron Collins waren für die Angehörigen des Departments ein Gegenstand immerwährenden Staunens, weil sie beide von Mexikanern abstammten. Manuel Smiths Vorfahre, James Wilcox Smith, war 1810 aus England auf die Baja Peninsula gekommen, hatte nach seinem Übertritt zum

Katholizismus ein mexikanisches Mädchen geheiratet und war geblieben. Baja Peninsula wimmelt von Mexikanern mit angelsächsischen Familiennamen: Collins, Johnson, Blackwell, Simpson, Smith.

Manuel Smith war in San Diego in zweiter Generation Polizist, und er hatte sowohl überall auf Baja Peninsula als auch in der Gegend beiderseits der Grenze zahlreiche Verwandte. Er war ein kluger, umgänglicher Cop mit lockigem Haar und großen weißen Zähnen. Und er war groß und schwer – viel fehlte nicht, und Greenpeace hätte ihn wie die Wale unter Naturschutz gestellt. Sein Partner, ein ehemaliger Football-Spieler, war ebenfalls so groß, daß die beiden innerhalb von etwa zwei Wochen regelmäßig die Stoßdämpfer eines Plymouth kaputtkriegten. Gemeinsam wogen sie sicherlich nicht viel weniger als fünfhundert bis sechshundert Pfund. Alle sagten, wenn man die beiden in der Marinebasis von San Diego aneinanderbände und zu Wasser ließe, könnte man ohne weiteres den US-Flugzeugträger *Enterprise* einmotten.

Beide Cops standen im Rang eines Patrolman, wobei Ron Collins zwar schon länger Verbindungsbeamter war, Manuel Smith aber wegen seiner unglaublich vielfältigen Verbindungen südlich der imaginären Linie im allgemeinen als Wortführer galt. Er hatte einen Vetter bei den *judiciales* und ebenso einen bei der städtischen Polizei. Wenn man ihm bei seiner Arbeit bloß zuguckte, bekam man einen überaus nachhaltigen Eindruck. Manuel Smith konnte nie über die Grenze fahren, ohne ein kurzes Päuschen einzulegen und mit den mexikanischen Grenzbeamten zu schwatzen, die normalerweise nach Süden fahrende Polizeiautos nur dann stoppten, wenn sie ein paar Eintrittskarten für das Polizeirodeo in der städtischen Stierkampfarena zu schnorren beabsichtigten.

Wann immer er im Hauptquartier der *judiciales* aufkreuzte, war es, als ob der Weihnachtsmann eingetroffen sei. Die Cops von Tijuana mußten ununterbrochen mit tausend Problemen fertig werden, deren Lösung eigentlich nur aus dem Norden kommen konnte. Darunter waren menschliche Probleme, etwa, wenn Leute bei der Beschaffung von Geburts- und anderen persönlichen Dokumenten Hilfe brauchten, des weiteren Einwanderungsprobleme, Versicherungsprobleme, Beschäftigungsprobleme. Darunter fielen auch berufliche Dinge, beispielsweise die ununterbrochene Suche der mexikanischen Cops, die keinerlei Zugang zu Computern hatten, nach Informationen. Darunter fiel nicht zuletzt auch die Notwendigkeit, daß im Zusammenhang mit Personen, die nach Süden gezogen waren, um dort Geschäfte zu machen, legale oder auch illegale, immer wieder über beschlagnahmtes Eigentum entschieden werden mußte. Die mexikanischen Behörden hatten jedenfalls immer unter einem Informationsdefizit zu leiden, das sie rasend machte, und Manuel Smith und Ron Collins konnten ihnen in dieser Hinsicht immer wieder aus der Patsche helfen.

Manuel Smith brauchte nur den Fuß in das Hauptquartier der staatlichen Polizei zu setzen, schon hatte er in jeder Tasche einen Wunschzettel, der dann regelmäßig noch länger wurde, wenn er erst mal richtig da war. Einem FBI-Agenten, der dasselbe Hauptquartier aufsuchte, konnte es widerfahren, daß er sich den ganzen Nachmittag lang in der Lobby die Beine in den Bauch stand, während gleichzeitig zehn *judiciales,* die beinahe übereinander stolperten, Manuel Smith beim Auffinden eines nordamerikanischen Copsohnes halfen, der zuletzt gesehen worden war, wie er während eines großen Versöhnungstreffens Pot mit PCP gemischt geraucht hatte und nackend über den Friedhof von Tijuana gerannt war.

Er war in San Diego oft bei Mordfällen tätig gewesen, wobei er dann auch nach Süden gekommen war, und dort bewunderte er immer wieder die Findigkeit dieser Cops, die nicht mal ein Kriminallabor zur Verfügung hatten und trotzdem etwas zustande bringen mußten. Wenn Cops aus Tijuana Reisen nach San Diego unternahmen, pflegte Manuel Smith ihnen üblicherweise das Kriminallabor, die Computeranlage, das Kommunikationszentrum und anderen modernen Schnickschnack des Police Departments zu zeigen, und sie sagten dann ebenso üblicherweise: »Ja ja, das ist genau wie bei uns.«

Es stimmte Manuel Smith traurig, weil er wußte, daß er ihnen wahre *Wunder* zeigte und sie damit in eine peinliche Lage versetzte. Aber sie nannten ihn *immer* nur herzlich *mano* und *pareja,* »Bruder« oder »Partner«.

Er wußte, wie wichtig eine Kooperation zwischen zwei Staaten war, die derart dicht an dicht zusammenleben mußten, und er wußte ebenso, wie delikat seine Position dabei war. Früheren Polizeiverwaltungsbeamten von San Diego wäre ein amerikanischer Cop mexikanischer Herkunft in der Rolle eines Verbindungsmannes zu den mexikanischen Behörden sicher nicht geheuer gewesen. »Die« hätten ja nur allzu leicht an krumme

Geschäfte und Korruption denken können, wenn »die« es mit »Leuten ihres Schlages« zu tun bekamen.

Manuel Smith war alt genug, um überaus vorsichtig zu sein. Er erinnerte sich nur allzugut an ein Gespräch über eine Beförderung, in dem ihm ein ehemaliger Deputy Chief gesagt hatte: »Smith, was veranlaßt *Sie* überhaupt, Sergeant werden zu wollen? *Ihr,* ihr könnt doch froh sein, daß ihr überhaupt einen *Job* habt.«

Und er wußte auch noch, wie es war, als ein amerikanischer Cop mexikanischer Abstammung den anderen fragen mußte: »Wann wirst du eigentlich endlich pensioniert, damit ich zur Mordkommission kann?«

Manuel Smith und vor ihm sein Vater hatten im Verlauf ihrer Karriere als Polizisten in San Diego eine Menge solcher Dinge kennengelernt, so daß er gelernt hatte, leise aufzutreten. Er hatte nie den Gedanken erwogen, der Gesellschaft der lateinamerikanischen Polizei- oder Justizbeamten von San Diego beizutreten.

»Es war in all den Jahren schwer genug, anerkannt zu werden«, sagte er den Leuten. »Ich weiß nicht, warum wir uns nun schon wieder isolieren sollen.«

Er verstand viel von mexikanischer Etikette und hatte präzise begriffen, wo genau und worin sich die Mexikaner von den aus Mexiko stammenden Amerikanern unterscheiden. Er schätzte die Gastfreundschaft des Volkes im Süden hoch ein, und es ärgerte ihn nach wie vor, daß mexikanische Beamte auf einer Polizeidienststelle in San Diego nicht ebenso zuvorkommend behandelt wurden wie er bei ihnen.

Er erinnerte sich an einen Mordfall in San Diego, in der sich auf seine Bitte hin ein mexikanischer Pathologe bereit erklärt hatte, als Zeuge für die Polizei von San Diego zu erscheinen und über einen in San Diego verletzten Mann auszusagen, der in einem Hotel in Tijuana gestorben war. Es sah so aus, als hätte ein Beamter der Border Patrol einen Grenzgänger so verletzt, daß die Milz gerissen war, und als hätte der Mann es anschließend gerade noch geschafft, sich zurück über die Grenze zu schleppen, um dort in jenem Hotel zu sterben. Abgesehen davon, daß nie ernsthaft die Rede davon war, ein amerikanischer Beamter könne unter Umständen wegen der Tötung eines Grenzgängers verurteilt werden, erklärte der Richter in der öffentlichen Verhandlung auch noch: »Ich bin sehr glücklich, daß ich nicht in Mexiko lebe und zu einem Arzt wie *diesem* gehen muß!« Da wäre

Manuel Smith am liebsten aus dem Gerichtssaal *gekrochen,* nur um dem Pathologen nicht ins Gesicht sehen zu müssen.

Eines Tages, als er Urlaub hatte und auf seiner Ranch in Baja arbeitete, sah er zufällig, wie ein vergammelter Lastwagen auf der ausgefahrenen, schmutzigen Straße eine Panne hatte und fahruntüchtig liegenblieb. Ganz offensichtlich funktionierte der Anlasser des Lastwagens nicht, und während Manuel Smith noch überlegte, ob er den Truck mit seinem eigenen Wagen mit Vierradantrieb anschleppen sollte, sah er erstaunt, wie zwei kleine Mexikaner emsig wie Ameisen die Sache anpackten, ohne sich überhaupt nach Hilfe umzuschauen. Zuerst stapelten sie flache Steine unter die Hinterachse; dann gruben sie ein Loch unter beide Hinterräder; dann nahmen sie ein längeres Stück Seil und wickelten es so um die Räder, wie man den Faden eines Jojo-Spielzeugs aufwickelt. Am Ende setzte sich der eine Mann in den Wagen, während sich der andere das Seil schnappte und so schnell wie möglich die Straße hinunterrannte.

Die Räder fingen an, sich zu drehen. Der Mann innen im Wagen ließ ruckartig die Kupplung los. Der Motor sprang sofort an. Die beiden kleinen Mexikaner machten die Löcher wieder zu, manövrierten den Wagen von den Steinhaufen unter der Hinterachse herunter und tuckerten auf Nimmerwiedersehen davon. Das Ganze erinnerte ihn an die Art und Weise, in der die *judiciales* ihre Mordfälle und andere Verbrechen bearbeiten mußten. Sie kriegten's immer wieder hin, und sie kriegten's erstaunlich gut hin.

Manuel Smith verstand die mexikanischen Gesetzeshüter nur allzugut, wenn sie von den Leuten im Norden kritisiert wurden, weil sie beispielsweise einen Kidnapper umgelegt hatten, der sein Lösegeld zu kassieren versuchte, *nachdem* er den Aufenthaltsort seines Opfers bekanntgegeben hatte.

»Einen solchen Mann?« war unweigerlich die Antwort auf die Kritik aus dem Norden. »Wer interessiert sich denn für einen solchen Mann?«

Sicher, es war ihre Art und Weise und ihr Land. Er wünschte sich wirklich nicht, irgendwann auch nur als »ein solcher Mann« *verdächtig* zu sein, aber gemessen an ihren Möglichkeiten und Mitteln hielten sie ihre völlig übervölkerte Stadt in puncto Verbrechen ziemlich sauber. Verglichen mit US-Verhältnissen war Tijuana geradezu jungfräulich.

Trotz alledem, er war Cop in San Diego, in der zweiten Generation, und das verlor er nie aus den Augen. »Ich spiele mit unseren Jungs in derselben Mannschaft«, sagte er, als es um den angeschossenen Tamez ging. »Falls die Polizei da unten mich fragen sollte: ›Warum, Manuel, *warum?*‹ – ich würde trotz allem in unserer Mannschaft spielen.«

Manny Lopez und seine Leute kamen dagegen zu der Überzeugung, daß sie mit Manuel Smith *nicht* in derselben Mannschaft spielten. Smith und Collins wurden zu einem Treffen mit mexikanischen Behördenvertretern geschickt, um den Fall Tamez auf eine Weise zu regeln, die den internationalen polizeilichen Beziehungen dienlich war. Manuel Smith und Ron Collins saßen im Büro eines Deputy Chiefs der mexikanischen Einwanderungsbehörde, als der seinem Stenographen einen abschließenden Bericht diktierte. Als er zu der Stelle kam, an der es um die Waffen und die Schießerei ging, unterbrach der Chief das Diktat und nahm sorgsam eine Korrektur vor.

Sobald der Bericht fertig war, wurden Manuel Smith und Ron Collins gebeten, ihn zu lesen und als Vertreter des San Diego Police Departments und insofern auch der Regierung der Vereinigten Staaten gegenzuzeichnen. Ron Collins, der Spanisch nur mit Mühe lesen konnte, unterschrieb den Bericht. Manuel Smith unterschrieb ihn ebenfalls, obgleich er die Sprache sehr viel besser lesen konnte.

»Sie waren damit zufrieden«, sagte er später. »Sie hatten ihr Gesicht gewahrt, wir hatten die guten Beziehungen gerettet, und das ist das einzige, was zählt.«

Aber es war keineswegs das einzige, was zählte, jedenfalls nicht für Manny Lopez, dessen Braue total verschwand, als er hörte, daß in einer vom San Diego Police Department gegengezeichneten Erklärung eingeräumt wurde, Tamez sei verwirrt gewesen und deshalb unglücklicherweise ein Stückchen auf amerikanisches Hoheitsgebiet geraten.

Manny Lopez und seine Barfer saßen in ihrem kleinen Squadroom, als abends Ron Collins erschien, um das Dokument zu erläutern. Manny Lopez wurde totenbleich.

»Was glaubt ihr eigentlich, was ihr da für ne Scheiße gebaut habt?« brüllte er. »Was gibt *euch* eigentlich das Recht dazu? Du und Smith, ihr seid nicht mal Sergeants, verflucht und zugenäht, und ihr unterschreibt Papiere, ohne wenigstens mit der Hauptfigur zu reden? Dieser Mexikaner war ein Gauner! Das sind *alles* Gauner!«

Ron Collins sagte: »Wenn du dich beruhigst, kann ich's dir vielleicht erklären.«

»Ich hab nicht das geringste Interesse an deiner Erklärung!« sagte Manny Lopez. »Da gibt's gar keine Erklärung! Ihr habt uns in die Pfanne gehauen!«

»Ich denk nicht daran, mit dir zu reden, bevor du vernünftig bist«, sagte Ron Collins.

»Ihr habt uns in die Pfanne gehauen!« brüllte ihm Manny Lopez abermals entgegen. »Das Ganze ist eine einzige Lüge! Ich werde das nie vergessen!«

Und das war's dann. Ron Collins und Manuel Smith zählten von diesem Zeitpunkt an wirklich nicht mehr zu den Freunden von Manny Lopez. Allen Ernstes fing er an, nicht mehr nur an ihrer Loyalität zu zweifeln, sondern sogar an ihrer Ehrlichkeit. Manny Lopez hatte von Fall zu Fall selbst ein bißchen als Verbindungsbeamter gearbeitet und wußte den Wert der Informationen und der Hilfe zu schätzen, die die amerikanische Polizei gelegentlich von den Mexikanern erhielt. Inzwischen aber glaubte er steif und fest, daß sich Manuel Smith und Ron Collins den Mexikanern gegenüber loyaler verhielten als gegenüber ihrem eigenen Department. Er befahl seinen Barfern, von Smith und Collins künftig absolut die Finger zu lassen und in ihrer Gegenwart nichts, was irgendwie verfänglich sein konnte, zu besprechen.

»Ein Gauner ist ein Gauner«, erklärte er seinen Leuten an diesem Abend. »Und wenn er ein Dienstabzeichen trägt wie der Ganove, den ich niedergeschossen habe, ist er der größte Gauner von allen. Wenn sie uns mit ihren Kanonen kommen, machen wir's genauso. Kann schon sein, daß wir einfach die Schnauze voll davon haben, daß uns diese mexikanischen Ganovencops ihre Waffen vor die Nase halten. Alles klar, ihr Arschlöcher?«

Nach dieser Tamez-Schießerei ging's mit den Zeitungs- und TV-Berichten erst richtig los. Die Barfer mußten für die Leute vom Fernsehen sogar Szenen nachstellen. Die Reporter gierten nach jeder Kleinigkeit, die sie von den hartgesottenen Grenzern kriegen konnten. Die Rettung aus dem Tunnel und andere Geschichten über Manny Lopez, den Revolverhelden, wurden aufgewärmt. Das mußte doch, gottverdammt noch mal, ein *Heiliger* sein, dem eine Frau, die im Dreck kniete, die Hand küßte. Die anderen Barfer fragten sich allen Ernstes, ob Manny nicht auf dem besten

Weg war, demnächst gesalbt zu werden. Oder sich in Kürze in irgendeiner verdammten Grotte als Erscheinung zeigen würde.

Ein paar von den Veteranen wie Eddie Cervantes fingen allmählich an zu murren: »Wo waren *wir* denn damals? Und was sagen die Leute, wenn sie von *uns* reden? Manny *und seine Jungs*. Ist doch Scheiße.«

Joe Castillo dagegen betete Manny Lopez an. Von jetzt an trug der junge Cop mit einemmal Seidenhemden, deren Kragen wie die Flügel einer Boeing 747 geschnitten waren und die bis zum Bauchnabel offen standen, damit man die hin und her baumelnden goldenen Kettchen und die religiöse Medaille richtig bewundern konnte. Außerdem zog er sich nicht nur an wie Manny Lopez, sondern fing auch an, Santa Fe Corona Grandes zu rauchen. Er trank Chivas Regal, obgleich er das Zeug nicht mal mochte.

Auf einer der improvisierten BARF-Partys kippte Manny fünf Agavenschnäpse binnen einer Minute, um zu demonstrieren, was für ein Kerl er war. Joe Castillo machte es ihm nach und fiel sofort der Länge nach auf die Schnauze. Manny Lopez mußte um halb neun morgens nach Hause gefahren werden, schleppte sich aber am selben Tag höchstpersönlich zu einem Softball-Match der Barfer, bei dem, Agavenschnaps oder nicht, seine Canyonkriecher kackgelbe Mützen mit der Inschrift BARF auf der Vorderseite trugen und es fertigbrachten, sich von einem anderen Polizeiteam in einem einzigen Durchgang schlagen zu lassen. Wahr und wahrhaftig, diese Gangster entwickelten sich zu mehr als nur Machos.

Anschließend feierten sie ihren haarscharf verpaßten Sieg natürlich mit einer noch größeren Sauferei, und Joe Castillo, der aufgeputzt und aufgedreht war wie eh und je und durchaus einiges von Boxen und Kampfsport verstand, erhob sich, zuckte lässig die Schultern, verrenkte sich, schlug mit seinen langen Händen wie mit Flügeln um sich und absolvierte sein komplettes Programm an Körpersprache, bevor er verkündete: »Mein ganzer Körper ist eine Waffe!«, um danach auf der Stelle umzukippen. Es war weiß Gott nicht leicht, zu einer Legende des Police Departments und zugleich von sämtlichen Medien geliebt zu werden.

Es war ein außergewöhnlich aktiver Monat. Sobald der Frühling ins Land zog und das Wetter sich besserte, waren sie wieder draußen: die illegalen Grenzgänger, die Barfer, die Gangster – all die Kreaturen, die in den Canyons symbiotisch aufeinander angewiesen waren.

In der Nähe des steilen Abhangs, der das obere Fußballfeld begrenzte, näherten sich an einem Samstagabend im März allenfalls eine Stunde nach Sonnenuntergang zwei Männer dem Ensemble aus Manny Lopez, Eddie Cervantes und Tony Puente, zu dem in dieser Nacht noch Fred Gil gehörte. Als die Barfer einen Weg zum Deadman's Canyon hinabkletterten, schlossen die beiden Schatten immer enger zu ihnen auf und ragten schließlich drohend hinter ihnen auf, reichlich vergammelt und nach *Müll* stinkend. Die Barfer nahmen ihre Demutshaltung ein, und einer der Schatten trat an sie heran und sagte: »Gebt mir mal eine Zigarette.«

Manny leistete der Aufforderung gehorsam Folge, indem er ihm eine mexikanische Zigarette gab, und der andere sagte: »Mir auch.«

Sie rauchten einen Augenblick schweigend vor sich hin, bevor der erste sagte: »Gib mir mal n bißchen Geld für was zu trinken.«

»Ich hab nur ganz wenig für die Reise nach Norden«, sagte Manny mit schüchterner Grenzgängerstimme, und damit hatte er schon ins Fettnäpfchen getreten.

Der zweite Mann faßte Manny am Kragen seiner Jacke, drückte ihm die Klinge eines Messers gegen die Halswirbelsäule und erklärte, sie würden ihn entweder um sein Geld oder um seine Eier erleichtern.

Im Grunde war der Raubversuch gar nicht mal ungewöhnlich, abgesehen davon, daß die Dinge sich von vornherein ungewöhnlich entwickelten. Ob es was mit der immer üppiger werdenden Barfer-Legende zu tun hatte oder nicht – die Gangster hielten jedenfalls gar nichts von einem Vorspiel. Sie gingen sofort zum bewaffneten Angriff über.

Bei diesem speziellen Raubüberfall entwickelte sich außerdem noch etwas Neues – in der Rolle von Manny Lopez im Augenblick unmittelbarer Todesgefahr. Während er die Messerklinge direkt im Genick spürte, kroch in der Dunkelheit – in der es wonach stank? nach Müll? – wieder einmal seine rechte Augenbraue hoch und bildete das perfekteste Fragezeichen, das seine Kollegen bis dahin an ihm kannten. Die Augen von Manny Lopez allerdings schienen vor Lachen zu sprühen, als er sagte: »Bitte, Sir! *Er* hat das ganze Geld!« und dabei auf Tony Puente zeigte, der sich ein paar Schritte von ihm entfernt hingekauert hatte.

Tony Puente, Eddie Cervantes und Fred Gil, die von massiven Adrenalinstößen durchflutet wurden, fanden das alles andere als komisch. Jedenfalls im Moment. Dann allerdings wurde ihnen bewußt, daß Manny unter anderem wirklich fast geplatzt wäre, als sein kleines Auge unter der hochgezogenen Braue nur Unheil zu verkünden schien. Da schnitt sich ein Bursche allem Anschein nach selber den Strick zurecht, mit dem er im nächsten Moment in eine baumelnde Puppe verwandelt werden konnte, und er sah sich nicht etwa nach einem Ausweg um, sondern war drauf und dran, zu *lachen.*

Und prompt sagte Manny, sobald der Gangster auf sein Theater reingefallen war und sich auf Tony Puente stürzte: »*Sabes qué,* du Arschloch?«

Das letzte Wort, das der Gangster dann noch mit Bewußtsein hörte, war »Barf!« Weil er unmittelbar darauf mit einem Pistolengriff niedergeschlagen, verprügelt, wirklich fürchterlich verdroschen, mit Handschellen gefesselt und festgenommen wurde.

Die Männer kicherten an diesem Abend noch Stunden später, wenn immer sie sich daran erinnerten, was Manny gesagt hatte. Sie fanden es so lange zum Totlachen, bis einer von ihnen mal nüchtern darüber nachdachte. Im Deadman's Canyon, mitten in dieser nächtlichen Finsternis? Mit einer Messerklinge am Rückenmarksansatz? Da macht Manny noch Blödsinn? Im Grunde hätte er ja genausoviel Angst wie alle anderen haben *müssen.* Hatte er *wirklich* keine?

Als das Wetter gegen Ende des Monats äußerst angenehm geworden war, kam Patricia Ramirez zu der Überzeugung, daß es Zeit sei, nach Norden zu gehen und Arbeit zu finden. Sie war vierundzwanzig, hatte weder einen Beruf gelernt noch eine Schulbildung genossen und sagte sich, daß sie zu alt sei, um sich in Tijuana selbst ernähren zu können. Wenn sie je eine Chance im Leben haben sollte, mußte sie nach drüben gehen. Patricia Ramirez wünschte sich *mehr* vom Leben, ebenso wie die meisten anderen, die nachts die Canyons durchquerten, und sie war tapfer genug, es wenigstens zu versuchen.

Es war nicht sehr schwer, auf den Straßen von Tijuana Reisegefährten zu finden, und es wäre für eine Frau andererseits reichlich tollkühn gewesen, den Grenzübertritt allein zu versuchen. Sie kannte die beiden Pollos, die sie sich in dieser Nacht aussuchte, nur sehr oberflächlich. Einer hielt sich nur vorübergehend in Tijuana auf, und der andere, der aus Jalisco stammte, sah wie ein *campesino* aus. Sie waren ungefähr so alt wie sie und schienen ziemlich stark zu sein, und sie hoffte, die beiden würden ihr genügend Schutz bieten, wenn ein Grenzführer oder, was Gott verhüten mochte, ein Gangster versuchen sollte, sein Schnäppchen zu machen.

In der Dämmerung befanden sie sich in der Nähe der Grenzlinie, etwa eine Meile östlich der Grenzstation. In der klaren Nacht, in der sich die Grenzgängerarmeen auf ihren Marsch über die Grenze vorbereiteten, herrschte die übliche karnevalistische Atmosphäre. Die drei jungen Leute hielten sich in der Nähe einer überlaufenen Imbißbude auf und überlegten, ob sie es sich leisten konnten, etwas Geld für eine Erdbeerlimonade auf den Kopf zu hauen, weil sie während der langen Wartezeit auf die Dunkelheit einen ziemlich ausgetrockneten Mund bekommen hatten.

Patricia Ramirez sah, daß sie von vier Männern beobachtet wurden. Einer der Männer lächelte ihr zu. Sein Lächeln gefiel ihr nicht, wirklich nicht im geringsten. Die Männer sahen irgendwie nicht so demütig aus, wie Pollos im allgemeinen aussahen. Der lächelnde Mann trat auf die drei zu und fragte, ob sie nicht etwas Marihuana hätten.

Natürlich hatten sie nichts, aber der Mann, immer noch lächelnd, sagte: »Dann gib mir mal ein bißchen Geld, Schwesterchen.«

Es ging also schon los. Und dabei waren sie noch nicht mal in den Canyons. Sie hatten noch keinen Fuß auf amerikanischen Boden gesetzt. Sie waren immer noch auf einer ungepflasterten Straße im eigenen Lande. Diese Gangster spielten, so gesehen, weder fair noch ehrlich. Man konnte schon davon ausgehen, daß sie nur darauf warteten, bis die Pollos in den USA waren, bevor sie sie überfielen.

Patricia Ramirez besaß lediglich vier amerikanische Dollar, um nach Los Angeles zu kommen und dort irgendeinen Job zu finden. Nach kurzem Zögern gab sie dem Mann trotzdem einen ihrer Dollar, und sie vermied es, ihm in die Augen zu sehen, als er sie berührte. Dann verlangte er Geld von ihren beiden männlichen Begleitern, und auch sie gaben ihm ein paar ihrer zusammengerollten US-Dollar.

Die Sonne verschwand hinter den Bergen. Es war Zeit loszumarschieren. Die Pollos küßten Freunde und Familienangehörige und verabschiedeten sich vor Nervosität fast schreiend. Patricia Ramirez hatte in der Dunkelheit noch keine fünfhundert Meter zurückgelegt, als sie den lächelnden Mann erneut sah. Er versperrte ihr den Weg. Er war wie ein Geist aus der Finsternis aufgetaucht. Er lächelte noch immer, als er sagte: »Nun gib uns mal *alles.*«

Dann sprangen die drei Kumpane des lächelnden Mannes auf den engen Weg, und sie wurde von ihren Begleitern abgedrängt. Sie gab sich alle Mühe, nicht zu schreien, während sie in der Dunkelheit von sachkundigen Händen befummelt wurde. Sie merkte, wie ihr die Armbanduhr abgenommen wurde. Dafür hatte sie dreißig amerikanische Dollar bezahlt, nach monatelangem Sparen. Sie spürte, wie ihr die Kette vom Hals glitt. Dafür hatte sie sechs US-Dollar bezahlt, was ihr wie eine frivole Verschwendung vorgekommen war. Und natürlich nahmen sie ihr auch die letzten drei US-Dollar weg. Womit sie, wie sie dachte, nichts an Wert mehr besaß. Sie lag damit allerdings nicht ganz richtig.

Der ältere Mann packte sie vorn am Sweater und steckte ihr die Hand in den BH. Er war brutal, und es tat weh, aber sie wimmerte trotzdem nicht. Anschließend lachte der jüngere und machte eine Bemerkung, wie viele Hosen diese Pollos wohl tragen würden, und er ging ihr an den Körper und fing an, ihre lange Hose aufzuknöpfen.

Da fing sie an zu schreien. Die Gangster kriegten offenbar wirklich einen Schreck, allerdings wohl in erster Linie deshalb, weil sie tatsächlich zwei lange Hosen trug, um am Ende ihrer Reise eine ausziehen und sich anständig angezogen vorstellen zu können. Sie weinte, als sie ihr dann trotzdem beide Hosen herunterzogen und ihr mit den Händen in die Unterwäsche grabschten.

Die übrigen Gangster arbeiteten schnell und geschickt. Mit ihren Messern zerschnitten sie den entsetzten Begleitern von Patricia Ramirez die Schnürsenkel. In den Schuhen suchten sie nach Geld. Sie zwangen die Männer, nach und nach alle Kleider auszuziehen. Einer der Pollos erklärte den Gangstern, er habe wirklich kein Geld. Dann fing er ebenfalls an zu schreien, als der älteste Gangster lächelte, an ihn herantrat, ihm eine Pistole an die Schläfe hielt und sagte, daß ihm wegen der Lügerei was Schreckliches passieren würde. Dann zog er den Pollo wegen der paar Pesos und Dollar, für die der Mann sein Leben riskiert hatte, bis auf die Haut aus.

Die Gangster befahlen den Männern, ihre Klamotten und die Schuhe mit den zerschnittenen Schnürsenkeln zu nehmen und mit bloßen Füßen durch die Canyons zu gehen. Und sie möchten sich vor Gangstern in acht nehmen, sagte sie ihnen – ausgenommen Patricia Ramirez, die einer von ihnen, mit inzwischen bis zu den Knien heruntergezogenen Hosen, fest in seinen Armen hielt und die wie ein Kind weinte. Er fing an, an ihrer Vagina herumzuspielen, während ihre Gefährten es vermieden, ihr in die Augen zu schauen, als sie sich in nördlicher Richtung davonmachten. Sie mußten ja leben, also was soll's? Was hätten sie tun können? Sie wollte nur überleben.

Bevor sich die Gangster dann den Spaß machen konnten, Patricia Ramirez zu vergewaltigen, hörten sie von irgendwo her in der Dunkelheit Stimmen. Irgend jemand kam ins Stolpern und sagte: »Oops!«

Darauf sagte einer, bei dem es sich um Manny Lopez handelte: »Du blöder Arsch! Sag nicht ›oops‹!«

Dann sagte eine Stimme: »Verdammt, was soll ich denn sonst sagen?«

Und Manny Lopez sagte: »Sag ›oops‹ auf spanisch!«

»Ich weiß nicht, was ›oops‹ auf spanisch heißt!«

Natürlich kapierten die Gangster nichts von diesem ganzen Geschnatter draußen in der Nacht, aber sie kapierten, daß irgendeiner laut »Oops!« gesagt hatte. Und weil »Oops!« sicher nicht aus dem Mund eines Pollos kommen konnte, kapierten sie, daß sie Ärger kriegen konnten.

Patricia Ramirez wurde verschont, und während sie versuchte, ihre flüchtenden Gefährten einzuholen, die auf dem schmalen Weg inzwischen beinahe über zwei Barfer gestolpert waren, hauten die Gangster schleunigst in Richtung Loch im Grenzzaun ab, wobei sie allerdings ebenfalls zwei Barfern in die Arme rannten.

Zwei von den Gangstern, darunter dem mit der Kanone, waren die beiden vor dem Loch im Zaun hockenden Pollos ganz und gar nicht geheuer, und so rannten sie weiter in östlicher Richtung, auf das nächste Loch zu. Der Fastvergewaltiger dagegen, der eine Eisenstange trug, wollte es besser wissen und wählte die kürzeste Distanz in Richtung Mexiko, quasi direkt *durch* die kauernden Pollos, von denen einer sich gerade ein rotes Tuch über den Kopf gezogen hatte, um die Moskitos abzuhalten, die seinen schon sehr kahlen Schädel in einen Insektenspielplatz zu verwandeln drohten. Außerdem hatte Manny Lopez an diesem Abend noch ein Pendletonhemd angezogen, und somit sah er, alles in allem, einem Gangster viel ähnlicher als einem demütigen Pollo.

Der Fastvergewaltiger hatte ein Messer am Oberschenkel und sagte in der familiären Art, in der sich die Gangster normalerweise zu begrüßen pflegten: »Hey, *socio,* was läuft denn so?« Dann rannte er, seine Eisenstange schwingend, weiter auf das Loch im Vorhang zu.

Und irgendeiner brüllte plötzlich: *»Barf! Barf!«,* und die Schlacht war im Gange.

Der Fastvergewaltiger wurde mit einem Pistolengriff traktiert und schwer zusammengeschlagen, und als er, ziemlich böse zugerichtet und mit Handschellen gefesselt, später an diesem Abend zu einem wartenden Polizeiwagen geführt wurde, sagte er zu dem uniformierten Cop, der ihn zum Arzt und ins Gefängnis transportieren sollte, nur ein einziges Wort. Er sah regelrecht dankbar auf die Uniform der Polizei von San Diego und sagte: »Hilfe!«

»Wir müssen sie richtig *einmachen«,* predigte Manny Lopez seinen Leuten ununterbrochen. »Mit Fäusten, mit Knüppeln, mit Kolben, mit allem, was da ist. Bis ein solcher Bursche kaputt ist oder so *tut,* als ob er tot ist. Oder bis der blöde Arsch sich bedingungslos ergibt.«

Patricia Ramirez wurde zurück nach Tijuana geschickt, war aber äußerst dankbar, noch jungfräulich und lebendig zu sein. Und die Barfer hatten wieder mal eine Vergewaltigung verhindert, was immer für einige Zeitungsstorys gut war. Allerdings war Manny so geschafft, daß er im *Anchor Inn* in San Ysidro allen Ernstes jemanden bitten mußte, in seinem Namen die Presse anzurufen, weil ihm seine Arme viel zu weh taten, als daß er noch ein Telefon hätte bedienen können.

An diesem Abend schneiten im übrigen drei äußerst passable Lehrerinnen rein, von denen eine mindestens Körbchengröße D hatte, und erkundigten sich, ob dies hier die Kneipe sei, in der regelmäßig die »Revolverhelden« von der Grenze rumzuhängen pflegten. Es wurde insofern für einige der Jungs ein *sehr* langer Abend.

Von da an ging es erst richtig los; mit dem Erscheinen von Groupies, genau gesagt. Und weshalb auch nicht? Weshalb stellten sie ihre Heldentaten schließlich im Fernsehen nach? Hatten nicht alle kriegerischen Verbände einen Troß, der ihnen folgte?

Auf einer ihrer Saufpartys schluckte einer von ihnen eine ganze Flasche Agavenschnaps, und ein anderer aß am laufenden Band Pfefferschoten wie ein mexikanischer Macho. Aber Scheiße, das war ja noch *nichts*. Eddie Cervantes stellte alles in den Schatten, als er eine fette, wollige schwarze Raupe aufgabelte. Dieser nette Dauerlutscher war so groß wie ein Frühstückswürstchen, und sogar der Härteste aller Harten ging in die Knie, als Eddie sich das sich windende und krümmende Tier in den Mund schob und anfing, es zwischen seinen Mühlsteinen von Molaren zu zermalmen.

Er tat es, weil Manny ihn dazu herausforderte. Ebenso wie der junge Joe Castillo auf eine Herausforderung von Manny Lopez reagierte und über Parkuhren sprang, als sie früh um eins von einer Pinte in die andere über die Straße schwankten. Der junge Möchtegern-Manny-Lopez hätte sich fast die Eier kaputtgeschlagen, als er über diese Parkuhren hüpfte. Buchstäblich willens, Manny seine Eier zu opfern. Weiß Gott, er war wirklich ein Eierschleifer, dieser BARF-Sergeant, wenngleich vorerst kaum einer Notiz davon nahm. Sie hatten einfach zu viel damit zu tun, das zu werden, was sie nach Ansicht der Medien bereits *waren*.

Also, haltet mal die Schwingtüren eurer Kneipen auf! Hört auf mit diesem doofen Pianogeklimper. Schaltet mal schleunigst dieses Scheißzivilistenkarrieregequatsche ab, denn jetzt seid ihr Scheißzivilisten in bester Gesellschaft – in Gesellschaft der allerletzten, von Kakteen zerstochenen, fette Raupen lutschenden, Pfefferschoten kauenden, Gangster fertigmachenden, mit den Eiern klirrenden und total ausgeflippten Revolverhelden des Wilden Westens.

Und vielleicht war da ja sogar was dran. Bewundert Amerika etwa seine Philosophen, Staatsmänner, Künstler, Wissenschaftler? Bis zu einem gewissen Punkt schon. Aber zu Legenden werden in Amerika seit eh und je die *Action*-Typen. Die Revolverhelden. Amerika benennt Flughäfen nach John Wayne. Könnte ein Reporter so was etwa ignorieren? Man muß sich's ja eigentlich bloß mal vorstellen: zehn mickrige, hartgesottene Gesetzeshüter, die mexikanische Banditen umlegen, wo sie gehen und stehen, da draußen zwischen Kakteen und Felsen und Taranteln und Skorpionen und Klapperschlangen, in einem Niemandsland, das die Gangster der US-Regierung einfach mir nichts, dir nichts geklaut haben. Wenn das kein Szenario für einen Film von John Ford ist, was zum Teufel, ist es dann? Diese zehn waren die Verkörperung eines amerikanischen Mythos. Und nach ihnen würde keiner mehr kommen.

Sie waren zurückgekommen, beinahe ein Jahrhundert, nachdem die Welt glauben mußte, sie seien für immer verschwunden. Bei Gott, sie waren, wahr und wahrhaftig, die allerletzten echten Revolverhelden.

Man konnte sich kaum vorstellen, wie sehnsüchtig Ken Kelly sich wünschte, dazu zu gehören. Der blonde Cop riß sich gerade alle Beine aus, um bei den Partys im *Wing*-Park, im *Anchor Inn* oder einer der anderen Copkneipen, in denen sich die Barfer nach Feierabend versammelten, dabei zu sein. Dort traf er die Aktiven: Manny Lopez, aufgedonnert wie John Travolta und regelmäßig mit verpflastertem Gesicht, weil er wieder mal eine schwere Schlägerei mit einem Gangster gehabt hatte (die Groupies schmolzen förmlich dahin, wenn sie derartige Verletzungen sahen). Und oft auch mit kaputten Fäusten, weil er gerade den einen oder anderen Schwerverbrecher niedergeschlagen hatte. »Kannst du mir mal den Chivas Regal an die Lippen halten, meine kleine Goldorange?«

Und natürlich genoß Joe Castillo, der dauernd rechts neben seinem Sergeant saß und dieselben Diskoklamotten trug, jedoch mit noch mehr Goldkettchen behängt war, allein schon deshalb sein Quantum an allgemeiner Aufmerksamkeit, weil er am besten von allen aussah, recht athletisch gebaut war und über diese hübsche Körpersprache verfügte: er zuckte die Schultern, wakkelte mit den Hüften, verschränkte die langen hübschen Hände, nahm sie wieder auseinander und wedelte mit ihnen herum, als wären es Flügel. Er hätte wahrhaftig Schauspieler oder Tänzer sein können, dieser junge Cop.

Was für ein Paar: der Chef-Revolverheld und sein Protegé. Eddie Cervantes trank inzwischen auch ganz schön, ebenso wie Tony Puente und Renee Camacho. Der heftigste Säufer von allen aber war der Outsider Robbie Hurt. Und sobald sich Robbie an irgendein Groupie heranmachte, schien es immer Eddie zu sein, der ihn zurechtwies: »Was verstehst du denn davon? Bleib doch lieber da, wo's *sicher* ist.«

Und Robbie schmollte. Weiß Gott zu Recht. Er wäre nämlich unheimlich gern mit ihnen draußen gewesen. Er hätte sogar seinen Traum von einem Porsche aufgegeben, wenn er bloß mit dem Ensemble oder wenigstens mit der Zweitbesetzung hätte draußen sein können. Wie's derzeit aussah, war er einige Male zwar dicht genug dran gewesen, um hören zu können, wie sie »Barf! Barf! Barf!« schrien. Aber dann war er mit dem Schrotgewehr und dem Funkgerät nur im Kreis rumgelaufen, um die Stimmen zu finden, deren verwirrendes Echo von allen Canyonwänden zurückgeworfen wurde. Und zum Schluß, wenn sein Herzschlag ihm in den Ohren dröhnte, war sein Adrenalinspiegel wieder mal völlig sinnlos gestiegen. Es machte ihn wahnsinnig, hinterher auf die Saufpartys in die Stammkneipen zu gehen, bloß um Eddie Cervantes lästern zu hören: »Er ist unser Wasserträger.« Wirklich, das wurde immer unerträglicher.

Manny hatte Robbie in der ersten Zeit ein paarmal mit der Zweitbesetzung losgeschickt, aber zweimal waren potentielle Räuber, die ihnen auf den Zahn gefühlt hatten, getürmt, weil hier draußen in den Canyons noch nie ein schwarzer Pollo gesehen worden war.

In einem Fall hatte sich eine mutmaßliche Gangstertruppe, von der sie angesprochen und ausgefragt worden waren, sogar fast schon mit der von Carlos Chacon aufgetischten Story zufriedengegeben, Robbie stamme aus Zentralamerika, wo es haufenweise Schwarze gebe; am Ende aber waren die Gangster doch noch nervös geworden und abgehauen, bevor sie sich die nötige Blöße gegeben hatten.

Als Manny Lopez hörte, daß die Räuber immerhin schon sehr dicht dran gewesen waren, ernst zu machen und Geld zu verlangen, gab er den jungen Cops einen Befehl, der sie überraschte. Er sagte: »Hört mal gut zu, ihr Ärsche, das passiert euch nicht noch mal!«

Als sie ihn verwirrt anschauten, sagte er: »Wegen so einer Kleinigkeit laßt ihr nicht noch mal einen laufen, wenn's klar ist, daß es ein Gangster ist!«

Als sie ihn fragten, was sie denn sonst tun sollten, sagte er: »Haut sie zusammen, auch wenn sie noch nichts gesagt haben! Poliert ihnen sofort den Arsch, statt sie laufenzulassen. Vielleicht bleiben sie dann ein für allemal in Tijuana, wenn sie klauen wollen. Nur so kapieren sie, daß wir schlimmer sind als ihre *judiciales.*«

Ein paar von ihnen waren mit dieser Entwicklung der Dinge gar nicht sehr einverstanden. Einer davon war Ernie Salgado. Er wohnte ganz in Mannys Nähe und fuhr ihn regelmäßig in einem Dienstwagen zur Arbeit. Ihm schmeckte die Idee, praktisch zur Selbstjustiz zu greifen, wirklich hinten und vorne nicht. Er nahm kaum jemals einen zur Brust, und Manny und diese anderen Hartsäufer kriegten den Grund für seine Enthaltsamkeit scheinbar schnell spitz. Sie schrieben alles seiner Frau zu, nachdem Susan Salgado auf einer BARF-Party, an der alle Ehefrauen teilnahmen, durch das Lokal gebrüllt hatte: »Eeeernie, komm mal her!«

Und das reichte ihnen dann bereits, diesen ausgeflippten, Gangster zusammenschlagenden, Raupen fressenden Revolverhelden. Sich derart von einer *Pflaume* auf Vordermann bringen zu lassen? Oh, Gott!

Jedenfalls entschied Manny Lopez, Robbie Hurt könne an den eigentlichen Einsätzen nicht teilnehmen, eben weil er schwarz war, und insofern würde Robbie immer bloß im Notfall zu Hilfe kommen können. Manny erklärte ihm, wie unschätzbar eine solche Aufgabe sei, daß es einfach einen geben *müsse,* der diesen Job machte, und wie dringend sie ihn brauchten, um ihren Hintern zu retten, wenn's wirklich mal sehr ernst werden sollte. Unweigerlich, schließlich, brach Manny Robbies Widerstand dadurch, daß er ein paar Groupies anschleppte und sagte: »Hier, dieser Typ rettet mir draußen jede Nacht den Schwanz. Er ist ein *ganz* böser Bube.«

Und Robbie fühlte sich gleich viel besser und erzählte einem Groupie seinerseits ein paar Heldentaten. Und er *schluckte* wie ein Specht. Er kam selten nach Haus, bevor die Kneipen dichtgemacht hatten. Und obgleich er immer selber nach Hause fuhr, konnte er sich oft nicht mal mehr erinnern, ob er's getan hatte. Auch das war *macho,* glaubte der junge Cop – alkoholische Blackouts.

»Ich kann mich nicht erinnern, *ob* ich gefahren bin!« Warum nicht? Revolverhelden durften das.

Seine Ehekrise war damals nicht die einzige. Da gab's, wie gesagt, auch Ken Kelly, der auf jeder »zufälligen« Sitzung im *Wing* auftauchte. Und der dauernd fragte, wann, ja, *wann* endlich eine Stelle bei BARF frei werde und er ihrer Truppe beitreten könne.

Er bot sich selbst als eine Art Zuhälter an. »Hab ich euch noch nicht von der neuen Kellnerin im *Anchor Inn* erzählt, die bestimmt ganz scharf ist auf euch?«

»Doch, aber die ist potthäßlich! Dabei hast du gesagt, sie hätte dicke Titten.«

»Pickel. Ich hab dicke Pickel gesagt. Okay, mir fällt noch was Besseres ein.«

Er versuchte, sie anderweitig zufriedenzustellen, aber sie waren anspruchsvoll geworden: »Verdammt, King! Die hat einen Hals wie ein Elefantenrüssel!«

»Okay! Mir fällt was *Besseres* ein!«

Manny Lopez warnte Ken Kelly, daß er wahrscheinlich nicht mehr als Robbie Hurt zu tun kriegen würde, weil er hellhäutig und blond war, aber Ken Kelly sagte, das würde ihm gar nichts ausmachen. Er könne ja Robbies Partner werden. Er könne mit ihm das Hilfsteam bilden, damit ein anderer für *richtige* Einsätze frei würde. Er würde ihnen sogar ihr verdammtes Lokuspapier hinterherschleppen.

Eines schönen Abends bekam Ken Kelly dann Gelegenheit, angesichts echter Gefahr seine Geistesgegenwart unter Beweis zu stellen. Zu einer Party im Grünen kam genau nach Fahrplan eine Herde gackernder Kellnerinnen. Alle kreuzten auf: Fat Mindy, Thin Mindy, Lana Banana und *noch* eine.

»Die ist ja nicht mal zwanzig!« brüllte Ken Kelly, als sie aus Fat Mindys Auto stieg. Sie war noch blonder als Ken Kelly, und sie schritt nicht, sondern sie *glitt* dahin – wie eine Dschungelkatze. Tatsächlich war sie auch irgend etwas in dieser Art, mit ihrem imitierten Leopardenmantel, ihren dolchartigen Fingernägeln und ihrem äußerst dekadenten, preiselbeerfarbenen Lippenstift.

Das Gesaufe ging bis halb drei, und dann gab Fat Mindy gegenüber Ken Kelly eine Erklärung ab, das Leopardenmädchen betreffend. »Sie mag dich. Sie will wissen, ob du sie auch gern näher kennenlernen möchtest?«

»Das gibt's doch nicht«, brüllte Ken Kelly. »Is n Froscharsch wasserdicht?«

Oh, wie die Barfer auf Ken Kelly neidisch waren. Sie hatte sich in ihn *verknallt!* Und das, nachdem die anderen ihr schon hunderteine Wir-legen-alle-um-Storys erzählt hatten, von denen mindestens hundert erfunden waren. Dabei wußte sie doch, daß Ken Kelly nicht mal ein Revolverheld war, sondern nur einer werden wollte.

Nachdem er zunächst wie erschlagen war, strich er sich das lange weiche Haar glatt, zwirbelte sich seinen Walroßschnurrbart und kriegte so verzückte Augen, wie sie seiner Vorstellung nach Jack Nicholson hatte. Dann öffnete er eine Zweiliterflasche Wein und sagte: »Was möchtest du, Schatz? Roten, weißen oder gelben?«

Sie sagte, er sei wirklich verdammt süß!

»Der hab ich vielleicht die Hucke vollgelogen!« flüsterte Ken

Kelly Joe Castillo zu. »Ich hab schlimmer gelogen als das Pentagon. Ich wär so gut, hab ich gesagt, daß ich immer Überstunden machen müßte.«

Mittlerweile allerdings hatte die Frau eines Cops, die zufällig im gleichen Schnellimbiß arbeitete wie Fat Mindy, Thin Mindy und Lana Banana, klammheimlich Ken Kellys Frau angerufen und ihr gesagt, wo sich die lieben Jungs und Mädchen weit nach Mitternacht rumtrieben.

Um halb drei sagte Ken Kelly: »Da kommt n Auto.«

Und so war es in der Tat. Der Wagen fuhr langsam durch den Park und den Berg hoch bis dahin, wo sie becherten. »Das hört sich genau so an wie mein Pinto«, meinte er. »Genau dasselbe Geklingel im Getriebe... Ja, nee, das *kann* ja nicht mein Pinto sein.«

Es war sein Pinto. Gefahren von seiner Frau, die ihre auf dem Rücksitz schlafenden drei kleinen Kinder dabei hatte. Ken Kelly jaulte auf und verschwand in den Büschen. Der Pinto blieb ungefähr zwanzig Meter entfernt in der Dunkelheit stehen, und die Scheinwerfer gingen aus.

Damit war die Party aus und vorbei, und während die Barfer überlegten, wie sie die Lippenstiftspuren wegkriegen konnten, kroch Ken Kelly wie eine Tarantel auf dem Bauch herum und bettelte: »Warte! Laß die Karre stehen! Sonst sieht sie mein verdammtes Motorrad!«

Ken Kellys Frau machte das Licht alle paar Sekunden an und aus und strahlte sie mit ihren Scheinwerfern voll an, wie sie sich in all ihrer Verlegenheit zu verstecken versuchten. Dann wandte sich Fat Mindy an den Dornenbusch, hinter dem sich Ken Kelly versteckte, der an diesem Abend zufällig eine Tarnjacke der Army trug. Sie sagte: »Können wir dich hier nicht irgendwie rausschmuggeln?«

»Nein! Laß mich bloß in Ruhe!« flüsterte er, und alle verabschiedeten sich im Geist schon von Ken, als er gleich darauf brüllte: »Oh, Gott! Meine Privatkanone! Ich *weiß*, sie hat meine Privatkanone!«

Als letztes hörten sie von ihm die Worte: »Wenn ich meinen Arsch hier nur hoch heb, legt sie mich bestimmt um. Ihr *kennt* sie nicht!«

Insofern versuchte er gar nicht erst, seinen Arsch hochzuheben. So unauffällig wie möglich kroch er auf dem Bauch aus dem Gebüsch und schaffte es, das Motorrad den Berg herunterrollen zu lassen – einen steinigen, holprigen, ungepflasterten Berg. Er war derart fix und fertig, daß er dabei dauernd zwei Pintos sah, vier Scheinwerfer, zwei zornige Schatten auf dem Vordersitz. Als er unten war, war er schweißgebadet, zitterte zugleich vor Kälte und war total von Dornen zerstochen. Aber er hatte ungesehen die Straße erreicht. Er war erheblich nüchterner als zuvor, als er das Motorrad startete und seinen Arsch doch noch von dannen hob.

Als er gegen Morgengrauen nach Hause kam, war sie wach. Er hatte sich bis zur Halskrause vollgepumpt mit Kaffee und überdies sorgfältig zurechtgemacht und sein langes, glattes Haar gekämmt.

»Hi!« sagte er. »Wartest du auf mich? Ich hab ne schreckliche Festnahme hinter mir. Stundenlang Berichte geschrieben. Soll ich mal erzählen?«

Die Barfer konnten gar nicht anders, sie mußten einen so flexiblen Typ wie Ken Kelly einfach bewundern. Und er wollte so dringend zu ihrer Squad, daß sie ihn inzwischen ebenfalls haben wollten.

»Ich möcht dich wirklich gern haben, King«, sagte Manny Lopez. »Aber ich kann keinen zwingen, die Personalbestände aufzustocken.« Dann meinte er grinsend: »Du mußt warten, bis einer von uns umgelegt wird.«

Und wahr und wahrhaftig, Ken Kelly wurde noch vor Ende des Monats zur BARF Squad versetzt. Es wurden nämlich gleich *zwei* von ihnen umgelegt.

11. KAPITEL

Drachen

Auf alten Landkarten wurden bestimmte Gebiete von den Kartographen zuweilen mit einer Warnung eingegrenzt: »Jenseits von hier gibt es Drachen.«

Gegen Ende März spielte sich in den Köpfen einiger Barfer ein merkwürdiger Prozeß ab. Sie hatten das Gefühl, als wären die wenigen Quadratmeilen, in denen die Canyons lagen und die von der amerikanischen Regierung und der Stadt San Diego ehemals stillschweigend den Halsabschneidern überlassen worden waren, längst *ihr* Territorium, ihr Tummelplatz, ihr umkämpftes Stück Erde, auf dem sie beweisen wollten, daß... ja, was denn eigentlich? Sie wußten es inzwischen wohl selbst nicht mehr so genau. Aber jeder schien irgendwie darauf aus zu sein, sein eigenes Schäfchen ins Trockene zu bringen. Dabei hatten sie im März allerdings gar nicht so sehr viel Zeit, solche Gedanken zu Ende zu denken; genaugenommen hatten sie nämlich viel mehr damit zu tun, von Fall zu Fall herauszufinden, was ihr Anführer im Schilde führte.

Manny Lopez war umtriebig und rastlos, und er hatte offenbar nichts anderes im Sinn, als sie dauernd auf die Probe zu stellen, zu maßregeln, zu loben, zu beschimpfen oder zumindest anzumekkern. Es war zwar nicht seine Art, seine Leute öffentlich zu demütigen, wenn sie in den Canyons was vermasselt hatten. Aber ein Punkt, in dem sich ein aus Mexiko stammender Amerikaner grundsätzlich kaum von einem echten Mexikaner unterscheidet, ist nun mal sein *machismo*-Komplex. Auf der einen Seite der Grenze gehört es zu den schmutzigsten Beleidigungen, einen Mann einen *puto* oder einen *maricón* zu nennen, eine Tunte oder einen Homo, und mit dem Ausdruck »queer«, der im amerikanischen Sprachgebrauch dasselbe bedeutet, kann man jemandem ebenso unverzeihlich die Ehre abschneiden. In früheren Zeiten hat einzig und allein die unbedachte Beschimpfung *»Eres un puto!«*, ein bestimmter Mann sei ein Schwuler, bei unzähligen Auseinandersetzungen den Tod des Betreffenden zur Folge gehabt.

Obgleich es seit einiger Zeit nicht mehr ganz so gefährlich ist, die Worte *puto* oder *maricón* zu gebrauchen, fällt es vielen Männern selbst heute noch nicht sehr leicht, sich als »pussy« beschimpfen zu lassen – es sei denn, man verbände damit eine echte Herausforderung an den Mut oder die Männlichkeit des Betreffenden. Sie bezeichneten sich gegenseitig dauernd als »faggot«, als ein perverses Arschloch oder wie immer man es nennen mag. Aber »pussy«? Wenn Manny Lopez zu Joe Castillo »pussy« sagte und dabei auch noch den »richtigen« Ton fand, riskierte es Joe Castillo auf der Stelle, sich bei einem Sprung über die nächste Parkuhr die Eier zu zerquetschen. Entsprechend reagierte Eddie Cervantes, indem er wollige Würmer aß. Wann immer es in den Canyons gefährlich wurde, konnte Manny seine Gangsterknacker durch einen Appell an ihren *machismo* zu fast allem kriegen. Und seit es in den Medien derart breitgetreten worden war, daß er als bisher einziger von ihnen einen Menschen niedergeschossen hatte, hegten sie in ihren ehrgeizigen Herzen zutiefst mehr als nur ein bißchen Neid auf ihren Sergeant.

Aber trotz und alledem, er konnte sie nach wie vor an der Kandare halten, sobald er ihnen sagte, sie seien eine gottsverdammte Bande ausgemachter Arschlöcher. Paßt bloß auf, ihr Banditos! Hier kommt die Straßenreinigung mit der ganz großen Kehrmaschine!

Als eines Abends sowohl das Ensemble als auch die zweite Besetzung in der Dämmerung über das obere Fußballfeld wanderten, kam den Barfern die Idee, sich mal unter die Heerscharen der Pollos zu mischen, die sich auf die nächtliche Grenzüberquerung vorbereiteten. Sie lernten an diesem Abend eine ganze Menge, nachdem sie sich zu den aufgeregten Leuten gestellt hatten und an den spärlichen Lagerfeuern den Geschichten zuhörten, in denen es vor allem um frühere Grenzübergänge ging, um Hoffnungen und Träume. Meist war in diesen Geschichten von fabelhaften

Jobs und großen Einkommen die Rede, wobei sich's, wie sich durch gezielte Fragen herausstellte, um Beträge handelte, die etwa dem halben Gehalt eines Polizisten aus San Diego entsprachen. So war denn auch mal einem Gangsteropfer, nachdem sich herausgestellt hatte, daß Manny Lopez tatsächlich bei der Polizei von San Diego war, die spontane Äußerung entschlüpft: »Ich bete darum, eines Tages mal *richtig* reich zu sein. So wie Sie.«

Bei den Lagerfeuergesprächen mit den anderen Pollos mußten sich die meisten Barfer aufs Zuhören beschränken, weil lediglich Manny Lopez, Eddie Cervantes, Carlos Chacon und mit Einschränkung noch Ernie Salgado so fließend Spanisch sprachen, daß sich die Leute hinters Licht führen ließen. Aber die anderen verstanden zumindest, um was es ging, und es machte sie traurig, den Pollos zuzuhören. Außerdem wurden sie dabei sehr nachdenklich, und einige Barfer ertappten sich bei dem Wunsch, den Grenzgängern doch mal gewisse Realitäten aus dem Land, in dem angeblich Milch und Honig flossen, unter die Nase zu reiben.

Hin und wieder wurden sie von den Führern vor gewissen Cops aus San Diego gewarnt, die sich angeblich als Pollos verkleideten, nachts durch die Canyons streiften, furchtbar blutdürstig seien und die Pollos zu verprügeln und zu töten pflegten, bloß weil sie widerrechtlich ihr Land zu betreten versuchten.

»Das sind Bescheuerte«, sagte einer der Grenzführer. »Die müssen sie direkt aus einem Irrenhaus geholt und hier rausgeschickt haben.«

An diesem Abend waren mindestens dreihundert Menschen auf dem Fußballfeld. Ein Dutzend Grenzführer sprang überglücklich von Gruppe zu Gruppe und bot seine Dienste an. Außerdem gab es in dieser Zeit, in der alle darauf warteten, daß sich der orangefarbene Feuerball hinter den Bergen versteckte, jede Menge Verkaufsstände.

Hausierer hasteten herum, die Limonade und Kaffee verkauften. Ein Mann widmete dem Land, das er gerade verlassen wollte, traurige Lieder zur Gitarre. Fünf Töchter, die keine Mutter mehr hatten, verabschiedeten sich von ihrem Vater, und *alle* weinten.

Der bei weitem gefühlvollste und sentimentalste Barfer war Renee Camacho. Deswegen und wegen seiner hellen Jungenstimme, die sich fast in eine Mädchenstimme verwandelte, wenn er wie ein Grenzgänger zu sprechen versuchte, nannten ihn die andern gern *maricón* und behaupteten, er sei in seinen Kumpel Joe Castillo verliebt. Renee war normalerweise ein lustiger Vogel, der

Spaß verstand und seine Retourkutsche wie kaum ein zweiter zu fahren verstand. In jener Nacht allerdings, in der sie darauf warteten, daß sich der Vorhang der Dunkelheit über den Deadman's Canyon senkte, hockte er mit einigen Pollos vor einem Lagerfeuer, und es war ihm trauriger als je zuvor zumute. Wegen ihrer Schauspielerei. Wegen seiner Schauspielerei. Wegen dieses ganzen Dramas oder Melodrams, das sich allabendlich in diesen Canyons abspielte und längst zu einer Art Ritual geworden war.

Er überlegte, ob seine Stimmung von der Jahreszeit kommen konnte. Der Frühling hatte die Wüstenblumen aufblühen lassen, weiße und purpurne, rot wie der Sonnenuntergang, erstaunlich zart in den rauhen Canyons, und im silbrigen Licht der anbrechenden Dämmerung schienen die Farben zu flackern. Halb verhungerte Hunde mit räudigem Fell kreisten scheu um die Lagerfeuer. Die Erde war übersät mit weggeworfenen Nahrungsresten und hatte die Tiere, denen der Sabber vor Gier aus den Lefzen rann, angelockt.

»Eines werde ich nie vergessen«, sagte Renee Camacho. »Wie uns dieser junge Mann in meinem Alter erzählte, was mit denen hier eigentlich los war.«

»Ich liebe meinen kleinen *pueblo«,* hatte jener Grenzgänger zu Renee Camacho gesagt. »Ich liebe unser Land, aber die Kinder müssen ein Zuhause haben.«

Eddie Cervantes war normalerweise eine Quasseltasche, und er stellte ununterbrochen Fragen. Weil er mit dem Peso-Wechselkurs auf Kriegsfuß stand, fragte er einen Grenzgänger, was er sich für seinen wöchentlichen Verdienst in seinem *pueblo* im einzelnen kaufen könne.

Die Antwort: gerade genug Tortillas und Bohnen, damit die Kinder gesund blieben. Nur in sehr guten Wochen gab es dazu noch ein mageres Hühnchen.

Renee Camacho war zu Tränen gerührt und außerdem ziemlich verwirrt. Es schien alles so hoffnungslos zu sein. Fast automatisch fragte er sich: was wäre gewesen, wenn sein Großvater mit dem Nonsens um Pancho Villa nicht ein für allemal Schluß gemacht hätte und nach Norden gegangen wäre? Er schaute sich auf dem Fußballfeld um und sah die Frauen mit ihren Babys. Er sah die älteren Frauen und Männer, die den Verlockungen Amerikas nicht widerstehen konnten. Sah den Mann, der neben ihm stand, an und schämte sich. Der Mann wirkte zerbrechlich und hatte dünnes Haar, das seit Ewigkeiten nicht geschnitten war. Er stank ebenso schlimm wie alle anderen. Niemand hatte einen Koffer bei sich. Sie schleppten höchstens ein Bündel mit sich herum. Renee gewann aus den Gesprächen mit diesen Leuten zwei äußerst beunruhigende Erkenntnisse: erstens, sie waren in allererster Linie die Tapfersten aller Armen von Mexiko. Zweitens, nur sehr wenige dieser Leute wollten im Norden bleiben. Sie träumten davon, genug Geld zu verdienen und dann in ihre Heimat zurückzukehren.

Einige besaßen zwei oder drei Dollar und keinen einzigen Cent mehr. Einige hatten ein paar hundert. Renee Camacho hatte schon häufig gesagt, daß er nie einen bösen Menschen unter ihnen angetroffen habe, und er fragte sich jetzt, wie es *möglich* sein konnte, solche Leute zu mißhandeln?

Nachdem er Grenzgänger kennengelernt hatte, die ausgeraubt oder niedergestochen oder vergewaltigt und gequält worden waren, begann er zu fühlen, was *sie* fühlten. Und in dieser Hinsicht war er nicht der einzige. Mehr und mehr ging's wohl allen so, daß sie die Armut und Angst *fühlten*. Man kriegte dabei seltsame Magenschmerzen, stellten sie fest. Man fing mit einemmal an zu stöhnen. Am Ende wurde man wütend, ohne daß der Zorn eine bestimmte Zielrichtung hatte. Und dabei kriegte man *noch* seltsamere Magenschmerzen. Renee Camacho beispielsweise wurde bald anderen Sinnes, was die Behandlung von Gangstern betraf.

Selbst als Gruppe erlebten sie im Laufe der Zeit sonderbare Dinge. Jedesmal, wenn beispielsweise der Hubschrauber der Border Patrol besonders niedrig über einer Gruppe von Grenzgängern kreiste, wurden auch die Barfer von Panik gepackt und gingen stiften.

»Was soll das denn?« schrie Manny Lopez eines Abends, als sie wieder mal auseinanderstoben wie die Grenzgänger. »Warum rennen wir denn hier weg?« fragte er verwirrt. »Wir sind bis an die Zähne bewaffnet, verdammt noch mal. Wir tun hier doch nur unsere Pflicht. Wir sind die *Guten*. Warum rennen wir dann hier weg?«

Natürlich fanden sie eine Antwort, ohne erst Lee Strasberg oder die Schauspielergewerkschaft bemühen zu müssen. Auch für einen Schauspieler ist es immer schwer, aus einer Rolle heraus- und in eine andere hineinzuschlüpfen. Aber viel schwerer mußte es eigentlich für einen Grenzgänger sein, der das *ununterbrochen* tun mußte.

Manny hämmerte ihnen ständig ein: »Daß die Leute uns leid

tun, ist okay, aber denkt auch daran, daß es da viel Abschaum gibt. Ihre Regierung ist korrupt. Ihre Cops sind korrupt. Ihr dürft da nichts durcheinanderbringen, sonst seid ihr schneller tot, als euch lieb ist.«

Einmal, als sie noch ziemlich in der Nähe ihrer Außenstation waren und auf dem Weg in die Canyons über einen dichten Stacheldrahtzaun kletterten, wurden sie von einer Stimme erschreckt, die von hinten kam: »Okay, Arschlöcher! Keine Bewegung!« Die Stimme gehörte einem Border-Patrol-Mann, der hier draußen rumschnüffelte.

Das Seltsame an ihrer Reaktion war die Tatsache, daß sie sofort die Hände hoben und auf *spanisch* antworteten. »*Somos policias! Somos policias!*« So tief jedenfalls steckten sie in ihrer Rolle.

Auf dem oberen Fußballfeld, immerhin, hatten sie auch manchmal was zu lachen. Irgendeiner erfand einen Namen für einen kleinen Maiskuchenverkäufer, der einen Kinnbart wie eine Ziege hatte. Sie nannten ihn Chano B. Gomez junior. Und manchmal kauften sie sich tatsächlich ein paar Maiskuchen und *aßen* sie sogar, was nach Ansicht von Manny Lopez das Mutigste war, was er je erlebt hatte; sein Schießerlebnis, meinte er, sei dagegen bloß Schwulenkram.

Chano B. Gomez junior hatte sich ein kleines Transistorradio an den Gürtel geschnallt und schleppte zudem Rumbakugeln mit sich herum, die er zu den Klängen einer Radiostation aus Tijuana einsetzte: *Cha cha, cha cha cha!*

Hin und wieder verkaufte er auch *churritos,* in Fett gebackene Stangen aus Brotteig und Chili. Und natürlich ging auch dann der eine oder andere dieser ausgekochten, chililutschenden Gangsterknacker das Risiko ein, sich eine parasitäre Paralyse einzuhandeln, indem er die *churritos* nicht nur kaufte, sondern auch aß. Eben wie ein Pollo.

Chano B. Gomez junior hatte ständig mehr als nur ein Auge auf die holde Weiblichkeit geworfen, und wenn er so von Gruppe zu Gruppe hüpfte, um seine Maiskuchen anzupreisen, drehte er seinen Krachmacher auf volle Lautstärke und schüttelte die Rumbakugeln allen flotten Bienen entgegen, die ihm unter die Augen kamen: *Cha cha, cha cha cha!*

Dabei wurden seine begehrlichen Blicke oft genug von einem Vater, Ehemann oder Bruder, dem solche Aktivitäten überhaupt nicht paßten, mit bedrohlichem Stirnrunzeln zur Kenntnis genommen. Aber Chano B. Gomez junior ließ dann nur seinen Ziegenbart in ihre Richtung flattern und seine Rumbakugeln rasseln, bevor er leichtfüßig wie eine der Ziegen auf den umliegenden Bergspitzen davonhüpfte.

Irgend jemand fragte sich mal, ob der Mann unter Umständen mit den Gangstern unter einer Decke steckte und ihnen mit den Rumbakugeln Zeichen gab? Du wirst flachgelegt, Schätzchen. Du wirst ausgeplündert. Du, Pollo, wirst *gekillt.* Einfach, indem er die Rumbakugeln ertönen ließ, die sich anhörten wie Klapperschlangen.

Trotz alledem aber hatten sie ihren Spaß am alten Chano B. Gomez junior, dem ziegenähnlichen Maiskuchenverkäufer, und stellten sich vor, daß er ihnen den Takt schlug, wenn sie aufbrachen ins Niemandsland: »Gebt acht, gebt acht! Mit heißem Hauch das Monster wacht!«

Dann kam der Abend, an dem Manny Lopez endlich, Auge in Auge, El Loco gegenüberstand. Sie marschierten durch den E-2-Canyon und befanden sich kurz vor einem Loch im Grenzzaun. Schon von weitem ließ sich auf mexikanischer Seite eine Schar schattenhafter Gestalten erkennen. Als die Barfer zu fünft näher heranbummelten, sahen sie eindeutig, daß eine dieser schweigenden, schattenhaften Gestalten völlig in Schwarz gekleidet war und eine rote Skimaske trug!

Der Mann mit der Skimaske quatschte sie an. Er sagte: »Wie wär's mit ner Zigarette?«

Manny ging zu dem aus Ketten konstruierten Zaun, schlüpfte dabei in seine Rolle und reichte dem Mann mit der Maske eine Fiesta-Zigarette durch die Maschen. »Haste auch Feuer?« fragte der Mann.

Manny förderte ein original mexikanisches Streichholzheftchen zutage, und als es aufflammte, sah er lediglich die Augen und den Mund des Mannes und fragte sich, warum, zum Teufel, er eine Maske trug.

»Wohin will deine Gruppe?« fragte Loco.

»Nach Los Angeles«, sagte Manny.

»Da kann ich euch vielleicht helfen«, sagte er. »Ich habe da gute Verbindungen. Ich arbeite kollegial mit den *judiciales* zusammen. Warum kommt ihr nicht über den Zaun, damit wir alles besprechen?«

»*No, señor«,* sagte Manny. »Wir haben Angst, wieder zurückzuklettern. Warum kommt ihr nicht hierher, wenn wir über unsere Reisepläne reden wollen?«

Loco rauchte und schien zu lächeln, obgleich es sich nicht ganz genau erkennen ließ. Schließlich gab er eine Rauchwolke von sich, schüttelte den Kopf und sagte: »Geht mal ruhig weiter, ihr Pollos. Ich glaube nicht, daß ich euch heute abend helfen kann.«

Binnen weniger Sekunden war er auf der mexikanischen Seite in der Dunkelheit verschwunden. Und als die anderen Manny mal genau anschauten, sahen sie, daß die rechte Braue *verschwunden* war. »Den Gangster muß ich kriegen!« sagte Manny. »Dieser Dreckskerl gehört *mir.«*

Zunächst schlug einer vor, doch mal eher Feierabend zu machen und sich das eine oder andere Bier hinter die Binde zu gießen, und sie boten Manny sogar an, zusammenzulegen und ihm eine Flasche Chivas Regal auszugeben; er jedoch scheuchte sie in die Röhre und meinte, sie könnten durchaus mal wieder ein Gangsterschnäppchen gebrauchen. Und da half es gar nicht, daß sie ihn ziemlich anmeckerten.

Die »Röhre«, genau gesagt ein Tunnel, war einer der Abwasserkanäle, die unterirdisch und unter dem Zaun von der amerikanischen Seite zur mexikanischen liefen. Und wenngleich die Barfer auch sicher keine besondere Antenne für Symbolik hatten, war die Röhre selbst in ihren Augen ein geradezu klassisches Sinnbild für das internationale Dilemma. Mexiko und die Vereinigten Staaten lagen buchstäblich Arsch an Arsch zusammen, und die ganze erbärmliche Grenzgängerscheiße floß normalerweise durch die Röhre in die Vereinigten Staaten, aber hin und wieder, wenn in den Vereinigten Staaten die Diarrhöe ausgebrochen war, floß die ganze erbärmliche Grenzgängerscheiße auch in entgegengesetzter Richtung zurück. Und weil die Gangster im allgemeinen wußten, wie in den beiden Staaten gerade geschissen wurde, konnten sie sich ganz auf die mexikanischen und die US-Arschlöcher einstellen, wenn es darum ging, Perlen in der Scheiße zu finden.

So etwa beschrieben sie die Situation an diesem Abend, an dem, wie sie sagten, der arme alte Fred Gil, der älteste Barfer, diese Röhre auszuwischen versuchte. Er führte ihr erstes Team, spielte die Rolle eines Grenzführers, ging immer einige Schritte voraus und klickte häufig Steine gegeneinander oder schnalzte mit den Fingern. Plötzlich sah er, als er sich umschaute, fünf statt der drei Schatten hinter sich! Zwei *echte* Pollos, die sich in der Gruppe anscheinend sicherer fühlten, hatten sich ihm angeschlossen.

Just in diesem Augenblick wurden sie von einem Hubschrauber der Border Patrol entdeckt, der sofort tiefer ging, und natürlich hatten sich die Barfer wieder mal so mit ihrer Rolle identifiziert, daß sie ebenso wie die beiden echten Pollos schnurstracks auf die Röhre zuliefen. Fred Gil war als erster drin. Die Röhre war buchstäblich *voll* von menschlichen Exkrementen. Fred Gil hatte sowieso einen schwachen Magen. Er fing an zu würgen. Die anderen Pollos, die echten wie die nachgemachten, drängten sich hinter ihm drein. Fred Gil schlingerte und schlitterte der Länge nach in die Exkremente und brüllte auf spanisch und englisch durcheinander. Sogar Fred Gils Augen brannten wie Feuer!

Nachdem sich alle reingedrängt hatten, hörten sie, wie der immer noch über ihnen herumknatternde Hubschrauber über Lautsprecher einen Jeep der Border Patrol benachrichtigte, worauf wenig später einige Scheinwerfer in die Röhre leuchteten, bis die Pollos nacheinander herauskamen und von den Jeeps eingekreist wurden.

Bevor er gewarnt werden konnte, kam ein Beamter der Border Patrol angerannt, packte Fred Gil und sagte: »O Scheiße!« Er war wirklich von oben bis unten voll.

Während die echten Pollos und der Beamte der Border Patrol Fred Gil entsetzt anstarrten, wurden die anderen Barfer immer hysterischer. Diese ausgekochten, wurmfressenden Kerle machten sich tatsächlich gegenseitig an und brüllten sich an und johlten. Sie rannten fast fünf Minuten lang wie aufgescheuchte Hühner herum, bloß weil der arme alte Fred versucht hatte, die Röhre auszuwischen.

Später am Abend sollte Fred Gil auf der Southern Substation eine Anzeige aufnehmen, die von einer älteren Mexikanerin erstattet wurde. Sobald sie roch, wie schlimm er stank, erklärte sie, sie komme morgen wieder, und rannte aus der Tür. Fred Gil bekam auf der nächsten BARF-Party einen Preis als bestangezogener Mann des Jahres.

Irgendwann aber fragte man sich, was zum Henker sich wohl der Maiskuchenverkäufer Chano B. Gomez junior gedacht haben mochte, als er das Ganze von seinem Aussichtspunkt oben auf dem Berg beobachtet hatte, und ob wenigstens *er* eine Ahnung hatte, was da draußen in diesen bescheuerten Canyons los war, durch die die Arschlöcher aus Amerika und Mexiko ihre Scheiße fließen ließen.

Fred Gil fing außerdem an, sich zu fragen, ob ein Mann an der

Schwelle seiner mittleren Jahre für derartige Dinge nicht einfach zu alt war. Es war gar nicht mal die Befürchtung, daß er dem Job, den er hatte, physisch nicht mehr gewachsen war; das war allenfalls der eine Teil des Problems. Seine familiären Verhältnisse spotteten jeder Beschreibung. Fred Gil hatte sein Leben lang damit zu tun gehabt, sich irgend etwas zu beweisen. Ebenso wie einige andere seiner Kollegen stammt Fred Gil aus einer gestörten Familie und war von seinen Großeltern erzogen worden.

Sein Vater war beim amerikanischen Marinecorps gewesen und hatte an den blutigen Kämpfen um Iwo Jima teilgenommen, als die Marines die düsterste Zeit ihrer Geschichte erlebten und so gut wie keine Gefangenen machten. Er spielte und trank und verhöhnte seinen Sohn. Selbst als Fred Gil größer und stärker als sein Vater wurde, was dazu führte, daß er sich (in vielem ähnlich wie Carlos Chacon mit seinen Gewaltträumen) dazu hinreißen ließ, sich zu wehren, den Mann zusammenzuschlagen und dann an seinen Schuldgefühlen beinahe zu ersticken, weil's ja schließlich doch sein *Vater* war – selbst dann noch sagte ihm der Vater: »Du bist ja *immer* noch ein Muttersöhnchen. Du bist und bleibst ein Muttersöhnchen. Du kannst es beim Marinecorps *nie* schaffen.«

Fred Gil verabscheute seinen Vater, der ihn seelisch so mißhandelte. Natürlich heuerte Fred Gil beim United States Marine Corps an.

Er verbrachte sein halbes Leben damit, zu beweisen, daß er kein Muttersöhnchen war. Er wurde Judo-Champion des gesamten Marinecorps in der offenen Klasse, in der er gegen wahre Monster kämpfen mußte, wenngleich er kaum zweihundert Pfund wog. Und zum Schluß fand sich der junge Mann, der den größten Teil seines Lebens damit verbrachte, einem Mann, den er haßte, einiges zu beweisen, auf einem äußerst unangenehmen Übungsplatz in Südvietnam wieder.

Einmal war Fred Gils Kampfgruppe während der Monsunzeit in der Nähe von Da Nang von mobilen Vietkongeinheiten vorübergehend abgeschnitten worden. Sie saßen zu fünft auf einem Munitionslastwagen und waren felsenfest davon überzeugt, in Kürze tot oder gefangen zu sein, wobei sie sich eigentlich mehr das erstere wünschten.

Bevor sie letztlich mitsamt ihrer Ausrüstung doch noch gerettet wurden, sagte sich Fred Gil ununterbrochen: Wenn ich das überlebe, gehe ich sofort zu meinem Vater und spreche mit ihm. Über *was* eigentlich?

Er lebte immer in Panik vor diesem Mann. Vor lauter Panik konnte er nicht mal *zeigen,* daß auch er mal Angst hatte. Ehe er nach Vietnam kam, fragte er sich: Würde er schlappmachen, wie sein Vater es ihm prophezeit hatte? Würde er tapfer sein? Würde er, um Himmels willen, irgendwann doch mal *zeigen,* daß er Angst hatte?

In Vietnam hatte er Glück. Als er eines Tages zur Erholung nach Hongkong geschickt wurde, stürzte die vor ihm gestartete Maschine ab und versank im Meer. Und in der Zeit, in der er weg war, geriet seine Einheit in einen Riesenschlamassel und verlor mehrere Leute. Diese Art von Glück schien in seiner Familie an der Tagesordnung zu sein. Sein Vater hatte sowohl den Angriff auf Pearl Harbor als auch das Massaker von Iwo Jima überlebt. In Vietnam hatte sein jüngerer Bruder drei großkalibrige Geschosse in den Rücken verpaßt gekriegt und es nicht nur überlebt, sondern beim Marinecorps auch noch weiter Karriere gemacht.

Trotzdem jedoch war diese Canyonkriecherei überhaupt nicht mit dem Krieg zu vergleichen. Fred Gil hatte den Krieg hauptsächlich in Form von abgefeuerten und einschlagenden Raketen und Granaten erlebt. Feinde ohne Gesicht, manchmal ein paar Umrisse, Mündungsfeuer in einiger Entfernung. Nicht mehr. Es war schlimm genug, aber es berührte einen irgendwie nicht... *persönlich.* Er hatte das mit Ernie Salgado besprochen. Beide waren der Meinung, daß das hier draußen total anders war als im Krieg.

Wenn der Vietkong sie in Vietnam angegriffen hätte, meinte Fred Gil, wären sie sicher nicht direkt auf den Feind losmarschiert, um zu zeigen: Da sind wir!

So sinnlos der Krieg grundsätzlich sein mochte, irgendwie war er zumindest nicht ganz so sinnlos wie diese Jagd auf bewaffnete Männer im Stockfinsteren, dieses ständige bloße *Reagieren* anstelle von Agieren. Ernie Salgado äußerte sich eines Tages dahingehend, daß es die fast intime *Nähe* war, die hier draußen alles so schwierig machte. In Vietnam hatten sie ihre Feinde nie gesehen, es sei denn beim Zählen der Leichen. Bloß ein einziges Mal in dreizehn Monaten hatte Ernie einem Gegner Auge in Auge gegenübergestanden. Seine Truppe hatte im nächtlichen Dschungel gesessen und auf den Abmarsch gewartet, als zwei Vietkongs beinahe über sie gestolpert wären. Die beiden Vietkongs waren schon bis auf wenige Meter herangekommen, bevor sie von zehn Marinesoldaten in Stücke geschossen wurden. Das waren lebendige Menschen gewesen, denen man Auge in Auge gegenübergestanden hatte. Da ging's nicht um Bewegungen, um Konturen, um Mündungsfeuer, sondern um *Menschen,* die mit russischen Sturmgewehren bewaffnet waren, um ebenso junge Männer wie sie selbst. Und so war's wirklich ganz anders gewesen als jetzt in den Canyons.

In den folgenden Monaten äußerten sich einige andere Barfer, die nicht in Vietnam gewesen waren und deshalb über keinerlei Vergleichsmöglichkeiten verfügten, ähnlich. Und wenn man ihren Versuchen, ihre Gefühle zu beschreiben, aufmerksam genug zuhörte, kriegte man schließlich mit, daß sie meinten, hier draußen müsse man nicht mehr nur mit einer quasi normalen Angst fertig werden, sondern es komme eine andere Dimension hinzu: das *Entsetzen.* Wenn man auf eine Weise wie sie immer damit rechnen muß, einem gewaltsamen Tod zu begegnen, ist die normale Angst wohl kaum ohne jene schreckliche andere Dimension vorstellbar: nicht ohne die Urangst, die Verzweiflung und Hoffnunslosigkeit, die sich zwangsläufig einstellt, sobald man Auge in Auge einem anderen Menschen gegenübersteht, der einen mit furchtbarer Vorsätzlichkeit vernichten will. Es ging hier um das Grauen und das archetypische Entsetzen, das man empfindet, wenn man *ermordet* werden soll.

Am Nachmittag des 23. März wollte Fred Gil wie gewöhnlich zur Arbeit gehen. Was bedeutete, daß er, bevor er zur Police Station fuhr, das Haus aufgeräumt und für seine Frau und Familie das Abendessen gekocht hatte. Und daß das tägliche Pensum an bitterbösen Streitgesprächen wieder mal erledigt worden war, nachdem seine Frau Jan das Haus betreten hatte. Sie wollten es nur noch so lange durchstehen, bis ihre Kinder alt genug wären, um die Scheidung ihrer Eltern verkraften zu können; ein Fehler, der offensichtlich in vielen Copfamilien gemacht wird.

Jan Gil war drei Jahre älter als Fred und in allem sein genauer Gegensatz. Sie wirkte größer, als sie in Wirklichkeit war, und hatte rotbraunes Haar, haselnußbraune Augen und ein längliches Gesicht. Der eine oder andere Barfer stellte gelegentlich fest, daß sie der Schauspielerin Lily Tomlin ähnlich sähe, während Fred irgendwie an den bekannten Golfer Lee Trevino erinnere. Insofern nannte man sie manchmal das Prominenten-Paar.

Dafür mußten sie ständig mit einer Tonne an Beschuldigungen

und Gegenbeschuldigungen, die auf ihnen lastete, fertigwerden. Es gab ernste emotionale Probleme wegen Jans Tochter, die Fred adoptiert hatte. Sie waren ein ständiger Anlaß für neue Auseinandersetzungen. Außerdem hielt sie das Haus nicht so in Ordnung, wie es seinen Vorstellungen entsprach, so daß am Ende er den Haushalt machte und kochte, bevor er am Abend zum Dienst ging. Eine Anzahl von kleineren Problemen, die dennoch ebenfalls unerträglich wurden, machten das Dilemma immer schlimmer. Sie trank recht heftig, rauchte viel, feierte gern und konnte fluchen wie ein Bierkutscher. Alles das störte ihn gewaltig. Sie war aushäusig veranlagt, und er saß am liebsten zu Hause.

Sie konnte jedem Menschen gerade in die Augen schauen. Er vermied immer noch jeglichen Augenkontakt, wenn sich's ermöglichen ließ. Obgleich es kaum je ein Paar gegeben haben dürfte, das so schlecht wie sie zusammenpaßte, flehten die Kinder sie an, zusammenzubleiben.

»Er hatte sich geändert«, erinnerte sich Jan Gil. »Ehe er zu BARF ging, war er immer ein *sehr* weicher Typ. Er war unsicher, weil er sich den meisten Leuten unterlegen fühlte, und im Grunde sehr weich. Ich mein damit nicht, daß er ein Waschlappen war. Ich meine wirklich weich. Er hätte wohl am liebsten dauernd geweint und kam nie damit klar, daß er überhaupt nichts darstellte. Mir fiel die Veränderung auf, nachdem er sich schon einige Monate in diesen Bergen rumgetrieben hatte. Diese gemeinsamen Trinkereien machte er zwar immer noch nicht mit, aber er legte sich zum erstenmal ein paar kleine Machoallüren zu. Er glaubte, BARF sei für ihn endlich die Chance, jemand zu *sein*. Er änderte sich, und daraufhin gab's bei uns *noch* öfter Krach.«

Wenngleich man zwar sehr lange darüber streiten könnte, ob Fred Gil sich vor dem Abend des 23. März tatsächlich Machoallüren zugelegt hatte oder nicht, hatte er *nach* diesem Abend todsicher keine mehr.

An diesem Abend trieb sich das Ensemble, dem als vierter Mann Renee Camacho angehörte, bei Einbruch der Dämmerung etwa hundert Meter oberhalb des Deadman's Canyons herum. Die Zweitbesetzung, die aus Carlos Chacon, Joe Castillo, Ernie Salgado, Joe Vasquez und Fred Gil bestand, marschierte durch den Deadman's Canyon selbst. Robbie Hurt und Dick Snider gaben ihren Kollegen Deckung, wobei sich Robbie Hurt wieder mal die

Frage stellte, wie lange er dieses Reservistendasein und all diese Nervosität und diesen Streß ohne die Entspannung, die die anderen dadurch hatten, daß hin und wieder was passierte, noch ertragen konnte. Dick Snider erklärte ihm mit bemerkenswerter Geduld, wie wichtig der Job sei und daß er jede Sekunde damit rechnen müsse, den anderen aus der Patsche zu helfen. Aber es war und blieb frustrierend.

Die fünf Barfer der Zweitbesetzung saßen neben einem ausgetrockneten Flußbett, das knapp zwei Meter breit und höchstens einen Meter tief war. Ernie Salgado befand sich an einem Ende des Bachbetts, und Joe Castillo trug sein abgesägtes Schrotgewehr unter der Jacke. Die übrigen hockten nebeneinander, bis auf Carlos Chacon, der ihnen gegenüber auf der anderen Seite des Grabens saß und die Beine baumeln ließ. Es war nicht nur eine ruhige, sondern sogar eine ungewöhnlich ruhige Nacht. Es wehte kaum ein Lüftchen, und man hörte kaum mal das Klicken, mit dem sich Grenzgängerführer und Gangster im Dunklen verständigten.

Auf der anderen Seite des kleinen Bachbetts wuchs ein riesiges Mesquitegebüsch. Die Natur hatte die Mesquitesträucher wie einen liegenden Büffel geformt. Öfter in solchen Nächten lungerten sie hier mitten im Gangsterland herum und lästerten über ihre Mitbarfer und gelegentlich auch mal über Manny Lopez, vor allem, wenn er nicht in der Nähe war. Big Ugly – der große, häßliche Joe Vasquez – war mit Abstand der Beste aller Scherzbolde. Als sie beispielsweise Joe Castillo und die Tatsache durchhechelten, daß Joe nicht unbedingt über den allerschnellsten Verstand verfügte, meinte er etwa: »Dem fehlt ne Kerze auf dem Kuchen«, oder: »Irgendwer hat dem n Rasterpunkt von der Luftaufnahme geklaut«. Und dann tutete todsicher noch ein anderer ins gleiche Horn: »Sicher, dem fehlt ein Ziegelstein in der Statik.«

Und obgleich das alles wirklich nicht gerade umwerfend komisch war, lagen sie schließlich grunzend und gackernd unter dem vom Mondlicht überfluteten hohen Himmel und konnten bloß hoffen, daß die Gangster sie hier draußen in der Nacht nicht hören würden.

Und dann sagte ein doch noch so ziemlich jung verheirateter Mann wie Carlos Chacon: »Wenn wir heute nacht noch in den *Wing* gehen, muß ich mir ne gute Story für meine Frau einfallen lassen.«

Und irgendeiner sagte dann unweigerlich: »Die ist doch gar nicht zu Hause, du blöder Hund. Die U.S.S. *Kittyhawk* ist doch gerade im Hafen.«

Und dann lagen vor lauter Lachen schließlich alle der Länge nach auf dem schmutzigen, lehmigen Wegboden oder zwischen den ausgetrockneten, abgefallenen Kakteenästen oder direkt in den Felsen und Kakteen. Leute, die unter einer so unerträglichen Anspannung stehen, finden sogar noch die allerblödesten Witze komisch.

Hin und wieder saßen sie einfach bloß so an den vom Regen ausgewaschenen Berghängen und schauten dem Flug der Leuchtkäfer zu. Und sahen auf das Sternenlicht über Mexiko. Beobachteten die Punkte am mondhellen Himmel: Nachtfalken, immer auf der Jagd nach Beute.

Manchmal, wenn sie sich's allzu sorglos gemütlich gemacht hatten, merkten sie, daß sie es sich mitten zwischen ein paar Skorpionen oder gelegentlich auch dicht neben einer Klapperschlange gemütlich gemacht hatten, die jedoch so lethargisch war, daß sie sich nicht mal die Mühe des Weggleitens machte, wenn nicht einer direkt in ihrem Nest gelandet war – was Robbie Hurt mal widerfahren war, der dann fast einen Herzinfarkt gekriegt hätte.

Manchmal lagen sie auf dem Rücken und lauschten den Stimmen, die irgendwo südlich der imaginären Linie traurige Lieder sangen. Jeder lief dann Gefahr, daß ihn diese sehnsüchtigen Klänge aus dem Elend der mexikanischen Stadt zum Weinen brachten, je nachdem, in welcher Stimmung er gerade war. Jeder mit Ausnahme von Manny Lopez, der todsicher gerade wieder überlegte, wie er Tempo, Tempo machen konnte. Dauernd auf der Jagd nach *Action*.

Als sie an diesem Abend des 23. März an dem ausgetrockneten Bachbett saßen und die Beine baumeln ließen, war die Finsternis noch nicht ganz so samtschwarz wie sonst. Nach ihrem ganzen Gekicher war es mit einemmal derart ruhig, daß einer von ihnen den alten Fred Gil anmachte und sich erkundigte, ob er nicht mal wieder Lust habe, zu ihrer allseitigen Erbauung die Röhre auszuwischen. Schließlich fiel Fred Gil ja *dauernd* in die Scheiße, und wenn er wieder mal versehentlich in anderer Leute Exkremente getreten war oder sich mitten hineingesetzt hatte, hatte er beim Rauskommen noch nie wie eine Rose gerochen.

Ernie Salgado hörte Schritte. Er sah, wie sich zwei Schemen

dem riesigen, undurchdringlichen Busch näherten, der wie ein liegender Büffel aussah.

Sämtliche Sträucher in den Canyons waren von Höhlen durchsetzt, weil sich die Leute auf ihrer Reise gen Norden regelmäßig hier einnisteten. Die beiden Gestalten blieben vor dem Büffelbusch stehen und kauerten sich in dessen Höhle, um sich die Gruppe schweigender Pollos, die auf der andere Seite des Bachbetts die Beine baumeln ließ, mal näher anzugucken. Eine der Gestalten wurde später als ein Heroinsüchtiger namens Morales identifiziert. Er war zweiundzwanzig, genauso alt wie Carlos Chacon. Und Carlos Chacon konnte, als er die Silhouette fixierte, als erster erkennen, daß der komische Knabe eine Pistole hatte.

Die zweite Gestalt wurde später als ein Mann namens Madrid identifiziert, und er hatte ein Messer mit einer zwanzig Zentimeter langen Klinge. Carlos Chacon gab seinen Kollegen auf der anderen Seite des Bachbetts ein Zeichen. Er streckte seinen Zeigefinger wie eine Pistole aus, worauf natürlich sofort allen der Arsch auf Grundeis ging.

Fast alle Barfer trugen zu dieser Zeit zwei Waffen. In einem Schulterholster hatte Carlos Chacon eine Smith & Wesson, und in der Kreuzgegend war ein Colt versteckt. Sehr vorsichtig versuchte er, an den Colt heranzukommen, aber der junge Mann mit der Pistole kam hinter dem Büffelgebüsch hervor, hielt ihnen die Pistole entgegen und sagte: »Hände hoch! Geld raus, oder ich knall euch ab!«

Der zweite Gangster trug das Messer offen in der Hand, als er über das Bachbett sprang und hinter die am Boden kauernden Barfer trat. Ernie Salgado sagte zu ihm: »Wenn Sie mich nicht ans Geld ranlassen, kann ich's Ihnen auch nicht geben.« Beide Gangster stanken nach *Müll.*

Das Ensemble hatte bis dahin noch nicht allzuviel Glück gehabt. Sie steckten in einem Graben oberhalb des Deadman's Canyons, und Manny Lopez maulte rum, weil es eine so friedliche Nacht war und weil ihnen bei so wenig Grenzgängeraktivitäten wahrscheinlich keine Gangster über den Weg laufen würden. Renee Camacho erinnerte sich, daß Mannys Meckerei durch einen Krach unterbrochen wurde, den sie alle kannten: KA-PLOOM! Das Schrotgewehr! Und dann PLOOM PLOOM PLOOM PLOOM. Dann BOP BOP BOP BOP BOP BOP! Und dann wurde aus den dumpfen und helleren

Explosionen ein einziger Lärm, der sich anhörte wie der Lärm eines Schlachtfelds.

Alle rannten, verwirrt durch die vielen Echos der Schießerei, im Kreis herum, und Robbie Hurt und Dick Snider standen wieder mal total neben sich und kriegten Krämpfe und spürten, wie ihr Adrenalinspiegel in die Höhe schnellte, weil sie keine Ahnung hatten, *was* los war. Während dieses ganzen Getöses kam plötzlich eine schreiende Stimme aus den tragbaren Funkgeräten, eine sich überschlagende Stimme, von Störgeknatter unterbrochen.

Dann brüllten Robbie Hurt und Dick Snider gleichzeitig in die Funkgeräte, und nach einer Ewigkeit hörten sie undeutlich die verstümmelte Nachricht: »Zwei sind getroffen! Zwei sind getroffen!«

Und Dick Snider brüllte aus Leibeskräften: »Von uns? Sind zwei von *uns* getroffen?«

»Verdächtige! Zwei Verdächtige sind getroffen!« schrie die Stimme.

Gott sei Dank! Aber nun: »Zwei Verdächtige sind getroffen! Auch von uns! Zwei Verdächtige sind getroffen, und zwei von uns sind getroffen!«

Carlos Chacon sagte hinterher: »Ich konnte sehen, daß er eine Pistole in der Hand hatte. Er sah genau zu, als ich versuchte, an meine Kanone im Kreuz zu kommen. Ich dachte, jetzt ist es aus mit mir!«

Carlos hatte sich gerade dazu durchgerungen, eine kugelsichere Weste zu tragen. Eine ganze Reihe von ihnen trug inzwischen kugelsichere Westen. Keiner hielt es noch für unmännlich, eine kugelsichere Weste zu tragen. Und nun erlebte Carlos Chacon dies alles wie einen Wachtraum. Es war beinahe so überdeutlich wie seine dauernden Träume von Gewalt, in denen die Angreifer seiner Schwester in den Magen stechen, so daß ihr Blut überall herumspritzt, und in denen er dem Angreifer das Messer wegreißt, ihm die Kehle aufschlitzt und sich über den Blutstrahl freut.

Sein Wachtraum lief in Zeitlupe ab, ähnlich wie bei Manny Lopez bei seiner Schießerei mit dem Beamten der mexikanischen Einwanderungsbehörde. Carlos Chacon sah in seinem Zeitlupenwachtraum, wie aus der kleinen Pistole des Gangsters ein Geschoß abgefeuert wurde. Die Pistole zielte genau auf das Gesicht von Carlos Chacon, der ebenso wie alle anderen unvorbereitet und hilflos überrumpelt worden war, als er die Beine in das trockene Bachbett baumeln ließ. Carlos konnte sehen, wie ihm das Bleigeschoß ins Gesicht knallte. Er konnte sehen, wie ihm die Kugel den Kieferknochen zerschmetterte. Er beobachtete, wie ihm die Splitter aus dem Gesicht sprangen. Bleisplitter. Knochensplitter. Wahr und wahrhaftig, er hörte das zischende Geräusch, das entstand, als seine Knorpel zermalmt wurden. Er hörte genau, wie seine Knochen auseinanderplatzten. Sein Blut spritzte auf alle seine Kollegen. Bei alledem dachte er: Ich kann mir ja nur wünschen, daß nicht allzuviel kaputt ist.

Carlos Chacon glaubte, daß die anderen, die ebenso wie der Gangster auf der gegenüberliegenden Seite des Bachbetts standen, einen winzigen Augenblick vor ihm zu schießen angefangen hatten, vermutlich deshalb, weil es ihn unheimlich fasziniert hatte, wie die Knorpel und Sehnen im eigenen Gesicht zerrissen und auf so blutige Weise zerfetzt wurden. Außerdem registrierte Carlos in dieser Situation, daß der andere Gangster eine mindestens einen halben Meter lange Machete trug. Es erwies sich, daß es nur ein Messer mit einer etwa zwanzig Zentimeter langen Klinge war, aber es stimmte schon, was Carlos hinterher sagte: »Man sieht *merkwürdige* Dinge da draußen im Deadman's Canyon.«

Unter seinen zerlumpten Grenzgängerklamotten hielt Joe Castillo mit seinen langen, nervösen, hübschen Händen das abgesägte Schrotgewehr umklammert. Seit Joe Castillo zum allererstenmal neben seinem Mentor Manny Lopez gekauert und gesehen hatte, wie eine Kanone auf dessen Gesicht zielte, war er dazu übergegangen, sich doppelt und dreifach zu bewaffnen. Zusätzlich zum Schrotgewehr hatte er eine Kanone in einem Schulterholster. Er schleppte eine weitere Waffe in einem Hüftholster mit sich herum, und um das Maß vollzumachen, hatte er einen dritten Revolver in einem Holster am Fußknöchel. Rings um den Gürtel hatte er Kugelhalter, die mit Spezialmunition gefüllt waren. Zu allem Überfluß tauschte er gleich nach diesem Abend einen seiner Revolver gegen eine 9-Millimeter-Pistole aus, deren Magazin acht Schuß enthielt, während in der Kammer noch ein neuntes Geschoß steckte. Auf Joe Castillos Zügen erschien regelmäßig ein ziemlich verwirrtes Lächeln, wenn man ihn nach seinem Waffenarsenal fragte. Er gab dann regelmäßig ein Meisterstück an Untertreibung zum besten: »Doch, ich bin soweit ganz gut bewaffnet.«

Wahrscheinlich war Joe Castillo derjenige, der mit seinem Schrotgewehr unter der Jacke als erster feuerte. Zuvor hatte er vor einem Angst: Carlos, der auf der anderen Bachbettseite saß, befand sich in seiner Schußlinie. Dann sah er, wie sich Carlos nach rechts bewegte. Dann roch er zum erstenmal, wie entsetzlich es aus diesem Bachbett stank, einer Rinne, in die hin und wieder ungefiltert die Abwässer von der mexikanischen Seite geleitet wurden.

Er stand einfach auf, wurde sich klar darüber, daß das Gewehr nach dem Abfeuern durch die Kleidung wahrscheinlich Ladehemmung haben würde, wie er das schon auf dem Schießstand erlebt hatte, wurde sich ebenso klar darüber, daß er deshalb wahrscheinlich nur einen einzigen Schuß abfeuern konnte, und ging auf Nummer Sicher.

»Es klang reichlich *laut«*, sagte er, womit er den kleinen Klick beim Durchladen meinte.

Er zielte mit seinem Schrotgewehr direkt auf den Bauch des Gangsters, der die Pistole hatte, und entfesselte einen wahren Feuerball.

Dann klang es ihm in den Ohren wie eine einzige lange Explosion. Zuerst wie die einer automatischen Waffe, dann wie das Echo der Explosion. Und sofort stieg ihm auch dieser unverwechselbare Pulvergeruch in die Nase, der ihm sein Gehirn auszuräuchern schien. Er *fühlte* förmlich, wie sich das Pulver unter seiner Schädeldecke bemerkbar machte. Und er wurde von Splitterfragmenten und Druckwellen im Gesicht getroffen. Eine einzige lange Explosion.

Carlos Chacon feuerte, bis seine Kanone leer war. Joe Vasquez feuerte, bis seine Kanone leer war. Joe Castillo feuerte seine Schrotladung ab, und Fred Gil, der dem Gangster mit der Pistole am nächsten stand, warf sich – entweder eine Mikrosekunde vor oder eine Mikrosekunde nach der ersten Detonation – auf ihn. Vielleicht lag es an Fred Gils jahrelanger militärischer Erfahrung, vielleicht auch nicht, daß er sich hinterher so klar und deutlich an den dringenden Wunsch erinnern konnte, den Gangster in Grund und Boden zu stampfen. Er tat's genau in dem Moment, in dem der Gangster von der schrecklichen Ladung getroffen wurde. Und dann wurde Fred Gil während dieses ganzen Geknatters weggeschleudert, und er lag auf dem Boden, und der Gangster lag schwer auf ihm, lag verkrümmt quer über seinen Beinen, und Fred Gil redete sich andauernd Mut zu: Ganz ruhig ganz ruhig ganz ruhig ganz ruhig. KRIEG UM HIMMELS WILLEN KEINEN SCHOCK!

Weil er zwar begriffen hatte, daß er getroffen worden war, aber nicht wußte, wo.

Und während sie immer noch schossen, glaubte Carlos Chacon auch in der Hand des zweiten Gangsters eine Waffe zu erkennen (man sieht hier draußen seltsame Dinge), obgleich sie später nie eine fanden und der zweite Gangster bloß noch abhaute und immer nur schrie: »Aye! Aye! Ayeeeee!«

Und mitten in diesem ganzen Lärm schrie irgend jemand ununterbrochen: *»Barf! Barf! Barf!«*, und trotz des ohrenbetäubenden Getöses hörte Joe Castillo dann plötzlich klar und deutlich, wie Fred Gil brüllte: »Mich hat's erwischt! Mich hat's erwischt!«

Gleich nach dem Abfeuern der Schrotladung hatte sich Joe Castillo den Gangster schnappen wollen, aber als er nach ihm griff, spürte er einen fürchterlichen Schlag gegen sein Handgelenk. Und dann verpaßte er dem Gangster, der auf der Erde lag, erst einmal einen Fußtritt. Und nachdem er ihn getreten hatte, hätte er am liebsten geheult, nicht etwa, weil ihm der Gangster leid tat, sondern weil er mit einemmal unerträgliche Schmerzen hatte, und er mußte sich setzen und sagte bloß noch: »Es tut weh! Es tut weh!«

Und sie feuerten immer noch und brüllten ihr *»Barf! Barf! Barf!«* Und der zweite Gangster lief in heller Panik das Bachbett entlang, während Joe Vasquez und Carlos Chacon ihm nachjagten und hinter ihm herfeuerten. Und Carlos Chacon, sicher der Barfer mit der lebhaftesten Phantasie, erinnerte sich klar und deutlich daran, daß er bloß noch dachte: Diese Säue! Mach sie fertig, die verdammten Säue, sagte er sich. Mach sie fertig, die verdammten Säue. Und der zweite Gangster, der jünger war als der andere, schrie: »Aye! Aye! Ayeeeee!«, und fiel mit Gebrüll in die Kakteen.

Dann war Carlos bei ihm und trampelte auf ihm herum, und Joe Vasquez trampelte ebenfalls auf ihm herum, und er brüllte immer noch. Und Joe Castillo schrie: »Es tut weh!«, und Fred Gil schrie: »Mich hat's erwischt! Mich hat's erwischt!«, und Ernie Salgado lief rüber zu Carlos und Joe Vasquez und brüllte: »Nun reicht's aber!«, weil sie allem Anschein nach alle miteinander den allerletzten Rest ihrer Selbstkontrolle verloren hatten.

Joe Castillo lag platt auf dem Boden, mit durchschossener Hand. Das Geschoß hatte einen Nerv verletzt, der mehrere Finger mit Gefühl versorgte. Die langen, hübschen, nervösen Finger würden manche Gefühle nie mehr übermitteln können. Zuerst glaubte Joe Castillo, er hätte sich selbst angeschossen. Aber er fragte sich, ob das mit dem Schrotgewehr überhaupt möglich war. Und wieso war ihm nicht die ganze Hand weggeblasen worden, falls er irgendwie wirklich mit einer Hand gefeuert und die andere vor die Mündung gehalten hatte? Und verdammt noch mal, es tat *weh!*

Mittlerweile hatte das Ensemble sie endlich gefunden. Tony Puente kam herbeigerannt, kurzsichtig blinzelnd, weil er keine Brille auf hatte, und verlor in dem nach Abwasser stinkenden Bachbett überall Mullkompressen, und Joe Castillo stöhnte: »Von Erster Hilfe verstehste n Dreck! Gib her! Nimm das Verbandspäckchen...«

Aber plötzlich standen seine Finger im rechten Winkel von der Hand ab, ganz von selbst! Dann ballten sie sich zur Faust zusammen, ganz von selbst! Und er dachte, daß er jeden Moment losschreien müßte, und dann brüllte er wirklich los: »Es tut weh! Oooooh, es tut weh!«

Der älteste Barfer hatte sich noch nicht gerührt. Weil es gar nicht *möglich* war. Der Körper des Gangsters lag quer über Fred Gils Beinen, und Freds Unterkörper war wie paralysiert. Fred Gil wollte überhaupt nicht sehen, wie schwer er getroffen worden war, aber er mußte zwangsläufig dauernd den Körper angucken, der quer auf ihm lag. Der Gangster war buchstäblich zerfetzt worden. Die Finger waren ihm weggerissen worden, und Fred Gil sah die glänzenden Knochenstümpfe. Knochenscherben, die im Mondlicht schimmerten. Abgesehen davon hatte der Gangster Schußverletzungen an der rechten Schulter, unten an der linken Brustseite, links seitlich am Rücken, oben an der Wirbelsäule, am linken Ellbogen und zwei in der rechten Schlüsselbeingegend. Er gab keinen Mucks von sich und starrte Fred Gil mit umwölkten Augen an.

Im Gegensatz zu Joe Castillo hatte Fred Gil kaum Schmerzen. Er war wie betäubt. Er glaubte, daß sein Oberschenkel getroffen war, wollte aber gar nicht hingucken. Tatsächlich war er erheblich höher getroffen worden, an der Hüfte, wie sich herausstellte. Er fühlte sich nur ungewöhnlich schwach und redete redete redete. Er hatte keinerlei Vorstellung, über was er redete.

Dann passierte eine Sache, die Fred Gil zutiefst verblüffte. Zuerst glaubte er, daß er langsam ins Koma gleiten würde und Halluzinationen hätte. Er sah, wie sich Carlos Chacon näherte. Nachdem er sich vergewissert hatte, daß Fred Gil nicht lebensgefährlich verletzt worden war, beugte er sich über den Gangster.

Fred Gil sah im Mondschein den Gesichtsausdruck von Carlos Chacon, sah diesen gerade erst zweiundzwanzigjährigen Mann. Sah ihm in seine erstaunlich ausdrucksvollen Augen. Sah in die Augen eines Jungen mit einer Kindheit voller Gewalt und Träumen voller Gewalt.

Carlos beugte sich über den blutigen, zerfetzten und zerschossenen Körper des Gangsters und fing an zu grinsen. Fred Gil konnte seine Augen nicht von Carlos abwenden. Dessen sehr weiße Schneidezähne schimmerten im Mondlicht. Carlos Chacon bewegte die Hand sehr langsam nach unten und piekste mit dem Finger in das blinde Auge des Gangsters. Mit immer noch wölfischem Grinsen stieß er den Augapfel ein zweitesmal mit der Spitze seines Zeigefingers an. Dann schaute er wie eine Figur von Bram Stoker zu Fred Gil auf und sagte: »Er ist tooooot!«

Als Carlos sich aufrichtete und wegging, kam ein Gurgeln aus der Kehle des Gangsters, und ein bißchen Schaum rann aus seinem Mund. Da drehte Carlos sich nochmals um, anscheinend in der Annahme, es sei ein letztes Röcheln im Todeskampf, und sagte angewidert: »So ein Arschficker! Kann nicht mal sterben wie n Gangster!«

Dann wurde es definitiv Zeit, schleunigst abzuhauen, weil immer mehr Menschen aus den Baracken von Colonia Libertad zusammenströmten und irgendwer wieder mal die alten Autoreifen auf den Berghängen in Brand steckte und ihnen auf die Köpfe rollen ließ.

Manny Lopez kam an und schrie: »Barf Barf Barf!«, um nicht erschossen zu werden, als er ungestüm auf den Schauplatz der Tragödie rannte. Der Hubschrauber des Sheriffs schwebte ein, und die Rotoren machten WOP WOP WOP und wirbelten ihnen Staub und Dreck um die Ohren.

Inzwischen hatte man den zweiten Gangster mit Handschellen gefesselt, und er lag mit dem Gesicht nach unten auf dem Erdboden. Er hatte links am Hals einen Durchschuß, der aber keine schwere Verletzung verursacht hatte. Er hatte eine Beinverletzung, die die Barfer für recht interessant hielten. Ein Geschoß hatte ihn beim Davonrennen an der *Schuhsohle* getroffen und war dann das Bein hinaufgewandert und am Schienbein wieder ausgetreten.

Er war außerdem ins andere Bein getroffen worden. Die Verletzung am Hals war durch eine Schrotkugel verursacht worden, und Manny Lopez, der so tollwütig dreinschaute wie einer der Hunde, die durch die Canyons strichen, leuchtete den Mann an und erkannte, daß die Schrotkugel noch im Fleisch des Halses steckte. Deshalb *trat* er ihm auf den Hals und sagte: »Du hast meine Jungs umgelegt, du Drecksack!«

Während Manny auf diese Weise ausprobierte, wie laut der verwundete Gangster schreien konnte, ereignete sich im Deadman's Canyon wieder mal ein Wunder. Der buchstäblich in Stücke geschossene Gangster, der quer über Fred Gil lag, redete. Er sagte: »Hiiilfe!«

Sie konnten's nicht fassen. Carlos Chacon sagte: »Er lebt! Die sind ja nicht totzukriegen!«

Bis der Hubschrauber des Sheriffs, der wie eine der alten Militärmühlen aussah, endlich auf halbwegs festem Boden gelandet war, kümmerte sich Manny Lopez insofern um den Gangster, daß er ihn tot zu *reden* versuchte, bevor man ihn abtransportieren konnte. Manny sagte ihm folgendes: »Du Dreckskerl, du hast meine Jungs umgelegt! Du Drecksau krepierst! Du hast ne Million Löcher im Körper! Du verblutest!« Dann sah Manny über seine Schulter hinweg, daß sich die Beamten des Sheriffs näherten, gab dem Gangster, der wohl kaum einen Hammerschlag gespürt hätte, einen Klaps und sagte: »Hör zu, du Arschloch! Du krepierst! Verdammt, steh auf!«

Der Mann war so zusammengeschossen worden, daß später aus seinem durchlöcherten Körper ein Projektil einfach ins Krankenhausbett fiel. Aber er starb nicht. Er erschien eines Tages im Gerichtssaal und sah fürchterlich aus. Von der Taille aufwärts trug er ein Gipskorsett, und sein zerschmetterter Arm war geschient und wies ohne die Finger, die im Deadman's Canyon für die Hunde liegengeblieben waren, nach oben. Zum Schluß kriegte er mehrere Jahre, und Carlos Chacon versuchte, ihn so weit zu kriegen, daß er für ein Erinnerungsfoto fürs Sammelalbum posierte.

Die Detectives der Mordkommission waren nicht gerade davon begeistert, daß sie raus in die verdammten Canyons mußten, in denen sie kaum jemals was zu tun gehabt hatten, als sich Dick Snider seine blöde BARF-Idee noch nicht zusammengeträumt hatte. Man hörte sie in der Dunkelheit rummeckern: »Ihr Burschen macht uns mehr Ärger, als ihr wert seid!«

Und wer hätte es ihnen übelnehmen können? Es ist wirklich nicht komisch, den Tatort und Beweise zu sichern, während eine Bande Halbstarker sich einen Riesenspaß daraus macht, die Gringos mit angezündeten Autoreifen in Brand zu stecken. Und auf englisch mit Beleidigungen rumzuschmeißen wie beispielsweise: »Ihr Arschficker!«

Bei den Untersuchungen der Detectives stellten sich noch in der Nacht zwei interessante Dinge heraus: zum einen, der Gangster Morales hatte gar keine echte Kanone besessen. Seine Waffe war eine Startpistole, und die anderen Gangster würden es sich bestimmt hinter die Ohren schreiben, daß es in diesen Tagen immer gefährlicher wurde, Raubüberfälle mit Spielzeugkanonen zu verüben. Und zum anderen, höchstwahrscheinlich war Carlos Chacon derjenige gewesen, der sowohl Joe Castillo als auch Fred Gil verwundet hatte, als er über dieses Bachbett zu schießen versuchte. Joe Castillos Verletzung war ein Durchschuß, und das Projektil wurde nicht gefunden. Das Projektil, das in Fred Gils Körper steckte, sollte dort nach Meinung der Chirurgen am besten bleiben, so daß es ebenfalls nie zutage gefördert wurde. Aber alles wies darauf hin, daß Carlos Chacon der Schütze gewesen war.

Fred Gil tat es mit einem Achselzucken ab und nannte Carlos spaßeshalber »Copkiller«.

Und Carlos revanchierte sich damit, daß er ihn »Eisenhüfte« oder »Bleiarsch« nannte.

Joe Castillo allerdings war nicht zu Späßen aufgelegt. Er behauptete, Carlos Chacon sei schießgeil und gefährlich. Joe Castillo würde die rechte Hand nie mehr so gebrauchen können wie früher, und er fing an, Carlos Chacon zu *hassen,* weil er ihn angeschossen hatte.

Eine Sache, die im Endeffekt *alle* Barfer haßten, ereignete sich noch in derselben Nacht. Die Nachrichtensender von San Diego unterbrachen ihr reguläres Programm und kündigten fast atemlos an: »Schwere Schießerei an der Grenze! Filmbericht folgt um elf!«

Daraufhin wurden zehn Ehefrauen verständlicherweise sofort halb wahnsinnig, und in der Southern Substation spielten die Telefone verrückt, obgleich natürlich niemand irgendwas Verbindliches sagen konnte, bevor nicht alle Betroffenen aus den Canyons zurück waren. Am Ende haßten auch die BARF-Frauen die Durchsage, die sie für alle Zeiten bis in ihre Alpträume verfolgen sollte, wie die Pest: »Schwere Schießerei an der Grenze! Filmbericht folgt um elf!«

Der Streifenbeamte, der in dieser Nacht die Ambulanz fuhr,

war Ken Kelly. Von der Stelle aus, an der Ken Kelly einsatzbereit parken mußte, hörte und sah man in der Dunkelheit von ganz weit draußen das Gejaule der Sirenen und die unzähligen Blinklichter. Als er schließlich zu dem Graben, in dessen Nähe es passiert war, und in den Deadman's Canyon raste, sah er sie überall herumliegen. Manny Lopez donnerte schreiend sämtliche Halbstarken zusammen, die die brennenden Reifen runterrollen ließen, drohte ihnen an, sie alle miteinander umzulegen, und verfluchte alle mexikanischen Cops als Ganoven, Untermenschen und Idioten, weil sie nicht da waren, um den Kindern Einhalt zu gebieten.

Ken Kelly konnte mit einem Blick sehen, daß seine Versetzung zu BARF unmittelbar bevorstand.

Manny Lopez gingen etwa zur selben Zeit eine Menge Sachen im Kopf herum, beispielsweise, daß er die Frauen von Fred Gil und Joe Castillo benachrichtigen mußte. Bei Jan Gil war das leicht. Sie besaß eine ebenso scharfe Zunge wie Manny selbst, und bei ihren Feierabendsoireen hatte sie es immer mit allen aufnehmen können.

Als sie sich am Telefon meldete, sagte er: »Hey, Jan, hier ist Manny!«

Und sie fragte das, was in dieser Situation *jeder* gefragt hätte. Sie fragte: »Ist er tot?«

Daraufhin sagte Manny Lopez: »Nee, nee, er ist nicht tot! Er ist verletzt. Er ist ganz okay!«

Und schon wenig später lachte Jan Gil laut vor Erleichterung, nachdem Manny Lopez mit Erfolg versucht hatte, die Sache ins Scherzhafte zu ziehen, und zum Beispiel sagte: »Verdammt, der ist vielleicht schwer! Wie schaffste das bloß? Normalerweise liegt er doch oben, oder?«

Jan Gil sagte: »Ich tu, was ich kann, Manny.«

Auf ganz andere Art mußte Manny Joe Castillos Frau Dorothy informieren. Die gebürtige Mexikanerin war die hübscheste aller BARF-Frauen, allerdings ein sehr schüchternes Mädchen. Er brachte es ihr äußerst anständig bei.

Dann meinte Manny, sich um noch was kümmern zu müssen. Abgesehen von Fred Gil hatte Ernie Salgado als einziger Barfer gar nicht geschossen. Manny Lopez vertat keine Zeit. Er fragte den größten Barfer vor versammelter Mannschaft: »Zum Teufel, warum hast du nicht geschossen?«

»In meiner Schußlinie standen Leute!« sagte Ernie.

»Das ist doch wohl Scheiße«, meinte Manny Lopez. »Wenn du

mich fragst, und das gilt für alle, hat man bei dieser Squad entweder Courage genug und schießt, oder man heuert besser woanders an!«

Zusätzlich zu den *äußerst* unerfreulichen Gefühlen zwischen Carlos Chacon und Joe Castillo lief dann also auch noch zwischen Ernie Salgado und Manny Lopez, die jeden Tag gemeinsam im Auto saßen, einiges ziemlich schief.

Fred Gil hatte später eine sehr lebhafte Erinnerung an diese Märznacht. Er erinnerte sich, daß sie buchstäblich alles verkehrt gemacht hatten, als sie vier verletzte Männer aus diesen Canyons rauszubringen versuchten. Zunächst hatten sie Joe Castillo auf eine Trage gelegt. Dann legten sie Fred Gil oben drauf. Und das tat weh.

Dann waren sie nicht imstande, die Tragbahre über die felsigen, rutschigen Wege nach oben zu schleppen, und darum versuchten sie, Fred Gil am Koppel zu tragen. Aber das tat erst recht weh.

Sehr bald hatte niemand mehr auch nur das geringste Mitgefühl mit Fred, weil sie allesamt dauernd ausrutschten und auf die scharfen Steine und in die Kakteen fielen, ganz abgesehen davon, daß ihnen Fred Gils Gewicht schwer zu schaffen machte, daß diese Mexikanerkinder immer noch die Reifen auf sie runterrollen ließen und daß Manny Lopez sich, verdammt noch mal, eine Panzerfaust wünschte und drohte, auf die Weise sämtliche Mexikaner aus Colonia Libertad umzubringen! Aber das alles war trotzdem noch gar nichts, verglichen mit dem, was ihnen jetzt noch bevorstand.

Als sie endlich am Hubschrauber ankamen, machten die Beamten des Sheriffs den Fehler, als erstes den Gangster einzuladen, weil sie glaubten, daß er im Sterben lag, und daraufhin kroch Mannys rechte Augenbraue hoch bis beinahe zum Scheitel, und aus seinem Mund trat buchstäblich wütender Schaum, als er brüllte: »Schmeißt das Arschloch sofort wieder raus! Schmeißt ihn RAUS!«

Dem armen Fred Gil allerdings tat Manny damit ganz und gar keinen Gefallen. Was er nämlich nicht ahnen konnte, war die Tatsache, daß Fred Gil alles andere als schwindelfrei war und es gar nicht vertrug, wenn es hoch mit ihm hinaus ging. Wirklich ganz und gar nicht. In einem Flugzeug zu sitzen, das war ja gerade noch erträglich, aber auf einer Tragbahre außen an einem fliegenden Hubschrauber zu hängen?

»Schmeißt diesen Kotzbrocken von der Bahre!« brüllte Manny Lopez jedoch weiter, und Fred Gil, der sich von Minute zu Minute elender fühlte, krächzte: »Ist ja alles klar, Manny. Ich fahr mit der Ambulanz.«

»Du fliegst mit dem Hubschrauber. Schmeißt den Drecksarsch RAUS!«

»Aber er stirbt, Manny«, argumentierte Fred Gil.

»Er kann mich am Arsch lecken!« schrie Manny Lopez.

»Scheibenkleister«, sagte Fred Gil und flüchtete sich in seine üblichen Euphemismen. »Verflixt und zugenäht!«

Das Schlimmste jedoch stand ihm immer noch bevor. Der arme alte Fred Gil wurde also tatsächlich auf die Tragbahre außen am Hubschrauber gepackt, und weil es kalt war und er mehrere Minuten fliegen mußte, hatten sie Angst, er könne erfrieren. Deshalb steckten sie ihn in einen wärmenden Sack – einen *Leichensack*. Er begriff kaum, was sie mit ihm machten, bis er es hörte – das schrecklichste Geräusch, das er in seinem ganzen Leben je gehört hatte.

Schrecklicher, als wenn man von einem bewaffneten und nach Müll stinkenden Gangster angehaucht wurde, der einen rumkommandierte: »Rück dein Geld raus!« Schrecklicher als abgefeuerte und detonierende Raketen unten in Da Nang. Schrecklicher als ein betrunkener Vater, der einem sagte: »Aus dir wird nie was außer nem Muttersöhnchen!« Schrecklicher als all das war dieses Geräusch.

Fred Gil war sowieso schon zumute wie diesen armen Taranteln und Skorpionen, die von den mexikanischen Kinder lebendig gefangen und an die Touristen verkauft wurden. Die einst so starken und giftigen und jetzt so bemitleidenswerten Tiere tappten und schnappten blind herum, und was ihnen fehlte, war offenbar nicht etwa genügend Luft, sondern ihre Freiheit. Genügend Luft zum Atmen nämlich hatten sie in ihren Gefängnissen, und trotzdem benahmen sie sich immer so, als könnten sie nicht atmen. Warum sagten ihre blöden Tarantel- und Skorpiongehirne ihnen nicht, daß sie im Grunde nur deshalb nicht in der Lage waren, zu atmen, weil sie so wilde und hektische Bewegungen...

Fred Gil konnte nicht atmen! Das Schrecklichste, was er im Leben je gehört hatte. Er hörte ein Zippen. Das ZZZIP! eines Leichensacks, der zugemacht wurde. Und er glaubte plötzlich, er sei in Vietnam. Er wurde total und auf schrecklichste Weise verrückt.

Er schrie: »WARTE WARTE WARTE WARTE WARTE WARTE!«

»Auf was denn?« fragte Manny.

Aber der arme alte Fred Gil wußte es nicht. Er war grauenhaft geschockt und von heller Panik gepackt, weil hier alles schiefging – aber er wußte nicht, weshalb alles schiefging. Und er konnte einfach nicht mehr schnell genug denken, um irgendwas anderes sagen zu können als immer wieder: »WARTE WARTE WARTE WARTE!«

Manny Lopez, der auf dem Weg bergauf pausenlos mit ihm geredet hatte, um ihn zu beruhigen, fiel's wie Schuppen von den Augen: er war nicht ganz dicht, denn er hatte irgendeine Art von Schock oder so was.

Fred Gil konnte sich vor allem deshalb nicht aufsetzen und diesen ganzen Idioten erklären, seine grauenhafte Angst rühre daher, daß er in einem durch einen Reißverschluß gesicherten Leichensack steckte, weil er seine diesbezüglichen Erlebnisse Tausende von Meilen entfernt und bereits vor einer Anzahl von Jahren gehabt hatte, und so sagte er bloß: »Meine Weste meine Weste meine Weste! Ich krieg keine Luft!« Und danach sah's ja auch tatsächlich aus, denn er schnappte dauernd wie verrückt nach Luft. Deshalb machte einer von ihnen diesen bescheuerten Leichensack auf, um ihm seine kugelsichere Weste abzunehmen, und obgleich das wirklich teuflisch weh tat, fühlte Fred Gil sich erleichtert.

Dann sagte Manny Lopez: »Na, ist es besser?«

Ehe Fred Gil ihnen jedoch sagen konnte, wieviel besser er es finden würde, nicht in diesen Totensack gezippt zu werden, war er schon wieder drin. ZZZZZZZZZIIIIIIIP!

Bloß dieses eine einzige Mal war Fred Gil vor lauter Grauen kurz weggetreten. Immerhin *weit* weggetreten. Der Helikopter hob ab.

»Und jetzt unternahm mein Geist eine kleine Reise«, wie er das beschrieb.

Fred Gil hatte einen Wachtraum vom Typ Carlos Chacon, eine Halluzination auf Breitwand und in Technicolor, das Ganze in Stereo. Seine Phantasie gaukelte ihm vor, er stehe neben seinem Körper und könne sehen, wie einer von diesen elenden, von Kakteen zerstochenen, gefühllosen, Würmer kauenden, Gangster fertigmachenden, angeberischen, *in die Hüfte geschossenen* und trotz und alledem völlig unbedeutenden Typen auf einer Drahttrage lag, die außen an einem alten, ausrangierten, in knapp zweihundert Meter Höhe über den Deadman's Canyon knatternden italienischen Hubschrauber hing, und plötzlich löste sich der Drahtkorb von selber. Er löste sich wie in Zeitlupe, weil die Idioten ihn nicht richtig festgemacht hatten, was ja kaum anders zu erwarten gewesen war, nachdem sie wirklich *alles* verkehrt gemacht hatten, und er schaute zu, wie er aus dem Himmel, dem Korb und buchstäblich aus allen Wolken fiel. Der arme alte Fred Gil, ein erschöpfter, in die Hüfte geschossener Eimer voll Scheiße, überschlug sich und fiel direkt in diesen verdammten Canyon, und dann rechnete er auch noch damit, daß er durch einen schrecklichen Zufall vielleicht sogar noch lebendig sein würde, wenn ihm diese miserablen kleinen Kids ihre heißen, brennenden Autoreifen auf den zerschossenen Körper rollen ließen.

Gerade in dem Moment aber wurde die nervenzerfetzende Darbietung für den alten Fred Gil beinahe zur schauerlichen Realität. Weil er *tatsächlich* keine Luft kriegte. Er befand sich tatsächlich knapp zweihundert Meter über den Canyons, und die Rotoren verursachten eine solche Turbulenz, daß der Leichensack ihm dauernd ins Gesicht knallte und ihm irgendwann, weil man ihm ja im Korb auch die Arme festgebunden hatte, mit seiner hin- und herflatternden Klappe den Mund verstopfte! Das konnte zwar nur dadurch passieren, daß er sie daran gehindert hatte, den Reißverschluß bis oben hin zuzumachen. Auf jeden Fall aber war Fred Gil auf dem besten Wege, der erste Cop in der Geschichte von San Diego und vielleicht von ganz Amerika zu werden, der effektiv von einem Leichensack umgebracht wurde!

Er war kurz davor, die Besinnung zu verlieren, als sie zur Landung ansetzten und die Geschwindigkeit verringerten. Dann schafften sie's, ihn ins *falsche* Krankenhaus zu bringen. Aber Fred Gil war's egal. Sie waren auf der Erde. Sein Gesicht war fuchsienfarben, aber er lebte noch. Und der Hubschrauber ging wenige Minuten nach der Landung kaputt, und sie konnten nicht mal wieder starten.

Fred Gil guckte sich den Hubschrauber an, dessen abgewürgter Motor stillstand, und meinte zu einer Krankenschwester, die ihn daraufhin für bekloppt hielt: »Ich hab eigentlich *immer* Glück gehabt.«

Eine andere Krankenschwester hielt ihn für einen Grenzgänger. Es war ein verständlicher Irrtum, in Anbetracht dessen, daß er ebenso blutige wie dreckige Klamotten trug und inzwischen fast selbst nach Müll stank und sich weder gekämmt noch seit einigen Tagen rasiert hatte. Das Blut des Gangsters hatte ihn so durchtränkt, daß sie glaubte, er sei in die Beine geschossen worden.

Als sie anfing, ihn auszuziehen, sah sie eine seiner Waffen und schrie: »Der Wetback ist bewaffnet!«

Der alte Fred Gil jedoch hatte in dieser Nacht schon derart viel Schreckliches gehört, daß er es kaum noch zur Kenntnis nahm. Er fand es viel schlimmer, daß der Doktor ihm einen Katheter in den Penis steckte, um eventuelle innere Blutungen festzustellen.

»O je, das kann ich nicht ab. Das kann ich überhaupt nicht ab!« wollte der alte Fred Gil dem Doktor sagen, aber er fühlte sich so schwach und schwindlig, daß er's am Ende kaum noch spürte.

Dann machten sie Röntgenaufnahmen und steckten ihm Schläuche, die so dick waren wie sein Pimmel, in Arme und Nase und Mund, und die Schmerzen in der Hüfte wurden schlimmer, und am Ende kreuzten auch noch ein paar von den Morddetectives auf, um ihn auszufragen, während er immer schwächer und verwirrter wurde.

Das Geschoß hatte den Hüftknochen getroffen, aber der war ebensowenig zersplittert worden wie das Geschoß selbst. Die Kugel hatte sowohl die Blase als auch die anderen Organe heil gelassen. Sie hatte sich oberhalb des Beckens in seinem Körper eingenistet, geradezu gemütlich, so daß sie voraussichtlich kaum jemals Ärger machen würde. Nach Ansicht der Ärzte konnte sie dort ewig bleiben, wenn durch den ganzen Schmutz, den sie großenteils schon jetzt aus ihm herauskratzten, keine Infektion verursacht werden würde.

Aber noch ehe Fred Gil nochmals sagen konnte, was für ein Glückspilz er war, widerfuhr ihm etwas reichlich Unglückliches. Nachdem sie Fred Gil das Blut weggewischt und ihn auf die Intensivstation gefahren hatten, durften ihn Jan und die Kinder besuchen.

Fred Gil war durch die ganzen Medikamente sicherlich etwas verwirrt, als er so da lag und seine jüngste Tochter anschaute und plötzlich hörte, wie sie sagte: »Dad, dein Gehirn hat doch nichts abgekriegt, oder?«

Und er lächelte und sagte: »Nee, nee, ich bin ganz okay im Kopf, Honey.«

Aber dann dachte er darüber nach. War er es *wirklich?* War Vietnam nicht *genug* gewesen? Er erinnerte sich an das Gefühl, das er noch Jahre nach Vietnam gehabt hatte. Einfach froh zu sein, noch *lebendig* zu sein. Bloß keine großen Ambitionen haben. Keinen Ehrgeiz. Bloß einfach froh zu sein, noch lebendig zu sein und zu wissen, daß keiner mehr darauf lauerte, einen umzulegen. Und weshalb dann doch das Police Department? Bloß, um nicht in alle Ewigkeit andauernd diese elende, haßerfüllte Stimme zu hören? Diese Stimme, die immer sagte: »Du bist und bleibst n Muttersöhnchen.«

War *normale* Polizeiarbeit nicht genug? Sicher, er war wohl schon immer einer der ganz wenigen gewesen, die sich, ähnlich wie Dick Snider, ernsthaft mit dem Elend der Grenzgänger beschäftigt hatten. Es war ihm stets ein Greuel gewesen, mit ansehen zu müssen, wie verstörte, barfüßige Kinder, deren Haare voller Kletten und Dornen waren, ihre Mutter anstarrten, die weinte, weil sie in ihrem Beisein gerade vergewaltigt und beraubt worden war. In der Hinsicht war's wie in Vietnam: Kinder waren die Hauptleidtragenden.

Aber war es wert, dafür zu sterben? Was taten sie eigentlich da draußen? Erschossen zu werden, das war die eine Seite der Medaille. Die Kehrseite war die, nicht mal zu wissen, *warum*. Er hatte von diesem Moment an nur noch den dringenden Wunsch, mitzuerleben, wie seine kleine Tochter größer wurde und zur Frau heranwuchs. Es war das einzige, das irgendeinen Sinn zu haben schien.

Und während ihm solche Dinge noch mehr oder weniger zusammenhanglos durch den Kopf gingen, kreuzten die Nachrichtenleute vom Fernsehen bei ihm auf und interviewten sowohl Fred als auch seine Frau.

Er merkte, daß Jan das anfänglich großartig fand. Der Rummel um BARF hatte ihr immer gefallen, und sie gab's auch zu, und nun waren sie die *Stars*. Ihre eigene Show! Die Lily-Tomlin-Lee-Trevino-Stunde!

Er konnte an ihrem Gesicht ablesen, was sie empfand: ihre Ehe war lausig, aber das hier war phantastisch! Die Fernsehleute kamen ohne Voranmeldung und ohne Erlaubnis. Sie brachten Fred Gil durch ihre gezielten, peinlichen Fragen ziemlich aus der Fassung.

»Es sieht ganz so aus, als seien Sie von einem Ihrer Kollegen angeschossen worden. Was empfinden Sie dabei? Ist unter Umständen irgendwas faul hinsichtlich der polizeilichen Ausbildung in San Diego? Meinen Sie, daß man bei der Auswahl der

Männer für den Einsatz in diesen Canyons mehr Sorgfalt walten lassen sollte?«

Da meinte Jan Gil, wenigstens dem Sinn nach: »Er muß überhaupt nicht mit Ihnen sprechen. Fred, sag besser gar nichts, wenn sie dir solche Fragen stellen! Fred wird keinen einzigen in die Pfanne hauen, auch nicht, wenn wirklich einer schießgeil sein sollte!«

»Ich hab nie gesagt, einer sei schießgeil!« versuchte sich Fred Gil später bei Manny Lopez zu rechtfertigen. »Ich hab so was nie behauptet! Das war Jan. UND DU WEISST JA, WAS SIE FÜR NE VERFLIXTE KLAPPE HAT!«

Eins allerdings sagte er dann doch noch, als sie gar nicht aufhörten, ihn mit Fragen zu löchern. Er sagte das, was von ihm erwartet wurde, nachdem ihm sozusagen die Hunderttausenddollarfrage gestellt worden war, die in dem Fall hieß: »Wollen Sie trotzdem wieder in die Canyons gehen, nach allem, was Sie erlebt haben?«

Er antwortete: »Aber klar! Sobald ich wieder auf den Beinen bin. Klar will ich!«

Im gleichen Augenblick allerdings dachte er an sein kleines Mädchen. Und dabei fühlte Fred Gil sich sehr alt. So alt wie der Krieg.

Sofern man den mexikanischen Einwanderungsbeamten Luis Tamez mit auf die Rechnung setzte, waren Fred Gil und Joe Castillo der zweite und dritte Gesetzeshüter, die in den Canyons angeschossen worden waren. Unter dem Strich waren es zwei echte Gangster und drei Cops. Alle von Cops angeschossen. Man hätte sich langsam fragen können, was sich *darüber* wohl, auf seinem Aussichtspunkt auf dem oberen Fußballfeld, der Maiskuchenverkäufer Chano B. Gomez junior dachte. All diese kleinen Gernegroße, die sich im Deadman's Canyon herumtrieben, rein in die Canyons und wieder raus aus den Canyons, und die sogar durch die Röhren rollten wie so manche steinharte Scheiße. Die dauernd »Barf Barf Barf!« schrien und nachts Leute umlegten. Unter dem Strich mehr Cops als Gangster.

Es gibt etwas ganz Typisches in bezug auf Gewalt. Wenn sie erst einmal losgelassen ist, tendiert sie im allgemeinen immer zur Eskalation.

12. KAPITEL

Die Hure

Es gab in der Folgezeit ungeheuer viel Wirbel um die verletzten Revolverhelden. Gleich am nächsten Tag hatte Joe Castillo, dessen Heldentaten von allen Zeitungen und Fernsehstationen verbreitet worden waren, seine liebe Mühe und Not, fremde Menschen von seiner Station fernzuhalten. Gott ja, sogar aus seinem Bett rauszuhalten!

Wahr und wahrhaftig kreuzte schon vor seiner Frau und sogar vor der regulären Visite eins jener Lehrerinnen-Groupies aus dem *Anchor Inn* bei ihm auf, himmelte ihn an, als wäre er Warren Beatty persönlich oder sonst wer von diesen Stars, und fragte an, ob sie ihm nicht eben mal einen blasen solle. Hier und auf der Stelle!

Während der junge Joe Castillo noch damit beschäftigt war, aus einem so erfreulichen Aspekt seiner Popularität tatsächlich Honig zu saugen, veranstaltete ein Fernsehteam auf dem Flur ein ziemliches Tohuwabohu, und eine Krankenschwester kam rein und fragte, ob der Revolverheld von der Grenze mit einem Live-Interview einverstanden sei.

»Zum Henker, nein!« sagte er. »Jagen Sie sie weg!«

Die Lehrerin konnte es nicht glauben. »Du willst auf einen Fernsehauftritt verzichten? Bist du *so* berühmt?« Dann wollte sie ihm erst recht einen blasen!

Und das war nicht mal der halbe Trubel. Sein Telefon hörte gar nicht mehr auf zu läuten. Sämtliche Kellnerinnen aus sämtlichen Schnellimbissen und sämtlichen Kaschemmen in South Bay erkundigten sich, ob er dieser eine Stämmige sei oder etwa dieser Starke oder dieser Verrückte oder vielleicht... Jesus Christus, es interessierte sie anscheinend einen Scheiß, um *welchen* Barfer es ging, Hauptsache, sie durften vorbeikommen und ihn besuchen.

Es war ein ganz hübscher Brocken für einen vierundzwanzigjährigen Jungen, damit fertigzuwerden, daß er derartig im Mittelpunkt stand. Es war ihm nie bewußt gewesen, daß er die Verkörperung einer amerikanischen Legende war, ein gottgefälliger, die Gangster jagender, hochberühmter, aus der Hüfte schießender Revolverheld.

Er wußte bloß, daß ihm offenkundig alle Mädchen einen blasen wollten.

Und daß seine Ehe derzeit ziemlich am Arsch war. Die halbe Zeit war er betrunken, und ansonsten trieb er sich draußen in den Canyons rum oder stellte mit den anderen Barfern, die von amerikanischer Mythologie ebensowenig Ahnung hatten wie er, San Diego auf den Kopf. Und dabei hatte er wahrscheinlich die liebste, verständnisvollste und ganz fraglos hübscheste Frau von allen. Er war auf dem besten Weg, ihr fürchterlich weh zu tun, obgleich er wußte, daß ihm das Herz brechen würde, wenn sie weinte.

Joe Castillo fragte sich, ob die Situation nicht sehr viel einfacher sein würde, wenn er statt mit einer Mexikanerin mit einer Weißen verheiratet wäre, die ihn, wie es Jan Gil sicher längst getan hätte, regelmäßig in den Hintern treten und einen Mordskrach schlagen würde, wenn er es verdient hatte. So führte die Tatsache, daß er ein echter, lebender Revolverheld war, dazu, daß der junge Cop reuig und total verwirrt war und äußerst zwiespältige Gefühle hatte.

Und es gab noch was – seine Hand. Momentan war sie natürlich richtig kaputt. Aber er hatte Angst, daß sie nie wieder richtig heil werden würde. Wenn ihn gerade mal keiner besuchte, kriegte er Depressionen, weil die Hand gar nicht mehr so hübsch und beweglich war wie vorher und er auch merkte, wie schwierig es war, ohne eine so bewegliche Hand zu reden. Und er sah seinen Zimmergenossen im Bett nebenan und klagte: »Ich bin erst vierundzwanzig. Was mach ich bloß, zum Henker? Etwa schon in Pension gehen?«

Dann rief er sich zur Ordnung und dachte darüber nach, wie sich *das* wohl anhörte. Sein Zimmergenosse war erst sechzehn, und wegen einer Krebserkrankung hatten sie ihm ein Bein abgenommen.

Daraufhin flüchtete sich Joe Castillo in seinen Lieblingsausdruck, den er zu gebrauchen pflegte, wenn er sich selber anklagte, und sagte: »Meine Scheiße *stinkt!* Tut mir leid, tut mir leid!«

Aber seinen Zimmergenossen störte das gar nicht. Der Junge

war völlig ausgeflippt, nachdem er alles über Joe Castillo in den Zeitungen gelesen und ihn außerdem im Fernsehen bewundert hatte. Der Junge hatte begriffen, daß ihm der erste Revolverheld Gesellschaft leistete, den er je gesehen hatte. Der Junge zog sich mühsam aus dem Bett, versuchte, auf einem Bein zu stehen, das gar nicht mehr da war, nahm Anrufe für Joe entgegen und erledigte auch sonst alles mögliche für ihn. Der Junge fragte den Arzt, ob er wirklich, wie vorgesehen, am nächsten Nachmittag entlassen werden müsse. Er wollte schrecklich gern noch länger mit seinem neuen Helden Joe Castillo zusammen sein.

Nachdem der junge Cop sich gerade erst klargemacht hatte, daß er da draußen in den Bergen offenbar doch wohl ein rechtes Arschloch geworden war, tat ihm so was natürlich besonders gut. Er bekam dann die Chance, im nächsten Monat mal in Ruhe alles zu durchdenken. Man gab ihm einen sensationellen Druckposten, indem man ihn als Boten im Detectives-Büro einsetzte. Er haßte den Job.

Er sagte sich: jetzt erst recht. Er fing an, den Punchingball und den Sandsack zu bearbeiten. Er stellte fest, daß er noch ganz schön in Form war. Boxen war wahnsinnig. Boxer ließen sich von Pinten und Puppen nie in Versuchung führen. Ruhe und Frieden. Jede Menge Ruhe und Frieden. Ein spartanisches Leben. Soll mal einer nach einer durchsoffenen Nacht in den Ring gehen und gucken, wie er die Jacke voll kriegt. Ihm gefiel's hundertprozentig. Irgendwer hatte ihm mal die Nase gebrochen. Scheiß drauf. Joe Castillo hatte im Chino State Prison gegen einen schwarzen Häftling geboxt. Alle mexikanischen Häftlinge jubelten ihm zu, einem Cop. Ein Spitzel hatte ihn mal auf der Straße angequatscht: »Hey, Mann, ich bin stolz, dich zu *kennen!* Toll, wie du rumwirbelst!«

Er hatte im Halbschwergewicht geboxt und bei den Polizeimeisterschaften letztlich eine Silber- und eine Bronzemedaille gewonnen. Laufen und Boxen wurden seine Hobbys. Seine Ehe, glaubte er, müßte diese Verrücktheiten in den Canyons einfach überstehen.

Als er zu BARF zurückkam, konnte er seine Hand fast wieder normal gebrauchen. Eine Faust ballen konnte er sowieso, aber nun stiegen seine Finger wieder in die Luft und glitten dahin und flatterten wie die Vögel. Erfreulich schnell beherrschte er seine Körpersprache wieder; das Achselzucken, die eleganten Drehungen, das Sichverneigen, das Sichwiegen, wenn er in den Kaschemmen mit den Groupies redete. Er konnte das Saufen doch nicht so einfach vergessen, als er wieder bei der BARF Squad war. Aber er konnt's einfach nicht mehr glauben, daß er sich selbst mal für den schönsten aller Streifencops gehalten hatte. Er konnt's nicht glauben, mal ein naßforscher Cop mit schwarzen Handschuhen gewesen zu sein.

Eins allerdings änderte sich nicht: seine Gefühle in bezug auf Carlos Chacon. Wenn er betrunken war, glühten seine Augen beinahe so gefährlich, wie die Augen von Carlos *dauernd* glühten. Carlos Chacon hatte ihn angeschossen, und da konnte Carlos hundertmal behaupten, das sei gar nicht erwiesen. Joe Castillo *wußte*, daß es Carlos gewesen war, und Carlos ließ trotzdem keinerlei Bedauern darüber erkennen, daß er ihn angeschossen hatte. Infolgedessen hatte er draußen in den Canyons von nun an ein *sehr* wachsames Auge auf Carlos Chacon.

Immerhin ereigneten sich bei der Squad ein paar nennenswerte Dinge auch in der Zeit, in der Joe Castillo und Fred Gil versuchten, wieder auf die Beine zu kommen. Eine Sache war die, daß sie Ken Kelly als Verstärkung kriegten. Genau wie Robbie Hurt mußte Ken Kelly erst einmal davon überzeugt werden, daß er die falsche Hautfarbe hatte, um mit den anderen als Lockvogel loszumarschieren. Ken Kelly meinte, daß der dunkelhäutige Robbie zwar kaum das geeignete Make-up finden würde, um als Mexikaner durchgehen zu können, daß es jedoch bei einem Weißen wie ihm eigentlich zu schaffen sein müsse. Also stülpte sich Ken einen Damenstrumpf über das blonde Haar, schmierte sich eine zähe, mokkafarbene Creme ins Gesicht und sah anschließend aus wie ein bekloppter GI in einer Hollywoodversion ausgeflippter Vietnamkrieger.

Bemerkenswert war außerdem, daß die Leute plötzlich anders auf die üblichen bösartigen, verrückten und erbarmungslosen Scherze und Witzeleien auf Kosten der Kollegen reagierten. Ernie Salgado zum Beispiel konnte gar nicht mehr so recht lachen, wenn man ihn wegen seines mächtigen Kinns aufzog oder meinte, das Nachtleben in seiner Heimatstadt – Marfa in Texas – sei etwa so aufregend wie ein Maurerwettbewerb in Polen. Ebenso erging's Eddie Cervantes, wenn sie ihn fragten, ob er in diesem Jahr zu Weihnachten mit Onkel Ebeneezer Hoppe-Hoppe-Reiter spielen werde. Tony Puente hingen Gags über seine Ehefrau, die an den Straßenecken Bibeltraktätchen an Penner verteilte, längst zum

Hals raus. Und auch eine Frohnatur wie Renee Camacho fand es nicht mehr allzu witzig, wenn er wegen seines Grenzgängersoprans Schwulenwitze erdulden mußte. Joe Castillo wiederum blieb das Lachen im Hals stecken, wenn sie meinten, er sei etwa so raffiniert wie ein Sack Kohlrüben. Und möglicherweise hatte man sogar den ewig lächelnden Joe Vasquez zu häufig darauf hingewiesen, daß er große Ähnlichkeit mit Charles Laughton als Glöckner von Nôtre Dame hatte. Einleuchtend, letztlich, war es auch, daß Robbie Hurt es leid war, immer mit einem Negerzuhälter verglichen zu werden, der sich die Zähne mit Diamanten plombieren ließ.

Tatsächlich waren sie in jenen Tagen sehr ruhig, wenn sie sich ihre kugelsicheren Westen und Grenzgängerklamotten anzogen. In ihrem kleinen Squadroom, der etwa die Größe einer Familiengruft hatte, wurde auch kaum noch getratscht. Und wenn sie sich in der Dämmerung in ihren Wagen mit Vierradantrieb drängten, um in die Canyons zu fahren, war das Schweigen fast gespenstisch. Keiner machte den Mund auf. Eine ganz neue Verhaltensweise war zu beobachten, seit ihnen unmißverständlich klargemacht worden war, daß da draußen auch lebende Legenden nicht unverwundbar waren.

Am 5. April machte eine Gangsterbande im Deadman's Canyon einen besonders guten Fischzug, und er ging auf Kosten der unglücklichsten Opfer, die jemals einen Überfall überlebt hatten und ihre Erlebnisse erzählen konnten. Achtzehn Pollos aus El Salvador und Guatemala hatten an dem Nachmittag beschlossen, ihr Glück im Deadman's Canyon zu versuchen. Da die Sonne noch hoch über den Bergen stand, hatten sie sich wahrscheinlich ausgerechnet, daß sie zwar unter Umständen von der *migra* erwischt werden, aber sicherlich den Gangstern entkommen würden, von denen sie so viel Schlimmes gehört hatten. Sie irrten sich.

Während die Gruppe dieser achtzehn Männer und Frauen unter einer verkrüppelten Eiche im Deadman's Canyon zum erstenmal Rast machte, näherten sich ihr drei junge Männer und ein großer schwarzer Hund. Einer der jungen Männer trug ein 22er Gewehr. Er hatte die längsten Haare, die die meisten von ihnen je bei einem Mann gesehen hatten. Er sah wahr und wahrhaftig wie ein Apache in einem amerikanischen Film aus. Das Haar war so lang, daß es ihm den ganzen Rücken runter bis auf den Gürtel fiel. Und er hatte sich, wirklich wie ein Apache oder ein amerikanischer Hippie, ein dunkelblaues Halstuch um die Stirn geschlungen. Dazu trug er eine braune Weste über einem langärmeligen weißen Hemd, was ihn einem Filmindianer noch ähnlicher machte.

Weil er einen großen, wild aussehenden Hund bei sich hatte und ein Gewehr trug, hofften sie zunächst, daß er in den Canyons nur Eselhasen jagen wollte, nicht zuletzt auch deshalb, weil einer seiner Begleiter noch ein Junge war. Der Junge allerdings trug einen großen Stein. Und der dritte junge Mann eine große Eisenstange.

Wahrscheinlich deshalb, weil die achtzehn Pilger nicht wie Mexikaner aus der Grenzgegend wirkten, sagte der mit dem langen Haar und dem 22er Gewehr was sehr Blödes. Er sagte: »Wir sind *judiciales*. Rückt mal euer Geld raus.«

Das war beinahe schon komisch, abgesehen davon, daß er einen so wilden und glasstarren Blick hatte und sein Gewehr anscheinend alles andere als ein Spielzeug war. Der langhaarige Gangster filzte einen der Pilger und fand bloß etwas salvadorianisches Geld. Er stopfte sich das wertlose Zeug in die Tasche, und die drei wandten sich enttäuscht ab, ohne sich die Mühe zu machen, die übrigen zu filzen. Die Pilger meinten bereits, sie hätten Glück gehabt.

Aber als sie sich dreißig Minuten später niederduckten, um zu warten, bis sich ein in der Ferne aufgetauchter Wagen der Border Patrol verzog, erschienen drei weitere Männer. Sie waren älter, sagten aber beinahe dasselbe: »Wir sind von der Staatspolizei. Rückt mal euer Geld raus.«

Offenbar machte es all diesen Gangstern Spaß, sich als Polizisten auszugeben. Aber die *judiciales* hatten im allgemeinen keine Totschläger und Macheten und abgebrochene Flaschen bei sich. Die neun Männer und neun Frauen waren so entsetzt, daß sie freiwillig alles rausrückten, um ihr Leben zu retten. Drei verbrecherische Junkies hauten an diesem Nachmittag mit über fünftausend US-Dollar ab.

Während die Pilger noch heulten und jammerten und wehklagten und sich nicht vorstellen konnten, wie sie jemals Los Angeles erreichen oder nach El Salvador und Guatemala zurückkommen sollten, näherte sich eine weitere Gruppe Männer, diesmal zwölf. Und die Sonne war im Deadman's Canyon immer noch nicht untergegangen. Die zwölf Männer waren schrecklich enttäuscht, als sie hörten, daß die Pilger schon ausgeraubt worden waren. *Zweimal.* Da war für sie nichts mehr übriggeblieben, abgesehen von den Frauen.

Es war eine jener Gangsterbanden, die ihre Opfer mit brutaler

Gewalt einschüchterten. Der Sprecher der Guatemalteken erkannte, daß die Lage absolut hoffnungslos war. Er begriff, daß sich hinter diesen unergründlichen schwarzen Augen nichts als Grausamkeit verbarg. Als er dennoch versuchte, die Frauen zu schützen, hoben die Gangster große Steine auf. Sie fielen unbarmherzig über ihre Opfer her und trieben die jammernden männlichen Pilger, die sie anflehten, ihre Frauen zu verschonen, in einen Hohlweg. Einige der Pollos aus El Salvador berichteten später, daß sie gedacht hätten, das ganze Erlebnis – *drei* Gangsterüberfälle – könne eigentlich nur ein absurder Traum sein.

Die weinenden Frauen wurden von der Bande eingekreist wie von einem Rudel dreckiger Hunde. Während die Frauen beteten, unterhielten sich die Gangster bereits des längeren und breiteren und überaus obszön darüber, wer von ihnen die Jüngste kriegen sollte.

Plötzlich erschien ein Flugzeug der amerikanischen Border Patrol im Tiefflug über dem Canyon und legte sich in die Kurve. Einer der salvadorianischen Männer fing an zu winken und zu schreien. Er *verlangte,* als illegaler Grenzgänger festgenommen zu werden.

Wenige Minuten später erschien ein Hubschrauber und trieb die Gangster in Windeseile nach Colonia Libertad zurück. Die Frauen waren gerettet. Als sie, noch völlig benommen, auf der Southern Substation des Police Departments von San Diego saßen, sagten sie ununterbrochen, daß sie sich erst *sicher* gefühlt hätten, als sie diesseits der imaginären Linie gewesen wären. Auf ihrem Trip durch Mexiko, wo sie hundertmal der Gefahr trotzen mußten, hatten sie immer befürchtet, ausgeraubt zu werden, was aber nie der Fall gewesen war. Sie hatten von vornherein geglaubt, daß sie erst in dem Moment sicher sein würden, in dem sie bei hellem Tageslicht den Boden der Vereinigten Staaten beträten. Keiner von ihnen schenkte einem uniformierten Cop Glauben, der sardonisch grinsend erklärte, in San Diego gebe es mehr Überfälle als in den *Staaten* El Salvador und Guatemala zusammen.

Zwei Abende später, als die Medienlieblinge im Spring Canyon wieder mal eine Gangsterfestnahme fürs Fernsehen nachstellten, war auch Dick Snider mit seinem binokularen Nachtglas in der Gegend unterwegs. Er entdeckte einen jungen Mann mit den längsten Haaren, die er seit längerem gesehen hatte, und der Mann sah mit seinem Halstuch, das er um die Stirn geschlungen hatte, einem Apachen sehr ähnlich. Er besaß ein 22er Gewehr. Dick Snider meldete es Manny Lopez, aber bis Manny und die anderen sich vom Schaugeschäft lösen konnten, war der langhaarige Gangster verschwunden.

Am darauffolgenden Abend nahmen sie zwei Gangster mit Dolchen fest. Es gab eine Schlägerei, bei der, wie immer in diesen Tagen, niemand lange fackelte. Ein von Ernie Salgado und Joe Vasquez festgenommener Gangster war im Gesicht erheblich verletzt, und Ernie glaubte eigentlich, anständige Arbeit geleistet zu haben. Deshalb war er recht überrascht, daß Manny Lopez später am Abend, als sie im *Anchor Inn* noch etliche Drinks nahmen, mit ziemlich viel Scotch im Leib zu ihm sagte: »Eeeeer-niieee, komm mal her.«

Manny hatte nie vergessen, wie Ernies Frau das mal auf einer Party gesagt hatte. Jetzt jedenfalls wurde Manny bösartig und sagte: »Willste nicht nach Hause zu Mama? Der große Marine-held. Wie kommt's eigentlich, daß du der einzige warst, der an dem Abend *nicht* gefeuert hat, als es Joe Castillo und Fred Gil erwischt hat?«

»Vielleicht bin ich auch der einzige, der seinen Grips gebraucht hat. Ich hab die Gangster nicht umgelegt, aber ebensowenig Fred und Joe.«

»Vielleicht haste gefroren«, sagte Manny Lopez in all seiner Betrunkenheit.

»Vielleicht ist das Whiskygequatsche«, sagte Ernie Salgado. Und ließ sein Bier stehen und ging.

»Du brauchst einfach n paar dickere Eier, wenn du in ne Kanonenmündung guckst«, rief Manny ihm nach. »Und du brauchst sogar noch dickere, damit du trotzdem ziehen und sie *umlegen* kannst.«

Vielleicht tat er gut daran, nicht auch noch zu sagen, daß die TV-Teams gewiß längst nicht so an ihnen als mythische Helden interessiert gewesen wären, wenn sie die Gangster wie normale Cops immer bloß festgenommen hätten.

Ernie Salgado sagte im allgemeinen, er habe nichts empfunden, als er in seiner Zeit beim Mobilen Einsatzkommando jenem Jungen, der mit einem Schrotgewehr herumfuhrwerkte, ein Loch in den Bauch geschossen habe. Und auch nicht, als er während der Tet-Offensive diesen einen Vietkong von Angesicht zu Angesicht getötet habe. Aber er sagte sich im gleichen Atemzug, daß er nie einen Menschen töten würde, wenn es nicht zwingend nötig war.

Und in bezug auf Manny Lopez hatte er von jetzt an größere als nur normale Ressentiments. *Viel* größere.

Es war, als würde man eine Schallplatte mit zu schneller Umdrehungszahl abspielen. Die Ereignisse jagten sich. In diesen Canyons passierte mehr, als die Medien verkraften konnten. Es sah so aus, als sei ihr Glück grenzenlos. Die *judiciales,* zum Beispiel, nahmen wegen dieses langhaarigen Gangsters mit dem 22er Gewehr Kontakt mit ihnen auf. Allem Anschein nach glaubten die *judiciales,* daß er mit einem Typ aus der Stadt identisch war, der vor zwei Jahren eine Frau niedergeschossen und vergewaltigt hatte. Er hatte sie tödlich verletzt liegengelassen, und als ihr Bruder sie fand und auf mexikanisches Gebiet zurückschleppte, war sie tatsächlich tot. Auf amerikanischer Seite gab es keinen Bericht über das Verbrechen, wenngleich dieser Fall damals groß und breit in den Zeitungen von Tijuana gestanden hatte.

Manny Lopez sagte: »Okay, wir sehen mal, ob wir den Knaben für euch schnappen können.«

Und weil der Knabe Haare bis zum Arsch, ein Stirnband wie ein amerikanischer Hippie und ein 22er Gewehr hatte, nannten sie ihn erst mal »Zweiundzwanzig Long«.

Nur so zum Spaß schrieb Manny an die Tafel: ZIEL: 22 LONG. Und als sie es sich drei Tage danach am späten Nachmittag an einem Abhang gemütlich gemacht hatten, auf den Sonnenuntergang warteten und die Menschenmenge auf dem oberen Fußballfeld durchs Fernglas beobachteten, sagte einer: »He, da oben sitzt n Weib und raucht Gras.«

Dann guckte ein anderer durch das Glas und sagte: »He, das Weib hat verdammt langes Haar. Sie hat n blaues Halstuch um den Kopf ge...«

Fünfzehn Minuten später rannten Tony Puente, Eddie Cervantes, Joe Vasquez und Carlos Chacon keuchend und japsend über Airport Mesa in Richtung Zweiundzwanzig Long, der gerade seinen dritten Joint genoß und in höheren Regionen schwebte als alle Flugzeuge, die an diesem Tage vom Flughafen Tijuana gestartet waren.

Es war unheimlich einfach. Zweiundzwanzig Long drehte sich um und sah diese keuchenden und durchgeschwitzten Pollos, die unter ihren Schnurrbärten sämtliche Zähne fletschten, hinter sich stehen, und die Pollos sagten: *»Sabes qué? Sabes qué,* du Arschloch?«

Und Zweiundzwanzig Long wurde fertiggemacht. An seinem bis zur Hüfte reichenden Haar gepackt und auf den Boden geschmissen. In der eigenen Falle gefangen, so, wie's aussah. Den *judiciales* übergeben. Natürlich legte er ein volles Geständnis ab, wahrscheinlich nach ein paar Flaschen Coca-Cola oder Bubble-Up oder Ginger Ale. Und er zeigte den mexikanischen Behörden, wo die Mordwaffe lag. Und weil die mexikanische Justiz sehr schnell ist, hatte man ihn schon verdonnert, bevor Manny Lopez sich klar darüber wurde, wie groß gerade in diesem einen Fall der PR-Effekt war.

Nichtsdestoweniger, es war sehr beeindruckend. Ihr braucht den Täter in einem Mordfall, der zwei *Jahre* zurückliegt? Ihr kriegt ihn todsicher. Wir brauchen bloß drei *Tage.* Was können wir mehr tun für die Verbesserung der internationalen Beziehungen?

Es war in erster Linie, wie die Barfer glaubten, das kaum faßbare Glück von Manny Lopez. Wie lange würde dieses Glück noch vorhalten? Abgesehen davon, daß er sich hin und wieder bei einer Schlägerei mit den Gangstern einen oder zwei Finger brach oder von Zeit zu Zeit mal auf die Nase fiel, was ihnen allen gelegentlich widerfuhr, war er, wie sie glaubten, gegen alles gefeit. Und sie wiederum schafften alles, was er ihnen abverlangte. Sie waren die Elite. Spezialbeamte. Sie spotteten jeglicher normalen Polizeierfahrung. Und sie verwilderten mehr und mehr.

Joe Vasquez, sowieso schon Big Ugly genannt, sah dermaßen abscheulich aus, daß er, als er eines Tages im Präsidium zu tun hatte, von einem verschreckten Streifenbeamten fast umgelegt worden wäre, weil der Cop dachte, ein Terrorist aus einer Bananenrepublik habe sich ins Central Headquarter verirrt.

Mittlerweile hatte sich Fred Gil in Rekordzeit erholt. Vielleicht verdankte er es seiner Frau Jan. Buchstäblich *alles* im Leben war besser als diese ununterbrochene Kabbelei zu Hause. Die gipfelte schließlich eines Abends darin, daß er ihr sagte, das einzige, was ihr wirklich Kummer mache, sei die Tatsache, daß er nicht getötet worden sei.

Und daraufhin antwortete sie: »Nun ja, vielleicht hast du ja sogar recht.«

Und dann bedauerten sie es beide, weil vor allem ihr kleines

Mädchen unter der Bitterkeit und den endlosen Streitereien zu leiden hatte.

Sie paßten wahrhaftig hinten und vorn nicht zusammen, Jan mit ihrem Hang zum Trinken und ihrer Aushäusigkeit und Fred mit dem einzigen Wunsch nach Ruhe und Frieden. In der ersten Zeit konnte er mit der Kugel in der Hüfte nicht in einem Sessel sitzen. Wenn er ging, zog er ein Bein hinter sich her wie Lon Chaneys Mumie. Aber er übte praktisch in jeder Stunde, in der er wach war.

Er fragte, ob er wieder arbeiten könne, und sie gaben ihm einen Job, bei dem er Berichte über Jugendliche abheften mußte. Er haßte ihn. Seine unteren Extremitäten schliefen andauernd ein, weil das Narbengewebe auf die Nerven drückte. Nach zwei Wochen in diesem Job und mit diesen üblichen abendlichen Auseinandersetzungen täuschte er seine völlige Wiederherstellung vor und sagte: »Ich glaub, ich bin soweit, daß ich wieder in die Canyons gehen kann.« Es gab Schlimmeres, als angeschossen zu werden.

Jan Gil, ohnehin die Seele jeder Gesellschaft, war überglücklich, mit Manny Lopez wieder in den Clinch gehen zu können, wenn BARF seine ebenso hübschen wie häufigen Partys veranstaltete. Niemand sonst konnte Manny verbal die Stange halten, aber sie konnte es, denn sie hatte ein wirklich sehr ungewaschenes Mundwerk. Jan Gil behauptete, sie könne ihn überhaupt nicht ausstehen, und sagte zu den übrigen Frauen, er habe ein Ego wie Fidel Castro. Manny hingegen sagte sich schließlich, sie sei anscheinend in ihn verliebt. Natürlich war Fred Gil stocksauer darüber, daß Jan Gil eine genauso großkotzige Art hatte wie Manny.

Und weil Polizisten seit eh und je eine Neigung sowohl zum Tratschen als auch für Schnulzen haben, schwirrten eine Menge grundloser Gerüchte durchs Gelände, Jan Gil würde ihre Nächte gewiß nicht nur mit ihren Freundinnen verbringen, und darüber war Fred erst recht sauer.

Die Scheidungsgerüchte hielten sich, und dann lernte Fred Gil in Ausübung seines Polizeidienstes eine Frau kennen und lieben, aber in allen Ehren. Sie war total anders. Sie trank und rauchte nicht und führte ein sagenhaft sauberes Haus. Genauso wie Fred lehnte sie sogar das Fluchen ab. Und Fred Gil, dem die meisten Dinge im Leben schwerfielen, fiel diese Heimlichtuerei besonders schwer. Er gestand Jan, daß er nicht mehr ganz so treu sei wie bisher. Daß er eine Frau kennengelernt habe. Und dann war er die Freundin rasch los: auf Drohungen und Beschuldigungen, vielfach in Gegenwart der Kinder, folgte ein Szene im Wohnzimmer seiner neuen Herzensdame, in deren Verlauf Jan Gil fast die Tür eingetreten hätte und die »andere Frau« lautstark mit allen möglichen Tieren verglich. Daraufhin packte der alte Fred Gil seine Koffer und zog von zu Hause aus. Für einen Tag.

Fred Gil, der ein unordentliches Haus beziehungsweise jede Art von Unordnung nicht ertragen konnte, wollte bei einem Detective unterkriechen, hätte jedoch, als er sich dessen Junggesellenapartment näher anschaute, fast gekotzt. Er mußte praktisch erst den Dreck vom Kühlschrank kratzen, ehe er ihn öffnen konnte. Drinnen befanden sich die Nahrungsmittelvorräte des Detectives – eine Sechserpackung Coors-Bier. Schmutzige Wäsche lag auf dem Fußboden, in der Badewanne, in den beiden Ausgußbecken und in den Blumentöpfen. Küchenschaben bumsten andere Küchenschaben. Fred Gil ging nach Hause zu seiner Frau. Jan redete auf ihn ein, die Scheidungsklage erst einzureichen, wenn sie die Rechnungen für den Rest des Jahres bezahlt hätten. Er war damit einverstanden. Er war vernünftig. Sie waren beide ziemlich kaputt. Dann allerdings, als er eine Woche später in der Sporthalle Hanteln stemmte, bekam er einen Anruf.

Es war ein Rechtsanwalt, der ihm erklärte: »Fred? Ich kann dir die Papiere entweder zuschicken, oder du läßt dich mal im Büro blicken.«

Sie hatte die Scheidung eingereicht, und der Rechtsanwalt war, was ihn zu allem Unrecht auch noch kränkte, ein Freund *seiner* Familie.

Noch die Erinnerung war für Fred eine einzige Qual: »Ich werde das mein Lebtag nicht vergessen! Sie kreuzte mit einer Bibel vor dem Scheidungsrichter auf! Die Frau hatte nie eine Kirche von *innen* gesehen! Wir hatten nicht mal in ner verflixten Kirche geheiratet! Und angezogen war sie wie ne verflixte Mary Poppins!«

Sie kriegte Unterstützung für die Kinder zugesprochen. Sie kriegte den Wagen. Und das Haus. Alles, was Fred kriegte, war das Moped. Und zudem einen Schock, als er merkte, daß Jans Tochter, wirklich *sein* Lieblingskind, die Partei ihrer Mutter ergriff. Sicher ganz natürlich, aber Fred konnte fortan bloß noch daran denken, daß es mit seiner Adoptivtochter nie wieder so sein würde wie bisher, und das war für ihn der allerschlimmste Schlag.

Die Nächte draußen auf dem Moped waren ganz schön eisig und ungemütlich, und deshalb lieh sich Fred von seiner Schwester einen ausrangierten Campingwagen etwa in der Größe einer Badewanne. Fred schleppte das Ding auf den Polizeiparkplatz und lebte dort einen Monat lang. Es war kalt in diesem Campingwagen, aber er konnte wenigstens alles, was er besaß, in ihm unterbringen. Das, allerdings, hätte er auch in einem halbwegs großen Rucksack gekonnt. Schließlich hatte Fred Gil genug Geld zusammengekratzt, um sich ein Apartment zu mieten. Es war ein Junggesellenapartment. Es bestand aus einem Schlafzimmer, der Küche und dem Bad. An den Wänden hing nicht ein einziges Bild. Es gab nicht eine einzige verhärmte Pflanze. Selbst in seinem Campingwagen hatte er eine einzige verhärmte Pflanze gehabt. Inzwischen stopfte Fred Gil große rote Tranquilizer in sich rein, die ihm ein befreundeter Arzt gegeben hatte, um die Angstanfälle in den Griff zu kriegen. Er mußte oft weinen, einsam, wie er war.

Fred Gil schaute sich in seinem miesen kleinen Apartment um und gab, wie er sich erinnert, lediglich ein einziges Wort von sich: »Verflixt!«

Dann nahm er seinen Dienstrevolver raus. Er dachte so intensiv darüber nach, daß seine Hände zu zittern begannen. Er dachte darüber nach, sich zu erschießen. Dann zitterte er am ganzen Körper. Fred Gil mußte aus dem Apartment rennen. Er mußte um sein Leben rennen.

Für die anderen Cops war es ein Riesenspaß, als der arme alte Fred Gil in dem kleinen Campingwagen auf dem Polizeiparkplatz wohnte. Sie erfanden Unmengen von Scherzen, mit denen sie den alten Fred reinlegen konnten, und sie versäumten nie, auf die Hupe zu drücken oder auch mal die *Sirene* anzustellen, wenn er schlief und von den großen roten Pillen, die ihm der freundliche Quacksalber gegeben hatte, total behämmert war. Das Sirenengeheul ließ ihn immer gleich aufspringen, und er knallte dann auch immer mit dem Schädel gegen die Decke, die so niedrig war wie ein Sargdeckel. Die anderen Cops mußten *schreien* vor Lachen, wenn der alte Fred Gil in seinem zerlumpten Baumwollbademantel und auf Gummisandalen plitschplatsch über den Parkplatz latschte, um in der Polizeiwache auf den Lokus zu gehen oder zu duschen.

Aber alle meinten, es sei eben doch der allerschönste Anblick gewesen, wenn der alte Fred Gil auf seinem idiotischen Moped saß. Die anderen Cops fuhren diese heißen Maschinen und Sportwagen, die sie sich eigentlich gar nicht leisten konnten, oder Pickups mit frisierten Motoren, mit denen ein Jumbojet fliegen konnte, und nun plötzlich tuckerte der stämmige alte Fred Gil putput-put-put auf seinem Teenager-Moped die Straße runter. Sie krümmten sich förmlich vor Lachen, als ein Cop ihnen nahezu schreiend die Beobachtung mitteilte, der alte Fred Gil habe ausgesehen wie ein Affe, der's mit einem Football treibt!

Vor lauter Gackern, Johlen, Grunzen und Schreien kippten die Cops fast aus den Stiefeln, denn dieser Vergleich stimmte genau! Der arme alte Fred Gil sah haargenau aus wie ein Affe, der einen Football bumst.

Der April war ein sensationeller Monat für die Erinnerungsalben. Sie schafften es, daß im April sage und schreibe vierzehn Storys über sie geschrieben wurden. Die Verhältnisse an der Grenze wurden sogar lang und breit im *U.S. News and World Report* abgehandelt.

Der April war kein sensationeller Monat für einen Gangster aus Colonia Libertad namens Esquivel, der sich offenbar einen Italowestern zuviel angeguckt hatte. Vor allem hatte er einen mit Clint Eastwood gesehen, in dem das heiße Blei und so manche kalte Leiche ungefähr fünf Minuten lang in Zeitlupe durch die Gegend fliegen. Esquivel hatte im Moment zwar keine richtige Kanone zur Verfügung, aber er kriegte ein Luftgewehr in die Finger, das genau wie ein M-1-Karabiner aussah, und darüber hinaus fand er einen bedrohlich aussehenden schwarzen Poncho, der noch bedrohlicher aussah als der von Clint Eastwood. Und er suchte sich einen Gangsterkumpel, konsumierte mit ihm gemeinsam ein bißchen Dope, und dann entschlossen sie sich, mal den E-2-Canyon zu durchstreifen und zu gucken, wieviel Geld sie wohl machen konnten. Aber wieviel sie auch machten, es reichte nicht *annähernd* aus.

Das Ensemble und die Zweitbesetzung hatten an diesem Nachmittag noch keine Gelegenheit gehabt, sich aufzuteilen, als sie fast über eine ganze Meute illegaler Grenzgänger stolperten, die sich im Gebüsch des E-2-Canyons versteckt hatte, ungefähr hundert

Meter nördlich der Grenzlinie. Sie waren insgesamt zu sechst: Manny Lopez, Eddie Cervantes und Tony Puente vom Ensemble sowie Ernie Salgado, Carlos Chacon und Renee Camacho von der Zweitbesetzung. Nur Joe Vasquez war nicht dabei, weil sowohl Robbie Hurt als auch Ken Kelly dienstfrei hatten und er in Reserve bleiben mußte.

Manny fragte die verschreckte Grenzgängerherde, worauf sie warteten, und sah statt einer Antwort, daß ein Mann weit entfernt auf der anderen Canyonseite aufstand und mit den Armen winkte. Es war eben noch so hell, daß man ihn erkennen konnte, und die sechzehn Grenzgänger sprangen hastig auf und rannten den Pfad runter auf den Grenzführer zu, der ihnen das Signal gegeben hatte.

Der Grenzführer, ein geschäftstüchtiger junger Bursche, war hoch erfreut, als er sah, daß sich sechs neue Pollos seiner Sechzehnergruppe angeschlossen hatten, und er verschwendete keine Zeit und fing sofort an, übers Geschäft zu reden. Er sagte, es tue ihm leid, daß er sie nicht bis Los Angeles mitnehmen könne, aber für vierzig Dollar pro Nase würde er sie bis zur Main Street in Chula Vista bringen.

Dann flüsterte Manny Lopez den übrigen Barfern zu, daß sie den Typ eigentlich zumindest als Betrüger festnageln könnten. Sie warteten, bis die Grenzgänger in die angegebene Richtung marschiert waren, und dann zeigten sie ihm ihre Dienstmarken und erklärten ihm, daß er an diesem Abend wohl doch nicht bis Chula Vista kommen würde.

Er zuckte die Achseln, weil es im Grunde keine große Sache war, einen oder zwei Tage in einem amerikanischen Gefängnis zu verbringen, das in dieser Gegend sowieso als der bequemste Ort weit und breit gelten konnte. Ein Grenzgängerpaar allerdings war bei seinem Führer geblieben, und weil sie, wie Manny Lopez sich sagen mußte, mitgekriegt haben konnten, daß es sich bei den Barfern um Cops handelte, mußte irgend etwas mit den beiden geschehen.

Sie gingen zurück zu Joe Vasquez, der in dem vierradangetriebenen Chevy Suburban saß und mächtig sauer war, weil er hier nur als Deckung fungieren, in totaler Frustration herumlungern und sich den gelegentlich ziemlich unheimlichen Lärm oder sogar Schüsse in den Canyons anhören mußte, ohne zu wissen, was los war. Nachdem er den betrügerischen Grenzführer übernommen hatte, zogen die anderen mit ihrem Grenzgängerpaar in Richtung Zollstation, um die beiden der Border Patrol zu übergeben.

Sobald die Barfer sie an die Kette genommen hatten und abgezockelt waren, fing Manny Lopez eine Unterhaltung mit ihnen an. Sie hatten vier Kinder, die in Mittelmexiko zurückgeblieben waren. Der Mann hatte ein hübsches, ehrliches Gesicht und schaute verstohlen von einem Cop zum anderen, um dahinterzukommen, warum die amerikanischen Bullen als Pollos verkleidet waren und worauf sie hinauswollten. Seine Frau wirkte schüchtern, dachte wahrscheinlich dauernd an ihre zurückgebliebenen Kinder und fragte sich, wie lange sie wohl brauchen würden, um genügend Geld zu verdienen und mit ausreichenden Ersparnissen zurückkehren zu können.

Während des Marsches erzählte der Mann Manny Lopez, daß er jeden Tag von Sonnenaufgang bis Sonnenuntergang arbeiten müsse, wirklich sieben Tage pro Woche. Er war *campesino,* und so sahen auch seine Hände aus. Letztlich konnte er seine Neugier nicht mehr zügeln und fragte Manny Lopez: »Bitte, können Sie mir sagen, wie oft ein amerikanischer Polizeibeamter Lebensmittel einkauft?«

»Das erledigt meine Frau«, sagte Manny achselzuckend. »Sie macht alle zwei Wochen einen Großeinkauf, wenn ich mein Geld gekriegt habe.«

»Wieviel kosten denn diese Lebensmittel?« erkundigte sich der Mann.

Manny zuckte abermals die Achseln und sagte: »Das weiß ich nicht. Vielleicht zweihundert? Kann auch mehr sein. Ich weiß es echt nicht.«

»Dollar?« stieß der Mann hervor. »US-Dollar?«

»Ja, sicher, Dollar«, sagte Manny. »Glauben Sie, ich rede von Pesos?«

Dann marschierte das Grenzgängerpaar schweigend weiter. Es war offensichtlich zuviel. Soviel Geld kriegten Polizeibeamte. Was für ein Land!

Nach einer Weile sagte der Mann zu Manny Lopez: »Also, ich muß Tag für Tag bis zum Dunkelwerden arbeiten und krieg dafür gerade soviel Geld, daß ich mir Tortillas, Bohnen und manchmal Reis kaufen kann, kaum mal n kleines Stück Kuchen und n Kaffee. Rindfleisch kann ich mir nicht leisten. Möglichst jede Woche einmal kauf ich n Huhn, weil die Kinder Fleisch haben müssen, aber das kostet n ganzen Tageslohn, und das kann ich auch nicht immer.«

Inzwischen hörten natürlich alle Barfer zu und maulten und

murrten rum. »Weshalb willst du sie der Border Patrol übergeben? Laß sie laufen! Ist doch Scheiße!«

»Ich *muß* euch der Border Patrol übergeben«, erklärte Manny Lopez dem Mann. »Ihr könntet einem sagen, wer wir sind, und das könnte ausgerechnet n Gangster sein.«

Daraufhin empörten sich alle Barfer, von denen der am wenigsten Sentimentale fünfundachtzigmal sentimentaler war als Manny Lopez: »Nimm sie von der Kette! Scheiß doch drauf! Laß sie laufen!«

Aber Manny sagte: »Ist das denn so schlimm, wenn sie einen Tag bei der Border Patrol sind? Verdammt, die sind doch spätestens Dienstag abend wieder hier!«

Alle haderten schließlich mit dem Schicksal und meckerten, bis auf den Mann, der Manny ausdrücklich auch im Namen seiner Frau verteidigte und meinte, er verstehe Mannys Dilemma haargenau, und er verlange wirklich keine Sonderbehandlung. Dann jedoch wurde das Ganze plötzlich von zwei Gangstern aus Colonia Libertad unterbrochen, die sich einen Italowestern zuviel angeguckt hatten.

Es war inzwischen finster, sehr finster. Finster wie Mannys Herz, wie einer murmelte, und Manny meinte, das Arschloch solle sofort die Klappe halten. Nachdem sie mit einemmal vom Weg abgekommen waren und größte Mühe hatten, eineinhalb Meter nach vorn zu sehen, sah Manny plötzlich zwei Schatten auf dem Weg direkt vor sich. Einer davon trug einen großen alten Umhang oder Poncho, genau wie zuweilen Clint Eastwood, und war recht erfreut, als er diese Pollos sah, vor allem, weil eine Frau dabei war.

Als Manny, der mit dem Grenzgängerpaar an der Spitze marschierte, auf kürzeste Distanz an die schweigenden Gangster herangekommen war, fragte der mit dem Poncho: »Was seid ihr denn für Strolche?«

Manny erfand einen Namen: »Wir gehören zu Morro.«

Die beiden Gangster taxierten sie, vor allem die Frau, die sich hinter Manny versteckt hatte, und waren sich eigentlich sicher, daß sie es nicht mit dieser Cop-Truppe aus San Diego zu tun haben konnten, die seit einiger Zeit die Canyons unsicher machte und ihnen das Geschäft vermasselte. Der mit dem Poncho machte es dann wie sein Vorbild Clint Eastwood, indem er den Poncho zurückwarf, mit dem Luftgewehr, das wie ein M-1-Sturmgewehr aussah, auf Manny zielte, und sagte: »Rückt mal euer Geld raus!«

Manny schaute sich um, stellte fest, daß seine Barfer eine ganze

Ecke zurückgeblieben waren, so daß sie erst aufschließen mußten, und sagte deshalb erst mal: »Tut uns nichts. Tut uns nichts.«

Und er kauerte sich hin, wimmerte und schlüpfte völlig in seine Rolle, was allerdings in Anbetracht dieses M-1-Sturmgewehrs, das er für echt hielt, gar nicht besonders lustig war. Und als die anderen stolpernd und holpernd ankamen und förmlich gegen ihre Genossen prallten, die von den Gangstern gestoppt worden waren, blieben alle wie angewurzelt stehen und warteten auf das *»Sabes qué?«*

Der letzte oben auf dem Weg war Tony Puente. Und der hatte die Brille nicht auf, und es war finster, und er hatte bisher nichts von der Unterhaltung mitgekriegt, sondern nur kapiert, daß ein Überfall stattfand. Tony Puente blinzelte nach vorn und konnte sehen, daß da ein Mann stand. Und er sah, daß der Mann irgendwas in der Hand hielt, und blinzelte stärker. Und das Ding, daß der Räuber in der Hand hatte, sah aus wie ein Stock. Ein dünner alter *Stock*. Und das war ungeheuer komisch. Ausgerechnet an einem Abend, an dem Ensemble und Zweitbesetzung gemeinsam operierten, wurden sie von zwei Gangstern mit einem dünnen Stöckchen zur Schnecke gemacht! Das war komisch. Solche Gangster hatten die Jacke voll zu kriegen, und sonst lief da gar nichts.

Dann hörte Tony Puente, daß einer der Gangster noch nachdrücklicher sagte: »Rückt mal euer Geld raus!«

Und er kicherte förmlich, als er vom Ende der Schlange her brüllte: »Nicht mal Scheiße rückt ihr raus, für diese Drecksäcke!«

Die anderen konnten's nicht fassen! Der Schweiß lief ihnen allen in Strömen runter, weil sie direkt in die Mündung eines M-1-Sturmgewehrs blickten, und Tony Puente schrie von hinten, sie sollten nicht mal Scheiße rausrücken? Und beschimpfte die Gangster als Drecksäcke?

Manny Lopez sagte zu Tony Puente: »Halt die Schnauze!« und schnalzte mit den Fingern, in der Hoffnung, daß Tony auf diese Weise ein Licht aufging.

Schnapp, schnapp, schnapp, aber bei Tony Puente war's vergebliche Liebesmühe, denn er konnte sich nach wie vor nicht vorstellen, warum Manny nicht irgendwas gesagt hatte wie *»Sabes qué,* du Arschloch? Ich steck dir dein Stöckchen gleich in den Arsch!«

Ein anderes Problem war, daß Manny versuchte, die Frau auf den Boden zu drücken, weil sich hier etwas wirklich Gefährliches anbahnte und er noch nicht in der Lage war, zum Angriff überzugehen.

Und plötzlich schrie Tony Puente, der sich wirklich königlich amüsierte: »Ich geb euch gar nix. Ihr seid doch bloß *Zuhälter*. He, Chef! Fick dich ins Knie!«

Nun aber seufzten und stöhnten *alle* Barfer erst recht, und sie wurden unruhig und hätten Tony am liebsten umgelegt, weil alle außer ihm ein verdammtes M-1-Sturmgewehr sahen, das sich auf ihre Hälse richtete.

Und Manny Lopez sagte mit zusammengebissenen Zähnen: »Halt die Schnauze, Tony. Halt die *Schnauze,* Tony.«

Und alle außer Tony Puente sagten sich, daß er seine Brille in Zukunft wirklich immer tragen sollte, wenn sie das hier überhaupt überlebten!

Und dann endlich sagte Manny, nachdem er es geschafft hatte, die Frau mehr oder weniger aus der Schußlinie zu bringen: *»Sabes qué?«*

Als er *»Barf!«* brüllte, brach der schrecklichste Lärm los, der jemals in diesen Canyons zu hören gewesen war, was natürlich dadurch kam, daß an diesem Abend so viele Barfer zusammengeblieben waren. Sie feuerten ungefähr dreißig Kugeln auf die beiden Gangster ab. Einen der beiden verfehlten sie vollständig, und sie glaubten schon, auch Clint Eastwood verfehlt zu haben, der getürmt und mit flatterndem Poncho in Richtung Grenze geflüchtet war.

Eddie Cervantes rannte diesem Kerl immerhin noch nach, und als die Schießerei kein Ende nahm und er sich umdrehte und zu seinem Erstaunen sah, daß Carlos Chacon hinter dem Flüchtenden herschoß, brüllte er vor lauter Angst, dasselbe Schicksal wie Joe Castillo und Fred Gil zu erleiden, Carlos Chacon alle erdenkbaren Schimpfworte zu, bis er plötzlich sah, daß der Gangster mit dem Poncho der Länge nach hinstürzte. Eddie Cervantes war sofort bei ihm, wobei er sich nicht so sehr vor Messern im Ärmel als viel mehr davor fürchtete, Carlos würde ihm das Lebenslicht ausblasen.

Der Gangster konnte keinen großen Widerstand mehr leisten. Er war in der Achselhöhle getroffen worden. Sein Kumpan entkam in der Dunkelheit.

Der verletzte Gangster wurde ins Krankenhaus gebracht, und die Detectives, die wieder mal in die Canyons fahren mußten, weil es wieder mal eine Schießerei gegeben hatte, an der Beamte beteiligt gewesen waren, stiefelten in der Coyotenscheiße herum und maulten wieder mal, diese Barfer seien wahrhaftig auf dem *allerbesten* Weg, mehr Ärger zu machen, als sie wert seien.

Das Grenzgängerpaar jedoch, dem fast die Köpfe weggepustet worden waren, beschwerte sich überhaupt nicht. Der Mann fragte sogar allen Ernstes und äußerst respektvoll, ob er eventuell einem höheren Beamten mitteilen dürfe, wie nett Manny Lopez und seine Leute gewesen seien und wie tapfer sie sie vor den Gangstern gerettet hätten.

Der Abend endete wie gewöhnlich damit, daß mit einer Riesenmenge Alkohol gefeiert wurde, und die einzige Besonderheit war die, daß Eddie Cervantes einige höchst bittere Bemerkungen über Carlos Chacon machte, weil er derartig unvorsichtig geschossen hatte. Anschließend jagte eine Beleidigung die andere. Sie waren auf dem besten Weg, sich voreinander ziemlich in acht zu nehmen.

Fast alle Barfer hatten mittlerweile durch die allabendlichen zügellosen Saufereien ihre häuslichen Probleme. Sie richteten es so ein, daß sie jeweils möglichst früh am Abend wie wahnsinnig schufteten und irgendeine Festnahme erzielten, um dann entweder noch kurz vor Feierabend das *Anchor Inn* zu erreichen oder aber, wenn's doch zu spät geworden war, in den *Wing*-Park zu gehen und dort noch einen draufzumachen. Allmählich glaubten sie steif und fest, ohne ein paar Drinks nicht einschlafen zu können. Und ziemlich schnell merkten auch ihre Frauen, daß ihre Männer, wenn sie unterwegs gewesen waren, zu Hause noch ein paar brauchten.

Der größte Säufer war Robbie Hurt. Er war jederzeit scharf darauf, in die nächste Kneipe zu stolpern, wenn auch bloß ein einziger Barfer außer ihm Lust hatte. Allein wollte er nicht reingehen, denn das hätte natürlich so aussehen können, als habe er ein Problem. In derartigen Fällen fand ihn seine Frau Yolie für gewöhnlich mit einem Drink in der Hand eingedöst vor dem Fernseher.

Wenn Yolie sich beschwerte, reagierte er gereizt und sagte: »Ich tu nur das, was alle Männer tun. Diese paar Drinks am Abend tun mir gar nichts.«

Er irrte sich total. Diese paar Drinks am Abend ruinierten ihn fast vollständig.

Wenn Robbie sich an diese Zeiten erinnerte, seufzte er und

sagte: »Yolie war das Musterexemplar einer mexikanischen Frau. Sie hatte es von der Seite ihrer Mutter her geerbt. Sie hatte das Essen rechtzeitig auf dem Tisch. Sie fügte sich in alles. Sie war angenehm. Sie arbeitete in ihrem Job zehn Stunden pro Tag und kümmerte sich dann noch um mich. Sie hat es mir allzu leicht gemacht, das zu tun, was ich getan habe. Jammerschade, daß sie nicht so viel von ihrer väterlichen Familie hatte und mehr wie ein schwarzes Weib reagierte. Indem sie mich kräftig in den Arsch trat.«

Er war sechsundzwanzig, und es war alles wirklich unglaublich einfach. Die Barfer mußten nur die nächste Bartür aufmachen, und schon hatten die Groupies untereinander Krach, bloß um an diese Großmäuler ranzukommen.

Und sie rissen jede Unterhaltung sofort an sich, indem sie sagten: »Na schön, ihr Damen, ihr könnt's morgen in der Zeitung lesen, aber laßt euch mal *heute abend* erzählen, was wir gemacht haben.« Es war wirklich *zu* einfach. Und obgleich die meisten von ihnen sich an Bier hielten, trank Robbie regelmäßig harten Schnaps.

Sobald er ein paar intus hatte, konnte er die allgemeine Blödelei viel leichter ertragen. Natürlich hatte er nach wie vor seine Dekkungsaufgabe zu erledigen, statt mit den anderen durch die Canyons zu latschen, eben *weil* er schwarz war. Und weil er schwarz war, wurde sein Abscheu gegen Schwarzenwitze noch größer, und am Ende lachte er kaum noch. Und wenn ein Machotyp wie Eddie Cervantes oder Joe Castillo in Gegenwart eines Groupies sagte: »Was verstehst *du* denn davon, Robbie?«, war er zutiefst beleidigt und redete mit niemandem mehr. Und soff sich die Hucke voll.

Sie fingen an, ihn »Seelchen« zu nennen, und Eddie Cervantes brachte wenig Verständnis für ihn auf, als er sagte: »Vor allem hätten sie von Anfang an nur Mexikaner für diese Squad nehmen sollen.«

Manny Lopez pflegte Robbie dann beiseitezunehmen und zu sagen: »Robbie, wir *brauchen* dich. Überhör das doch einfach, was Eddie da quatscht. Mexikaner sind nun mal so. Wir brauchen dich.«

Eine Weile später allerdings schlug Manny eine andere Tonart an. Als Robbie zu ihm kam und drohte, er wolle seinen Job bei BARF hinschmeißen, sagte Manny: »Leck mich doch am Arsch, Robbie! Hau ab und kündige. Bei uns kannst du Karriere machen, aber wenn du meinst, du mußt kündigen, tu's doch.« Dann brüllte er: »He, Kumpels, Robbie will wieder mal kündigen!«

Und Robbie Hurt kratzte die Kurve und schmollte und dachte über seine Polizeikarriere nach. Er kündigte zwar nicht, aber er trank noch *mehr*.

Dann verliebte er sich schrecklich in eine Barmixerin. Es war im Grunde die ganz große Liebe, aber immer, wenn sie sich sahen, hatte er mindestens einen halben Liter Schnaps im Leibe. Sie war weiß und brünett, ein bißchen mollig, aber recht hübsch. Sie hörte sehr gern Musik, ebenso wie Robbie, und so holte er sie eines Abends ab, um sich *The Wiz* anzusehen, das gerade in San Diego gegeben wurde.

Es war das erste Mal seit der Heirat, daß er ein Rendezvous mit einem anderen Mädchen hatte. Er litt furchtbar unter dem, was die anderen Cops das Secret Service Syndrom nannten. Dauernd sah er sich im Theater um, ob jemand anwesend war, der Yolie kannte. Er war restlos geschafft und bastelte die ganze Zeit an einem Alibi herum, statt sich die Vorführung anzugucken, für die er ein halbes Vermögen gezahlt hatte. Er konnte einem eventuellen Spion ja wohl kaum erzählen, das weiße Mädchen sei seine Schwester, oder? Er guckte keine drei Minuten hintereinander auf die Bühne. Er kam zu dem Entschluß, so was nie wieder zu machen.

Robbie fühlte sich derart schuldbewußt, daß er sofort hinrannte und zwei weitere Karten für *The Wiz* kaufte. Die Plätze waren noch teurer. Er ging mit Yolie hin, und als die Stelle kam, wo Dorothy und ihr Hund nach Emerald City kommen und der Zauberer sein Solo singt, sagte Robbie: »Wart mal, bis du *das* gehört hast! Der Typ kann echt...«

Und an dieser Stelle blieb ihm mitten im Satz der Mund offen stehen. Und es war natürlich klar, daß Yolie fragte: »Woher weißt *du* das?«

»Ich hab da was gelesen«, sagte Robbie. »Es steht in allen Zeitungen!«

Es war wirklich alles viel zu kompliziert, und so faßte er den Entschluß, der Sache ein Ende zu machen. Er wußte einfach nicht mehr, ob er die Barmixerin noch liebte, wenngleich er's in ihrer Gegenwart noch ganz genau wußte, weil er jedesmal, wenn er in ihrer Nähe war, eine halbe oder eine ganze Flasche niedermachte, wodurch seine Romanze wie ein Edelstein erstrahlte oder wie immer man's nennen mag.

Robbie fuhr zu der Zeit einen 260Z Datsun. Es war ein heißes Auto, aber er wünschte sich einen Porsche. Der junge Mann hatte ziemlich teure Allüren. In einem Fall mußte er den Wagen in der Nähe des Monument Parks aus dem Dreck ziehen lassen, nachdem er dort bis drei Uhr nachts einer Süßen mit ganz großen Augen jede Menge über die Revolverhelden im Niemandsland vorgeschwärmt hatte. Als er an einem anderen Abend von seiner Barmixerin kam, erwischte es ihn auf einer von einem heftigen Regenguß überfluteten Straße, und er mußte annähernd zwei Wochen lang auf die BARF Squad verzichten, weil er einen Telegrafenmast auf dem San Ysidro Boulevard fast gefällt hatte. Er wurde im Krankenhaus wach und blieb dort die nächsten zehn Tage, aber sobald seine klaffende Schädelwunde verheilt war und sein Auge wieder funktionierte, konnte er es kaum abwarten, wieder bei BARF zu sein. Und noch mehr zu saufen. Er versuchte, ein mindestens ebensolcher Macho zu sein wie alle mexikanischen Cops zusammen.

Irgendwann sagte seine Frau doch mal einige kritische Worte über die Trinkerei. Er ärgerte sich kolossal. »*Du* trinkst ja nicht mit mir«, sagte er. »Wir haben so wenig Zeit füreinander, und du setzt dich nicht mal hin und redest und nimmst n Schlückchen. *Du* bist es doch, die mich hier verjagt. *Meine* Schuld ist es nicht.«

Und als Yolie dann hinausgegangen war und weinte oder irgendwas dergleichen tat, schlug Robbie die Tür hinter sich zu und brüllte: »Okay, du willst es nicht anders haben. Ich geh ins *Anchor Inn!*«

Und er tat, wie er meinte, das Richtige mit dem Versicherungsgeld für den Totalschaden des Datsun. Er kaufte sich seinen Porsche 924, den er sich seit langem erträumt hatte. Der war *sehr* viel schneller.

Yolie Hurt gewann die Überzeugung, daß es an der Zeit sei, ihr eigenes Leben zu führen. Sie tanzte gern, und er tanzte nicht. Er trank, und sie trank nicht. Sie arbeitete für eine Firma, die Kontaktlinsen herstellte, und sie hatte sich dort mit einigen Kolleginnen angefreundet. Sie wollte, daß er sie mal kennenlernte. Er versuchte es ein- oder zweimal. Er saß rum und hörte zu und fragte sich, was sie eigentlich bei ihm wollten, diese beschissenen Zivilisten. Was wußten *die* denn, was in der Welt los war?

Robbie Hurt war nicht nur Angehöriger einer Minorität. Er fühlte sich als Minorität innerhalb einer Minorität innerhalb einer Minorität. Ein Outsider innerhalb einer Elitetruppe innerhalb der

Polizei. Er dachte mehr und mehr, er habe überhaupt nichts gemein mit irgendwelchen Zivilisten, Yolie eingeschlossen.

Eines Nachts kam er um vier Uhr morgens nach Hause und behauptete, er hätte lange arbeiten müssen. Er hatte seinen Wagen direkt unter der Laterne vor dem *Anchor Inn* geparkt, unbewußt vielleicht in der Hoffnung, sie würde ihn sehen, weil sie ziemlich in der Nähe wohnten. Sie hatte ihn gesehen. Sie machte ihm Vorwürfe.

Er sagte: »Na gut, du hast mich erwischt. Dann laß uns mal Schluß machen. Ich hab keine Lust mehr mit dir.« Dann tischte er ihr gegen besseres Wissen als Zugabe noch eine hundsgemeine Lüge auf. Er sagte: »Im übrigen glaub ich, *du* vögelst rum, du mit deinen Arbeitskolleginnen. Also, wieso sollte ich es dann nicht?«

Sie schlug ihn. Er schlug zurück, das einzige Mal, daß er sie je geschlagen hatte. Sie weinte tagelang. Er fühlte sich wie ein ganz mieser Hund. Er mußte sehen, wie er da raus kam, bevor er daran kaputtging. Er zog aus. Er zog wieder ein. Er konnte nicht verstehen, was in seinem Kopf vorging. Trotzdem ging er nur halbherzig wieder zurück.

Robbie Hurt wurde zum Macho, zum Supermacho. Er wollte einen Swimming-pool haben. Sie konnte nicht schwimmen. Er *mußte* den Swimming-pool haben, um glücklich zu sein. Er wollte Hunde haben und kriegte sie, einen Dobermann und einen Neufundländer. Sie brauchte zwei Tage, wenn sie hinter diesen Monstern her saubermachte. Sie hatte einen guten Job als technische Laboraufseherin und arbeitete zehn Stunden am Tag, aber für ihn war nie genug Geld da. Sie verlor so viel an Gewicht, daß sie aussah wie ein halbverhungerter Grenzgänger. Die anderen Frauen bemerkten es auf den vielen BARF-Partys, die Robbie in seinem Hause gab.

Yolie sah, daß Manny Lopez auf allen Partys zeigen wollte, wer der Boß war. Wenn einer anfing zu saufen, fing Manny härter an zu saufen. Einmal soff er sie alle unter den Tisch und verbrachte die Nacht in Robbies Haus auf dem Badezimmerfußboden. Manny Lopez wollte sich von seinen Macho-Cops nichts Gutes tun lassen, auch nicht nach einer Party.

Yolie hörte sich auch die unbarmherzigen und oft grausamen Scherze an, mit denen sich die Barfer gegenseitig anmachten. Sie wußte, daß Robbie empfindlicher als auf alles andere auf rassistische Witze reagierte.

»Du kannst nicht beim Ensemble arbeiten, Robbie. Wer würde

denn n Nigger ausrauben? Das funktioniert doch höchstens umgekehrt.«

Oder: »Was, meinste, machen zwei Nigger in einem Zwölfzimmerhaus? Einbrechen!«

Aber wenn Robbie offensichtlich beleidigt war, meinten die Barfer: »Nun zieh doch keinen Flunsch, Robbie! Herr im Himmel, du siehst aus wie meine Alte!«

Wenn sie sich an ihre Zeit mit Robbie erinnerte, sagte Yolie: »Hoffentlich bin ich nie mehr mit einem Menschen so vertraut, wie ich mit ihm vertraut war. Nie im Leben. Das ist ja fast, als ob man einen Zwilling hätte. Ich wußte immer genau, wie er reagieren würde.«

Von allen Barfern gefiel ihr Big Ugly, Joe Vasquez, am besten. Sie bewunderte seine Ruhe und die nette Art seiner Frau gegenüber. Und weil beide Ehen kinderlos geblieben waren, unterhielt sie sich gern mit Joe und seiner Frau Vilma über die Adoption von Kindern.

Dann unternahm Robbie seine Züge durch die Gemeinde so öffentlich, daß er es anscheinend darauf *anlegte,* erwischt zu werden. Er machte sich nicht mal die Mühe, Lippenstiftspuren von seiner Kleidung zu entfernen.

Er fand nichts dabei, seine private Telefonnummer irgendwelchen BARF-Groupies zu geben, die dann anriefen und wieder auflegten, wenn Yolie sagte: »Hier ist seine *Frau.* Kann ich was ausrichten?«

Eine rief mal zurück und sagte, daß es ihr leid tue, aber Robbie habe geschworen, er sei unverheiratet. An den Wochenenden erlebte Yolie dauernd, daß angerufen und wieder aufgelegt wurde.

Eine Frau rief an und sagte, es tue ihr leid, aber Robbie brauche, weil er sich als Farbiger äußerst unglücklich fühle, Unmengen an Zuwendung, die ausschließlich sie als Weiße ihm geben könne.

Eine andere sagte, sie studiere an der San Diego State University und wisse zwar, daß Robbie verheiratet sei, müsse aber ganz dringend mit Yolie reden, denn Robbie sei ein Lügner und Schwindler. Nicht bei Yolie, aber bei ihr.

Yolie Hurt wurde langsam so verrückt wie ein Barfer in den Canyons. Sie verabredete sich mit der Studentin, die ganz außer sich zu sein schien, und war überrascht, als sie dann ein hübsches schwarzes Mädchen vor sich hatte. Sie trafen sich in einem Kanton-Restaurant, und Yolie überstand einen tränenreichen Lunch, bei dem lange über Robbie geredet wurde. Während sie noch miteinander sprachen, erschien Robbie in der Tür und sah aus wie ein Gangster etwa dreißig Sekunden nach dem *»Sabes qué?«* von Manny Lopez.

Da waren sie also beieinander: Robbie, seine Freundin und seine Frau. Die Kleine flehte Robbie an, sie nicht mehr anzulügen und anzuschwindeln. Yolie trug ihren Kopf zum allererstenmal ziemlich hoch.

Sie sagte bloß: »Da gibt's nur noch eins. Wir sollten eine Schnulze draus machen.«

Und das war's dann. Ihre Ehe wurde einvernehmlich geschieden. Sie nahmen sich keinen Anwalt. Sie machten die Scheidung allein. Sie ließ ihm alles.

»Ich habe ihn immer verwöhnt«, sagte sie. »Es ist sinnlos, das jetzt zu ändern.«

Eines Abends raste Robbie mit Ken Kelly in dem Chevy Suburban quer über einen Abhang. Sie platzten beide förmlich vor Nervosität, weil sie draußen im Spring Canyon drei Schüsse gehört hatten und beinahe dreißig Minuten lang weder das Ensemble noch die Zweitbesetzung über Funk erreichen konnten, und am Ende hätte ihnen die Magensäure nahezu die Speiseröhre zerfressen, wenn sie nicht noch rechtzeitig erfahren hätten, daß diese Schüsse weder von Barfern noch auf Barfer abgefeuert worden waren. An diesem Abend glitt Robbie aus und stürzte einen Berg hinunter, wobei er sich den Knöchel verstauchte. Ein paar Tage lang trug er einen provisorischen Gipsverband, und als er auf Krücken in eine Copkneipe humpelte, saßen und becherten dort zufällig ein paar Groupies mit einigen Detectives und Streifencops.

Irgend jemand wies die anderen darauf hin, daß die Revolverhelden eingetroffen seien und einer von ihnen an Krücken gehe, und das nächste, an das sich Robbie erinnerte, war die Tatsache, daß drei Zuckerpuppen große Augen machten, weil er sie prächtig mit einer Story unterhielt, wie er zu der »Verletzung« gekommen war.

»Da draußen, das ist der reine Dschungel, Mädchen!« hörte er sich sagen. »Also schön, wir mußten heute abend mal wieder ein paar Gangster umlegen. Und ich hab mich verletzt, als ich einen verfolgte, der fast auf mexikanisches Territorium entkommen wäre.«

Und so weiter. Das Erstaunliche war, daß er auf dem besten

Weg war, das auch alles zu glauben. Es war verblüffend, was dieser Job in einem Hirn anrichten konnte. Er versuchte, seiner eigenen Quasselei ein Ende zu machen, aber er konnte es nicht. Sie umdrängten ihn scharenweise. Sie bewunderten ihn. Nein, sie *verehrten* ihn.

Ken Kelly sagte: »Es war, als ob man irgendwas Schönes im Rucksack hätte. Man konnt's rausholen, wenn man es brauchte. Robbie Hurt holte es *dauernd* raus.«

Robbie Hurt hörte nie auf, seine Frau anzurufen und um ihren schwesterlichen Rat zu bitten. Sie war die einzige Person, mit der er reden konnte, auch noch, als seine Ehe nicht mehr existierte. Er sagte, seine Exfrau sei der beste Mensch, den er in seinem ganzen Leben je kennengelernt hätte. Er sagte immer, er hätte besser mit seinem Tun und Treiben aufhören und statt dessen seine Ehe retten sollen. Er sagte, die Einsamkeit nach der Trennung habe ihn häufig an Selbstmord denken lassen. Er sagte, er habe sich vor Einsamkeit die Augen ausgeweint.

All das sagte er und meinte es auch so, aber wirklich abhängig war er von etwas anderem, von einem derart verführerischen, derart verlockenden, derart überwältigenden Phänomen, daß er ihm nie widerstehen konnte. Er war abhängig von einem Phänomen, das schon manchen älteren und klügeren Menschen als Robbie Hurt übermannt hatte. Das Phänomen war eine *Hure*. Und die abstoßende, unheimliche Hure hatte einen Namen. Sie nannte sich *Berühmtheit*.

13. KAPITEL

Grenzen und Schatten

Das Verhältnis der Barfer untereinander ging durch ihren immer größeren Ruhm allmählich mehr und mehr in die Binsen. Sie vergeudeten ihre Zeit damit, sich interviewen zu lassen (das heißt, Manny Lopez tat es) und Vorträge zu halten (was allerdings ebenso fast immer nur Manny Lopez tat), und die anderen fühlten sich allmählich wie der Charakterdarsteller, der das Mädchen nie kriegt. Der eine oder andere von ihnen, vor allem Eddie Cervantes, hätte sein Leben dafür hergegeben, prominente Leute kennenzulernen.

»Also, ich kann ja schlecht nein sagen, wenn ich beim Rotary Club n Vortrag halten soll«, verteidigte sich Manny Lopez. »Ihr Arschlöcher wißt ganz genau, daß es euch jederzeit freisteht, genauso Reden zu halten oder im Fernsehen aufzutreten wie ich oder n Presseagenten anzuheuern. Kommt nächstes Mal einfach *mit.*«

Aber sie taten's nie, abgesehen von einem einzigen Mal, wo Tony Puente zur Bereicherung eines Vortragsabends der Kiwanis beitrug. Er war von der Art, in der Manny mit seiner Zuhörerschaft umging, zutiefst beeindruckt. Tony war ab sofort felsenfest davon überzeugt, daß Manny bestimmt noch mal Polizeichef oder Bürgermeister von San Diego werden könne, unter Umständen sogar, verdammt noch mal, Gouverneur von Kalifornien. Dick Snider mochte sich die Idee zusammengeträumt haben, aber BARF, das war Mannys Baby. Er formte es, er verkaufte es, er stellte es dar, und wenn es je sterben sollte, würde er derjenige sein, der es umbrächte. Eddie Cervantes und die meisten anderen meckerten und beschwerten sich zwar dauernd, Manny würde ihnen die Show stehlen, aber einige räumten auch ein, daß niemand von ihnen das machen könnte, was Manny machte.

Irgend jemand meinte: »Könnt ihr euch vielleicht vorstellen, daß Joe Castillo oder Big Ugly nem Rotary Club imponieren? Klar könnt ihr das. Genau wie Zahnziehen. Zahnziehen bei euch selber.«

Manny hatte wahrhaftig bedeutende natürliche Fähigkeiten. Man mußte ihn in seinen Diskoklamotten und mit den Goldkettchen bloß mal da oben gesehen haben, wie die witzigen Sprüche aus seinem boshaften Mund nur so zwischen den Zahnlücken heraussprudelten, wie er mit den im Saal umherschießenden pseudoasiatischen Augen alle Frauen gefangennahm, die noch nicht im Klimakterium waren, wie der herabhängende Schnurrbart unter der pseudoarmenischen Nase auf und ab hüpfte und wie sich die Augenbraue immer höher schob, bis sie auf der Stirn ein perfektes Fragezeichen bildete. In dem Moment nämlich, in dem er seinen Finger als Waffe auf das Auditorium richtete und berichtete, wie er im Deadman's Canyon einen Colt aus dem Schulterholster und den anderen aus dem Gürtel gerissen und die Gangster reihenweise umgenietet hatte.

Er konnte die Leute ganz nach Belieben zum Stöhnen und zum Lachen bringen. Im Saal hörte man nur das Klicken aufschnappender Kugelschreiber, wenn lokale Politiker sich notierten, daß man einen so ausgekochten Kerl unbedingt für das nächste Wahlkampfkomitee gewinnen müsse. Schließlich gab es keine echten Filmstars in San Diego und nur sehr, sehr wenige große Sportstars. Und es war sonnenklar, daß es auch nie einen echten legendären Helden gegeben hatte, bevor dieser Bursche auf der Bildfläche erschien. Wen interessierte es, ob er Republikaner oder Demokrat war? Dieser irre Mexikaner war der letzte legendäre Revolverheld!

Dem Tätigkeitsbericht für den Monat April kann man entnehmen, daß Manny seinen dreißigsten Geburtstag damit verbrachte, auf Wunsch mehrerer Fernsehteams in den Canyons Gangsterfestnahmen nachzustellen. Die Barfer waren inzwischen auf jeden Fall in mehr als nur einer Hinsicht Schauspieler. Wie alle Schauspieler jedoch waren sie natürlich immer dann am besten, wenn es, wie in ihrem Fall bei realen Gangsterfestnahmen, ernst war, während ansonsten leicht die Gefahr bestand, das Publikum zu enttäuschen. In diesem Punkt waren alle derselben Ansicht, aber abgesehen von Eddie Cervantes und zuweilen Ernie Salgado diskutierten sie mit Manny Lopez nicht mehr sehr oft darüber, daß ein bloßer Abklatsch im allgemeinen wenig Hand und Fuß hatte.

Im übrigen erzählte ihnen eines Tages, als sie wieder mal in ihre Rolle geschlüpft und als Pollos verkleidet unterwegs waren, ein ahnungsloser Schmuggler, daß die Aktivitäten der Gangster in den Bergen derzeit vor allem deshalb so nachgelassen hätten, weil ein gewisser Sergeant Manny Lopez mit seinen Cops aus San Diego den Ganoven regelmäßig Feuer unter dem Arsch mache.

Wenn es an den warmen Frühlingsabenden draußen mal ruhiger zuging, nahmen die Barfer – außer Manny Lopez – eine derartige Atempause immerhin meist recht dankbar zur Kenntnis. An solchen Abenden ruhten sie sich am liebsten auf einem Abhang aus, lauschten der aus Mexiko herüberwehenden Musik, machten Witze und versuchten, etwas von der Kameradschaft zurückzugewinnen, die ihnen abhanden gekommen war, als sie sich vor den Waffen der eigenen Leute und Mannys dauernden Antreibereien zu fürchten begannen.

Sie unterhielten sich über Gangster, die völlig durchsiebt worden waren und trotzdem noch lebten. Und meinten dann: »Ich würde wahrscheinlich schon verbluten, wenn ich nur n Streifschuß am Arsch hätte.« Oder: »Bei Joe Castillo würd's so lange nichts ausmachen, wie er's in den Kopf kriegt.« Oder: »Bei Manny wär todsicher noch alles okay, wenn's bloß n Herzschuß wär.« Und so weiter.

Aber wenn sie zu massiv aneinandergerieten oder sich allem Anschein nach zu Tode langweilten, fiel Manny prompt was ein, wie er sie für ein Weilchen bei Laune halten konnte. An einem Nachmittag beispielsweise, als sie im Deadman's Canyon herumlungerten und ausgesprochen mies gestimmt waren, beobachteten sie zufällig eine kleine Gruppe von Frauen auf einem schlüpfrigen Lehmweg. Es war noch hell, und die jungen Frauen hatten Angst und rannten wie um ihr Leben. Ziemlich rasch erschienen dann ein paar Gelegenheitsgangster aus den Slums von Colonia Libertad auf der Bildfläche, die sich den Frauen bemerkbar zu machen versuchten und mit den Fingern schnalzten. Der Anführer fragte die Barfer: »Habt ihr diese kleinen *pollitas* hier vorbeilaufen sehen?«

Und Manny, der sich langweilte, fragte: »Weshalb wollt ihr das denn wissen?«

Und der Bursche kicherte und sagte: »Die glauben, ich würde sie nach San Ysidro bringen. Aber wir wollen sie runter in den Canyon bringen.«

»Warum denn?« fragte Manny, und der Bursche guckte ihn an

wie einen Eiterpickel, als er sagte: »Um sie zu vögeln, alter Dummkopf.«

»Vielleicht haben sie das nicht so gern«, sagte Manny Lopez, schon recht unheilverkündend.

»Oh, das werden sie noch *sehr* gern haben«, sagte der Bursche grinsend.

Mittlerweile sahen die anderen Barfer, wie sich Mannys Augenbraue kräuselte und sein kleines Auge daneben echt finster guckte, während er erstaunlich freundlich auf den Möchtegernvergewaltiger zuging und sagte: »Also schön, *'mano,* ich weiß zufällig, wo die Mädchen jetzt sind. Die haben sich da drüben versteckt.«

Aber nachdem sich alle Barfer erhoben hatten, um Manny zu folgen, der den Möchtegernvergewaltiger über den glitschigen Weg derart dicht an den steilen Rand eines trockenen Bachbettes führte, daß er, wenn er hier runtergefallen wäre, sich das Genick gebrochen hätte, sagte Manny sinngemäß: »Faß dir mal an die Eier und sag, ob sie noch da sind!«

Und als der Mexikaner etwas verwirrt nach dem Grund fragte, meinte Manny: »Damit du dich später an die gute alte Zeit erinnerst. Demnächst brauchste sehr feine Hände, wenn du deine Eier finden willst.«

Und dann machte er sich gar nicht mehr erst die Mühe, *»Sabes qué?«* zu sagen, und zur gleichen Zeit, in der der Möchtegernvergewaltiger sicherlich alle Engel im Himmel singen hörte, weil Manny seine Eier nacheinander derart heftig als Fußball benutzte, als wolle er ein Tor des Monats schießen, hauten die anderen Barfer seinen Vergewaltigungsgenossen so lange die Jacke voll; bis sie in alle Richtungen auseinanderstoben. Den hinkenden Sittenstrolch hingegen, der seine verletzten Eier mühsam mit den Händen zu schützen versuchte, übergaben sie dann den *judiciales,* weil eine böse Absicht allein in den USA nicht als Verbrechen gilt.

Der *judicial* vom Dienst konnte Sittenstrolche ebensowenig leiden wie Manny Lopez, und deshalb kam er, nachdem Manny ihm die Geschichte erzählt hatte, zu der Überzeugung, der Bursche hätte durchaus noch einen verdient und POW! Er erwischte den Burschen kalt und sagte: »*So* geht's einem, wenn man drekkige Gedanken hat.«

Wenn Manny sie draußen in den Bergen nicht ununterbrochen bei Laune hielt, wurden sie jedoch rasch immer verrückter. Eines

Tages verfielen sie auf die Idee, nach Polloart mal ein Feuerchen zu machen. Sie schafften es, einen alten Autoreifen in Brand zu setzen, und dreißig aufregende Minuten lang war der ganze verdammte Canyon in Gefahr, von einer Feuersbrunst vernichtet zu werden.

Ein andermal wanderten sie auf der Westseite der Interstate 5 lustlos am Grenzzaun entlang, als sie von ein paar Kindern aus Tijuana mit Steinen beworfen wurden. Sie ließen sich dazu hinreißen, Steine zurückzuwerfen, und in kürzester Frist war eine erstklassige Steinschlacht im Gange, die damit endete, daß irgendein mexikanischer Bürger, den die ihm andauernd aufs Dach fliegenden Steine ganz verrückt gemacht hatten, die mexikanischen Cops rief, worauf die dann auch aufkreuzten und einen *Schuß* auf sie abgaben. Worauf wiederum sie schleunigst in der Finsternis untertauchten und zu der Erkenntnis gelangten, daß die da unten die Steinewerferei offenbar verdammt ernst nahmen und daß sie mit dem Unsinn vielleicht doch lieber aufhören sollten.

Bei alledem aber waren sie gar nicht mal die einzigen, die in diesen Canyons langsam verrückt wurden. Die amerikanische Border Patrol, die eine der undankbarsten und frustrierendsten Aufgaben aller Zeiten hatte, mußte ebenfalls mit manchen Problemen fertig werden. Nachdem die Barfer eines Abends eine Gruppe von Pollos festgenommen hatten, die auf dem besten Wege gewesen war, in einen Gangsterhinterhalt zu geraten, setzten sie sich mit der Border Patrol in Verbindung und übergaben ihr die Pollos. Einer der Grenzgänger trug zufällig eine ausrangierte US-Armeejacke mit Truppenschild, Auszeichnungen und Rangabzeichen. Der Border-Patrol-Beamte, der die Festgenommenen in Empfang nahm, reagierte echt bescheuert. Er ließ den verängstigten Pollo vor seinen Jeep-Scheinwerfern strammstehen. Er riß ihm jedes einzelne Schild und Infanterieabzeichen von der Jacke und riß sie mitten durch, als zerbräche er einen Säbel.

»Dieser Mensch hat nie in unseren Streitkräften Dienst getan!« kreischte er. »Er hat nicht das *Recht,* diese Abzeichen zu tragen!«

Die Barfer hielten das Ganze zunächst für einen Witz, und Big Ugly fing an, auf dem Jeep einen Trommelwirbel zu schlagen, bis sie merkten, daß der Beamte der Border Patrol Augen hatte, die mindestens zehnmal so verrückt waren wie die Augen von Ken Kelly. Und dann wußten sie, daß der Bursche es bitter ernst meinte.

Der Pollo hatte keine Minute daran gezweifelt, daß der *migra* es ernst meinte, und er fing am ganzen Körper an zu zittern, als der Beamte der Border Patrol ein Taschenmesser herausnahm und die Messingknöpfe der Jacke abschnitt.

Als der Sommer sich ankündigte, taten sie zwar wie immer ihre Pflicht, auf der anderen Seite aber keinen Handschlag zuviel – will heißen, sie nahmen hier und da ein paar Gangster fest, die zwar den Teilnehmern eines Kiwani-Treffens vielleicht wenig imponiert hätten, andererseits jedoch auch keineswegs nur mit Messern und Eispickeln ausgerüstet waren und ihnen manchmal einen ganz netten Schreck einjagten. Nichts indessen, das unbedingt in den Elfuhrnachrichten gebracht werden mußte. Und an einem ungewöhnlich warmen Abend befahl Manny, in die Canyons zu gehen und effektiv so lange rumzulaufen, bis sie überfallen würden. Diese Ruhe und dieser Frieden machten ihn ganz krank. Sie stiegen also in den Wagen, alle, wie sie da waren, und wurden von Robbie Hurt und Ken Kelly in unmittelbarer Nähe von Airport Mesa abgesetzt. Sie marschierten in westlicher Richtung los. In Richtung auf den verdammten Ozean! Manny Lopez lief immer weiter.

Natürlich rutschte der alte Fred Gil aus und fiel in einen Scheißhaufen. Nicht anders erging's Renee Camacho, der an dem Abend diese hochhackigen Schuhe trug, die im allgemeinen die Grenzgänger zu tragen pflegten, wenn sie den kläglichen Versuch machten, sich fein anzuziehen. Nach den ersten zwei Meilen schwollen seine Knöchel an. Er humpelte hinter dem dritten Mann her. Sie marschierten durch ausgetrocknete Bachbetten und steile Böschungen hinunter direkt auf die Interstate 5 zu. Gleich nachdem die Dunkelheit hereingebrochen war, hörten sie ein Gerassel.

»Vorsicht! Eine verdammte Schlange!« schrie einer, und sie hätten fast geschossen.

»Verdammt, sag nicht ›Vorsicht!‹« schrie Manny. »Sag's auf spanisch. Sag *trucha* oder so was.«

Prompt schrie einer: *»Trucha!* Eine verdammte Schlange!«

Die Moskitos hatten an diesem aromatischen frühen Sommerabend offenbar ihre besondere Freude. Sie griffen in Schwärmen an, und alle schlugen um sich und fluchten. Noch ehe sie die vierte Meile hinter sich gebracht hatten, waren Hände und Gesichter geschwollen. Sie trugen ihre kugelsicheren Westen und schleppten ihre ganze Bewaffnung mit, und Renee Camacho trug zudem noch die Schrotflinte. Manny Lopez legte nicht mal eine Pause ein, um einen zur Brust zu nehmen. Er war ein besessener Mensch.

Irgendwann erklärte er allen, er sei nicht bereit, das Gefluche und Geknurre noch länger zu dulden. Bis zum Ozean waren es acht Meilen von der Stelle aus, wo sie in der nächtlichen Finsternis losmarschiert waren, hin und wieder nicht mal auf ausgetretenen Pfaden, sondern auf steinhartem Lehmboden und mitten durch die Kakteen- und Dornbüsche. Carlos Chacon, der momentan 235 Pfund mit sich herumschleppte, erklärte, daß er gleich sterben würde, und als sie gerade glaubten, Gott und alle Welt habe sie verlassen, vertrat sich Manny den Knöchel und fiel der Länge nach in das faule und stinkende Wasser eines seichten Tümpels.

Manny konnte so laut schreien, wie er wollte, es half ihm nicht das geringste. All die hartgesottenen Scheißkerle, von denen zwei wirklich nach Scheiße rochen, wälzten sich auf dem Boden herum. Sie schnieften, gackerten, quiekten und johlten.

Der abgetakelteste Penner von Tijuana hätte ohne weiteres durch ein Loch im Zaun kriechen und sie allesamt entwaffnen können. Als sie eine Stunde später die Meeresküste erreichten, konnten sie allerdings nur noch keuchen und schnaufen und japsen und waren derart erschöpft, daß sie bei der Vorstellung, wie Manny auf seine pseudoarmenische Nase gefallen war, nicht mal kichern konnten. Sie nannten den Marsch den Todesmarsch.

Manny, immerhin, verlor auch in dieser langweiligen Zeit seinen Humor nicht. Als sie sich am nächsten Abend im Westen ihres Reviers bei Stewart's Barn herumtrieben, einer bei Grenzgängern sehr beliebten Scheune, entdeckten sie, daß sich innen eine Gruppe von fünfzig Menschen versteckt hatte und auf ihre Grenzführer wartete. Es war zwar schon ein Uhr früh, aber Manny wollte noch nicht Feierabend machen, vor allem deshalb nicht, weil sie seit Tagen keinen Gangster gesehen hatten. Die meisten Grenzgänger in der Scheune schliefen momentan, und es sah ganz so aus, als ob die Führer nicht mehr aufkreuzen würden.

Die Barfer machten eine Verschnaufpause, und zwei von ihnen kuschelten sich in ihre Jacken, machten es sich auf dem Boden gemütlich und warteten darauf, daß Mannys inneres Feuer wieder zum Ausbruch kam. Und während sie da so saßen, traf plötzlich doch noch ein Führer ein, kletterte über schlafende Grenzgänger und guckte sich die Gruppe an, die er nach drüben bringen sollte. Der Führer schaute nach unten und sah, daß ein Pollo ihn von dort her anstarrte. Dieser Pollo hatte sich ein Tuch auf die bereits ziemlich kahle Birne gelegt, die derart von Insekten zerstochen war, daß sie aussah wie eine verfaulte Mangofrucht. Der Führer sah neugierig, wie sich eine Braue dieses Pollos ganz komisch zwischen die Beulen schob, die die Moskitos, die gefräßigen Sandflöhe und die wilden roten Waldameisen verursacht hatten.

Der Führer hockte sich zu ihm und fragte den Pollo: »Worauf wartest du?«

»Auf unseren Grenzführer.«

»Ihr müßt hier in der Scheune vorsichtig sein«, meinte der Guide und sah sich um. »Die *migra* macht Stichproben in der Gegend, und außerdem läuft hier ne Bande von Cops aus San Diego rum, die sind angezogen wie ihr.«

»Tatsächlich?« sagte der Pollo.

»Sie haben mal versucht, mich einzumachen«, sagte der Guide. »Aber ich hab sie in den Arsch getreten.«

Die Augenbraue wurde seltsam stachelig, und der Pollo wiederholte: »Tatsächlich?«

»Du solltest dich von mir führen lassen«, sagte der Führer. »Diese Scheißkerle haben Angst vor mir. Ich bin der gerissenste Hund beiderseits der Grenze.«

Inzwischen waren alle Barfer hellwach und hörten mit ziemlichem Interesse zu. Gleich darauf gähnte Manny, kratzte sich an den Eiern, seufzte und fragte den Grenzführer: »Sagen Sie mir doch mal, wieso wissen Sie denn, daß das Cops sind, wenn Sie die sehen?«

»Leicht«, sagte der Führer. »Ich taste ihnen die Taschen ab nach der Dienstmarke. Diese Säue haben ne beschissene kleine goldene Dienstmarke, ohne die lassen sie sich nirgendwo blicken, diese *putos.*«

Manny sah sich nach Renee um und gab ihm ein Zeichen, näher zu kommen, und Manny legte vertraulich seinen Arm um den Führer und sagte: »Na schön, dann sagen Sie mir mal, ob diese Dienstmarke aussieht wie die hier?«

Es ist zwar sehr unwahrscheinlich, daß der Führer die Marke in Mannys offener Hand jemals sah, aber er brauchte dann ein paar Tage lang bloß in den Spiegel zu gucken, wenn er die Inschrift lesen wollte. Denn Manny, der den Burschen mit einer Hand im Genick gepackt hielt, rammte ihm die Dienstmarke unvermittelt so heftig ins Gesicht, daß es knallte wie ein Gewehrschuß.

Die anderen Grenzgänger fragten sich, warum der Führer aus der Scheune türmte wie eine Katze, die vor dem Feuer flüchtet. Und die Barfer waren drauf und dran, Manny seinen Todesmarsch zu verzeihen. Immer, wenn man wieder soweit war, ihn zu hassen, tat er wieder was für die Moral.

Die verletzten Barfer Fred Gil und Joe Castillo waren inzwischen schon seit einiger Zeit wieder im Dienst. Joe Castillo hatte mit seinem Arzt über mehr Dinge gesprochen als nur über die beschädigten Nerven und Sehnen, die nach wie vor nicht so funktionierten, daß er wieder ein normales Gefühl in den Fingern hatte. Er hatte dem Doktor von den Canyons erzählt und über so einiges geredet, was sie da draußen machten. Der Medizinmann, ein Vietnamveteran, hatte ihm bloß sagen können: »Vielleicht glauben Sie ja im Moment selbst, daß Sie Ihre Kanone ziehen, bevor es nötig ist. Vielleicht sind Sie momentan tatsächlich zu schnell. Aber wenn Sie zu langsam sind, ist es wahrscheinlich noch schlechter. Ich weiß es nicht. Das ist ja schließlich kein Krieg; es ist Polizeiarbeit. Ich weiß nicht, was ich Ihnen raten soll.«

Joe Castillo versuchte dem Doktor seine Situation mit den Worten zu erklären: »Ich glaube, ich bin in dem Moment wieder okay, in dem ich ein gewisses Stadium von *Verrücktheit* wieder erreicht habe. Wohl dann erst sollte ich wieder in diesen Canyons arbeiten.«

Polizeiarbeit? Zu der man eine Art von... ja wirklich, von *Verrücktheit* braucht?

Unterdessen nahm auch der alte Fred Gil seine kleine Krise. Seit er wieder Dienst machte, war er während des üblichen Rollenspiels in den Canyons kaum je in der Lage gewesen, die Sache locker anzugehen. Jedesmal, wenn sich potentielle Gangster näherten und Fred sich hinkauerte, um Unterwürfigkeit zu markieren, war er schrecklich nervös, hatte dauernd die Hand am Abzug seiner Waffe und spürte einen derart heftigen Adrenalinstoß, daß er am liebsten aufgesprungen wäre. Es fiel ihm unheimlich schwer, in der Hocke sitzen zu bleiben, wenn sich Manny oder sonst einer von ihnen mit Gangstern unterhielt. Es fiel ihm unheimlich schwer, seine Kanone unter der Jacke versteckt zu halten. Fred wußte es damals nicht, aber es ging in dieser Zeit den meisten Barfern so, daß sie die Kanonen immer schon halb gezogen hatten, sobald sich in der Dunkelheit Menschen näherten.

An Freds erstem Einsatzabend nach der Verletzung nahm Manny ihn auf einen Patrouillenmarsch mit, der sie auch an jene Stelle führte, an der sich die Schießerei ereignet hatte. Die durchbluteten Bandagen und Mullverbände lagen immer noch auf der Erde herum.

Wollen sie mich etwa testen? fragte sich Fred Gil. Aber er sagte es nie laut. Er überspielte seine Angst mit einem Witz. In Vietnam hatte er's auch immer so gemacht. Überspiel alles mit einem Witz.

Seine Hüfte funktionierte immer noch nicht hundertprozentig, vor allem dann nicht, wenn es steil bergab ging. Einmal *rollte* er sich förmlich unter heftigen Schmerzen einen felsigen Abhang hinunter, während die anderen schon nach Grenzgängerart Verstecken spielten oder davonrannten. Bei solchen Gelegenheiten versteckten sie sich zwar, aber nicht *zu* gut. Und aus solchen Gründen paßte es ihm überhaupt nicht, daß Manny dazu überging, sie in Zwei- statt wie bislang in Drei- oder Viermannteams aufzuteilen, um in den Zeiten, in denen wenig los war, ein größeres Gebiet kontrollieren zu können. Als er eines Abends mit Renee Camacho unterwegs war, sahen sie eine Art Massenexodus aus Tijuana, eine Menschenmasse so weit das Auge reichte.

Wer hätte ihnen da noch helfen können, wenn sie von dieser wahren Flut von Grenzgängern für Gangster gehalten und zu Tode gesteinigt worden wären? Es mußten wirklich Hunderte gewesen sein, die da marschierten, schweigend wie Gespenster. Sie gingen durch die Nacht über den schmalen Weg an ihnen vorbei, ohne ein Wort zu sprechen.

Fred Gil machte inzwischen lieber im östlichen Bereich ihres Reviers Dienst, weil es dort nicht so viel Unterholz und Gestrüpp gab und die schemenhaften Gestalten, die sich in der Dunkelheit näherten, besser zu erkennen waren. Anders als auf der westlichen Seite, wo der Gestank nach Müll Sekundenbruchteile, bevor sie aus dem Gebüsch traten und direkt *vor* einem standen, die einzige Warnung war. Gespenster, die urplötzlich da waren. Wirklich direkt *vor* einem.

Eines Abends mußten sie im westlichen Bereich direkt neben einer verlassenen Kiesgrube einen Canyon durchqueren. Das Gestrüpp bildete in diesem Canyon einen natürlichen Tunnel, eine Art Stollen aus Gestrüpp und Mequitesträuchern. Durch diese natürliche Röhre mußten sie auf Händen und Knien kriechen. Fred Gil hatte schon die Hälfte geschafft, als er spürte, daß ihm die Enge mehr denn je zu schaffen machte. Er glaubte, er müsse ersticken.

An dem Abend war Renee Camacho von zwei Gangstern mit großen Knüppeln angegriffen worden. Nachdem die Barfer beide festgenommen hatten und durch diesen Gestrüpptunnel zu transportieren versuchten, sahen sie plötzlich am Ende des Tunnels *fünfzehn* Schatten, deren Stimmen den Cops befahlen, ihren *socio* freizulassen. Die ganze Zeit über, in der sie die schreienden Gefangenen durch die unübersichtliche, finstere Buschröhre zerrten, liefen die Schatten außen auf und ab. Schweißgebadet, blutig und vor Dreck stinkend prügelten sie auf ihre Gefangenen ein, um sie, während sie sie vorwärtszerrten, zur Räson zu bringen, und bei alledem hatten sie dauernd die Vorstellung, daß diese fünfzehn Gespenster jeden Augenblick über sie herfallen würden. Das Gefühl, daß gleich fünfzehn Messer und Macheten erst das Gestrüpp und dann *sie* zerhacken würden. Als es dann gerade so aussah, als ob die Schatten tatsächlich über sie herfallen wollten, hauten sie ab. Sie verschwanden ohne jeden Laut.

Fred Gil war sich noch nie so klar darüber gewesen, daß er der *älteste* Barfer war. Er war sich noch nie so bewußt gewesen, daß ihm sein Mittelalter unmittelbar bevorstand. Er fing an, nach Leberflecken Ausschau zu halten.

Eine Zeitlang entfachte der Ku-Klux-Klan einen recht heftigen Wirbel in den Medien, als es hieß, daß er an der Grenze aktiv werden wolle, weil dort nach seiner Ansicht bloß noch die bewährte alte Wachsamkeit helfen könne, den illegalen Einwandererstrom nach Kalifornien zu stoppen. Der Polizeichef von San Diego erklärte daraufhin, die BARF Squad sei jederzeit in der Lage, da draußen mit jeder Art von Gewalt fertig zu werden, woraus sich eindeutig folgern ließ, daß Chief William Kolender, der erste jüdische Polizeichef, dem Klan herzlich wenig Sympathien entgegenbrachte. Eine mexikanische Zeitung veröffentlichte eine sehr komische Karikatur, auf der eine Gruppe von vermummten Ku-Klux-Klan-Leuten gezeigt wurde, die gerade einen Spion in den eigenen Reihen entdeckt hatte. Nachdem der Große Drache des Ku-Klux-Klan dem Spion die Kapuze vom Antlitz gerissen hatte, sagte der Betreffende, den natürlich alle sofort erkannten, mit seinem üblichen bösartigen Grinsen: *»Sabes qué?«*

Renee Camacho, der Knabentenor, einstmals der fröhlichste, herzlichste und sensibelste Barfer von allen, fing allmählich an, jeden Sinn für Humor zu verlieren. Und im Grunde ging es allen so. Kaum noch jemand machte bei Dienstbeginn seine Späße und Witze. Es fand jeweils ein ebenso kurzes wie düsteres Briefing statt, und schon ging's ab nach draußen. In der Vergangenheit hatte gerade Renee sie mit seinen Possen regelmäßig königlich amüsiert.

Eines Abends wurde Renee von einem Gangster ziemlich heftig attackiert. Er schlug dem Angreifer seine Waffe über den Schädel, und einzig und allein dadurch wurde er selbst davor bewahrt, den Burschen umzulegen. Er hatte nie etwas Ähnliches empfunden. Er machte an diesem Abend mit den Jungs einen sehr langen Zug durch die Gemeinde und war schließlich mordsmäßig betrunken.

Als er bei einer anderen Gelegenheit einen Gangster – einen Räuber, der ihn zuvor zu Tode erschreckt hatte – zur Wache bringen mußte, fing der Mann an, ihm obszöne Schimpfworte an den Kopf zu werfen. Der Gangster war mit Handschellen gefesselt. Renee sprang ihn an, nahm ihn in den Schwitzkasten, rammte ihm ununterbrochen die Faust ins Gesicht und sagte die ganze Zeit: »Glaubst du vielleicht, du bist n besonders toller Hecht? Ne schwule *Sau* bist du! Da! Weiber legst du um? Hier! Kinder quälst du? Da!«

Und er war auf dem besten Weg, aus dem Gesicht des schreienden Gangsters Hackfleisch zu machen, als er zufällig hochschaute und sah, daß er von einem uniformierten Vorgesetzten beobachtet wurde. Der Gangster war blutüberströmt, und Renee war felsenfest davon überzeugt, daß er nun Ken Kellys Schicksal erleiden und als *zweiter* Polizist von San Diego wegen eines tätlichen Angriffs vor Gericht angeklagt und verurteilt werden würde.

Er sah den Vorgesetzten an, als wolle er sagen: Na schön, ich bin dran. Und vielleicht war er sogar zutiefst *erleichtert,* weil es ja letztlich der Beweis dafür war, daß er nicht mehr in der Lage war, hier draußen noch zu arbeiten. Aber der Vorgesetzte drehte sich um und ging davon, als hätte er überhaupt nichts gesehen.

Renee konnte nicht glauben, was ihm da widerfahren war. Es war nahezu unmöglich.

Es ging allen so. Wenn ihnen mutmaßliche Gangster über den Weg liefen, die es wegen des wachsenden BARF-Renommées vorzogen, sie nach einigen wenigen Probefragen ungeschoren zu lassen, mußte Manny bloß sagen: *»Sabes qué?«* Und schon stürzten sie sich auf die Gangster und schlugen sie zusammen, bloß mal eben zur Vorbeugung.

»Um den Gaunern ein für allemal beizubringen, daß es ziemlich teuer sein kann, in diesen Canyons zu wildern«, wie Manny das nannte.

Renee hielt von alledem *nichts* mehr. Er besuchte Herbert Camacho, seinen besten Freund, und erzählte seinem Vater, daß vielleicht doch mal einer ein Auge auf die BARF Squad werfen sollte, bevor die Leute da draußen im Niemandsland eines Tages vielleicht noch alle *verrückt* würden.

Ein alter Wunsch nach Rache nahm dann mehr und mehr überhand: El Loco. Der Gangster mit der Skimaske hielt sie buchstäblich zum Narren, seit er ihnen vor sechs Monaten entkommen war. An einem dunklen Abend entdeckte ihn die Zweitbesetzung ganz in der Nähe seines bevorzugten Lochs im Grenzzaun beim E-2-Canyon. Sie sahen einen Mann, der eine Skimaske trug und ganz in Schwarz gekleidet war. Er zerfloß dann zu einem Schatten. Sie sahen einen anderen Mann mit einem Gewehr. Er benahm sich so, als ob er in seinem Revier bloß mal eben nach dem Rechten sehen wolle.

Die Zweitbesetzung kam im Schutz eines Erdwalls an der betreffenden Stelle an, und eine Stimme rief: »Kümmert euch da drüben um euren Scheiß, dann kümmern wir uns hier um unseren Scheiß!«

Nachdem sie später an diesem Abend mit dem Ensemble zusammen waren, hörte Manny Lopez von Joe Castillo, was da los gewesen war, und Manny geriet außer sich.

»Oh, ihr alten Arschlöcher«, sagte er, »warum habt ihr denen nicht ein paar blaue Bohnen rübergejagt, damit sie sehen, wie wir uns kümmern?«

Ein paar blaue Bohnen rübergejagt? Einfach nur so? Na gut, weshalb eigentlich nicht? Dies alles war so und so kein Polizeijob mehr, und Polizisten waren sie ebenfalls längst nicht mehr. Sie waren eine Art großäugiger kleiner Canyonkriechtiere, und alle Welt – die anderen Cops auf dem Revier, die Ehefrauen zu Hause, ihre Nachbarn, wirklich *alle* Welt – betrachtete sie, als seien sie just unter einem Felsen hervorgekrochen, was wohl daher kam, daß es Nacht für Nacht tatsächlich so war.

Zum Teufel also, was soll's, jagen wir ihnen ein paar von den blauen Bohnen rüber, lassen wir uns ruhig in eine schwere Gangsterschießerei verwickeln und wecken ruhig mal die Stadt auf, nur damit die Nachrichtenleute sagen können: »Schießerei an der Grenze! Filmbericht um elf!«

Eines Abend hatte Manny Lopez dann die Chance, wieder mal mit Loco persönlich zu reden. Sie marschierten durch das Gelände am E-2-Canyon, um den flüchtigen Bandenchef endlich mal aufzustöbern, als sie eine Stimme hörten. Manny identifizierte sie als jene Stimme, die er ein einzigesmal gehört hatte, als er dem Mann mit der Skimaske eine Fiesta-Zigarette durch den Grenzzaun reichte. Die Stimme eines Mannes, der sie höchstens als Silhouette gesehen haben konnte, rief: »*Oye,* Lopez! Bist du das?«

Sobald sie sich zu Boden geworfen hatten, schrie Manny zurück: »Komm mal rüber, Loco! Wir sollten mal dringend miteinander reden.«

Aber Loco erwiderte: »Nein, nein, Lopez. Ich bin lieber in meinem eigenen Land. Bleib doch da, wo du bist, und ich bleib hier. Oder warum überläßt du mir nicht ein Stückchen von deinem Revier? Ich brauch nur *sehr* wenig, und du brauchst es eigentlich gar nicht!«

Manny jedoch war nicht in der Stimmung, mit Loco herumzudiskutieren. Er war an Loco mehr als an den Schlagzeilen von morgen interessiert. Er drehte völlig durch und schrie: »Du Drecksau, ich krieg dich noch! Hast du kapiert, du *puto?* Du gehörst mir!«

Aber Loco hatte sich entschlossen, Vernunft walten zu lassen, und brüllte zurück: »Du kannst mich überhaupt nicht beleidigen. Ich will mich nicht mit dir anlegen. Laß mich bloß in Frieden!«

Dann war er weg, und Manny schrie sich in der leeren Finsternis die Lunge aus dem Hals.

Am nächsten Abend tobte Manny, eine Zigarre im Mund, durch den winzigen Appellraum und malte riesige Buchstaben auf die Tafel: GESUCHT WIRD EL LOCO!

Gangster, die sie gefangen hatten, beschrieben El Loco als einen Mann um die Dreißig, und tatsächlich war er *genau* dreißig, zwei Monate älter als Manny. Sie wußen, daß Loco einsfünfundsiebzig oder einsachtundsiebzig groß war und ungefähr hundertsiebzig Pfund wog, was haargenau Mannys Größe und Figur entsprach. Es hieß, daß er einen Bart trage, sich jedoch fast nie ohne Skimaske sehen lasse, ohne daß jemand den genauen Grund kannte.

Manny Lopez war in bezug auf El Loco wirklich fürchterlich sauer. Er war sauer über die Nacht, in der er El Loco die Zigarette durch eine Lücke im Grenzzaun gereicht hatte, während der Gangster mit der Skimaske nervös herauszukriegen versuchte, ob Manny ein echter Pollo war.

»In der Nacht hätt ich ihn haben können«, klagte Manny sich an. »Ich hätt mir wenigstens seine Finger schnappen und zerquetschen können!«

Manny war regelrecht besessen von dem Gangster, von dem es hieß, er habe im E-2-Canyon eine halbe Quadratmeile unter Kontrolle. Es machte Manny Lopez fast wahnsinnig, daß ein Gangster es sich leisten konnte, so ohne weiteres von *seinem* Revier zu reden.

Eines Abends war Manny drauf und dran, ihn zu kriegen. Für Manny war es anfangs eine recht glückliche Nacht. Drei Gangster hatten sie mit Messern zu überfallen versucht. Ein vierter lungerte in einiger Distanz herum, und als er sich an dem Überfall beteiligen wollte, sahen sie, daß er ganz in Schwarz gekleidet war. Und eine *Skimaske* trug.

An diesem Abend mußten die anderen Barfer plötzlich allein mit den Gangstern fertig werden, weil Manny nur auf den einen mit der Skimaske scharf war und ihn *unbedingt* kriegen wollte, weshalb er auch so laut *»Barf! Barf! Barf!«* brüllte, daß man es in südlicher Richtung bestimmt noch bis zur Stadt Ensenada hören konnte.

Es war ungewöhnlich dunkel, und sie liefen wie blind durch die Nacht. Loco fiel hin. Manny schrie vor Freude. Dann stolperte Manny und fiel so unglücklich hin, daß die Trommel seiner Kanone heraussprang. Manny ließ sie wieder einrasten und rannte weiter.

»Barf! Barf! Barf!«

Die Schreie bewirkten, daß Loco noch schneller rannte, direkt auf den Grenzzaun zu. Manny kam so nah an ihn heran, daß er ihn japsen hörte und *riechen* konnte. Loco stank nach Müll. Manny sah, daß in einem schwachen Mondstrahl ein Messer aufblitzte. Loco schaffte es, bis zum Loch im Grenzzaun zu kommen, und schlüpfte rasch hindurch, dunkel und geschmeidig wie Öl. Loco hatte die Republik Mexiko erreicht und verschwand im Gebüsch.

Manny blieb auf seiner Seite des internationalen Grenzzaunes stehen und schrie: »Ich werde dich *umlegen,* du Arschloch! Beinahe hätt ich dich jetzt schon erwischt! Du hast noch einmal Glück gehabt, du Arschloch, beinahe hätt ich dich diesmal erwischt!«

Dann guckte sich Manny seinen kurzläufigen Revolver näher an. Er fühlte sich merkwürdig an. Er nahm die Trommel heraus. Die Kugeln waren herausgefallen, als er hingefallen war. Die Waffe war leer.

»*Ich* bin das große Arschloch«, sagte Manny hinterher. »Ich hab ihn wieder nicht gekriegt.«

Die letzte Begegnung mit El Loco fand dann am 9. Juli statt, und es war ihr bis dahin unglaublichstes und schrecklichstes Erlebnis. Als sie's hinter sich hatten, wußten einige von ihnen kaum noch, wovor oder vor wem sie sich von nun an fürchten sollten. Es war der Abend, an dem Manny Lopez verschwand.

Das Wetter war an diesem Tag sehr klar, abgesehen von einigen verstreuten Sommerwolken. Die Temperatur betrug vierundzwanzig Grad. Es war ein perfekter San-Diego-Tag. Im E-2-Canyon, etwa eine halbe Meile östlich des Grenzübergangs, gibt es zum Schutz der Touristen den drei Meter hohen Kettenzaun mit einer Stacheldrahtkrone. Natürlich ist der Grenzzaun ein kurzes Stück weiter östlich zu Ende, und auch da, wo er steht, läßt er sich lächerlich leicht überwinden. Aber wie auch immer, er ist nun mal da.

Auf der Südseite der Grenze verläuft parallel zu ihr eine unbefestigte, schmutzige Straße von Ost nach West, die direkt zum hinteren Teil eines Rangierbahnhofs dicht beim Grenzübergang führt. Der Canyon selbst verläuft von Norden nach Süden, und auf seinem Grund liegt ein seichtes Gewässer, in das, um bei zuviel Regen das überschüssige Wasser abzuleiten, eine ungefähr ein Meter dicke Metallröhre mündet, die auf nördlicher Seite teilweise durch Steinbrocken und Felsen und anderen Schutt verstopft ist. Diese Drainageröhre kreuzt unterirdisch die Grenzlinie in Richtung Süden, um letztlich in einem Wasserlauf beziehungsweise einer Rinne zu enden, in der ebenfalls jede Menge Steine, Felsen, Autoreifen, kaputte Flaschen und Bierbüchsen liegen. Die internationale Grenzlinie befindet sich, wie die Landvermesser festgestellt haben, genau anderthalb Meter südlich des Südendes der Drainageröhre aus Metall. Die Berge steigen steil an, und oben stehen die von Kerosinlampen erleuchteten Hütten, in denen sowohl die armen Leute aus Tijuana wohnen, die ihr Geld überall da zu verdienen versuchen, wo sich eine Gelegenheit bietet, als auch die in den amerikanischen Canyons anzutreffenden Schmuggler, Heroinsüchtigen und Gangster.

Daß die Landvermesser den Grenzverlauf so genau markiert hatten, war vor allem deshalb wichtig, weil Manny Lopez, der den Befehl hatte, sich nie auf das Gebiet südlich der imaginären Linie vorzuwagen, dadurch immer genau wußte, wo er und seine Leute sich befanden. Niemand konnte ernsthaft daran interessiert sein, die Regierung eines Staates zu provozieren, der bei den Banken der Vereinigten Staaten Schulden in Milliarden-Dollar-Höhe hatte und derzeit durch die irrsinnigen mexikanischen Ölfunde in der Lage sein mochte, die Anleihen zurückzuzahlen.

Die Barfer waren zu einem Fischzug ausgerückt, auf dem sie ausschließlich das erklärte Ziel hatten, diesen einen *Großen* endlich zu erwischen. Durch einen Bericht von fünfzehn Grenzgängern hatten sie erfahren, daß die Leute von einer Gang beraubt worden waren, deren Führer eine Skimaske getragen hatte und anschließend in Richtung Süden durch die Röhre gekrochen war. Natürlich wurden überall im E-2-Canyon Grenzgänger überfallen, aber die Drainageröhre befand sich genau in der Mitte von Locos Territorium und schien aus der Sicht des Gangsters der ideale Ort für einen Hinterhalt zu sein. Niemand von ihnen, Manny ausgenommen, konnte sich mit einem entsprechenden Plan befreunden.

Renee Camacho, der an diesem Abend dem Ensemble zugeteilt worden war, *haßte* den Plan schon in dem Moment, in dem Manny ihn beim Appell bekannt gab.

Manny sagte: »Die Grenze verläuft effektiv ein paar Zentimeter südlich des Südendes dieser netten kleinen Röhre. Was glaubt ihr, was wir heute abend machen? Wir setzen uns *in* die Röhre!«

Daß Renee Camacho so wenig begeistert war, lag hauptsächlich daran, daß er allein schon die Vorstellung verabscheute, in einer Röhre von bloß anderthalb Metern Durchmesser zu sitzen. Er verabscheute selbst die Vorstellung, in einer Röhre mit *fünfzehn* Metern Durchmesser zu sitzen. Genau wie Fred Gil haßte er es grundsätzlich, irgendwo eingeengt zu werden, aber wegen seines *machismo* verboten sich Äußerungen aller Art über was so Normales wie Angst von selbst, und so hielt er letztlich die Klappe und zog los.

Der Plan sah vor, daß die am Südende des Tunnels innerhalb

der Röhre sitzenden Barfer in dem Augenblick rausspringen und ihren Kollegen vor dem Loch im internationalen Grenzzaun Dekkung geben sollten, in dem sich von Norden, also von amerikanischer Seite her, Gangster bemerkbar machen sollten. Und umgekehrt.

Der Tunnel war genau sechs Meter und fünfundzwanzig Zentimeter lang. Manny Lopez hatte beschlossen, sich direkt an das südliche Ende zu setzen, also in dichtester Nähe des mexikanischen Gebiets. Eddie Cervantes saß einen Meter nördlich von ihm. Dann Tony Puente. Und Renee Camacho konnte Gott sei Dank ebenfalls am Ausgang sitzen, am Nordende. Trotzdem, drin war er auch. Er war eingeschlossen.

Carlos Chacon hatte aufgrund einer nachträglichen Überlegung den Befehl erhalten, sich wenige Meter nördlich der Röhre auf US-Territorium in einem Gebüsch aus wildem amerikanischem Beifuß zu verstecken, von wo aus er alle Gangster, die sich unter Umständen aus der Richtung näherten, rechtzeitig entdecken konnte.

Die Barfer erkannten im selben Moment, in dem sie ankamen, daß das Ganze absolut unzumutbar war. Die Röhre war voll von Müll, Scherben, faulem Urin und menschlichem Kot. Das sollte man sich bieten lassen? Und wenn ja, wofür? Die Chancen, daß sie Loco oder sonst einen hier schnappen würden, standen eins zu tausend. Manny Lopez wurde langsam wirklich verrückt. Aber Manny Lopez war auch der glücklichste Verrückte, der ihnen je über den Weg gelaufen war.

Draußen begann es zu dämmern. Das in diesen Canyons sowieso selten scharfe und klare Licht wirkte jetzt wie verstaubt, und man erkannte gerade noch einen Coyoten, der wie eine dumme Hauskatze sowohl dem eigenen als auch den anderen Schatten im Canyon nachjagte. Genau wie sie. Und dann ließen sie sich durch silberne Lichtbündel, die der Schmutz der nahe gelegenen übervölkerten mexikanischen Stadt eingetrübt hatte, verunsichern. Schönes, falsches Licht – das Licht vor dem Sturm. Und plötzlich war es dunkel.

Renee hatte das Schrotgewehr und das tragbare Funksprechgerät unter der Grenzgängerjacke versteckt. Jede Viertelstunde flüsterte er in das Gerät, alles sei ruhig. Trotzdem mußte er sich verdammt zusammenreißen, nachdem er derart mit seiner Klaustrophobie konfrontiert worden war. Er war in Schweiß gebadet und fror trotz der warmen Nacht. Er war, mit seinen eigenen Worten, ein *Wrack*.

Der Mond war inzwischen aufgegangen. Es war eine wunderbare Sommernacht – eine gute Nacht für die Gangster, wie Manny sich ausgerechnet hatte. Er zumindest hatte nicht den geringsten Zweifel, daß Loco sich zeigen würde. Wenn schon nicht am heutigen Abend, so doch *bald*. Er würde hier den ganzen Winter über sitzen bleiben, um Loco zu kriegen. Sie saßen seit halb acht in dieser stinkenden und schrecklichen Röhre, und nachdem ihre Beine eingeschlafen waren und ihre Nacken und Rücken zuerst weh getan hatten und dann taub geworden waren und dann wieder weh getan hatten, nahmen sie eine Sitzposition ein wie ein Baby im Mutterleib. Sie mußten andauernd die Finger bewegen, um die Blutzirkulation in Gang zu halten. Eklige pelzige Spinnen krochen an der Innenseite der Röhre entlang, und ein Schauer nach dem anderen lief ihnen über den Körper, vom Pimmel bis zu den Haarspitzen. Es war absolut finster im Inneren der Röhre, und man stellte sich allmählich schauerlichste Sachen vor: Eine träge, fette Tarantel mit haarigen Beinen baumelte an der Oberseite der Röhre, und dann mit einemmal ließ sie sich fallen und ging zum Angriff über! Spinnenaugen glühten, und Spinnenzähne schienen zu klappern wie die Steine der Gangster.

Sie starrten stur geradeaus, und die Zeit war anscheinend stehengeblieben. Man hatte das Gefühl, mit geschlossenen Augen in einen Sarg zu gucken. Renee sah dauernd von einem Röhrenende zum anderen, um irgendwo einen Schimmer zu erhaschen und die Gewißheit zu kriegen, daß es da draußen noch eine andere Welt gab. Er kriegte sie, als ein Eselhase in Todesangst schauerlich schrie. Dann der triumphierende Schrei eines Falken. Dann Stille.

Das Zirpen einer einsamen Grille hörte sich an wie das Zuschnappen einer Handschelle. Ein Zirpen von weiter her erinnerte an Füßescharren. Dann schrilles Sirren von vorbeifliegenden Moskitos. Dann Stille.

Nach über einer Stunde, die ihnen allen wie drei Stunden vorkam, hörten sie, daß sich jemand dem Südende der Röhre näherte. Die Vorstellung machte sie verrückt: ein Gangster mit verfaultem schwarzem Gaumen, dem der Geifer durch die Zahnlücken lief und der nach Müll stank.

Es war nur irgendein Mann. Vermutlich ein Pollo. Er schaute in die Röhre und sah Manny. Er fragte, auf wen sie warteten. Manny sagte, sie warteten auf den Führer. Der Mann nickte und ging weiter.

Eine weitere Stunde schlich dahin. Die Zeit kroch so langsam vorbei wie die schwarzen, pelzigen Spinnen. Man hörte nur das Zirpen der Grillen und ganz leise Musik von weit her und das Fallen der Schweißtropfen auf ihren Schuhen. Es gab mehr als einen Barfer, der sich ausmalte, wie massiv er Manny demnächst die Meinung geigen würde. Es gab Grenzen hinsichtlich dessen, was das Police Department und die ehrbaren Bürger von San Diego von einem erwarten konnten. Bis vor kurzem wäre ihnen so was nie in den Sinn gekommen.

Während sie ununterbrochen solche Gedanken wälzten, sich dauernd vorstellten, wie wunderbar ein kaltes Bier schmecken müsse, und sich immer häufiger fragten, ob sie jemals diesen Gestank von Pisse und Scheiße aus den Klamotten und der Nase kriegen könnten, war Manny mit einemmal verschwunden. Spurlos verschwunden! Scheinbar aufgelöst in Rauch und Dunst. Gerade noch hat ihn jeder gesehen, im nächsten Moment sieht ihn keiner mehr.

Die Barfer, die in dieser Röhre gesessen hatten, erzählten die Geschichte noch am gleichen Abend etlichen Detectives und den Kollegen.

Eddie Cervantes, der am dichtesten bei Manny gesessen und allenfalls eine Sekunde lang nach Norden geschaut hatte, berichtete: »Es passierte von jetzt auf gleich! Da hat sich effektiv nichts bewegt! Und dann, verdammt, wirklich von einem Augenblick zum anderen IST LOPEZ DRAUSSEN! Er ist da draußen, Mensch! Draußen!«

Renee Camacho sagte: »Kann man das begreifen, was da passiert ist? Er war gerade noch da, und dann mit einemmal IST ER WEG!«

Tony Puente sagte: »Genauso war's. Manny war einfach *verschwunden!*«

Wenn man sich mit den Leuten der BARF Squad einzeln unterhält, sowohl mit denen, die in der Drainageröhre dabei waren, als auch mit denen, die nicht drin waren, wird einem schnell klar, daß das Erlebnis in den sowieso recht ambivalenten Beziehungen der Männer zu ihrem Anführer Manny Lopez einen Wendepunkt darstellte. Entweder änderten sich die Gefühle total, oder sie wurden stärker, unabhängig davon, was sie vor Mannys Verschwinden empfunden hatten.

Manny hatte sich deshalb in Dunst aufgelöst, weil sein Widersacher, der genau seine Größe hatte und so alt war wie er, unerhört stark war. Manny Lopez hatte wie alle anderen dagesessen und schweigend den Gestank und den Dreck und die Dunkelheit ertragen, als in der Röhrenöffnung ein Schatten aufgetaucht war. Manny hatte nichts gehört. Der Schatten war mit einemmal *da.* Dann der Kopf eines Mannes. Der Kopf trug eine Skimaske. Der Kopf stank nach Müll.

Manny konnte nicht mal mehr mit den Fingern schnalzen oder Eddie Cervantes was zuflüstern. Er hatte auch nicht mehr die Zeit, den Revolver zu ziehen. Er hatte nicht mal Zeit, zu kapieren, wessen Kopf das war, als der Kopf flüsterte: »Wie isses denn so?«

Gleich darauf hatte der Kopf einen Arm, und der Arm griff nach innen und umschloß Mannys Arm wie ein Schraubstock, und Manny Lopez wurde mit einem einzigen Ruck aus seiner sitzenden Position hochgerissen und aus der Röhre gezogen. Und dann war er *weg.*

Nur ein sehr starker Mann kann so was schaffen. Manny flog durch die Nacht und krachte zwischen die Scherben und Steine und scharfkantigen Felsen. Von Loco persönlich gepackt und in einen Graben geschleudert, geschleift und geschmissen. Manny kam auf mexikanischem Boden zur Ruhe, in einer mondhellen und warmen mexikanischen Nacht, in der über ihm nur ein paar vereinzelte Wolken hingen.

Manny Lopez befand sich in folgender Situation: Ein Gangster, der links neben ihm stand, zielte auf sein Gesicht mit einem Gewehr, das sich als Attrappe herausstellte. Ein anderer Gangster stand vor ihm und zielte auf ihn mit einer sehr echten Pistole. Ein dritter Gangster stand rechts neben ihm und zielte auf ihn mit einem Gegenstand, der wie eine ebenfalls äußerst echte Handfeuerwaffe aussah. Und dann gab's da auch noch Locos Hand, die Mannys Revolverarm wie eine Bärenfalle umklammerte, und das Messer, das er in der anderen Hand hielt. Manny, in kniender Stellung, wurde also von vier Gangstern umzingelt, die auf ihn herabstarrten. Sie stanken allesamt *schlimmer* als Müll.

Nachdem Renee Camacho, Tony Puente und Eddie Cervantes inzwischen doch hellwach geworden waren und mitgekriegt hatten, daß Manny Lopez verschwunden war, hörte Renee, wie Manny mit seiner Grenzgängerstimme brüllte: »Tut mir nichts! Bitte tut mir nichts!«

Obgleich niemand genau weiß, was die vier Gangster in den nächsten zehn Sekunden vor dem Ausbruch der Hölle sahen oder dachten, kann man sich doch leicht vorstellen, daß ihnen dieser grün und blau geschlagene kleine Pollo reichlich komisch vorkam, wie er hier so hockte, von El Loco persönlich festgehalten wurde und dauernd: »Bitte tut mir nichts!« schrie, während die rechte Augenbraue immer höher rutschte, in Richtung Chula Vista.

Den übrigen Barfern kam es im Moment vor allem unglaublich und schrecklich, wenn nicht sogar *entsetzlich* vor, daß Manny Lopez von vier bewaffneten Gangstern bedroht wurde – und daß trotzdem offenbar er derjenige war, der sie genau dort hatte, wo er sie haben wollte.

Während Loco nach wie vor seinen Arm umklammert hielt, kam Manny mit der Hand endlich an seinen Gürtel. Im selben Moment riß er sich los, riß den Revolver heraus und schoß eine Salve von links nach rechts.

Renee Camacho hörte BOP BOP BOP BOP BOP! »AAAAYEEEEEEEEEEEEEE!«

Manny schoß zuerst auf den Mann mit dem Gewehr. Als nächstes auf den Mann mit der Pistole. Dann auf Loco *selbst*. Dann noch zwei Schüsse auf den vierten Mann, der den nicht identifizierbaren waffenartigen Gegenstand trug. Dann war der fünfschüssige Revolver leer.

Eddie Cervantes war als erster draußen und schoß, und Manny schrie: *»Barf Barf Barf Barf!«*

Renee Camacho, der aus dem Nordende der Röhre kroch, schoß mit dem Schrotgewehr auf eine davonrennende Gestalt, und Carlos Chacon hörte KAPLOOM KAPLOOM! und sprang gerade noch zeitig genug auf, um zu sehen, wie auf mexikanischem Gebiet ein sich überschlagender Mann einen Abhang hinunter und in einen Graben stürzte.

Tony Puente kam aus der verdammten Röhre nicht raus, weil Renee Camacho immer noch mit dem Schrotgewehr feuerte und dadurch den Ausgang blockierte.

Tony hörte gedämpfte Pistolenschüsse und die Rufe von Eddie Cervantes: »In Deckung! In Deckung!«

Dann ließ Renee Camacho sein Schrotgewehr sinken und hörte fünf Pistolenschüsse: BOP BOP BOP BOP BOP!, und jemand schrie dauernd: »AAAAAYYEEEEEEEEEEE!«

Später an diesem Abend ereignete sich zweierlei. Zum einen schwankte in Tijuana ein Mann, dem ein großkalibriges Schrotgeschoß fast die Beine abgerissen hatte, in ein Hospital. Die *judiciales* lochten ihn ein. Zum anderen tauchte auf einer Gesellschaft, die in einem kleinen Haus in der Nähe der mexikanischen Grenze stattfand, uneingeladen ein Mann auf, dem jemand die Brust durchschossen hatte. Er dämpfte die festliche Stimmung erheblich, indem er mit blutverschmierter Brust krachend in den Patio stolperte und die Gäste zu Tode erschreckte, bloß, um dann wieder hinauszutaumeln und sich nie wieder blicken zu lassen.

Eddie Cervantes hatte auf einen Gangster gefeuert, den er dann eine längere Strecke nach Mexiko rein verfolgte, und bevor er schließlich kehrtmachte und wie der Teufel zurück in Richtung Grenze rannte, schoß er dem flüchtenden Räuber noch eine letzte Kugel nach.

Renee schrie: »Wo ist Manny? Wo ist Manny?«, während ihn eine Stimme aus seinem Funkgerät anbrüllte, und Carlos Chacon stand auf der nördlichen Seite des Grenzzauns und schrie: »Wo ist Lopez?«

Dann hörten sie Manny brüllen: »Ich hab Loco erwischt! Ich brauche *Hilfe!«* Manny Lopez und El Loco schienen sich auf dem Grabenboden halbtot zu schlagen.

Dann PLOMM PLOMM PLOMM PLOMM!

Vier Kugeln, die plötzlich auf die Barfer abgefeuert wurden, prallten vom Grenzzaun ab und flogen in alle Richtungen. Obgleich Loco, wie sich zeigte, schwer verletzt war, leistete er nicht bloß auf dem Rückweg am Grenzzaun entlang zum nächsten Loch heftigen Widerstand, sondern wehrte sich sogar dann noch, als Manny ihm den Revolver über den Schädel schlug und ihn nach drüben zerrte. Dann erst wurde sich Loco bewußt, daß er wirklich *schlimme* Schmerzen hatte, worauf er schreiend zu fluchen begann.

Tony Puente hörte ein BOP! und ein WANG!, als ein weiteres kleinkalibriges Geschoß abprallte, und über ihren Köpfen kam mit Gedonner und Geknatter der Hubschrauber der Border Patrol angeflogen.

Gleich darauf hörte Carlos Chacon, daß aus der Dunkelheit im Bereich südlich der Grenze *noch* vier Schüsse in ihre Richtung abgefeuert wurden.

Nachdem sich dieses ganze Höllentheater ein bißchen gelegt hatte und Loco glücklich auf amerikanischem Boden war, stürmten die Zweitbesetzung und das Hilfsteam in den Canyon, und alle sammelten sich um den verletzten Gangster, der flach auf dem Rücken lag und mittlerweile die volle Wirkung von Mannys Geschoß spürte, das ihm den Oberschenkel zerschmettert hatte und in der Hüfte steckengeblieben war. Irgendeiner leuchtete ihm mit einer Taschenlampe ins Gesicht, und Manny riß ihm mit einem

Ruck die Skimaske herunter, damit jeder mal einen Blick auf ihn werfen konnte.

Er war dreckig, bärtig und ganz zugewachsen. Alle paar Sekunden schrie er wegen seiner unerträglichen Schmerzen. Und wenn's ein echter Wildwestfilm gewesen wäre, hätten die siegreichen Revolverhelden für den zur Strecke gebrachten Gegner inzwischen wohl ein bißchen Mitgefühl zum Ausdruck bringen müssen. Aber Manny Lopez hatte nicht viel für Westernfilme übrig, ausgenommen allenfalls *Der schwarze Falke,* wo John Wayne den besiegten Feind *skalpiert.*

Manny Lopez, der in etwa das Mitgefühl eines Mafia-Heckenschützen besaß, kniete über dem sich vor Schmerzen krümmenden Gangster und sagte etwa folgendes: »Ich wünsch dir, daß du am Brand krepierst. Ich wünsch dir, daß dir deine Knochen abfaulen. Ich wünsch dir, daß es weh tut wie Krebs.«

Nachdem Loco ins Hospital gebracht worden war, passierten einige sehr interessante Dinge. Unter anderem erfuhren sie endlich, warum er immer eine Maske getragen hatte. Sein Name war Sanchez, und er war vor allem darum so bemüht gewesen, unerkannt zu bleiben, weil er aus dem California State Prison von Lompoc geflohen war. Er hatte keinen Ärger mit amerikanischen Gesetzeshütern haben wollen, die nach geflüchteten Gefangenen Ausschau hielten.

Als Loco bereits im Krankenhaus lag, ließ er einem Barfer gegenüber eine Äußerung fallen, die, wie sie alle sagten, von größter, wenngleich völlig unfreiwilliger Komik war. Loco äußerte: »Bildet euch bloß nicht ein, daß alles vorbei ist, nur weil ihr mich erwischt habt. Sagt Lopez, daß er das nie stoppen kann.«

Die Barfer fühlten sich nach all dem Streß und der ganzen Anspannung mit einemmal regelrecht erleichtert, als sie *das* zu hören kriegten. Es war das Komischste, was sie seit langem gehört hatten.

Einer von ihnen sagte: »Warum habt ihr dem blöden Scheißer nicht erzählt, daß sich Manny einen Scheißdreck dafür interessiert, ob demnächst jeder Pollo zwischen hier und Yucatan umgebracht wird? Warum habt ihr dem blöden Scheißer nicht erzählt, daß Manny im Moment am Telefon hängt und seine Presseerklärung abgibt? Warum habt ihr ihm vor allem nicht erzählt, daß es *nie* zu Ende ist, wenn's nach Manny geht?«

Kurz darauf stellten sie fest, daß sie mit der Ansicht, Gangster würden nach Müll stinken, reichlich schiefgelegen hatten. Dieser Irrtum wurde ihnen bewußt, als Manny ihnen in der Substation die vereiterten Einstiche und Pusteln am Arm eines süchtigen Gangsters zeigte, den gerade die Zweitbesetzung angeschleppt hatte. Mit einer fast unmenschlich niedrigen Stirn und seinen eingefallenen und von Schleim verstopften Nasenlöchern, seinen wie mit Moos begrünten, vergammelten Zähnen und seinem schon wie verfault und wie Gummi wirkenden Muskelgewebe sah dieser Gangster wirklich grauenhaft aus. Alle paar Minuten mußte er in ganzen Klumpen rostrotfarbigen Schleim ausspucken, und sie brauchten sich bloß seine gelben Fingernägel und das wie eine Trommel gespannte gelbgefärbte Fleisch anzugucken, um sofort an Fliegeneier zu denken. Dieser Mann stank nach *Tod.*

Dann piekte Manny unabsichtlich in eines dieser feuerroten Nadelgeschwüre, und das Geschwür platzte auf, und er war von oben bis unten mit Eiter vollgespritzt. Ein Geruch von fauligem Gas und Verwesung erfüllte den Raum. *Das* also war der Gestank, der von diesen Gangstern kam. Weil der größte Teil ihrer Körperoberfläche total verseucht und voll von Geschwüren war, stanken sie nach Verwesung. Nach sterbendem oder bereits totem Fleisch.

Von hier aus war es dann nicht mehr weit bis zum nächsten Gedanken, der allerdings fast schon ein Alptraum war. Während Manny Lopez sich immer noch um die nächsten Schlagzeilen kümmerte, trieben sie mit ihrer neuen Idee ein wenig Hirnakrobatik: Die Gangster stanken nicht allein nach Tod. Die Gangster stanken nach *Mord.*

Und über noch einen Punkt mußte man sich im Grunde an diesem Abend Gedanken machen, über irgendwas ganz Verrücktes und Verwirrendes. Manny Lopez saß da also munter und vergnügt und erwartete die Reporter. Eddie Cervantes, Tony Puente und Renee Camacho hingegen, die gerade auf Menschen geschossen hatten und im Anschluß an dieses Horrorerlebnis von Mannys Verschwinden um ein Haar selbst erschossen worden waren, spielten die Ereignisse noch und noch durch, um sich restlos über die Empfindungen klarzuwerden, die sie bei der ganzen Sache gehabt hatten. Mit anderen Worten, sie reagierten ganz normal auf eine wahnsinnige Streßsituation. Aber Manny Lopez schaute sich bloß seine Kanone an, als ob er gerade bei einem guten Footballspiel gewesen wäre, in dem seine Mannschaft ein Feldtor erzielt hatte.

Eine solche Reaktion auf die Ereignisse war effektiv nicht mehr menschlich, meinten sie. Und damit nicht genug, sie kamen mehr und mehr zu der Überzeugung, der Scheißkerl sei irgendwie unverwundbar. Sie kriegten buchstäblich Alpträume, in denen sie allesamt ermordet wurden, während er bloß munter und vergnügt rumsaß und so aussah, als ob alle Weiber sich nur um ihn reißen würden.

Es war, was ihren mexikanischen *machismo* betraf, für einige von ihnen zwar ganz schön hart, sich mit so etwas abzufinden, aber der Haß auf Manny Lopez verwandelte sich von diesem Abend an in ein ganz anderes Gefühl, das ihnen ständig bewußt war. Natürlich wußte niemand, warum das so war, aber sie fingen an, *Angst* vor ihm zu haben. Es war zwar nicht die Art von Angst, die man davor hat, ermordet zu werden, aber trotz und alledem, es war *echte* Angst.

Letzten Endes machte ihnen an diesem Abend, an dem Manny verschwand, noch ein weiterer Punkt gewaltige Kopfschmerzen. Die Erinnerung daran nämlich, wie das Ganze da unten in dem mexikanischen Graben auf sie gewirkt hatte. Loco und Manny, einer wie der andere. Dieselbe Größe und dasselbe Gewicht, mit ein paar *Tagen* Abstand auf die Welt gekommen. Trotzdem, durch eine imaginäre Linie, zwei total verschiedene Lebensläufe. Sanchez und Lopez. Unter mexikanischem Himmel: sie verprügelten sich, sie stöhnten, sie verfluchten sich in ein und derselben Sprache. Sie hatten in der Dunkelheit wie Zwillinge ausgesehen, wie die Schatten von Zwillingen gewirkt. Und dies alles führte geradezu zwanghaft zu der Frage, wie es gelaufen wäre, wenn Sanchez etwas weiter nördlich, Lopez dagegen etwas weiter südlich das Licht der Welt erblickt hätte. Hätte es dennoch ein solches Ende genommen? Hatte etwa einer dieser beiden jemals die Chance einer Wahl gehabt? Oder war das Ganze letztlich doch von DEM bestimmt gewesen, der alle imaginären Linien zog?

14. KAPITEL

Exorzismus

Angstträume nehmen bei Polizeibeamten immer mehr überhand. In den Träumen der Cops kommt ununterbrochen ein Mann mit einer Waffe vor, der gar nicht daran denkt, zu sterben oder hinzufallen oder wenigstens die Kanone fallen zu lassen. Die Cops feuern und feuern, aber die Geschosse haben überhaupt keine Wirkung. Für nur sehr wenige Cops allerdings wird der Traum Wirklichkeit.

Am Abend der Festnahme von El Loco hatte Renee Camacho aus seinem Schrotgewehr zwei Schüsse auf einen Gangster abgefeuert, der mit seiner Waffe auf ihn gezielt hatte. Der Gangster war hingefallen, aber auch wieder aufgestanden, und er hatte erneut auf ihn angelegt. Renee feuerte ein drittes Mal, und er gab einen vierten Schuß ab, als der Mann sich umdrehte und abhaute.

Allein dies war beunruhigend, aber gleichwohl längst nicht so beunruhigend wie das, was Renee empfand, als er hörte, daß der Mann, den er niedergeschossen hatte, in einem Krankenhaus von Tijuana lag und noch lebte. Er empfand eine abgrundtiefe *Enttäuschung*. Dann hatte er Angst vor sich selbst, weil er so enttäuscht war.

»Was ist nur mit mir los?« fragte er Herbert Camacho, seinen Vater, Freund und Vertrauten.

»Ich kann dich sehr gut verstehen, Renee, wenn du glaubst, daß du dir als Polizeibeamter keine solchen Gefühle leisten kannst«, sagte sein Vater, als sie in seinem kleinen Friseurladen in der Nähe der Dreizehnten und der Market Street ein Bier miteinander tranken.

»Ich habe so was noch nie *erlebt,* Dad!« Renees Knabentenor zitterte immer noch, obgleich er über diese Ereignisse ja nur berichtete.

»Du machst da eine ziemlich ungewöhnliche Art von Polizeidienst, *mi hijo«,* sagte der Friseur zu Renee, seinem einzigen Kind, abgesehen davon, daß die Camachos einen verwaisten Neffen als eigenes Kind großgezogen hatten.

»Aber ich war *sauer,* daß er noch lebte!« sagte Renee. »Als nächstes erfährst du sicher, daß ich einen Gangster bloß deshalb erschossen habe, weil's ihn gejuckt hat und weil er sich gekratzt hat!«

Herbert Camacho, der mit einiger Wahrscheinlichkeit wußte, daß er Krebs hatte und daran sterben würde, sagte: »Wenn deine Gefühle dazu führen, daß du zu schnell schießt, ist es mir gar nicht mal so unlieb. Es ist mir lieber, du legst einen um und fühlst dich schlecht, als daß du zögerst und *selber* umgelegt wirst.«

Kurz und bündig, in der Copsprache: *Besser zwölfmal Ärger als von sechsen getragen werden.*

Obgleich Renee immer ein Junge gewesen war, der sich stets gern zum Lächeln entschloß und am liebsten unbeschwert glücklich war, wurde im gesamten Verlauf dieser beunruhigenden Unterhaltung, die er mit seinem Vater führte, eine Alternative so gut wie nie erwähnt. So einfach und im Grunde naheliegend die Alternative auch war, so gut wie kein Barfer schaffte es.

Die Alternative hätte darin bestanden, zu Manny Lopez zu gehen und zu sagen: »Ich hau ab. Ich hab die Schnauze restlos voll. Ich will zurück zum uniformierten Streifendienst.« Ende der Fahnenstange.

Aber es wäre ein Sakrileg gewesen, eine schwere Verletzung der *machismo*-Gesetze, die sowohl für Cops als auch für Mexikaner galten, und in dieser Hinsicht waren sie auf dem besten Weg, *echte* Mexikaner zu werden.

Einen allerdings gab's ja, der sich die Sache im Gegensatz zu allen anderen offensichtlich doch überlegt und sie hinter sich gebracht hatte, bevor dies alles passiert war. Manny Lopez ging mehr und mehr dazu über, den jungen Cop schlechtzumachen, der die Squad vor Ablauf jenes 90-Tage-Moratoriums verlassen hatte, über das mittlerweile ein Menschenalter hinweggegangen zu sein schien. Manny behauptete, dieser junge Cop sei ein Drückeberger. Er hämmerte allen ein, daß sie mit der Aufgabe von BARF alles aufgeben und für den Rest des Lebens zwangsläufig auf sämtliche Herausforderungen verzichten würden. Er hämmerte ihnen ein, daß sie sich schließlich selber hassen und keinen Pfifferling mehr wert sein würden, wenn sie abhauten.

Sie redeten nach wie vor nur selten über ihre Angst. Höchstens mal über jene Ängste, über die man diskutieren konnte, ohne gegen das ungeschriebene Gesetz zu verstoßen. Eddie Cervantes beispielsweise redete häufig darüber, daß der körperliche Verfall bei den Gangstern mehr und mehr um sich griff: Hepatitis, Geschlechtskrankheiten, Tuberkulose, der überwältigende Gestank von verwesendem Fleisch, und was das alles für sie bedeutete.

»Ich hab Angst«, pflegte er zu sagen. Dann jedoch fügte er schnell hinzu: »Ich meine, ich hab Angst, nach Hause zu gehen und meine Kinder zu küssen.«

Auffällig waren auch andere kleine Dinge. Wenn sie auf dem Schießstand mit dem Schrotgewehr trainierten, merkten mehrere Barfer, die bis dahin ausgezeichnete Schützen gewesen waren, daß sie Schwierigkeiten mit der Zielgenauigkeit und sogar mit dem Nachladen hatten. Sie stellten sich außerdem wie immer im Halbkreis auf, um mit Schrotgewehren und Revolvern auf mehrere Ziele gleichzeitig zu schießen, aber neuerdings flogen dem nächststehenden Schützen die Bleisplitter schon um die Ohren, und der Pulverqualm stieg ihm bereits voll in die Nase, wenn Manny Lopez seine Kommandos zum Feuern noch gar nicht rausgebrüllt hatte.

Robbie Hurt, der Rechtshänder war, sah dummerweise nur auf dem linken Auge gut, und sie stellten ziemlich spät fest, daß er, was nicht gerade sehr tröstlich war, mit dem Schrotgewehr kaum vernünftig schießen konnte. Ernie Salgado, der's eigentlich durchaus konnte, baute dauernd Scheiße, und Manny Lopez donnerte ihn ständig zusammen. Renee Camacho wiederum konnte sich mittlerweile kaum noch bewegen, weil er am ganzen Körper blödsinnigerweise viel zu viele Patronen versteckt hatte. Er war nahezu schon ein ebensolches wandelndes Waffenarsenal wie Joe Castillo. Und Joe hatte ein dunkles Geheimnis, das er nie einem Menschen anvertraute. Es war das gleiche Geheimnis, das insgeheim auch Renee Camacho und Ernie Salgado und Eddie Cervantes und Fred Gil mit sich rumschleppten. Das Geheimnis bestand darin, daß sie das Gefühl eines bevorstehenden Unheils einfach nicht mehr loswurden. Jeder hatte es, und jeder meinte, er sei der einzige.

Sie brauchten dringend praktischen Beistand und gute Ratschläge für ihr mörderisches Geschäft: *Wir haben uns hier zusammengefunden, um Sie auf eine Situation vorzubereiten, in der ein*

Mann wie ein Geist aus dem Dunkel auftaucht. Er wird stinken wie der Tod...

Renee Camacho guckte inzwischen dauernd auf den schwangeren Leib seiner Frau und fragte sich, wem ihr Kind wohl ähnlich sehen würde. Er brach dann in Schweiß aus, und ein heißer Schauder überlief ihn. Die Dinge fingen an, sich zu verändern: Der Himmel war *tatsächlich* blauer. Das Gras war *tatsächlich* grüner.

Joe Castillo hatte ein ähnliches Gefühl. Ich will noch was vom Leben haben. Ich möchte *lebendig* sein. Und weil er's sich so schrecklich wünschte, trank er noch mehr als bisher, machte immer mehr Wirbel und wurde gegen sich selbst immer rücksichtsloser. »Ich bin rumgelaufen«, so etwa drückte er's aus, »als wär mir alles scheißegal.«

Mehr und mehr kriegten dann alle dieses Gefühl. Mir ist ja alles schnuppe. Wen interessiert das? Was soll's? Sie fühlten sich langsam wirklich *alle* wie eine Minorität innerhalb einer Minorität innerhalb einer Minorität.

Sie hatten mit den alltäglichen Aufgaben der Polizei überhaupt nichts mehr im Sinn. Als sie wegen eines mexikanischen Feiertags zu einem polizeilichen Sondereinsatz abkommandiert wurden, ärgerten sie sich scheckig. »Wieso wir? Wieso müssen wir das machen?«

Manny Lopez erklärte: »Weil ihr Mexikaner seid, ihr blöden Arschlöcher!«

Sie fühlten sich derart isoliert und elitär *(Wir, die wir sterben werden...),* daß sie sich schließlich selbst isolierten und als Elite *agierten.* Ob die Streifencops sich über ihr Aussehen, ihre Kleidung und ihr Benehmen ärgerten oder auch nicht, war ihnen insofern egal, als sie sowieso *zwangsläufig* die Zielscheibe für jedermanns Neid und Eifersucht darstellten. Daß sich die Detectives der Mordkommission über sie ärgerten, war sonnenklar, weil die Detectives der Mordkommission es verständlicherweise überhaupt nicht schätzten, sich die Nächte draußen in diesen Bergen um die Ohren zu schlagen, nur weil diese Vigilanten andauernd die Canyons in Fetzen schossen. Sie hatten nahezu ihr eigenes Recht und Gesetz, und sie waren immer noch die Lieblinge der Medien und der Politiker – die letzten Revolverhelden.

Eines Tages erfuhr Fred Gil, was derzeit passieren konnte, wenn man wieder einmal einen Scherz wie damals machen wollte, als BARF noch neu war und sie alle noch *jung* waren, was mindestens ein Jahrhundert her war. Fred Gil hatte eine Brille und Plastikzähne gefunden, die von einem Halloween-Kostüm übriggeblieben waren, und machte sich wie Charlie Chan zurecht, worauf Manny Lopez, in dessen Augen er eher wie ein philippinischer Buchmacher aussah, Carlos Chacon herbeizitierte, der mit einer philippinischen Frau verheiratet war.

Manny rief: »He, Carlos, dein Schwager will dich mal sprechen!«

Und Carlos Chacon glaubte es natürlich und kam zum Eingang und wollte wissen, warum, zum Teufel, sein Schwager plötzlich hier aufkr...

Dann sah Carlos den alten Fred Gil mit vorstehenden Zähnen und einer Brille mit aufgeklebten verdrehten Augen, und daraufhin fletschte Carlos seinerseits die wolfsähnlichen Zähne, verdrehte seinerseits die Augen wie Rasputin und schrie: »DU KANNST MICH AM ARSCH LECKEN, GIL!«

Und der arme alte Fred Gil und alle anderen kapierten mit einemmal, daß sie sich nicht mal mehr selbst kannten und daß es mit all dem Blödsinn und ihrer Kameradschaft im Grunde ein für allemal vorbei war.

Sie kamen zum Dienst und sahen aus wie jemand, der aus einem Güterwaggon gefallen oder von einem Bahnpolizisten rausgeschmissen worden ist. Sie arbeiteten im Garten oder wuschen ihr Auto oder streuten Kunstdünger oder taten sonst was, und dann kamen sie zum Dienst. Verwildert. Unrasiert. Eddie Cervantes, der begeisterte Reservist beim Marinecorps, ließ sein Haar bis über den Achtersteven wachsen und ging nicht mal zu den Reservistentreffen.

Sie sagten sowohl ihren Frauen und Freunden als auch ihren Copkollegen, die Streife gingen, und den Detectives, daß sie sich so anziehen und so aussehen und stinken *müßten.* Daß sie draußen in den Canyons Grenzgänger *sein* müßten. Daß lediglich die Qualität ihrer schauspielerischen Leistungen von Fall zu Fall darüber entscheiden würde, ob sie am Leben blieben oder sterben müßten. Dann guckte unter Umständen der eine oder andere von ihnen auch noch seinen ehemaligen Partner, der Tag für Tag seine Polizeiuniform tragen und den Vorschriften des Departments und der Stadt und des Staates und der Vereinigten Staaten über das passende Benehmen Rechnung tragen mußte, von oben herab an und sagte: »Hör doch damit auf, leck mich doch am Arsch! Was verstehst *du* denn schon davon?« Die natürliche Folge davon war in letzter Konsequenz die, daß die Mehrzahl ihrer Copkollegen, die nicht zu BARF gehörten, in ihren Augen nur beschissene Zivilisten waren.

Ihre ganze Paranoia, die hundertmal stärker war als die normale Paranoia der Polizei, trat zutage, nachdem Joe Vasquez, der beim Central Headquarter in der Stadt einige Besorgungen für Manny Lopez erledigen sollte, einem uniformierten Cop aufgefallen war, der bloß einen einzigen Blick auf diesen vergammelten, struppigen und abgerissenen Canyonkriecher geworfen und dann ohne zu zögern die Kanone gezogen und auf ihn angelegt hatte, worauf Big Ugly bloß noch nach Luft schnappte und brüllte: »Hör auf hör auf hör auf! Ich bin ja auch nur n Cop, verdammt!«

Ließen sie sich vielleicht dadurch davon überzeugen, daß Big Ugly und sie alle schauerliche Klamotten anhatten? Ach wo, sie wurden nur in ihrem Glauben bestärkt, daß sie mit ihrer früheren Truppe nichts mehr gemeinsam hatten, und die Schranken zwischen der kleinen belagerten Schar und den anderen wurden immer höher.

Dann jedoch betrat Manny Lopez wieder mal die Szene, gerade von einer Rede vor Studenten der San Diego State University kommend, das dünn werdende Haar frisch geföhnt und gestylt, und wenigstens er erregte mit seiner goldenen religiösen Medaille, seinem funkelnden protzigen Ring und seinen makellosen Diskoklamotten immer noch die Aufmerksamkeit aller Leute. Und er roch nach Jade East oder Brut oder dergleichen, und er fing gleich an, ihnen von dieser dreiundzwanzigjährigen Nachwuchsschönheit zu erzählen, die ihm ihre blöde Telefonnummer buchstäblich *nachgeschmissen* und ihn gefragt hatte, ob Revolverhelden Sportslips trügen, weil sie da gerade eine Untersuchung durchführe.

Und wenn Manny, seine übliche Santa Fe Corona zwischen den Zähnen, dann sein spitzbübisches Grinsen aufsetzte, fragte irgendeiner, gewöhnlich Eddie Cervantes: »Was machen wir denn bloß heute abend?«

Und Manny fragte: »Wie meinste das?«

Und Eddie Cervantes sah Manny mit seinen traurigen Augen niedergeschlagen an und sagte: »Na ja, wir könnten versuchen, n paar Gangster auf uns scharfzumachen. Aber nur, wenn du dir ne Perücke aufsetzt.«

»Ne Perücke? Wovon *redest* du?«

»Na ja, als Grenzgänger gehste kaum durch, weil du riechst wie ne Edelnutte, aber mit Perücke könnten sie unter Umständen versuchen, dich zu *vernaschen.*«

Und dann sagte Ernie Salgado, der Manny mittlerweile ebenfalls verabscheute: »Hey, Manny, wann gehen *wir* denn mal ganz groß aus?«

Manny, der sich inzwischen mehr und mehr in der Defensive befand, meinte schließlich: »Ich hab euch tausendmal gesagt, ihr könnt *jederzeit* mitkommen! Ihr braucht mir bloß zu sagen, wenn ihr mitkommen wollt. Sagt mir doch einfach Bescheid, ihr Arschlöcher!«

Manny Lopez war bei allen reichlich unten durch. Er spürte die wachsende Verbitterung und den Neid, der sowohl von außen als auch aus seinen eigenen Reihen kam, immer stärker. Er redete mit Vorgesetzten über die Sache, beispielsweise mit Dick Snider, der seit einiger Zeit strikten Befehl hatte, nur noch als uniformierter Schichtführer zu arbeiten und das BARF-Geschäft Manny zu überlassen.

Manny Lopez hatte seine ganz bestimmte Meinung über amerikanische Cops mit mexikanischer Herkunft, und wenn er sie von sich gab, hörte es sich an wie auf einer Einsatzbesprechung. Er streckte den Finger aus wie eine Waffe: »Es gibt die Minoritäten, und es gibt die anderen Minoritäten«, predigte Manny. »Die schwarzen Cops sprechen mit einer Stimme. Damit können sie was erreichen. Die Mexikaner nicht. Wir sind wie die verdammten Araber, die dauernd Streit miteinander haben. Mexikaner sind immer draufgängerische Polizisten, ganz scharf darauf, den Weißen zu imponieren, aber weil Mexikaner normalerweise nicht gerade geborene Akademiker sind, können sie im schriftlichen Examen nie besonders gut sein. Und weil sie auf der anderen Seite nicht gerade die Redseligsten sind, bleiben sie meistens auch in der mündlichen Prüfung hängen. Sie sind dann frustriert. Sie müssen's schlucken, daß da viel eher ein weißer Bursche oder sogar n schwarzer Bursche Sergeant wird. Cop zu sein ist schon hart genug, aber ein mexikanischer Cop mit all diesen Problemen? Und wenn dann ein mexikanischer Cop wie ich zufällig auch noch ganz gut öffentlich sprechen kann? Das verzeiht dir *nie* einer! Und trotzdem war ich Boß von dieser ganzen verdammten mexikanischen Polizeiorganisation! Mexikaner sind die mißgünstigsten Arschlöcher auf der Welt, und *damit* muß ich mich in meiner Squad rumschlagen. Ich war schon mal so weit, daß ich kaum noch zum Dienst gehen wollte, nicht wegen der Gangster, sondern wegen dieser fiesen Blicke und dieser Meckerei über meine Publicity. Ich habe *versucht,* mit ihnen ins reine zu kommen. Ich habe schließlich diese verdammten Storys nicht selber geschrieben!«

Eines Tages kam Manny Lopez in seiner Freizeit zufällig an einem Verkehrsunfall vorbei und zog eine Frau aus einem brennenden Auto. Er kam wieder mal in die Zeitung. Er erschien zum Dienst wie Roberto Duran zu einem Meisterschaftskampf. Er fegte ins Zimmer, knallte die Zeitungen auf den Tisch und erklärte: »Okay, ihr Ärsche, wer will jetzt als erster behaupten, ich hätt ihm den Ruhm geklaut, WENN ICH IN MEINER VERDAMMTEN FREIZEIT IN MEINER VERDAMMTEN GEGEND ALLEIN IN MEINER VERDAMMTEN KARRE SITZE?«

Das Ganze erinnerte viele Leute mehr und mehr an den Film *Der Schatz der Sierra Madre,* in dem die Goldgräber noch dicke Freunde sind, als sie losziehen, und sich dann verdammt rasch wie die Klapperschlangen belauern. Und soweit war es hier im Grunde ja auch schon.

Wenn sie nachts in den Canyons waren, richtete Carlos Chacon es immer so ein, daß er *hinter* Joe Castillo ging, und außerdem mußte immer noch irgendeiner zwischen ihnen sein. Joe hatte einfach *zu viele* Kommentare darüber abgegeben, daß Carlos ihn angeschossen hatte und daß Carlos ruhig auch mal angeschossen werden sollte, um zu spüren, wie man sich dabei so fühlt. Und wenn er ein paar Drinks zuviel intus hatte, sagte er es auch zu Carlos *selbst,* und das war dann weiß Gott kein Spaß mehr.

Es lief schließlich tatsächlich auf die letzte *Schatz-der-Sierra-Madre*-Szene hinaus. Sie hatten langsam mehr Angst voreinander als vor den Gangstern.

Es gab keine Ehefrau mehr, die sich nicht dringend wünschte, daß ihr Mann kündigte. Es gab keine Ehe mehr, die nicht unter der Anspannung litt. Aber die Mehrzahl der Barfer war für das ungeschriebene Gesetz des *machismo* nur allzu empfänglich; wenn es brenzlig wurde, standen sie es mit Hilfe des besten Verbündeten durch, den ein junger Macho-Cop sich nur wünschen konnte, nämlich mit *Saufen.* Gelegentlich verliebte sich auch mal der eine oder andere für ein paar Wochen, aber vor allem wohl, um diese bekloppte Phase seines Lebens überhaupt durchstehen zu können.

Außerdem gab es unter den Schlachtenbummlerinnen, die den

letzten Revolverhelden überallhin folgten, einige echte Perlen. Eine zum Beispiel, die sie »die Schlange« nannten, hatte schon ein anderes Police Department hinter sich. Sie war nach San Diego gekommen, weil sie sich da fettere Weidegründe versprechen konnte und sicherlich eine neue Schar von Cops kennenlernen würde. Sie war ungefähr dreißig und trug eine dieser schillernden und undurchsichtigen Brillen, die seit zwanzig Jahren nicht mehr in Mode waren, es sei denn bei den Mitwirkenden von *Saturday Night Live*. Die Brille rutschte ihr dauernd von der Nase, so daß sie einen immer über den Rand der Gläser anzugucken schien, aber sie hatte eine großartige Figur. Sie trieb sich am liebsten in den Kneipen herum, die die Gehaltsschecks der Cops in Zahlung nahmen. Als sie sich erstmalig in San Diego mit Polizisten verabredete, konnte sie lediglich zwei Tätowierungen vorweisen: einen Strauß Rosen auf dem Hintern und den Namen ihres Kindes auf dem Bauch. Später verfiel sie einem Motorradcop und ließ sich eine Dienstmarke des San Diego Police Departments auf das zarte Fleisch ihres Oberschenkels tätowieren.

Der erste Barfer, den die Schlange mit zu sich nach Hause nahm, wurde von den anderen als Reptilienwärter tituliert. Er entdeckte, daß die Uniform des Motorradcops in ihrem Schlafzimmer hing, und da wurde er doch nervös. Der Motorradcop war Oberbeamter. Der Motorradcop besaß eine *sehr* große Uniform *(Wir, die wir sterben müssen...)*.

Gerade, als sich bei den Barfern mehr und mehr die Ansicht durchsetzte, die Schlange habe sozusagen keinerlei höhere Interessen, erfuhren sie, daß sie angeblich doch die einen oder anderen wohltätigen Werke zu tun pflegte. Es hieß, sie arbeite in einem Landheim für Senioren und lasse sich von den Insassen »anfassen«, weil sich die alten Knacker, wie sie meinte, dadurch jünger fühlten. Tatsächlich war sie mal erwischt worden, als sie den Klappergreisen einen runterholte, wenngleich sich niemand darüber beschwert hatte. Im Grunde war es erheblich wirksamer als Geritol.

Ansonsten allerdings hatten die meisten BARF-Groupies einen äußerst soliden beruflichen Hintergrund. Es gab Krankenschwestern, die in Privatkliniken in der Nähe der Grenze arbeiteten: weiß, obere Mittelschicht, gut erzogen. Gerade bei den Krankenschwestern gaben die Barfer eine besondere Stange an. Und es gab Lehrerinnen, ebenfalls weiß und gut situiert, anscheinend allesamt gerade von der Graduate School gekommen und nach wie vor noch genauso enthusiastisch wie am Tage ihrer Diplomfeier an ihrer als besonders idealistisch geltenden Brigham Young University. Alle miteinander sehr anständig und wißbegierig.

»Sie wollten unbedingt in den Elendsvierteln als Lehrerinnen arbeiten«, meinte ein Barfer, »deshalb waren sie nach San Ysidro gekommen, wo sie die kleinen Mexikaner retten wollten. Ich hab nie geglaubt, daß Menschen so naiv sein können.« Dann fügte er hinzu: »Außer *uns.*«

Das vielleicht Komischste von allen Groupies war eine junge Dame, die ihnen unlängst Fat Mindy vorgestellt hatte. Sie war länger nicht mehr so recht im Umlauf gewesen, nachdem sie sich in einen Mann von der Border Partol verknallt hatte. Auch er hatte sich in sie verknallt. Er hatte ihretwegen sogar seine Frau verlassen wollen, aber die Sache nahm ein bitteres Ende. Er versuchte ein paarmal, sich mit Tabletten in den Ruhestand zu befördern, was nach ihrer Überzeugung ein Zeichen dafür war, daß er es nicht ernst meinte, weil sich nämlich Cops, die es wirklich ernst meinten einfach erschossen, oder etwa nicht? Am Ende sah sich die Border Patrol gezwungen den Burschen nach El Paso zu versetzen weil er wegen des Mädchens völlig verrücktspielte.

Sie war dann gar nicht mehr in ihn verknallt und verknallte sich sofort in Ken Kelly. Sie liebte Macho-Typen, und der King war muskulös und kaute dauernd Zigarren. In seinem Walroßschnurrbart der die Farbe von Organgenschalen hatte, hing immer ein winziges Tabakblattstückchen. Vor allem aber gefiel ihr anscheinend sein Jack-Nicholson-Gehabe, etwa die Art und Weise, in der er sein dünnes Blondhaar zu beiden Seiten seines Kopfes zurückstrich und dabei wie eine Kobra aus der Wäsche guckte, wirklich echt wie der Schauspieler wenn man davon absah, daß die Augen von Ken blau waren. Das neue Groupie konnte ihm nicht widerstehen, und ein anderes Groupie erzählte jedem, das Mädchen sei in der Hinsicht Weltklasse, daß es einen Orgasmus nach dem anderen habe.

Ihr käm's bereits wenn man sie bloß mit dem Zeh berührte, erfuhren die faszinierten Barfer. Oder mit dem Knie. Oder nur mal eben mit dem Ellbogen.

Sie sah aus wie diese aristokratisch wirkenden Mädchen mit ihren feuchten Lippen, ihren feuchten Augen, ihrem strahlenden Lächeln und ihren perlweißen oder von der Sonne gebräunten Körpern oben bei der Northern Division. Mädchen, auf deren BMW immer Skier geschnallt waren. Aber sie erklärte, sie rauche gern Pot und nehme Uppers und Downers, und weil in der Hinsicht keiner der Barfer irgendwelche Erfahrungen hatte außer Saufen, wurden sie ziemlich nervös. Nichtsdestotrotz war der King, der immer frustrierter wurde, weil er beruflich anscheinend für alle Ewigkeit auf Sparflamme kochen mußte, für ein bißchen *Action* recht empfänglich. Für die »letzte Erfahrung«, wie Fat Mindy das nannte.

»Sex, Rauschgift, Rock'n'Roll!« schrie Ken Kelly, wobei er einen reichlich schwachsinnigen Eindruck machte. »Beee bop a doo bop, a bam bam boo!«

Ken Kelly trank sich mit Wodka genügend Mut an und kreuzte wie verabredet in Fat Mindys Apartment auf, wo das neue Mädchen natürlich schon auf ihn wartete. Sie aß ein Sandwich mit Erdnußbutter.

Sie war angezogen wie auf einem Gainsborough-Porträt oder vielleicht auch wie Little Bo Peep, und als sie sagte: »Möchtest du auch etwas Erdnußbutter?«, hörte es sich an, als hätte in dem Film, den er sich im Fernsehen angeschaut hatte, Gregory Peck an Ingrid Bergman die Frage gerichtet, ob sie lieber Schinken oder Leberwurst haben möchte, worauf sie ihm eine Antwort gab, die mindestes ebensogut klang wie eine Symphonie. *Leberwurst!* Erdnußbutter!

Und als er sich dann auf dem Sofa ein bißchen ausruhte und überlegte, ob er's mit dem Saufen nicht ein bißchen übertrieben habe, schockte sie ihn mit der Frage: »Glaubst du an Gott?«

»Na klar«, sagte Ken Kelly achselzuckend. »Ich bin Lutheraner. Wieso?«

Aber plötzlich begann sie zu zittern und langsam wegzutreten. Sie kriegte schmale Augen und wurde ganz *starr*. Vor seinen Augen wurde sie kalt wie Eis. Und das sollte die Nummer sein, die angeblich schon kam, wenn man sie nur mit dem Ellbogen berührte?

Und sie sagte: »Ich bete den Teufel an.«

»Na, ich bin auch ganz gern mal n kleiner Satan!« kicherte Ken Kelly.

»Nein, ich mein das ernst«, teilte sie ihm mit und leckte mit ihrer blitzschnellen Zunge, die einer *Schlange* zu gehören schien, die Erdnußbutter ab. »Ich bete den Fürsten der Finsternis an.«

Mittlerweile machte sich Ken Kelly doch ein paar Gedanken, und vor allem überlegte er sich, ob er nicht besser ein anderes Thema zur Sprache bringen sollte, weil diese Art Blödsinn für ihn nicht ganz so interessant war wie offensichtlich für sie. Sein walroßähnlicher Schnurrbart zuckte wie verrückt auf und ab, und er wußte es.

Dann schluckte sie eine Kapsel runter, und weil's einem in puncto Drogen sehr rasch passieren konnte, vom Police Department gefeuert zu werden, war er auch davon nicht gerade hemmungslos begeistert. Dann aber sagte sie: »Ich gehör dieser... Gesellschaft an. Wir ficken gern.«

»Na, da sagste endlich, was Sache ist!« brüllte Ken Kelly. »Meine Freunde tun das meistens auch ganz...«

»Auf Altären. Möglichst in richtigen Kirchen. In Notfällen bauen wir einen Altar nach.«

Ken Kelly nahm plötzlich total unabsichtlich sein Jack-Nicholson-Image an, was ihm regelmäßig immer auch dann passierte, wenn er in *Panik* geriet. Er strich das weiche blonde Haar über die Ohren zurück, und der Schnurrbart flatterte wie verrückt auf und ab.

»Stehst du auf LSD?« erkundigte sie sich. »Oder mehr auf Meskalin?«

»Nee, ich trink meistens bloß Bier«, sagte Ken Kelly, und seine Augen huschten blitzschnell zu einer geschlossenen Tür. Inzwischen rechnete er sogar damit, daß dahinter ein Bursche stand, der einen eisernen BH und eine Ledermaske trug! Er ärgerte sich mehr und mehr, daß er die Kanone nicht eingesteckt hatte.

»An *manches* müßtest du dich schon gewöhnen, King«, meinte sie. »Vor allem an die Todesfeier.«

»Die Todesfeier«, sagte er. »*Welche* Todesfeier?«

»Hunde. Wir töten Hunde und trinken ihr Blut, wenn es noch warm und frisch ist. Schockiert dich das?«

»Zum *Teufel,* nein!« schrie Ken Kelly. »Das ist ja bestimmt auch nur der ganz harmlose Teil, oder? Scheiße, ich bin überhaupt nicht schockiert!« Er heftete den Blick an die Zimmerdecke, und seine blauen Augen wirkten so wahnsinnig, daß sie fragte: »Was guckst du so?«

Er antwortete nur: »Ach, nix. Ich guck nach gar nichts. ICH WARTE BLOSS AUF EINEN VERDAMMTEN BLITZ AUS HEITEREM HIMMEL!«

Und das war's dann. Sein Schwanz war so schlapp wie Fetuccini. Ob's ihr in Weltklassemanier kam oder nicht, *die* Romanze war vorbei, bevor sie angefangen hatte. Die Barfer konnten wahrhaftig nicht immer so verwegen sein, wie manche Leute von ihnen erwarteten.

Ken Kelly fuhr den Rest der Nacht nur noch rum und überlegte sich, was aus seinem jungen Leben geworden war. Durch die Gerichtssäle geschleift wie ein Schwerkrimineller, bloß weil er ein erstklassiges Arschloch tätlich angegriffen hatte. Jeden Moment in Angst und Sorge, weil seine Mutter Krebs im letzten Stadium hatte. Zu Hause eine gute Frau, aber eine Ehe, die nur noch aus Bitterkeiten bestand. Er fühlte sich kleiner, mieser und trauriger als ein Haufen Grenzgängerscheiße. Wahrscheinlich hatte er auch gar nichts anderes als eine blutsaufende Hundemörderin *verdient.* Und dann jeden Abend die Frustration, mit Robbie Hurt im Finsteren herumzusitzen und genauso unter Druck zu stehen und Angst zu haben wie die anderen, aber sich noch schlimmer zu fühlen als die anderen, weil man nie *wußte,* was da draußen los war und weil es einem nie dadurch leichter gemacht wurde, daß man *dabei* war. Sie wußten so gut wie nie, was lief. Und dann hörten sie Schüsse in der Nacht und wirres Holterdipolter, und der Adrenalinspiegel kletterte immer mehr in die Höhe. *Andauernd.*

»Ich kam mir vor wie ne nicht explodierte Bombe mit Zeitzünder«, sagte er.

Er kam morgens um neun nach Hause. Seine Frau stellte ihm nur eine Frage: »Wo warst du?«

»Wir hatten eine harte Nacht«, sagte er. »Ich bin nach Tecate gefahren, weil ich ja nicht bloß zum Schlafen nach Hause kommen wollte. Ich bin schließlich so müde geworden, daß ich nur noch an den Straßenrand fahren konnte. Ich bin eben wach geworden.«

Joyce machte sich gar nicht mehr die Mühe, ihm zu antworten. Sie schmiß ihn auf der Stelle raus, mitsamt seinen Klamotten und allem anderen. Er drapierte die Klamotten auf dem Rücksitz des Motorrads. Er sah aus wie ein Lumpensammler auf zwei Rädern.

Er zog bei einem anderen Cop ein, der, wie's hieß, ein offenes Haus für herrenlose Cops führte und die Streuner überall einsammelte. Dieser andere Cop war bei der Sittenpolizei rausgeschmissen worden, weil man zu der Ansicht gekommen war, er sei nicht *macho* genug, um die Kunden richtig in den Arsch treten und aufschreiben zu können. Er war zwar tatsächlich so »sensibel«, daß die Gerüchteköche fest davon überzeugt waren, er sei schwul, aber Ken Kelly meinte, es sei ihm völlig egal, ob der Kerl sich die

Beine enthaare oder mit einer Designer-Knarre rumlaufe. Homosexuell zu sein war in seinen Augen nach seinen Erfahrungen der letzten Tage völlig normal.

Er war seit zehn Jahren verheiratet. Joyce war ein von Japanern abstammendes amerikanisches Mädchen, das er seit seiner siebten Klasse kannte. Er liebte sie, und er liebte seine Kinder, und es war wirklich nicht einzusehen, weshalb er sich mit Leuten herumtrieb, die Hunde töteten und Lutheraner haßten. Zum erstenmal kam Ken Kelly der Verdacht, er würde verrückt werden, und wenn er seinen Job dafür auch wohl kaum direkt verantwortlich machen konnte, so wurde da durch BARF gewiß nichts besser.

Er ging nur wieder nach Hause, weil Manny Lopez eine längere telefonische Unterhaltung mit Joyce geführt hatte. Manny Lopez war sicher kein idealer Eheberater, aber Ken Kelly hatte Angst vor ihm.

Manny Lopez sagte: »Hör zu, du Arschloch, du kannst rumvögeln, wo du willst, aber jetzt gehste *nach Hause!* Kapiert? Du gehst *nach Hause!*«

Und so ging Kelly nach Hause. Besser allerdings wurde erst mal überhaupt nichts. Es konnte auch nichts besser werden, solange er draußen in den Canyons rumrannte und glaubte, zumindest nicht mehr ganz klar im Kopf zu sein.

Wenn ein Barfer im übrigen wieder mal was am Kochen hatte, konnte er sich in der Regel auf Manny verlassen. »Das hast du mir zu verdanken, alter Arsch«, erklärte Manny, wenn er einem abends freigab und für ein Alibi zu sorgen versprach, falls die Frau anrief. »Das verdankst du mir!«

Man spendierte ihm dann eine Flasche Chivas Regal oder eine Handvoll Santa Fe Corona Grandes.

Jedenfalls kriegten sie, was sie haben wollten: Lehrerinnen, Krankenschwestern, Kellnerinnen, Blutsäuferinnen, gerontologisch tätige Wichserinnen. Sie kriegten sie *alle*. Und die Ehen litten dementsprechend. Die meisten Jungs torkelten erst im Morgengrauen heimwärts, pennten den ganzen Tag, standen auf, vergaßen, sich zu rasieren oder zu duschen, und gingen wieder in die Canyons. Und am nächsten Tag fing der ganze Zirkus von vorn an.

Während sich jedoch eine Reihe von Barfern »die Beine vertreten« mußten, wie sie es nannten, wenn sie von Mama aus dem Haus geschmissen wurden, standen einige der anderen ihre Krisen mit viel Anstand durch und bändigten die Ungewitter.

Tony Puente war ein sensibler Bursche, der zwar den richtigen Nerv für die Gefühle anderer Leute hatte, im Endeffekt jedoch stabil genug war, seine eigenen für sich zu behalten. Weil er nach Fred Gil der Älteste war, nannten sie ihn hin und wieder *Pops* und kamen mit dem einen oder anderen ihrer Probleme zu ihm. Niemand kam mit seinen Problemen zu Manny, weil sie sich klar darüber waren, daß er sich erstens für persönliche Probleme überhaupt nicht interessierte und ihm zweitens sowieso alles schnuppe war.

Tony Puente hatte sein eigenes großes Problem, zusätzlich und neben allen normalen wie etwa der ständigen Angst, umgebracht zu werden. Hinsichtlich der Zuneigung seiner Frau hatte er den ungeheuerlichsten Nebenbuhler, den ein Mann je gehabt hatte – Gott. Sie verbrachte Nacht für Nacht mindestens zwei Stunden mit der Bibel, unabhängig von den vielen Zusammenkünften und Verpflichtungen wie dem Verteilen von religiösen Traktaten und anderen missionarischen Tätigkeiten in der Bannmeile von San Diego.

Auf dem Höhepunkt all ihrer Debatten brachte sie ein unwiderlegbares Argument: »Weshalb willst *du* dich beschweren? Alles, was du machst, ist doch zum Dienst gehen, betrunken nach Hause kommen, den ganzen Tag schlafen und am Abend wieder zum Dienst gehen.«

Joe Castillo sagte: »Sie war immer sehr nett zu uns, wenn wir Tony betrunken nach Hause fuhren. Sie machte uns Sandwiches mit Mettwurst und Senf. Genauso, wie's Gefängniswärter machen.«

Tony, der betrunken nach Hause kam – an das und an nichts anderes würde sie sich für alle Zeit erinnern, wenn die Rede auf das BARF-Experiment kam.

Dene Puente hatte sich einer Religion hingegeben, die ihren Anhängern die Unterdrückung des Selbst und das Ablassen von jeglicher Gewinnsucht verschrieb. Gerade das machte Tony wahnsinnig, denn als Mexikaner war sein Dasein ausschließlich darauf ausgerichtet, im Leben voranzukommen und all die materiellen Güter kaufen zu können, die die Familie brauchte oder sich wünschte. Aber er kam trotzdem nie auf den Gedanken, daß er besser eine andere Frau, eine Mexikanerin, hätte heiraten sollen. Es war sonnenklar für jedermann, der ihn kannte, wie abgrundtief er diese Frau liebte, die er bereits mit sechzehn geheiratet hatte.

Der BARF-Job beherrschte alles, selbst dann noch, nachdem die

Puentes Ärger mit einem halbwüchsigen Sohn gekriegt hatten. Es war nicht schwer, hinsichtlich der Erziehung des Jungen Fehler zu machen, wenn für den Vater die nächtliche Herumtreiberei draußen in den Canyons die einzige Realität zu sein schien.

Und dann, nach Feierabend, erschien Tony auf der Bildfläche, nach den Canyons, nach Grenzgängern und nach abgestandenen Getränken stinkend, und zwar völlig betrunken, aber mit tausend Problemen belastet, die ihm im Kopf herumgingen, und erfüllt von Bedürfnissen aller Art. Und natürlich pennte sie, und er kam ins Grübeln.

Er lag dann da und hatte nur den Wunsch, ihre ganzen Glaubensgenossen abzuknallen wie die Gangster. Nächste Weihnachten würde er einen Baum kaufen, der so groß war, daß man ihn mit einem Tieflader herbeitransportieren mußte. Er würde einen Kran beschaffen müssen, um ihn im Vorgarten aufstellen zu können. Er würde zu jedem Diakon, jedem Ältesten, jedem Vorsteher, jedem Priester oder wie sie die in ihrer Kirche immer nennen mochten, einfach »Da!« sagen. DA KÖNNT IHR MAL SEHEN, WAS ICH VON EINER RELIGION HALTE, DIE NICHT MAL WAS FÜR WEIHNACHTSBÄUME ÜBRIG HAT!

Zunächst jedoch mußte Tony sich in solchen Nächten selbst beruhigen, weil er, wie schon seit jeher, schnell dazu neigte, vor lauter Frustration über sein Schicksal zu weinen. In seiner ruhigen Art war er nämlich immer schon ein äußerst gefühlvoller Mensch gewesen. Und was bot er seiner Ehefrau und den Kindern denn schon auch als Gegenleistung dafür, daß er ihnen ununterbrochen ihren Mann und Vater vorenthielt, indem er in den Canyons Nacht für Nacht einer seltsamen Faszination nachjagte?

In dieser Zeit machte sich tief innerlich in seinem Herzen mehr und mehr eine überaus heikle und gefährliche Empfindung breit. Er redete mit keinem Menschen und ganz bestimmt nicht mit seiner Frau darüber, daß er gegen all seine Instinkte und Wünsche, na ja, auf dem besten Weg war, das, was sie tat, zu *bewundern*. Er hatte seinen eigenen Glauben an Priester und an die Kirche längst verloren, und jetzt spürte er da mit einemmal eine große Leere. Dene schien von ihrem Glauben restlos erfüllt zu sein, und er mußte sich nahezu zwangsläufig eingestehen, daß er sie in diesem Punkt *beneidete*. Der Glaube war es, den er in dieser seiner kritischen Lebensphase vermißte. Der Glaube an irgendwas oder an irgendwen. Sie dagegen besaß mindestens eine Tonne davon.

Aber wie konnte er an etwas glauben, das er zugleich verachtete? Und wie konnte er den dringenden Wunsch haben, möglichst schnell wieder raus in die Canyons zu kommen, wenn er seinen Job zur gleichen Zeit haßte? Es war einfach zu schwer, darauf eine Antwort zu finden. Aber obgleich er ein intelligenter Mensch war, nisteten sich solche Fragen in seinem Kopf ein, ohne daß er's wollte.

Eines Nachts, als er mit billigem Schnaps wieder mal voll war bis unter die Schädeldecke, entschloß er sich dann, diese ganze Sache ein für allemal durchzustehen. Er nahm seinen Rivalen frontal auf die Hörner. Sie hatten einen fürchterlichen Krach. Vor lauter Schreierei beschlug sich seine Brille, und es endete damit, daß Dene sich im Wohnzimmer die Augen aus dem Kopf weinte.

Tony Puente wollte es ihr zeigen. Er wollte es der ganzen Welt zeigen. Er wollte einfach was *kaputtmachen.* Er sammelte sämtliche religiösen Traktate, Bücher und Bibeln ein, die sie besaß. Er hatte zum Schluß ganze Arme voll von dem Zeug. Wenn sein Tun Teufelswerk war, na bitte, dann war's eben Teufelswerk!

Tony schleppte die gesamte religiöse Literatur in die Küche und zündete sämtliche Brenner des Gasherds an. Augenblicke wie diese erfordern große Gesten. Er warf mehrere Traktate auf einmal ins Feuer, um sie zu verbrennen und dabei ihrem verbohrten, beschissenen Gott anheimzustellen, was dagegen zu *unternehmen.*

Während Dene dann so heftig weinte, daß sie kaum Luft holen konnte, und Tony, der durch den Wohnraum schwankte, verwundert feststellte, daß er betrunkener war, als er geglaubt hatte, machte er zufällig noch mal kehrt. Die verdammte Küche war ein einziges Inferno!

Das Haus wurde nur dadurch gerettet, daß der Ausguß so nahe war. Aber nachdem er schließlich eimerweise Wasser auf das Feuer geschüttet hatte, war er noch längst nicht fertig. Er schnappte sich ihre Klamotten gleich bündelweise. Er schmiß sie aus der Hintertür. Dann schmiß er *sie* aus der Hintertür und schloß ab.

Er torkelte ins Schlafzimmer und fiel ins Bett. Er erwachte mit einem höllischen Saufkopf und einem massiven Druck auf der Leber und stellte sich natürlich vor, sie liege neben ihm im Bett. Aber er lag allein im Bett. Er ging in den Wohnraum und erwartete, sie schlafend auf dem Sofa zu finden. Sie war aber auch da nicht.

Er geriet in Panik. Er hatte sämtliche Schreckensvorstellungen, die bei Polizisten gang und gäbe sind, wenn sie sich über ein geliebtes Wesen Sorgen machen. Er stellte sich vor, wie sie mitten in der Nacht durch die Straßen irrte und von einem Verrückten aufgegabelt wurde, und zum Schluß sah sie aus wie alle Leichen, die er gesehen hatte. Das Auto! Möglicherweise hatte sie sich ja gerade noch in ein Motel retten können! Er raste in die Garage und sah das Auto. Sie lag auf dem Rücksitz und schlief.

Er war fix und fertig. Die nächsten drei Stunden verbrachte er damit, ihr zu erzählen, wie erleichtert er sei und wie leid ihm das alles tue und was für ein hirnverbrannter Idiot er doch sei und all die anderen Sprüche, die jemand mit überentwickelten Verantwortungs- und Schuldgefühlen in einer Situation wie dieser von sich gibt. Er holte all ihre Klamotten wieder rein. Er wollte sie persönlich waschen und bügeln. Er hatte das Gefühl, vor allem seine verdammte Zunge waschen und bügeln zu müssen.

Ausgerechnet ein sonst so zugeknöpfter Bursche wie er *mußte* sich dann einfach erleichtern, als er zum Dienst kam. Wenn er es nicht irgendwem erzählte, würde er explodieren wie eine Landmine. Er erzählte *jedem,* wie er um ein Haar sein Haus abgebrannt hätte.

Die anderen Barfer hörten ihm nur allzugern zu, weil sie dadurch von ihren eigenen häuslichen Problemen abgelenkt wurden. Ken Kelly sagte, das Ganze sei phantastisch, genau wie diese große Szene in dem Film *Der Exorzist,* aber genau umgekehrt! Ken Kelly war vor allem glücklich darüber, daß ihm bei der Gelegenheit wieder einfiel, wie er es dieser Satansfickerin gegeben hatte. »Da sieht man mal wieder«, sagte er, »Gott läßt Seiner nicht spotten.«

Für Tony Puente, den sowohl seine *eigene* religiöse Unruhe als auch die seiner Frau völlig auffraß, füllten die Einsätze in den Canyons eine Riesenlücke. Seine einzige Realität, sagte er. Irgendeine Art von rituellem Bedürfnis.

Bei diesem ganzen BARF-Experiment war mittlerweile eine andere Gangart eingelegt worden. Es lief gewissermaßen mit eigener Antriebskraft und nach eigenen Gesetzen, und niemand wußte noch, wohin die Reise ging, und niemand würde es, wie die Barfer mehr und mehr glaubten, je stoppen können. Ganze *zehn* Tage nach der Festnahme von Loco passierte ein weiterer Zwischenfall, in den dann nicht allein die BARF Squad verwickelt war, sondern zugleich die höchsten Justizbeamten *beiderseits* der Grenze.

Der Fall sollte die Gerichte von San Diego noch auf Jahre hinaus beschäftigen. Und von allen Erfahrungen sollte es die umstrittenste und bitterste sein und die Zwietracht der Barfer untereinander noch größer machen.

15. KAPITEL

Der Keller

Für die Gesetzeshüter südlich dieser imaginären Linie war *la mordida* eine Sache, die zum Leben gehörte. Man war auf *mordida* angewiesen, um eine Familie zu ernähren, und das war immer so gewesen, seit die Weißen die Azteken wie gemeine Verbrecher niedergemacht hatten.

La ley de fuga gehörte südlich der imaginären Linie ebenso zum Leben. Wer auf die Idee kam, den Justizbeamten stiftenzugehen, besaß völlig unabhängig von ihm zur Last gelegten Verbrechen eine sehr reelle Chance, erschossen zu werden. Die Regeln dieses Spieles, die sich in Jahrhunderten nicht geändert hatten, kannte jeder.

Im Juli erhielten die Barfer Informationen, die beide Sachen betrafen. Einem der Berichte lagen die Aussagen mehrerer Pollos zugrunde, sie seien von einem Polizistenteam aus Tijuana hopsgenommen worden, als sie in unmittelbarer Nähe von Colonia Libertad gerade den Boden der USA betreten wollten, und man habe sie dann in einem Streifenwagen ein bißchen um Tijuana rumgefahren, bevor die Beamten ihnen verklickert hätten, daß sie unter Umständen davon Abstand nehmen würden, sie ihrem *comandante* vorzuführen, falls die Pollos entsprechend was springen ließen.

Die Pollos, so hieß es, hätten dann alles rausgerückt, was sie hatten, nämlich 40 US-Dollar, und die Polizisten hätten sie zum Grenzzaun zurückgefahren und ihnen einen herzlichen Abschiedsgruß entboten.

Der Zwischenfall, der *la ley de fuga* betraf, berührte BARF direkt. Gegen elf Uhr abends befand sich das Ensemble, zu dem momentan Joe Castillo gehörte, südlich der Monument Road. Der an dem Abend mit Deckungsaufgaben betraute Ernie Salgado hörte aus der Nähe der Drainageröhre einen Gewehrschuß und meinte per Funk, das Einsatzteam solle mal rüberflitzen und nachgucken, was los war.

Als Manny und die übrigen eintrafen, sahen sie einen Mann, der eine Gruppe von Pollos mit dem Gewehr in Schach hielt. Er hatte noch einen Partner, und der Partner richtete den Strahl seiner Taschenlampe auf die näher kommenden Barfer und befahl ihnen, sofort auf mexikanisches Territorium zu kommen. Außerdem erklärte er ihnen laut und deutlich, er sei ein Einwanderungsbeamter.

Die Barfer gaben sich dem mexikanischen Kollegen nicht zu erkennen. Sie gingen in Deckung, zogen ihre Kanonen und beobachteten das Ganze. Die beiden Männer, anscheinend Einwanderungsbeamte in Zivil, nahmen ihren Fang von insgesamt fünfzehn Grenzgängern mit nach Mexiko. Als auch die Barfer das Gelände um die Drainageröhre wieder verlassen wollten, entdeckten sie zufällig einen Mann und eine Frau, die sich in einem Mesquitenest versteckt hatten. Nachdem die Barfer sich als Polizisten aus San Diego ausgewiesen hatten, berichteten ihnen die beiden, daß sie vor den Einwanderungsbeamten, die gerade ihre Genossen festgenommen hatten, geflohen und daraufhin beschossen worden seien.

Die Empörung in dem von Manny Lopez unterzeichneten BARF-Bericht bezog sich in erster Linie darauf, daß die mexikanischen Einwanderungscops auf US-Territorium tätig geworden waren. In dem Bericht hieß es:

Es ist davon auszugehen, daß durch die Aktionen der zivilen Einwanderungsbeamten eine extrem gefährliche Situation heraufbeschworen wurde, indem sie, mit Faustfeuerwaffen ausgestattet, US-Territorium betraten und dort mit diesen Waffen wahl- und ziellos herumschossen. Die illegalen Aktionen dieser mexikanischen Einwanderungsbeamten sollten unbedingt den jeweiligen Vorgesetzten zur Kenntnis gebracht werden, um internationalen Konfrontationen vorzubeugen und überflüssige Schießereien zu Lasten unbewaffneter Grenzgänger, die sich bereits auf dem Territorium der Vereinigten Staaten befinden, zu vermeiden.

Wenn es stimmt, daß der vordere Teil des menschlichen Gehirns imstande ist, Ereignisse vorauszuahnen, und wenn in der rechten Hemisphäre des Großhirns die Sensibilität ihren Platz hat und im linken Teil kritische und analytische Prozesse ablaufen, hatte Manny Lopez eine schwere Aufgabe vor sich: Sofern es ihm hinsichtlich des BARF-Experiments tatsächlich vor allem darum ging, seine eigenen bewußten und unbewußten Bedürfnisse zu befriedigen, mußte er den vorderen Hirnbereich seiner Leute und ihre linke und rechte Hemisphäre praktisch ausschalten. Manny mußte praktisch den Teil des Hirns erschließen, in dem die *Aggression* sitzt und in dem man vor allem die Impulse findet, einem Führer blindlings zu folgen. Man könnte diesen Teil allgemein als Keller des Gehirns bezeichnen. Und man könnte sagen, daß sie in dieser schlimmen Zeit buchstäblich in Mannys Keller *wohnten*.

Der vierzigjährige Chuey Hernandez war ein netter Mann. Sein goldener Schneidezahn, nach mexikanischen Vorstellungen ebenso ein Statussymbol wie eine Zahnprothese, glänzte hell, wenn er lächelte. Allerdings hatte er meist wenig zu lächeln, weil er eine ziemliche Schar von Leuten ernähren mußte, ein eigenes Kind, sieben Kinder aus der ersten Ehe seiner Gattin und dazu seine alte Mutter.

Er hatte in der mexikanischen Armee gedient, bevor er dann bei der Stadtpolizei von Tijuana anheuern konnte, und während des größten Teils seines Lebens als Erwachsener hatte er eine Uniform getragen. Immerhin verfügte er über eine abgeschlossene Grundschulausbildung.

Der derzeit bevorstehende Besuch von Präsident Lopez Portillo in Tijuana und die damit verbundene große Zeremonie in La Playa versprach so ziemlich das Größte zu werden, was Chuey je erlebt hatte. Chuey Hernandez war Kornettist in der Polizeikapelle. Er war bereits zwanzig Jahre Kornettist. Sein ganzes Leben lang hatte er sich für *la banda de guerra* begeistert, den Spielmannszug.

Chuey Hernandez fühlte sich sehr geschmeichelt, daß er nun dabei sein sollte, und als er am Nachmittag des 16. Juli zum Dienst kam, wollte er sich um die entsprechenden Vorbereitungen kümmern. Zunächst ließ er sein altes Horn von einem Jungen mit einer Poliermaschine putzen. Dann nahm er sich seine sonstige Ausrüstung vor. Seine Uniform war brandneu, aber als Chuey Hernandez seine Mütze aufsetzte, sah die doch reichlich unmöglich aus.

Die Mütze war völlig zerknautscht und zerdrückt, wie in einem dieser alten Luftwaffenfilme. Chuey Hernandez sprach mit einem Copkollegen, der erheblich schlanker war als er, jedoch dieselbe Kopfgröße hatte. Pedro Espindola sagte, er habe eine ganz neue Mütze zu Hause, die er ihm verkaufen könne, weil er im Dienst einen Helm tragen müsse. Dieser winzige Augenblick in seinem Leben sollte Pedro Espindola ewig leid tun.

Pedro Espindola ließ seinen Streifenwagen vor der Polizeistation stehen, und während sie dann beide in den Streifenwagen von Chuey Hernandez stiegen und zum Haus Espindolas in Zona Norte fuhren, machte sich Chuey Hernandez Sorgen um seine Oberlippe. Es hieß, daß die Oberlippe eines Kornettisten, der nicht täglich die Möglichkeit zum Üben habe, rasch einschlafen könne. So machte er sich Sorgen hinsichtlich der Vorstellung, daß seine Oberlippe ausgerechnet dann einschlafen würde, wenn er für den Präsidenten von Mexiko spielen durfte.

Starker Wind. Hin und her flatternde Schatten und ein geradezu stählernes Sonnenlicht. Raubvögel mit roten Schnäbeln wurden von dem starken Wind abgetrieben. Der sonst immer vorhandene Sommerdunst an der Grenze hatte sich aufgelöst. Das Ensemble und die Zweitbesetzung waren an diesem Abend zunächst zu einer Einheit zusammengefaßt und dann in zwei Gruppen aufgeteilt worden, die in so nahen Abständen operieren sollten, daß die eine die andere auch noch nach Sonnenuntergang sehen konnte. Manny Lopez, Tony Puente, Joe Vasquez und Joe Castillo bildeten die eine Gruppe, Ernie Salgado, Renee Camacho und Carlos Chacon die andere. Mannys Team befand sich in der Nähe der Stein-, Scherben-, Abfall- und Schutthaufen am nördlichen Ende der Drainageröhre, dort, wo die Röhre sich in der Regenzeit entleert. Die Erd- und Betonhügel boten ausreichend Deckung, und falls irgendwelche Gangster von mexikanischem Territorium aus einen Raubüberfall versuchen würden, hatten sie die Situation immer gut im Blick. Die zweite Gruppe, die bei dieser Operation den eigentlichen Lockvogel darstellte, lungerte derzeit am Grenzzaun herum und unterhielt sich mit zwei Pollos, die gleich nach Einbruch der Dunkelheit über den Zaun gehen wollten.

Es war augenscheinlich eine ganz entspannte Sache, und die Pollos waren, wie meistens, liebenswürdig und großzügig. Sie tranken sich mit ziemlich viel Tequila Mut an und offerierten den

Barfern einen Drink, den diese aus Angst, sie könnten von den Mexikanern mit irgendeiner Krankheit infiziert werden, in höflicher Form ablehnten.

Die Leute südlich des Grenzzauns fragten die Barfer voller Neugier, warum sie immer noch warteten, obgleich die Dunkelheit immer stärker wurde.

»Die *migra* ist heute abend ganz schön zuwege«, sagte Carlos Chacon, und einer der Pollos meinte: »Na gut, dann warten *wir* besser auch noch n Weilchen.«

So lungerten sie dann weiter am Zaun herum und tranken Tequila und schwatzten.

Um zehn vor zehn sah Ernie Salgado, daß ein Auto den Highway herunterkam. Da der Wagen langsamer wurde, behielt Ernie ihn im Auge.

Es war plötzlich sehr finster geworden. Chuey Hernandez sah, daß am Grenzzaun zwei Leute standen. Er stoppte den Streifenwagen, und er und Pedro Espindola entschlossen sich, mal nach dem Rechten zu gucken.

Chuey Hernandez schaltete die blauen und roten Signallichter an, stieg aus und sagte: »Was tut ihr hier? Kommt mal rüber zum Streifenwagen!«

Pollos gehorchen im allgemeinen sofort, wenn man ihnen was befiehlt, und so war es auch hier. Chuey Hernandez nahm ihnen die Tequilaflasche weg und schmetterte sie am Straßenrand auf die Erde.

Nachdem die beiden Trinker auf dem Rücksitz Platz genommen hatten, wollte Chuey Hernandez die blau-roten Signallichter wieder ausschalten und war sogar schon angefahren, als Pedro Espindola sagte: »Halt mal an. Dahinten in diesem Graben sind noch mehr Leute.«

Chuey Hernandez fuhr den Wagen ungefähr fünfundzwanzig Meter weiter – so jedenfalls hieß es später in einem offiziellen Bericht. Er parkte ihn fast genau über der großen Drainageröhre, wo der Grenzzaun von den Leuten, die sich nachts hier herumtrieben, mutwillig eingedrückt, zerrissen und niedergetrampelt worden war. Der Zaun hörte an einer Stelle, an der die Touristen längst halt zu machen pflegten, abrupt auf. Es war ein Zaun, der im Nichts endete.

Der junge Joe Castillo war neben sein Idol und seinen Mentor

Manny Lopez gekrochen. Sie hockten hinter ein paar Betonpfeilern, die vom Winterregen unterspült, aber hundert- und tausendmal wieder erneuert worden waren. Das Ganze wirkte wie ein militärischer Bunker. Joe Castillo hatte seinem Sergeant irgendwas zugeflüstert, als Chuey Hernandez die beiden Trinker festnahm.

Joe Castillo sagte später: »Wir sahen, wie diese mexikanischen Cops die Burschen filzten. Wir hielten es für eine Erpressung.«

Gleichgültig, ob die Festnahme wegen öffentlichen Trinkens oder Betrunkenseins hier gerechtfertigt war oder nicht – »Erpressung« war südlich des Grenzzauns, in der Republik Mexiko, praktisch an der Tagesordnung. Und es lag ja auch durchaus im Bereich des Möglichen, daß es sich hier bei diesen mexikanischen Cops wirklich um diejenigen handelte, die, wie berichtet worden war, zum Teil auf amerikanischem Boden Pollos ausgeplündert und erpreßt hatten. Und wenn sie's nicht waren und nicht getan hatten, so würden sie's bestimmt tun, sobald sie die Chance dazu hätten, weil durch die Bank sämtliche mexikanischen Cops Gauner waren. Bis zum letzten Mann. Dies, jedenfalls, war die felsenfeste Überzeugung der Barfer.

Chuey Hernandez hielt die Signallampe in der linken Hand, damit er seine Schußhand frei hatte, marschierte auf den Grenzzaun zu und leuchtete in den Graben. Er erinnerte sich, daß er einen alten abgestorbenen Baum sah, den das Wasser entwurzelt hatte und der mit den Wurzeln nach oben bis in den Himmel ragte, so daß es aussah, als würden sich riesige arthritische Hände dem Firmament entgegenrecken. Dann entdeckte er die beiden Figuren hinter den entwurzelten Bäumen und Betonbrocken. Die Betonpfeiler schimmerten im Mondlicht bleich wie Grabsteine. Chuey Hernandez zog den Revolver und trat dichter an den Zaun heran.

Er brüllte die beiden Figuren an. Er rief: »Was macht ihr da? Kommt sofort zurück!«

Manny Lopez rief zurück: »Geben Sie uns ne Chance, Chef! Wir haben's doch schon geschafft! Drücken Sie doch mal n Auge zu!«

Die Würfel waren gefallen. Es war von diesem Augenblick an alles vorherbestimmt. Jeder Schritt in diesem Grenzdrama war unvermeidlich.

Chuey Hernandez trat dichter an den Zaun und leuchtete die beiden Gestalten an. Sie wichen dem Lichtstrahl aus und duckten sich. Er würde sich zeitlebens an den einen erinnern, der eine Art Halstuch um den Kopf trug – ein *cholo*-Tuch, wie Chuey Hernandez sagte.

Chuey Hernandez war noch nie mit Pollos zusammengetroffen, die sich derartig benahmen. Sie hätten in der Dunkelheit ohne weiteres abhauen können, aber sie taten es nicht. Irgendwelche Grenzführer würden schon gar nicht so am Zaun herumlungern. Seine Erfahrung sagte Chuey Hernandez, daß es sich bei Leuten, die sich in dieser Weise am Grenzzaun herumtrieben, eigentlich nur um Grenzgänger-, Waffen- oder Drogenschmuggler handeln konnte. Oder allenfalls vielleicht noch um Räuber, die Grenzgänger ausplündern wollten. Chuey Hernandez rückte direkt bis zum Grenzzaun vor und richtete seine Waffe auf den Mann in der Levijacke, der sich das *cholo*-Tuch um den Kopf gebunden hatte.

Es war der Augenblick, in dem Renee Camacho den lauten Befehl von Chuey Hernandez hörte: »Kommt auf der Stelle hierher zurück!«

Und dann erhob sich Manny Lopez, der sich dieses Tuch bloß umgebunden hatte, um seinen wieder mal von Moskitos zerstochenen Schädel zu schützen, zu seiner vollen Größe und gab eine entgegengesetzte Erklärung ab. Er rief: »Lassen Sie uns doch in Ruhe! Wir haben kein Geld!«

Chuey Hernandez hatte allerdings gar nicht nach Geld gefragt. Die Erklärung sprach Bände. Sie zeigte ihm, was Manny Lopez von ihm hielt.

Chuey Hernandez war außer sich. Er sicherte und entsicherte seinen Revolver. Es war unheimlich still, und sie konnten die einzelnen Geräusche, das ölige metallische Klicken, als der Hahn wieder und wieder gespannt wurde, klar und deutlich hören. Chuey Hernandez kroch schließlich unter dem Grenzzaun durch und betrat den Boden der Vereinigten Staaten von Nordamerika.

Die übrigen Barfer verließen die Deckung und schlichen näher heran, als Chuey Hernandez in den Graben stieg und seine Lampe voll auf Manny Lopez richtete, der jetzt auf einer höheren Ebene stand, oberhalb von Chuey Hernandez, und auf ihn hinabschaute.

Chuey Hernandez leuchtete kurz nach hinten, als auch Pedro Espindola vorsichtig an den Grenzzaun herantrat, eine schlanke Silhouette, die durch den Polizeihelm einen ungewöhnlich großen Kopf zu haben schien.

Mittlerweile erkannte Chuey Hernandez trotz der Dunkelheit deutlich mehrere andere Gestalten. Über ihm standen Manny

Lopez und Joe Castillo. Etwas weiter weg hinter ihm und rechts von ihm waren Renee Camacho, Joe Vasquez, Tony Puente, Carlos Chacon und Ernie Salgado.

Chuey Hernandez war immer noch wütend, aber er hatte auch *Angst.* Er sagte: »Kommt mal raus, ihr Schweinehunde, oder ich hole euch mit ner Kugel raus!«

Und er richtete seine Waffe auf Manny Lopez, der neben dem entwurzelten Baum auf den Betonbrocken stand. Manny drückte Joe Castillos Kopf runter und flüsterte: »Bleib unten! Bleib unten!«

Die ziemlich überzogene Tapferkeit von Chuey Hernandez geriet ins Wanken, und er drehte sich zu Pedro Espindola um und sagte: »Die wollen nicht kommen!«

Sein Partner sagte: »Das wollen wir mal *sehen,* ob die kommen wollen oder nicht!«

Dann kletterte er mit Chuey Hernandez den Abhang hinunter, und Chuey Hernandez brüllte abermals: »Verdammte Scheißer! Ihr Arschlöcher! Kommt *raus!*«

Im amtlichen Bericht ist nachzulesen, daß sich Chuey Hernandez zu diesem Zeitpunkt wahrscheinlich etwa zwei Meter weit auf US-Territorium aufhielt. Pedro Espindola war nur etwa halb so weit von seinem Heimatland entfernt. Im amtlichen Bericht ist nachzulesen, daß beide im Staate Kalifornien, USA, waren, eine tödliche Waffe zur Schau stellten und von daher gegen Abschnitt 417 des Strafrechts von Kalifornien verstoßen hatten. Auf Verlangen der Anwälte wurde später amtlich festgestellt, daß auch gegen Abschnitt 467 des kalifornischen Strafrechts verstoßen worden war. Die Polizisten aus Tijuana hatten nicht nur tödliche Waffen, sondern auch die Absicht, sie zu gebrauchen. Vielleicht.

Ein Ermittlungsbeamter aus dem Büro des District Attorneys von San Diego warf in seinem Bericht später eine bemerkenswerte Frage auf. Die Frage des Ermittlungsbeamten betraf die Möglichkeit, daß sich jener Zwischenfall, der den Gegenstand der Untersuchung bildete, wahrscheinlich nicht ereignet hätte, wenn Manny Lopez sich zu diesem Zeitpunkt als Polizeibeamter ausgewiesen hätte. Es war klar ersichtlich, daß der Ermittlungsbeamte überhaupt keinen Nerv für Mythen und Legenden und Folklore hatte.

Joe Castillo und Joe Vasquez sagten später unabhängig voneinander: »Es roch *von vornherein* nach *Pulverdampf,* als Manny diesen dicken Cop anmachte.«

Und besser hätte man es wahrscheinlich gar nicht ausdrücken können.

Als Manny Lopez auf die beiden Tijuana-Cops herunterguckte, hielt er die Dienstmarke oberhalb seines einen Knies und seine Kanone oberhalb seines anderen. Die Tijuana-Cops konnten in dem Moment weder das eine noch das andere sehen. Dann sprang Manny Lopez. Der Graben war annähernd zwei Meter tief. Beim Aufprall rutschte er etwas aus, stolperte zwei oder drei Schritte in Richtung Chuey Hernandez, und dann waren sie mit einemmal in der Dunkelheit höchstens noch eine Armlänge voneinander entfernt.

Eine Menge Dinge passierten gleichzeitig oder fast gleichzeitig. Niemand wird je wissen, in welcher genauen Reihenfolge sich die Dinge abspielten, und genaugenommen ist es auch ganz egal, außer für die Anwälte und Richter und diejenigen, die sich nicht damit zufriedengeben wollten, daß der Ablauf von dem Moment an zwangsläufig und unvermeidlich war, in dem Manny Lopez die Autorität und den *machismo* der beiden Polizisten aus Tijuna provozierte.

Für alle anderen sieht es so aus, daß diese eine Tatsache nicht wegzudiskutieren ist: Manny Lopez sprang dem mißtrauischen mexikanischen Cop vom Grabenrand aus buchstäblich vor die Füße. Er hielt ihm zwei Sachen unter die Nase, mit jeder Hand eine: eine Dienstmarke und eine Kanone. Er brüllte: »*Policia! Policia!*«

Gerade in dem Moment, in dem Pedro Espindola schrie: »Der hat ne Kanone!«

Chuey Hernandez reagierte auf diese Entwicklung, indem er *seinerseits* blitzschnell mit seiner Kanone Manny Lopez vor die Brust schlug.

Manny Lopez hob den rechten Arm zur Verteidigung und warf sich nach links.

Nahezu simultan hatten *sämtliche* Barfer ihre bereits gezogenen Waffen im Anschlag. Einige hatten sogar *zwei* Waffen im Anschlag. Einer der Barfer sah, daß Manny eine Dienstmarke in der Hand hatte. Die anderen sahen sie nicht. Vier sahen, daß Chuey Hernandez einen Schuß abfeuerte. Drei konnten nicht erkennen, wer zuerst feuerte.

All das passierte im Bruchteil einer Sekunde.

Schüsse fielen aus allen Richtungen, und in den Ohren von Chuey Hernandez hörte es sich an wie eine einzige gewaltige

Explosion. Trotz und alledem verspürte er keine Schmerzen. Er schoß auf lauter Schatten. In der einen Sekunde schoß er, und in der nächsten spürte er, wie die Beine buchstäblich unter ihm einknickten.

Tony Puente gab zwei Schüsse auf Chuey Hernandez ab.

Ernie Salgado gab fünf Schüsse auf Pedro Espindola ab.

Joe Castillo, der mit zwei Kanonen schoß, feuerte neun Kugeln ab, sowohl auf Chuey Hernandez als auch auf Pedro Espindola.

Joe Vasquez feuerte mit dem Schrotgewehr in die Richtung, in der beide Tijuana-Cops standen, und als sein Schrotgewehr Ladehemmung hatte, gab er drei Revolverschüssse auf Pedro Espindola ab.

Renee Camacho feuerte fünf Schüsse auf beide ab.

Carlos Chacon, der ebenfalls mit zwei Kanonen schoß, feuerte einmal auf Chuey Hernandez und fünfmal auf Pedro Espindola.

Manny Lopez schoß dreimal auf Chuey Hernandez, während er sich zu Boden warf.

Pedro Espindola schoß seine Waffe leer, während er zurück zur Grenze kroch. Chuey Hernandez gab fünf Schüsse ab, bevor er dieses schwerelose Gefühl hatte und seine Beine unter ihm einknickten.

Neun Beamte aus zwei Ländern feuerten aus ihren Munitionsbeständen in der Dunkelheit und in dichter Reihenfolge neunundvierzig Schüsse aufeinander ab. Und als alles passiert und erledigt war, hatten die beiden, die südlich der imaginären Linie zu Hause waren, nicht die geringste Ahnung, weshalb das alles passiert war. Und ein paar von den sieben, die nördlich der imaginären Linie zu Hause waren, wollten sich selbst nach gründlichster Gewissenserforschung ebenfalls nicht festlegen, ob *sie* wußten, was los gewesen war. Sie waren von vornherein dazu verdammt gewesen, ihre Rollen zu spielen. Und sie hatten sie gespielt.

Plötzlich brüllten alle durcheinander.

»ICH BIN GETROFFEN!«

»Barf! Barf! Barf! Barf! Barf!«

»VERDAMMT, ICH BIN GETROFFEN!«

»FEUER EINSTELLEN FEUER EINSTELLEN!«

»ICH BIN GETROFFEN, IHR SCHWEINE!«

»HALT IHN HALT HALT HALT IHN HALT IHN!«

Es war nicht zu fassen, aber Pedro Espindola kletterte die Böschung hoch auf die Röhre zu!

Alle rannten durcheinander, schrien, brüllten, duckten sich, versuchten, ihre Waffen neu zu laden. Pedro Espindola kletterte wie in Trance. Chuey Hernandez wollte bloß wegkriechen, griff in den Dreck, wollte *nach Hause.* Die Detectives aus San Diego sollten später im Schmutz die Spuren seiner Hände finden.

Chuey Hernandez sollte das Kornett nicht für den Präsidenten von Mexiko spielen. Chuey Hernandez folgte den Instinkten aller verwundeten Kreaturen, während um ihn herum, nach jener endlosen Explosion, die ihm immer noch in den Ohren dröhnte, alles durcheinanderbrüllte und der Teufel los war. Er kroch auf dem Bauch in Richtung Heimat. Er kroch genau zwei Meter weit. Die Spuren seiner Hände befanden sich bereits in seinem Heimatland. Alles außer seinen Beinen befand sich in der Republik Mexiko. Das, immerhin, hatte er bei der Krabbelei nach Hause noch geschafft.

Dann erinnerte sich Chuey Hernandez nur noch daran, daß ein Körper schwer auf ihn fiel. Irgendwer knallte ihm ein Schrotgewehr auf den Schädel, und seine Kanone wurde ihm weggerissen. Und irgendwer rollte ihn auf den Rücken, schlug ihm ins Gesicht und verfluchte ihn.

Manny Lopez steckte sich die Kanone von Chuey Hernandez in den Gürtel und fesselte den verletzten Polizisten aus Tijuana an sein eigenes Handgelenk.

Manny Lopez schrie ununterbrochen: »Wer ist verletzt? Ist jemand getroffen?«

Carlos Chacon brüllte: »Mir hat's eine *Schlagader* zerrissen!«

Manny Lopez zerrte heftig an Chuey Hernandez herum, zog ihn schließlich hoch und brüllte ihn an, während ein anderer Chuey Hernandez rechts und links ins Gesicht schlug: »Du verdammter Dieb!«

Und Chuey Hernandez weiß noch genau, wie sehr ihn das *verwirrte.* Dieb? Was kann er damit meinen? Was kann er damit nur *meinen?*

»Was ist denn bloß los?« wiederholte Chuey Hernandez ununterbrochen. »Was ist denn bloß los?« Er starrte andauernd ungläubig auf sein gefesseltes Handgelenk.

»Spiel hier nicht den Doofen, du Arschloch!« sagte jemand, und er wurde wieder geschlagen.

Manny Lopez schrie: »Bin ich getroffen worden oder du? Wer wohl, verdammt noch mal?« Und er betastete sich mit der freien Hand überall am Körper und sagte: »Irgendeiner hat mich gelöchert! Ich *weiß* ja, daß ich getroffen worden bin!«

Inzwischen spürte Chuey Hernandez grauenhafte Schmerzen in der Magengegend. Es waren die schlimmsten Schmerzen, die er je gehabt hatte, und er wurde ausgerechnet auf dem Bauch über den Boden geschleift. Dann tat ihm der Arm weh, daß er anfing zu weinen.

Chuey Hernandez wurde mit Gewalt auf die Füße gestellt und war überrascht, daß er gehen konnte. Er erinnerte sich, daß er ungefähr hundert Meter bis zu einigen Bäumen ging. Plötzlich kriegte er keine Luft mehr, konnte nicht mehr atmen und *starb* fast vor Angst. Dann sagte einer zu ihm: »Du *Anfänger!* Ich hoff, du *krepierst!*«

Das Verwirrendste von allem, was sich an dem Abend ereignete, war für Chuey Hernandez die Tatsache, daß sich später noch jemand über ihn beugte, nachdem sich auf dem Gelände bereits eine hektische Aktivität entwickelt hatte und ein Hubschrauber und eine Ambulanz eingetroffen waren und er auf einer Bahre lag, um in die Ambulanz getragen zu werden. Er wußte nicht mehr, ob es der eine Große war, der ihn in die Ambulanz begleitete (gemeint war Ernie Salgado) oder der Anführer (Manny Lopez) oder sonst jemand. Er hat nur noch die Erinnerung daran, daß ihn immer noch irgendwer schlug und als Räuber beschimpfte.

Räuber? Das war so komisch, daß er am liebsten gelacht und zugleich geweint hätte. Er war überraschend klar im Kopf, und er wollte was sagen. Er wollte sagen, daß er geglaubt hatte, *sie* seien Räuber, als er in den Graben stieg. Noch nie hatte sich ein Pollo derart benommen – rein ins Licht, raus aus dem Licht, keine Versuche wegzurennen, aber auch nicht zu gehorchen. Und jetzt beschimpften sie *ihn* als Räuber? Weshalb denn bloß? Wie war das möglich? Wenn sie Polizisten waren, weshalb hatten sie ihm das nicht in dem Augenblick gesagt, in dem er sie aufgestöbert hatte? Nichts davon ergab für Chuey Hernandez einen Sinn. Er hatte keine Ahnung, wovon sie da überhaupt redeten.

Dann sagte der eine, der ihn immer noch schlug: »Wenn unser Partner stirbt, bist du *genauso* fällig und kannst in der Hölle braten!«

Dadurch erfuhr er zum erstenmal, daß auch einer von ihnen angeschossen worden war. Er wußte nach wie vor nicht, was mit Pedro Espindola los war, und schon gar nicht, daß der entkommen war. Dann kam er zu dem Entschluß, daß sie allesamt verrückt waren und es gar keinen Zweck haben würde zu reden.

Es hatte hinten und vorn keinen Sinn. Das heißt, vielleicht war ja auch *er* verrückt!

Carlos Chacon erinnerte sich sehr lebhaft an diese schwere Schießerei, die bestimmt so laut gewesen war wie ein Gefecht in Vietnam, wie Ernie Salgado gesagt hatte. Carlos erinnerte sich, daß eine seiner Waffen leer war, aber nicht daran, daß er auch die andere gezogen hatte. Er hatte die Hitze des Mündungsfeuers und die Bleipartikel gespürt, die ihn streiften. Und den ätzenden Pulvergeruch schmecken können. Er wußte auch noch, daß Chuey Hernandez ganz dicht neben ihm auf ihn gefeuert hatte. Eins der Geschosse aus Carlos Chacons Kanone hatte den Schulterriemen von Chuey Hernandez durchschlagen, und es war seitlich in den Körper und dort in den Magen eingedrungen und in der Nabelgegend steckengeblieben. Ein weiteres hatte den Arm durchschlagen.

Nachdem Chuey Hernandez außer Gefecht gesetzt worden war, hatten sie auf den dünnen Cop gefeuert, der, während er stiftenging, immer noch schoß. Carlos Chacon fühlte einen Schlag und ging sofort zu Boden. Gleich darauf lag auch Pedro Espindola auf der Nase, und Carlos Chacon erkannte eindeutig, wie Kugeln in seinen Körper einschlugen, während er auf die Röhre zukroch.

Dann hatte Carlos Chacon zu schreien angefangen: *»Ich bin getroffen worden!«*

Während sie sich dann noch über Carlos Chacon gebeugt und ihm die kugelsichere Weste auszuziehen versucht hatten, war mit einemmal der Streifenwagen aus Tijuna gestartet worden und weggefahren!

Sie hatten nach dem dünnen Cop gesucht und im Grunde damit gerechnet, daß er entweder in der Nähe der Röhre auf der Lauer lag oder tot war. Dann fuhr der Wagen ab. Gab's noch einen *dritten* Mann? Der dünne Cop *mußte* sich in der Röhre versteckt haben, um sie zu überfallen. Hatte einer der Trinker den verdammten Wagen weggefahren?

Später erst stellten sie fest, daß der von vier Kugeln getroffene Polizeibeamte Pedro Espindola, der drei Schußverletzungen im Rücken und eine am Bein hatte, seinen Körper wirklich noch durch die Drainageröhre geschleppt und den Highway erreicht hatte und dann in seinen Streifenwagen gekrochen und entkommen war.

Die Barfer waren ab sofort davon überzeugt, daß mexikanische Cops ebenso schwer zu töten waren wie mexikanische Gangster. Es gab da ein paar ganz schön zähe Typen.

Carlos Chacon lag auf der Erde und schrie: »LASST MICH RUHIG LIEGEN!« Und Manny Lopez rannte rum und wollte der Hölle dadurch ein Ende machen, daß er einen Befehl nach dem anderen in die Gegend brüllte.

Tony Puente hatte sich das tragbare Funksprechgerät geschnappt und schrie: »Verdammt! Ich krieg das Ding nicht in Gang!«

Zum Schluß nahm Manny Lopez den Apparat und schaltete ihn ein, damit Tony endlich rein*schreien* konnte.

Alles hörte urplötzlich auf. Sie hörten, wie sich mehrere Sirenen näherten. Dann hörten sie, wie sich Dutzende von Sirenen näherten. Aus südlicher Richtung! Der Himmel wurde im Umkreis einer Meile erhellt von roten und blauen Signallichtern, und beim Lärm der Polizeisirenen aus Tijuana erstarrte ihnen das Blut in den Adern.

Dann schrie Manny Lopez: »*Abhauen!*«

Aber sie hatten zwei Verwundete zu versorgen, und irgendwer war gerade im Begriff, um den Arm von Carlos Chacon, der was von einer Schlagaderverletzung gebrüllt hatte, einen Verband zu wickeln, wobei Carlos Chacon, wie er sich erinnerte, ständig dachte: Wenn eine Schlagader verletzt ist, bin ich in drei Minuten tot!

Und Joe Castillo, der Carlos Chacon haßte, ganz gleich, ob er verwundet war oder nicht, weiß noch haargenau, daß er sich sagte: Schlagader? Ja, na und? Der hat doch gar kein Blut in den Adern, dieser *Schwule.* Als er *mich* angeschossen hat, also, ich hab nichts von ner verdammten Schlagader gesagt. Und auch nicht rumgebrüllt wie n Schwein.

Dann schrie Carlos Chacon: »Wenn ich ohnmächtig bin, macht sofort Mund-zu-Mund-Beatmung!«

Und *irgendwer,* wahrscheinlich Joe Castillo, brüllte: »Auch noch Mund-zu-Mund, du schwule Sau!«

Und dann wollten alle – Schützen, Verletzte, Witzbolde und Wahnsinnige – bloß noch aufladen und abhauen, weil die blauweißen Streifenwagen ebenso wie die zivilen Wagen der *judiciales* den Highway förmlich *überschwemmten.* Mit einemmal sahen sie da draußen in der Dunkelheit nur noch diese ausgewaschenen *guyabera*-Buschhemden. Und sie hörten die Stimmen von dreißig Männern, die sich dem Vorhang näherten, und wußten, daß die *judiciales* anrückten! Und daß es einem jetzt leicht passieren konnte, Limonade durch die Nase trinken zu müssen! Und dann sahen sie deutlich die Umrisse eines *judicial,* der eine Maschinenpistole trug!

Ein Hubschrauber der Border Patrol vergrößerte dieses ganze Chaos noch aus der Luft, indem er nahezu im Sturzflug runterkam und die ganze Bande, die gerade dabei war, die beiden Verwundeten zu versorgen, so lange hell anstrahlte, bis Manny sich das Funkgerät schnappte und sagte: »Sagt diesen Border-Patrol-Leuten, daß sie das Licht ausschalten, oder ich knall die Mühle ab!«

Dabei wären sie gar nicht mehr imstande gewesen, *irgendwas* abzuknallen. Sie hatten ihr Pulver total verschossen. Entweder hatten sie ihre Munitionsvorräte verbraucht oder beim Laden vor lauter Verwirrung verloren.

Drei Barfer brüllten gleichzeitig: »ICH HAB KEINE MUNITION MEHR!«

Die Verletzten wurden geschleppt, gezerrt, gezogen und gestoßen, und Manny hatte den Kopf von Chuey Hernandez, dem das fürchterlich weh tat, im Schwitzkasten, als sie allesamt nach Norden rannten, dem Gejaule eines Krankenwagens entgegen, der aus Richtung Außenstation kam. Als sie allesamt Ken Kelly und Robbie Hurt entgegenrannten, die in zwei Autos in halsbrecherischem Tempo über die dreckige Straße jagten und beide, wie sie glaubten, ihren dritten oder vierten Herzinfakt in diesem Monat hatten.

Während all dies noch im Gange war, stand Joe Vasquez, der an diesem Abend das Schrotgewehr getragen und prompt eine Ladehemmung gehabt hatte, immer noch direkt am Zaun und deckte den Rückzug. Er sah fasziniert, wie die vielen Autos mit Sirenengeheul den mexikanischen Highway hochrasten und ganz in der Nähe des Lochs im Grenzzaun schleudernd und rutschend zum Stehen kamen.

Innerhalb von Sekunden hatte das erste Dutzend uniformierter Cops den Grenzzaun erreicht. Dann brausten die *judiciales* heran. Dann noch ein Streifenwagen und noch einer. Dann sechs Streifenwagen auf einmal, die jeweils zu zweit nebeneinander fuhren und den gesamten entgegenkommenden Verkehr total blockierten. Dann ein halbes Dutzend Zivilwagen mit noch mehr *judiciales*. Dann sah Joe Vasquez, wie sich dieser *judicial* mit der Maschinenpistole näherte, und dachte: Höchste Zeit. Zeit, abzuhauen.

Während er sich umdrehte, brüllte er: »Höchste Zeit! Zeit, abzu...«

Er redete mit sich selbst. Sie waren *längst* abgehauen. Als der

Hubschrauber über ihren Köpfen schwebte und sie anstrahlte wie eine Schar Schönheitsköniginnen, hatte der Lärm alle lauten Kommandos überdeckt. Sie hatten Carlos Chacon und Chuey Hernandez weggetragen und weggezerrt und waren einfach *abgehauen*.

Big Ugly hatten sie zurückgelassen. Er war völlig allein. Die *guyabera*-Buschhemden waren an der Spitze der uniformierten Cops. Sie rannten direkt in seine Richtung und leuchteten mit ihren Scheinwerfern kreuz und quer durcheinander in jeden Gebüschwinkel.

Ein überraschter Border-Patrol-Mann parkte an diesem Abend mit seinem Jeep auf dem Mesa und sah, wie ein grimmig dreinschauender Pollo in einem Tempo, das ihn für die Polizeiolympiade qualifiziert hätte, heranraste.

Joe Vasquez erreichte den Border-Patrol-Mann an der höchsten Stelle, schwenkte im Licht der Scheinwerfer die Dienstmarke und schrie: »Bringen Sie mich hier weg!«

Die mexikanische Polizei fing an zu schießen, wahrscheinlich auf ein paar im Gebüsch versteckte arme Pollos. Sie wandten sich über Funk an den Helikopter des Sheriffs und sagten: »Helfen Sie uns. Mehrere Gangster haben unsere Leute angeschossen!«

Pedro Espindola wußte bis dahin immer noch nicht, daß Manny und seine Leute Cops waren. Er schaffte es bei vollem Bewußtsein bis ins Krankenhaus. Er überlebte seine vier Verletzungen und nahm am Ende seinen Dienst wieder auf.

Chuey Hernandez hatte an diesem Abend zwei Schußverletzungen erlitten. Eine Kugel steckte noch in der Bauchgegend; die andere hatte seinen Arm durchschlagen. Das Polizeilaboratorium von San Diego stellte fest, daß er von Carlos Chacon angeschossen worden war. Chuey Hernandez lag fünfzehn Tage lang im Krankenhaus in San Diego. Als seine Frau Miki ihn besuchte, konnte sie gar nicht mehr aufhören zu weinen. Nachdem zunächst keiner der beiden verstehen konnte, weshalb Chuey Hernandez angeschossen worden war, redeten sie mit den Detectives aus San Diego. Schon wenige Tage später hatte sie keinen Zutritt mehr zu ihrem Mann, weil die Regeln für Gefangene es verboten. Sie durfte nur noch in den offiziellen Besuchsstunden für Gefangene zu ihm, nachdem er erst mal wegen kriminellen Angriffs angeklagt worden war. Chuey Hernandez wünschte, daß seine Mutter nie von der Sache erfuhr, denn ihr Herz war in äußerst schlechter Verfassung. Obgleich sie in seinem Haus wohnte, hütete die ganze

Familie das Geheimnis mit peinlichster Sorgfalt. Der alten Frau wurde erzählt, ihr Sohn sei wegen einer Bruchoperation ins Krankenhaus nach San Diego eingeliefert worden.

Chuey Hernandez war zunächst noch gut dran. Seine Frau war Krankenschwester und deswegen in der Lage, ihm zu helfen, sobald er aus dem Krankenhaus entlassen worden war. Natürlich mußte sie sich von ihrem Schwesternjob beurlauben lassen, um ihren Ehemann für die Dauer seiner Wiederherstellung zu Hause pflegen zu können. Außerdem benötigte Chuey Hernandez einen Anwalt, der ihn vor Gericht in San Diego verteidigte. Der Anwalt verlangte für seine Bemühungen 1500 Dollar, aber Chuey Hernandez verdiente wöchentlich nur etwa 45 Dollar. Sie konnten sich das Geld zunächst beschaffen, indem sie ihr Haus belasteten. Der Bankmensch schätzte das Haus auf ungefähr 3000 Dollar. Die Arztrechungen und das Honorar für den Rechtsanwalt schlugen ihm jedoch schließlich über dem Kopf zusammen, und Chuey Hernandez wurde sein Haus los und mußte fortan in einem gemieteten Haus wohnen. Mitsamt seinen Kindern und seiner Mutter.

Miki Hernandez mußte ihren Mann zwei Monate lang pflegen, und während dieser Zeit brach ihre Welt in Scherben. Nach all dem, was passiert war, hatte sie einen beträchtlichen Haß auf die Polizei von San Diego.

Chuey Hernandez nahm seinen Dienst bei der städtischen Polizei von Tijuana wieder auf und mußte sich um weit mehr Dinge Sorgen machen als bloß darüber, ob seine Lippe einschlafen würde.

»Ich habe die Polizeikollegen von San Diego immer *sehr* bewundert«, erklärte er. »Ich wollte immer, ich wäre einer von ihnen. Natürlich war das nur ein Traum.«

Für Manuel Smith, den Verbindungsbeamten der Polizei von San Diego für mexikanische Angelegenheiten, war der Fall eine äußerst prekäre Sache. Nachdem man ihn mit der Leitung der Verhandlungen zwischen den Police Departments von San Diego und Tijuana beauftragt hatte, war er zunächst geschockt, als er hörte, daß es sich bei dem verwundeten Tijuana-Cop um Chuey Hernandez handelte, den er bei seinen zahlreichen Verhandlungen mit der mexikanischen Polizei ganz gut kennengelernt hatte. Und der Mann, der überall auf Baja Peninsula zahlreiche Verwandte hatte, war doppelt geschockt, als er feststellte, daß Chueys Frau Miki eine entfernte Cousine seiner Familie war.

Natürlich wäre die Sache für jeden Cop aus San Diego, der mit der Aufrechterhaltung der Beziehungen zur mexikanischen Polizei zu tun hatte, sehr unangenehm gewesen. Zuerst einmal hatte es da ein Fernsehinterview mit Manny Lopez gegeben, in dem er die Behauptung aufgestellt hatte, die Cops aus Tijuana hätten sie zu berauben versucht. Außerdem war zwar das Problem, ob Chuey Hernandez zwei Meter nördlich oder zwei Meter südlich der imaginären Linie angeschossen worden war, für die Männer und Frauen, die hier den schwerfälligsten Justizapparat auf dem ganzen Erdball bedienen mußten, sicherlich ebenso relevant wie die Beantwortung der Fragen, ob er in einer Art Reflexbewegung den Abzug durchzogen hatte, als ihm Manny Lopez die Waffe unter die Nase hielt, ob zumindest seine linke Gehirnhälfte den von Manny Lopez kommenden Ruf *policias!* hätte wahrnehmen müssen oder ob Manny Lopez diesen Ruf tatsächlich von sich gegeben hatte. Für die mexikanische Polizei jedoch, die sich ebenso wie Chuey Hernandez nach wie vor keinen Vers auf das Ganze machen konnte, waren derartige Dinge überhaupt nicht relevant.

Unabhängig davon, wie er persönlich über diese Angelegenheit dachte, mußte Manuel Smith die Kröte schlucken und sein Police Department hinten und vorn verteidigen. Und das tat er dann auch. Er vernahm Chuey Hernandez im Krankenhaus und entlockte dem verletzten mexikanischen Cop die Aussage, daß er zwar den Ausruf *policias!* aus dem Munde von Manny Lopez einen Sekundenbruchteil vor Beginn der Schießerei gehört habe, dies jedoch seiner Meinung nach insofern unwesentlich sei, als er nie und nimmer geglaubt hätte, daß es sich da tatsächlich um eine *Art* von Cops handeln würde.

»Wieso hätte ich auf sieben Polizeibeamte schießen sollen, wenn mir klargewesen wäre, daß es Polizeibeamte sind?« rief Chuey Hernandez in seiner Seelenqual. »Ich begreife das alles nicht!«

Als Manuel Smith ihm aber auch noch eine Aussage entlocken wollte, die die BARF-Behauptung stützen konnte, Gangster-Cops hätten sie gerade ausplündern wollen, fing Chuey Hernandez an zu schluchzen.

»Kein Mensch hätte geglaubt, daß das Pollos sind«, erklärte er. »Pollos wären abgehauen oder hätten mir gehorcht. *Kein*

Pollo hat sich jemals so verhalten wie die. Ich habe einfach glauben müssen, *sie* seien Räuber!«

Anschließend fuhr Manuel Smith nach Süden, um den Fall mit der Polizei von Tijuana und den *judiciales* zu besprechen. Mit Leuten, die seine Freunde und nie anders als gut zu ihm gewesen waren. Er traf auf Deputy Chief Verber von der Tijuana-Stadtpolizei. Der Mann weinte.

Er sagte zu Manuel Smith: »Sieben eurer Leute? Mit kugelsicheren Westen und Schrotgewehren? Und meine beiden Beamten in voller Uniform in einem Streifenwagen? Und dann wird noch behauptet, meine Leute seien Gangster? Nachdem es sowieso immer heißt, wir seien *allesamt* Ganoven? Ich versteh das alles nicht.«

Gleich nach jener Nacht aber schien den US-Behörden in bezug auf die Mexikaner einzig und allein die Frage von Bedeutung zu sein, ob Chuey Hernandez ungefähr gut eine Körperlänge weit nördlich der imaginären Linie oder etwa eine Körperlänge weit südlich von ihr gestanden hatte. Und welchem Muskel am Zeigefinger welches bewaffneten Polizeibeamten von der linken Gehirnhälfte das Signal gegeben worden war oder nicht, einen metallenen Abzug zu betätigen. Und ob oder ob nicht der unaufgefordert ausgesprochene Satz von Manny Lopez – »Wir haben kein Geld« – dazu hatte dienen sollen, Chuey Hernandez in Versuchung zu führen, oder ob damit die Absicht verfolgt worden war, die bereits vorhandene böse Idee eines Raubüberfalls im Hirn von Chuey Hernandez zu verifizieren. Oder ob sie etwa einen schon verärgerten Polizeibeamten, der bereits durch ein bestimmtes verwirrendes Verhalten provoziert worden war, höllisch beleidigt hatten.

Aber wenn man weder einen juristischen Grad erworben hatte noch an den logistischen Problemen imaginärer Linien, neurologischen Signalen, dem kodifizierten Recht voller Widersprüche oder kulturellen Verhältnissen wie beispielsweise *mordida* interessiert war, konnte man das Ganze durchaus so lakonisch wie Joe Castillo zusammenfassen: »Es roch *von vornherein* nach Pulverdampf!«

Und das war's dann eigentlich. Manny hatte ein paar *miese* Cops fertiggemacht. Er hatte inzwischen schon oft seinen Colt gezogen, wenn andere Leute die Kanonen auf ihn richteten, was außer im Spielfilm die meisten Gesetzeshüter nie oder allenfalls ein einziges Mal tun müssen. Eine Situation, vor der im Verlauf der polizeilichen Ausbildung dauernd gewarnt wird. Er war öffentlich gefeiert worden, als die Verkörperung des Helden einer amerikanischen Legende, den es, außer auf Zelluloid, vielleicht nie gegeben hatte: den hartgesottenen Revolverhelden und Gesetzeshüter, der sofort zieht, wenn sich die Kanonen der Bösen auf ihn richten. Und die schnellste Kanone hat nicht bloß immer recht; die schnellste Kanone gewinnt im Westen immer noch alle Herzen.

Es wäre sinnlos, die Storys zu zählen, die über diesen einen Fall geschrieben wurden. Die Barfer hätten die Zeitungsartikel, die derzeit über sie erschienen, höchstens noch *wiegen* können. Es wäre im Grunde nur noch zu sagen, daß der Bürgermeister von Tijuana sich letztlich an die Öffentlichkeit wenden und die Medien beider Seiten bitten mußte, die Schießerei an der Grenze zu vergessen. Aber die Barfer waren gar nicht imstande, sie zu vergessen. Sie wurden von Alpträumen heimgesucht und waren erfüllt von unterschiedlichsten Gefühlen. Sie fragten sich, ob nicht bald einer einen Flughafen nach Manny Lopez benennen würde.

Ken Kelly hatte an diesen Abend einige unauslöschliche Erinnerungen. Erstens war da dieser Herzinfarkt, den er und Robbie Hurt, wie sie glaubten, hundertprozentig erlitten hatten, als sie wieder mal Schüsse im Dunklen hörten. Diesmal hatte es sich angehört wie *Krieg*. Und sich dann das atmosphärisch gestörte Geschrei über Funk anhören zu müssen und eine Minute oder ein Jahr lang nicht zu wissen, was wo passierte, und zum Schluß bloß dem Echo der Explosionen nachjagen zu können. Das Hilfsteam, aus den Outsidern Ken Kelly und Robbie Hurt bestehend, hatte niemals, aber wirklich *niemals* die Erleichterung kennengelernt, die die anderen dadurch hatten, daß sie *Action* erlebten.

Eines jener verwirrenden Erlebnisse, die sich Ken Kelly in dieser Nacht einprägten, hatte er, als er vor den Horden der durch den Grenzzaun strömenden mexikanischen Polizisten davonfuhr, die wild entschlossen waren, diese Gangster umzulegen, die ihre Leute angeschossen hatten. Manny Lopez und Tony Puente saßen in seinem Wagen. Tony Puente versuchte dauernd zu reden, hatte damit aber ungefähr soviel Erfolg wie ein vom Schicksal geschlagenes Überfallopfer. Sein Atem ging viel zu schwach und zu schnell, und er versuchte, sich dadurch zu beruhigen, daß er tiefer atmete, was genau das Falsche war, bis er das Problem erkannte und im Griff hatte und aufhörte, dauernd tief durchzuatmen, nach Luft zu schnappen, durchzuatmen. Ken Kelly glaubte, Tony würde im nächsten Moment zusammenbrechen und weinen, und warum, zum Teufel, eigentlich nicht? Er hatte ein Recht dazu.

Zum Schluß war Tony Puente in der Lage, sich wenigstens in Silben zu äußern. Er sagte: »Ver...« und nach einer Pause von fünf Sekunden »...dammt!«

Tony Puente reagierte im Grunde genau wie alle anderen. So mußte, als sie die Substation erreichten, mehr als einer zum Lokus gehen und hinter einer Tür verschwinden, die sich dann länger nicht mehr öffnete.

Im Wagen jedoch saß neben Tony Puente sein Anführer, Manny Lopez. Und Manny meinte: »Ich glaube, wenn uns diese Schnösel erwischt hätten, wären wir jetzt alle tot. Nur eine Sache ärgert mich, ich hab hundertprozentig geglaubt, ich wäre getroffen worden. Ich muß echt meinen verdammten Verstand verloren haben. Na schön.«

Na schön. Er hörte dann auf zu reden und fragte Ken Kelly, wie spät es sei, und Ken Kelly war überzeugt, daß Manny überlegte, ob er, wenn er mit dem ersten Schub von Reportern selber spräche, nach all diesem Papierkram und den TV-Interviews noch rechtzeitig in die Kneipe kommen würde, bevor die Feierabend machte.

Ken Kelly bekam langsam Kopfschmerzen. Manny Lopez sah eigentlich nicht verärgerter aus als damals, als Ken Kelly von zu Hause weggelaufen war. Ken vermutete, daß Manny sich im nächsten Moment nach den Baseballergebnissen erkundigen würde.

Was Ken Kelly jedoch zu Tode entsetzte, war die Tatsache, daß ihm urplötzlich ein völlig neues Licht über Manny Lopez aufging: Dieser Schweinehund war wirklich *verrückt!* Dieser Schweinehund würde sogar gegen den Heiligen Geist ziehen!

Bei Carlos Chacon war doch keine Schlagader verletzt worden. Man behandelte ihn wegen einer Kugel im Oberarm, und er wurde noch in der Nacht aus dem Krankenhaus entlassen, kriegte dann allerdings eine böse Infektion und blieb für drei Monate dem Dienst fern.

Am Abend dieser internationalen Schießerei hatte im übrigen eine Polizeiabschlußklasse zufällig eine große Sause auf dem Pistolenschießstand veranstaltet. Als dann Alarm gegeben worden war, hatten sich wegen dieser Party gerade Mengen von hohen Tieren in der Southern Substation eingefunden. Sie gingen zu jedem Barfer einzeln und fragten immer dasselbe: »Wie geht's denn, mein Junge?«

Mehrere hohe Beamte, die, wie die Barfer sagten, die Canyons sicher erst dann mal besuchen würden, wenn den Leguanen Augenbrauen gewachsen waren, gaben der Presse außerdem Interviews. Genau die Sorte Leute, die, wie wiederum die Straßencops meinen, Kommandoentscheidungen bloß dann treffen, wenn ihre astrologischen Konstellationen, ihre biorhythmischen Tabellen und die Sonnenflecken in Ordnung sind. Oder wenn sie's im Teesatz lesen.

Erst sehr spät in der Nacht ließ sich dann bei Manny Lopez doch noch eine gewisse Form von Emotion erkennen. Er zog die Jacke aus, stellte sich vor den Spiegel, checkte sich gründlich durch und schrie glücklich: »Na siehste! Ich wußte, daß ich getroffen worden bin!«

Die erste Kugel, die Chuey Hernandez abgefeuert hatte, war durch den Kragen seiner Fliegerjacke gegangen und hatte dort, wo sie ausgetreten war, die Schulterklappe beschädigt.

Manny sagte: »Und dabei hab ich schon gedacht, ich wär bescheuert!«

Worauf Ken Kelly die anderen Barfer anschaute und sah, daß sie sämtlich ins Leere starrten.

Das BARF-Experiment hatte nunmehr zu dem Ergebnis geführt, daß unter dem Strich sechs Gesetzeshüter angeschossen worden waren, drei von jeder Seite der imaginären Linie. Und in *allen* Fällen von anderen Gesetzeshütern.

16. KAPITEL

Pilatus

Wenn es an einer bestimmten Sache noch Zweifel gegeben haben sollte, so waren sie nach der Schießerei mit den Tijuana-Polizisten endgültig verschwunden. Manny Lopez erklärte: »Dick Snider hatte die Idee, aber ich habe an ihr rumgebastelt und sie geleitet und *geformt.* BARF gehört *mir.*«

Und so war's in der Tat. Barfern wie Ernie Salgado und Eddie Cervantes, die der Berühmtheit ihres Anführers inzwischen offenkundig kritisch gegenüberstanden, mochte es gar nicht in den Kram passen, aber jedem außer ihnen war's klar: Manny Lopez *war die* BARF Squad.

Er wurde von den Medien nahezu hemmungslos bewundert. Was die anderen Cops betraf, so überlegten sich viele, ob sie ihn nicht um ein Autogramm bitten sollten, während andere wiederum die Ansicht äußerten, er möge lieber für eine andere Stadt arbeiten, beispielsweise für Havanna auf Kuba. Es gab unzählige verschiedene Meinungen über Manny Lopez, aber eines war wohl bombensicher: William Kolender, der Chief of Police, unterstützte seinen BARF-Chef hinten und vorn. Recht massiv sogar, wie sich zeigte.

Am Abend jener großen Schießerei wurde die kleine Southern Substation von Leuten aller Art förmlich überschwemmt: Bonzen vom Department, Detectives, offizielle Vertreter der mexikanischen Polizei. Und mehr Reporter, als San Diego je erlebt hatte, seit man Patricia Hearst ins Metropolitan Correctional Center eingeliefert hatte.

Für die Detectives, die nach Schießereien, in die die Polizei verwickelt gewesen war, auch unter normalen Verhältnissen immer ein hartes Stück Arbeit leisten mußten, war es unter den augenblicklichen Umständen fast unmöglich, getrennte Aussagen von Zeugen und Beteiligten zu kriegen. Als die Barfer während der Nacht in einen Squadroom gesetzt wurden und von den Detectives den Befehl erhielten, sich nicht über den Fall zu unterhalten, verständigten sich einige von ihnen einfach mal kurz auf spanisch.

Die Detectives der Mordkommission wurden daraufhin reichlich sauer. Die Barfer behaupteten, sie hätten ausschließlich darüber geredet, wer von ihnen das nächste Bier zahlen müsse und wo sie es trinken sollten. Die Detectives der Mordkommission hielten das schlicht und einfach für Blödsinn. Nachdem sie schon den Befehl hatten, über gewisse Dinge nicht miteinander zu reden, sei es ja wohl albern, daß ein kleiner Smalltalk über das nächste Bier ausgerechnet auf spanisch geführt werden müsse.

Die Barfer meinten, sie sprächen immer *sehr* gern spanisch. Die Detectives erklärten, es hätte weiß Gott keiner so kolossal langen Unterhaltung bedurft, wenn es bloß darum gegangen wäre, wo man ein Bier trinken solle. Die Barfer wiederum sagten, es nehme mehr Zeit in Anspruch, Dinge auf spanisch statt auf englisch zu sagen.

Und so weiter. Nachdem die Barfer und die Detectives sich in diesen Tagen wahrhaftig schon genug auf die Nerven gegangen waren, mußte jetzt offensichtlich auch noch eine Katzbalgerei darüber veranstaltet werden. Nicht ein einziger Beamter schien dabei auf die Idee zu kommen, daß derartige Probleme gar nicht erst auftreten könnten, sofern bei der aus fünfzehn Detectives bestehenden Mordkommission mehr als nur *ein* Amerikaner arbeiten würde, der aus Mexiko stammte. Das Police Department von San Diego schien eben nicht mal zu wissen, *wo* es sich befand.

Unabhängig von allen sprachlichen Konflikten jedoch kriegten die Barfer zu spüren, daß die Brüder ihre Schlingen immer dichter zu knüpfen versuchten. Sie kamen zu der Überzeugung, daß sämtliche Detectives der Mordkommission natürliche Feinde ihrer Mission seien.

Die Detectives der Mordkommission fragten rundheraus: Um was für eine Mission geht es denn hier eigentlich? Falls sie der Erschaffung von Helden dienen sollte, also bitte, solche Helden sind manchmal ganz schöne Arschlöcher. Ohne Wenn und Aber übte die Mordkommission an der Schießerei und vor allem an Manny Lopez massive Kritik.

Zwei Morddetectives vor allem hatten über die Affäre ihre ganz spezifische Meinung.

»Ich glaube grundsätzlich nicht, daß Polizeibeamte aus San Diego da draußen überhaupt was zu suchen haben«, meinte einer von ihnen sinngemäß.

Sein Partner drückte es so aus: »Ich glaube nicht, daß die Sache da draußen noch irgend etwas mit normaler Polizeiarbeit zu tun hat. Außerdem glaube ich, daß die beiden Cops nur deshalb die Grenze überschritten haben, weil Manny Lopez sie effektiv *beleidigt* hat.«

Manny Lopez wartete gespannt darauf, was mit Chuey Hernandez passieren würde. Er sagte seinen Leuten, der District Attorney würde *sehr* gut beraten sein, wenn er gegen den Cop aus Tijuana Anklage erheben würde. Am Montag, nach dem langen Wochenende, lud Chief William Kolender zu einer Pressekonferenz über den Vorfall ein, bei dem die Polizisten aus Tijuana angeschossen worden waren.

Frühere Chiefs waren in der Regel Law-and-Order-Typen, die die Evangelien und J. Edgar Hoover zu zitieren pflegten, wenn sie von einem Club um ein Referat gebeten wurden. Im Vergleich mit ihnen war William Kolender, ein Gesetzeshüter, der Karriere gemacht hatte, erstaunlich differenziert. Er war eine große, imposante Erscheinung und für einen Chef ziemlich jung, und er hatte bei Medien, Politikern, in der Öffentlichkeit *und* bei den Cops ein vorzügliches Image. In seinem Job, immerhin, mußte man gaukeln können.

Im Grunde hatte er zwar in einer Stadt, die zu einem Fünftel schwarz und braun war, für die benachteiligten Minderheiten-Cops eine Anzahl positiver Veränderungen durchgesetzt. Da er aber immer wußte, wie weit er gehen konnte, waren nach wie vor die Traumjobs vorrangig von Weißen besetzt. Er machte also nie *zu* heftig Dampf.

Es war jeweils ein denkwürdiger Anblick, wenn Chief Kolender, stets angezogen wie bei General Motors, neben seinem ersten Revolverhelden stand, der sich rausgeputzt hatte, als ob Samstagabend wäre und er gleich in eine Bar für Singles gehen wolle, und im Grunde war die Szene irgendwie durchaus typisch für die Vielfalt der Strömungen in einem Department, das neue Wege zu gehen beabsichtigte. Manny Lopez war in gewisser Weise ein Symbol für die Neuerungen, die der Chief in seiner momentan noch kurzen Amtszeit eingeführt hatte. Man wußte, daß es die BARF Squad unter früheren Administrationen nie gegeben hätte. Ganz gewiß wäre sie nach der ersten ernsthaften Schießerei aufgelöst worden. Chief Kolender hingegen hatte auf der einen Seite im Rahmen seiner Möglichkeiten nicht bloß sofort die Notwendigkeit erkannt, daß die Grenzgänger im Stadtgebiet von San Diego geschützt werden mußten, sondern war andererseits auch immer so souverän gewesen, seinen Männern bereits nach den ersten internationalen Konfrontationen den Rücken zu stärken.

Gaukeln jedoch ist nie ein leichtes Geschäft, und ein Polizeichef, der von Politikern auf seinen Posten berufen wird, erkennt während seiner Amtszeit sehr schnell, daß man gerade dann sein Verhältnis zur Presse pflegen muß, wenn der Weizen blüht. Das war ja momentan der Fall, denn die Beziehungen des Departments zu den Medien war dank BARF so positiv, wie sie es seit der Jahrzehnte zurückliegenden Fernsehshow *Stahlnetz* nie mehr gewesen waren.

Es kam hinzu, daß Chief Kolender für Manny Lopez echte Bewunderung empfand. Er sagte häufig: »*Ich* bin noch nie so tapfer gewesen. Würden Sie in die Gegend gehen und das tun, was BARF tut? *Ich* würd's nicht.«

Ganz im Gegensatz dazu also, was die Detectives der Mordkommission privat dachten oder sagten, wurde das Gefecht, bei dem die mexikanischen Polizisten verwundet worden waren, vom Chief öffentlich und nichtöffentlich in Schutz genommen. Montags jedoch, vor der Pressekonferenz über diese internationale Schießerei, wurden die Barfer von einem Beamten der Presseabteilung gebeten, zunächst außerhalb des Central Headquarters zu warten, scheinbar wohl nur, um Chief Kolender, der ja unter dem Strich kein Revolverheld war und darum sicher nicht mit ihnen konkurrieren konnte, den großen Auftritt nicht zu vermasseln.

Die Barfer warteten dann in einer nahe gelegenen Copkneipe namens *Bernie's*. Nach wenigen Minuten erhielt Manny Lopez in dieser Kneipe einen Anruf. Deputy Chief Robert Burgreen meldete sich und sagte ihm, die Zeitungen seien quasi schon im Druck. Die Barfer würden sich in den allerneuesten Ausgaben wiederfinden.

Manny Lopez ging zu seinen Leuten zurück und schrie: »Alles *raus* hier! Geht zu *Anthony's Harborside* und besauft euch! Auf *meine* Rechnung!«

Dann hetzte Manny Lopez zum Central Headquarter, schlüpfte durch eine Seitentür und ging zum Büro von Deputy Chief Burgreen, wo er erfuhr: »Chief Kolender wird eine Anklageerhebung gegen Hernandez nicht befürworten.«

Darauf erwiderte Manny Lopez: »Na, *das* ist ja n Ding. Ich kündige.«

»Wollen Sie sich das nicht noch mal überlegen?« fragte der Deputy Chief.

»Es ist seinerzeit keine Anklage gegen den Einwanderungsbeamten erhoben worden, der mich fast erschossen hätte! Jetzt wird keine Anklage gegen den Cop erhoben, der einen von meinen Leuten angeschossen hat? Ich hätte ja nicht mal n IQ von unter hundert, wenn ich mir diese Scheiße noch länger bieten ließe.«

Dreißig Minuten später führte der Deputy Chief Manny Lopez in das Büro des Chiefs of Police und sagte: »Manny ist stocksauer.«

Der Chief of Police bearbeitete gerade einen juristischen Vorgang. Ohne aufzusehen sagte er: »Ach! Und über was ist er stocksauer?«

Manny Lopez erinnerte sich krampfhaft daran, daß er ja vor dem großen Boß persönlich stand. Er sagte: »Ich kann Ihnen sagen, Chief, über was ich stocksauer bin. Daß gegen Hernandez keine Anklage erhoben wird!«

»Ich weiß«, antwortete der Chief. »Die Mordkommission hält den Fall für ziemlich weich.«

Daraufhin verblüffte Manny Lopez sowohl die beiden Vorgesetzten als auch sich selbst, indem er mit der Faust auf den Tisch schlug und sagte: »Scheißmordkommission! Scheißquatsch! Die haben sich *meine* Darstellung nicht mal angehört! Ich kündige! Ich kündige!«

Der Chief sagte: »Meinen Sie, beim *Department?*«

Da wurde er erst mal ruhig, weil er beim Department ja eigentlich wirklich nicht kündigen wollte, sondern nur bei der BARF Squad. Dann fügte er hinzu: »Na ja, also *darüber* hab ich noch nicht nachgedacht.«

Urplötzlich sah er im Geist seine ganze Karriere zusammenbrechen, und das war mit Abstand die fürchterlichste Vorstellung, die er seit längerem gehabt hatte. Er brauchte wirklich Zeit zum Nachdenken, nachdem der Chief ihn mit seinem Bluff reingelegt hatte.

Noch etwas fiel ihm ein. »Diese Arschlöcher saufen ja auf meine Rechnung!« schrie Manny. »Ich muß zu meinen Jungs! Die sind bei *Anthony's!*«

Da sagte Deputy Chief Burgreen: »Was halten Sie davon, daß wir mitkommen? Ich könnte die Rechnung übernehmen.«

»Nein, die übernehme *ich*«, sagte der Chief of Police.

Als sie dann an diesem Nachmittag in *Anthony's Harborside* ankamen, hatte der Pressebeamte die Barfer schon ins Bild gesetzt, daß es gegen Chuey Hernandez wohl keine Anklage geben würde. Und weil Manny Lopez nie kleinlich war, besonders dann nicht, wenn ein anderer die Rechnung übernahm, griff er sich die nächstbeste Kellnerin und sagte: »Vier Flaschen Wein vom Besten für meine Jungs!«

Der Chief of Police überraschte sie dann alle, als er sich an die Barfer wandte und sagte: »Ich vertrau euch ja. Ich hab Manny schon gesagt, daß ich dem District Attorney sagen werde, daß er gegen den mexikanischen Beamten *doch* Anklage erheben soll.«

Manny Lopez war sich durchaus bewußt, daß er einen größeren Sieg errungen hatte. Er war an diesem Abend letztlich unheimlich betrunken. Nur eines verdarb ihm etwas die Freude an dem Abend. Es passierte, nachdem Deputy Chief Burgreen reichlich laut gesagt hatte: »Das, was mich an dieser Sache stört, ist die große Gefahr. Ich hab Angst, daß Manny da draußen umgelegt wird.«

Eddie Cervantes kriegte sofort Stielaugen und schrie: »Daß Manny umgelegt wird! Wieso bloß Manny?«

»Ist doch klar, daß ihr alle gemeint seid«, fügte der Deputy Chief hinzu. »Ich hab ja nur gemeint, daß Manny... also, daß Manny immer an vorderster Front ist. Das ist das, was ich sagen wollte.«

Später wollte Manny Lopez den finster dreinschauenden Eddie Cervantes beschwichtigen: »Du weißt doch genau, du Arschloch, daß die sich die Geschichten selber zurechtbasteln. Ich erzähl den Reportern *immer,* daß Eddie Cervantes dies und Ernie Salgado das gemacht hat. Ich schreib die Artikel schließlich nicht selber, du Arschloch. Ich schreib sie *tatsächlich* nicht selber!«

Als Manny sich am nächsten Morgen mit einem fürchterlichen Brummschädel rasierte, kam sein zehnjähriger Sohn zu ihm und sagte: »Hast du was Böses gemacht, Daddy? Im Fernsehen haben sie gerade gesagt, sie würden keine Anklage gegen den Mann erheben, den du angeschossen hast.«

»WAS HABEN SIE GESAGT?« schrie Manny, der sich um ein Haar die Kehle durchgeschnitten hätte.

Während er sich die Jacke anzog und mit seiner matschigen und kaputten Birne justament aus der Tür gehen wollte, sagte er zu seiner Frau: »Heute flieg ich endgültig raus. Mach's mal gut.«

Im Büro seines Chefs erlebte der BARF-Sergeant es dann zum

ersten und einzigen Male, daß William Kolender ziemlich unsicher war.

»Chief, Sie haben versprochen, daß Sie die Anklage durchdrükken wollten!« sagte Manny Lopez.

»Der Fall ist wirklich nicht sehr stark«, meinte Chief Kolender. Und dann kam er um den Tisch herum und legte den Arm um die Schultern des kleineren Mannes. »Manny, ich weiß wirklich nicht, *was* ich da tun kann.«

»Verdammt, Chief, ich kündige!« sagte Manny Lopez.

Da aber sagte Chief Kolender, der genau wußte, wie man mit legendären Revolverhelden und Macho-Cops umging: »Manny, wenn *Sie* kündigen, fliege *ich* raus.«

Sie hätte von Manny persönlich stammen können, diese reife Leistung: Wenn *Sie* kündigen, fliege *ich* raus. Die natürliche Folgerung war die, daß Manny Lopez schon eine so berühmte, legendäre und mythische Figur war, daß sein Schicksal unmittelbar mit dem des Polizeichefs verknüpft war. Und vielleicht auch mit dem des Bürgermeisters, wenn man den Gedanken zu Ende dachte. Und scheiß drauf, so fest saß Gouverneur Jerry Brown auch nicht im Sattel!

Es war ähnlich wie bei einer Diva, die sich zu singen weigert, bevor sie der Impresario nicht in die Arme schließt und sagt: »Aber, meine Göttliche, ich bin *erledigt,* wenn du nicht singst!«

Tief im Innern *weiß* sie ja, daß er Scheiße redet, aber es hört sich so phantastisch an, daß sie rausgeht und anschließend zumindest so viele Vorhänge kriegt, wie ein Bühnenarbeiter Leistenbrüche hat.

Im Moment überlegte der Chief: »Wie wär's, wenn wir diesen Hernandez dem Gericht zur Voruntersuchung übergäben? Würd Ihnen *das* genügen?«

Und Manny Lopez, mittlerweile längst eine Art Königsmacher und was nicht alles, sagte: »Na klar. Ob es dann ne Verhandlung gibt, ist mir schnuppe. Hauptsache, es findet ne Voruntersuchung statt, von wegen, daß wir keine Scheiße gebaut haben. Okay! Und eins noch, Chief, wie wär's denn, wenn Sie mal an nem Abend vorbeikämen und meinen Jungs sagen, was Sie von ihnen halten? Es wäre unheimlich *nett.*«

Einen Menschen gab es, der mit der BARF Squad zwar wie durch eine Nabelschnur verbunden war, von dem aber weder der Chief noch Deputy Chief Burgreen besonders viel hielten. Auch andere Bonzen hielten diesen BARF-Mann für absolut unwichtig. Dabei war er derjenige, der das Ganze ins Leben gerufen hatte – Lieutenant Dick Snider.

In einer Hinsicht erging es Dick Snider wie dem Baron Victor Frankenstein nach der Erschaffung seines Monsters: Keiner erinnerte sich noch, was er eigentlich *gewollt* hatte. Gleichwohl verhielt sich Dick Snider seiner Schöpfung gegenüber absolut loyal, wie man es bei ihm wohl auch kaum anders erwarten konnte. Ohne sonderlich große Seelenqualen akzeptierte er die offizielle Interpretation der internationalen Schießerei – das heißt also, die Interpretation von Manny Lopez. Obgleich man ihn offiziell seit langem von seinen Pflichten als BARF-Chef entbunden hatte, war er inoffiziell, als einer der Oberbeamten vom Dienst bei der Southern Division, immer noch der gute Onkel der Barfer. Manny war nahezu immer so höflich, ihn auf dem laufenden zu halten. Dick Snider honorierte die Höflichkeit dadurch, daß er BARF gegenüber eben jene totale Loyalität an den Tag legte, die ihn bei den hohen Tieren im Department reichlich unbeliebt machte.

Natürlich war diese Unbeliebtheit in den oberen Etagen des Departments wahrscheinlich schon entstanden, als dieser Dick Snider, mittlerweile vor vielen Monaten, durch seine hartnäckige Einmannkriecherei durch die Canyons das Experiment überhaupt erst richtig in Gang gebracht hatte. Wenn ein Deputy Chief oder Inspector beispielsweise gemeint hatte, die Barfer hätten sich gefälligst fünfzig Meter und mehr von der internationalen Grenzlinie fernzuhalten, pflegte Dick Snider sofort damit zu kontern, daß er sagte: »Wir haben eine eigene unsichtbare Linie, an der wir arbeiten. Wir wollen keine andere haben. Entweder laßt ihr uns da arbeiten, oder ihr löst uns auf.«

Deputy Chief Burgreen, den das Fußvolk »Bobby« nannte und der wie ein schon etwas vertrockneter und nicht mehr so ganz junger Cherub aussah, sprach für die gesamte Administration, als er sagte: »Lieutenant Snider hatte für die Notwendigkeit beispielsweise von Hausmitteilungen, Dienstwegen und Berichten zur Vorlage höheren Orts nie den richtigen Nerv. Er erledigte alles am liebsten mündlich und war insofern nie ein guter Verwaltungsbeamter, sondern der typische Cop für den Außendienst, der nie einsehen wollte, daß er in seiner Stellung auch Verwaltungsbeamter sein mußte. Er mag ein reizender Kerl und ein guter Cop für den Außendienst sein. Ein guter *Lieutenant* aber war er nie.«

Die Einstellung des Departments gegenüber dem BARF-Erfinder spitzte sich in den schwierigen Wochen nach der internationalen Schießerei bei einem Treffen zwischen dem großen Boß und einigen seiner direkten Untergebenen dramatisch zu. Dabei wurde ernsthaft darüber geredet, ob man BARF nicht doch besser auflösen solle.

Manny Lopez, Dick Snider und der Captain der Southern Division setzten sich natürlich dafür ein, das Experiment fortzusetzen. Es wurden Ideen wie beispielsweise die aus dem Ärmel geschüttelt, uniformierte Cops durch die Canyons patrouillieren zu lassen. Es wurden Vorschläge gemacht, Bundestruppen in den Bergen zu stationieren. Es wurden Überlegungen angestellt, ob die Stadt das Gebiet nicht irgendwie an die Bundesregierung abtreten könne, weil sich dann ja wohl Uncle Sam persönlich um alles kümmern müsse. Am Ende kam mehr und mehr Übereinstimmung darüber auf, daß das BARF-Experiment im Grunde zu gefährlich sei.

Manny Lopez demonstrierte wieder mal, wie er seine Augenbraue schlangenförmig hochziehen konnte, richtete seinen Finger wie eine Kanone auf die Anwesenden und redete auf seine äußerst hinterhältige Art, die den Chief of Police regelrecht entzückte, Fraktur mit ihnen, indem er sagte: »Wir sind durch die Bank *sicherer* als die Kollegen auf der Straße! Denn wenn die gerade n Verkehrssünder aufschreiben und irgendein Ganove kommt und sie umlegen will, sind sie gar nicht auf so was vorbereitet! Meine Jungs dagegen sind *immer* auf alles vorbereitet!«

Dick Snider legte an dieser Stelle seine ihm wie immer aus dem Mund baumelnde Zigarette weg und wollte in seiner gedehnten Countrysprache sagen, wie er darüber dachte. »Chief, ich meine, daß das, was Manny da sagt...«

»Lieutenant, wir *kennen* Ihre Einstellung«, unterbrach ein Deputy Chief eisig. »Ich rede mit Manny.«

Und das war's dann. Manny Lopez ging zu seinen Barfern zurück und erzählte bekümmert, daß Burl the Pearl jetzt leider nicht mehr so groß sei wie John Wayne. Man habe ihm die Beine am Knie abgesägt.

Manny meinte: »Sniders einnehmende Persönlichkeit... seine... *Nettigkeit* – also, daran hab *ich* bestimmt noch jede Menge zu knacken.«

Manny fügte noch einiges hinzu, als er abends nach Dienstschluß einen oder zwei Chivas Regal intus hatte: »Ich hab ein sehr gutes Verhältnis zu den Politikern. Ich hab ein sehr gutes Verhältnis zum Chief. Ich werde *überlaufen* von Presse und Fernsehen. Ich liebe Dick Snider, aber für BARF kann er jetzt nichts mehr tun.«

Manny Lopez bewunderte Dick Snider wegen einer Anzahl von Qualitäten, die er selbst nicht hatte, tatsächlich. Ganz privat sagte Manny: »Ich bin da mal von nem jungen Reporter interviewt worden, und dabei hab ich dann wohl gesagt, ich und meine Leute hätten n Don-Quichotte-Syndrom. Ist ja klar, daß er diesen blumigen Vergleich auch veröffentlicht, wie wir gegen Windmühlenflügel kämpfen. Na schön, kann ja sein, daß einiges davon stimmte, wenigstens was Dick Snider betraf. Menschen helfen, das war *sein* Motiv. Aber wenn ich ehrlich bin, hat BARF *mir* immer n ganz kolossales Gefühl gegeben. Daß ich nämlich da draußen buchstäblich *alles* machen konnte! Das war *mein* Motiv.«

Dick Snider hatte, wie Manny Lopez zutreffend sagte, weder die Stärke noch die Gewandtheit, die Sache in der Chefetage durchzufechten. Für Manny Lopez waren Diskussionen aller Art ein natürliches Ventil. Auf dem Gebiet war er wahrhaftig hervorragend. Dick Snider hatte kein solches Ventil. Und nun war es Dick Snider endgültig klar, daß sie ihn nicht mehr brauchten. Und nicht mehr *mochten*.

Soweit es Mannys Interessen betraf, ging die Konferenz damit zu Ende, daß der Chief of Police sämtliche Argumente mit den Worten vom Tisch fegte: »Ich glaube, die Herren verstehen gar nicht, was Manny meint. Manny meint, wenn er diese Squad nicht auf seine Weise führen kann, kann er sie gar nicht mehr führen.«

Das Experiment konnte fortgesetzt werden. Und Chief Kolender billigte es stillschweigend, daß Dick Snider die Beine am Knie abgesägt wurden.

Als der Stadtrat von San Diego eines Tages eine Entschließung verabschieden wollte, in der man den Barfern mit vielem Wenn und Aber für ihre Arbeit danken wollte, sollte der Chief of Police zugunsten seiner Leute eine Rede halten. Außerdem wurde auch Manny überraschend gebeten, einige Worte zu sagen. Manny schaltete sofort, stand auf und bedankte sich bei sämtlichen anwesenden Politikern *und* dem Chief of Police, daß sie seinen Männern diese einmalige Chance gegeben hatten, das zu leisten, was sie derzeit leisteten. Ihm wurde von allen Seiten im Stehen applaudiert.

Wenn der Chief Reden über die Grenzkriminalität hielt,

erklärte er regelmäßig, daß man die entsprechende Verantwortung endlich und unbedingt Washington auferlegen müsse, und insofern sprach er wie ein Republikaner über die Richtungslosigkeit in Jimmy Carters Politik. Wenn Manny dagegen redete, erschien es den Zuhörern, als ständen sie den Gangstern in der stockdunklen Nacht tatsächlich gegenüber und müßten ihnen mit dem Ziehen ihrer Waffen zuvorkommen. Es war leicht, sich vorzustellen, wen die Leute lieber hören wollten, Republikaner wie Demokraten.

Nie sagte Dick Snider auch nur ein einziges bitteres Wort darüber, daß er ab sofort von allen Entscheidungen über sein geistiges Produkt ferngehalten wurde. BARF gehörte jetzt nur noch Manny Lopez. Dick Snider beschwerte sich nicht mal dann, als seine Karriere, wie Deputy Chief Burgreen es formulierte, »ins Schleudern geraten« war.

So lange jedenfalls nicht, wie Manny Lopez und seine Leute Gangster festnahmen und Grenzgänger in den Canyons beschützten, in *seiner* Stadt, in *seinem* Land.

Manny umschrieb es so: »Dick Sniders Motive waren bis zum Schluß *sauber*. Er war der einzige von uns allen, dessen Motive immer sauber waren. Die Bonzen konnten das nicht nur nicht verzeihen, sondern nicht mal *glauben.*«

Hinsichtlich der Gefahren, in denen die Barfer ununterbrochen schwebten, sagte Dick Snider lediglich: »Wenn die Millionäre von La Jolla es dauernd mit Raub-, Notzucht- oder Morddrohungen zu tun hätten, würde man von uns im Zweifel sofort verlangen, daß wir unser *Leben* hergeben. Ganz selbstverständlich, ohne zu fragen.«

Während die Medien auf beiden Seiten der Grenze in den Wochen darauf buchstäblich Sperrfeuer schossen, löste Chief Kolender sein Wort ein und besuchte die Southern Division, um Mannys Leuten zu versichern, daß sie wirklich eine verdammt tapfere Bande von harten Jungs seien, eine verdammt gute Arbeit leisteten und immer mit seiner uneingeschränkten Unterstützung rechnen könnten.

Der Chief richtete seine Worte an die Barfer auf deren ureigenem Terrain, als sie gerade wieder mal zu ihrer Kriecherei durch die Canyons aufbrechen wollten. Nachdem er seine anfeuernde Rede beendet hatte, sagte er: »Die Anklage gegen den Polizeibeamten aus Tijuana wird nach der Voruntersuchung möglicherweise fallengelassen. Sie sollten besser darauf vorbereitet sein.«

Und da plötzlich platzte Ken Kelly, der sich heute besonders kriegerisch und aufgekratzt fühlte und sich deshalb ein Gemisch aus Pulverkaffee und Pulverschokolade über das ganze Gesicht geschmiert hatte, mit einer Frage heraus. Im übrigen hatte er sein langes Haar auch zu einem Knoten zusammengebunden und unter einer Mütze aus einem Strumpf versteckt, damit es in den Canyons nicht so sehr auffiel. Er sah damit aus wie ein einsamer GI, der sich mit Kokain beflügelt hatte, in einem Hollywoodfilm über Vietnam, eine Mischung aus einem Punkrocker und einem der berühmten indianischen Kopfjäger aus dem Urwald im östlichen Ecuador.

Ken Kelly, der immer noch unter den Folgen der Tatsache zu leiden hatte, daß er als einziger Cop von San Diego wegen der tätlichen Beleidigung eines Zivilisten angeklagt worden war, zwirbelte seinen Walroßschnurrbart und sagte: »Chief, wie ist es möglich, daß dieser Cop aus Tijuana einen Cop aus San Diego anschießen kann und trotzdem ungeschoren davonkommt? Während ich demnächst vor Gericht muß, bloß weil ich ein Arschloch ersten Grades mit ner Taschenlampe verprügelt habe? Wie ist so was möglich?«

Darauf wechselte der Chief of Police schnell das Thema und fragte: »Wer sind Sie?« Dann lachte er und fügte hinzu: »Vor allem sind Sie einer der *verdächtigsten* Leute, die ich je gesehen habe.«

Die Barfer hätten am liebsten vor Vergnügen gebrüllt, weil Ken Kelly *wirklich* echt bekloppt aussah. Es schmeichelte ihnen unheimlich, daß der Chief sie gestreichelt hatte, gleichgültig, ob die Anklage gegen Chuey Hernandez fallengelassen wurde oder nicht.

Der Chief beendete das Ganze, indem er über den Polizisten aus Tijuana sagte: »Er hat ja ganz schön bezahlen müssen, wie Sie wissen.«

Ein Punkt, den der Chief während dieser Zusammenkunft auch noch zur Sprache gebracht hatte, rief bei den Barfern die unterschiedlichsten Gefühle wach: »Ich möchte da auch noch hinsichtlich einer anderen Sache ehrlich sein. Es ist ein wahres Wunder, daß noch niemand getötet worden ist. Ich habe ständig eine schreckliche Angst, was euch Jungs betrifft. Ich hab mir die Entscheidung, das Experiment fortzusetzen, wirklich dreifach überlegt. Wenn jemals irgend jemand getötet werden sollte, also, ich sage Ihnen ganz ehrlich eines, ich gehe äußerst ungern zu Polizeibegräbnissen. Dann jedenfalls würde ich die Sache abblasen.«

Diese Aussage machte den Barfern eine Menge Kopfzerbrechen. Wenn einer von ihnen getötet wird, ist es aus mit BARF?

Warum blies man die Sache dann nicht gleich ab, nachdem man sowieso Wetten abschließen konnte, daß irgendwann was passieren würde? Da schien in der Tat einiges faul zu sein mit einer Philosophie, die hinter der Feststellung stand, daß ihr Job es zwar wert sei, sich über den Haufen schießen, aber nicht *erschießen* zu lassen.

Es hörte sich an wie eine Warnung. Sobald einer von ihnen starb, würden die übrigen neue Jobs kriegen. Stirb nie, wenn du deinen Job gern hast. Stirb schnell, wenn du ihn *nicht* besonders gern hast! Wahr und wahrhaftig, *das* Problem brachte ihre Gehirne förmlich zum Kochen. Die Art und Weise, in der sich ein Chief von vornherein selbst die Absolution erteilte, so, wie's jetzt aussah. Er hatte ja *gesagt,* er habe die Sache stoppen wollen. Er hatte sie gewarnt: Stirb nie, denn andernfalls bist du deinen Job los. Hieß das nicht mit anderen Worten, er würde sich die Hände in Unschuld waschen, wenn einer von ihnen umgelegt würde?

Mit einemmal sah der Chief of Police in ihren Augen haargenau aus wie Pontius Pilatus bei Hart Schaffner & Marx.

17. KAPITEL

Phantome

Die BARF Squad war für die Gangster ein Begriff geworden. Außerdem hatten sie die Ausplünderungen von Grenzgängern in den Straßen von San Ysidro nahezu ausschalten können. Den städtischen Halsabschneidern war der öffentliche Wirbel, den BARF verursachte, alles andere als recht. Zwar hatten die Schießereien sämtlich draußen in den Canyons stattgefunden, aber in San Ysidro hatte es das eine oder andere Mal auch ganz hübsch gebumst, so daß die Straßengangster sich inzwischen auf andere Methoden besonnen hatten, mal eben einen krummen Dollar zu machen.

Auch in den Canyons selbst, wo die echten Gangster ihr Gewerbe ausübten, war die Berühmtheit der Barfer nicht verborgen geblieben. Zwar dachten die Gangster nicht im Traum daran, nicht auch weiterhin Gangster zu bleiben, aber so recht wollte sich niemand von diesen durch die Canyons kriechenden Cops aus San Diego erschießen lassen, die verrückt genug waren, selbst die Beamten der Stadtpolizei von Tijuana umzupusten, wenn sie ihnen in die Quere kamen. So jedenfalls lauteten die Flüsterparolen, die ihnen durch die Aussagen illegaler Grenzgänger bekanntwurden.

Die echten Gangster wußten indessen, wie man überlebt. Sie fingen an, ihre Taktiken zu ändern, und plünderten die Grenzgänger direkt *vor* der Grenze aus. Das war zwar ziemlich riskant, weil die *judiciales* in der Regel sehr tückisch reagierten, wenn die Verbrechen auf mexikanischem Boden stattfanden. Noch aber ließen zumindest die Barfer sie in Ruhe, im Moment wenigstens. Die Überfälle ereigneten sich immer häufiger auf den allerletzten Metern vor dem Zaun, der an vielen Stellen kaputt war – das heißt, sofern an der jeweiligen Stelle überhaupt ein Zaun existierte. Und wo er nicht existierte, was in den meisten Gebieten der Fall war, die von BARF kontrolliert wurden, achteten die Gangster sorgsam auf Betonbauwerke oder andere von Menschenhand errichtete Markierungen, die die imaginäre Linie kennzeichneten.

Wenngleich es also grundsätzlich sehr gefährlich war, eine Straftat zu begehen, die in den Augen der *judiciales* als Verbrechen galt, beispielweise einen bewaffneten Raubüberfall auf mexikanischem Boden, hatten sich die Gangster dennoch zu der Ansicht durchgerungen, daß sie im Moment lieber den Zorn ihrer mexikanischen Gesetzeshüter als ein Zusammentreffen mit der BARF Squad riskieren wollten.

Auf diese Weise kamen die Barfer allmählich dahinter, daß sie wieder auf dem besten Wege waren, sich selbst um Arbeit und Brot zu bringen. Die Zahl der Festnahmen von Belang nahm nach der Schießerei mit den Polizisten aus Tijuana dramatisch ab. Und zum gegenwärtigen Zeitpunkt waren eine Reihe von Barfern insgeheim sehr dankbar, daß die Dinge momentan eine solche Wendung genommen hatten. Manny Lopez allerdings wurde nahezu wahnsinnig.

Die Schießerei mit Loco, der innerhalb von Tagen diese internationale Schießerei gefolgt war, wirkte auf Manny geradezu wie eine starke Droge und führte dazu, daß er sich letztlich noch mehr veränderte: »Ich hatte das Gefühl, daß ich da draußen *alles* machen konnte.«

Seine Betriebsamkeit wurde längst nicht mehr *nur* durch die große Publicity veranlaßt, die die anderen Barfer immer noch für seine einzige Motivation hielten. Manny Lopez wurde immer mehr von einer Reihe verlockender und überwältigender Gefühle heimgesucht, die im Verlauf der Geschichte schon manch einer vor ihm gekannt hatte: Alexander, Bonaparte, Hitler, Dustin Hoffman. Manny Lopez hatte langsam das Gefühl, allmächtig zu sein.

Da der Berg am Ende doch nicht zum Propheten ging, ging Manny nach *Süden.* Als er es später im Sommer eines Abends in ihrem winzig kleinen Squadroom betont sachlich ankündigte, erklärten mehrere Barfer, das sei ja wohl allenfalls mit der Ankündigung eines Jumbo-Captains zu vergleichen, als nächstes werde man aus dem Cockpit die Explosion einer Bombe hören. Oder damit, daß man plötzlich einen Anruf von Lana Banana kriegen würde: »Hör mal, Junge, ich krieg da immer diese kleinen offenen Stellen, und der Arzt meint, ich soll all meine Freunde anrufen und...«

Ähnlich also war *diese* Ankündigung. Die Leute wollten darüber reden, aber zuerst kriegte keiner den Mund auf. Die Leute wollten Manny Lopez eine Unmenge von Dingen sagen, warteten aber darauf, daß ein anderer den Anfang machte. Schon die Tatsache, daß jemand Cop war, setzte natürlich eine Menge *machismo* voraus. Und etwa siebenundachtzigmal soviel davon mußte man haben, um heutzutage Barfer sein zu können. Und selbst wenn man mexikanischer Abstammung war und insofern von Hause aus genügend *machismo* hatte, um sich sein Lebtag immer selber in Schwierigkeiten zu bringen, gab's gewisse Dinge, die man nicht tat. Nicht im Dienst, nicht für die Ehre, nicht für Gott weiß was alles. Und zu diesen Dingen, die man nicht tat, gehörte es auch, nach *Süden* zu gehen.

Manny stellte ihnen allen Ernstes die Frage, ob sie nicht einfach mal ein bißchen mogeln sollten, nachdem sie in diesen Tagen offensichtlich keine Gangster auf amerikanischem Boden zu fassen kriegten? Ob sie nicht einfach mal diese imaginäre Linie überschreiten oder dort, wo dieser gammelige Grenzzaun stand, kurz mal durch ein Loch schlüpfen sollten? Um auf der *südlichen* Seite zu operieren. Nur ein paar Schritte, na logo. Bloß, um die Oberarschlöcher von Gangstern, die einen mit ihrer neuen Taktik total frustrierten, mal ein bißchen zum Narren zu halten. Und sie sollten bloß mal überlegen, wie viele erstklassige Gangsterfestnahmen sie machen könnten, bevor die Räuber das spitzkriegen würden. Ein regulärer »Blitzkrieg«! Kapiert, ihr Arschlöcher?

Manny hatte sein bösestes Grinsen aufgesetzt, als er ihnen diesen Vorschlag machte. Sein wegen der Zahnlücken regelrecht kindisches Lächeln war eitel Freude, und die Augenbraue hatte sich hochgeschoben und bildete das berühmte Fragezeichen, als er sich offensichtlich schon lebhaft vorzustellen schien, wie sich da unten in dieser Wüste, die der Republik Mexiko gehörte, der eine oder andere Räuber vor lauter Schreck in die Hosen schiß.

Die Idee hatte so viele Haken, daß alle wie vom Donner gerührt waren. Sicher nicht der kleinste Haken war der, daß sie unlängst aus zuverlässigen Quellen erfahren hatten, ein paar *judiciales* und die Polizei von Tijuana hätten ausgesprochene Rachegelüste. Es gab sogar Gerüchte, mexikanische Gesetzeshüter hätten ein paar Pesos gesammelt und ein Versprechen abgegeben. Daß das Geld unabhängig von Ansehen und Person jedem gehören würde, der Vollzugsmeldung erstatten könnte. *Bringt uns den Kopf von Manny Lopez!* Beziehungsweise, als logische Folgerung, die Köpfe seiner Leute.

Derartige Gerüchte schwirrten wirklich haufenweise durch die Gegend. Aber auch völlig unabhängig davon, ob das Gerücht über die in bezug auf Manny ausgesetzten Kopfprämien stimmte oder nicht, konnten sie sich schließlich an fünf Fingern abzählen, wie es ihnen nach allem, was sie Chuey Hernandez und Pedro Espindola angetan hatten, ergehen würde, falls sie von ihren Kollegen aus Tijuana auf mexikanischer Seite erwischt werden würden...

Als die Einsatzbesprechung, auf der weder ein Wort gesagt noch auch nur ein Piepser laut geworden war, an diesem Abend zu Ende ging und alle aussahen, als ob ihnen die Vampire das Blut aus den Adern gesaugt hätten, machte Ken Kelly eine Bemerkung, die wahrhaftig niemand komisch fand. Er meinte, sie sollten sich ab sofort vielleicht doch besser Zyankalikapseln in die Zähne stecken.

Während der Wochen, in denen sie dann südlich der imaginären Linie operierten und vor den Gesetzeshütern aus Tijuana mehr Angst hatten als vor sämtlichen Gangstern, die nach Mord rochen, fingen sie an, untereinander und mit ihren Frauen und besten Freunden zu reden. Natürlich immer bloß dann, wenn sie den Kanal richtig voll hatten, weil ein hartgesottener *macho*-Revolverheld nicht über solche Dinge redet, solange er nüchtern ist. Jedenfalls fingen sie etwa in dieser Zeit an, über *Angst* zu reden.

Alle Diskussionen über Angst führten zwangsläufig zu einer Diskussion über Manny Lopez. Nicht etwa darüber, daß mittlerweile alle Angst vor ihm hatten; es wäre nach wie vor *absolut* gegen die ungeschriebenen *machismo*-Gesetze gewesen, dies auch nur zu erwähnen, obgleich das Gefühl praktisch bei allen vorhanden war, ausgenommen höchstens Big Ugly. Das wiederum kam dadurch, daß Joe Vasquez Manny Lopez viel zu sehr respektierte, bewunderte und wohl sogar liebte, als daß er ihn so wie die anderen hätte fürchten können.

Big Ugly drückte es so aus: »Vielleicht sind wir da draußen tatsächlich untergebuttert worden, aber die Sache ist ja doch die, daß ich immer wußte, daß Manny uns nichts abverlangen würde, was er sich nicht selber zumuten würde. Und außerdem wußte man ja, daß er, ganz egal, was es war, immer in der Lage gewesen wäre, es besser zu machen als einer von uns. Die Sache ist einfach die, daß Manny eine geborene Führerpersönlichkeit war. Ich hab ihn nie so gehaßt wie ein paar von den anderen Jungs.«

Fred Gil sagte: »Manny gab einem dieses Gefühl, daß man in jedem Fall darauf achten sollte, ihn weder zum Feind noch zum Freund zu haben.«

Ernie Salgado meinte: »Ich hab ne Menge Sergeants und Lieutenants kennengelernt, als ich in Vietnam war. Ich hab sie kommen und gehen und sterben sehen. Aber ich hab nie so einen wie ihn erlebt. Wenn ich da Vergleiche anstellen müßte, könnt ich vielleicht am ehesten sagen, daß ich ihm gegenüber ähnliche Gefühle hatte wie bei meinem Ausbilder in der ersten Zeit beim Marinecorps.« Wie er das meinte, konnte man sich leicht vorstellen.

Die Outsider wie Robbie Hurt und Ken Kelly, die sich dem Gesetz des *machismo* nicht so verpflichtet fühlten, äußerten sich direkter.

»Wir hatten eine *Scheißangst* vor ihm. Wenigstens zeitweise«, erklärte Robbie Hurt. »Was Manny *selber* unter Angst verstand, war bestimmt nicht das Gefühl, das ich Angst genannt hätte.«

Unter dem Strich half's ihnen am Ende gar nichts mehr, zu wissen, daß Manny ihnen nie was abverlangen würde, was er nicht selbst machen würde. Das *war* ja das Schlimme. Sie wußten, daß er's selbst machen würde, wenn er was von ihnen verlangte! Manny war Familienvater und hatte hübsche, nette Kinder, aber auch der letzte Barfer kam über kurz oder lang unausweichlich zu der Erkenntnis, daß Manny Angst als Selbsterhaltungstrieb *überhaupt* nicht kannte. Und *die* Erkenntnis war das Allerschlimmste.

»Es war ungefähr die Angst, die man vor Irren hat«, sagte Ken Kelly über ihre Angst vor Manny Lopez. »Vor unberechenbaren, gefährlichen, *glücklichen* Irren.«

Manny war quasi allgegenwärtig: Ist er bloß ein Pünktchen am Horizont, oder fällt er einem gleich auf den Kopf wie ein Safe aus dem zehnten Stock?

»Ich wußte, daß sie Angst vor mir hatten«, soll Manny Lopez gesagt haben. »Das mußte so sein. Wir machten schließlich keine *normale* Polizeiarbeit.«

Normale Polizeiarbeit? Nicht mal annähernd. Als Eddie Cervantes aus seinem Urlaub in Fresno zurückkam, wo er sich die umfangreichen Berichte über die internationale Schießerei im Fernsehen angeguckt hatte, war er selbst am meisten erstaunt, daß er hinsichtlich dieser von den Medien bislang am meisten hochgejubelten Ballerei keine Bohne verärgert war. Er meinte, er müsse doch eigentlich neidisch sein, weil er nicht dabei gewesen war. Er meinte, er müsse sich im Grunde ausgeschlossen vorkommen, wenn die anderen darüber redeten, weil genaugenommen immer er derjenige gewesen war, der am meisten darüber gemeckert hatte, daß Manny die Schlagzeilen regelmäßig allein mit Beschlag belegte.

Komischerweise jedoch war er alles andere als neidisch. Er wurde das Gefühl nicht los, im Grunde sei es ein Wunder, daß an diesem Abend keiner von ihnen getötet worden war. Und wenn er mit seinen fünfzehn Pfund plus, die er sich in seiner Zeit als Barfer angesoffen hatte, dabei gewesen wäre, hätte er sicherlich sehr leicht einer der mehr als vierzig Polizeikugeln in die Quere kommen können, die durchs Gelände gezischt waren, ohne zum Glück zuviel Schaden anzurichten. Vielleicht wäre er derjenige gewesen, den es an dem Abend da draußen erwischt hätte.

Er mußte überhaupt oft an Kugeln, die keinen Schaden angerichtet hatten, an blitzende Messer, die die Schlagader eines Menschen nur knapp verfehlt hatten, und an andere Dinge denken, die einen verrückt machten. Genau wie Eddie konnten auch alle anderen bloß höhnisch lachen, wenn ein Reporter, der die Baseballendrunde kommentierte, wieder mal auf das unvermeidliche Klischee zurückgriff: »Baseball ist ein Spiel, bei dem es um Zentimeter geht.« *Die* hatten's weiß Gott nötig, einen solchen Scheiß über ein Spiel zu reden, bei dem es um *Zentimeter* geht.

Eddie Cervantes mit seinen traurigen, stets nach unten gerichteten Augen und seinem Tex-Mex-Singsang hatte immer genug *machismo* und Wut im Bauch, um sich mit Manny Lopez anlegen zu können, und er tat's denn auch ununterbrochen. Über jede winzige Kleinigkeit. Er benutzte dauernd das Wort *okay,* und das hörte sich dann so an: »Okay, Manny, es macht mir nichts aus, daß ich alles verkehrt mache, okay, und weil ich der Kleinste bin, meckert da draußen in diesen Bergen sowieso jeder an mir rum, okay, und ich mein, ich mach ja da draußen auch ne Menge Scheiße, okay, aber n Sinn hat das nie, was wir da draußen machen, okay, weil's nämlich gar keinen Sinn hat, für den Quatsch zu *sterben,* denn das weiß ja sowieso keiner zu würdigen. Okay?«

Darauf pflegte Manny Lopez ihn zu fragen: »Was soll das? Biste bescheuert?«

»So, glaubste?« sagte Eddie Cervantes, der sich immer mehr in seinen Zorn hineinsteigerte. »Okay, bloß, weil du Sergeant bist, hab ich's ja wohl noch lange nicht nötig, diese Scheiße okay zu finden. Du bist in meinen Augen ein echtes Arschloch. Okay?«

»Wie du meinst, aber für mich biste n echter Arschficker, wenn du deine Arbeit nicht anständig machst«, antwortete Manny Lopez.

»Also schön, wenn du meinen Arsch mal ausprobieren willst, kannste's ja versuchen«, sagte Eddie Cervantes.

Und spätestens dann gingen alle dazwischen und machten der Sache ein Ende, denn wenn sich tatsächlich mal jemand hinreißen lassen würde, Manny zu verprügeln, wär's ungefähr dasselbe, als wenn er den Papst verprügeln oder so was Ähnliches tun würde, und dann hätte wahrscheinlich auf der Stelle ihr letztes Stündlein geschlagen.

Manny pflegte dann noch zu sagen: »Wenn einer n schwuler Lutscher oder n Arschficker ist, kann er gerne hierbleiben! Ich geh jedenfalls raus und mach ne richtige Nummer! Außerdem weiß ich ja, daß die Eier von Eddie Cervantes bestimmt so dick sind wie der Arsch von Carlos Chacon, und darum geht Eddie bestimmt direkt *neben* mir!«

Und daraufhin senkte Eddie Cervantes seine stets nach unten gerichteten Augen noch tiefer und sagte: »Okay, gehn wir raus und machen ne richtige Nummer. Okay.«

»Du verdammter *Widder.*« Manny Lopez grinste, als er letztlich seinen Arm um den kleinsten Barfer legte, weil Eddie am 4. April und Manny am 3. April geboren worden war, allerdings zwei Jahre früher. »Ich hab's doch *gewußt,* daß du nicht in n Sack haust.«

Und so zogen sie dann los, einmal mehr in eine wunderschöne Nacht südlich der imaginären Linie. Eines Abends, als die Zweitbesetzung einen solchen Fischzug unternahm, hörten sie einen unheimlichen Schrei aus ein paar Hütten auf einem Hügel in Colonia Libertad. Es hörte sich an, als käme dieser Schrei von La Llorona, einer weinenden Frau aus einer alten mexikanischen Legende, die nachts durch die Lande streift und ihre Kinder sucht. Unter Umständen, überlegten sie, konnte ja auch Chano B. Gomez junior derjenige gewesen sein, der vom oberen Fußballfeld herab geschrien hatte.

Es war eine geisterhafte Stimme, und sie blieben wie angewurzelt stehen. Dann verklang der unheimliche Schrei. Angst wehte und klapperte durch den Canyon wie dürre Mesquitesträucher. Man hörte nur noch ganz entfernt Stimmen in der Dunkelheit: Männer, Frauen, Babys, Hunde.

Dann eine Stimme wie ein Messer, das sich durch Eingeweide

wühlt. Alle zuckten zusammen und duckten sich. Alle sahen automatisch nach Süden, als ob dort gleich der Schatten des Todes auftauchen würde. Wessen Stimme war das? Die eines Gangsters, eines *judicial?*

Also, wer war's? Und wie konnte der Eigentümer der Stimme wissen, daß es sich bei diesen Schatten, die hier südlich der Linie herumgeisterten, um Polizisten aus San Diego handelte? Es war unmöglich!

Aber die Stimme hatte geschrien: »Sergeant Loooo-pez! Sind Sie das?«

Renee Camacho konnte sein Gefühl der Angst nicht mehr loswerden. Dagegen war kein Kraut gewachsen. Er verbrachte mehr und mehr Zeit damit, sich mit seinem Vater Herbert Camacho zu unterhalten. Der Friseur sagte seinem einzigen Sohn immer viel Tröstliches, und Renee erzählte seinem Vater, daß er sich von der zwanghaften Vorstellung, auf Gangster schießen zu müssen, *bevor* sie eine Chance hätten, ihre Waffe zu ziehen, nicht freimachen könne.

»Ich hab das Gefühl, ich müßte es so machen, und stell mir dauernd vor, was passieren könnte«, gestand Renee. »Ich bin in der Hinsicht auch von Snider enttäuscht. Vielleicht sollte er doch einfach mal eingreifen und die Leute turnusmäßig aus den Bergen rausnehmen, oder vielleicht sollte wenigstens mal einer unsere gefühlsmäßige Verfassung unter die Lupe nehmen. Ich glaub, n paar von den Jungs werden allmählich ganz schön verrückt.«

Dick Snider war der Prototyp eines Weißen, den Herbert Camacho bewunderte, einer von denen, die Spanisch sprachen und wußten, was man unter Kultur verstand, ein *gefühlvoller* Mann, wie der Friseur sagte. Er wußte noch genau, wie er dem BARF-Lieutenant gesagt hatte: »Paß bloß auf meinen Jungen auf. Paß vor allem *jetzt* auf ihn auf!«

Aber Dick Snider war im Laufe der Zeit mehr und mehr kaltgestellt worden, und Renee Camacho erzählte seinem Vater, die Sache sei völlig hoffnungslos. Er hatte jede Menge Gespräche mit seinem Vater.

Die anderen Barfer merkten, wie der früher so unbekümmerte junge Renee sich immer mehr veränderte. Genau wie die meisten von ihnen schien er sich von den anderen Cops in der Southern Substation immer mehr abzusondern und war sogar ausgesprochen unfreundlich. Barfer redeten im Umkleideraum kaum je ein Wort mit den anderen. Oft genug schienen sie's nicht mal zu hören, wenn einer grüßte. Die anderen Cops glaubten, sie würden sich in ihrem Elitebewußtsein und ihrem Ruhm förmlich suhlen. Sie kannten die Wahrheit nicht.

Die Barfer hatten mittlerweile Angst vor den unwahrscheinlichsten Dingen: daß die Gangster sich auf die Lauer gelegt hatten, um die Cops aus San Diego, die ihnen das Geschäft so vermasselt hatten, ein für allemal aus ihren Canyons zu verscheuchen. Sie gerieten jedesmal in Panik, wenn ein Eselhase durchs Unterholz huschte. Aus einem Coyoten, der sich klammheimlich wegschlich, wurde ein Mann, der nur darauf lauerte, sie zu *ermorden.* Die schattenhaften Umrisse von verkrüppelten Eichen rannten vor ihnen weg. Vor einem ächzenden Baum blieb ihnen oft fast das Herz stehen. Sie steckten ihre Waffen inzwischen überhaupt nicht mehr weg. Ihre Waffen kriegten Rostflecke von schwitzenden Handflächen und schmerzhaft zusammengepreßten Fingern.

Manchmal hörten sie mehrere Gewehrfeuersalven gleich jenseits der Grenze. Eines Abends hörten sie, wie eine *automatische* Waffe abgefeuert wurde, und Manny wollte bloß mal eben rüberbummeln und gucken, was los war. Bevor sie auch nur die halbe Strecke gegangen waren, hatten sie ihn, Mann für Mann, dusselig gequatscht und überzeugt, daß es besser wäre, NICHT hinzugehen!

Und was war mit Ticks? Es gab Barfer, die allmählich nervös mit den Augen zwinkerten, stotterten, Kopfschmerzen hatten, Verdauungsstörungen kriegten, unter andauernden Rückenschmerzen litten. Ken Kelly sagte, die Gegend sei so erholsam wie die Schweiz.

Der Druck zu Hause wurde für nahezu alle immer unerträglicher. »Schießerei an der Grenze. Filmbericht um elf!« Die TV-Nachrichtensprecher hatten es einfach zu oft gesagt, und außerdem fühlten sich die Frauen immer einsamer. Sharlynn Camacho hatte sich von Renee hundertmal versprechen lassen, daß er, wenn das Baby erst mal da sei...

Seine Gedanken kreisten pausenlos um dieses Baby. Was würde es sein, ein Junge oder ein Mädchen? Würde es mexikanisch aussehen oder weiß wie die Mutter? Würde es groß oder klein sein? Und am Ende natürlich die Frage, ob er sein Baby je *sehen* würde?

Und eines schönen Abends nahm Manny Lopez Renee Camacho zur Seite und meinte, als ob er Gedanken lesen könne:

»Renee, du bist einer von den wenigen Jungs, auf die ich mich *echt* verlassen kann. Ich weiß genau, daß *du* mich nie im Stich lassen würdest.«

Die Gespräche, die sie untereinander führten, kreisten nur noch um ein einziges Thema: *Kündigen.* Sie redeten so gut wie gar nicht mehr über Groupies, Saufereien nach Feierabend, Erinnerungsalben oder darüber, daß Manny immer die Schlagzeilen für sich mit Beschlag belegte. Sie redeten über das *Überleben.* Und auf die Dauer redeten sie sogar beim Appell darüber, in Gegenwart ihres Sergeants.

Eddie Cervantes sprach's irgendwann mal aus. »Wahrscheinlich haste ja schon gehört, Manny, daß ich ne Chance angeboten gekriegt hab, okay, ich könnte zum Ausbildungssonderkommando gehen. Okay?«

»Warum sagste nicht gleich, was los ist?« antwortete Manny Lopez mit hochgezogener Augenbraue.

»Hä?«

»Ausbildungssonderkommando, Herr des Himmels. Du hast doch bloß Schiß.«

»Ich? Schiß?«

»Ja, du.«

»Wenn ich Schiß hätte, wär ich längst abgehauen.«

»Laß dir doch mal von Ralph Nader die Eier überprüfen! Biste n Arschficker, oder biste keiner? Hau doch ab, hau doch in n Sack!«

»Okay, wirste ja sehen, ob ich n Arschficker bin oder ob ich keiner bin!«

»Da haste bloß eine Chance, wennste irgendwem was beweisen willst«, sagte Manny Lopez trocken. »Daß du rausgehst und ne anständige *Nummer* machst.«

»Okay, Arschloch«, sagte Eddie Cervantes. »Weißte was? Ich hau nicht n Sack, okay? Ich bleibe!«

»Ich glaub, daß dir da deine Alte Flausen in den Kopf oder sonst wohin gesetzt hat«, grinste Manny Lopez. »Ich geb heute abend n Bier aus!«

Und als er dann vier Stunden später hinter einem Felspfeiler kauerte, hinter dem es nach Schweiß, Angst, Verwesung und menschlichen Exkrementen roch, hatte Eddie Cervantes nur noch einen Gedanken: Ich werde getötet. Heute abend ist es soweit. Und seine sämtlichen Freunde würden hinterher sagen, er sei ja ganz schön blöd gewesen. Weil es *nie* einem um diese

Grenze gegangen sei. Weil er bloß für Mannys Ruhm und Ehre gestorben sei.

Ernie Salgado sagte seine Meinung zu dem verbotenen Thema sogar noch direkter. »Einer muß es dir wohl mal sagen«, meinte der Veteran aus Vietnam eines Abends zu Manny Lopez. »Ich hab Angst. Ich hab vor allem Angst, wenn ich so verrückte Sachen machen muß wie nach Süden zu gehen.«

»Na klar. Und deine Frau ist schwanger«, sagte Manny Lopez angewidert.

»Du weißt, daß sie's ist«, sagte Ernie. »Und du weißt, daß sie Fehlgeburten hatte und ...«

»Eeeeeer-niiiiiee, komm mal her!« äffte Manny Lopez wieder mal die ihm offensichtlich unvergessen gebliebene Szene nach, als Susan Salgado ihren Ernie auf einer Party zu sich gerufen hatte.

»Ich wollte bloß sagen«, fuhr Ernie Salgado fort, »daß ich *nicht* kündige. Aber daß ich *echt* Angst hab wegen der Art, wie wir's jetzt machen.«

»Okay, du hast Angst«, seufzte Manny Lopez. »Ich hab's immer gewußt, seit du damals nicht geschossen hast.«

Die meisten wurden damals ziemlich fett und kriegten vom Saufen ziemliche Speckrollen. Manche wurden jede Nacht zur Säuferstunde schweißgebadet und mit Herzstolpern wach. Ein paar berichteten von Alpträumen, in denen es zunächst schauerlich qualmte und dann neblig und dunstig verschleiert wurde, bevor sie aufwachten.

Einmal, als sie im Deadman's Canyon an einer düsteren Mauer aus Büschen entlanggingen, wurden drei Waffen aus den Holstern gerissen, weil sie plötzlich das Rauschen und Flattern von Flügeln hörten. Eine Taube flatterte davon wie die Seelen dieser jungen Männer. Einer von ihnen gab zu, er habe ernsthaft gedacht, sein Herz würde ein für allemal stehenbleiben. Triebwerkstillstand bei null Metern über dem Meeresspiegel.

Fred Gil stellte sich seit kurzem eine Frage, auf die es allem Anschein nach keine einfache oder auch nur logische Antwort gab. Im Grunde war es die komplexeste, schwierigste und beunruhigendste Frage seines Lebens: Warum bin ich bloß nicht Klempner geworden?

Und eines Tages war es dann soweit, daß mehr oder weniger alle Barfer im privaten Kreis durchblicken ließen, daß demjenigen, der einfach reinkommen und die Klamotten hinschmeißen würde, der Rest sofort folgen würde. Der alte Fred Gil jedoch zog dann – gestützt auf die Tatsache, daß er der Älteste und einer derjenigen war, die es schon mal erwischt hatte – die logischen Konsequenzen. Er ging einfach zu Manny rein und sagte »Verflixt« und »Scheibenkleister« und tat's. Er kündigte und machte wieder Streifendienst.

Aber nicht einer folgte ihm. Noch nicht.

»Ich fühlte mich ziemlich mies, nachdem ich gekündigt hatte«, sagte Fred Gil. »Sie ließen mich ziemlich links liegen. Die anderen hatten nicht gekündigt. Und als ich dann die eine oder andere Geschichte las, die sie erlebt hatten, fühlte ich mich echt mies und meinte, ich hätte sie einfach nicht sitzenlassen dürfen. Ich war ganz schön sauer auf mich selber wegen der Kündigung.«

Der alte Fred Gil – siebenunddreißig Jahre alt, Judochampion, Vietnamveteran, Überlebender von BARF mit einer Kugel in der Hüfte – war der Überzeugung, er habe letztendlich bloß bewiesen, daß der Mann recht gehabt hatte. Der Mann, sein Vater, der ihn gar nicht aufgezogen hatte. Er hatte *gekniffen.* Der alte Fred Gil fragte sich, ob er nicht immer noch ein Muttersöhnchen war.

Renee Camacho war an dem Abend, an dem er einen der Gangster aus Locos Bande angeschossen hatte, gar nicht erst nach Hause gekommen. Er rief Sharlynn an und sagte: »Ich kann noch nicht nach Hause kommen.«

Sie sagte: »Renee, komm doch nach Hause und laß uns drüber reden.«

»Ich kann's noch nicht«, sagte er. »Ich kann wirklich noch nicht nach Hause kommen.«

Sie sagte, sie könne es verstehen. Sie sagte, er möge kommen, wenn er soweit sei.

»Sie war eine phantastische Frau«, sagte er. »Eine phantastische Copfrau.«

Renee Camacho fuhr zu einem Freund und Kollegen, der in El Cajon wohnte, aber auch da fand er keine befriedigenden Antworten auf die Fragen, die er stellte, als er und der Freund am Küchentisch saßen und den ganzen Abend noch mal Revue passieren ließen.

Renee Camacho meinte zu seinem Freund: »Mir war echt zumute, als wenn *ich* umgelegt worden wäre. Und erstens hatte ich deshalb Angst, und zweitens hatte ich einen mit dem Schrotgewehr angeschossen und wußte nicht, ob er tot war, und dabei fühlte ich mich sogar noch *gut*. Und... und das ist *nicht* gut! Das ist das Allerschlimmste an der Sache. Und nachdem ich ihn angeschossen hatte, war er weg vom Fenster, und ich lief hin und holte meinen Achtunddreißiger raus und wollte ihn finden und ihm noch n paar mehr verpassen und ihn endgültig umbringen, und jetzt bin ich wütend und hab schreckliche Schuldgefühle deswegen und...«

Der Freund war bei den Green Berets in Vietnam gewesen und versuchte, Renee klarzumachen, daß die Wut und die Schuldgefühle normal seien. Aber mit den weiteren Fragen wurde auch er nicht so leicht fertig.

Renee sagte: »Aber mach ich denn da überhaupt was Vernünftiges? Lohnt sich das alles? Ist dieser ganze Job, den wir da machen, überhaupt was Gutes? Bin ich da auf einem Macho-Trip, oder was eigentlich? Sollt ich nicht einfach wieder als ganz normaler Cop arbeiten und sicher sein, daß ich was Vernünftiges mach? Ist es das eigentlich wert? Warum bin ich überhaupt da draußen und mach so was?«

Renee Camacho *sehnte* sich buchstäblich nach Gewissensbissen, aber er hatte keine. Seine Wut und die Vorstellung, daß er dem Mann, den er angeschossen hatte, seine kurzläufige Kanone ins Gesicht rammte und fünfmal abdrückte, standen ihm dabei im Weg.

Und dann stellte sich der Mann mit dem Knabentenor die allerschwierigste Frage: Bin ich im Begriff, einiges über mich selbst zu erfahren, was ich besser nicht erfahren würde? Wer bin ich *wirklich?*

An einem solchen Tag, an dem sowieso alles aus dem Lot war und er sich wie eine Schallplatte fühlte, die mit verkehrter Geschwindigkeit abläuft, erschien einer seine Exfreunde vom Streifendienst in der Substation und sagte: »War ne Mordsarbeit mit dem Strolch, den du gestern abend angeschleppt hast. Ich glaub, der brauchte ne Transfusion, so haste den zusammengeschlagen. Ich hab mich echt gefragt, ob ich da nicht ne Anzeige machen müßte, aber ich stell mir vor, ihr Glückspilze von BARF braucht euch ja sowieso nicht um die Vorschriften zu kümmern, oder?«

Eines Tages sah Herbert Camacho seinen von Selbstzweifeln

zerrissenen Jungen, der ihn wieder mal in seinem Friseurladen besuchte, besorgt an und sagte: »Du solltest diesen Job bloß machen, wenn du an die Sache glaubst, Renee. Du hast vielen Leuten geholfen, denen es sonst dreckig gegangen wäre. Aber entweder mußt du an das glauben, was du machst, oder die Sache beenden.«

Renee Camacho liebte diesen Mann, der wahrscheinlich schon sehr bald tot sein würde. Renee erklärte seiner Frau: »Vater glaubt, daß ich mutig bin. Ich muß also für meinen Vater mutig *bleiben.*«

Er blieb bei BARF. Und an einem wunderschönen Abend schon gegen Ende des Sommers, als sie sich tatsächlich mal auf der richtigen Seite der imaginären Linie befanden, versuchte eine Gruppe von drei mit Messern und Knüppeln ausgerüsteten Gangstern die Zweitbesetzung zu überfallen, und dann war die übliche Festnahme bereits im Gange, und dann rannte Renee, ohne auch nur einen Augenblick nachzudenken, mit einemmal hinter einem der Räuber her. Er rannte in seiner blinden Wut auf den *Grenzzaun* zu.

Es schien kein Mond. Sie stürzten beide hin. Der Gangster erreichte zwar das Loch im Zaun, schlüpfte jedoch, anders als die Gangster sonst, nicht gleich durch. Er war mit seiner Hose im Stacheldraht hängengeblieben. Renee kroch unmittelbar vor ihm durch. Der Mann trat nach ihm und schlug um sich und kratzte und biß wie ein tollwütiger Coyote. Natürlich stank der Mann nach Tod.

Renee Camacho schrie: »*Barf Barf Barf Barf,* VERDAMMT!« und schlug nach dem Gangster und verfehlte ihn und wurde geschlagen, und dann zog er die Kanone, und der Gangster schlug ihm seine Kanone, die daraufhin zwischen die Felsen polterte, aus der Hand, und jetzt war auch Renee wütend wie ein Coyote und schlug den kleineren Mann, dessen Kraft doch allmählich nachließ, mit beiden Fäusten ins Gesicht. Und plötzlich hielt ein Wagen auf der dreckigen Straße, und die beiden Männer im Nahkampf wurden von Scheinwerfern angestrahlt. Renee schaute auf und sah rote und blaue Lichter.

Und mit einemmal erkannte er, wo er war: mindestens dreißig Meter *südlich* der imaginären Linie. Zwei Wagentüren wurden zugeschlagen, und Renee riß den Gangster hoch und kriegte ihn in den Schwitzkasten, und der Räuber fing an zu keuchen und nach Luft zu schnappen.

Gerade in dem Moment sagte einer der beiden Polizisten aus Tijuana: »Lassen Sie ihn *los!*«

»Ich bin Polizeibeamter aus San Diego!« schrie Renee Camacho. »Er hat gerade versucht, mich zu überfallen! Er ist mein Gefangener!«

Der größere der beiden sagte: »Lassen Sie ihn *los*. Er wird von uns mitgenommen, als *unser* Gefangener. Sie befinden sich auf mexikanischem Boden.«

Aber Renee ging langsam rückwärts in Richtung Zaun, wobei er den Gangster, den er nach wie vor im Schwitzkasten hatte, gewaltsam mit sich zerrte.

Die Cops aus Tijuana warfen sich einen Blick zu und rückten langsam vor, und diesmal gab es keinen Zweifel, auf wessen Territorium sie waren.

Renee benutzte den Gangster als Schutzschild und sagte mit einem Mund, der so trocken war wie der Tijuana River, andauernd nur: »Hören Sie zu, ich bin Polizist aus San Diego! Hören Sie zu, ich bin Polizist! Das müßte Ihnen doch klar sein. Das *muß* Ihnen klar sein!«

Selbstverständlich war es den Polizisten aus Tijuana klar, und es war ihnen auch klar, daß es diesem Polizisten klargewesen sein mußte, daß es sich bei Chuey Hernandez und Pedro Espindola ebenfalls um Polizisten gehandelt hatte, als unter anderem er sie durchlöchert hatte. Es war ihnen buchstäblich alles klar. Und sie kamen immer näher und warfen sich erneut einen Blick zu.

Für Renee sah das bereits ganz nach einem dieser Spielchen mit Limonade oder stacheligen Stöcken aus, mit denen man im allgemeinen das Rindvieh zur Räson brachte, in dem Fall aber wahrscheinlich seine Eier kitzeln würde. Die beiden Cops sahen echt danach aus, als ob sie einem ganz schön auf die Hühneraugen treten könnten. Auf spanische Art. Und so wich Renee äußerst vorsichtig weiter zurück, in Richtung Amerika. Richtung *Heimat.*

Im nächsten Moment hörte Renee Geklapper am Zaun und dachte, er sei umzingelt. Er hörte leise Schritte hinter seinem Rücken! Aber dann schrie Manny: »Haut ab und holt eure Vorgesetzten, wenn ihr Probleme habt! Dieser Mann ist unser Gefangener, und *wir* nehmen ihn mit!«

Renee Camacho guckte die verdammten Cops an. Und dann Manny. Und hob seine Waffe auf. Und guckte noch mal zu Manny rüber. Und noch mal zu den beiden Cops, die offensichtlich über den Fall nachdachten.

Und er rechnete fest damit, jeden Moment die schrecklichsten Worte zu hören, die die menschliche Sprache kennt: »*Sabes qué?*«

Manny flüsterte ihm auf englisch zu: »Wenn sie ziehen, leg sie *um!*«

Die Tijuana-Cops zogen nicht. Sie blieben ohne ein Wort zu sagen vor dem Grenzzaun stehen und schauten zu, wie die beiden Barfer ihren Gefangenen durch das Loch rüber nach Amerika zerrten und mehrfach auf ihn einprügelten, weil er nicht parieren wollte.

Renee Camacho war klatschnaß vom Kopf bis zum Hintern. Sie hatten wieder mal ein Spiel gewonnen. Ein Spiel, in dem es um Zentimeter ging. Aber die Gewinnchancen in diesem Wahnsinnsspiel wurden bestimmt nicht besser. Und weiß der Teufel, was passieren würde, wenn es Manny plötzlich unbewußt in den Kopf käme, das Gebet eines Spielers zu sprechen, der anders nicht mehr aufhören zu können glaubt: Lieber Gott, laß mich... *verlieren*. Sie würden alle *mit* ihm verlieren!

Manny Lopez erzählte ihnen die Geschichte, daß er selber auch mal Angst gehabt hatte. Er sagte ohne ersichtlichen Anlaß, er sei eines Abends nach mehreren freien Tagen und dazu mit einer nagelneuen kugelsicheren Weste und sogar noch üppiger bewaffnet als sonst durch einen Canyon gegangen und habe plötzlich gesehen, wie vor ihm eine große Gruppe von Grenzgängern aufgestanden sei, als ob sie aus der Erde selbst gekommen wäre. Manny sagte, die Gruppe habe aus mindestens fünfzig oder sogar noch mehr Leuten bestanden, und die Menschen seien mit einemmal einfach *dagewesen* und seien ihm auch noch entgegengekommen.

Manny sagte, urplötzlich hätten seine Knie zu zittern begonnen. Er habe wie die Grenzgänger zwei Hosen angehabt, und die Beine hätten ihm so gezittert und seien so wacklig gewesen und hätten einzuknicken gedroht, daß er stehenbleiben und zu Boden gucken mußte, weil er bange war, Tony Puente und Eddie Cervantes könnten was merken. Er sagte, er habe gedacht, er werde wegen dieser zitternden, eingeknickten und wackligen Beine verrückt werden. Er sagte, daß seine Beine erst wieder stabil geworden seien und er in der Lage gewesen sei weiterzumarschieren, nachdem die Grenzgänger schweigend vorbeigestapft waren. Er sagte, ihm sei noch nie so miserabel zumute gewesen, und er könne sich nicht vorstellen, wie das passieren konnte. Er habe ihnen die Geschichte erzählt, um zu illustrieren, daß sie sicherlich nicht jeden Abend Angst haben müßten, bloß weil sie mal an einem bestimmten Abend Angst gehabt hätten.

Ken Kelly sagte privat, die Geschichte illustriere lediglich, daß Manny Lopez gelegentlich auch mal einen lichten Moment habe. Er war inzwischen felsenfest davon überzeugt, daß der BARF-Sergeant geisteskrank war. Kurz darauf jedoch sagte Manny Lopez prinzipiell dasselbe über Ken Kelly, nämlich, daß sie bloß mal darauf achten müßten, welche Ausfälle Ken Kelly oft habe, um Bescheid zu wissen.

Das Ergebnis von Mannys Geschichte war, daß kein einziger Barfer sie glaubte. Deshalb nicht glaubte, weil er sich nicht vorstellen konnte, sein Anführer sei jemals zu diesem Gefühl des Entsetzens und der Angst, im nächsten Moment ermordet zu werden, fähig gewesen, von dem sie alle ständig mit der Wucht einer mittleren Explosion überfallen wurden. Dieser Unglaube wiederum trug mehr als alles andere dazu bei, ihre Angst noch zu vergrößern. Ihre Angst vor *ihm.*

Renee Camacho sagte: »Der Mann hatte irgendwas an sich. Du warst automatisch überzeugt, daß er dich todsicher irgendwie *kriegen* würde, wenn du ihm in die Quere kommen würdest. Vielleicht nicht jetzt, vielleicht erst später. Er war ein geborener Einschüchterer. Manny, der Einschüchterer. Du hast dir dauernd über die Schulter geguckt und dich gefragt: Was hat der Bursche *nun* schon wieder im Sinn?«

Es war einfach für Manny, mit seinem Protegé Joe Castillo klarzukommen, selbst nachdem der junge Cop aus Ernüchterung über Mannys Methoden keine Goldkettchen und auffälligen Ringe und Diskoklamotten mehr trug. Als Joe Castillo in einer ihrer Kneipen mal ein paar zuviel intus hatte und drohte, er werde kündigen, sagte Manny lediglich: »Okay, das kannste haben. Ab morgen machste wieder Streifendienst.«

Für ein halbes Dutzend Ohren in dieser Kneipe wären solche Worte vielleicht Musik gewesen, aber für Joe Castillo brach krachend die Welt zusammen. Der junge Cop fragte: »Wie willst du mich denn so schnell ersetzen?«

»Kümmer dich nicht drum«, sagte Manny. »Ne Menge Burschen sind ganz scharf auf BARF.«

»Aber ich bin von Anfang an dabei!« brüllte Joe Castillo, und dann mischten sich mehrere andere betrunkene Stimmen ein und sagten: »He, Manny, bist du denn *überhaupt* nicht loyal zu deinen Leuten?« Oder: »Du kannst Joe doch nicht einfach fallenlassen!« Und so weiter.

Ganze fünf Minuten später war Joe Castillo unermeßlich erleichtert, daß er nach wie vor bei BARF war, und Manny hatte beide Arme um Joe und Renee gelegt und sagte: »Ich *liebe* euch Jungs!«

Und Ken Kelly sagte: »Ich frag mich, welche Backgroundmusik zu dieser Love Story passen würde?«

Als sie am nächsten Abend wieder in die Canyons marschierten und sich kaum vorstellen konnten, daß sie von Manny wieder mal aufs Kreuz gelegt worden waren, hätte unter Umständen ein entsprechendes Musikstück aus *Schneewittchen und die sieben Zwerge* dazu gepaßt.

Etwa in der Zeit waren die Barfer auch verrückt genug, jemanden zu kidnappen, und eines schönen Nachmittags, als die Sonne noch ziemlich hoch stand, taten sie es. Sie ruhten sich auf dem Berg direkt oberhalb des Deadman's Canyons aus und warteten auf den Sonnenuntergang, und außer Manny war keiner scharf darauf, daß der bald eintrat. Dann trotteten mit einemmal zwei kleine Bengel über die Anhöhe. Der eine von ihnen war ungefähr fünf, und der andere mochte ein Jahr älter sein. Sie hatten ein dreckiges, unansehnliches kleines Gerippe von Köter bei sich.

Der Sechsjährige war ein *huero* mit heller Haut und großen grauen Augen, und er schlenderte zu der Gruppe der sich auf der Erde herumwälzenden Pollos und sagte: »Wo wollt ihr Burschen denn hin?«

»Los Angeles«, sagte Manny Lopez.

»Braucht ihr einen Führer?« wollte er wissen, worauf sämtliche Barfer die Augen verdrehten und sich anstießen und ihr Gekicher unterdrückten, und Manny sagte: »Nee, nee, brauchen wir nicht.«

Und dann antwortete der Junge: »Wir könnten euch nach San Ysidro bringen.«

Daraufhin wären die Barfer fast an ihrem unterdrückten Gelächter erstickt, und Manny fragte: »Wieviel?«

Und der kleine Junge sagte: »Zehn Cent!« Das war zweifellos der Preis, auf den sich diese kleinen Gauner vorher geeinigt hatten. Und sobald sie die zehn Cent in der Hand gehabt hätten, wären sie wahrscheinlich sofort abgehauen und mit ihrer dreckigen Töle haste was kannste nach Colonia Libertad zurückgerannt.

Also stand Manny auf und schlenderte mal rüber und schaute sich die barfüßigen Vagabunden mit ihrem verfilzten Haar, ihren Klamotten, die wahrscheinlich noch nie gewaschen worden waren, und ihrem *bestimmt* noch nie gewaschenen Hündchen sehr von oben herab an, und dann steckte er die Hand sehr langsam in seine Jacke, kriegte das gute Stück im Schulterholster zu fassen, drehte sich zu den Barfern um, hatte die Braue da bereits zum Fragezeichen gekräuselt und sagte mit einem bösen kleinen Grinsen: »*Sabes qué?*«

Und dann zerplatzten sie förmlich. Alle brüllten wie wild durcheinander, schnieften, gackerten und johlten im Chor, und die Kinder waren stinksauer über diese blödsinnige Bande von Pollos, die sie bloß auslachten, nachdem sie ihnen ein so seriöses Geschäft angeboten hatten, und der Ältere sagte überaus indigniert zu Manny: »He, *cabron,* siehste da meinen Partner? Das ist ein ganz harter Bursche. Gib uns mal lieber die zehn Cent!«

Und Manny sagte: »Seht mal verdammt rasch zu, daß ihr die Kurve kratzt!«

Das taten die Babygangster dann auch unverzüglich. Sie sahen verdammt rasch zu, daß sie die Kurve kratzten. Sie gingen allerdings nur etwa zehn Schritte zurück, um mit ihren mageren Ärmchen eben noch in Reichweite zu bleiben, und dann hoben sie mit ihren verdreckten Fingerchen einen Haufen Steine auf, und als nächstes sahen die Barfer, daß sie alle Anstalten machten, die Steine in ihre Richtung zu werfen. Ohne weitere Vorrede.

Und als nächstes merkten die Barfer, daß ihnen die Steine *tatsächlich* um die Ohren flogen!

Und Manny Lopez fing an zu schreien: »Hey, ihr kleinen Ärsche, das ist gar nicht mehr komisch! Feierabend!«

Aber die Babygangster machten trotzdem weiter. Bing! Bing! Bing! Steine prallten von ihren Schultern und ihren Knien ab. Die kleinen Drecksäcke waren unheimlich zielgenau. Deshalb ging Manny fluchend zu dem dreckigen Köter, der immer noch da saß, mit dem vor Dreck starrenden Schwanz wackelte und der ganzen Aktion so interessiert zuguckte, daß er nicht früh genug wegrennen konnte, als Manny nach ihm grabschte.

»Feierabend, ihr Arschlöcher!« rief Manny. »Oder euer Hund wird gekidnappt!«

Die kleinen Strolche waren jedoch nicht zu stoppen. Manny kriegte seine Antwort: Bing! Ein Stein kam durch die Luft gesegelt und streifte Mannys schon ziemlich kahle Birne, und er brüllte: »*Das* reicht!«

Und obgleich die winzigen Gangster fürchterlich jammerten und weinten, marschierte Manny, das winselnde kleine Drecksbündel im Arm, seinen Barfern voran schnurstracks zum Reserveteam zurück.

Einer der Babygangster schrie ihm nach: »Gib uns den Hund wieder, du Schwein!«, und Manny schrie zurück: »Das wird euch ne Lehre sein, von wegen, hilflose Pollos zu bescheißen, ihr kleinen Arschlöcher!«

Im Grunde war's ja doch nur Dognapping gewesen. Eddie Cervantes nahm den Köter mit nach Hause und nannte ihn »Migra«, zu Ehren aller Border Cops. Aber ein Happy-End gab's anscheinend für kaum eine Kreatur, die aus diesen Canyons kam. Der kleine Köter konnte sich an die vielen Bäder und das Flohpulver und das nahrhafte Futter einfach nicht gewöhnen. Er ließ den Kopf hängen und mochte Amerika offensichtlich gar nicht besonders leiden. Eines Tages haute er ab. In Richtung Süden. Resozialisierung war eben doch nicht so leicht zu bewerkstelligen, wie manche Leute glaubten.

Dann tauchte eines Tages im Deadman's Canyon eine Rotte von Gangstern auf, vor dem Ensemble ebenso wie vor der Zweitbesetzung. Sie ließen aus unerfindlichen Gründen die kleineren Männer des Ensembles links liegen. Sie gingen an Eddie Cervantes und Tony Puente und Manny Lopez vorbei, wandten sich an Carlos Chacon und Ernie Salgado, die größeren Männer, und versuchten es dort mit einem Messer. Natürlich wurden sofort alle Barfer aktiv, schlugen die Räuber zusammen, warfen sie zu Boden und entwaffneten und fesselten sie. Plötzlich jedoch strömten weitere Strolche aus den Hütten am Hang und schleuderten schwere Felsbrocken auf die Barfer weiter unten, während die Gangster ihren Genossen ununterbrochen »*socios!* Hilfe!« zubrüllten.

Daraufhin passierte eine seltsame Sache. Eine weitere größere Gruppe von Menschen kam aus den Hütten. Keine Gangster, keine Junkies, keine Schmuggler. Einfach nur die armen Leute von Colonia Libertad. Und sie brüllten die Strolche an, mit dem Steinewerfen aufzuhören. Tatsächlich machten sie alle Anstalten, gegen die Strolche massiv handgreiflich zu werden, und das Steinewerfen hörte tatsächlich auf.

Und nun passierte eine *sehr* seltsame Sache. Die Menschenmenge, die armen Leute aus dem Grenzgebiet, brüllten den Barfern was zu. Sie brüllten ihnen zu: »Legt sie um! Sperrt sie ein! Jagt sie ein für allemal weg! Und dafür werden wir euch immer *danken!*«

Sie wußten, wer und was die Barfer waren, ganz offensichtlich. Es war verblüffend. Dann fingen sie an in die Hände zu klatschen. Sie fingen an zu applaudieren! Es passierten eine Menge verrückte Dinge in diesen Canyons, aber das hier war in den Augen der geplagten Cops mit Abstand eines der verrücktesten. In diesem seltsamsten aller Amphitheater, in dem die Barfer und die Gangster auf der Talsohle des Deadman's Canyons auf der Bühne standen und die Leute von Mexiko ihnen von den Abhängen herunter zuschauten, wurde ihnen *applaudiert.*

Aber dann mußte natürlich Tony Puente, ein Zyniker wie die meisten Cops, die Sache abwerten, indem er sagte: »Vielleicht freut sich da nur ne rivalisierende Gangsterfamilie, daß wir ihr die Konkurrenz vom Halse geschafft haben.«

Gelegentlich sahen die Barfer Dinge, die es gar nicht gab. An einem Abend beispielsweise schrie Ernie Salgado allen anderen zu, auf einen flüchtenden Gangster zu achten, der sich angeblich in einem Busch versteckt hatte. Alle kesselten den Busch ein. Es war gar kein Gangster drin. Es war wie an dem Abend, an dem Carlos Chacon eine Kanone gesehen hatte, die nicht existierte. Immer wieder sieht man nachts schattenhafte Phantome in den Canyons. Wer nicht ganz scharf hinguckt, sieht auch tagsüber manchmal ein Phantom.

Du willst dir beispielsweise bloß mal eben ein Karameleis aus einem Thirty-one-Flavors-Laden holen und besorgst dir eine Nummer aus dem Ticketautomaten, weil da eine lange Schlange vor der Eiskremtheke steht, und dann fällt dir ganz plötzlich ein, daß du dich schon in zwei Stunden zum Appell melden mußt und anschließend gleich diese hübsche kleine Verabredung mit deinen Mördern in den Canyons hast. Und dann spricht dich der Junge an, der die Nummern aufruft, die dran sind, und du hörst es nicht, und deshalb spricht er dich noch mal an: »Ihre *Nummer* ist dran!«

Und ohne jeden Grund schnappst du mit einemmal nach Luft, und der kalte Schweiß bricht dir aus, obgleich der Junge dich ja bloß gefragt hat: »Was wolln Sie denn haben? Heiße Creme? Erdbeereis?«

Oder wie wär's mal mit einer doppelten Bleiportion? Wie wär's, wennse sich Ihren Hals mal ein bißchen mit kaltem Stahl abkühlen? Aus dem Jungen am Schalter wird plötzlich der schielende Totenkopf eines Gangsters. Und du kannst sein verwesendes Fleisch riechen. Du verläßt den Laden ohne dein Karameleis. *Zitternd.*

Du denkst langsam wirklich, du bist verrückt, aber sobald du bloß mal versuchst, mit Manny darüber zu reden, beschimpft er dich sofort als Schwulen und sagt: »Zum Teufel, Jimmy Carter hat sogar mal n Killerkaninchen gesehen, und *er* ist immerhin der verdammte Präsident.«

In der näheren Umgebung fast aller amerikanischen Städte gibt es eine Gegend wie hierzulande National City, gar nicht weit vom Zentrum San Diegos entfernt. Nasty City, wie die Einwohner sagen. In dieser Gegend fühlt sich jemand, der in klarer Erkenntnis der amerikanischen Schwäche paranoid geworden ist, sofort erheblich ruhiger. Jemand, der jederzeit ernsthaft damit rechnet, daß die kubanische Coast Guard plötzlich auf die Idee kommen könnte, das ganze Gebiet südlich von Illinois zu erobern.

In National City hingegen paßt man schon auf, daß ein solcher Ernstfall nicht eintritt, und um sich in dieser Hinsicht klarzuwerden, braucht man bloß mal ins nächstbeste Straßencafé zu gehen, wo ausschließlich Leute sitzen, die offenkundig ein Eisenkinn haben und Willie Nelson und Johnny Cash erstaunlich ähnlich sehen. Jemand, der lebensmüde ist, braucht gar nicht erst so was schrecklich Blödes zu tun wie jene Leute, die sich in luftiger Höhe immer noch von den großen Buchstaben U und S auf das A fallen lassen. Er muß nur beiläufig auf den alten Schnack zu sprechen kommen, in San Diego gäb's ja bloß Feiglinge.

Wenn man heute hört, was Meinungsmacher und Trendsetter in den Medienzentren von New York, Washington oder Hollywood alles von sich geben, muß man im Grunde ganz schnell ganz verrückt im Kopf werden, weil man den Eindruck gewinnt, daß Amerika grauenhaft schlapp geworden ist. Man muß dann allerdings nur mal in die nähere Umgebung der großen Stadt fahren, um zu sehen, daß noch längst nicht alles so endgültig verschwunden ist wie die Schmutzfänger und Trittbretter an den Automobilen von anno dazumal.

Ray Wood war Anwalt in National City, ein junger Bursche mit lückenhaften Zähnen, der andauernd rumhing wie ein nasser Sack und immer aussah wie nach einer Pokerpartie in der *Elk's Lodge,* die die ganze Nacht gedauert hatte. Er sah aus wie einer, der die Geldschächte aller Münztelefone daraufhin überprüfte, ob nicht jemand was vergessen hatte, und *automatisch* unter jedes Sofakissen guckte.

Ray Wood gehörte nicht zu jenen prominenten Anwälten, die von vornherein allen Cops mißtrauten, nicht zu diesen Leuten in Anzügen mit Weste, die dauernd nachsehen, ob nicht zufällig ihr Hosenstall offensteht. Ray Wood guckte nie nach, und der Hosenstall war nie offen. Er latschte nach einem harten Tag bei Gericht in sein Büro und warf seine Jacke auf den Fußboden.

In seinem Büro sah es aus wie in einer der vorfabrizierten Nissenhütten in Tijuana, in denen man sich bei einer mexikanischen Gesellschaft vor den üblichen Sauftouren nach Ensenada versichern lassen konnte. An der Wand hing der Spruch GOTT SCHÜTZE DIE IREN. Die Cops meinten, daß so einer ehrlich sein müsse, und sie vertrauten ihm.

Eines Nachmittags, nachdem Manny Lopez seinen Jungs befohlen hatte, *nach Süden* zu gehen, wurde Ray Wood in seinem Büro von drei Männern erwartet. Es war für einen Anwalt grundsätzlich äußerst ungewöhnlich, in einer Angelegenheit wie der, um die es hier ging, drei kerngesunde junge Burschen zu beraten, die – in dieser Reihenfolge – vierundzwanzig, achtundzwanzig und neunundzwanzig Jahre alt waren. Sie starrten ihren Anwalt düster an, und er erkannte sofort, daß dieser vorher vereinbarte Termin etwa so erfreulich verlaufen würde wie eine Untersuchung auf Tripper.

Bei den drei jungen Leuten handelte es sich um Joe Castillo, Eddie Cervantes und Renee Camacho, einen Jugendfreund des Anwalts. Sie prüften das Dokument, das der Anwalt ihnen vorlegte, äußerst gewissenhaft.

Das Dokument begann mit den folgenden Worten: *Ich, geistig gesund, Einwohner von San Diego, Kalifornien, erkläre hiermit testamentarisch meinen Letzten Willen.*

18. KAPITEL

Barf

Dick Snider spielte immerhin noch am Rande mit. Er war immer noch Oberbeamter vom Dienst bei der Southern Division und galt immer noch als der Pate der BARF Squad. Manchmal trank er ein Bier mit den Jungs, und wenn sie dann ein Gläschen oder zwei intus hatten, ließ der eine oder andere von ihnen leicht auch schon mal eine Andeutung fallen, Manny würde ihnen Dinge abverlangen, die das Department ganz sicherlich nicht billigen würde.

Aber Ken Kelly sah die Sache so: »Lieutenant Snider meinte in solchen Fällen, er würde mit Manny sprechen. Im Grunde allerdings wollte er gar nichts Schlechtes über Manny hören. Er wußte, daß die BARF Squad ohne ihn nie das geworden wäre, was sie inzwischen war, nämlich die größte Publicitymaschine des Departments und der einzige Schutz, den die Grenzgänger hatten. Und vielleicht war Manny eine andere Seite von Burl Sniders Seele? Vielleicht war Burl Snider das Über-Ich und Manny das Es? Vielleicht.«

Ken Kelly gebrauchte häufig psychiatrische Begriffe. Wahrscheinlich kannte er sie aus erster Hand. Er hatte offenkundig immer mehr Ausfälle.

»Ich hatte das Gefühl, als ob alles kaum noch Sinn hätte«, sagte Ken Kelly später. »Robbie ging's genauso, wenn wir da stundenlang im Gestrüpp hockten und zuhörten, wie die Kaninchen und Coyoten und Skunks und Klapperschlangen um uns rumkrochen. Manchmal tauchten aus dem Nichts irgendwelche Leute auf und erschreckten uns zu Tode. Und sie guckten uns an, als ob wir besoffene Lumpensammler wären, und schienen sich zu fragen, ob wir vielleicht auf den nächsten Skorpionstich oder so was warteten.

Wenn wir irgendwo Gewehrschüsse hörten, wurden wir sofort

ballaballa, weil wir nie wußten, was los war. Uns sagte doch nie einer Dankeschön, wenn wir Angst gehabt hatten. Genaugenommen fühlten wir uns total nutzlos. N Wunder ist es nicht, daß der arme Robbie Alkoholiker wurde.«

Und was wurde aus Ken Kelly mit seiner Frustration, dabei zu sein und doch nicht dabei zu sein? Die beiden jungen Männer, ein Schwarzer, ein Weißer, die wegen ihrer Hautfarbe nie dabei sein konnten, waren *zwei* Ladungen Nitroglyzerin, wie er selber sagte.

Zu dieser Zeit hatte ein Beamter aus dem Büro des District Attorneys gerade eine kleine Unterhaltung mit dem Leiter der Mordkommission bei den *judiciales* gehabt. Man hatte vermutet, daß die *judiciales* eine eigene Untersuchung über die Schießerei mit den Cops aus Tijuana durchführten. Und der Leiter der mexikanischen Mordkommission hatte dem Mann aus dem Büro des District Attorneys klipp und klar bestätigt, falls die mexikanischen Justizbehörden aufgrund der Untersuchungsergebnisse die Ausstellung von Haftbefehlen gegen Manny Lopez und seine Leute für gerechtfertigt halten sollten, würden die *judiciales* sicherlich alles daran setzen, diese Haftbefehle auch zu vollstrecken.

Natürlich war sich der mexikanische Gesetzeshüter durchaus im klaren darüber, daß er nicht einfach ins San Diego Police Department gehen, Manny und seinen Jungs Handschellen anlegen und sie zur Gerichtsverhandlung mit nach Mexiko nehmen konnte. Aber die Angelegenheit konnte jederzeit gefährliche Konsequenzen haben. Die *judiciales* waren derzeit verstärkt darum bemüht, auf der mexikanischen Seite der Grenze die Raubkriminalität einzudämmen, wie der Leiter der Mordkommission mitgeteilt hatte. Und es war jederzeit möglich, daß ihnen bei einer derartigen Gelegenheit die BARF Squad über den Weg laufen konnte.

Als der Beamte des District Attorneys gefragt hatte, ob es die *judiciales* ernsthaft in Erwägung ziehen würden, die Grenze zu überqueren und die Barfer in den Canyons zu kidnappen, hatte ihm der Leiter der Mordkommission schlicht und ergreifend geantwortet, sie würden von Fall zu Fall alles tun, was *nötig* sei.

Die BARF Squad wurde zwar über diese Entwicklung ins Bild gesetzt, aber es änderte sich nichts. Manny Lopez ließ seine Leute weiterhin auch südlich der Grenze operieren. Das Ganze führte zu manchen Sticheleien, die *judiciales* würden Manny an den Fersen aufhängen wie Mussolini oder dergleichen, aber so recht von Herzen lachte darüber niemand. Und immer mehr Barfer überlegten sich, ob sie nicht besser ihr Testament machen sollten.

»Im Grunde ist mir unser Job nicht spannend genug«, meinte Ken Kelly beim Appell zu Manny Lopez. »Weshalb melken wir in der Lunchpause nicht mal n paar Klapperschlangen oder holen den Taranteln einen runter?«

Eines Abends marschierten die Barfer durch den Drainagekanal in der Nähe der Monument Road und der Dairy Mart Road, nicht weit von der Stelle entfernt, wo sie Chuey Hernandez und seinen Kollegen niedergeschossen hatten. Der Kanal kreuzt ja die Grenze, und in der Regenzeit strömt das Wasser, das er nicht verkraftet, auf eine Weide bei Stewart's Barn, wo die illegalen Einwanderer bei ihren nächtlichen Grenzüberquerungen häufig Rast machen.

Ken Kelly und Robbie Hurt fragten sich nervös, wo genau in diesem Abwasserkanal die Barfer momentan waren. Es war durchaus möglich, daß sich die Kollegen auf der *falschen* Seite der Linie befanden, weil der Zaun die tatsächliche Grenzlinie nur verdammt schlecht markierte. Außerdem spielten ein paar Zentimeter sicher keine Rolle, falls hier einige *judiciales* herumstreichen und im Schutz der Dunkelheit plötzlich angreifen würden, weil sie sich sagen mußten, daß echte Pollos kaum so lange am Grenzzaun herumlungern würden, eine Sache, die schon Chuey Hernandez an dem Abend aufgefallen war, an dem *er* nachgeguckt hatte.

Ausgerechnet in dem Moment kam buchstäblich aus dem Nichts ein Hubschrauber der Border Patrol angedonnert und entdeckte, daß sich die Barfer in dem Kanal versteckt hatten. Die Mühle blieb über ihnen in der Luft stehen und strahlte sie mit einem Scheinwerfer an. Der Pilot gab ihnen über Megaphon spanische Kommandos. Er gab dieser kleinen Gruppe falscher Pollos den strikten Befehl, ihre Ärsche schleunigst wieder nach Mexiko zu verfügen.

Manny Lopez jedoch befahl seinen Jungs, sitzen zu bleiben und versuchte vergeblich, über sein tragbares Funkgerät, das da draußen außerhalb seiner Reichweite nie funktionierte, mit irgend jemandem Kontakt aufzunehmen. Letztendlich wurden die beiden Border-Patrol-Leute in ihrem Hubschrauber deutlich ein bißchen gereizt, mehr noch als seinerzeit die Polizisten aus Tijuana, weil diese Pollogruppe weder wegrannte noch gehorchte. Diese Burschen blieben einfach sitzen, was außerordentlich seltsam war.

Inzwischen waren Ken Kelly und Robbie Hurt nahezu verrückt geworden, weil wegen des Lärms, den der Border-Patrol-Hubschrauber machte, schon die Autos auf dem mexikanischen Highway anhielten und sie sich fragen mußten, was wohl passieren würde, wenn unter den Autos zufällig ein Polizeiwagen aus Tijuana sein sollte?

Nachdem sich Ken Kelly und Robbie Hurt ebenfalls ohne jeden Erfolg verzweifelt Mühe gegeben hatten, über Funk durchzukommen, wurde dem Border-Patrol-Piloten die Sache anscheinend zu dumm, und deshalb stellte er die *Sirene* an und ging etwas tiefer.

Ken Kelly war den Tränen nahe und schrie Sachen in das Gerät, die die Funkzentrale nie gutgeheißen hätte, und während er immer noch auf Antwort wartete, sah er mit einemmal, daß der Pilot noch blödsinniger reagierte als Chuey Hernandez an dem Abend, an dem er niedergeschossen worden war. Er ging im *Sturzflug* runter!

Ken Kelly hielt den Atem an, weil er sicher war, daß sich der Hubschrauber im nächsten Moment unmittelbar über den Barfern in einen Feuerball verwandeln würde, aber dieser Pilot war sowohl ein Profi als auch ein *guter* Profi. Im übrigen war er nicht nur gut, sondern auch *bescheuert.* Er fing den Sturzflug unmittelbar über dem Erdboden ab und entfesselte einen Wirbelsturm aus Sand und Gebüsch und durch die Luft fliegenden Taranteln, und die Barfer lagen bloß noch auf dem Bauch und versuchten verzweifelt, ihre Augen und Gesichter und Waffen und Eier und was sonst nicht noch alles zu schützen, und Ken Kelly brüllte ohne jede Hoffnung ins Funkgerät: »Die rasieren uns gleich die Schwänze!«

Gerade jetzt wurden die Türen eines auf dem Highway haltenden Wagens zugeschlagen, und Ken Kelly sah Phantome und glaubte hundertprozentig, daß es die *judiciales* waren. Mit Maschinenpistolen!

Gott sei Dank waren nicht mal die Barfer so bekloppt, einen Hubschrauber der Border Patrol abzuschießen, und entweder kam der Pilot doch noch dahinter, wer diese verrückten Pollos wirklich waren, oder er bekam Order zu verschwinden. Er haute ganz plötzlich ab.

Ken Kelly sagte: »Ich war absolut sicher, daß unsere Jungs auf der Stelle exekutiert worden wären, wenn die Leute da auf dem Highway *judiciales* gewesen wären. Die hätten bloß behauptet, sie hätten nicht gewußt, wen sie vor sich hatten, genau wie in *Mission Impossible.*«

Sobald sie das dann hinter sich gebracht hatten, erklärten

Mannys Truppen ihrem Anführer, daß es jetzt doch wohl höchste Zeit, ja sogar *allerhöchste* Zeit sei, sich mal wieder um den »geheimnisvollen Einbrecher in den südlichen Wohnvierteln« zu kümmern.

In irgendeiner Gegend gab es immer irgendwelche Einbruchsserien, und damit sie hin und wieder mal aus den Canyons herauskamen, schrieben sie gelegentlich in ihre täglichen Tätigkeitsberichte, sie würden an einem solchen Fall arbeiten, nur um dann in die nächstbesten zivilen Wagen zu springen und auf schnellstem Weg in ein Schnellrestaurant beziehungsweise, an einem Abend wie diesem, auf den einen oder anderen Drink direkt ins *Anchor Inn* zu fahren. Niemand trank Bier an diesem Abend; was sie dringender brauchten, waren harte Tequilas mit allem Drum und Dran.

Renee Camacho war totenbleich, und Tony Puente fluchte ununterbrochen. Manny Lopez, der auf der Substation zu tun hatte, war die Zielscheibe jeder Obszönität, die jemals in englischer oder spanischer Sprache erfunden worden war. Sie waren sich einig, daß es definitiv an der Zeit sei, was zu *unternehmen*.

Sie kamen zu der Überzeugung, daß es für das Ganze nur eine einzige ebenso logische wie fürchterliche Erklärung gebe, und zwar die, daß Manny *froh* gewesen sei, als der Hubschrauber mit seinem Lärm die Aufmerksamkeit aller erregt habe. Im Grunde nämlich habe er, wie sie meinten, nur den einen dringenden Wunsch, daß *noch* mehr Cops aus Tijuana zu einer neuen grandiosen Schießerei rüberkommen würden. Das hörte sich alles zwar sehr verrückt an, aber schließlich war hier ja wohl einiges verrückt.

Normalerweise gingen sie jeweils nach dem Ende der Schicht noch mal eben ins BARF-Büro, wo Manny dann gewöhnlich die eine oder andere Order für den nächsten Einsatz auf die Tafel geschrieben hatte. So trudelten sie letztlich auch heute ein, allerdings mit roten Augen von den harten Tequilas mit allem Drum und Dran und völlig versandet durch den Wirbelsturm, den der Hubschrauber entfesselt hatte. Auf Tony Puente, den Ältesten, war das Los gefallen.

Er war ein ruhiger Kunde, der sich nie sonderlich gesprächig gab, und vor Manny hatte er natürlich genauso Angst wie alle anderen.

Als Manny fragte: »Gibt's sonst noch was?«, womit er seine Leute normalerweise entließ, nahm Tony Puente die Brille ab, wischte sie nervös ab, setzte sie wieder auf, seufzte einige Male tief und sagte: »Yeah, Manny, da ist noch was. Mach mal die Tür zu.«

Aber Tony Puente konnte offenbar die Kurve nicht kriegen, als er das, was sie ihm aufgetragen hatten, vorbringen wollte. Argumente wie beispielsweise: »Diese Scheiße stinkt uns allmählich!« Oder: »Wir sind's leid, für deine Schlagzeilen unseren Arsch zu riskieren!« Oder: »Wir haben jetzt restlos die Schnauze voll!«

Es war einfach nicht Tonys Stil. Er begann zögernd und diplomatisch. Er sagte: »Manny, die Sache ist hart für uns. Ich weiß nicht, wie ich's ausdrücken soll, aber wir haben uns gedacht...«

»Ja, dann sag's doch«, sagte Manny.

»Na ja, wir haben das Gefühl, daß wir manche Dinge einfach nicht machen sollten, weil wir dabei ganz schön auf die Fresse fallen könnten. Und so was wie heute abend, mit diesem Hubschrauber... also, wir haben darüber geredet, und wir meinen, wir müssen da oft ne Scheiße machen, die völlig überflüssig ist, und...«

»Unsere ganze Tarnung ist von dem Hubschrauber weggeblasen worden!« sagte Eddie Cervantes.

»Da gab's nämlich absolut keinen Grund, da liegenzubleiben und sich für die Tijuana-Cops anstrahlen zu lassen!« sagte Ernie Salgado.

»Da kommt kein Grenzgängerräuber mehr hin, der nur noch n Funken Verstand hat, nach dem, was da heute los war!« meinte Eddie Cervantes.

»Was wollen wir da eigentlich, etwa *noch* n paar Tijuana-Cops in die Falle locken?« sagte Ernie Salgado.

»Meine Frau ist schwanger«, sagte Renee Camacho.

»*Meine* Frau ist schwanger«, sagte Ernie Salgado.

»Also, ich laß mich wegen so was nicht umlegen«, sagte Eddie Cervantes. »Ich will noch erleben, wie meine Kinder groß werden.«

Nicht alle griffen so offen an. Die Jüngeren – Joe Castillo, Carlos Chacon, Robbie Hurt – *murmelten* nur rum. Big Ugly, Joe Vasquez, sagte gar nichts, aber selbst er nickte zustimmend. Manny Lopez konnte sehen, daß sie im Begriff waren, ihre Ketten zu sprengen.

Zunächst aber hatten sie ihr Pulver verschossen. Alle wurden sehr still und sahen, daß Mannys Braue bis Point Loma gekrochen war. Manny stellte sich in *»Sabes-Qué?«*-Positur. Alle kniffen den Arsch so fest zu, daß nicht mal ein Sandfloh hätte reinkriechen können, was ansonsten in den von Ungeziefer wimmelnden Canyons gelegentlich durchaus schon mal einer geschafft hatte.

Sie rechneten mit dem Schlimmsten. Würde er sich die Leute

einzeln vornehmen? Was würde er ihnen *sagen?* Ich will ja gern im Einsatz sterben, aber sag bitte, bitte nicht mehr Schwuler zu mir!

Dann aber rutschte Mannys Augenbraue wieder nach unten. Er bekam einen Blick melancholischer Resignation wie ein Henker, ein Mastdarmspezialist oder ein Theateragent. Eine Art Blick, die zum Ausdruck brachte: Es ist ein dreckiger Job, aber *einer* muß ihn ja machen.

Dazu passend ließ Manny unter seinem Zapata-Schnurrbart die Mundwinkel hängen, hatte urplötzlich Schleier über den kleinen, leicht geschlitzten Augen, legte die Hand in den Schoß und ließ den Kopf sinken, als ob er sich erst sammeln müsse. Und als er dann aufschaute, sprach er von seinen *Söhnen!* Seinen *lieben* Söhnen!

Manny Lopez begann folgendermaßen: »Wenn ich von euch rede, nenn ich euch immer *mis hijos.* Ich nenn euch Jungs sogar *mis hijitos.* Und das bedeutet, daß ihr mir *besonders* ans Herz gewachsen seid. Was ich da in der Stadt bei den Chiefs durchkämpfe ... was ich für *euch* durchkämpfe, na gut, ich erzähl's euch manchmal gar nicht, weil ich euch nicht belasten will, und ...« Dann griff er sich an den Kopf, und verdammt! Es sah aus, als ob Manny sich eine verdammte *Träne* aus den Augen wische! Und er fuhr fort: »Okay, ich versteh euch ja, ich versteh euch ja. Ich kenn eure Gedankengänge. Ich will doch nur, daß ihr kapiert, daß alles, was ich getan hab, bloß für euch war und ... Okay! Ich *versteh* euch ja. Wir werden ein paar Änderungen einführen, *mis hijitos.*« Dann zeigte er ihnen sein tückisches Grinsen und sagte: »Na schön! Gehen wir mal ins *Anchor Inn,* weil ich ne Master-Charge-Karte habe und damit mindestens so viele Drinks bezahlen kann, wie ihr verdammten Typen *vertragen* könnt!«

Es gab im ganzen Hause kein trockenes Auge mehr. Sie waren völlig außer sich. Sie hatten gewonnen! Manny Lopez! Was für ein Kerl! Sie krachten ins *Anchor Inn* mit der Gewalt eines Güterzugs.

Ken Kelly konnte nur noch staunen. Manny als eleganter Lebemann mit Spendierhose, der seine Kreditkarten bis zum Letzten ausreizte? Manny bestellte eine Runde. Er sagte, er *liebe* jeden einzelnen von ihnen. sie fühlten sich phantastisch und geborgen und fingen an, über ihre Lehrerinnen-Groupies zu reden. Vielleicht würden die ja heute abend auch noch aufkreuzen. Wir möchten dem Fräulein Lehrerin auch gern ein paar Äpfel schenken! Bringt ruhig eure ganze verdammte Schulbehörde mit!

Manny stürzte seinen Chivas Regal runter, als gerade einer

Witze erzählte, und empfahl sich augenzwinkernd mit den Worten: »Ich hab noch ne *Verabredung!*«

Alle zwinkerten zurück. Ne Verabredung. Na klar. Hey hey, Manny! Ne Verabredung! Klar!

Nachdem Manny gegangen war, meinte Ken Kelly, der oft von Reinkarnation redete: »Manny ist früher entweder die Jungfrau von Orleans oder Heinrich Himmler gewesen. Oder war er vielleicht W. C. Fields? Der könnte doch glatt eine unschuldige Waise zur Mörderin machen.«

Anschließend wies er sie auf die Tatsache hin, daß sie alle miteinander etwa so schwer zu durchschauen seien wie eine Partie Bingo. Manny habe sie mit der Barrechnung regelrecht aufs Kreuz gelegt.

»Der kennt uns doch so gut wie wir unsern Schwanz!« schrie Ken Kelly.

Und tatsächlich waren sie eine Woche später alle wieder soweit, abermals südlich der imaginären Linie zu operieren.

Kurz danach aber kam's zum Eklat. Wie vorauszusehen war Eddie Cervantes der Unglücksrabe. Sie hielten gerade die abendliche Einsatzbesprechung ab. Dick Snider kam in den winzigen Squadroom, was er manchmal tat, lehnte sich an die Wand und zwinkerte wegen der unvermeidlichen Zigarette, die ihm wie üblich im Mundwinkel hing, mit den Augen. Er sah in der Uniform der San Diego Police noch größer aus.

Ohne jede Vorwarnung spuckte Eddie Cervantes Manny mit einemmal schlimm in die Suppe. Er sagte zu Dick Snider: »Lieutenant, ich glaub einfach nicht, daß es klug ist, südlich der Grenze zu operieren.«

Daraufhin fiel Dick Snider natürlich der Kinnladen runter, und die Zigarette wäre ihm um ein Haar aus dem Mund gefallen. Seine blinzelnden Augen wurden mindestens so groß wie das Abzeichen auf seiner Uniformbrust, und er sagte: »*Wo* treibt ihr euch rum?«

Eddie Cervantes schwächte die Sache etwas ab, weil er sah, daß Mannys Augenbraue bereits die halbe Strecke bis zum Rücken zurückgelegt hatte. Alle hatten denselben Gedanken: Manny sah genauso aus, als ob er jeden Augenblick »*Sabes qué?*« sagen würde.

Eddie Cervantes stürzte sich ins Wortgefecht und erläuterte Dick Snider, daß sie sich nur ganz gelegentlich »einen oder zwei

Meter« südlich der Linie herumtreiben würden, weil sich die gesamte Gangsteraktivität unmittelbar an der Grenze oder knapp südlich von ihr abspielte. Und daß es ihnen seit längerer Zeit kaum noch möglich gewesen sei, den einen oder anderen anständigen Gauner zu schnappen, weil die Räuber da operierten, wo sie wohnten, wenngleich er sich auf der anderen Seite natürlich fragen müsse, ob es nicht tatsächlich ein bißchen »riskant« sei, in dieser Weise tätig zu werden? Er müsse wohl gar nicht erst näher erläutern, was der Chief of Police, die Deputy Chiefs, die Inspectors, Amy Carter oder sonst jemand von Jimmy Carters Ratgebern sagen würden, wenn sie erführen, daß sogar *nach* einer internationalen Schießerei zu Lasten eines Landes, das zum Ölproduzenten geworden war, ein paar ausgekochte Arschlöcher hin und wieder *nach Süden* gingen, um da Stunk zu machen.

Dick Snider sagte: »Manny, ich möchte dich nach dem Appell mal sprechen.« Und er verließ den Squadroom ohne jeden weiteren Kommentar.

Manny Lopez warf seinen Jungs drei Sekunden oder drei Tage lang einen finsteren Richard-Nixon-Blick zu, ohne ein Wort zu sagen. Dann warf er den Bleistift mit dem Härtegrad zwei, den er umklammert hielt, wie ein Messer gegen das Gesicht von Eddie Cervantes, der ihn beinahe in eins seiner traurigen Augen gekriegt hätte.

Anschließend zeigte Manny, daß er ein wahrhaft knallharter Macho war, indem er zischte: »Du schwuler Lutscher! Du schwuler Lutscher!«

Ken Kelly scherzte, um die Lage zu entspannen: »Jeder ist das, was er ißt!«

Daraufhin jedoch riefen ihn die anderen Barfer, denen einfiel, daß dies ja schließlich immer noch eine Police Station war, zur Räson. Manny Lopez raste wütend davon, um mit Dick Snider zu reden.

Auf diese Weise wurde es leichter für Eddie Cervantes, die Squad unauffällig zu verlassen und den Job beim Ausbildungssonderkommando anzunehmen, einen Job mit Tagesschicht, freien Wochenenden und normaler, vernünftiger Polizeiarbeit. Am Ende versuchte Manny sogar noch, recht nett zu Eddie zu sein, indem er meinte, das sei doch eine einmalige Karrierechance für ihn, und darüber sei auch er glücklich. Aber niemand schenkte ihm Glauben.

Erst Fred Gil, jetzt Eddie Cervantes. Die BARF Squad

schrumpfte. Und Dick Snider erließ den strikten Befehl, sie hätten südlich der imaginären Linie tatsächlich *überhaupt* nichts zu suchen.

Eines Abends, an dem die Barfer wieder mal »Jagd auf den geheimnisvollen Einbrecher in den südlichen Wohnvierteln« machten und in einer Kneipe schon mehr als nur ein paar Gläschen getrunken hatten, gingen Ken Kelly zwei Sachen nicht aus dem Kopf: sein bevorstehendes Erscheinen vor Gericht, wo ihn ein Richter schließlich wegen eines tätlichen Angriffs verurteilen würde, und seine sterbende Mutter. Natürlich vermischten sich derartig dunkle Gedanken andauernd mit dem, was in den Canyons passierte. Er fuhr in einem zivilen Einsatzwagen, den Renee Camacho steuerte, friedlich in der Gegend herum, als er plötzlich mit der Faust die Windschutzscheibe des Polizeiwagens zerschmetterte.

Renee konnte es nicht fassen! Ken konnte es nicht fassen! Die Windschutzscheibe war nur noch ein Spinnengewebe aus zerbrochenem Glas. Renee mußte von der Straße runter und anhalten. Dummerweise saß Manny in dem Zivilwagen, der hinter ihnen fuhr, und auch er bremste, sprang raus und brüllte: »Was ist los, zum Teufel?«

Renee, der immer noch zitterte, sagte: »Was soll schon los sein, Manny. Da flog plötzlich n Ziegelstein über die Mauer, und dann...«

»Nein, *das* war's bestimmt nicht!« meinte Manny und sah Ken Kelly an, der sich automatisch in sein Jack-Nicholson-Gehabe geflüchtet hatte. Dann sagte Manny: »Okay, Ken, was ist los, zum Teufel?«

Ken Kelly wollte so vieles sagen. Er wollte sagen: Manny, ich muß demnächst vor Gericht wegen nem Scheißkerl, der selber nicht mal angeklagt worden ist, weil sie seine Sache so runtergespielt haben. Und es werden so viele Massenmörder begnadigt und bedingt freigelassen, daß Susan Atkins wahrscheinlich längst in Mission Valley Tupper-Partys veranstalten würde, wenn die Manson-Bande nicht so blöd gewesen wär, n paar Berühmtheiten umzubringen. Und mich, mich kriegen sie an die Hammelbeine, und ich warte auf mein Urteil, bloß weil ich einem erstklassigen Arschloch ne Taschenlampe in die Schnauze geknallt hab, und dann stirbt auch noch meine Mutter an ihrem Krebs, und mein kleines Nebengeschäft mit diesem Verkauf von Erste-Hilfe-Kästen wird mir um die Ohren geschlagen, und meine Ersparnisse gehen flöten, und meine Ehe hat fast schon so n hohlen Klang wie ne Wahlurne in Chicago, und ich muß Hypotheken auf mein Haus nehmen, weil mir dieses Nebengeschäft um die Ohren geschlagen wird, und im Grunde fehlt mir eigentlich bloß noch eines, nämlich, daß ich dahinterkomm, daß der Pastor meine Frau vögelt!

Alles das wollte er sagen. Alles, was er sagen *konnte,* war dies: »Ich bin ausgeflippt, Manny. Ich weiß nichts mehr, außer daß ich *ausgeflippt* bin!«

Als Ken Kelly eine halbe Stunde später mit Dick Snider im BARF-Büro saß, kam Manny mit ein paar Papieren rein und machte die Tür zu. Manny sagte: »Ich nehm an, du möchtest n Mann von der Polizeigewerkschaft dabei haben, oder?«

»Wozu?« fragte Ken Kelly düster.

»Dies ist eine disziplinarische Voruntersuchung«, erklärte Manny.

»Na schön, ich glaub, in dem Fall könnt ich meinen Anwalt anrufen«, sagte Ken Kelly zu Dick Snider. »Aber ich weiß gar nicht, was ich mit nem Anwalt soll, wenn die Stadt mich verrückt macht, weil sie stinksauer ist, daß ich dieses Schandmaul mit ner Taschenlampe erwischt hab und sie ihm nun jede Menge Dollar zahlen muß, weil sein Auge angeblich nicht mehr ganz so gut funktioniert. Bloß, weil ich diesem Stück Scheiße mit ner kleinen vierzelligen Taschenlampe eine geknallt hab? Was war das denn, ne Magnum-Taschenlampe? Mit Dum-Dum-Batterien? Lieutenant, mein Anwalt hat gesagt, ich sollte mich hypnotisieren lassen, ob mir überhaupt klar war, was ich getan hab, oder ob ich die Ereignisse gar nicht richtig wahrgenommen hab. Oder ob es erkennbar das Resultat des Gefühls einer dauernden Bedrohung war, aus meinen Erfahrungen als Polizeibeamter? Aber die Scheiße ist doch die, daß ich viel zu viele Leichen im Schrank hab, als daß ich's mir leisten könnte, n Hypnotiseur in meinem *Kopf* rumfuhrwerken zu lassen! Ich weiß echt nicht, *was* ich tun soll! Verstehnse? Verstehnse, was ich meine?«

Dick Snider rauchte die ganze Zeit, nickte Ken Kelly mehrfach zu, legte dem jungen Cop am Ende seine lederartige Hand auf die Schulter und sagte: »Sohn, ich glaub, du hast n echtes *Problem.* Ich glaub, du brauchst ganz dringend psychiatrische Hilfe.«

Ken Kelly sah gequält zu Dick Snider auf, zu dem Mann, den

er sich im nächsten Dasein als Vater wünschte, wenn die Reinkarnation das hielt, was sie versprach.

Und *Mr. Sensibilität,* Manny Lopez, schüttelte betrübt sein Haupt und gluckste: »Tja, King, du bist n verdammter Idiot. Total bekloppt. Du hast ja einfach ne weiche Birne. Vielleicht sollten wir dir ne verdammte Gehirnoperation oder so was verpassen.«

Dick Snider ordnete an, Ken Kelly solle eine Woche Urlaub nehmen und seinen Dienst erst dann wieder antreten, wenn ihm ein Psychiater bescheinigen könne, er sei geistig völlig gesund.

Ken Kelly war zwar zunächst eingeschnappt über den Zwangsurlaub, im Verlauf der Woche jedoch recht froh, daß Dick Snider ihn angeordnet hatte. Er ließ sich psychiatrisch untersuchen und erschien voller Enthusiasmus wieder auf der Southern Substation. Er ging gleich zu Manny Lopez und sagte: »Das war echt n *prima* Seelenklempner. Einer von den Leuten, die Patty Hearst untersucht haben! Mann, war das n harter Job! Erst mal hat er alle Termine für den ganzen Tag und noch teilweise für den nächsten Tag abgesagt, meinetwegen! Ich hab alles ausgekotzt, Manny! Ich hab ihm erzählt, wie ich mir zum erstenmal einen runtergeholt hab und welche Hand ich dabei genommen habe. Ich hab ihm erzählt, daß ich Birnen geklaut hab, als ich vier war. Ich hab ihm auch gesagt, daß ich den ersten Steifen gekriegt hab, als ich nackte Titten gesehen hab. Und dann hab ich gefragt: ›Ganz ehrlich, Doktor, hab ich ne weiche Birne oder nicht? Brauch ich ne Gehirnoperation oder so was?‹ Da hat er gesagt: ›Im Gegenteil, ich würde wünschen, daß das San Diego Police Department mehr Beamte wie Sie hätte!‹ Manny! Ich bin kein Idiot!«

Ken Kelly zeigte zum Beweis dafür, daß er weder ein Idiot noch eine Pflaume war, eine Bescheinigung des Chefarztes vor. Ken Kelly war so glücklich wie nie, als er das Büro des Leiters der Substation, Captain Joslin, betrat. Bis der Captain sagte: »Ich hab schlechte Nachrichten für Sie, Kelly. Der Inspector sagt, Sie seien eine Belastung. Ich muß Sie von Ihrem derzeitigen Job entbinden.«

Ken Kelly war am Boden zerstört. Er brauchte buchstäblich das letzte Fünkchen seiner Selbstkontrolle, um sich zusammenzureißen. Er sagte: »Bitte, Captain, ich möchte zumindest bei der Division bleiben. Stecken Sie mich in ein Streifenteam so dicht wie möglich an der Grenze. Auf diese Weise kann ich ihnen vielleicht manchmal helfen.«

»Alles klar«, nickte der Captain.

Ken Kelly sagte später: »Ich habe gehört, daß jede geistig intakte Person gelegentlich mit Selbstmordgedanken spielt. Na schön, ich gehöre zu den geistig nicht intakten Menschen, die es trotzdem nie getan haben. Ich habe nie daran gedacht, mich zu erschießen – das ist eine solche Sauerei und andre Cops müssen jede Menge Berichte drüber schreiben. Aber ein Verkehrsunfall? Nur ein paar Überstunden für einen Verkehrscop, und das ist schon alles? Keine Detectives, kein Spurensicherer, kein Versicherungsvertreter, der meint, daß sie bei Selbstmord nicht zahlen können? Ein Cop, der in seiner Freizeit mal eben ins Gras gebissen hat? Passiert doch dauernd.«

Ken Kelly hatte derartige Gedanken, als er am ersten Abend nach seiner Rückkehr zum Streifendienst mit hundert Meilen in der Stunde die I-5 runterdonnerte. Sich bloß mal eben ausmalen, wie leicht es sein könnte. Dann hatte er mit einemmal *echt* Angst. Er meldete sich krank. Er erschien ein paar Tage nicht zum Dienst.

»Ich war ein unglaubliches Arschloch. Danach war ich ein noch unglaublicheres Arschloch«, gestand er. »Meine Alte war noch nie so dicht davor, mich im Stich zu lassen. Meine Welt war *kaputt.*«

Er wußte nie, warum, aber BARF war das einzige, auf das er im Leben jemals richtig scharf gewesen war. War's das Saufen? Die Kameraderie? War es eine perverse Erregung, nachts in der Dunkelheit *Barf!* schreien zu können? War's die Gefahr? Hatte er *doch* eine weiche Birne?

In seiner Zeit bei der Air Force hatte er dutzendfach versucht, nach Vietnam zu kommen, war aber drei Jahre lang nicht aus der Mojavewüste herausgekommen. BARF war irgend etwas gewesen, das er für wichtig gehalten hatte, eine neue Art polizeilicher Tätigkeit. Obgleich er die falsche Hautfarbe hatte, war er dabeigewesen und hatte was *Selbständiges* gemacht. Und nun war's vorbei.

Gleich nach seiner »Krankfeierei« wurde er in das Büro des Captains gerufen. Captain Joslin sah sich den niedergeschlagenen jungen Cop an und sagte: »Sind Sie denn *so* scharf darauf, wieder bei BARF zu sein?«

Ken Kelly konnte nicht mal sprechen. Er konnte nur nicken und die Luft anhalten.

Der Captain sagte: »Okay, ich rede mit dem Inspector. Sie kommen wieder zurück.«

Er war wie betäubt, als er nach einwöchiger Abwesenheit in den kleinen Squadroom kam. Renee Camacho und Joe Vasquez nahmen ihn in den Arm und küßten ihn nach mexikanischer Art auf die Wange und sagten, sie würden jetzt mindestens eine Woche lang feiern.

Ken Kelly hätte um ein Haar geschluchzt und mußte sich mit dem Ärmel die Augen auswischen. Er sagte zu Dick Snider: »Lieutenant, ich wünsch mir, daß ich als ganz scharfe Puppe wieder auf die Welt komme, damit ich dem Captain zum Dank einen blasen kann!«

Dick Snider meinte, er glaube gar nicht mal, daß das unbedingt erforderlich sei. Ein simples *Dankeschön* reiche eigentlich völlig aus.

Mittlerweile hatten sie fast ein Jahr hinter sich. Der Sommer ging abrupter als gewöhnlich zu Ende, mit viel Regen. Und es gab nur noch sehr wenige Gangster. Manny unternahm mit ihnen einen Todesmarsch kleineren Formats, und in seinem anschließenden Tätigkeitsbericht schätzte er, daß sie ein Gebiet von zehn Quadratmeilen überprüft und die ganze Nacht nur fünfzehn illegale Grenzgänger gesehen hätten. Aber sie hatten ein Feuer gesehen. Stewart's Barn war in Flammen aufgegangen und total zerstört worden. Künftig würden sich hier nach dem Grenzübergang keine Pollos mehr verstecken. Es schien ein Omen dafür zu sein, daß sich alles änderte. Etwas Vertrautes war mit einemmal nicht mehr vorhanden. Es wurden sofort Gerüchte in Umlauf gesetzt, ein Beamter der Border Patrol habe die Scheune in Brand gesteckt.

Über den Abend des 5. Oktober schrieb Manny Lopez in sein Logbuch: »Es war ungewöhnlich ruhig, was vermutlich dem Regen zugeschrieben werden muß. Wir hatten Kontakt mit zwei Personen, die aussagten, daß sie auf mexikanischer Seite unmittelbar vor dem Übertritt in die Vereinigten Staaten beraubt worden seien. Wir bekommen in letzter Zeit immer öfter Berichte über Raubüberfälle, die unmittelbar südlich des Zaunes stattgefunden haben.«

Dem fügte Manny Lopez noch eine zynische letzte Zeile hinzu: »Ich frage mich, warum die Gangster die Grenze nicht mehr überqueren?«

Eines Abends entschloß sich Manny Lopez, schon zu sehr später Stunde Renee Camacho direkt am Grenzzaun als Lockvogel zu postieren, gleich neben der Interstate 5 und so nahe an der US-Zollstation, daß man einen Regierungsangestellten mit Steinen hätte treffen können. Das Gelände dort war ziemlich hell. Renee hatte gelernt, das Licht zu hassen. Licht war gefährlich. Licht bedeutete Bedrohung. Er wünschte sich ständig, im Dunklen zu sein.

»Wenn welche kommen, quatsch die Typen einfach an«, hatte Manny ihm eingeschärft. »Erzähl ihnen ruhig, daß du n Haufen Geld hast!«

Renee stand dort mutterseelenallein. Manny und die anderen hatten sich dreißig Meter weiter in der Dunkelheit versteckt. Zwei Männer näherten sich dem Zaun aus Richtung Süden. Einer von ihnen trug an diesem warmen Abend ein T-Shirt. Er mochte ungefähr dreißig sein. Er war unglaublich schmutzig und hatte eine selbstgemachte Tätowierung auf dem Unterarm. Seine Lippen waren rissig und aufgeworfen und der Gaumen weiß und geschwollen. Er sagte zu Renee: »Die Streife kommt. Spring zurück über den Zaun.«

»Nein, ich warte hier auf meinen Führer«, antwortete Renee in seinem fröhlichen Pollo-Singsang. »Ich warte hier auf meinen Grenzführer.«

»Die Streife kommt *wirklich*«, sagte der Mann nochmals und drehte sich zu seinem Begleiter um, der in der Dunkelheit näher gekommen war. Sein Begleiter war ein häßlicher Mann mit Haaren wie ein Zulu und dicken Lippen. Sein Gestank war überwältigend. Renee wurde ganz schwindlig. Der Mann hatte krankhaft wirkende Augen, die auf Gelbsucht schließen ließen und deren Pupillen wie große Saphire aus dem gelblich schimmernden Weiß leuchteten.

Er sagte: »Komm zurück. Wir schauen mal, ob wir dir nicht helfen können.«

»Nein, ich soll hier stehenbleiben«, sagte Renee mit seiner Grenzgängerstimme.

»Verdammter Scheißer, ich habe gesagt, komm *zurück!*« sagte der Zulu, und Renee spürte seinen heißen Atem. Der Mann stank nach *Mord*. Wie diese geifernden Wahnsinnigen in seinen Alpträumen.

»Wenn du nicht kommst, komm ich nach drüben und zieh dich rüber«, sagte der Mann mit dem nach Leichen und Tod und Mord stinkenden Atem. Er sah aus wie ein Mooraal, als er seine Sägezähne fletschte.

Renee Camacho hatte sich hingehockt. Renee Camacho wollte nur noch aufstehen und schießen. Er wollte den Schweinehund auf der Stelle umlegen. Er wollte ihm diesen Aalkopf wegblasen, bevor der Kerl ihn ermordete. Der Zaun hatte an dieser Stelle ein verdammt großes Loch. Ein Loch, hinter dem Mexiko und die Mörder warteten.

Die Gangster flüsterten eine Weile miteinander. Die Gangster schauten erst Renee an, warfen dann einen mißtrauischen Blick auf die dunkle Gegend und verschwanden rasch wieder in der Finsternis. Als Manny angelaufen kam, waren Renees Beine immer noch weich.

»Was wollten die?« fragte Manny.

»Sie wollten, daß ich rüberkomm. Damit sie mich da berauben konnten.«

»Ja, aber dann hättste's doch einfach tun sollen!« ärgerte sich Manny.

Da drehte sich Renee auf dem Absatz um, sah seinem Sergeant fest in die Augen und sagte: »Ich gehe nicht über die Linie, Manny.«

Manny starrte eine Weile zurück. Er und Renee kannten sich schon aus einer Zeit, in der sie im selben High School Football Team gespielt hatten. Renee und Manny legten in der Erinnerung einen langen Weg zurück.

Manny sagte bis zuletzt kein Wort, und schließlich wandten sie sich für den Rest dieses Abends anderen Geschäften zu. Es sollte für alle Zeiten der letzte Abend gewesen sein, an dem Renee Auge in Auge einem Gangster, der nach Mord stank, gegenübergestanden hatte. Er war sich endgültig klar darüber, daß der nächste Gangster, der auf ihn zukäme und ihn auch bloß mit einem Knüppel in der Hand bedrohen würde, *sterben* müßte. Deshalb wußte er jetzt, daß er kündigen *mußte.*

Ja, er mußte es tun! Und schnell!

Renee hatte einen total trockenen Mund, als er in der Substation wie zufällig mit Manny allein in einer Ecke stand. Er rechnete natürlich damit, dieselbe Art Dresche wie Eddie Cervantes zu kriegen. Er rechnete mit jeder Menge an Schreierei. Das gesamte Repertoire: Du Scheißkerl! Du Schlappschwanz! Du schwuler Lutscher!

Er war beinahe noch nervöser als vorher am Grenzzaun, als er diesen Gangster mit dem Aalgesicht vor sich hatte. Er bat Manny, mit ins Büro zu gehen, und machte die Tür zu.

Renee war geradezu feierlich. »Manny, ich hab das nun über n Jahr gemacht«, fing er an. »Und ich hab da ne... ne *Verantwortung* meiner Frau gegenüber. Ich... ich hab ihr versprochen, ich würd nach der Geburt des Kindes kündigen, und jetzt... also, weißte was, Manny? Also... ich glaube, ich bin einfach kaputt, das ist alles.«

Nach der bedeutungsschwangersten Pause, an die sich Renee zeitlebens erinnern konnte, sagte Manny: »Ich hab dir das ja schon seit ner ziemlich langen Zeit an deinen Augen ablesen können. Mir ist da alles längst klar, Renee. Mir ist da restlos alles klar.«

Und das war dann schon alles. Renee konnte es nicht glauben. Kein schwuler Lutscher? Kein Scheißkerl? Kein Schlappschwanz? Kein *puto?* Bloß: »Mir ist alles klar.« Manny war in der Tat erstaunlich.

Am Ende hatte die Welt doch wieder ihre fröhlichen Seiten. Und die Schatten waren Gott sei Dank verschwunden. Aber nachdem Renee wieder seine Uniform trug, fiel es ihm immer wieder schwer, mit anzusehen, wie die Barfer sich für ihren Einsatz in den Canyons fertigmachten. Natürlich waren sie freundlich zu ihm, und Joe Castillo kam zu ihm und sagte: »Du hast es ja richtig gemacht, Renee. Die Sache ist das nicht wert. Du hast es richtig gemacht.«

Sie waren freundlich zu ihm, und dennoch war auch er jetzt ein Outsider. Der dritte, der gegangen war.

Als die Barfer eines Nachmittags zum Dienst kamen, entdeckten sie, daß ein anonymer Schreiber ein neues Akronym, ein Wort, das aus den Anfangsbuchstaben mehrerer anderer Worte gebildet wird, auf die Tafel gekritzelt hatte. Es schien eine Ewigkeit her zu sein, daß einer der Lieutenants B.A.R.F. erfunden und hingeschrieben hatte, eine Kurzform für *Border Alien Robbery Force.*

Diesmal hatte die Kurzform eine andere Bedeutung bekommen. Und in ihrer derzeitigen Verfassung war das Akronym das ehrlichste, ausgewogenste und profundeste, das sie allesamt jemals gehört, gesehen und gelesen hatten.

Als sie an dem Abend in die Canyons aufbrachen, hallte die schmerzliche Wahrheit wie ein Gong in ihren Köpfen nach. Das Akronym hieß zwar immer noch BARF. Es war jedoch aus anderen Worten gebildet worden:

BEANERS ARE REALLY FUCKED.

Bohnenfresser sind echte Arschlöcher.

19. KAPITEL

Das letzte Hurra

Aus Zeitungsartikeln erfuhr die Welt im September die äußerst dramatische Neuigkeit: HOLLYWOOD WILL FILM ÜBER SAN DIEGO POLICE DREHEN!

Es hatte so kommen müssen. Hollywood entdeckte die Grenze. Die BARF Squad wurde von einer Filmproduktion umworben. Manny Lopez wurde natürlich sofort verrückt, und diesmal ging's allen so. Die Frauen waren *noch* aufgeregter. Alle fingen sofort an, den Film zu besetzen. Und weil selbst die Barfer wußten, daß Hollywood sicher keinen mexikanischen Schauspieler nehmen würde, kamen eigentlich nur De Niro und Pacino in Frage. Außerdem könnte auch Burt Reynolds einen Mexikaner spielen. Wer aber wäre der richtige Blonde? Ja, verdammt, wieso eigentlich nicht? Wenn man ihm Engelsstaub in die Limonade schüttete, damit er richtig weggetreten aussah, ja, dann überleg doch mal, wer Ken Kelly spielen könnte? Ist doch klar, natürlich bloß Robert der beschissene Redford!

Sie fragten sich, ob Coppola Regie führen würde. Und wie's mit der Musik wäre.

Nachdem Hollywood erst mal da war, erklärten sich die Barfer selbstverständlich sofort bereit zu einem »Arbeitsessen«. Ray Wood, der Anwalt der National City, der die Dokumente für den Fall ihres Todes verfaßt hatte, mußte mit Leuten, deren Gärtner aus der Dritten Welt erheblich besser angezogen waren als er, »ein Treffen arrangieren«. Ray Wood ließ in dieser Woche seinen Anzug aufbügeln und suchte nach Socken, die dazu passen mochten, und entfernte die Fusseln am Hemdkragen mit dem Rasierapparat. Ray Wood mußte einen Vertrag aufsetzen.

Die Barfer gaben Hollywood eine »Option«. Die Barfer verliebten sich förmlich in die Leute aus Hollywood, nahmen sie mit zu sich nach Hause und veranstalteten üppige Partys, auf denen es sowohl Snacks und Sandwiches, die die Ehefrauen hergestellt hatten, als auch so viel Bier und Tequila gab, wie man trinken konnte, und am Ende erstarrten alle förmlich in Ehrfurcht, weil vielleicht sogar Warren Beatty oder einer in dieser Preisklasse für die Rolle eines Mexikaners in Erwägung gezogen werden konnte. Das war eine Woche, die ihnen in den Kram paßte.

Ein ganzes Bündel von Scherzen rankte sich um das Thema, daß die Produzenten dem Kahlkopf antragen sollten, Manny Lopez zu spielen, genau wie in einer *anderen* Manny-Lopez-Story. Der »Kahlkopf« war Sean Connery. Mit der anderen Manny-Lopez-Story konnte bloß *Der Mann, der König sein wollte* gemeint sein.

Die Hollywoodmannschaft gab sich ebenso herzlich wie verständnisvoll, und die Barfer, die kaum begreifen konnten, daß solche großen Tiere so normale und nette Burschen sein konnten, gaben sich vor allem deshalb viel Mühe, sie mit Beispielen ihres Macho-Daseins zu beeindrucken, weil ja schließlich, verdammt noch mal, ein Streifen über ausgekochte Revolverhelden gedreht werden sollte, oder? Und als Amateurtrinker, die sie ja nun mal waren, bewiesen sie es mit einem Tequila-Wettbewerb. Sie spielten das ganze Drum und Dran durch: Tequila, Limonensaft, Salz, das vom Handrücken geleckt werden mußte – alles, was dazu gehörte. Die Hollywoodproduzenten liefen herum wie die Landsknechte und tranken zwar auch den einen oder anderen, machten aber keinen ernsthaften Versuch, die Barfer auszupunkten. Und irgendwann waren die Barfer sternhagelvoll, versicherten jedem einzelnen dieser Filmfritzen, daß sie ihn von ganzem Herzen verehrten und schwelgten in Bildern, die mit dürren Worten bisher noch nie gemalt worden waren und durch den Tequila mit seinem Drum und Dran nun auch noch vergoldet wurden.

Die Barfer, denen von dem Gerede über »Einspielbeteiligung« die Ohren dröhnten, drehten nahezu durch bei der Vorstellung, was sie wohl an Kasse machen könnten, wenn der Film 30 Millionen einspielen würde!

Einige Barfer verausgabten sich total, indem sie Swimmingpools kauften. Und auf Empfehlung eines ihrer Kollegen bekamen sie eine Ermäßigung von hundert Dollar. Das alles fand statt, nachdem sie für die Option 250 Dollar pro Nase bekommen hatten.

Wenngleich die Barfer wie die meisten Cops der Menschheit grundsätzlich kritisch gegenüberstanden und durchaus Zweifel an der Theorie anmeldeten, der Mensch sei von Natur aus gut, hatten sie nicht die geringste Vorstellung über Hollywood und wußten ebensowenig, daß die Leute dort zwar nur so viele *machismo* zu haben schienen wie Mr. Rogers oder John Dean, aber zugleich skrupelloser waren als El Loco an seinem brutalsten Tag.

Die Produzenten kehrten nach Hollywood und zu ihrer Wahrheit zurück, die da hieß: Wer würde Geld in einen Film über eine Bande von Bohnenfressern investieren? Da gab's doch allenfalls eine verdammte Rolle für einen Weißen, zum Teufel! Na gut, zwei, wenn man diesen Okie dazurechnete, diesen großen Lieutenant aus Oklahoma. Welchen Scheiß habt ihr eigentlich gerade *geraucht,* als euch diese Blödsinnsidee eingefallen ist?

Die Barfer sahen die Hollywoodproduzenten nie wieder. Einige von ihnen mußten die Kreditabteilung der Polizei bemühen und sich Geld leihen, damit sie ihre Swimming-pools bezahlen konnten. Die Backgroundmusik, die sie schon im Ohr gehabt hatten, verklang ziemlich rasch.

Der Oktober war eine ziemliche Pleite. In den Canyons gab es kaum was zu tun, und die Bonzen beim Department griffen immer öfter auf sie zurück und setzten sie in verschiedenen Stadtvierteln ein, die von Diebstahls- oder Überfallserien heimgesucht wurden.

Der November hatte kalte Nächte, in den Canyons jedoch war wenigstens etwas mehr los. Sie nahmen in der Nähe der Washerwoman Flats eine Gruppe von Gangstern fest, die einen flüchtenden Grenzgänger niedergeschossen und einen anderen fast zu Tode geprügelt hatten. Es gab die üblichen kleineren Verletzungen: Verstauchungen, Infektionen durch die Dornen von Kakteen, Fleischwunden. Carlos Chacon wurde von einem Steinwerfer am Kopf verletzt und mußte zur Beobachtung eine Nacht im Krankenhaus zubringen. Den Gipfel ihrer derzeitigen Publicity erreichten sie, als sie eine Auseinandersetzung zwischen Revolverhelden und Gangstern fürs überregionale Fernsehen nachstellten.

Als ihnen das zweite Weihnachtsfest ins Haus stand, bekam die BARF Squad einen Mann als Verstärkung: einen altgedienten Cop namens Gil Padillo. Er war klein und ziemlich draufgängerisch, alles in allem ein recht aggressiver Typ, und sein immer nach vorn geneigter Kopf kam, wie sie behaupteten, regelmäßig fünf Minuten vor dem übrigen Körper zur Tür herein. Er verabscheute

Manny Lopez von Anfang an, bekam jedoch insofern nie die Chance, wie die anderen auch Angst vor ihm zu haben, als sich das BARF-Experiment seinem Ende näherte.

Manchmal hatte es den Anschein, als würden die Barfer den Ärger auf sich ziehen, wo immer sie waren. Am 9. Dezember waren sie wegen der vielen bewaffneten Raubüberfälle, mit denen in der Vorweihnachtszeit alle Jahre wieder gerechnet werden mußte, in der Innenstadt eingesetzt worden. Und ausgerechnet an dem Tag war im Gebiet von San Diego ein ungewöhnlich aktives Räuberpaar am Werk.

Nachmittags um zwei Uhr dreißig verübten zwei junge Neger, die Perlohrringe trugen, einen bewaffneten Überfall in National City und entkamen, nachdem sie einen Schuß aus einer 375er Magnum abgefeuert hatten, in einem weißen Lieferwagen der Marke Chevrolet.

Schon eine Stunde später drehten sie ein ähnliches Ding in der FedCo-Niederlassung von San Diego, in der Nähe von Euclid und Vierundfünfzigster Straße.

Um sieben am selben Abend traten sie im College-Grove-Einkaufszentrum erneut in Erscheinung und schossen hinter einem flüchtenden Überfallopfer her.

Schon wenige Minuten später tauchten sie im Big-Bear-Markt an der Federal auf und entrissen einer Kundin, die sie obendrein noch zusammenschlugen, die Handtasche. Sie feuerten eine Kugel auf einen Möchtegernhelden ab, der ihr zu Hilfe kommen wollte. In allen Fällen hatten sie die Opfer zwar mit ihrer gewaltigen Kanone verfehlt, aber allem Anschein nach keineswegs absichtlich danebengeschossen.

Ein paar Minuten nach ihrem letzten Überfall dieses Abends wurden sie, als sie in südlicher Richtung die Siebenundvierzigste Straße befuhren, von zwei Reservistencops aus San Diego entdeckt. Die Reservisten nahmen die Verfolgung auf, ohne über Funk Nachricht zu geben oder Warnlicht und Sirene einzuschalten. Wahrscheinlich waren sie ein bißchen schüchtern und unsicher, eben wie Reservecops, aber als sie bei der Verfolgungsjagd in Richtung Market Street fuhren, kamen sie zum einen an einem Streifenwagen und zum anderen an einem »coolen« Wagen vorbei, in dem die Barfer Carlos Chacon und sein Partner Joe Vasquez saßen.

Der Lieferwagen machte eine jähe Kehrtwendung oberhalb des Highways 805 und raste in entgegengesetzter Richtung weiter, und bei der weiteren Verfolgung durch den Ferienverkehr der Innenstadt wurden jetzt doch die Warnlichter und Sirenen eingeschaltet. Im Verlauf der Jagd über die G Street in Richtung Osten feuerten die Räuber zweimal auf den ersten Streifenwagen. An der Kreuzung Boylston Street prallten abermals zwei Schüsse vom Asphalt ab, und das mächtige Mündungsfeuer wirkte in der Dunkelheit wie zwei Blitze.

Einer der Streifencops erwiderte das Feuer und gab aus dem fahrenden Auto ebenfalls zwei Schüsse ab, und in der nächsten Straße versuchten mehrere Streifenwagen, mit dem Lieferwagen auf gleiche Höhe zu kommen. Nach vielem Geschrei und Herumgekurve wurden die Gangster die Boylston heruntergetrieben, direkt auf Carlos Chacon und Joe Vasquez zu, die aus ihrem Auto gestiegen waren und sie erwarteten.

Als die Räuber an ihm vorbeiflitzten, feuerte Carlos Chacon fünfmal mit dem Schrotgewehr, und der Lieferwagen wurde, weil auch Big Ugly sechs Revolverschüsse abgab, quer über die Straße geschleudert. Die Räuber hatten anscheinend genug, gerade jetzt und an dieser Stelle, und hielten an und wurden zu ihrem Glück sehr friedlich.

Carlos Chacon, dessen unglaublich ausdrucksvolle Augen sogar bei einer Unterhaltung über die Vorzüge eines bestimmten Rasierwassers Feindseligkeit, Freude, Zorn und Furcht zu erkennen geben konnten, war immerhin der weitaus erfolgreichste Revolverheld der BARF Squad. Er hätte sogar Manny Lopez fast mal ins Jenseits befördert.

Carlos hatte eine gewaltsame Kindheit erlebt, zunächst mit einem Mann, der sowohl seine Mutter als auch ihn selbst verprügelt hatte. Er hatte in einem Augenblick der Unachtsamkeit seinen besten Freund getötet. Er hatte während einer Schießerei in den Canyons zwei seiner Barfer-Kollegen verwundet. Er war auch derjenige, der Chuey Hernandez niedergeschossen hatte. Wenn Carlos draußen in den Canyons das Schrotgewehr hatte und Anstalten machte, es abzufeuern, gingen unverzüglich alle in Deckung.

»Ich hab mich immer geärgert, daß ich verrückt und gefährlich sein sollte«, meinte Ken Kelly. »Carlos glaubte, er sei gesund und habe sich unter Kontrolle, aber dabei war er *hundertmal* gefährlicher.«

Ob Carlos indessen »gefährlich« war oder nicht, eine Sache konnte als sicher gelten: Dieser noch sehr junge Revolverheld schreckte vor Gewalt nie zurück. Und das bezog sich nicht nur aufs Schießen.

Aus der Squad war anscheinend in mehrerer Hinsicht der Dampf raus. Manny Lopez, der so mit administrativen Aufgaben überhäuft war, daß er hin und wieder sogar die Nacht auf der Station verbrachte, mußte alle naselang zu einer Konferenz oder dergleichen in die Stadt. Er hielt nach wie vor auch seine Vorträge und gab Interviews, aber es waren längst nicht mehr so viele wie früher.

Tony Puente erfüllte letztlich nicht mal sein Gelübde, einen so großen Weihnachtsbaum zu kaufen, daß er mit einem Kran aufgestellt werden mußte, trotz aller Vorsätze, die Glaubensgenossen seiner Frau zu demütigen. Der Baum war im Endeffekt *kleiner* als alle, die sie bisher gehabt hatten. Er versuchte auch nicht, irgendwas zu beweisen, als er das Haus schmückte. Die Dekorationen waren ausgesprochen spärlich. Und dann fing er auch an, *ernsthaft* mit ihr über ihre Religion zu reden. Er war einfach fürchterlich erschöpft.

Der Abend des 25. Januar drohte recht kalt und feucht zu werden. Manny wurde an diesem Abend von Tony Puente, Joe Castillo, Carlos Chacon und Joe Vasquez begleitet. Robbie Hurt bildete mit Ernie Salgado das Reserveteam. Der neue Barfer, Gil Padillo, hatte ebenso wie Ken Kelly frei.

Ken Kelly und Joe Vasquez waren vermutlich noch als einzige in der Lage, die Squad gelegentlich zu amüsieren, Ken Kelly manchmal wie in seinen besten Tagen. Big Ugly erschien gelegentlich gern in einem Arztkittel, und Ken Kelly nannte ihn dann Doktor Gewalt, wenn schon nicht Doktor Freud. Sie veranstalteten das Spiel, Betrunkene zu untersuchen, die zur Substation gebracht worden waren.

Joe Vasquez, ausgerüstet mit einem Gummihämmerchen zur Reflexuntersuchung, sagte dann beispielsweise in einem Tonfall, den er für einen typischen Wiener Akzent hielt: »Dießem Menschen werden wir eine kostenloße pßychiatrische Unterßuchung angedeihen laßen.«

Und Ken Kelly antwortete konstant: »Das ist aber schrecklich *weiße* von Ihnen, Doktor.«

Und Joe Vasquez und die anderen mexikanischen Cops sagten dann zu Ken Kelly: »Hey, paß auf, paß auf!«

Aber das Gelächter klang gezwungen. Sie hatten sogar kaum noch die Kraft zum Lächeln.

An diesem Abend schleppten sie sich müde und erschöpft auf die Grenze zu, nachdem sie schon eine Menge marschiert waren. Offenbar waren sie neuerdings immer müde. Einige knüpften in aller Stille Fäden, um baldmöglichst einen neuen Job zu kriegen, und selbst Manny litt ziemlich unter dem Mangel an Anerkennung durch seine Leute, wie er es nannte. Die Barfer meckerten und beschwerten sich inzwischen über jede Kleinigkeit. Er fand das, was ihm mal am meisten Spaß gemacht hatte, immer mehr zum Kotzen, nämlich die Zeitungsberichte über die Squad, einfach, weil es sofort hundsgemeine Kommentare gab, wenn nur sein Name erwähnt worden war.

Vor allem der neue Barfer war wirklich ein Könner, was die hundsgemeinen Kommentare betraf, und anscheinend verging auch keine Woche, in der Manny sich nicht gezwungen sah, bei einem der Bonzen ihre Existenz zu verteidigen, und dabei unvermeidlich die Ermahnung zu hören kriegte, mit BARF sei es definitiv aus, sobald einer ums Leben komme.

Auf jeden Fall war auch Manny rechtschaffen erschöpft, als er sie an jenem Abend auf einen Hügel führte, von dem aus sie dann zwar einen frühen Mond, aber nur sehr wenige Grenzgänger sehen konnten, und ebenso wie alle anderen wünschte er sich, Handschuhe dabei zu haben, weil ihnen die Hände doch langsam kalt wurden.

Auch die ständige Sauferei zeigte Wirkung. Bei Robbie Hurt war es am schlimmsten, aber auch einige andere waren aufgebläht und verquollen wie Ochsenfrösche. Zusätzlich zu ihrer normalen Angst hatten sie eine Art von Paranoia, die für exzessive Trinker typisch ist. Allen saßen ununterbrochen Dämonen im Genick, die ihnen ihre Krallen in die Kehle schlugen und ihren heißen Atem in ihr Ohr bliesen. Und ihnen dabei schreckliche Sachen zuflüsterten. Häufig fühlten sie sich, als hätten sie sich den Bauch mit kalter Erde vollgeschlagen. Sie fühlten sich nicht allein müde und erschöpft, sondern auch alt, diese jungen Männer. Dick Snider sagte, sie seien effektiv vor seinen Augen gealtert, und er habe sich häufig fragen müssen, was er mit seinem Experiment angerichtet habe.

Es hatte Berichte über eine in diesem Canyon tätige Gangsterbande gegeben, die mir nichts, dir nichts auf eine Gruppe von Grenzgängern zuzugehen und den erstbesten Pollo niederzustechen pflegte, damit es die anderen mit der Angst zu tun bekamen. Daran dachte Manny Lopez, als sie den Berg hochstiegen, und für einen winzigen Augenblick sah er die Umrisse mehrerer Menschen am Horizont. Gleich darauf waren die Schatten wieder verschwunden, nicht jedoch sein Gedanke an die Messerstecher. Dann tauchten plötzlich dunkle Schatten direkt vor ihnen auf. Dann verschwanden auch sie wieder.

Die Barfer durchquerten den Canyon an seinem äußeren Rand. Sie erkannten, daß die Schatten in einem Winkel von fünfundvierzig Grad auf sie zukamen. Manny schnippte mit den Fingern wie die Grenzgängerführer, aber es war nicht nötig. Die Barfer warteten darauf, daß die bloß verschwommen zu erkennenden Gespenster Gestalt annahmen, und sie postierten sich zu fünft auf einer Linie. Diese Schatten näherten sich zu schnell und zu zielbewußt.

Manny war der erste, und nach ihm kam Tony Puente, der den Grenzgängerbeutel mit den Signalpatronen, den Funkgeräten und den Erste-Hilfe-Kästen trug. Dann Joe Vasquez. Dann Joe Castillo mit seiner immer noch schlecht funktionierenden Hand, seinerseits gefolgt von Carlos Chacon, der ihm die Hand kaputtgeschossen hatte und den er deswegen haßte. Immer, wenn Carlos Chacon vor einer potentiellen Auseinandersetzung neben Joe Castillo stand, dachte er an zweierlei: an die Gangster – und daran, ob Joe Castillo tatsächlich verrückt genug war, um die Rachedrohungen wahr zu machen, die er mit betrunkenem Kopf ausgestoßen hatte.

Alle wußten, daß dies mit Sicherheit ein Raubüberfall werden würde. Alle hielten diejenigen, die nach ihnen kamen, mit Fingerschnippen auf dem laufenden. Sie hatten die Pollo-Duckstellung noch nicht eingenommen, als die drei Schatten direkt vor ihnen standen. Die Schatten, die zu drei jungen Leuten in den Zwanzigern gehörten, drei Heroinabhängigen, wie sich herausstellte. Drei Gangstern.

Die drei Männer machten keinen Bogen um sie, wie es Pollos getan hätten. Keiner von ihnen trat vor, um ein paar freundliche Worte zu wechseln, wie es Pollos getan hätten. Die drei waren direkt auf sie zugegangen, verstellten ihnen jetzt den Weg und fragten: »Wo wollt ihr hin?«

»Dahin.« Manny deutete in eine Richtung.

Tony Puente tat so, als sei er bei der Kletterei total außer Puste geraten, und das war er zwar wirklich, jedoch nicht so schlimm, wie er tat. Tony rang nach Luft, wischte sich mit der Hand über die Stirn und stellte seinen Beutel hin, als ob er Rast machen wolle. Bloß um die Hände frei zu haben, wenn Manny »*Sabes qué?*« sagen würde.

Ein anderer Gangster sagte: »Die *migra* läuft hier im Moment rum. Es wär besser, wenn ihr nicht dahin geht. Es wäre besser, wenn ihr hier bleibt.«

Darauf erinnerte sich Manny Lopez an seine Pollo-Rolle und sagte: »Oooh! *La migra?* Danke.«

Tony Puente kniff die Augen zusammen und schielte nach dem ersten Gangster, dann nach dem zweiten und dritten. Die Brille hatte er nicht auf. Sie waren hier auf einem schmalen Pfad oberhalb des Canyons, und während sie immer stärker gegen die Vorstellung ankämpfen mußten, daß sie hier im Dunkeln nach ein paar unvorsichtigen Schritten schnell abstürzen konnten, passierte etwas recht Merkwürdiges. Es passierte hier draußen in den Canyons zum allerserstenmal.

»*Sabes qué?*«

Was soll das, zum Henker? Soweit ist es ja noch gar nicht! Sie haben uns noch nicht angedroht, daß sie uns berauben wollen! Sie haben noch keine Geldforderungen gestellt! Sie haben nicht mal *Waffen* gezeigt!

Tony Puente sah einen nach dem anderen an. Wer war da vorgeprescht? Wir sind noch nicht fertig, verdammt!

Joe Vasquez *sah,* wer's gesagt hatte. Und es ist bemerkenswert, daß Big Ugly, der pflichteifrigste, gehorsamste und vor allem auch durchtrainierteste Barfer, eben *doch* schon fertig war, als er den Gangster ansah, der unabsichtlich das Stichwort gegeben hatte.

Manny Lopez dachte: Hey, du altes Arschloch! Das ist *meine* Rolle!

Der Gangster sagte es nochmals. »*Sabes qué?*« Wißt ihr was? Dann sagte er's ihnen. Er kam ihnen mit der uralten *Wir-sind-Geheimpolizisten*-Geschichte, die sie hier draußen schon dutzendfach gehört hatten.

»Wir sind *judiciales*«, sagte der Gangster. »Und wir brauchen erst mal n bißchen Geld von euch, bevor wir euch weitergehen lassen.«

Tony Puente entschloß sich, einige Schritte weiterzugehen und sich auf die Weise zwischen den Gangster, der ihm am nächsten stand, und die Grenze zu mogeln.

Vielleicht paßte es dem Gangster nicht, daß er sich bewegt hatte, und damit ging's los. Sehr, sehr schnell. Der Gangster stürzte sich auf Tony Puente. Er packte Tony, und Tony packte ihn. Dann hatten alle ihren Auftritt.

Joe Vasquez hatte während der Ausbildungszeit gelernt, daß man, wenn's schnell gehen mußte, einen Gangster am Hinterkopf erwischen müsse, damit er auch nicht mehr motorisch reagieren könne.

Joe Vasquez machte in der Mikrosekunde anscheinend eine Beobachtung, die Tony Puente wegen seiner ausgeprägten Nachtblindheit *nicht* machen konnte. Und darum sprang Big Ugly diesem Gangster, der Tony Puente gepackt hatte, rücksichtslos in den Rücken. In diesem bizarren, alptraumhaften Augenblick kam es zwischen den jungen Männern an der steil abfallenden Canyonkante zu einer dreifachen tödlichen Umarmung. Im Mondlicht, unmittelbar am Abgrund, vollführten sie einen grausigen, tödlichen Tanz.

Und dann ging das Geschrei los: »*Barf Barf Barf Barf!*«

Und dann hörte man das zischende Geräusch des Leders beim schnellen Ziehen der Waffen.

PLOOM! BOP BOP BOP BOP!

Joe Vasquez löste sich lange genug aus der tödlichen Umarmung, um seinen kurzläufigen Achtunddreißiger an den Hinterkopf des Gangsters zu halten, und...

Es war fraglos die lauteste Explosion, die Tony Puente jemals gehört hatte. Lauter als sämtliche neunundvierzig Schüsse, die bei jener internationalen Schießerei abgegeben worden waren. Lauter als sämtliche Schrotgewehrschüsse in all diesen Monaten, die er mittlerweile hier draußen in den Canyons verbracht hatte.

Der Schuß war direkt vor seinem Gesicht abgefeuert worden. Seine Augen waren vom Mündungsfeuer versengt und von kleinen Bleipartikeln getroffen worden. Er war mit Blindheit geschlagen. Er war *geschockt.*

In derselben Sekunde, vielleicht auch eine Sekunde später, brüllte Manny los und sah, daß ein Gangster mit einem Messer nach ihm stieß, während er schoß.

Der Gangster wurde herumgewirbelt und rannte davon. Manny schoß ein weiteres Mal auf ihn. Aber der Mann rannte weiter. Manny verfolgte ihn.

Dann PLOOM! Carlos Chacon feuerte das Schrotgewehr direkt vor der Brust des dritten Gangsters ab. Aber der Mann drehte sich bloß lässig um und ging davon. Und das war wirklich wie in den immer wiederkehrenden Alpträumen der Polizisten. Sie waren nicht kaputtzukriegen! Man schafft's nicht, diese Schweinehunde kaputtzukriegen! Man schoß auf sie, und dann rannten sie entweder weg oder drehten sich bloß lässig um, als ob sie sagen wollten: »Ist das *alles*, was du kannst?« Und schlenderten davon, immer an der äußersten oberen Kante des Deadman's Canyons entlang.

Manny hatte seinen fünfschüssigen Revolver leer gefeuert, und während er am oberen Rand des Canyons hinter seinem Mann herjagte, schrie er ununterbrochen: »Du Arschloch! Bleib sofort stehen, oder ich mach dich *kalt!*« Aber er konnte derzeit gar keinen kaltmachen. Seine Waffe war leer. Sie rannten und rannten und rannten. Dann wurde der Gangster deutlich langsamer und fiel fast in einen normalen Spazierschritt, und nachdem Manny ihn schwankend eingeholt und in den Magen getreten hatte, ging er endlich zu Boden. Gleich darauf trat Manny ihn noch zweimal in den Magen, und dabei ging *Manny* zu Boden. Als sie Seite an Seite lagen und in die Sterne starrten, stöhnte der Gangster vor Erschöpfung, und Manny, der nach Luft rang, dachte seltsamerweise in all seiner Benommenheit, er solle in Zukunft doch wohl etwas weniger saufen. Dann wollte der Gangster aufstehen. Manny schlug ihn mit einer Hand nieder, die schon zweimal gebrochen gewesen war. Und der Gangster stöhnte und fiel zurück. Am Ende hielt sich der Gangster den Ellbogen und schrie. Einer der Schüsse hatte ihn immerhin doch getroffen, und der Schmerz hatte mit Verspätung zugeschlagen. Einer der Barfer kam mit Handschellen angerannt, weil Manny die nie bei sich hatte.

Carlos Chacon ging vorsichtig zu dem Gangster hinüber, der davongeschlendert war und mittlerweile ein kleines Schläfchen zu halten schien. Der Gangster lag friedlich mitten im Dreck, die Hände hinter dem Kopf verschränkt, das Gesicht zur Seite gewandt.

Carlos Chacons Augen, die ohnehin an Rasputin erinnerten, wurden noch wilder, und er schwitzte wie ein Schwein, weil er aus allerkürzester Distanz auf den Burschen geschossen und ihn scheinbar doch verfehlt hatte. Der Gangster lag einfach hier rum und rührte sich nicht, die Hände unter dem Kopf. Zweifellos mit einer Waffe.

Carlos kroch im Mondlicht näher an ihn heran und brüllte: »KEINE BEWEGUNG, ODER ICH LEG DICH UM, DU SCHWEIN! KEINE BEWEGUNG! LOS!«

Carlos kroch noch etwas näher heran und sagte: »NIMM DEINE HÄNDE DA WEG, DU DRECKSAU! HÖRST DU?«

Aber es passierte nach wie vor nichts. Deshalb ging Carlos ganz dicht an ihn heran und sagte: »NA GUT, DANN LEG ICH DICH UM, VERDAMMT!«

Carlos stand direkt über ihm. Und der Kerl rührte sich *immer* noch nicht. Darum ging Carlos wie in Zeitlupe in die Hocke, zog eine der Hände des Mannes hervor und kniete sich auf sie. Der Kerl zeigte keinerlei Reaktion. Am Ende rollte Carlos ihn ganz langsam herum und sah das, was Dick Snider später so beschrieb: »In der Brust hatte er ein Loch, durch das man eine Katze werfen konnte.«

Carlos hatte ihn nicht verfehlt. Aber er lernte bei dieser Gelegenheit, daß ganz im Gegensatz zu allem, was man ihm beigebracht hatte, manche Leute eben nicht sofort zu Boden stürzen, wenn sie eine Schrotladung direkt in die Brust gekriegt haben. Manchmal drehen sie sich bloß lässig um und machen aus eigener Kraft einen kleinen Bummel.

Carlos zog seine Bram-Stoker-Schau ab, blinzelte dem toten Mann zu und piekste ihn in sein halb offenes Auge. Carlos riß das schäbige, blutige Hemd auf und sah die schäbigen, blutigen Löcher, aus denen es tropfte.

Carlos Chacon erklärte: »Ich weiß noch, wie ich mich fühlte. *Gut.* Ich fühlte mich gut. Ich war *froh,* daß ich ihn getötet hatte. Ich wollt das noch öfter tun.«

In diesem Augenblick kam Manny Lopez angelaufen, sah, daß sich sein jüngster Cop tief über einen toten Gangster beugte, und brüllte ihm in der Annahme, er sei in eine Art Reueschock verfallen, ins Ohr: »SCHEISS DRAUF! IST DOCH NUR N TIER! DER HAT'S VERDIENT!«

Und Carlos, der die ganze Zeit über kein bißchen Angst gehabt hatte, erschrak zu Tode, als Manny Lopez ihm nochmals ins Gesicht schrie: »SCHEISS DRAUF! ER IST TOT! HAT ER DOCH VERDIENT, DER BLÖDE HUND!«

Im Moment war Carlos ganz baff. Er dachte, Manny sei sauer auf ihn, und er war verwirrt und erschrocken. Dann allerdings kapierte er, was los war, und sagte: »Manny! Du brauchst mich doch nicht zu beruhigen! Ich hab's *gern* getan!«

Den größten Schock hatte im blitzschnellen Verlauf all dieser Ereignisse Tony Puente erlitten. Noch während jener tödlichen Umarmung – drei keuchende, schweigende junge Männer, die eine Todespolka tanzten – hatte einer der Beteiligten unvermittelt losgelassen, und scheinbar genau in Tony Puentes Gesicht fand die größte Explosion aller Zeiten statt. Und der Polkapartner legte den Kopf auf Tonys Schulter, nahezu wie eine junge Studentin auf dem Collegeball, und während die Gehirnflüssigkeit des Mannes austrat und ihm in den Nacken lief, hielt Tony ihn immer noch fest in den Armen, tanzte weiter mit ihm herum und sagte: »O nein o nein o nein!«

Tony Puente legte seinen Tanzpartner auf die Erde, und als er dabei sah, daß wahrhaftig *alles* – Gehirnflüssigkeit, Blut, Gehirnmasse selbst – aus ihm herauslief, brüllte er Big Ugly an: »JOE, DU BIST BESCHEUERT! DU HAST DEN KERL ERSCHOSSEN! ER WOLLTE MIR GAR NICHTS TUN, JOE!«

Aber Joe Vasquez rannte inzwischen hinter Manny und *dessen* Gangster her und hörte Tonys Gebrüll nicht.

Als Joe Vasquez dann zurückgerannt kam, sagte er: »Bist du okay, Tony?«

»Warum hast du ihn *erschossen?*« schrie Tony.

Big Ugly sagte: »Tony! Er wollte dich erstechen!«

»Ich hab kein Messer gesehen«, sagte Tony.

Joe Vasquez zeigte nach unten, auf den Körper des stöhnenden und röchelnden Gangsters. Und da war es. Eine lange Klinge, deren Griff mit Isolierband umwickelt war. Ein Messer zum Erstechen.

Die Border Patrol flog mit ihrem Hubschrauber ein, nachdem sie die Notrufe empfangen hatte. Als sie etwa zehn Meter neben dem Tatort landeten und die Rotoren buchstäblich *alles* in den Deadman's Canyon wirbelten, sagte Manny Lopez: »O Scheiße!«, bevor sie dann die zwei noch lebenden Gangster abtransportierten.

Ken Kelly genoß seinen freien Abend, indem er versuchte, die Sache mit seiner Frau wieder ins rechte Lot zu bringen. Wenn man's genau nimmt, lagen sie auf dem Fußboden, sahen fern und wohnten einander bei, als er mit einemmal die Durchsage hörte, die sich die Frauen seit inzwischen fünfzehn Monaten anhören mußten. »Schwere Schießerei an der Grenze! Filmbericht folgt!«

Damit war's mit dem Beiwohnen zu Ende. Vor allem, als der Sprecher hinzufügte: »Mindestens *ein* Toter!« Er sagte nicht, *wer* es war.

Ken Kelly raste weinend die Interstate 5 runter. Er wohnte zwölf Minuten von der Station entfernt. Er schaffte es in nur fünf Minuten. Auf der Station traf er Carlos Chacon, der sich aufführte, als hätte er allein gerade die amerikanische Baseballmeisterschaft gewonnen. Er sagte sich, Carlos sei in der Tat noch bekloppter als Manny Lopez. Er traf Joe Vasquez, der aussah, als ob er *Ärger* hätte. Manny Lopez befahl Ken Kelly, im Krankenhaus nachzugucken, was aus dem in den Kopf geschossenen Gangster geworden war.

Ken Kelly konnte sich den Zutritt zur Intensivstation erst nach langem Diskutieren erzwingen. Er blieb dann vier Stunden da. Er hatte bis dahin effektiv noch nie jemanden sterben sehen. Nach einiger Zeit ließ man ihn und eine Krankenschwester alter Schule, die ein gestärktes Häubchen trug, mit dem Patienten allein.

Ken Kelly fand unvermittelt alles hochinteressant. Der gesamte Kopf des Gangsters war verpackt. Nur das Gesicht war zu sehen. Er war ein gutaussehender Bursche, etwa in Kens Alter. Seine Arme waren voller Tätowierungen und Einstiche, die auf Heroin schließen ließen. Sowohl dieser Gangster als auch der andere hatten sogar im *Genick* Einstiche. Aber er sah ungemein kräftig aus. Ken starrte ihn an und dachte, daß er höchst ungern mit ihm kämpfen würde.

Hin und wieder schnappte der Gangster nach Luft und stöhnte. Er hing an einer Maschine, die seine Werte kontrollierte: Blutdruck, Puls, Atmung. Die Krankenschwester saugte aus seinem Hals ausgetretene Hirnmasse ab.

Es war interessant zu beobachten, wie sich Puls, Blutdruck und Atmung entwickelten. Der Organismus des Patienten kämpfte ums Überleben.

»Sein Blutdruck ist super«, beobachtete Ken Kelly. Aber er hatte einen Puls von hundertachtzig, der weiter anstieg. Dann sagte Ken Kelly: »Können wir denn gar nichts für ihn *tun?*« Er ließ den Patienten nicht aus den Augen.

Der Patient trug ein Kreuz um den Hals, und das gefiel Ken Kelly, dem als aufrechtem Lutheraner ja auch keine Frauen gefielen, die den Teufel anbeteten. Das Sterben des jungen Mannes machte ihm sehr zu schaffen.

Die Krankenschwester sagte: »Kippen Sie mir nicht um, denn

im Moment ist kein Arzt da. Der Mann hat irreversible Gehirnschäden. Sein einziger Nutzen für die Menschheit würde darin bestehen, daß das Herz und die Lungen sehr gut sind. Wenn wir die Erlaubnis hätten, könnten wir seine Organe entnehmen. Er ist jung und kräftig.«

Da wurde Ken Kelly sowohl wütend als auch traurig, und er sagte sich: Dieser blöde Hund. BARF hatte an dem Abend im Grunde gar nicht die Absicht gehabt, in die Canyons zu gehen; deshalb hatte Ken Kelly ja auch dienstfrei gehabt. Dieser unglückliche, blöde Hund.

Außerdem dachte Ken Kelly: Sein Herz und Seine Lungen sind gut. Und so was ist nun das Netteste, was man über den sterbenden jungen Kerl noch sagen kann.

Im Verlauf der nächsten Stunden ließen Blutdruck, Puls und Atmung mehr und mehr nach. Dann ging alles wieder etwas hoch, um anschließend erneut nachzulassen. Dann wieder ein kleines bißchen nach oben, dann etwas stärker nach unten. Die vitalen Reaktionen wurden schwächer, und der Puls fiel bis auf sechsundvierzig. Ken Kelly wußte, daß er diese Zahl sicherlich nie vergessen würde. Weil im selben Moment dieses schwache Summen ertönte.

Die Krankenschwester guckte auf die Uhr und sagte: »Na ja, abgesaugt werden muß er nun nicht mehr.«

Sie ließ Ken mit dem Gangster allein, und er dachte: Das ist ja n Ding! Das ist ja wirklich n verdammtes, erstaunliches Ding! Der Kerl ist echt tot!

Und dann konnte Ken sich einfach nicht mehr zurückhalten, und obgleich er Angst hatte, man würde ihn beobachten und für einen Homo, eine Pussy oder sonst was in dieser Richtung halten, konnte er sich wirklich nicht mehr zurückhalten. Er legte die Hand auf den bandagierten Kopf und sagte leise: »Gott befohlen.« Verlegen zog er die Hand wieder weg.

Ken Kelly rief die Southern Substation an und teilte Ernie Salgado mit, der Gangster sei gestorben. Anschließend ließ er sich Joe Vasquez geben.

Als Big Ugly an den Apparat kam, sagte Ken Kelly: »Joe, du solltest auch wissen, daß der Kerl gerade gestorben ist. Ich war hier die ganze Zeit über bei ihm, und ich meine, du solltest es auch wissen.«

Ken vernahm eine seltsam fremde Stimme, die scheinbar gar nichts mehr mit seinem Freund zu tun hatte, dem immer fröhlichen, unbeschwerten Joe Vasquez, der nur selten mit den Kollegen feierte, seine Frau seinen besten Freund nannte und oft davon redete, ein Baby zu adoptieren, weil sie offensichtlich keins kriegen konnten.

Die Stimme, die Ken Kelly hörte, war die von Joe, zugleich aber auch *nicht* die von Joe, und sie sagte: »Das ist mir völlig schnuppe! Scheiß drauf!«

»Na gut«, sagte Ken Kelly, »ich wollte dir ja auch nur sagen, daß ich ihn in deinem Namen Gott empfohlen habe. Ich wollte dir das bloß sagen.«

Joe Vasquez indessen gab keine Antwort mehr. Und er redete auch später weder mit Ken Kelly noch mit irgendeinem anderen Barfer über die Sache.

Wenn Big Ugly redete, klang es grundsätzlich immer sehr ehrlich und zugleich etwas stockend. Als er irgendwann doch mal über diesen Abend redete, meinte er: »Eigentlich ist das ne verrückte Sache. Da hat man einen getötet, und dann wird man von den Leuten mehr oder weniger beglückwünscht. Es ist kaum zu glauben. Ernie war am Telefon gewesen, und er kam anschließend rein, schüttelte mir die Hand und sagte: ›Gratuliere. Deinen ersten haste ja jetzt geschafft.‹«

»Danke«, sagte Joe Vasquez zu Ernie. Dann jedoch sagte er sich: Die richtige Einstellung ist das sicher nicht. Er hielt gar nichts von dieser Einstellung.

Joe Vasquez wußte, daß noch manche Fragen auf ihn zukommen würden. Die Leute würden fragen: »Was war das für ein Mensch, den du da getötet hast?«

Aber Joe Vasquez würde nur sagen: »Ich weiß nicht. Ich erinner mich nicht. Ich kenn nicht mal seinen Namen. Er war irgendein Mexikaner. Irgend ein Junkie. Es ist mir tatsächlich egal, wie er hieß.«

Joe Vasquez, der ausgeglichenste und unauffälligste aller Barfer, redete kurz mit seiner Frau über die Sache und einmal auch mit seinen Eltern. Alle meinten, er habe Tony Puente das Leben gerettet, und er gewann die Überzeugung, weitere Kommentare seien überflüssig.

Später würde Joe Vasquez lediglich sagen: »Ich hatte eine ganze Weile daran zu knacken: Beispielsweise sagte ich längere Zeit: Na ja, ich hab auf den Kerl geschossen, und der ist dann gestorben.

Ich meinte, er ist an seinen *Verletztungen* gestorben. Er ist *gestorben.* Ich konnte nie sagen, ich hab ihn *getötet* Daß ich diesen Kerl *getötet* hatte. Ich brauchte echt ne Weile, bis ich soweit war, daß ich sagen konnte, ich hab den Kerl getötet.«

Vor diesem Abend hatte Joe Vasquez draußen in den Canyons immer ein ständig wachsendes Gefühl von Erregung gespürt. Am Ende war es sogar nahezu unerträglich intensiv geworden. Und jetzt merkte er, daß es mit einemmal buchstäblich wie weggeblasen war.

»Ich nehme an, das war mein letztes Hurra«, sagte Joe Vasquez. Und einige Dinge waren in seinen Augen nie mehr so wie früher.

Joe Vasquez gebrauchte häufig Begriffe aus der Drogenszene, den Begriff »Quarter« etwa, ein fünfundzwanzigstel Gramm Heroin, das fünfundzwanzig Dollar wert war. In dieser seiner Sache machte er abschließend folgende Bemerkung: »Die wollten uns berauben, um Drogen kaufen zu können. Das hat dieser eine Überlebende den Detectives gesagt. Ich glaub, wenn ich gewußt hätte, daß der Kerl so dringend n Schuß braucht, wär ich los gezogen und hätt ihm n Quarter geklaut, jedenfalls bevor ich ihm das Leben geklaut hätte. Ich glaub das wirklich schon ne ganze Zeit. Irgendwie, wissen Sie, ist das wahrscheinlich für den Rest meines Lebens immer *da.*«

Über Carlos Chacon, der den anderen Gangster getötet hatte, machte sich Joe Vasquez so seine Gedanken: »Carlos ist mir unheimlich. Er ist n verrückter Mensch. Er wird von Verrücktheiten unheimlich angetörnt.«

Carlos Chacon sagte, er müsse dringend die neun Schrotkörner, Kaliber 32, haben, die die Pathologen aus der Brust seines Gangsters geholt hatten. Für eine Halskette. *Vielleicht* machte Carlos ja Witze. *Tatsächlich* jedoch besorgte er sich beim Coroner Bilder von der Autopsie des toten Gangsters. In den Erinnerungsalben einiger Barfer waren offenbar doch mehr Denkwürdigkeiten als in denen der anderen.

Am nächsten Tag gingen sie allesamt mit den Detectives in den Canyon, um die Schießerei noch mal durchzuspielen, und dabei entdeckten sie etwas Bestürzendes. Der Hubschrauber hatte ja sämtliche potentiellen Beweismittel der Schießerei in den Canyon gewirbelt, aber genau an der Stelle, an der Carlos Chacon und Joe Vasquez die beiden Gangster getötet hatten, waren von den Einwohnern von Colonia Libertad Gedenkzeichen errichtet worden. Auf der Erde standen zwei aus Steinen errichtete Kreuze. So gedachten die Mexikaner der Toten, ganz egal, ob's dabei um einen Sperling oder um andere Canyonkreaturen ging.

20. KAPITEL

Die dunkle Grenze

Die BARF Squad hatte es also endlich geschafft, zwei Menschen zu töten. Es war allmählich ja auch fast schon unheimlich gewesen, daß da draußen zwar so mancher Mensch niedergeschossen, aber keiner umgebracht worden war. Das Ganze hatte eine beunruhigend große Ähnlichkeit mit dem andauernd wiederkehrenden Polizistenalptraum, in dem der Killer bis zuletzt nicht tot zu kriegen war, unabhängig davon, wie häufig man ihn getroffen hatte. Jetzt jedoch, nachdem endlich doch mal zwei Gangster gestorben waren, wurden ein paar von ihnen heimlich von einer Woge der Erleichterung überschwemmt, weil ihnen sofort die Ankündigung des Chiefs of Police eingefallen war, er werde das Experiment abbrechen, sobald irgend jemand zu Tode gekommen sei.

Im tiefsten Inneren seines Herzens betete manch einer, der Chief möge auch den Tod von zwei Gangstern als Voraussetzung dafür gelten lassen, daß das Gottesgericht abgebrochen werden mußte, bevor es sie alle tötete.

Tatsächlich, er tat es. Und in den nächsten beiden Monaten fühlten sie sich wie neugeboren. Natürlich gab es für Leute, die derartig lange keinen normalen und vernünftigen Polizeidienst mehr gemacht hatten, einige Anpassungsprobleme. In der Hinsicht jedenfalls bereitete Manny Lopez die hohen Tiere vor allem darauf vor, daß seine Männer, obgleich sie ja nun wieder reguläre Aufgaben übernommen hätten, gelegentlich durchaus mal überreagieren könnten.

Das war jetzt die Zeit der Beichten. Und es gibt keinen Menschen auf der ganzen Welt und keinen in der Geschichte, nicht den heiligen Augustinus, nicht den heiligen Paulus nach den Prügeln, die er auf der Straße nach Damaskus von einem Gangster oder sonst wem bezogen hatte, und nicht mal einen im Vatikan selbst, der das Beichten *jemals* so nötig gehabt hätte wie ein am Glauben irre gewordener und am Streß zerbrochener amerikanischer Durchschnittscop. Der ist wirklich ununterbrochen und unangefochten Weltmeister im Beichten. Wenn man dem erst einmal eine Chance gibt, kann er mit dem Beichten effektiv nicht mehr aufhören. Er singt und ergießt sich in kürzester Zeit zehnmal lauter und zehnmal länger als der eifrigste Bekenner bei einer Vernehmung mit Hilfe von Limonade durch die *judiciales*.

Jeder, der in einem Police Department schon mal als »Kopfjäger« bei der Abteilung für interne Angelegenheiten gearbeitet, Ermittlungstätigkeiten in polizeilichen Angelegenheiten beim District Attorney durchgeführt oder in einer der millionenfach oder sogar noch häufiger gebildeten »Crime Commissions« gesessen hat, wundert sich heute noch über die unglaubliche Beichtbereitschaft von Polizeibeamten. Es gehört zu ihrer Natur, und es ist das, was sie auf manchmal erschreckende Weise zu Opfern werden läßt, vor allem, weil sie in der Regel viel zu *macho* sind, um von Fall zu Fall zu begreifen, daß sie überhaupt Opfer sein können. Deshalb ist bei Wiedersehensfeiern und Pensionierungspartys von Polizisten meist auch gleich am Anfang die Rede davon, warum so mancher alte Klassenkamerad wieder mal in die Mündung seiner Kanone geguckt und dann abgedrückt hat.

Auf jeden Fall, die Barfer packten aus. Die einen oder anderen Ehefrauen weinten derart laut, daß man es in der ganzen Stadt hörte, als die Jungs ihnen von den Kellnerinnen, Krankenschwestern, Lehrerinnen und vor allem von diesen Blutsäuferinnen und geriatrischen Freudenspenderinnen erzählten, die von den Mythen und Legenden Amerikas förmlich wie verhext gewesen und buchstäblich Amok gelaufen waren, um wenigstens etwas davon hautnah zu erleben. Und daß sie es schrecklich leid seien, als die letzten Revolverhelden gefeiert zu werden, und bloß noch den Wunsch hätten, zur Ruhe zu kommen und ganz normale, vernünftige Cops, Ehemänner und Väter zu sein. *Mea culpa, mea culpa.*

Nach all den vielen Tränen und Geständnissen und Vergebungen versuchten schließlich einige der von Haus aus eher charakterschwachen Barfer, sich nun doch mal echt zusammenzureißen, indem sie versprachen, daß die Dinge sich ab sofort von Grund auf ändern, die ständigen Saufereien ein Ende haben und sie ihr ganzes Leben lang nie wieder eine andere Frau angucken würden. *Mea maxima culpa.*

Dann aber stachen, ausgerechnet am 1. April, den BARF-Ehefrauen in den Zeitungen von San Diego einige unheilverkündende Schlagzeilen ins Auge. Die zum Beispiel: WACHSENDE AKTIVITÄT DER GRENZGANGSTER.

Am 5. April wurde im westlichen Grenzbereich ein Grenzgängerjunge rücksichtslos erschossen.

Am 12. April waren die Revolverhelden glücklich wieder in den Bergen und wirbelten wie verrückt.

Bereits abends um zwanzig vor acht standen die Barfer drei Gangstern gegenüber, die sie mit Messern bedrohten, wobei ihnen allerdings ein Helikopter der Border Patrol die Tour vermasselte und die Typen verjagte, bevor Manny »*Sabes qué?*« sagen konnte.

Manny jagte hinter einem dieser drei in Richtung Grenzzaun her und gab, als er nahezu schon so dicht dran war, um erstochen zu werden, einen Schuß auf den Gangster ab. Er verfehlte zwar sein Ziel, aber der Gangster geriet derart in Panik, daß er hinstürzte und sich auf irgendeine Weise selbst außer Gefecht setzte.

Aber effektiv schon am *nächsten* Abend, noch bevor sich die Leitung des Departments in Ruhe entscheiden konnte, ob's klug sein würde, das riskante Experiment auf Dauer wieder aufleben zu lassen, fand eine weitere Schießerei statt. Mit einer Bande, die noch brutaler war. Und diesmal hatte Manny Lopez eine Art Erscheinung – eine Erleuchtung. Es war ein derartig wichtiges Erlebnis für den einunddreißigjährigen BARF-Sergeant, daß manche Leute behaupten konnten, es habe ihn gesund gemacht.

Der Mord vom 5. April war in dem Canyon zwei Meilen westlich des Grenzübergangs verübt worden. Dort wurde jetzt die gesamte BARF Squad eingesetzt, wobei das aus Ken Kelly und Robbie Hurt bestehende Reserveteam in relativ kurzer Entfernung von den Einsatzteams postiert wurde. Dennoch in zu weiter Entfernung, wie sich zeigte.

Der Abend schleppte sich zunächst so dahin. Robbie und Ken redeten über das gegen eine Geldbuße zur Bewährung ausgesetzte Urteil, das Ken gerade vom Gericht bekommen hatte, weil er einen Bürger mit einer Taschenlampe geschlagen hatte, und das ihn zwang, nun abermals Geld aufzunehmen, nur um nicht in den Knast zu müssen. Anschließend meckerten sie über Ernie Salgado, der an diesem Abend das Funkgerät bediente, weil er immer so schrie. Einig waren sie sich außerdem darin, daß sie es in allererster Linie haßten, wenn Carlos Chacon Funkdienst hatte, weil dessen aufgeregte Schreierei eine Verständigung fast unmöglich machte.

Ken Kelly meinte: »Wenn die beiden aufgeregt sind, bist du genauso machtlos wie bei deiner Frau, wenn du ihr beibringen willst, daß du im Dienst Lippenstiftspuren gekriegt hast. Das kannste und *kannste* nicht, vor allem dann nicht, wenn du früher schon mal n paar Dinger gedreht hast. Da hilft's dir gar nichts, wenn du sagst: ›Solange du keine Fotos hast, bin ich unschuldig!‹«

Kürzer gesagt: man konnte und *konnte* die beiden nicht leiser stellen, wenn dicke Luft war.

Manny und die anderen sechs Barfer hatten sich mittlerweile etwa dreißig Meter nördlich der internationalen Grenze neben einen Weg gesetzt, der durch die Grenzgängerarmeen dieses Abends schon steinhart getreten worden war. Der recht breite Weg führte wie ein Tunnel durch das dicke Unterholz auf beiden Seiten nach Norden in Richtung Wohlstand. Gegen zehn nach zehn, als nur ganz wenige Sterne am Himmel standen und so gut wie kein Mond schien, hörten die Barfer Entsetzensschreie und das Geräusch flüchtender Menschen, und alle waren bereits auf den Beinen und hatten ihre Waffen gezogen, als zwei Silhouetten auf sie zugerannt kamen.

Die Barfer sprangen auf und griffen sich die beiden Leute, die ihr letztes Stündlein für gekommen hielten, um Gnade bettelten, um das nackte Leben flehten und von nichts was wissen wollten, bis sie endlich begriffen, daß es sich hier um Polizisten aus San Diego handelte. Dann zeigten sie, nach wie vor voller Entsetzen, in die Richtung, aus der sie gerade gekommen waren.

Diese beiden Grenzgänger waren aus dem Hinterhalt von drei Gangstern mit Skimasken überfallen worden. Der eine hatte eine Schußwaffe, der zweite ein Messer und der dritte *quien sabe?*, wer weiß was, gehabt. Die beiden Grenzgänger hatten nach Mexiko zurückfliehen wollen, aber die Gangster, die sie verfolgten, hatten ihnen den Weg abgeschnitten, so daß sie einen Haken schlagen und in der Finsternis in Richtung Norden weiterflüchten mußten, wo sie dann der BARF Squad direkt in die Arme gelaufen waren.

Die Barfer wurden sofort nervös, als sie von den Skimasken und der Kanone hörten, weil sie sich lebhaft vorstellen konnten, daß sie es hier mit einer Mörderbande zu tun hatten, und gleich im nächsten Moment hörten sie weitere Laufschritte und hatten keine Zeit mehr, sich auf die Lauer zu legen, weil die Typen schon angerast kamen. Direkt aus der schwarzen Finsternis auf sie zu!

Gil Padillo, der zuletzt gekommene kleinste Barfer, hatte momentan das Schrotgewehr. Manny Lopez hörte ein metallisches Klicken und schrie: »Die haben ein Gewehr!«

Als die ersten beiden Gangster direkt auf sie zustürmten, feuerte Gil Padillo einen Schuß aus dem Schrotgewehr ab. Auch Carlos Chacon schoß. Joe Castillo feuerte zweimal. Der erste Gangster blieb stehen, schrie auf und schoß zurück.

Schon wieder war eine Schießerei auf allerkürzeste Distanz in vollem Gange. Im Schein des Mündungsfeuers sah man die Silhouetten großer Menschen und Skimasken.

Während die Schießerei unter Umständen zur Gesundung von Manny Lopez beitrug, machte sie Ken Kelly und Robbie Hurt definitiv verrückt. Den beiden Outsidern hatte das Schicksal zum letztenmal die schlimmste Rolle übertragen. Das Reserveteam wartete einige Meilen westlich eines Reitstalls. Eine Steilwand, die zu einem Hochplateau führt, ragt hier ungefähr hundertsiebzig Meter in die Höhe. Der Grenzzaun südlich von ihr verliert sich in einem zumindest für Autos beinahe unpassierbaren Gelände, und dann kommt die gut fünfhundert Meter breite und hundert Meter tiefe Smuggler's Gulch.

Als Ken und Robbie das Gewehrfeuer hörten, klang es ziemlich weit entfernt und etwa so, als ob jemand mit einem Hammer Beton zerschlagen würde. Sie sprangen in ihre Wagen und rasten quer durch den Busch und dann die Steilwand hoch. Sie rutschten und schleuderten und verloren fast zwei Polizeiautos, und schließlich hielten sie an.

Ernie Salgados schreiende Stimme meldete sich auf dem Notrufkanal: »WIR BRAUCHEN EUCH! WIR BRAUCHEN EUCH!«

Damit war effektiv eine Situation eingetreten, der sie bis zuletzt erfolgreich aus dem Weg gegangen waren. Beide Outsider waren völlig aus dem Häuschen. Ken hatte fünfzehn Fallschirmleuchtkugeln, Reservemunition, ein Schrotgewehr, einen Erste-Hilfe-Kasten, kugelsichere Westen und ein Funkgerät bei sich. Robbie war ähnlich ausgerüstet. Die Steigung betrug sicherlich nicht viel weniger als fünfundvierzig Grad, und hinzu kam das nach der voraufgegangenen Regenzeit fast undurchdringliche Gebüsch.

Alles, was die Outsider hören konnten, war das »*Barf-Barf-Barf!*«-Geschrei ziemlich weit weg, das BOP! der Gewehrschüsse und ihr eigenes Stöhnen, Keuchen und Japsen, das sehr schnell in ein Röcheln überging. Keiner der beiden jungen Männer hatte bislang je *so* schuften müssen. Innerhalb von drei Minuten spürten sie den Schmerz kaum noch und waren völlig durchgeschwitzt, und Ernie Salgados Geschrei kam immer noch aus dem Funkgerät.

Als sie beinahe so weit waren, Gangster und Klapperschlangen zu sehen, die es hier gar nicht gab, überschlug sich Ernies schreiende Stimme: »...Hubschrauber!« Und dann verstanden sie nichts mehr.

Ken ließ den Transportsack und das Schrotgewehr fallen und fing an, Munition zu verlieren, und auch Robbie rutschte einiges aus der Hand, während sie sich mit Armen und Beinen und Gewehren durch das Gestrüpp kämpften. Und während Ernies laute Stimme immer noch völlig unverständlich aus dem tragbaren Funkgerät kam, wäre Robbie fast auf eine giftige Schlange getreten und beschimpfte Ken krächzend und mit letzter Kraft. »Das... ist... deine... verdammte... SCHULD!«

Ken sah ein, daß er ihm mit einigem Respekt Vorwürfe machte, weil er derjenige gewesen war, der auf einem so ungünstigen Parkplatz bestanden hatte. Aber er krächzte zurück: »Scheiße, geh doch... ver... ver... ver...«

Es war sinnlos. Sein Atmen dröhnte wie eine Hobelmaschine. Er brachte nicht mal was Obszönes raus, und die letzten Reste ihrer Kräfte brauchten sie ja schließlich, um sich durch das nächste Gebüsch zu kämpfen.

Die Barfer wußten nicht, ob die Gangster getroffen worden waren. Nachdem die großen Gangster zurückgeschossen hatten, waren alle drei verschwunden. Und die Barfer luden neu, rannten und brüllten durcheinander und suchten Deckung, alles wie gehabt, und die beiden Grenzgänger lagen auf ihren Knien und erflehten die Gnade, jemals aus diesem verrückten Land heraus und lebendig nach Mexiko zurückzukommen. Plötzlich kamen zwei Hubschrauber angedonnert, einer von der Border Patrol und einer vom Sheriff's Department, denn zumindest deren Besatzungen hatten Ernie Salgados Durchsage teilweise verstanden.

Als Ken und Robbie, einem Kollaps nahe, oben ankommen, geraten sie unvermittelt in einen Zustand der Albernheit, in dem sie Schoten loslassen wie »Wer bezahlt denn nachher das Bier, wenn wir am Leben bleiben?« oder »Hübsche Nacht, um verrückt zu werden!« Völlig blödsinnig.

Dann kommt Tony Puentes Stimme aus dem Gerät, um mitzuteilen, daß kein Barfer getroffen worden sei, drei Gangster jedoch, die zumindest eine Schußwaffe besäßen, noch im Gebüsch versteckt seien.

Plötzlich entdeckt Ken auf dem Highway die roten und blauen Lichter der Polizei aus Tijuana, die ihrerseits den Funkverkehr mitgehört hat. Und er fängt an, Fallschirmleuchtkugeln abzufeuern. Wobei er allerdings, verdammt noch mal, vor lauter Erschöpfung und durch eine Art Schilddrüsenüberfunktion um ein Haar die beiden Hubschrauber abschießt und anscheinend auch gar nicht mehr aufhören kann, so daß der Himmel über den Vereinigten Staaten *und* Mexiko zum Schluß blöderweise taghell erleuchtet ist!

Robbie sieht, wie Ken mit einem leicht schwachsinnigen Lächeln nach oben schaut, und es ist offenkundig, daß er die in die Höhe steigenden, explodierenden und alles überstrahlenden Lichter ganz bezaubernd findet. Und dann fliegt der Helikopter des Sheriffs vor dem Lichtvorhang einen *Angriff,* und die Rotorblätter wirbeln das Reserveteam und die ganze Ausrüstung in alle Himmelsrichtungen. Ken und ebenso Robbie sind inzwischen so stocksauer, daß sie diesem verdammten Helikopter am liebsten *echt* eine verpassen würden, und Ken findet, daß der in Italien gebaute Helikopter beim Überfliegen dasselbe winselnde, bumsende Geräusch macht wie eine Nudelmaschine: GUINEA GUINEA, WOP WOP WOP!

Gerade als Ken den Spruch loswerden will, daß er – *Guinea Guinea,* WOP WOP WOP! – in seinem ganzen Leben nie wieder Lasagne essen wird, fängt der Pilot freundschaftlich an zu wackeln und wirbelt dabei wirklich *alles* durcheinander. Und während Ken und Robbie dann noch zwischen lauter Taranteln und Skorpionen und Skunks, die in diesem Hurrikan das Fliegen gelernt haben, durch die Luft um ein Haar vom ganzen Hochplateau geschleudert werden und sich ausmalen, daß sie in der nächsten Sekunde mitten in einer Klapperschlangenversammlung landen, hören sie das PLOOM!

Ein Gangster machte einen Ausbruchsversuch in Richtung Grenzzaun, und irgendwer ballerte hinter ihm her. Zumindest *glaubten* sie, daß es sich um einen Gangster handelte, obgleich sie es nie genau erfuhren, weil er es bis Mexiko schaffte. Ungeachtet dessen jedenfalls, daß sich auf der anderen Seite inzwischen jede Menge Polizisten aus Tijuana versammelt hatten, sahen sie den Mann nie wieder.

Eine ganze Stunde lang feuerte Ken Kelly von seinem Hochplateau aus Leuchtkugeln ab, und die Suche wurde fortgesetzt, bis den Helikoptern der Sprit ausging und die Gegend von Cops aus Tijuana wimmelte. Außerdem wimmelte sie von Cops aus San Diego und von Reportern, von hüben und drüben. Und man konnte sich vorstellen, wie hoch oben Chano B. Gomez junior den Menschenmengen, die diesem verrückten Karneval zuschauten, seine Maiskuchen verkaufte.

Ken Kellys Transportsack mit Waffen und Munition war tatsächlich verlorengegangen, und nachdem Manny Lopez schließlich effektiv mit sämtlichen Leuten auf die Suche nach diesem gottverfluchten Dings gegangen war und rumkrakeelt hatte, die kostbare Polizeiausrüstung sei tausendmal wichtiger als alle billigen Gangster zusammen, machte er Ken Kelly wieder mal so fürchterlich zur Minna, daß der sich wahrscheinlich bloß deshalb nicht erschoß, weil er blöderweise auch *seine* verdammte Kanone vermißte.

Im Verlauf dieser Suche fand Manny eine rote Skimaske und ein Messer mit einer zwanzig Zentimeter langen Klinge, und am Ende kam von dem Hubschrauber der Border Patrol, der das Gelände mit Scheinwerfern ausleuchtete, die Nachricht, in einem bestimmten Gebüsch sei ein Mann versteckt. Manny und Joe Vasquez holten einen großen Burschen heraus, der heftigsten Widerstand leistete, bis sie ihn endlich überwältigt hatten. In seiner Nähe fanden sie dann noch einen Poncho und ein schwarzes Lederholster, aber das war alles.

Als die Suche an diesem Abend abgebrochen wurde, berichtete Ken Kelly, daß einige Reporter unten auf der Monument Road ganz schön auf sie fluchen würden, weil sie entweder niemanden getötet oder aber, falls doch jemand umgelegt worden sei, nichts getan hätten, daß die verdammte Leiche einfach weggeschafft worden sei.

Ken Kelly wollte wissen: »Warum wollen einem die Menschen immer bloß dann den Schwanz streicheln, wenn man einen umgelegt hat?«

Zwei Schießereien in zwei Nächten hintereinander waren indessen selbst für die bislang immer noch unentschlossene Leitung des Deparments ein bißchen zuviel. Also wurde das Experiment definitiv und ein für allemal als zu gefährlich zu den Akten gelegt, und nur wenige Tage später hatte BARF endgültig aufgehört zu existieren.

Man fragt sich zwangsläufig, was mit dem Anführer dieser BARF Squad passiert wäre, wenn man das Experiment trotz und alledem fortgesetzt hätte. Manny Lopez hatte da draußen ganz zum Schluß ein extrem ungewöhnliches Erlebnis, das ihn zur Besinnung kommen ließ und außerdem unruhig machte, daß er nachts, wenn er nicht schlafen konnte, ununterbrochen darüber nachdachte, wie weit es durch das Experiment am Ende mit *ihm* gekommen war.

Unmittelbar, nachdem das Gewehrfeuer abgeklungen war, hatte er die Verfolgung jenes flüchtenden Gangsters aufgenommen. Selbst der neu hinzugekommene Barfer – der Manny Lopez zwar verabscheute, aber die zahllosen Situationen noch nicht miterlebt hatte, in denen die anderen durch Mannys Verhalten in helle Panik versetzt worden waren – sagte vorwurfsvoll: »Man *muß* so was nicht tun. *Niemand* tut so was.«

Manny war einem Gangster, der ein Gewehr trug, unmittelbar auf den Fersen. Einem Gangster, der im Schutze der Dunkelheit jederzeit stehenbleiben und seinen Verfolger auf allerkürzeste Distanz erschießen konnte. Trotzdem, Manny rannte mutterseelenallein weiter durch die Nacht, immer den Geräuschen der Laufschritte des Flüchtenden nach, die er zuweilen hörte. Und die Gefahr für Manny war sehr real, denn gleich am folgenden Tag hatten sie bei der gründlichen Nachsuche, an der auch die Detectives teilnahmen, eine 22er Automatic und Patronenhülsen gefunden.

Während dieser Rennerei hatte Manny auf seine Art eine Erleuchtung, seine erste und letzte. Manny Lopez hatte urplötzlich das Gefühl: Ich bin *unbesiegbar*. Und das Staunen darüber hüllte ihn ein wie ein undruchdringlicher Mantel. Und er hatte das Gefühl: Das ist ja das Besondere an mir. Das *Warum* war dem jungen Sergeant unvermittelt klargeworden. Der Sinn seines Daseins hatte sich ihm enthüllt.

Manny rannte schneller und schneller. Nur noch ganz wenige Meter, und er würde fliegen! Aber das war nicht das Wesentliche.

Auch die Gefahr war nicht das Wesentliche. Frauen, Macht und Ruhm – alles nichts Wesentliches. Vor seinen Augen stand, greifbar nahe, etwas *unendlich* Verlockenderes. Eine bestimmte Vorstellung. Manny rannte auf sie zu wie unzählige andere vor ihm, Heilige und Verrückte. Vor ihm, im Schatten und kaum erkennbar, lag eine Linie – eine Grenze. Nur noch ein oder zwei Schritte, und er wäre drüben. Die verlockende Vorstellung war die: Ich bin unsterblich.

Aber er sollte die dunkle Grenze nie überqueren. Er blieb stehen. So jäh, daß er um ein Haar aufs Gesicht gefallen wäre. Er drehte und wendete den Kopf wie ein gefangener Skorpion im Glas. Guckte und hörte sich um nach allen Seiten – aber wohin und auf was? Der Gangster interessierte ihn nicht mehr. Er sah nichts. Er hörte nichts außer seinem eigenen schnellen Atmen und dem hämmernden Herzschlag, und er dachte von jetzt auf gleich: Aber das ist doch heller Wahnsinn. Ich tick nicht mehr richtig – ich hab da total falsche Vorstellungen. Total falsche!

Manny Lopez, der Mann, den jeder für unerschrocken bis zum letzten hielt, hatte doch noch eine Art *Angst* kennengelernt. Die Angst *vor sich selbst.* Seine Gedanken kreisten den ganzen Abend und die ganze Nacht und den ganzen nächsten Tag um folgendes: Ich bin unbesiegbar. Ich bin unsterblich. Aber es ist alles ganz falsch!

Manny hatte andauernd erklärt, er würde bei der BARF Squad nur kündigen, wenn er irgendwann von all diesen Heckenschützen aus den eigenen Reihen und dem Neid die Schnauze voll und einfach keine Lust mehr hätte, seine Maßnahmen dauernd gegen Vorgesetzte und die eigenen Leute verteidigen zu müssen. Seiner Familie zuliebe hätte er nie gekündigt, obgleich er sehr an ihr hing. Und aus persönlichen Sicherheitserwägungen heraus bestimmt nicht. Nun aber fragte sich Manny Lopez, was eigentlich mit seinem Kopf passiert war.

Ken Kelly hatte immer erklärt: »*Natürlich* hatten wir Angst vor ihm. Vor Verrückten hat wohl jeder Angst, oder? Vor allem hat wohl jeder ne ziemliche Angst vor unberechenbaren *glücklichen* Verrückten.«

Dick Snider hatte immer behauptet: »Außer Manny Lopez wäre keiner so verrückt gewesen, diesen Job zu machen.«

Die endgültig letzte Nacht in den Canyons war zwar bei weitem die schrecklichste von allen. Jeder war insgeheim davon überzeugt, daß er in dieser endgültig letzten Nacht ermordet werden würde. Trotzdem jedoch marschierten sie durch die Canyons und standen es schweißgebadet durch bis zum Ende. Absolut gar nichts passierte. Es war die friedlichste Nacht dieses ganzen Jahres.

Manny Lopez hatte oft gesagt, er wünsche sich, daß es *niemals* aufhöre. Daß er erst durch das BARF-Experiment erfahren habe, wer er *wirklich* war. Jetzt jedoch hatten sich die Dinge geändert.

Vielleicht war das Experiment keinen Moment zu früh zu Ende gegangen. Vielleicht wär's ihnen sogar *noch* schlechter ergangen, wenn sie das Experiment unter einem Leiter fortzusetzen versucht hätten, der möglicherweise normal geworden war.

21. KAPITEL

Stiefkinder

Der Chief of Police wollte die Barfer belohnen, indem er eine Art von zivilem Sonderkommando ins Leben rief. In den folgenden Monaten, in denen sie ganz gewöhnlichen und normalen Polizeidienst machten, mußten sie sich jedoch ganz schön anpassen. Eine allgemeine Unzufriedenheit war die Folge. Der eine oder andere wurde mit seiner Enttäuschung offenbar überhaupt nicht fertig und kriegte Depressionen, weil er nicht wußte, wie's weitergehen würde.

In gewisser Weise fühlten sie sich im Stich gelassen. Sie waren Teil eines großen Experiments gewesen. Eine Gruppe von Minoritäten-Cops hatte der weißen Majorität gezeigt, was sie zu leisten imstande war. Im nachhinein jedoch hatten die Leute an ihrer Arbeit eine Menge zu kritisieren. Bis sie am Ende noch selber unsicher wurden, was und wieviel sie denn nun geleistet hatten. Es wurde davon geredet, die Beziehungen zwischen den Polizeibehörden hüben und drüben könnten nie wieder repariert werden.

Als BARF aufgelöst wurde, erklärten Vertreter der amerikanischen Regierung, künftig werde man in verstärktem Maße Bundesbeamte an der Grenze einsetzen. Eine solche Maßnahme wurde dagegen nie verwirklicht. Und so sicher sie im übrigen zu Beginn des Experiments geglaubt hatten, das Department werde so angetan von ihnen sein, daß Minoritäten-Cops in naher Zukunft auch bei der Kriminalpolizei entsprechend ihrem Anteil an der Bevölkerung beschäftigt werden würden, so enttäuschend war es jetzt, daß von einer solchen proportionalen Repräsentation nach wie vor nur geredet wurde.

Selbst die gut gemeinten Absichten des Polizeichefs in bezug auf die Gründung dieser Spezialtruppe schien den Barfern, die eigentlich damit gerechnet hatten, sich Jobs ihrer Wahl aussuchen zu dürfen, eher eine weitere Maßnahme zu ihrer Absonderung zu sein.

Mehr als einer von ihnen sagte: »Wir kamen uns vor wie die Stiefkinder.«

Eine ganze Anzahl der alten Freunde, die mit ihnen gemeinsam angefangen hatten, würden außerdem nie mehr Freunde sein. Und das ärgerte sie gewaltig und erfüllte sie mit noch größerer Enttäuschung.

Zum Schluß entfernten sich die Barfer immer mehr und immer weiter vom Police Department. Joe Castillo, dessen ständig in Bewegung befindliche Finger immer noch nicht richtig funktionierten, ging zum Marshal's Office von San Diego. Er ließ das Police Department im Stich und nahm statt dessen einen Job an, in dem er bloß Vorladungen überbringen und Gerichtssäle bewachen und sich dafür gefallen lassen mußte, daß er sich zu Tode *langweilte* und von seinen guten alten Zeiten als Revolverheld nur noch reden konnte.

Eines Tages sah BARF-Rechtsanwalt Ray Wood auf dem Weg zum Gericht verblüfft, wie ein Bürger von einem Marshal brutal in den Schwitzkasten genommen wurde. Der Marshal war Joe Castillo. Einige BARF-Angewohnheiten waren offenbar nur schwer totzukriegen. Und eine weitere Weile später verließ Joe Castillo das Marshal's Office und ging zum Sheriff's Department. Sogar dort aber litt er unter seiner Ruhelosigkeit. 1983 verließ er seine Frau und reichte die Scheidung ein.

Renee Camacho machte seine schlimmste Zeit durch. Er sah, wie sein Vater an einem Dickdarmkrebs zugrunde ging, der sich bis zum Knochen durchfraß. Der Junge mit der hellen Stimme war am Boden zerstört. Vermutlich hatten bloß sehr wenige junge Männer ein so enges Verhältnis zu ihrem Vater, und Renee stellte fest, daß er sich für überhaupt nichts mehr interessierte, am wenigsten für seinen Job im Referat für Kindesmißhandlungen, wo er ständig mit Leuten zu tun hatte, die ihre Kinder schlugen, verbrannten, folterten und schändeten.

Herbert Camachos einziges Kind war nicht in der Lage, sich mit irgend jemand über diese Probleme zu unterhalten. Am Ende ließ er die Polizei sausen, zog nach Los Angeles und nahm einen Job in einem Fotolabor an.

Über das BARF-Experiment sagte Renee: »Ich war von dem

Tag an unsicher, an dem der Chief sagte, er wolle die ganze Sache abblasen, weil dabei schnell einer zu Tode kommen könne. Ich sagte mir, *natürlich* kann dabei schnell einer zu Tode kommen. Und wenn unser Job das nicht wert ist, sollten wir ihn überhaupt nicht erst *machen.* Von diesem Moment an hatte das Ganze keinen rechten Sinn mehr für mich, und ich glaub, ich war mit dem Herzen gar nicht mehr dabei.«

Nachdem Rene Camacho eine sehr heftige Form von jugendlicher Midlife Crisis überstanden hatte, kehrte er im Jahr 1983 nach San Diego und in seine frühere Welt zurück und versuchte, wieder beim Police Department anzufangen. Es wurde festgestellt, daß er in seiner letzten Zeit als Cop alles andere als besonders gewissenhaft gewesen war. In der Zeit also, in der sein Vater gestorben war. Auch polizeiliche Verwaltungsbeamte werden von ihrem Beruf geprägt, und weil sie immer nur mit besonders schlechten Menschen zu tun haben, sehen sie jeden normalen Menschen ebenfalls immer nur von seiner schlechtesten Seite. Im übrigen sind Bürokraten nie einer zu großen Sentimentalität bezichtigt worden. Renee wurde als ungeeignet für eine Wiedereinstellung eingestuft. Er kam daraufhin beim Sheriff's Department unter.

Als er gefragt wurde, was das BARF-Experiment ihm gebracht habe, sagte er lediglich: »Na ja, es war für mich die Chance, meinen Vater stolz auf mich zu machen. Ich war ziemlich tapfer. Für meinen Vater.«

Nachdem er den Gangster getötet hatte, stellte Big Ugly fest, daß er sich mehr denn je ein Kind wünschte. Joe Vasquez und seine Frau Vilma adoptierten ein Baby, ein weißes Baby. Wenig später kriegten sie, was ja immer wieder passiert, auch ein eigenes Baby, ein mexikanisches Baby. Big Ugly, der häßliche Joe Vasquez, hatte zwei richtig schöne Kinder bekommen.

Tony Puente wurde es immer mehr leid, sich regelmäßig vor und nach Weihnachten mit seiner Frau über ihre Religion zu streiten. Außerdem stellte er fest, daß er, förmlich gegen seinen Willen, von Jahr zu Jahr immer kleinere Weihnachtsbäume kaufte. Der Weihnachtsbaum, der ursprünglich so riesig sein sollte, daß man ihn per Lastwagen anliefern mußte, war am Ende so dünn und winzig, daß er ihn nahezu in die hintere Hosentasche stecken konnte.

Er hoffte einerseits, daß er eines Tages nicht auch an der Straßenecke stehen und religiöse Traktätchen verteilen würde, hegte andererseits für den Glauben seiner Frau allerdings eine ziemlich eindeutige Bewunderung. Er hoffte wahrhaftig *inbrünstig*, eines Tages nicht auch einer von ihnen zu sein.

Ernie Salgado und Eddie Cervantes hatten nach wie vor größte Schwierigkeiten, ihre äußerst negativen Gefühle für den BARF-Sergeant zu verbergen. Sie erinnerten sich an seine Beleidigungen und Demütigungen, als ob sie ihnen gestern widerfahren seien.

Nach all dem Pech, das er gehabt hatte, nach dem Erlebnis mit dem Leichensack, der ihn beinahe umgebracht hätte, als er eine Kugel in der Hüfte hatte, und nach dem schier lebenslangen Versuch, einem nicht mehr vorhandenen Vater zu beweisen, daß er kein Muttersöhnchen war, fing der alte Fred Gil zum Schluß doch noch eine verträgliche Lebensgefährtin ein und ein neues Leben an.

Judith, seine neue Frau, hatte einen guten Job als Bürovorsteherin, war eine schlanke, attraktive Blondine, rauchte nicht, nahm nur selten einen zur Brust und pflegte ebenso wie Fred nie schlimmere Worte als beispielsweise »Scheibenkleister« zu sagen. Er machte normalen, ganz gewöhnlichen Polizeidienst, und in ihrer spärlichen Freizeit züchteten sie Malteserhunde und nahmen mit ihnen an Wettbewerben teil. Der alte Fred Gil hatte doch mal Dusel gehabt.

Über das Experiment konnte er nur sagen: »Hat sich jemals einer gefragt, ob die einzig vernünftige Lösung nicht nur in Washington oder Mexiko City zu finden gewesen wäre? Ich weiß nicht. Ich glaub allerdings nicht, daß diese zehn Burschen da draußen die richtige Lösung waren.«

Von allen Barfern sagte nur ein einziger spontan und unaufgefordert, daß er sehr gern wieder in die Canyons zurückkehren und alles noch mal machen würde. Carlos Chacon war der Überzeugung, daß sie beim Police Department inzwischen viel bessere Jobs hätten, als sie es sich ohne BARF je hätten träumen lassen können, und zumindest damit hatte er recht. Carlos behauptete, daß von dem Experiment letztlich alle »profitiert« hätten, und damit hatte er vielleicht nicht so ganz recht. Er hatte immer noch Augen, die im Verlauf einer normalen Unterhaltung zugleich oder nacheinander fröhlich, kummervoll, wütend und *ängstlich* wirken konnten. Carlos Chacon hatte immer noch Träume voller Gewalt.

Der einzige, der außerdem sagte, er würde wieder in die Canyons zurückgehen, war Chefrevolverheld Manny Lopez selbst. Bevor er wieder normal Dienst machte, widerfuhr ihm noch etwas sehr Erfreuliches. Er wurde vom Magazin *Parade* und der *International Association of Chiefs of Police* zum Polizeibeamten des Jahres gewählt. Zur Entgegennahme dieser Auszeichnung wurde er nach New York zitiert und flog mit seinem Boß William Kolender in derselben Maschine.

Die Amerikaner sind launisch, was ihre Mythen und Legenden betrifft, und als über diese sagenhaften Revolverhelden keine Storys mehr erschienen, gerieten Mannys Heldentaten erstaunlich schnell in Vergessenheit. Die anderen Cops sagten, Manny wünsche sich im Grunde nicht sehr viel im Leben und begnüge sich damit, freitags die Börsenberichte zu lesen.

Jimmy Carter trat ab, Ronald Reagan kam. Und mit Mexiko ging es *bergab*. Die Leute konnten sich an die Namen jener letzten Revolverhelden kaum noch erinnern, und sogar seinen ehemaligen Barfern kamen gelinde Zweifel, ob Manny eines Tages tatsächlich Bürgermeister oder Polizeichef werden würde. Genaugenommen war in Anbetracht der vielen Feinde, die Manny Lopez sich in den Monaten, in denen er als Sergeant so mächtig gewesen war, gerade unter den hohen Tieren des Departments gemacht hatte, niemand sonderlich überrascht, als sein Name in der Liste der anstehenden Beförderungen nicht sehr weit oben zu finden war.

Manny spürte, wie sein Leben leer wurde. Er fühlte sich so unsicher wie ein Skorpion in einem Glas. Er dachte, daß vielleicht Geldverdienen helfen könne. Manny Lopez war der dritte, der dem Department den Rücken kehrte. Er wurde Unternehmer. Er kaufte und verkaufte Fett.

Manny baute sich einen kleinen Handel auf, indem er Fettabfälle aus den umliegenden Restaurants aufkaufte, die dann aufbereitet und unter das normale Viehfutter gemischt wurden. Wenn man die tierischen Fette zusammen mit Melasse unter das Futter rührte, konnte man davon ausgehen, daß selbst die mageren mexikanischen Kühe fetter wurden. Es stellte sich aber heraus, daß viel zu viele Fetthändler um die McDonald's- und Jack-in-the-Box-Läden herumlungerten, und deshalb hatte Manny die Idee, das Zeug im Süden der Grenze, in Tecate, einzusammeln und aufzubereiten.

Es gab dort unten jedoch kein einziges Kentucky-Fried- und Burger-Kings-Geschäft, und unter anderem deshalb konnte Manny sein Fett gar nicht erst kriegen. Überschüssiges Fett wird in Mexiko entweder so lange aufbereitet, bis nichts mehr vorhanden ist. Oder es wird noch an die Leute verkauft. So war Manny bloß zwei Jahre im Geschäft. Dann war Manny ein bankrotter Fetthändler.

Manny Lopez sah zwar ein, daß sein eigentliches Talent im Grunde doch wohl darin bestand, dem Gesetz zu seinem Recht zu verhelfen, glaubte aber, der Rückweg sei ihm ein für allemal verbaut. Sein Stolz und sein gesamtes Ego standen dem im Weg. So eröffnete er ein Büro als Privatdetektiv und war sich eigentlich sicher, als ehemaliger legendärer Revolverheld rasch eine Menge Geld zu verdienen. Die Erkenntnis, wie schnell die Menschen ihre Mythen und Legenden vergessen, war für ihn dann ein regelrechter Schock.

Schließlich nahm Manny Lopez äußerst diskret Verbindung zu seinem alten Freund und Mentor auf, dem Chief of Police William Kolender. Der Chief schätzte und bewunderte Manny nach wie vor sehr, aber aufgrund der Dienstvorschriften konnte er nicht einfach wieder als Sergeant anfangen. Er würde auf jeden Fall erst als einfacher Streifenpolizist Dienst tun müssen. Und das war natürlich unvorstellbar für einen Mann, der eine Legende gewesen war.

Chief Kolender sagte über das BARF-Experiment: »Es hat die Karriere von Manny ruiniert.«

Und damit war dann auch das gelaufen. Ein derart vigilanter Mensch wie der Chief hatte, im Gegensatz zu Manny selbst, gleich begriffen, daß das Leben für einen Ex-Revolverhelden kein Kinderspiel ist und Manny auf gar keinen Fall wieder unten anfangen konnte.

Dabei war Manny vielleicht einfach ein junger Mann mit eigentlich erstaunlich viel Verstand, Mut und Geschick, der in einem ungewöhnlichen Moment gerade noch zu sich selbst gefunden hatte – ein Mann, der jener großen Hure Berühmtheit, der Verlokkung, ein Mythos zu sein, und damit der verführerischen Vorstellung von Auserwähltsein und Unbesiegbarkeit fast schon rettungslos verfallen gewesen war. Aber dann jener unglaubliche Moment, in dem in der Dunkelheit eines Canyons die Sterblichkeit von ihm abzufallen schien wie zerfetzte Grenzgängerlumpen, ein Augenblick voller Angst, den er aber am liebsten für immer festgehalten hätte.

In seinem Haus gibt es eine ganze Wand, die hinter seinen Bildern, Dokumenten, Plakaten und Auszeichnungen beinahe *verschwindet.* Und aus allem spricht das Wissen darum, daß es ein für allemal vorbei ist.

Mannys alte Feinde – und er hatte sich viele gemacht, auf beiden Seiten der Grenze – hatten bei der Vorstellung, daß er Fett verhökerte, bestimmt ihr klammheimliches Vergnügen. Das darf ja nicht wahr sein – Manny! Der letzte Revolverheld? Ein bankrotter Fetthausierer? Manny setzt doch noch zur Landung an. Zur Bruchlandung.

Manny Lopez war jedoch immer noch Manny Lopez. Fünf Jahre nach dem Ende des Experiments traf er zufällig einen seiner ehemaligen Barfer, der mit seinem früheren Boß einige Drinks nahm und den bankrotten Fetthändler nach etlichen Tequilas zuviel mit zu sich nach Hause nahm, wo er ihm offenbar demonstrieren wollte, daß er mittlerweile auch kein heuriger Hase mehr war.

Die Frau dieses Ex-Barfers hatte wie eine ganze Reihe von BARF-Frauen sicherlich ebensoviel Angst vor Manny gehabt wie ihr Mann. Aber bitte, vor einem bankrottgegangenen Fetthausierer hat niemand Angst, und so meinte sein früherer Untergebener, jetzt vielleicht doch mal den großen Maxe herauskehren zu können.

Er sagte: »Übrigens, was ich eigentlich immer schon wissen wollte. Meine Frau hat mir erzählt, daß du ihr auf einer von unseren BARF-Partys massiv an die Wäsche gehen wolltest. Sie hat's mir lange nicht erzählt. Ich will's aber dann doch mal *wissen,* Manny!«

Und was hätte ein bankrotter Fetthausierer nun darauf antworten können? Um Gottes willen, das ist eine Lüge! Oder: Ich bin völlig schockiert! Oder: Laß das, was vergangen ist, vergangen bleiben!

Manny Lopez, der so manchen Schlag ausgeteilt und so manchen Schuß abgefeuert hatte, wenn er buchstäblich schon auf der Erde lag, sah seinen ehemaligen Untergebenen bloß mit einem Anflug von Melancholie an und sagte: »Ich wollte nie, daß du das erfährst. Deine Frau hat mal einem von diesen Mädchen erzählt, sie wär viel mehr an mir interessiert als an ihrem Ehering. Ich hab dann aber nicht mal mit ihr *geredet,* als mir das gesteckt wurde, und ich muß annehmen, daß sie die Zurückweisung nie ertragen konnte. Ich wollte wirklich nie, daß du das erfährst, *mi hijo.*«

Und dabei legte Manny traurig seine Hand auf die Schulter des jungen Mannes, gab ihm einen tröstenden Klaps und ging am Ende leise davon.

»Ich würd dich in diese Canyons pusten, wenn ich die Chance hätte!« schrie der Cop, nachdem er seine Fassung wiedergewonnen hatte.

Aber Manny war gegangen. Hatte ihn mit der Kneipenrechnung sitzenlassen. Und Mannys ehemaliger Untergebener war um die bittere Erfahrung reicher, daß ein Skorpion in einem Glas immer noch ein Skorpion ist.

Jeder, der nach alledem noch ein bißchen mitmenschliches Verständnis aufbringt, sollte sich am besten an jenen Manny Lopez erinnern, dem sein Schicksal aufgezwungen wurde, als man mit Gewalt versuchte, eine Legende zu schaffen. An den, der er war, als er in der rabenschwarzen nächtlichen Finsternis in einer engen Röhre saß und plötzlich *verschwand.* Als er von einem bärenstarken Gangster gepackt und aus der Röhre gerissen, auf mexikanisches Territorium geschleudert und von El Loco und drei bewaffneten Mördern umzingelt wurde – in diesem Augenblick buchstäblich schon ein Mordopfer. Und als *er* dann letztlich, nachdem seine Augenbraue hochgekrochen war und ein perfektes »*Sabes-qué?*« Fragezeichen bildete, die Gangster dort hatte, wo er sie haben wollte.

22. KAPITEL

Déjà-vu

Die Schicksale der Outsider waren vielleicht am beunruhigendsten. Mit zunehmender Zeit schienen sie immer mehr Auffälligkeiten, Reaktionen und Gefühlsregungen zu entwickeln, die auf ihre Erlebnisse im Verlauf des BARF-Experiments zurückzuführen waren. 1982 mußten sich drei Beamte einer psychologischen Behandlung unterziehen, um gewisse seelische Probleme in den Griff zu kriegen, die entweder das Police Department in eine schwierige Lage bringen oder für sie selber lebensgefährlich werden konnten.

Robbie Hurt hatte es geschafft, ein weiteres Auto zuschanden zu fahren – den geliebten Porsche, auf dem Parkplatz seiner Stammkneipe. Er und seine Frau Yolie waren lange geschieden, aber er ließ sie nie in Ruhe. Sie wohnten getrennt, aber er rief ständig bei ihr an, und manchmal gingen sie zu dritt – Robbie, Yolie und Robbies Freundin – in ein Restaurant oder ins Kino. Und wenn sie nach dem Essen noch tanzen gingen, war er hin und wieder regelrecht eifersüchtig, wenn Yolie mit einem anderen Mann tanzte. Robbie war in seinem Privatleben erstaunlich unsicher, seit er in den alten Tagen mehr als jeder andere, ausgenommen Manny Lopez, von der Großen Hure Berühmtheit verführt worden war.

Robbie nahm vor allem deshalb an einem psychologischen Behandlungsprogramm teil, weil er mit seinem oft reichlich unreifen Zynismus und seiner Trinkerei nicht ins reine kam und vermeiden wollte, daß ein weiterer Autounfall ihn möglicherweise das Leben kosten würde. Er sprach mit seinem Seelendoktor fast nur über BARF und das »Problem«, das nie kleiner geworden und sicher ein Grund dafür war, daß sich derzeit seine gesamten Reaktionen immer noch mit den Gefühlen vermischten, die er da draußen gehabt hatte, als er jeden Abend ins Dunkel lauschte und nie wußte, was los war. Und im selben Zusammenhang über die unvorstellbare Frustration, unter der er gelitten hatte und die schlimmer gewesen sein mußte als die realen Ängste der anderen. Und daß er wegen dieser Frustration immer gleich nach Dienstschluß die ganz harten Sachen saufen mußte, vor allem, wenn die anderen ihn wieder mal spüren ließen, daß er nur ein Outsider war. Hingegen redete er kaum über die andere Sache, wenngleich die ihn vielleicht sogar noch mehr kaputtgemacht hatte als die Frustration: die Hure, und wie sie ihn verführt hatte. Er versprach hoch und heilig, die Sauferei aufzugeben, und glaubte steif und fest, er würde es schaffen, wenn er in seiner bevorstehenden zweiten Ehe erst einmal das ganz große Glück gefunden hätte.

Mit Ken Kelly kehrte ein *weiterer* Barfer dem San Diego Police Department den Rücken.

Ken Kelly sagte: »Ich war sehr sauer, als es mit BARF vorbei war. Stocksauer sogar, und ich blieb sauer. Was hatte das Ganze für einen Sinn gehabt? Warum hatten wir's überhaupt gemacht? Ich fühlte mich betrogen.«

Das National City Police Department gilt bei den Cops aus San Diego als ein stures Police Department, ein böses Police Department. Es gehört eigentlich in die Zeit der Truman-Administration, sagen sie. Die Polizisten in National City tragen 45er Colts. Oder 375er Magnums. *Sehr* große Kanonen. Die Kriminalitätsquote ist die höchste im ganzen County. Ken Kelly trat in das National City Police Department ein, wo er rasch Sergeant wurde.

1982 leistete sich Ken Kelly einige so seltsame Dnge, daß er, weil er sie zunächst selbst nicht glauben konnte, *erneut* den Befehl erhielt, seinen Kopf so lange untersuchen zu lassen, bis er sie glauben könne.

Sergeant Ken Kelly saß am Abend des 23. Januar 1982 in einem zivilen Polizeiwagen. Dieser Wagen wurde später, Ken Kelly zu Ehren, *Kanonenboot* genannt. Aus einem 7-Eleven-Shop war ein Bierdiebstahl gemeldet worden. Keineswegs etwa ein Raubüberfall, sondern nur ein simpler Bierdiebstahl. Drei Burschen mit einem Sportwagen hatten sich ein paar Dosen unter den Nagel gerissen und waren abgehauen. Der Geschäftsführer des Ladens rief die Cops, und der Wagen gab Gas, und sofort war die Jagd im Gang. Außer Ken Kelly in seinem Kanonenboot beteiligten sich schließlich drei Streifenwagen an der Jagd. Man hatte schon den

Eindruck, daß die Ladendiebe jeden Moment aufgeben würden. Aber in einer Straße, in der sie von Polizeiwagen praktisch schon eingekeilt worden waren, wurde der Knabe hinter dem Steuer zunächst zwar langsamer, änderte jedoch plötzlich seine Meinung. Er entschloß sich offensichtlich, es darauf ankommen zu lassen, und rammte einen der Polizeiwagen. Im nächsten Moment haute er den Rückwärtsgang rein, und Ken Kelly glaubte, er habe einen Cop überfahren, denn er hörte einen dumpfen Aufprall.

Es stellte sich zwar heraus, daß bloß ein Cop gegen seinen eigenen Wagen gerannt war, aber Ken Kelly hatte bereits seine 375er Magnum gezogen und feuerte einen Schuß ab. Und verfehlte sein Ziel, zum Glück sowohl für die Bierdiebe als auch für ihn selbst. Er bekam später eine eintägige Disziplinarstrafe, weil er diesen Schuß abgefeuert hatte, wurde jedoch nach dem, was gleich am *nächsten* Abend passierte, schleunigst zum nächsten Psychiater geschickt.

Abends am 24. Januar, wirklich schon am nächsten Abend und zu einer Zeit, da Ken Kelly nicht mal seinen Papierkrieg über die Schießerei vom Abend zuvor restlos erledigt hatte, meldete sich einer seiner Leute von einer neuerlichen Verfolgungsjagd und schickte ihn dadurch nach seinem kaum ausgestandenen Scharmützel abermals auf den Kriegspfad. Zwei Sicherheitsbeamte eines bestimmten Krankenhauses – »Death Valley Hospital« genannt, weil in diesem Haus nach Ansicht der Cops die Anzahl der an den Folgen einer Gewalttat gestorbenen Leute höher ist als die Zahl der Geburten – hatten sich zufällig in einem Supermarkt aufgehalten, als eine Rotte von Jugendlichen hereinkam, sich einige Bierdosen schnappte und in einem Dodge Kombi abhaute. Die Sicherheitsbeamten hatten gemeint, sich als echte Cops aufspielen zu müssen, und eine Jagd auf die Burschen gestartet, der sich letzten Endes ein paar richtige Cops anschlossen. Abermals eine Bande von Bierdieben, nicht mehr und nicht weniger.

Während der Jagd wußten die richtigen Cops weder, *weshalb* diese Jungen ursprünglich getürmt waren, noch wer sie waren. Die Verfolgung führte durch die Straßen von National City und dann in Richtung San Diego. Ein Cop aus National City führte draußen auf dem Highway 805 die wilde Jagd an. Ken Kelly, der sich der Meute inzwischen angeschlossen hatte, fand sich mit einemmal in seinen ehemaligen Jagdgründen in San Diego wieder, wenngleich sie bei hundert Meilen in der Stunde förmlich an ihm vorbeiflogen.

Es war fast so wie am Abend zuvor. Es war verrückt. Es war

Déjà-vu, eine merkwürdige Art einer Erinnerungstäuschung. Es war im Grunde *unmöglich.*

In der Market Street machte Ken Kelly eine Gewaltbremsung, schrammte an einem Haltestellenschild vorbei und riß den Wagen nach links. Die Jagd fand momentan weiter südlich auf der Einundvierzigsten Straße statt. Ken Kelly blockierte mit seinem querstehenden Wagen die Straße, und im selben Moment, in dem er sich neben die Scheinwerfer stellte, tauchten sie auf! Wie am Abend zuvor. Oder *war's* am Abend zuvor? Oder war's ein *Traum?*

Der Kombi war voll mit Jugendlichen. Der Kombi schlingerte von einer Straßenseite zur anderen. Ken Kelly zog seine 375er Magnum. Sie waren so nahe, daß er die Ziffern auf den Scheinwerfern lesen konnte. Er feuerte einen Schuß ab und wußte zuerst nicht, daß er es getan hatte. Der Kombi fuhr an ihm vorbei. Er feuerte noch zweimal und wußte dann zwar, daß es passiert war, hatte aber trotz der schweren Waffe überhaupt keinen Rückstoß gespürt.

Der erste Schuß traf den Schriftzug DODGE und fetzte das E heraus. Der zweite Schuß traf den Wagen mehr links und weiter unten. Der dritte Schuß traf die Seite des Kombis, als er an Ken vorbeiraste.

Schließlich blieb der Kombi stehen. Einer der Teenager im Kombi, ein sechzehnjähriger Junge, hatte sich zwischen der vorderen und hinteren Bank verkrochen gehabt. Das 375er Projektil durchschlug ihm den Kiefer und die Hand und zertrümmerte den Oberschenkel. Der Junge war der Vetter eines Police Sergeants. Die Hand blieb verkrüppelt, und sein Gesicht war für immer verunstaltet.

Für Ken Kelly war das ganze Jahr 1982 in emotionaler Hinsicht die reine Achterbahn. Es gab eine lange und aufreibende Diskussion, ob man ihn wegen eines Verbrechens anklagen müsse. Letztlich entschloß sich der District Attorney, ihn nicht anzuklagen.

Er verbrachte auf Anordnung seines Police Departments eine Menge Zeit mit einem Psychiater und berichtete ihm alles über die traumähnlichen Ereignisse des 24. Januar, die auf den Ereignissen des 23. Januar basierten, sich eigentlich gar nicht ereignet haben konnten und sich trotzdem ereignet hatten. Er berichtete über seine Zeit bei der BARF Squad, erzählte, was BARF bewirken sollte und dann doch nicht bewirkte, und es war alles sehr verwirrend.

»Wir wollten lieber zwölfmal Ärger haben als von sechsen

getragen werden!« sagte Ken Kelly. »Davon haben wir bei BARF *dauernd* geredet. Darum haben wir immer ganz schön zugeschlagen: mit Fäusten, Totschlägern, Kolben, was gerade zur Hand war. Bis so n Knabe tot war oder so tat, als ob er tot wäre, oder platt auf der Schnauze lag und sich bedingungslos ergeben hatte. Man *verlangte* ja von uns, daß wir Leute umlegen. *Alle* verlangten's. Vielleicht hat's ja keiner in dieser Form ausgesprochen, aber wir kamen ziemlich schnell dahinter, was Sache war.«

Irgendwie brachte Ken Kelly das Jahr hinter sich. Er hatte Angst, sein Kopf würde nicht mehr richtig ticken, fühlte sich aber allmählich besser. An einem Frühlingstag 1983 fühlte er sich dann plötzlich sehr schlecht. Erst dachte er, es sei die Grippe. Dann fühlte er sich noch schlechter. Er ging zum Arzt, und der stellte fest, daß sein Blutdruck etwa so hoch war wie bei einem Spieler der Baseballoberliga nach einem Match. Ken kriegte *echte* Angst. Ein Kardiologe untersuchte ihn und meinte, er sei physisch in bester Verfassung. Der Kardiologe empfahl Ken, einen Psychiater aufzusuchen. Man nahm an, er sei für den Polizeidienst nicht mehr geeignet.

Irgendwann am Abend fuhr Ken Kelly im Auto nach Hause. Als er am Radio herumfummelte, hörte er ein Lied. Das Lied hieß: *Hit Me With Your Best Shot.* Er meinte, es sei sicher ironisch zu verstehen. Er hörte dem Lied auf der Interstraße 5 in Richtung Süden zu. Er hörte ihm zu auf dem ganzen Weg nach Chula Vista rein. In Chula Vista fing er plötzlich an zu weinen. Er konnte nicht mehr aufhören zu weinen. Er kam nach Hause, und er weinte immer noch.

Seine ältere Schwester und seine Frau Joyce versuchten alles, um ihn vom Weinen abzubringen, hatten damit aber keinen Erfolg. Wenig später weinten sie alle drei. Das Ganze dauerte so lange, bis er zu erschöpft war, um noch weinen zu können.

Den Barfern waren nach dem Ende ihres Experiments eine Menge Auszeichnungen zuteil geworden. Keinsewegs nur solche von lokaler Bedeutung. Keineswegs nur die Auszeichnung für Manny in New York. Der Generalstaatsanwalt der Vereinigten Staaten von Nordamerika verlieh ihnen selbst dann noch eine Auszeichnung, nachdem die Regierung der Vereinigten Staaten von Nordamerika allem Anschein nach bereits beschlossen hatte, die Situation in den Canyons mit all den Morden, Vergewaltigungen und

Raubüberfällen künftig einfach zu ignorieren. Offensichtlich war es das letzte Mal, daß das Experiment in den Medien groß gefeiert wurde.

Bei allen Preisverleihungszeremonien, Banketten und Partys glänzte eine Person durch Abwesenheit: der Schöpfer von BARF, Lieutenant Burl Richard Snider. Er wurde von den Rednern tatsächlich nicht mal *erwähnt.*

Sämtliche Barfer dagegen hatten Dick Snider wie eh und je ins Herz geschlossen, und sie wollten es durch eine Gedenktafel zum Ausdruck bringen. Sie wollten sie ihm auf der Riesenparty überreichen, die anläßlich der Auszeichnung des Generalstaatsanwalts stattfand. Ein Deputy Chief verweigerte dazu die Zustimmung. Wenngleich der Deputy Chief nie einen Fuß in die Canyons gesetzt hatte und im Umkreis der Southern Substation etwa so oft wie der Halleysche Komet gesehen worden war, wurde er als derjenige vorgestellt, der für das BARF-Experiment verantwortlich war. Der Deputy Chief stand auf und verbeugte sich, und die Leute klatschten wie wild.

Die Administration hatte Dick Snider nie mit besonders wohlgefälligen Augen angesehen – vor allem nicht wegen des ganzen Wirbels, den er veranstaltet hatte, um das Experiment in Gang zu bringen, und wegen seines dauernden Gequatsches, man müsse endlich was für die Grenzgänger tun. Das alles sprach ja viel mehr gegen als für diesen Lieutenant, der sich weigerte, ein richtiger Lieutenant zu sein, und es statt dessen vorzog, mit Eidechsen und Klapperschlangen durch die Canyons um die Wette zu kriechen. Und genaugenommen hatte die Administration völlig recht. Er faßte im mittleren Management nie so recht Fuß und war wohl nie ein guter Lieutenant. Er lernte es nie, Kompromisse zu schließen, seine Worte taktvoller zu wählen und Diskretion zu wahren.

Er hatte den publizistischen »Blitzkrieg« entfesselt, der die Aufmerksamkeit der Politiker geweckt und zur Gründung der BARF Squad geführt hatte. Und solange BARF »heiß« war, wagte keiner, an der Sache rumzumeckern. BARF hatte ein Eigenleben. Und genau das hatten all diese Inspectoren und Deputy Chiefs nie vergessen. Ebensowenig die Tatsache, daß sich Dick Snider nicht einmal nach der strikten Aufforderung, sich einen Maulkorb umzubinden, um politische Gegebenheiten gekümmert hatte. Ganoven hinter Gitter zu bringen, das war das einzige, was er konnte. Wahr und wahrhaftig, in den Ärschen der Administratoren und Bürokraten sind die Dick Sniders dieser Welt seit jeher schlimmer als Hämorrhoiden.

Der Verrat, den er zu spüren bekam, war schlimmer als der, unter dem die anderen zu leiden hatten. Alles in allem hatten sie zahllose Gründe gehabt, in die Canyons zu gehen: Sie hatten ihren abwesenden Vätern, toten Vätern oder sterbenden Vätern irgend etwas beweisen wollen. Sie hatten sich selbst beweisen wollen, daß sie es wert waren, von ihren weißen Kollegen anerkannt zu werden. Sie hatten schneller Karriere machen wollen. Schließlich und endlich hatten sie die Liebe der Großen Hure erringen und Verabredungen mit dem Schicksal treffen wollen. Und manchmal, gewissermaßen als Randerscheinung, hatten sie sogar den Hilflosen helfen wollen.

Manny selbst hatte es ja zugegeben: »Nur Dick Snider hatte *saubere* Motive, und zwar bis zuletzt.«

Nach Dick Sniders felsenfester Überzeugung hatte es mindestens genausoviel Sinn, für die Grenzgänger in den Canyons Menschenleben aufs Spiel zu setzen, wie für die Bürger von La Jolla. Er war derjenige, der den Grundsatz prägte: Wir sollten es nur tun und nur dann fortsetzen, wenn es wert ist, dafür zu sterben.

Auf ihn traf es zu. Nur einen Monat nach dem Ende von BARF erlebte er was Erschreckendes. Er war gerade von einer fünfstündigen Ganovenjagd aus San Ysidro in die Southern Substation zurückgekommen. Er ging ins Büro, um seinen Kram wegzuhängen, und wollte gerade nach Hause gehen, als er plötzlich das Gefühl hatte, ein Vorschlaghammer habe seine Brust durchschlagen und sei in ihr steckengeblieben. Ihm wurde schwindlig. Er spürte ein heftiges Brummen im Kopf. Einen grausamen Schmerz seitlich im Genick. Sein Herz fing an, unregelmäßig zu schlagen. Er stand auf und ging aus seinem Büro in das Büro des Captains. Er setzte sich.

Die Sekretärin des Captains guckte ihn an und fragte: »Alles okay?«

Nichts war okay. Er erinnerte sich später allenfalls noch an die Ambulanzfahrt mit Renee Camacho ins Hospital. Er bekam keine Luft. Er blieb drei Tage im Hospital. Er dachte, es sei eine massive Herzattacke. Es war nicht mal eine leichte. Der Arzt erzählte ihm was von Hyperventilation. Der Arzt erzählte was von Streß. Der Arzt fragte den großen Cop, ob er in letzter Zeit irgendwelche ungewöhnlichen Frustrationen oder Enttäuschungen erlebt oder

Angst gehabt hätte. Es war beinahe zu albern, darauf zu antworten.

Dick Snider nahm seinen Dienst wieder auf. Die Kommune von San Diego stellte fest, die Attacke könne auf gar keinen Fall mit seinem Job zusammenhängen. Dick Snider wurde von der Southern Substation in den Nachrichtenbunker versetzt, der unter einer Feuerwache lag.

Dick Snider war ganz weit weg von den Canyons und von seinen Cops, von der Grenze und von all den Dingen, die so viele Jahre lang der Inhalt seines Lebens gewesen waren. Der inoffizielle »Bürgermeister von San Ysidro« war gestürzt worden, sein großes Experiment gab es nicht mehr. Und für die Grenzgänger hatte sich nichts geändert.

Dick Sniders Karriere war im Keller. Genau gesagt, ein paar Etagen unter dem Keller. Er sah sich in seiner neuen Umgebung unterhalb der Straße um und sagte: »Na ja. Genausogut hätten sie mich beerdigen können. Und im Grunde haben sie es ja auch getan.«

Als Präsident Reagan sein erstes volles Amtsjahr hinter sich hatte und alle Anzeichen darauf hindeuteten, daß seine Administration längst nicht mehr den Elan jener ersten Monate besaß, erlitt Dick Snider den nächsten Anfall. Diesmal passierte es morgens um zehn zu Hause. Diesmal dachte er wahrhaftig, er müsse sterben. Es war schlimmer als das erste Mal. Er war wie gelähmt. Er konnte kaum sprechen, bis er ins Hospital gebracht wurde. Dort mußten sie ihm erklären, was Hyperventilation wirklich ist, und sie sagten ihm außerdem, daß eine Ohnmacht häufig das beste ist, was dem Patienten passieren kann, weil die Sauerstoff- und Stickstoffhaushalte sich dann selbst regulieren können.

Dick Snider blinzelte bloß durch den Rauch seiner Zigarette, hatte sowieso das Gefühl, sein Herz sei höchstens so stabil wie ein Peso, und sagte in seinem Countrysingsang: »Ehrlich, Kamerad, ich will's ja *glauben*. Aber ich hab ja eigentlich wenig davon, daß es mir besser geht, wenn ich andauernd *weggetreten* bin.«

Sie entschlossen sich, ihn einem Psychiater vorzustellen, und damit war er der dritte Teilnehmer des Experiments, der sich auf seinen Geisteszustand untersuchen lassen mußte. Der zuständige Facharzt kam zu der Überzeugung, Lieutenant Burl Richard Snider leide an einer »psychophysiologischen kardiovaskulären

Reaktion und labiler Hypertonie« und solle deshalb möglichst nicht mehr als Polizeibeamter tätig sein. Für seinen Zustand sei sein Job auf jeden Fall hundertprozentig verantwortlich zu machen. Mit anderen Worten, Dick Snider kriegte eine Streßpension. Und *schon* wieder hatte einer den Polizeidienst quittiert.

Dick Snider hatte mittlerweile erkannt, welche Fehler gemacht worden waren, fühlte sich in gewisser Weise schuldig, weil er eine Reihe von Symptomen bei seinen jungen Leuten anscheinend nicht genügend beachtet hatte, und war vor allem traurig darüber, daß sich einige von ihnen regelrecht haßten. Dick Snider war weder ein komplizierter noch ein besonders hochgestochener Mensch. In seinem Gesicht, möchte man sagen, spiegelte sich die Geschichte des amerikanischen Westens. Er war in der Zeit der großen Depression zur Welt gekommen, und er glaubte an das Recht und das Gesetz, an sein Land und vor allem unbeirrbar an Fairneß.

Es war lange her, daß ein junger Beamter der Border Patrol eine Idee gehabt hatte, als er aus dem Fenster der Hochzeitssuite in seinem Hotel in San Ysidro schaute und beobachtete, wie die Cops von San Diego Grenzgänger jagten. Die Idee, die da lautete: Es gibt hier gar keine echte Grenze zwischen zwei Staaten. Es gibt sie allenfalls zwischen zwei *Wirtschaftssystemen.*

Der Beamte der Border Patrol hatte unendlich viel über die Grenzgänger nachgedacht, bloß um nicht über einen sterbenden Sohn – *Ich hab ihm nicht helfen können!* – nachdenken zu müssen, und anschließend war er zu der Überzeugung gekommen, daß ein Mensch in dem Moment Anspruch auf *Hilfe* besaß, in dem er die imaginäre Linie, die imaginäre Linie zwischen zwei *Wirtschaftssystemen,* überschritten hatte.

Er hatte sein halbes Leben an der Grenze verbracht, und er kannte die Sprache und die Lebensart dieser Menschen und hatte sie schätzen gelernt. Sie waren ihm in mancherlei Hinsicht nicht unähnlich. So war es am Ende vielleicht doch zwangsläufig, daß ein unkomplizierter Mann, der derart vorbehaltlos an die amerikanische Lebensart glaubte, das Problem in amerikanischem Stil bei den Hörnern packte. Das heißt, daß mal einer frischen Wind in eine Sache bringt, in der leeres politisches Geschwätz bis dahin nichts als eine riesige Staubwolke aufgewirbelt hat.

Was, letzten Endes, hatten sie zustande gebracht? Er wußte es selbst nicht so genau. »Wir haben sicher einige Menschenleben gerettet«, sagte er. »Natürlich haben wir auch ein paar ausgelöscht.« Dann fügte er hinzu: »Na ja, da gab's dann noch dieses Wunder...«

Und ein Wunder war's in der Tat. Da gab's jene Mexikanerin Rosa Lugo, die wie in einem Alptraum erlebte, daß ihre kleine Tochter von einer ganzen Bande vergewaltigt werden sollte und dann von einem Schwarm wilder Engel gerettet wurde. *Der* sollte mal einer zu erzählen versuchen, das Ganze sei *kein* Weihnachtswunder gewesen. Solche Dinge waren ja nun mal passiert. Lauter solche Dinge.

Unter dem Strich aber waren viel Blut, viel Bitterkeit und viel Unzufriedenheit das Resultat gewesen, zerbrochene Karrieren und das Gefühl, massiv hintergangen worden zu sein. Viel menschliche Ignoranz, die ihn zweimal wie ein Hammer zu Boden gestreckt und seine ganze Familie in Angst und Panik versetzt hatte.

Ausgerechnet zu einer Zeit, in der Ronald Reagan den wirtschaftlichen Aufschwung versprach, Miguel de la Madrid seiner schwankenden Nation buchstäblich mit allen Mitteln wieder auf die Beine zu helfen versuchte und die Leute ebenso zutreffend wie lautstark die Meinung äußerten: »Wenn Mexiko stürzt, hast du nichts zu lachen, Amerika!«, ausgerechnet zu einem solchen Zeitpunkt der Geschichte zog ein Mann wie Dick Snider es vor, an sein Leben an der Grenze möglichst nicht mal zu denken. Er saß viel lieber in seinem kleinen Wohnzimmer und spielte auf der Orgel, um sich zu entspannen und seinen Herzschlag zu festigen. Er war nicht in der Lage, Noten zu lesen, konnte aber den einen oder anderen Song recht flott herunterspielen. Sein Lieblingssong hieß:

Sunny, gestern war mein Leben voller Regen
Sunny, du hast mich angelächelt, und der Schmerz ließ nach.

Nun sind die dunklen Tage vorbei, und die
hellen Tage sind da...

Er war inzwischen zweiundfünfzig Jahre alt, und sein Gesicht war faltig und zerknittert wie ein Spinnennetz, und während er spielte, blinzelten seine schieferfarbenen Augen durch den Rauch der Zigarette, die ihm im Mundwinkel hing, und die großen, ledernen Farmerhände griffen breit über die Tasten seiner Orgel. Wenn er aufschaute, sah er auf eine Gedenktafel an der Wand.

Es war eine recht bescheidene Tafel, und sie war ihm keineswegs im Rahmen einer formellen Zeremonie übergeben worden, und sie stammte auch gewiß nicht offiziell vom Police Department. Eine Gruppe von jungen Männern hatte sie ihm geschenkt, und ein paar von ihnen waren ungefähr zur selben Zeit geboren worden wie das Kind, das er vor so langer, langer Zeit verloren hatte.

»Es ist die *eiinzige*«, sagte er in seinem gewohnten amerikanischen Countrysingsang. »Es gibt wirklich *nuur* diieses eine Exemplar.«

Auf der Tafel stand:

Lt. Snider,
dem verantwortlichen Mann
für die Gründung und Existenz
der
Border Crime Task Force.

Danke für immer.
B. A. R. F.

Es war wahr und wahrhaftig der einzige Gegenstand von einigem Wert, der ihm von seinem Experiment geblieben war.

Chano B. Gomez junior

Jeder, der über diese ganzen Jahre hinweg mit den BARF-Leuten in Kontakt geblieben war, sprach zwar davon, daß sie alle das grundsätzliche Gefühl hatten, betrogen worden zu sein, meinte jedoch auch, daß niemand imstande sei, den Betrüger mit hinreichender Sicherheit beim Namen zu nennen.

Als längst Gras über die Sache gewachsen war, wollte einer der Ex-Barfer den Dingen doch mal auf den Grund gehen. Er erklärte ohne Umschweife, er könne einiges, was auf den Streifzügen durch die Canyons passiert sei, nach wie vor nicht gutheißen. Seit es mit Mexiko noch schlimmer geworden sei, kämen überdies mehr Grenzgänger als je zuvor. 1983 seien im Verlauf eines einzigen Monats im Chula-Vista-Bereich allein annähernd fünftausend *Festnahmen* zu verzeichnen gewesen. Und angesichts dessen, daß sich die Raubüberfälle, Vergewaltigungen und Morde derzeit vermehrten wie normalerweise Chollakakteen im regenreichen Winter, spüre er die Sinnlosigkeit des Ganzen besonders deutlich.

Die letzte Frage war, was hatten *sie* eigentlich davon gehabt? Was war aus ihrer Sicht die Sache wert gewesen? Der Ex-Barfer dachte länger darüber nach und flüchtete sich schließlich in einen gewissen Zynismus, wenngleich in seinem Gesicht immer noch die große Enttäuschung stand. Seine Antwort war im Grunde eine Frage. Mit seinem allertraurigsten Lächeln fragte er: »Vielleicht ein paar gute Ficks?«

Vielleicht war ja der Mann, der von seinem Logenplatz auf dem oberen Fußballfeld aus das chaotische Experiment in den Canyons am besten beobachten konnte, auch derjenige, der es zu guter

Letzt am besten kapiert hatte: der alte Chano B. Gomez junior persönlich. Vielleicht muß man auf einen Maiskuchenverkäufer zurückgreifen, um hinter den letzten Sinn der Sache zu kommen und alles zu kapieren, all die vielen guten Absichten, alle Mythen und Legenden, alles Gute und Böse hinter den Mythen und Legenden.

Was die Barfer betrifft, so erfüllten diese Kinder aus der Arbeiterklasse ihre Mission ehrlich und tapfer und loyal, wie auch immer sie sie verstanden. Vielleicht hatte am Ende jeder seine eigene Vorstellung, was diese schier unglaubliche Mission letzten Endes bewirken sollte, obgleich sie nicht einmal genau wußten, wer sie in Auftrag gegeben hatte, oder ob überhaupt einer sie in Auftrag gegeben hatte. Es ging, könnte man sagen, gewissermaßen darum, ein Völkerwanderungs- und Ausbeutungsproblem dramatisch darzustellen und auf eine Art von öffentlicher Bühne zu bringen, ein Dilemma, das derartig gewaltig war, daß zwei Regierungen, ja zwei *Wirtschaftssysteme* an seiner Lösung verzweifelten.

Es wäre eine seltsame Ironie des Schicksals, wenn sich eines Tages herausstellen sollte, daß der kleine Maiskuchenverkäufer mit dem Ziegenbart und den Rumbarasseln, die wie Klapperschlangen zischten, eben diese Rumbarasseln gar nicht für die Pollos geschüttelt hätte. Es wäre wirklich der Gipfel der Ironie, wenn diese zischenden Rumbakugeln – *Cha cha, cha cha cha!* – gar nicht dazu da gewesen wären, die *Pollos* zu warnen, sondern *sie,* die Barfer.

Vielleicht muß man sich ja tatsächlich eines Außenstehenden wie Chano B. Gomez junior bedienen, um zu begreifen, wie typisch amerikanisch es war, zehn junge Männer in ein gigantisches internationales Dilemma zu werfen und ihnen unausgesprochen den Auftrag zu geben, es zu dramatisieren. Und alle, die gewissermaßen hoch oben auf einem Felsen thronten, erlebten draußen in dem natürlichen Amphitheater des Deadman's Canyons eine hervorragende Show.

Sie gaben Nacht für Nacht ihre Vorstellungen, und fast alle applaudierten. Sie taten es – sicher nicht gerade genial, aber instinktiv – auf die einzige Art, die ihnen gegeben war, indem sie versuchten, spät im zwanzigsten Jahrhundert einen mythischen Helden zum Leben zu erwecken, den es auch im neunzehnten Jahrhundert nicht gegeben hatte. Einen Mythos, an den sich die Amerikaner dennoch besser erinnern als an ihre Philosophen,

Staatsmänner, Künstler und Forscher, die wirklich gelebt haben: jenen legendären, typisch amerikanischen Mythos des Revolverhelden, der sich mit einer sechsschüssigen Waffe und Gottvertrauen ins Unerforschte wagt. Bis dahin, wo alle Wege enden. Bis hin an die Phantomlinie zwischen Körpern und Schatten. Und nur, um dort dann als erster zu ziehen.